아지 똥)을 대할 때마다 항상 무언가
진 듯한 아쉬움이 있었습니다.
러 강아지 똥 은 50장을 썼던 ⟨권⟩인데

권정생의
삶과
문학

교육 현상 보지에 원고지 30장으로 국정
어 있었습니다. 고민 끝에 감나 ...
...하는 대목과 마지막 장면 ...장 쯤 은 덜
...니 35장이 되었습니다. ...품은 그런
무리 없이 읽힐 수 있었습니다. 그래서
뚝 라는 달리 감나무 잎사귀는 지워져 버렸
...니다.
...에 찰흙을 빚어 만든 애니메이션에서
나무 잎을 살려 집어 넣었더니 보는 사람
...그 대목에서 가장 많이 눈물 짓게 했다...
말을 들었습니다.
...알 읽는 어른 5월 초에 이기영 선생님이
⟨강아지 똥⟩ 다시 읽기란 글을 실었기에 늦었...
...간 빠졌던 감나무 잎을 살리기로 했습니다...
제 겨우 마음이 놓입니다.

                2004년   5월 20일
                    권 정 생 씀

권정생의 삶과 문학

초판 1쇄 발행 • 2008년 5월 10일
초판 4쇄 발행 • 2017년 6월 29일

엮은이 • 원종찬
펴낸이 • 강일우
책임편집 • 천지현
펴낸곳 • (주)창비
등록 • 1986년 8월 5일 제85호
주소 • 10881 경기도 파주시 회동길 184
전화 • 031-955-3333
팩시밀리 • 영업 031-955-3399 편집 031-955-3400
홈페이지 • www.changbi.com
전자우편 • enfant@changbi.com

ISBN 978-89-364-6327-4 03810

권정생의 삶과 문학

원종찬 엮음

창비

아지똥기을 대할 때마다 항상 무언가
진 듯한 아쉬움이 있었습니다
래 강아지똥은 50장을 썼던 인데
교육 현상모집에 원고지 30
어 있었습니다. 고민 끝에 아랑암이
하는 대목과 마지막 장에 을 덜
니 35장이 되었습니다 그런
무리 없이 읽힐 수 있습니다. 그래서
뜻과는 달리 감나무 일 사위는 기워져 버리
니다,
에 참흙을 빚어 만든 애니메이션에서
나무 잎을 살려 집어 넣었더니 보는 사람
그 대목에서 가장 많이 눈물 짓게 했다
맘을 들었습니다.
읽는 어느 5월초에 이영 선생님이
아지똥기 다시 읽기만 글을 실었기에 늦었
간 빠졌던 감나무 잎을 살리기로 했습니다
게 겨우 마음이 놓입니다.
2004년 5월 20일
권 정생 씀

작고 보잘것없는 것들을 한없이 사랑한 권정생

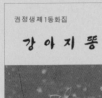

권정생 제1동화집

강 아 지 똥

사과나무밭 달님

권정생 지음

창작과비평사

창비아동문고 **61**

권정생 소년소설

몽실 언니

권정생 지음/이철수 그림

창작과비평사

오늘의 아동문학⑮

하느님의 눈물

● 권정생 유년동화집

도서출판 인간사

권정생 유년동화집

하느님의 눈물

도서출판 산하

웅진어린이문고

권정생 동화집

벙어리 동찬이

웅진출판주식회사

도토리 예배당

종지기 아저씨

권정생 글
이철수 그림

권정생 소년소설

초가집이 있던 마을

권정생의 글 모음 **9**

오물덩이처럼 딩굴면서

이철지 엮음

종로서적

1	2	3	
4	5	6	7
8	9		
10	11		

창비아동문고 **106**

권정생 동화집

바닷가 아이들

권정생 지음/박불똥 그림

권 정 생 시집

어머니 사시는 그 나라에는

지식산업사

12	13	14	15
	16	17	18
		19	20
		21	22

유년동화

심부름 (그밖에 하나)

권정생

"또야 가서 콩나물 사온"

엄마가 또야한테 심부름을 하라는군요

엄마 너구리는 지금 바느질하는데 바

쁘거든요. 그것도 삯바느질이어서 오늘

안으로 일을 마쳐야 한대요.

"응, 콩나물 사올게."

또야는 엄마가 건네주는 장바구니랑

천원짜리 한 장을 받아들고 돌아서 방

을 나왔어요.

"옛다 이걸로 뭐든 사먹으렴."

엄마는 또야한테 백원짜리 동전 한

알을 줬어요.

"이것 심부름하는 값이야?"

"아니, 심부름은 그냥 하는거고 백원

은 그냥 주는거야."

또야는 함빡 웃었어요.

둘 백원이 심부름값이라면 아무러도

아기너구리

「또야 너구리의 심부름」 권정생 육필 원고

이 동화의 탈고 당시 제목은 '심부름'이었으나 창비아동문고 200
번 '오늘의 동화 선집 1' 『또야 너구리의 심부름』(2002)에 수록하
면서 제목을 '또야 너구리의 심부름'으로 바꾸었다.

〈강아지똥〉을 대할 때마다 항상 무언가
빠진 듯한 아쉬움이 있었습니다.
원래 강아지똥은 40장을 썼던 것인데
기독교교육 현상모집에 원고지 30장으로 규정
되어 있었습니다. 고민 끝에 감나무 가랑잎이
등장하는 대목과 마지막 장면 5장 쯤을 덜
어내니 35장이 되었습니다. 작품은 그런데
로 무리 없이 읽힐 수 있었습니다. 그래서
내 뜻과는 달리 감나무 잎사귀는 지워져 버린
것입니다.
작년에 참흙을 빚어 만든 애니메이션에서
감나무 잎을 살려 집어 넣었더니 보는 사람
들이 그 대목에서 가장 많이 눈물짓게 했다
는 말을 들었습니다.
동화읽는어른 5월호에 이기영 선생님이
〈강아지똥〉 다시 읽기란 글을 실었기에 늦었
지만 빠졌던 감나무 잎을 살리기로 했습니다.
이제 겨우 마음이 놓입니다.

2004년 5월 20일
권정생 씀.

어린이도서연구회에 보낸 권정생의 편지(어린이도서연구회 제공)
2004년 『동화읽는어른』(7월호)에 「강아지똥」을 재수록하며 제1
회 기독교아동문학상 응모 당시 원고 매수 때문에 덜어냈던 '감
나무 가랑잎 장면'을 살렸다. 다가올 죽음을 생각하면서 쓴 이 장
면이 더욱 절실했던 권정생은 『동화읽는어른』에 원고를 보내면서
이제 겨우 마음이 놓인다고 말한다.

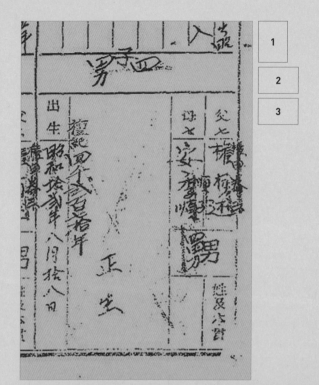

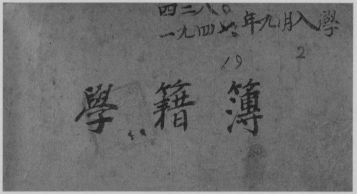

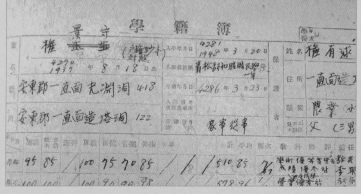

1 권정생 호적
단기 4270년(소화 12년, 1937) 8월 18일 출생이라고 씌어 있다.

2,3 권정생 학적부
1948년부터 1953년까지 안동 일직국민학교에 다녔던 기록.

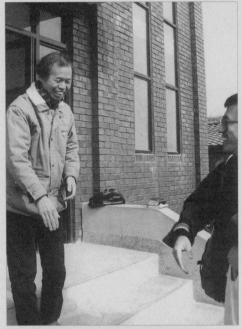

1 제1회 한국아동문학상 수상소감을 말하는 권정생(1975)
2 종지기로 일했던 일직교회 앞에서
3 권정생 동화의 산실, 조탑마을 작가의 방
（**1,2,3** 권정생어린이재단준비위원회 제공）

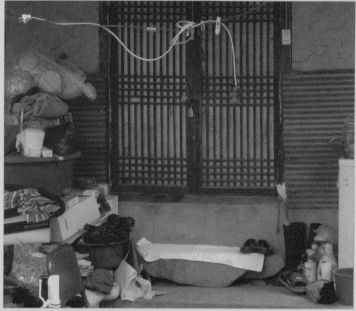

안동시 일직면 조탑마을 권정생이 살던 집
1983년 빌뱅이 언덕에 동네 청년들이 지어준 작은 흙집에서 작고할 때까지 살았다.

안동시 일직면 조탑마을에서 열린 권정생 영결식(2007. 5. 20)

사람이 사람을 사랑한다는 게 얼마나 어려운가를 나는 알고 있다.

견딜 수 없을 만큼의 아픔과 쓰라림이 뒤따른다는 것을 옛 성현들도 말하고 있다.

고린도전서 13장에 사도 바울이 말한 대로라면

너무 어려워 도저히 사람을 사랑할 수 없을지도 모른다.

특히 나와 같은 인간은 생전에 아무도 사랑해보지 못하고 죽을지도 모른다.

— 권 정 생 —

'권정생의 삶과 문학'을 펴내면서

「강아지똥」과 『몽실 언니』의 작가 권정생(權正生, 1937~2007)이 타계한
지 어느새 1년이 되었다. 그는 한국 아동문학의 자존심으로 여겨져왔다.
파란만장한 민족의 역사를 응축해서 보여준 그의 삶과 문학은 이 땅에서
가장 폭넓은 공감을 자아냈으니, '권정생'이란 이름은 '한 시대'를 가리킨
다고 해도 과언이 아니다.

권정생의 문학은 과거에 갇히지 않는다. 그의 삶은 이미 과거가 되었지
만 그의 문학은 여전히 현재진행형이다. 모든 위대한 문학이 그렇듯이 말
이다. 특히 그의 문학에 대한 연구는 이제 막 걸음마 단계라고 해야 할 것
이다. 권정생에 관한 논문, 평론, 서평, 산문, 기행, 대담 등 수많은 자료를
읽어본 지금, 이러한 생각이 더욱 절실해진다.

참으로 많은 사람들이 권정생의 삶과 문학을 이야기해왔다. 그와 동시
대에 살고 있음을 축복으로 느끼며 자신의 삶을 겸허하게 돌아보는 글이
있는가 하면, 작가의 무게에 짓눌려 신음하듯 고통스러운 마음을 드러낸
글도 적지 않다. 모두 일리가 있다. 읽는 이의 마음을 정화하고 은혜를 주

는 힘이야말로 권정생 문학을 계속 살아남게 하는 바탕이 아닐 텐가.

그러나 권정생의 이름을 마치 면죄부인 양 가져다 쓰는 일은 마땅히 경계해야 한다. 그가 찾아오는 손님을 만나지 않았던 이유, 사람들이 그의 집 방문을 스스로 삼가곤 했던 저간의 사정을 곰곰이 되새겨볼 필요가 있다. 일종의 '사적(私的) 영토화'는 그의 뜻과 다르다. 그는 독실한 종교인이었지만, 동시에 철저한 우상 파괴자였다. 마지막 순간에도 그는 "어매, 어매……"를 애타게 불렀다고 하는데, 마침내 소원대로 한 줌의 재가 되어 흙과 바람 속으로 섞여 들어갔다.

이 책의 편집을 맡게 되면서 이 일이 외려 고인에게 누를 끼치는 것은 아닐까 하는 부담감으로부터 역시 자유로울 수 없었다. 그럼에도 이 책이 지금 이 시점에 필요하겠다고 생각한 것은 권정생에 관해 우리가 알아야 할 것들이 제대로 밝혀졌는가 하는 의문과 더불어, 하나하나 목숨처럼 써내려간 그의 수많은 작품들에 비해 실질적인 연구 성과는 너무 초라하다는 반성을 아니할 수 없었기 때문이다.

몇 년 전, 일본의 한 서점에서 미야자와 켄지(宮沢賢治, 1896~1933)에 관한 연구서들이 서점의 큰 책꽂이 하나를 전부 차지한 것을 보고 몹시 부러워한 적이 있다. 그때까지 나온 우리나라 아동문학 연구서를 모두 합한 것보다도 많을 듯싶었다. 주류 아동문학사가 외면한 미야자와 켄지를 다시금 주목해서 전통을 새롭게 일으켜 세우려는 수많은 연구자들의 노력 덕분에, 오늘날 일본의 아동문학은 저만큼 앞서가고 있는 것이 아닐까.

권정생은 고통받는 사람들, 심지어 벌레 같은 미물에 이르기까지 온몸으로 사랑을 실천한 따뜻한 마음의 소유자면서도 자기 시대와는 끝까지 불화한 문제작가로서 우리에게 다가온다. 그는 작품으로 사상과 철학을 보여준 큰 작가에 속한다. 그의 작품은 시, 동화, 소설, 판타지 등 모든 영역에 걸쳐 있으며, '강아지똥' '몽실 언니' '또야 너구리' 등 고유 캐릭터 창조에서도 단연 우뚝하다.

　권정생 연구를 위해 참고가 될 만한 글들을 가려 뽑는 일은 그리 호락호락하지 않았다. 권정생의 뜻을 가슴에 품고 사는 이들의 진솔한 산문을 수없이 만났는데, 독자 편에서 보면 동어반복으로 읽힐 수가 있겠기에 모두 거두지 못했다. 권정생의 작품과 짝을 이루던 이오덕의 초기평론을 저작권자의 뜻에 의해 싣지 못하게 된 점도 안타깝다. 대신에 부록으로 가장 최근까지의 글 목록을 빠짐없이 밝혀놓아서 관심있는 이들이 찾아 읽을 수 있도록 했다.

　중복되는 내용을 최대한 줄이고자 했으나 모아놓고 보면 또 한계가 없지 않다. 1부는 권정생에 관한 시 모음, 2부는 작가 스스로 밝힌 삶과 작품 이야기, 3부는 권정생 문학에 대한 주요 평론과 논문, 4부는 문학기행을 비롯한 산문으로 구성되어 있다. 3부의 연구대상에서 권정생의 주요 작품조차 모두 포괄하지 못한 것은 아동문학 학계와 평단의 취약성을 일정하게 반영한다. 물론 선집으로서 이 책의 모자람에 대해서는 전적으로 편자의 책임이다. 오랜 세월에 걸친 여러 필자들의 관심을 이 정도 모아둠으로써 아쉬운 대로 앞날의 연구를 위한 초석은 될 수 있으리라고 위안해본다.

　작가의 자서(自敍) 기록인 「오물덩이처럼 딩굴면서」가 여기 실리는 것을 기꺼운 마음으로 받아준 '권정생어린이재단준비위원회' 최완택 목사, 고인과는 호형호제하는 사이로 이번에 새로 시를 지어 보내준 권오삼 시인, 빈틈없는 연보와 글 목록 작성을 위해 애써준 이기영씨, 재수록을 허락해준 여러 필자들, 이들의 원고를 꼼꼼히 살펴 손질해준 창비 편집자에게 감사의 말을 전한다.

2008. 4.

원종찬

차례

일러두기

1. 현재까지 발표된 권정생의 삶과 문학에 관한 글들을 선별하여 글의 성격에 따라 총 4부로 나누어 엮었다. 각 부를 구성하는 글들은 가급적 발표순으로 배열했으며, 이 책의 성격에 맞게 내용을 손질하였다.
2. 글쓴이 소개는 각 글의 뒤에 두었다.
3. 독자들의 이해를 돕기 위해 글의 제목을 더러 바꾸기도 했으며, 이 경우 원제를 밝혀두었다. 본문에 중간제목이 없는 경우는 그대로 두었다.
4. 외래어 표기는 현지음을 존중하는 원칙에 따랐다.
5. 책을 엮으면서 필요하다고 판단되는 경우에 편집자 주를 각주로 달았다.

강아지 똥기을 대할 때마다 항상 무언가
진 듯한 아쉬움이 있었습니다.
그래 강아지 똥은 수유장을 썼던 것인데
독교육 현상 모집에 원고지 30장으로 궁지
어 있었습니다. 끄민 끝에 감나무가 가랑잎
장하는 대목과 마지막 장면 수 점을 다
내니 3수장이 되었습니다. 작품은 그런
무리 없이 읽힐 수 있었습니다. 그래서
뜯라는 달리 감나무 잎사귀는 지워져 버고
았니다.

년에 참흙을 빚어 만든 애니메이션에서
나무 잎을 살려 집어 넣었더니 보는 사
이 그 대목에서 가장 많이 눈물 짓게 했
말을 들었습니다.
라읽는 어를 5월초에 이기영 선생님이
강아지똥기 다시 읽기만 글을 실었기에 놓아
만 빠졌던 감나무 잎을 살려기로 했습니다
제 겨우 마음이 놓입니다.

2004년 5월 20일
권 정 생 씀.

1부

종소리

안동의 동화작가 권정생 씨에게

신경림

과수원 사과나무에 가려 담이 반밖에 안 보이는
산모롱이 개울가 외진 곳집 옆
궤짝 같은 두 칸 집이 그가 혼자 사는 집이다
맨드라미가 핀 손바닥만한 마당에서
개와 토끼가 종일 장난질을 치고
학교에서 돌아오는 아이들은 떼로 몰려
질퍽질퍽 물을 밟고 개울을 건너
주인이야 있거나 말거나
젖은 발로 방에 들어가 엎드려 동화를 읽는다
늦어서 아이들과 함께 먹는 밥은
그가 생활보호 대상자라고
면에서 나오는 쌀로 지은 것이다
밤이 되면 그는 마을 안 교회로
종을 치러 간다 그 종소리를 들으면서
사람들은 오늘도 무사히 넘겼음을 감사하지만
그 종소리를 울면서 듣고 있는 것들이
따로 있다는 것을 그들은 모른다
버러지며 풀 따위 아주 작고 하찮은 것들

하지만 소중한 생명을 지닌 것들이
종소리를 들으면서 울고 있다는 것을 모른다

『길』(창비 1990)

申 庚 林 ● 시인, 동국대 석좌교수. 시집 『농무』 『쓰러진 자의 꿈』 『어머니와 할머니의 실루엣』 『낙타』 들을 비롯해, 산문집 『민요기행』 『시인을 찾아서』 들을 냈다.

신경림 ● 종소리 9

작은 사람, 권정생

임길택

어느 고을 조그마한 마을에
한 사람 살고 있네.
지붕이 낮아
새들조차도 지나치고야 마는 집에
목소리 작은 사람 하나
살고 있네.
이다음에 다시
토끼며 소며 민들레 들
모두 만나볼 수 있을까
어머니도 어느 모퉁이 서성이며
기다리고 있을까
이런저런 생각 잠결에 해보다가
생쥐에게 들키기도 하건만
변명을 안해도 이해해주는 동무라
맘이 놓이네.
장마가 져야 물소리 생겨나는
마른 개울 옆을 끼고
그 개울 너머 빌뱅이 언덕

해묵은 무덤들 누워 있듯이
숨소리 낮게 쉬며쉬며
한 사람이 살고 있네.
온몸에 차오르는 열 어쩌지 못해
물그릇 하나 옆에 두고
몇며칠 혼자 누워 있을 적
한밤중 놀러 왔던 달님
소리 없이 그냥 가다는
뒤돌아보고 또 뒤돌아보고
그러나 몸 가누어야지
몸 가누어
온누리 남북 아이들
서로 만나는 발자국 소리 들어야지
서로 나누는 이야기 소리 들어야지.
이 조그마한 꿈 하나로
서른 넘기고
마흔 넘기고
쉰 넘기고

예순마저 훌쩍 건너온 사람,
바람 소리 자고 난 뒤에
더 큰 바람 소리 듣고
불 꺼진 잿더미에서
따뜻이 불을 쬐는 사람.
눈물이 되어버린 사람
울림이 되어버린 사람.
어느 사이
그이 사는 좁은 창틈으로
세상의 슬픔들 가만히 스며들어
꽃이 되네.
꽃이 되어
그이 곁에 눕네.

『우리 말과 삶을 가꾸는 글쓰기』 1997년 10월호

林 吉 澤 ● 동시인, 초등학교 교사 역임. 1997년 4월에 폐암으로 세상을 떠났다. 시집 『탄광 마을 아이들』 『할아버지 요강』, 동화집 『산골 마을 아이들』 『수경이』 들을 냈다.

권정생의 꽃
시인의 죽음을 애도함

김규동

소달구지길에
민들레 피었소

자세히 디려다보면
꽃이 작은 궁전이라오

거기에
바람과 기쁨이 왔소

민들레
이것은 시인 권정생의 꽃

『녹색평론』 2008년 3·4월호

金奎東 ● 시인. 1948년 『예술조선』에 시 「강」으로 등단했다. 시집 『깨끗한 희망』『길은 멀어도』『느릅나무에게』 들을 냈다.

종지기의 승천

최완택

종지기 하나 있었다네
세상천지 오갈 데 없어
어느 가난한 시골 예배당에
흘러들었다네
빈 토담방에 거처를 얻고
그게 고마워
누가 시킨 것도 아닌데
새벽마다 종을 쳤다네
그냥 종을 쳤다네

그 종지기 종을 치다가
종은 누구를 위하여
치는 것이라고 문득 깨달았다네

처음에는 늘 하느님을 위하여
나중에는 늘 사람들을 위하여

더 나중에는 바람을 위하여

맨 나중에는 바람 따라 종을 쳤다네

끝으로는 바람 따라 종소리 따라 승천(昇天)했다네

종지기 하나 있었다네
바람 따라 종을 쳤다네
종소리 따라 승천했다네

(2008. 1. 7. 새벽, 北山)

『민들레교회이야기』 637호(2008. 2. 10)

崔完鐸 ● 서울 민들레교회 목사, 한국기독교환경운동연대 이사. 『아름다운 순간』 『자유혼』 들을 냈다.

권정생 형

권오삼

약속한 대로 안동 버스터미널 앞에서 형을 기다렸다.
이마 아래까지 푹 눌러쓴 운동모
보라색 고무신에 무릎자리가 불룩 튀어나온 옅은 밤색 바지
소매를 팔목 위에다 아무렇게나 둘둘 말아 붙인 체크무늬 남방셔츠 차림의
시골 노인이 내 앞으로 허적허적 다가왔다.
형이었다.
이때가 형이 세상을 뜨기 2년 전인 2005년 4월이었으니
그날이 형과 함께한 마지막 추억이 되리라곤 상상도 못했다.

중국은 티베트를 독립시켜야 하고
미국은 이라크에서 철수해야 하고
이스라엘은 팔레스타인에 대한 무력사용을 중지해야 하고
전쟁은 어떤 일이 있더라도 일어나서는 안돼.
내가 동화를 몇십 년 썼지만 세상은 하나도 달라진 게 없어, 동화를 써도 아무 의미가 없어
전화로 안부를 물을 때마다 형은 내게 참 많은 이야기를 했다.

2000년 2월, 설 직후였든가

내가 안부전화를 했을 때 형은 금방이라도 숨이 넘어갈 듯했다.

쉬엄쉬엄 늘어놓는 말에 힘이 하나도 없었다.

내 아픈 것 아무도 몰라, 안 아파본 사람들이 어떻게 아픈 사람 심정 아

노, 이렇게 살다가 죽어야 하는 게 억울해.

그날 그렇게 곧 죽을 것처럼 말하던 형이 그 이후로 참 용케도 잘 버티

기에

혼자 속으로 75세까지는 너끈하겠다 믿었는데

작년 5월, '나 정말 이제 간다'는 말 한마디 없이

홀쩍, '어머니 사시는 나라'로 가버리는 걸 보고

한동안 충격에서 헤어나지 못해 마음고생을 한 건 사실이다.

그 이후로 내가 죽음에 대해 자주 생각을 하게 된 것도 따지고 보면

형의 죽음으로 말미암은 후유증이라고 할 수 있다.

(2008. 3)

權五三 ● 동시인. 1975년 『월간문학』으로 등단하였다. 동시집 『물도 꿈을 꾼다』 『고양이가 내 뱃속에서』 『도토리나무가 부르는 슬픈 노래』 들을 냈다.

...아지똥기을 대한 때마다 항상 무언가
...아지똥기을 대한 때마다 항상 무언가
진 듯한 아쉬움이 있었습니다.
...래 강아지똥은 수og을 썼던 것인데
...교교육 현상모집에 원고지 30장으로 국한
...어 있었습니다. 고민 끝에 감나무가 강아지...
...장하는 대목과 마지막 장면 5장면 점을 덜...
...내니 강정이 되었습니다. 작품을 그런...
무리 없이 읽힐 수 있었습니다. 그래서
...똥과는 달리 감나무 잎사귀는 지워져 버렸...
...입니다.

2부

...년에 찹쌀을 빚어 만든 애니메이션에서
나무 잎을 살려 집어 넣었더니 보는 사...
...니 그 대목에서 가장 많이 눈물 짓게 했...
...많을 들었습니다.
...라 읽는 어른 5월호에 이기영 선생님이
...아지똥기 다시 읽기란 글을 실었기에 늦...
...만 빠졌던 감나무 잎을 살리기로 했습니다...
제 겨우 마음이 놓였습니다.

　　　　　　2004년　5월 20일
　　　　　　　권정생 씀.

권정생의 자전적 이야기

오물덩이처럼 딩굴면서

권정생어린이재단준비위원회 제공

내가 예수님을 처음 알게 된 것은 나이 겨우 5살 때였다. 일본 토오꾜오 (東京)의 빈민가인 시부야(渋谷)에 살고 있을 때였다. 위로 두 누나들이 친구들과 함께 다니던 일요학교 얘기를 자기네끼리 주고받는 것을 곁에서 들은 것이다. 기도하는 얘기, 잠자리채 같은 연보 주머니에 1전짜리를 던져 넣는 얘기, 그리고 예수님의 십자가 얘기를 했다. 옷을 벗고 알몸뚱이가 된 남자가 십자가란 나무 위에 매달려 죽었다. 머리엔 가시관을 썼기 때문에 얼굴엔 피가 줄줄 흘렀고, 손과 발에 못을 박았기 때문에 굉장히 아팠을 거라고 했다.

무슨 까닭으로 그렇게 죽게 되었는가는 몰랐지만, 그때 들은 예수님의 십자가 모습은 어린 내게 꽤나 심각한 충격을 가져다준 것은 분명했다. 그때 내가 멋대로 그려본 예수님의 십자가 모습은 30여 년이 지난 지금까지 나의 머리에서 떠나지 않는다. 핏기 없는 검푸른 얼굴에 붉은 피를 흘리며 공중에 높이 매달린 남자가 무섭기보다 측은하게만 여겨졌었다.

또 하나는 누나가 가르쳐준 일요학교의 노래 중에 딱 한 가지 기억하고 있는 것이 있다. 예수님의 십자가 모습과 거의 일치된 슬픈 동요의 가사를 우리말로 옮겨보면 대략 다음과 같다.

잇사 아저씨
잇사 아저씨
아저씨네 집은 어디이셔요?

우리 집은
북쪽나라 먼 산속
그 산속 깊숙이

오막집 한 채
참새들과 얘기하며
살고 있지요

　2차 대전이 한창 치열했던 1944년 12월, 토오꾜오의 폭격은 빈민가의 구석구석까지도 잿더미로 바꿔놓았다. 우리 집은 군마껜(群馬県) 쯔마고이(妻恋)라는 시골로 이사를 했다. 거기서 해방을 맞아 후지오까(富岡)로 일시 옮겼다가 1946년 3월에 귀국을 했던 것이다. 조국 해방의 감격은 어린 내 가슴에도 벅찬 기대 속에 부풀어올랐다. 그러나 찾아온 조국의 품은 어처구니없게도 모든 기대를 허물어뜨렸다.

　몇 년이 못 가서 우리는 10식구가 뿔뿔이 헤어져야 했다. 6·25가 일어나자 가족들은 서로의 생사조차 모르게 되었다.

　1955년 여름, 내가 객지를 전전한 지도 4년째가 되었었다. 부산에서 재봉기상회 점원으로 일하고 있었다.

　교회도 예수님도 까맣게 잊어버리고 좌절과 실의에서 헤어나지 못한 사춘기 시절이었다. 그런데 외로운 객지 생활 속에서도 친구는 있었다. 자동차 정비소에서 일하던 오기훈이란 아이와 최명자라는 여자아이였다.

　명자는 충청도가 고향이었지만, 6·25 때 부모님을 잃고 고아원에서 자랐다. 기훈이는 이북 피난민이었다. 일찍부터 부모님은 안 계셨고, 형님과 월남을 하다가 헤어진 것이라 했다. 그는 나보다 1살 위였지만 10년 이상 나이가 더 들어 보였다. 사고력도 행동도 생김새도 의젓했다.

　기훈이와 나는 용돈이 생기면 초량동에 있는 '계몽서점'이란 헌 책방에서 책을 빌려다 보는 것으로 낙을 삼았다. 계몽서점은 중앙국민학교 분교장 앞에 있었다. 주인은 마흔 살이 조금 넘은 마음씨 좋은 분으로, 처음엔 책값만큼의 보증금을 내고 책을 빌려왔지만 나중에는 서로 알게 되어 값

비싼 책도 그저 내어주었다.

『베르테르의 슬픔』을 빌려다 읽고는 청년 베르테르의 사치한 죽음에 대한 실망으로 분노를 느끼기까지 했다. 대신, 도스또예프스끼의 『죄와 벌』을 읽고는 그만 기훈이도 나도 울어버렸다. 기훈이는 얘기했다.

"나도 언젠가 라스꼴리니꼬프처럼 도끼로 사람을 때려 죽일지도 몰라. 그땐 쏘냐처럼 먼 시베리아까지 함께 가줄 연인이나 친구가 있어야 할 텐데……"

기훈이의 말이 아니었어도 우리는 너무 고독했고, 그래서 따뜻한 이웃이 그리웠던 것이다.

이광수의 『단종애사』를 읽고 나서 '사육신'을 존경하게 되었고, 단종의 슬픔이 우리 자신의 슬픔으로 되살아났다.

상점 유리문에 붙여놓은 극장 포스터권이 나오면, 우리는 삼류 극장에 가서 서부 활극을 구경했다. 잔인한 백인들의 총탄에 죽어가는 인디언들이 전시(戰時)의 우리들의 입장과 닮은 것 같아 쓸쓸했다. 기훈이와 둘이서 밤길을 걸으면서 「군세어라 금순아」를 목이 터지도록 불렀다.

명자는 어디서 구했던지, 찬송가와 성경책을 주면서 간곡히 교회에 나가도록 권유했다. 다행히 명자는 크리스천이었기 때문에 일요일 교회에만은 자유롭게 다닐 수 있었다. 그러나 나와 기훈이의 입장은 달랐다. 아침 5시에 일어나 저녁 9시까지, 더 늦으면 12시까지 일을 했다. 초량동 삼일교회당 앞까지는 가봤어도 한 번도 예배엔 참석해보지 못했다. 그때 명자가 준 군용 찬송가는 아직 내가 보관하고 있다.

기훈이가 자살을 한 것은 그해 늦은 여름이었다. 다른 사람들은 식중독으로 죽었다고 말하지만 나는 기훈이의 죽음을 어디까지나 자살로 믿고 있다.

죽기 며칠 전 아침 기훈이는 신품(新品)이나 거의 같은 몽키스패너 한 개를 가지고 와서 팔아달라고 했다.

"수리를 하고 간 차가 빠뜨리고 갔어. 찾으러 올까 봐 기다려도 안 오니 우리가 가져도 될 것 같아. 잡지 1권 값은 될 거야."

나는 그 몽키스패너를 150환에 판 것으로 기억하고 있다. 그러나 기훈이에게 그 돈을 전해주지 못했다.

갑자기 나는 넓은 바다 가운데 혼자 내던져진 기분이었다. 며칠을 두고 상점 책상에 엎드려 꼬박 밤을 새우며 울었다.

기훈이와 같이 사서 읽던 월간 잡지 『학원』을 1955년 8월호로 영원히 인연을 끊게 된 것도 기훈이의 죽음 때문이었다. 한 번 샀던 헌 상품 포장지를 벗겨, 소설도 써보고 시도 써보던 것을 그만두었다. 계몽서점에 찾아가는 것도, 「굳세어라 금순아」 「슈샤인 보이」를 부르는 것도 그만두었다.

명자는 이따금 나를 보면 한숨 섞인 말로 위로를 했다.

"얼굴이 말이 아니야. 어디 아픈 덴 없니?"

"응, 나 요즘 자전거 타고 오르막에 오를 땐 숨이 무척 가빠."

우리는 별로 할 말이 없었다.

명자가 서울로 떠난 것은 늦가을이었다. 훗날 들리는 소문에 명자는 어느 윤락가에서 웃음을 파는 아가씨로 전락해버렸다고 했다.

무척 착한 아이였다. 일요일이면 성경책을 들고 교회당으로 얌전히 걸어가던 명자가 창녀가 되었다. 어쩔 수 없었던 모순투성이 역사와 사회가 낳은 불행한 고아들을 누가 나무랄 수 있단 말인가?

기훈이와 명자가 모델이 된 동화, 「갑돌이와 갑순이」를 읽을 때마다 두 번 다시 만날 수 없는 친구들의 가엾은 운명에 목이 멘다.

1956년 새해가 왔다. 음력 설날도 거의 한 달이 지난 어느 날 고향집 동생에게서 편지가 왔다.

형, 설날에 올 줄 알고 기다렸는데 올해도 집에 안 오니까 어머니가 만날 울고 계신다. 형이 올까봐 떡을 해두고, 설날이 지났는데도 어머니는 막차 올 때면 정거장까지 마중을 간단다. 손님이 다 내리고도 한참 동안 더 서서 기다려보고 돌아설 때면 나도 눈물이 났어……

나는 가끔 몸에 열이 오르고 기침이 났다. 그러나 아무에게도 아프다는 눈치를 보이지 않았다. 자전거를 탄 채 오르막길을 오를 수 없도록 숨이 찼다. 내려서 끌고, 가다가 다시 탔다. 밤마다 하늘을 날아다니는 꿈을 꾸었다. 밤중에 깨어보면 식은땀이 흐르고 몹시 갈증이 났다. 냉수를 한 대접씩 떠서 벌컥벌컥 마셨다. 밥맛이 없고, 일을 하다가도 멍하니 잊어버릴 때가 한두 번이 아니었다.

그렇게 무리하면서 나는 1년을 버티었다. 그러나 끝내 견디지 못하고 자리에 누워버렸다. 병원 진단 결과는 늑막염에다 폐결핵이 겹쳤다고 했다.

1957년 2월, 고향에서 어머니가 오셨다. 나는 죄인처럼 끌려 집으로 돌아왔다.

집을 떠난 지 5년 만이었다.

남의 집 논밭 다섯 마지기로 소작 농사를 지어 간신히 살고 있는 고향 집엔 늙으신 아버지와 동생이 기다리고 있었다. 어머니 아버지는 온통 주름살투성이인 할머니 할아버지로 변해 있었다. 다만 이제 17세의 동생은 아주 건강하게 어른스러워 보였다. 그도 국민학교를 졸업한 후, 집에서 농사일을 거들며 힘겨운 노동을 하고 있었다. 노동하는 것이 나쁘대서가 아니다. 아직은 공부를 하고 배움길에서 자라야 할 나이에, 평생 노동으로 시달려온 부모님처럼 고생할 것을 생각하니 가슴이 아팠던 것이다.

오랜만에 만난 가족이었지만 반가워할 수도 없었다. 말없이 우리는 앞으로 닥칠 운명에 대해 어떻게 대처해나갈 것을 생각하면서 하루하루를 보냈다. 나는 어두운 방 안에 꼼짝 않고 누워 있었다.

그런데 마을엔 나처럼 객지에서 병을 얻어 돌아와 있는 사람이 많았다. 서울에서 식모살이하던 성태란 소녀, 앞집 갑덕이는 16살인데 역시 폐결핵으로 기침을 하고 있었다. 군대에서 의병 제대를 하고 돌아온 청관이와 태진이네 아버지도 폐결핵이었다. 14살짜리 옥자도, 배나무집 시집갔던 성난이도 결핵이었고, 나보다 조금 늦게 온 태호도 기관차 조수로 일하다가 폐결핵으로 돌아왔다.

우리는 줄을 지어 읍내 보건소로 약을 받으러 갔다. 그러나 그때만 해도 환자의 수효량만큼 약이 공급되지 않았다. 차삯을 간신히 구해서 50리 길을 찾아가보면 약이 나오지 않아 허탕을 쳐야 했다. '파스'와 '아이나'를 함께 복용하다가 '아이나'만 나올 때도 있고 '파스'만 나올 적도 있었다. 그것도 저것도 나오지 않아 한두 달씩 건너뛰기도 했다.

개별로 약방에 가서 구입해 먹으라고 했지만 우리는 따로 약을 사서 먹을 형편이 못되었다. 이렇게 무질서한 투약으로 치료는커녕 병세는 점점 더 악화되어갔다.

우리 중에서 제일 먼저 죽은 것은 그래도 가정환경이 가장 좋다고 한 태호였다. 21세 한창 피어나는 나이에 몹쓸 병마로 죽은 것이다. 그다음엔 17살로 죽은 갑덕이었다. 잇달아 태진이네 아버지가 죽었고, 옥자가 죽고, 성태가 죽었다.

성태는 무척 깔끔한 처녀였다. 빨래터에 갈 때도 남이 안 보는 이른 아침이나 저녁 늦게였다. 죽을 때까지 가사를 돌봤다. 한번은 내가 찾아갔더니 성태는 베틀에서 베를 짜고 있었다. 장작개비처럼 가늘어진 허리에 부티끈을 졸라매고 바디를 힘겹게 내려치고 있었다.

"어쩌려고 힘든 베를 짜고 있니?"

나는 너무도 놀라움에 가까스로 그렇게 물었다.

"품앗이 베야. 이런 거라도 해야만 마음이 편해."

희고 푸른 얼굴로 성태는 쓸쓸하게 웃었다. 나중에 알았지만, 성태는 가슴에 구멍이 뚫어져 거기서 고름이 쉴 새 없이 흘렀었다. 들기름을 묻힌 솜으로 그 구멍을 막아가면서 성태는 일을 했던 것이다.

1960년 겨울 성태는 죽었다. 22살이었다.

그 다음해에는 청관이가 죽었다. 청관이는 열 식구가 넘는 대가족의 집안에서 결국 쫓겨나듯 의지할 곳이 없게 되었다. 들판 외딴 집에 추운 겨울인데도 불을 지피지 않은 방 안에서 이불을 뒤집어쓰고 떨고 있었다. 윗목에는 금이 간 요강이 놓였고 요강 안에는 거품이 덮인 가래와 빨간 오줌 몇 방울이 담겨 있었다. 청관이는 이따금 보건소에서 받아온 '아이나' 1개월분을 한꺼번에 먹어치웠다. 한시바삐 죽고 싶은 것이 그의 소원이었다.

부모도, 형제도, 친구도 그를 마다고 했다. 주림과 추위와 고독과 아픔을 한꺼번에 참아가기란 너무도 벅차고 가혹한 일이었다. 불쌍한 청관이는 그렇게 죽었다.

마지막으로 성난이가 3남매 어린 자식들을 남겨놓고 죽어버리자, 나 혼자만이 남게 되었다. 그즈음, 나의 병세 역시 극도로 악화되어 있었다. 폐결핵에서 신장, 방광 결핵으로 전신 결핵이 되어갔다.

소변보기가 어려워졌다. 횟수가 잦아지고 통증이 뒤따랐다. 1시간에 1회였다가 30분마다 보아야 할 만큼 횟수가 늘고, 나중에는 10분, 5분으로 변소에 나들어야 했다. 밤으로는 잠을 제대로 잘 수 없었다.

내가 밤마다 괴로워하니 어머니께서도 함께 주무시지 않았다.

내가 고향집에 돌아온 다음해, 동생이 대신 집을 나갔다. 어려운 살림을 돕기 위해서는 돈을 벌어야 된다는 것이 동생의 머릿속에 꽉 차 있었다. 그는 강원도로 서울로 다니며 일자리를 찾아 헤매었다.

나는 집 나간 동생과 부모님께 도저히 그 이상 고생을 시켜드릴 수 없어 차라리 죽어버리길 바라고 기도했다. 밤마다 교회당에 가서 밤을 지새우며 하느님께 나의 고통을 눈물로 부르짖었다.

아마 구약성경에 나오는 욥의 모습만큼 참담했을 것이다.

여름은 그래도 밤을 지새우기가 쉬웠다. 그러나 추운 겨울은 한층 괴로웠다. 추운 마룻바닥에 앉아 있으면 소변은 숨 돌릴 사이도 없이 마려워진다. 밤새도록 들락날락거리다 보면 새벽이 온다. 새벽종이 울리면 곧 일어서서 집으로 돌아간다.

나중에는 아예 깡통을 기도하는 옆에다 갖다 놓고 밤을 새웠다. 누구에게 들키지 않도록 각별히 조심을 하자니 기도도 제대로 할 수 없었다. 다만, "주여" "주여"를 되풀이하다가 보면 어느 사이에 "어이 추워, 어이 추워"로 바뀌어버린다. 어쩌다가 지쳐 그 자리에 쓰러져 잠이 들면 온통 바지가 젖어 있었다. 젖은 바지는 그대로 빳빳하게 얼어버렸다.

버려진 바지를 어머니에게 빨리기가 죄스러워 아직 어두울 새벽에 우물에 가서 물을 길어 손수 바지를 빨았다. 빨면서 나는 울고 있었다. 아무리 참으려고 애써도 걷잡을 수 없이 눈물이 흘러내렸다.

그러나 어머니는 내가 흘린 눈물의 열 곱절 아니, 백 곱절도 넘는 숱한 분량의 눈물을 흘리시고 괴로워하셨다.

어머니는 기독교인이 아니었다. 그러나 그 나름대로 신앙을 가지고 있었다. 뒤꼍 뽕나무 아래서 밤마다 몰래 나가 기도하시는 것을 나는 알고 있었다. 산과 들로 나가서 약초를 캐 오시고 메뚜기를 잡아 오셨다. 뱀도 잡아 오시고, 개구리도 잡아 오셨다. 아마 어머니가 잡아 오신 개구리만 해도 수천 마리가 넘었을 것이다.

벌레 한 마리도 죽이는 것을 못마땅하게 여기시며, 생명 가진 것을 그토록 소중히 여기시던 어머니가 그 많은 개구리를 어떻게 잡아 껍질을 벗기셨는지, 지금도 생각하면 어머니가 가엾으시다. 동생조차 집을 나가고 없고 어머니께서 내 병치닥거리에 여념이 없자 자연, 농사는 아버지 혼자서 지으셔야 했다. 식구들은 모두 한결같이 피골이 상접한 환자처럼 되어갔다. 나의 모습은 꼭 죽은 송장만큼 보기 흉했을 것이다. 이발관에 갈 수 없어 바리깡을 가지고 손수 머리를 깎았다. 손바닥만한 거울 조각을 앞에 놓고 나는 어느새 머리 깎는 데 익숙해 있었다. 우리 속담엔 "중도 제 머리는 못 깎는다"라는 말이 있지만 나는 내 머리를 내가 깎았다. 25살이 넘을 때까지 나는 까까머리로 지냈다.

그런데 죽기만을 기다리던 내 병 증세가 뜻밖에도 차츰 호전되고 있었다. 소변 횟수가 줄어들었다. 소변 때마다 피고름이 섞여 나오던 통증도 조금 가시어졌다. 누워 있어도 곤란하던 호흡이 점차 안정되어가고 다리에 힘이 올랐다.

고향집에 돌아온 지 6년 만인 1963년 나는 교회학교 교사로 정식 임명되었다. 그렇다고 완전한 건강을 되찾은 것은 아니었다. 소변은 역시 매 시간마다 보아야 했고, 걸음도 아주 천천히 걸어야만 했다.

그러나 그때부터 나는 죽지 않는다는 신념을 갖게 되었다. 철야 기도도 계속해나갔다. 유일한 읽을거리는 성경책이었다. 신문도, 라디오도, 책 한 권 빌려 볼 수 없는 산골에서 성경은 나의 마음을 무한히 넓게 깊게 가르치고 일깨워주었다.

나는 얼마 동안 행복을 느꼈다. 그러나 그것도 1년을 지속하지 못하고 커다란 슬픔이 닥쳐오고 말았다. 어머니의 죽음이었다.

1964년 늦겨울 어느 날, 어머니는 자리에 누우셨다. 누우시기 전날까지도 어머니는 고개 너머 저수지 공사에 일을 가셨다. 염색한 군용 작업복을 입으시고, 허리를 새끼 끄나풀로 묶고 집을 나서시던 그 뒷모습이 아직도 내 눈앞에 아른거릴 때면, 가슴을 쥐어뜯는 듯한 고통을 느낀다.

자리에 누우신 지 6개월 만에 세상을 뜨셨다. 68세의 할머니가 병든 자식을 위해 숨을 거두시기까지 몸부림을 치시며 절규하셨을 게다.

어머니가 돌아가시고 나니, 남자들만의 세 식구가 남게 되었다. 우리는 서로가 말이 없었다. 겨울이 지나자 어느 사이에 나의 건강은 또다시 악화되기 시작했다.

각혈을 하고 소변 횟수가 잦아졌다. 그동안 어머니의 병시중에 과로한 탓이기도 하지만 정신적으로 많은 타격을 받아서 그렇기도 했을 것이다.

어느 날 밤, 아버지는 몰래 나를 부르셨다. 아버지는 그동안 혼자 고민해 오시던 집안 걱정을 털어놓으셨다.

이대로 나가다가는 집안이 망해버리겠다는 것이다. 그래서 동생이라도 우선 결혼을 시켜 가계를 이어나가야 된다는 것이다. 나는 아버지의 심경을 십분 이해할 수 있었다. 위로 세 분 형님 중 한 분은 일제 말기 때 잃어버리고 두 분 형님마저 소식을 모른 지가 오래이다. 넷째아들인 내가 병들어 10여 년을 앓고 있으니, 이젠 막내아들에게나마 가계를 잇게 해야만 되는 건 당연했다.

아버지는 여기까지 말씀하시고 한동안 침묵해 계시다가 무척 어렵게 입을 여시었다.

"정생아, 아버지로서 이런 말을 한다는 건 도리가 아니지만, 집안을 생각해서 말하는 것이니, 네가 어디 좀 나가서 있다가 오너라. 한 1년쯤 바람도 쏘이면서……"

나는 아버지의 뜻을 훤히 알 수 있었다. 오히려 아버지가 말씀하시기 전에 내가 먼저 행동했어야만 했다. 나는 앞서 죽어간 친구들을 생각하면서 살아남아 있는 것이 저주스러웠다.

1965년, 부활절을 지낸 며칠 후, 4월 중순이었다. 나는 새벽 일찍 옷 보따리 하나를 들고 집을 나왔다. 잠든 동생의 머리맡에 쪽지 한 장을 놓아두었다.

"나, 어디 좀 나갔다가 올 테니까 아버지 말씀 잘 따르기 바란다. 형."

새벽 바람은 차가웠다. 기차 시간은 아직도 넉넉하게 남았다. 정거장에 도착하고 나니, 그때야 가까스로 동녘이 트이기 시작했다. 조그만 대합실엔 아무도 없었다. 나는 의자에 앉아 기다렸다. 한참 기다리니까, 손님들이 한둘씩 모이기 시작했다. 1시간 후에 차표를 사서 막 개찰구를 나가려는데, 누군가 헐레벌떡 달려오는 사람이 있었다. 나는 달려오는 청년을 보고 흠칫했다. 너덜너덜 해진 작업복을 입은 동생이었다. 동생은 내게 다가오더니 팔을 잡아당겼다.

"형, 어디 가는 거야?"

"걱정하지 말어. 기도원에라도 가서 한 1주일 있다가 돌아올게."

나는 동생을 안심시키기 위해 그렇게 둘러대었다. 그렇지 않아도 전부터 유명한 S기도원에 한번 가고 싶어했던 것은 사실이기 때문이다.

"안돼! 형이 어딜 가면 나도 집에 안 있겠어."

동생은 붙잡은 팔을 놓지 않았다. 나는 한쪽 구석으로 가서 타이르기 시작했다. 1주일만 있다가 꼭 돌아올 테니 그때까지 기다려달라고 사정을 했다. 동생은 어쩔 수 없음을 깨달았는지 호주머니 속에서 꼬깃꼬깃 접힌 종이돈 한 장을 내밀었다. 백원짜리 한 장이었다.

"1주일만 있다가 꼭 와야 해. 꼭!"

개찰구를 나오다가 돌아다보니, 동생은 돌아선 채 울고 있었다. 나는 못 본 척 기차에 올라탔다. 애써 터져 나오려는 울음을 참느라고 입술을 깨물고는 태연한 척 차창 밖을 내다보며 의자에 앉아 있었다.

S기도원에 닿은 것은 오후 4시경이었다. 아직 벌거숭이 들판에 처녀들이 밀가루 자루 같은 것을 들고 다니며, 이제 막 돋아나는 쑥을 캐느라 여념이 없었다. 어디 사는 처녀들이기에 저토록 많이 나와서 쑥을 캐는 것일까? 나는 이상하게 생각하면서 기도원으로 가는 산길에 접어들었다.

그때 15세 정도 되어 보이는 소년이 내 곁으로 달려왔다.

"아저씨, 어딜 가세요?"

소년은 나의 아래위를 훑어보며 묻는 것이었다.

"기도원에 오래 계실 거예요?"

소년은 거듭 물으며 걱정스럽다는 표정을 짓는 것이었다.

"얼마나 있을지 아직 모르겠어."

"식량이랑, 돈이랑, 준비해 오셨어요?"

나는 그제야 소년이 자초지종 캐어묻는 까닭을 알 수 있었다. 나는 대답 대신 고개를 저어 보였다.

"아저씨, 돈 갖고 오지 않았음, 기도원에 못 있으실 거예요."

소년은 혼잣말처럼 불평 비슷하게 말하고는 내가 오던 길로 달려가버리는 것이었다. 기도원에 가까워지니 쑥을 뜯는 사람은 처녀들만이 아니었다. 할머니도 있고, 남자들도 있었다.

신분증을 제시하고 50원을 주고 등록증을 받았다. 백원짜리를 내고 거스름돈을 받으니 거기 서성대던 사람들이 일제히 내 거스름돈에 시선을 집중시키는 것이었다. 나는 그때야 그 사람들이 등록금 50원이 없어서 풀기 없이 서성대고 있었다는 것을 알 수 있었다. 어쩐지 그 사람들 보기가 미안했다. 사무실을 나와서 안내해주는 숙소로 가려고 하는데, 어떤 청년이 양쪽 겨드랑이에 목발을 짚고 서서 역시 고개를 떨구고 있었다. 나는 고개 숙인 청년을 유심히 보았다. 얼굴이 부어 있고 한쪽 다리를 끌다시피 하는 것이 틀림없는 나병 환자였다. 나는 청년에게 가까이 가서 물었다.

"등록을 못하셨나요?"

청년은 나를 쳐다보더니 얼굴을 붉히며 고개를 끄덕인다. 나는 내 처지보다 더욱 딱한 청년에게 동정이 갔다. 방금 받았던 거스름돈을 주면서 등록을 하라고 했다. 청년은 몇 번 사양을 하더니 받아들고 사무실로 갔다. 나는 기다렸다가 그와 함께 지정된 숙소로 갔다. 판자 쪽으로 움집이나 다름없이 지어놓은 딱 한 칸짜리 방이었다. 세 사람의 남자가 합숙을 하고 있었다. 나와 문둥이 청년이 들어가자 꺼리는 기색이 완연했다. 저녁 식사는 각자가 가지고 온 냄비에 곡식 낟알 한 줌씩 넣고 쑥죽을 끓여서 먹고 있었다. 각기 벽 쪽으로 돌아앉아 홀홀 마시듯이 먹어치운다.

문둥이 청년과 나는 우두커니 앉아 있기가 무엇해서 밖으로 나왔다. 기도원 산비탈엔 저녁 짓는 연기로 꽉 찼다. 모두들 한결같이 쑥죽을 끓이고 있었다. 나는 아까 이리로 올 때, 처녀들과 할머니들이 쑥을 캐던 이유를 이제야 알게 되었다.

저녁 예배 시간이 되어 우리는 예배당으로 갔다. 석조 건물의 예배당은 꽤나 넓었다. 몇천 명을 수용할 수 있을 것 같았다. 밤을 새워 기도를 하면서 예배당 마루에서 지냈다. 다음날 아침엔 기도원 내에 있는 매점에서 고구마를 사서 먹었다. 날고구마를 그대로 문둥이 청년과 같이 씹어 먹고는 산비탈 소나무 밑에서 잤다.

3일째 되던 날, 문둥이 청년은 더 있을 수 없다면서 기도원을 떠나갔다.

"그동안 고마웠습니다."

청년은 주저주저하면서 내 손을 잡았다. 나는 그의 손을 꽉 마주 잡고 산 밑까지 전송을 했다. 그가 목발을 짚고 절뚝거리며 가는 뒷모습이 산모퉁이로 사라져버리자 나는 여태까지 참았던 눈물이 왈칵 쏟아져내리고 말았다. 그 뒤 1주일 동안 기도원에 있었지만, 잠시도 그 문둥이 청년의 모습이 눈앞에서 떠나지 않아 괴로웠다. 차라리 그 청년과 함께 어디든 함께 갔었더라면 하는 뉘우침까지 일어나는 것이었다. 길 잃은 양처럼 떠나간 청년을 생각하니 이 넓은 기도원엔 예수님이 안 계신 것 같았다. 분명히 문둥이 청년을 따라 가버린 것만 같았다. 나는 기도원을 떠나기로 마음먹었다. 그 동안 계속 고구마만 먹으면서 살았지만 이젠 고구마를 살 돈도 없었다. 수중에 남은 돈은 60원뿐이었던 것으로 기억된다.

기도원에 들어와서 꼭 10일 만이었다.

산을 내려와서 한길에 나서자 나는 어느 쪽으로 갈지 망설여졌다. 나는 고향집이 있는 북녘 하늘을 바라보다가 어느새 발길을 그쪽으로 옮겨놓았다. 그래도 집 쪽 가까운 곳으로 가고 싶어진 것이다. 아주 천천히 쉬어가면서 걸었다.

한나절이 조금 지나자 몹시 배가 고파졌다. 뉘 집에 들어가서 점심 요기라도 청해볼까 싶었지만 그만두었다. 나는 어느새 각오가 되어 있었다. 점심 같은 것은 아예 생각조차 말아야 한다. 그리고 구걸을 할 바엔 철저한 거지가 되자고 결심하게 된 것이다.

나는 수중에 남았던 60원으로 길가 상점에서 두레박용 깡통 하나와 성냥 한 곽을 샀다. 문둥이 청년이 불현듯 보고 싶어졌다. 나는 목발을 짚은 청년을 찾으면서 길을 걸었다.

그로부터 꼭 3개월 남짓하게, 나의 거지 생활이 시작된 것이다.

그해 봄은 무척 가뭄이 심했던 것으로 기억된다. 대신 여름엔 비가 잦았다.

기도원을 나온 그날 밤부터 나는 아예 노숙(露宿)을 하기로 마음먹었다. 철저한 거지가 되기로 결심한 것이다.

그 당시의 일들을 새롭게 회상할 수 있는 것으로 시(詩) 몇 편을 가지고 있다. 시라기보다 낙서나 다름없는 지극히 감상적인 글이지만 여기 서너

개만 소개하기로 한다.

내 잠자리

밤 안개 깔린
포플라나무 밑으로
가랑잎처럼 굴러갔읍니다
그날
갈릴리의 밤은
저렇게 달려가는 자동차
헤드라이트의 불빛도
신호등 불빛도 없었겠지요
여우도 굴이 있고
날아가는 새도 깃들 곳 있다시던
그 갈릴리엔
넓은 하늘 반짝이는 별빛만이
오늘 밤도 그렇게 반짝입니다
사람의 손이 만든
콩크리트 다리 밑
오늘 밤은 거기를
빌어들었읍니다
주님
어쩌면 이런 자리에
누추하게 함께 주무실런지요

나의 친구

사랑 어린 눈으로
안아주시면서
지난밤은 조금도
춥지 않았읍니다

거지

거지를 만나
우리는 하얀 눈으로
마주 보았읍니다
서로가
나를 불행하다 말하기 싫어
그렇게 헤어졌읍니다
삶이란
처음도 나중도 없는
어울려 날아가는 티끌같이
바람이 된 것뿐입니다
제마다가 그 바람을 안고
북으로 남으로 헤어집니다
어디쯤 날아갔을까?
한참 다음에야

나를 아끼느라 그 거지 생각에
자꾸만 바람빛이
흐려왔읍니다

딸기밭

새빨간 딸기밭이
보였읍니다
고꾸라지듯 달려가 보니
딸기밭은 벌써
거둠이 끝난 다음이었읍니다
알맹이보다 더 샛빨간
딸기 꼭지들이
나를 비웃고 있었읍니다
불효자에겐
보아스가 룻을 위해 남겨줬던
그런 이삭조차 없었읍니다
건너 산
바위 벼랑 위로
흘러가는 구름이
자꾸 눈앞을 어지럽힙니다
어머니
배가 고픕니다

나는 오랜 세월 병고에 시달려왔기 때문에 직접 간접으로 사람들에게 많은 신세를 져왔다. 집을 나와 거지 생활을 하던 그 당시도 친절을 베풀어 준 많은 사람들을 잊지 못한다.

상주 지방, 마을 앞에 우물이 있고 늙은 소나무가 있는 외딴집 노부부의 정다운 모습을 잊을 수 없어 「복사꽃 외딴집」이란 동화를 썼다. 열흘 동안 매일 아침마다 찾아갔지만 한 번도 얼굴을 찌푸리지 않고, 깡통에 밥을 꾹 꾹 눌러 담아준 점촌 조그만 식당집 아주머니, 가로수 나무 밑에 쓰러져 있을 때 두레박에다 물을 길어 헐레벌떡 달려와 먹여주시던 그 할머니의 얼굴도, 뱃삯이 없다니까 그냥 강을 건네주시던 뱃사공 할아버지도 좀처럼 내 기억에 지워지지 않는 얼굴들이다. 이처럼 곳곳에 마음 착한 사람들이 있었기 때문에 나는 얼어 죽지 않고 살아날 수 있었던 것이다.

그즈음 나의 머리에는 죽음이란 생각이 잠시도 떠나지 않았었다. 어떻게 하면 남에게 내 추한 모습을 보이지 않고 자취 없이 죽을 수 있을까를 골똘히 생각했다. 오늘 밤에 꼭 뉘 집에서 삽이나 괭이를 빌려 인적이 드문 산속에 구덩이를 파고 들어가 죽어버려야지 하고 별렀다. 실제로 나는 몇 번인가 죽을 수 있는 장소를 보아두기도 했었다. 그러나 밤이 되면 낮에 마음먹은 것이 물거품처럼 사라지고 나의 죽음은 또 다음날로 미뤄지는 것이었다.

8월 초순이었다. 나는 어느새 예천 지방에 와 있었다. 나도 모르는 사이에 고향에 가까이 와버린 것이다.

나는 망설였다. 여기서 북으로 바로 가면 영주를 거쳐 강원도로 가게 된다. 대신 동쪽으로 길을 꺾으면, 우리 집은 불과 1백 리 정도밖에 되지 않는다. 나는 갑자기 집으로 가고 싶었다. 어느새 나의 머릿속은 집으로 돌아갈 어떤 구실을 만들고 있었다.

그런데 그날 밤 갑자기 온몸에 불덩이처럼 열이 오르고 걸음을 옮겨놓기 힘들 만큼 아랫배의 국부(局部)가 아프기 시작했다. 나중에 알았지만 그때부터 나는 부고환결핵(副睾丸結核)을 앓게 된 것이다. 짐작만으로도 열이 40도 정도로 오르내리는 듯했다. 아버지와 동생의 얼굴이 못 견디도록 보고 싶었다.

이튿날 아침 나는 집으로 돌아가기로 마음먹었다. 나의 모습은 보통 몰골이 아니었다. 볕에 그을린 살갗은 아무리 씻어도 깨끗해지지 않았다. 그대로 집에 가면 동네 사람들이 어떻게 대할지, 될 수 있으면 추한 모습을 보이지 않으려고 냇물에 목욕을 하고 이발도 했다. 돌아가기로 마음먹고 나니 잠시도 지체할 수 없었다.

그날 집에 도착한 것은 한밤중이었다. 지름길로 가느라고 높은 산을 넘어가면서 부지런히 걸었지만 병든 몸으로는 어쩔 수 없었다.

나는 3개월 만에 정든 사립문을 밀치고 뜰로 들어섰다. 그런데 밤 12시가 지났음직한데, 아버지가 거처하시는 사랑방에 불빛이 환하게 켜져 있었다. 나는 떨리는 가슴으로 잠시 방문 앞에 서 있다가 가까스로 기척을 하고 문을 열었다.

나는 깜짝 놀랐다. 뜻밖에도 아버지가 병석에 누워 계셨기 때문이다. 동생이 일어나 달려왔다. 나는 지친 몸을 그대로 가눌 수 없어 쓰러지면서 동생에게,

"죽, 죽 좀 끓여줘!"

했다. 동생은 부엌에 달려 나가더니 멀건 밀가루죽을 쑤어 왔다. 나는 하루 종일 아무것도 먹지 않았기 때문에 그 밀가루죽을 벌컥벌컥 마시듯이 먹었다.

아버지는 벽을 붙드시며 일어나 내 손을 잡으셨다.

"정생아, 잘 돌아왔다."

아버지는 벽 쪽으로 고개를 돌리시더니 소리 없이 우시는 것이었다.

동생은 내가 그동안 어디 있었느냐고 자초지종 캐어물었다. 나는 다만 기도원에 있었다고만 대답했다.

오늘날까지 나는 이 3개월 동안의 일들을 동생에게나 누님들에게도 얘기하지 않았었다. 될 수 있는 한, 동기간에도 마음의 부담이 되는 것은 말하지 않고 참아왔었다.

사실 그때의 일을 솔직하게 이야기한다는 것은 부끄러운 일이다. 그래서 여기서도 시 따위로 대충 적어놓고 많은 얘기를 숨겨놓았다.

그러나 나는 이 3개월 동안을 일생에서 가장 보람 있었던 인생 체험으로 소중히 마음속에 남을 것으로 믿고 있다. 예수님의 40일간 금식 기도만큼 나에게 산 교훈을 일깨워준 기간이기도 했다.

들판에 앉아서 읽었던 성경은 생생하게 몸으로 체험할 수 있었다. 머리로 읽는 성경은 자칫하면 환상에 그치고 말지만 실제로 체험하면서 읽으면 성경의 주인공과 대화하는 느낌이 드는 것이다. 나는 몇 번이나 죽음과의 싸움에서 눈물의 선지자 예레미야를 만났고, 아모스를, 엘리야를, 애굽에 팔려간 요셉을, 그리고 세례 요한을, 사도 바울을 만나볼 수 있었다. 그리고 가장 가깝게 나의 주 예수님을 사귈 수 있었던 기간이기도 했다.

8월의 무더위에도 아버지는 방문을 꼭꼭 닫아놓고 줄곧 꼼짝 않고 누워 계셨다. 찬바람이 불기 시작한 가을에야 이따금 나들이를 하시는 듯하더니, 다시 자리에 누우신 뒤, 결국 일어나지 못하시고 12월에 세상을 뜨셨다.

사람의 힘은 한계가 있는 것이다. 인위적으로 어떤 일을 성취시켜보려 해도 결국 자연적인 재난이 그것을 막아버릴 때가 있다. 또한 자연의 조건이 유리하게 이루어져도 인간 스스로가 실수를 범하게 되면 역시 허사가 되어버린다. 결국 하느님의 섭리를 따를 수밖에 없이 우리 인간은 약하지 않은가?

1967년 동생이 결혼을 해서 따로 헤어져 갔다. 참으로 감사한 일이다. 나에게 베풀어주신 하느님의 최대의 은혜는 자유로운 몸이었다.

물론 나는 부모님에게 너무도 불효했었다. 그리고 내 몸으로 이웃에게 봉사하지 못한, 철저하게도 자신의 몸 하나만을 위해 살아왔었다. 그것도 남에게 폐만 끼치면서 지금도 그렇게 살고 있다.

나는 어릴 적에 누나들에게 배웠던 동요를 새삼스레 되씹으며, 내가 그 동요의 주인공이 된 기분에 사로잡힐 때가 있다.

우리 집은
북쪽 나라 먼 산속
그 산속 깊숙이
오막집 한 채
참새들과 얘기하며
살고 있지요

정말이지, 나는 누구와 한 마디의 말을 주고받지 않은 채 하루해를 보낼 때가 종종 있다. 얘기할 상대가 없다는 것은 너무도 가혹한 일이다. 그러나 경우에 따라서는 그 편이 다행일 수도 있다.

이 세상에는 사람에게 실망을 하여 삭발을 한 후 깊은 산속 절간으로 가서 은둔 생활하는 스님들도 있다. 결혼을 했다가도 헤어지고, 사람이 싫어서 자살까지 하는 사람도 있지 않은가. 아무리 오래 살아도 백 년을 넘기기 어려운 인생은 너무도 짧다. 이 짧은 기간을 우리는 어떻게 살아야 하는 건지 나 역시 생각해보지 못했었다.

어릴 적에는 배우지 못했기 때문에 학교에 가서 공부하는 것이 소원이었고 그것이 이뤄지지 않았을 때, 병이 들어버렸다. 병든 다음에는 하루속히 건강해지기만 바라며 기다려왔다. 그러나 그 병마에서도 헤어나지 못한 지금, 나는 모든 것이 숙제로 남게 되었다. 헛된 것만을 좇아왔던 지난날을 돌이켜보면 역시 허무하다는 것을 느낀다. 그러면서도 역시 살기 때문에 괴롭고 고달픈 것이다.

몇 해 전에 이곳 교회에 부흥회를 인도하러 오신 목사님이 돌아가신 뒤 나에게 편지를 보내오셨다.

"권선생님의 생활이 누가복음 16장에 나오는 거지 나사로와 꼭 같다고 생각했습니다."

나는 이 편지를 읽고 여태까지 몰랐던 자신의 모습을 발견하게 되었다.

과연 그렇다. 나는 부자의 문간에 앉아서 얻어먹는 거지이다.

분수를 지킬 줄 모르면 그 이상 불행할 수가 없을 것이다. 누구나 자신의 처지에 알맞게 행동하며 지나친 욕심을 버린다면 타인에게 끼치는 해가 훨씬 줄어들 것이다.

나는 그때부터 나사로와 나와의 입장을 함께하며 거기서 벗어나려 하지 않기로 했다. 개들에게 헌 데를 핥이면서, 부자가 먹던 찌꺼기를 얻어먹던 나사로였지만, 그는 하늘나라를 볼 줄 알았다.

그래, 그것만이면 족한 것이다. 나는 거지 나사로를 알고부터 세상을 보는 눈을 달리했다. 천국이라는 것, 행복이라는 것, 아름다움이라는 것을 여태까지와는 거꾸로 보게 된 것이다.

내가 5살 때 환상으로 본 그리스도, 십자가의 의미도 조금씩 알게 되었다. 거듭나는 과정은 아마 이렇게 서서히 이루어지는지도 모른다. 그리스도를 믿는다는 것은 가장 인간스럽게 사는 것이다. 나는 지금 한 인간으로 돌아가기 위해 몸부림을 치고 있다. 내가 사람답기 위해, 또 한 사람을 찾고 있다. 나는 여지껏 사람을 사랑해본 적이 없다. 그러나 지금은 다르다.

여태까지는 내가 다른 사람으로부터 사랑을 받고 싶어했는데, 지금은 반대로 사람을 사랑하고 싶다. 외로울 만큼 사람을 사랑하고 싶다.

아침부터 밤까지, 나의 기도는 그것만으로 줄곧 이어지고 있다. 그런데도 나는 사람을 찾지 못하고 있다. 사람을 낚지 못하고 있는 것이다. 예수께서 갈릴리 바닷가에서 제자들을 부르실 때, 사람을 낚는 어부가 되게 하겠다고 말씀하셨다. 하느님의 아들은 이 세상에 사람을 낚으러 오신 것이다.

그런데도 세상에는 사람이 없었다. 3년 동안 다니시며 문둥이도 낫게 하고, 맹인의 눈을 뜨게 하고, 심지어는 죽은 사람까지 살려주었다. 그런데도 사람은 없었다. 결국 그리스도는 사람을 낚기 위해 십자가의 죽음도 사양치 않으셨다. 그분이 죽은 후 2천 년이 지난 지금, 이 땅 위에 과연 얼마만큼의 사람이 살고 있는지 추측하기 어렵다.

중국의 루쉰(魯迅)이 쓴 「광인 일기」란 소설에 보면 "아직 사람을 잡아먹지 않는 어린이가 있을지 모른다. 아이들을 구하라……"고 씌어 있다.

부활하신 그리스도가 갈릴리 바닷가에 찾아가셔서 베드로를 향해 세 번이나 거듭 물으셨다.

"요한의 아들 시몬, 당신은 이 사람들이 나를 사랑하는 것보다 더 사랑합니까?"

예수가 베드로에게 물으신 사랑이란 어떤 사랑일까? 죽음에서 이긴 하느님의 아들이 어째서 그토록 간곡히 사랑을 구했을까? 그분은 완전히 신으로 돌아간 것인데 어째서 그토록 고독하셨던가? 한낱 보잘것없는 무식한 어부에게 과연 사랑을 받고 싶었을까?

나는 예수를 믿는 사람이다. 그러나 예수를 사랑하지는 못했다. 내가 필요할 때면 불렀다가 필요없으면 잊어버린다.

그를 믿으면 병을 고칠 수 있기 때문에, 그를 믿으면 멸망하지 않고 영생을 얻기 때문에 필요했던 것이지 사랑한 건 아니었다.

베드로가 예수를 따라다닌 것도 나와 흡사한 생각에서였을 게다. 머리에 금관을 쓰고 높은 보좌 위에서 낮고 천한 인간을 다스리는 그리스도는 인간의 사랑이 필요없을지도 모른다. 그러나 피 묻은 손으로 모든 영광을 버리고 홀연히 갈릴리 바닷가에 나타나신 예수는 인간의 사랑이 필요했던 것이다. 비록 비천한 고기잡이 베드로 같은 인간에게도 한 사람으로서의 깨끗한 사랑의 피를 느끼고 싶었던 것이다. 그것을 깨닫지 못할 때 우리는 예수의 참뜻을 모른다. 사랑이 무언지도 모른다. 지금 이 순간에도 그리스도는 한 인간으로서 우리 곁에 와 사랑을 구하고 있을 것이다.

나의 신앙은 이렇게 사람을 찾는 것으로 바뀌었다. 그것이 곧 그리스도를 만나는 일이기 때문이다. 단 한 사람이라도 족하다. 사람을 낚아 그를 사랑하면 곧 그리스도를 사랑하는 길이 된다. 피와 피가 통하는 사랑, 그것만이 그리스도와 나와의 사랑인 것이다.

얼마 전, 나는 일본의 작가 미야자와 켄지가 쓴 「은하철도의 밤」이란 동화를 읽었다. 주인공 죠반니는 영혼과 육체가 모두 고독한 소년인데 같은 반 친구 캄파네루라를 사랑하고 있다. 캄파네루라는 헤쎄가 쓴 데미안과 거의 비슷한 소년이다. 어쩌면 작가인 켄지는 이 캄파네루라를 그가 신앙했던 부처님의 모습으로 그렸는지도 모른다. 아니면 예수의 모습을 이 소년을 통해 표현해보려 했는지도 모른다.

죠반니와 캄파네루라는 꿈나라에서, 하늘을 나는 기차를 함께 탄다. 캄파네루라와 마주 앉은 죠반니는 더할 수 없는 행복감을 느꼈다.

"캄파네루라, 다시 우리 둘만이 함께했구나, 어디까지나 어디까지나 같이 가줘……"

죠반니가 꿈에서 깨어났을 때 캄파네루라는 이미 이 세상의 사람이 아니었다. 물에 빠진 소녀 자네리를 건져준 다음, 자신은 물속에 잠긴 채 죽어버린 것이다.

결국 죠반니는 캄파네루라를 현세에서 잃고 말지만, 그가 죽음으로 말미암아 영원히 사랑할 수 있게 된다.

사람이 사람을 사랑한다는 게 얼마나 어려운가를 나는 알고 있다. 견딜 수 없을 만큼의 아픔과 쓰라림이 뒤따른다는 것을 옛 성현들도 말하고 있다.

고린도전서 13장에 사도 바울이 말한 대로라면 너무 어려워 도저히 사람을 사랑할 수 없을지도 모른다. 특히 나와 같은 인간은 생전에 아무도 사랑해보지 못하고 죽을지도 모른다.

『오물덩이처럼 딩굴면서』(종로서적 1986)

저것도

거름이 돼가지고

꽃을 피우는데

때 ● 2005년 10월 8일

곳 ● 안동시 일직면 조탑마을 권정생의 집

인 터 뷰 및 정 리 ● 원종찬

내후년(2007)이면 권정생 선생님이 고희(古稀)를 맞이한다. 말 그대로 기적이다. 결핵이 온몸에 퍼져 남은 삶이 얼마 되지 않는다는 판정을 받고 시작된 동화 인생이 어언 반세기에 이르렀다. 그동안 권정생이라는 이름 세 글자는 한국 아동문학을 대표했다고 해도 과언은 아니다. 권선생님은 평상시에도 건장한 사람이 지게 두 짐을 진 것 같은 고통스런 상태라고 한다. 계간 『창비어린이』에서 특집 대담을 기획한 것은 지난 초여름이었지만, 사정을 알면서도 선생님 집에 찾아가는 것은 죄를 짓는 행위라는 생각 때문에 무척 망설였다. 어린이책 공모 심사를 함께 했을 때 말고는 안부전화도 삼가온 터였다.

미루고 또 미루다가 추석을 며칠 앞둔 때에 전화를 했다. 선생님은 이따금 고열에 시달리곤 하는데 그때도 몸이 몹시 안 좋으셔서 힘겹게 말씀을 하셨다. 지난봄에 보내드린 작가 현덕에 대한 연구서(『한국 근대문학의 재조명』, 소명 2005)를 처음부터 끝까지 다 읽어보셨다고 한다. 조금 용기가 났다. 한번 찾아뵙고 싶다고 하니 얼른 회복이 되어가지고 만나보자고 하신다. 다행스럽게도 10월 초에 전화를 했을 때에는 선생님 목소리에 한결 생기가 돌았다.

안동 조탑마을 선생님 댁으로 가는 길은 마치 고흐의 풍경화 속으로 들어서는 느낌이었다. 가을 햇살을 받은 마을 어귀의 들판은 추수를 앞둔 논과 수수밭, 조밭, 콩밭 들이 함께 어울려 황금빛 모자이크를 이루고 있었다. 마을은 조용하다. 집집마다 샛노란 감들이 줄줄이 매달린 감나무가 보였고, 선생님이 종지기로 곁방살이를 했던 일직교회 안마당엔 석류가 새빨갛게 익어갔다. 마을이 끝나는 곳에서 우거진 수풀 사이로 난 길을 조금 걸어 들어가니, 동네 청년들이 지어주었다는 작은 오두막집이 나온다. 환한 얼굴로 맞이하시는 선생님 손에 이끌려 한 사람이 겨우 누울 수 있는 비좁은 방으로 들어가 두 시간 남짓 이야기를 나눴다.

원종찬 마을에 감이 참 많이 열렸어요. 여기 감나무들은 '해거리'를 안 하나요?

권정생 왜 안해요. 작년에 했어요. 올해 많이 열렸으니까 내년엔 조금 열리겠지요.

원종찬 선생님 건강은 좀 어떠세요?

권정생 제 몸이 뭐 낫고 그러는 병이 아니니까요.

원종찬 그래서 이렇게 찾아뵙기가 얼마나 죄송한지 몰라요. 10년 전엔가 여기 한번 왔던 적이 있어요. 부산에서 글쓰기회 연수 마치고 돌아가는 길에 인천 선생님들과 함께 들렀지요. 그때 선생님께서 마을에 나갔다 들어오시면서 "아유, 아이들한테 착하게만 살라고 가르치지 마세요. 줄을 서면 버스도 타지 못하는 세상이니까" 그렇게 말씀하셨어요, 농담처럼. 기억나세요?

권정생 그럼요, 다 기억해요.

원종찬 선생님께서는 일본에서 살다가 여기로 왔는데 초등학교는 어디어디 다니셨어요?

권정생 학교에 다닌 건, 처음에 동경(東京) 시부야(渋谷)에서 소학교를 8개월 다니다가 동경 폭격 때문에 군마겐(群馬県) 우에하라(上原) 소학교에서 6개월 다녔어요. 한국에 와가지고 청송에서, 그게 학교 이름이 뭔지, 화목국민학교던가? 이름이 잘 생각나지 않는데 거기서 한 3개월, 그 뒤로 여기 안동 일직국민학교에서 가장 오래 다녔지요.

원종찬 공부도 잘하고 반장도 하고 그랬다는데……

권정생 나는 반장을 시키면 아주 하기 싫어가지고…… 그거 하면 자꾸 애들 다스려야 하잖아요. 선생님 심부름 하는 건 괜찮은데 선생님 대신해서 애들한테 뭐 시켜야 하잖아요. 중학교는 못 갔어요. 그때는 중학교 가는 애들 별로 없었죠. 어쨌든 졸업은 해야 한다고 해서 국민학교 졸업하고 객지로 나갔죠.

원종찬　그때 객지 생활을 다룬 작품이 「갑돌이와 갑순이」던가요?

권정생　네, 그 시절 명자하고 기훈이 이야기를 쓴 게 「갑돌이와 갑순이」예요. 그 제목이 동화에는 적절치 않다고 해서 「별똥별」이라고 바꿨어요. 「강아지똥」(『기독교교육』 제1회 기독교 아동문학상 수상, 1969)도 처음에는 제목을 바꾸라고 했지요. 그때는 똥이라는 말을 동화에다 쓴다는 게 그랬던가 봐요. 심사했던 사람이 나중에 이야기하던데, 제목 보고 미뤄놓고 있다가 다른 거 다 읽고 없으니까 그걸 읽었다고 하더라고요. 잘못하면 빛을 못 볼 뻔했죠, 그게.

원종찬　『슬픈 나막신』(우리교육 2002)에는 일본에서 지낸 어릴 때의 삶이 다 담겨 있는 것 같아요. 주인공 어머니도 청송댁이잖아요.

권정생　네, 일본 생활을 다룬 작품이 『겨울 망아지들』이에요. 이게 제목이 안 좋다고 해서 『꽃님과 아기양들』(대한기독교서회 1975)로 바꿨다가 우리교육에서 나오면서 『슬픈 나막신』으로 바꿨어요. 그 작품은 한국에서 겪은 이야기를 쓴 『초가집이 있던 마을』(분도출판사 1985)과 병행해서 쓴 작품인데요, 지금 보니까 너무 정적으로 써가지고……

원종찬　인물이 워낙 생생하게 그려져 있어서 줄거리에 큰 고비 같은 게 없더라도 서민 아이들 삶의 애환이 아프게 다가오더라고요. 전쟁의 폐허에서 아이들이 동화놀이를 하는데, 그 상징성을 빌려서 누가 아기양들을 삼킨 이리고 누가 아기양들을 구해낼 엄마냐고 질문을 던지는 결말의 문제의식도 참 귀중해요. 거기 배경은 도시 빈민가죠? 농사지을 땅도 없는.

동경에서 비가 새는 집에 살 때

권정생 동경에 살 때 거기 집 구조가 어떻게 되어 있냐면, 철도 관사 같이 길 위에 지은 집이에요. 집이 낡아서 허물어져가니까 재개발한다고 다 비워놨어요. 다시 고치는 와중에 전쟁이 일어나니까 공사를 멈춘 거래요. 거기에 조선사람들이 들어가 살았어요. 수리도 제대로 안되었으니 비 오면 비가 그대로 새고…… 그래도 어쨌든지 살았어요, 사람들이 다 모여서.

원종찬 아이들 사이에 민족적 차별이나 갈등이 심했는지요?

권정생 그건 어른들이 그런 분위기를 만드니까. 속으로는 어땠는지 몰라도 겉으로는 잘 지냈어요. 거기 사는 일본 아이들하고 조선 아이들하고 갈등 같은 건 별로 없었어요.

원종찬 작품에 보면 일본 아이들도 비참하게 가난을 겪으면서 살더라고요.

권정생 오히려 거기 사는 일본사람들이 더 힘들어했던 것 같아요. 조선사람들은 여기서 가난하게 살다 갔으니까 허드렛일이든 뭐든 닥치는 대로 했는데 일본사람들은 체면이 있으니까 그걸 못했어요. 여름이면 조선 사람들은 문을 열어놓고 사는데 일본사람들은 꼭꼭 닫아놓고 살았죠. 그게 좀 달랐어요.

원종찬 선생님 식구들은 어떻게 되지요? 일본에도 있고 여기도 있고 그런데.

권정생 5남 2녀예요. 저는 그중에 넷째고요. 큰형님이 돌아가신 건 분명한데, 셋째형님은 어찌 되었는지 소식이 없어요.

큰형님은 열일고여덟 살 때, 일제 땐데 친구들하고 만주로 돌아다녔대요. 엿장사도 하고 쌀집에서 심부름도 하고 다녔대요. 둘째형님은 이곳에 남아서 열여섯살 때, 그 왜, 지방도로겠죠? 그거 만드는 공사장에 나갔다가 다이너마이트 터지는 바람에 돌에 치여서 돌아가셨어요. 셋째형님은 일본에 큰형님하고 남아 있었지요. 일본 군마껜에 있다가 후지오까(富岡)라는 데 살았는데, 해방이 되고 나서 많은 조선 청년들이 집에 찾아왔어요. 큰형님이 노동하는 사람들 대상으로 함바집을 했거든요. 노동하는 분들이니까 좌익 사람들이 많이 왔겠죠. 밤새도록 이야기도 하고 프린트도 만들어서 돌리고 부인회도 만들고 이랬는데, 우리 형님들은 무식했기 때문에 그런 거 모르잖아요. 모여 있으면 그냥 심부름이나 하고…… 그러면서 자연스럽게 총련계와 가까워졌겠죠. 그러느라고 한국에 못 오고 그렇게 헤어졌지요. 큰형님하고 셋째형님은 일본에 남고 나머지 식구들은 한국으로 건너왔어요.

누님 두 분 중에 한 분은 안동 시내로 시집가시고, 한 분은 재 너머로 시집갔다가 대구 어디 변두리에 사셨다고 해요. 1946년도에 한국에 와서 집이 없고 그러니 식구들이 모두 뿔뿔이 흩어져서 그렇게 사느라고 누님들이 시집가는 것도 정확히 몰랐어요. 아마 큰누님은 일본에 있을 때 집에 찾아왔던 총련계 사람하고 약혼을 했는데 결국은 못 나오니까 기다리다가 다른 데 시집갔던 거죠.

원종찬　일본에 계신 형님하고는 연락도 하고 그랬었죠? 일본 서적을 보내오고 그랬으니까요.

권정생　1960년대, 70년대 그땐 편지도 일단 검열을 하고 난 다음에 전해졌거든요. 위를 잘라서 본 다음에 다시 붙여가지고 이래 보내왔어요. 그런데 경찰서에서 찾아오고 자꾸 질문하고 은근히 겁주고 그러잖아요. 그러다보니까 자연히 또 소식이 끊겨지고……

원종찬　지금 가족이나 친지들 가운데 연락 되는 분은 누구예요?

권정생　지금은 연락 되는 가족이 없어요. 남동생과는 연락을 할 수도 있지만 모른 척하고 지내요. 내가 건강이 이렇고, 혼자 이렇게 있다보니까 친척들이나 가족들은 굉장히 부담스럽습니다, 서로가. 가족 중에 환자나 장애자가 있으면 굉장히 힘이 듭니다. 처음에는 뭔가 기대를 하지요. 그렇지만 철이 드니까 아, 내가 부담을 주어선 안되겠구나. 그러다보니까 냉정을 찾게 되었어요. 병든 사람이나 장애를 가진 사람들은 개인의 고통이잖아요, 그 사람의. 그걸 같이 공감하고 이해해줄 건강한 사람은 아무도 없습니다. 장애인들은 누군가에게 기대를 해봐도 안되니까 좌절하고 그렇게 되는데, 장애인들도 이젠 이해하고 그래야 되는데, 계속 요구한다고 되겠습니까? 그래서 난, 내 작품이 그래요. 가난한 대로 살고……

원종찬 그래서 선생님 작품이 가난한 사람들뿐만 아니라 스스로 버림받았다고 생각하는 사람들에게 힘이 되는 거겠죠. 소외된 사람들이 서로 기대고 나누는 바탕 말예요. 「무명저고리와 엄마」(1973)에도 선생님 삶이 많이 담겨 있는 것 같아요.

인민군이든 누구든 차별 같은 게 없었어요

권정생 「무명저고리와 엄마」를 쓸 때는 월남전이 한창이었거든요. 그때 우리 마을에서도 몇이 나가서 죽고, 다친 사람도 있는데, 그 어머니들의 고통이라는 거는 말로 다 할 수가 없어요. 그 작품을 쓰면서 역사의식에 눈을 뜨게 되었어요. 나는 학교에 안 다녔기 때문에, 무식하기 때문에 경험한 것만 쓸 수 있었어요. 처음에는 그걸 어떻게 쓰나, 원고지 한 오륙십 장에다 담아야 하는데 어떻게 다 담을까, 그러다보니까…… 변기자(卞記子, 『몽실 언니』를 번역한 재일교포 번역가) 선생님이 스크랩해 보낸 걸 한번 봤는데, 일본에 누가, 어느 평론가가 그랬더라고요. 너무 이미지 형식으로만 가서 그게 좀 아쉽다고.

원종찬 저는 이 작품을 이야기시 또는 서사시로 봐도 된다고 생각해요. 구한말에서 월남전까지의 긴 시간을 다룬 것인데, 동화라기보다는 한 문장 한 문장이 고도로 압축과 상징을 보이는 시형식에 담겨져 있지 않느냐 하는 생각이에요. 그래서 이 작품이 여러 작품들 속에 함께 들어가 있는 게 아쉬워요. 저학년이 이해하기에는 어려울 수도 있는 역사적인 배경 때문에 이 작품이야말로 좋은 그림을 곁들여서 한 권의 책으로 내는 게 어떨까 싶어요. 제가 그림 그리는 김환영하고 친해요. "필생의 그림을 그린다 하면은 이거 어때?" 그러면서 이야기하고 그러는데, 지금은 「빼떼기」(1988)를 그리는 데 온 힘을 다 기울이고 있더라고요. 「공 아저씨」도 아버지 얘기고, 『초가집이 있던 마을』도 이 동네가 배경이죠?

권정생 누구라도 자신이 어느정도 경험한 얘기라야만 소재를 잡아서 쓸 수 있겠죠. 나는 일본에서도 전쟁을 겪고, 여기 와서도 6·25전쟁을 경험했기 때문에 전쟁이라는 걸 평생 가져갈 수밖에 없어요.

원종찬 6·25전쟁 때 『몽실 언니』(창비 1984)에 나오는 것처럼 직접 인민군을 만나고 경험한 게 있는지요?

권정생 6·25 때는 피난을 갔다가 들어오니까 마을 사람들 사이에서 인민군을 만난 얘기가 자연스럽게 나와요. 여자 인민군이 「찔레꽃」 노래도 잘 부르고 디딜방아도 찧어주고 시간만 있으면 밭도 매주고 먹을 거 있으면 나눠 먹고 그랬는데, 그래 좋았는데 왜 인민군을 나쁘다고 그래야 하나 그래 얘길 해요. 또 인민군은 아니지만, 일본에서도 그랬어요. 잠실(蠶室)이 굉장히 커요. 마룻바닥이 추워서 그렇지. 우리 집에 자유운동 하던 사람들, 토오꾜오(東京) 대학 와세다(早稻田) 대학에 유학 왔던 사람들이 찾아왔어요. 머리도 멋지게 빗고 양복 입고 아주 멋진 사람들이 찾아와서 잠실이 아주 넓으니까 밤새도록 앉아서 이야기도 하고 그랬는데, 그때도 아무 차별 같은 게 없었어요. 여기 살다가 돌아가신 어른이 있는데, 인민군으로 왔다가 여기에 남게 되었는데 이래 얘기를 해요. 이북은 참 살기 편하다. 학교 가도 학비 하나 없고 병원에 가도 그냥 치료받고, 돈을 낼 걱정을 안하니까.

원종찬 50,60년대에는 북한의 경제력이 더 컸지요.

권정생 7·4공동성명 낼 때까지만 해도 경제가 남한보다 훨씬 나았죠. 소련이 붕괴되고 사회주의 국가들이 저렇게 무너진 것은 지도자들이 잘못해서 그래요. 혁명이라는 것은 계속해야 하는데 계속 굴러가지 않고 머물러버리면 썩기 마련이죠. 자본주의는 뭐 처음부터……

원종찬 『몽실 언니』는 몽실이가 어렸을 때부터 쭉 주인공으로 되어 있는데 제목이 '몽실 언니'란 말예요. 맨 뒤에 가서야 동생 난남이의 시점이 한 번 나오는데 어째서 '언니'라는 말이 제목에 자연스레 따라붙었을까요? 저는 이게 희생과 인고의 시대하고 관련이 있다고 보여요.

권정생 그때만 해도 어머니들 아주머니들이 그렇게 희생하면서 살았거든요. 그때는 네, 누구 없이. 그러니 내가, 아 참, 왜 아이들한테 뭔가 열심히 해서 부자 돼가지고 성공한 얘기만 써야 되는가. 가난하게 살아도 저렇게 사는 것, 저 자체가 그게 인생에서 아름다운 것 아닌가. 내가 병들고 이십대 후반에 부모님 다 돌아가시고 혼자가 되고 나니까 그랬던 건지, 어릴 적부터 내가 그런 의식이 들어 있었던 건지 자연히 그래 되어요. 강아지 똥이라고 우리가 그렇게 밟고 침 뱉고 그러면 안되는데, 저렇게 저것도 거름이 돼가지고 꽃을 피우는데……

원종찬 영화 「태극기 휘날리며」가 형이 주인공이면서 동생의 형에 대한 기억으로서 가장 많은 한국 관객이 본 '국민영화'가 되었듯이, 『몽실 언니』 또한 그런 작용을 하고 있는 것은 아닐까 생각해봤어요. 즉 아버지가 부재하는 시대에 '어머니' '형' '언니'와 같은 어휘를 감싸고 있는 희생과 헌신의 기억, 우리 사회에서는 그게 보편적인 초상이 아닐까 하는 거죠. '오빠'의 경우는 조금 다른데 오히려 누이동생의 뒷바라지로 공부하는 게 전형이잖아요. 그건 이 땅의 여성에게만 지워진 어떤 것과 관련되는 문제겠지요. 하여튼『몽실 언니』는 제목부터가 우리의 집단적인 무의식과 연결되는 면이 있다고 여겨지는데, 이념의 금기를 뚫고 나왔다는 점에서 큰 충격이 아닐 수 없었지요.

이젠 죽는가보다 생각하며「강아지똥」을……

권정생　『몽실 언니』쓸 당시에는 검열이 있어서 어디에 연재할 수 없었어요. 마침 그때 울진에 자유롭게 목회하는 목사님이 있었어요. 보통 교회에서도 인민군 이야기를 이렇게 쓰는 건 절대 안되었거든요. 그런데 그 교회에선 될 수 있어서 쓰기 시작하다가 또『새가정』에서 가능하다고 해서 거기에 썼는데, 아마 10회째쯤 나올 거예요. 인민군이 태극기 불태우고 미숫가루 나눠주고 하는 내용이요. 그런데 두 달 연재가 끊기고 안 나오더라고요. 나도 왜 그런지 모르고 있었는데 두 달이 지나고 나서『새가정』에서 연락이 왔어요. 이런 사정이 있어가지고 연재를 못했는데 앞으로는 이런 부분부분 어쩔 수 없이 삭제를 하면서 싣겠다고, 그렇게 사정을 해서 계속하기로 했다고 하더라고요. "아유, 그래서라도 연재하는 게 안 낫겠습니까?" 그쪽에서도 그러고 또 독자들도 기다리고 해서…… 쓴 것 자체는 지우지는 못하잖아요. 그 정도로 쓴 것도 된다 싶어가지고……
　그러다보니까 내가 이래 구상해놓은 게 있었는데, 거의 잘려져나가니까, 어느 부분에서 잘려나갔는가 하면, 인민군 박동식 아저씨가 후퇴하면서 몽실이를 찾아가서 서로 주소를 적어서 교환해요. 그래 헤어졌는데 그

부분이 잘려나갔어, 한 열 장 정도. 그다음에는 인천상륙작전 때문에 넘어가지 못하고 지리산으로 들어가서 빨치산으로 살다가 거기서 죽는데, 죽으면서 몽실이한테 편지를 남겨가지고 배달되고 하는 이런 내용이 다 없어졌지요.

원종찬 「강아지똥」에서 빠졌던 감나무 잎과의 대화 장면은 작년(2004) 『동화읽는어른』(7월호)에 다시 살려서 실었죠?

권정생 그건 어디서 자른 게 아니고…… 응모에 낼 때 거기 응모요강에 서른 장에 써내라고 돼 있어서. 그때만 해도 내가 순진해서 서른 장을 넘기면 안되나보다 했지요. 그래도 서른다섯 장 정도로 해서 보냈을 거예요. 그때 뺀 내용이 어떤 거냐 하면, 감나무 잎사귀가 추운 밤중에 나타나서 "우리가 죽어야만 뒤따라 동생들이 태어나서 자랄 수 있지 않니" 하고 죽음에 대한 걸 이야기하고 가지요. 그래 강아지똥이 그걸 생각하면서 자기도 죽어야 된다는 걸 알게 되어요.

원종찬 감나무 잎사귀는 한쪽 귀퉁이가 찢겨져 상처가 났고 숨이 차서 말소리까지 떨리고 그러는데, 굉장히 쓸쓸하고 허망하게 밤바람에 흩날려가는 것으로 그려졌더라고요, 가슴 아프게……

권정생 그때 내 자신이 죽음이라는 것에 대해 아주 많이 생각했어요. 66년도에 병원에서 두번째 수술했을 때 간호사가 그 소변주머니요, 그걸 이래 끼워주면서 뭐라 그랬냐면, "이거 얼마 전에 죽은 사람 건데, 아저씨하고 똑같았는데 그 아저씨 6개월 못 살았어요. 아저씨도 6개월도 못 사는데 뭐하러 수술했냐"고 그러면서 끼워주더라고. 병원에서 퇴원할 때 의사는 약 잘 먹고 그러면 한 2년까지는 안 가겠나, 그러고. 68년도 되니까, 2년 다 돼가니까 이젠 죽는가보다고 생각을 했는데, 그때만 해도 그러면서 그 「강아지똥」을 썼으니까 감나무 잎사귀가 굉장히 절실했죠.

원종찬 동화 「강아지똥」은 자연의 질서에 바탕을 두고서도 상식을 깨는 전복성이 있어서 어른들도 다 감동받는데, 한 20매가량이래도 동화로서나 그림책으로서나 괜찮을 것 같아요. 길어지면 소설처럼 리얼리티는 강해져도 동화의 단순성과 상징성이 약해질 수 있잖아요. 저는 그림책으로 잘 나온 것 같아요.

권정생 안 그래도 애니메이션 만든 데서 이걸 책으로 내자고 말을 해요. 애니메이션 만드는 데 돈이 엄청 들었더라고요. 들어온 거는 얼마 안된대요. 그러니 책이라도 나오고 하면 책을 보고 애니메이션 테이프도 팔리고 어떻게 안되겠습니까 그러는데, 출판사나 그림 그린 선생님한테 미안하죠. 생각해보면 그림책 『강아지똥』(길벗어린이 1996)은 나온 지 10년 정도 되었잖아요. 그건 어린아이들 읽는 거니까 상급생들이나 어른들이 읽을 만한 책으로 또 내보는 것도 좋지 않겠나 싶어요. 아이구, 그렇게 되더라고요 보니까. 글이라는 게 내가 썼는데도 일단 나가고 나니까 내 소유가 아니더라고요. 아유, 내 맘대로 안돼요.

원종찬 「무명저고리와 엄마」는 영화로 만들려다가 안되었지요?

권정생 이걸 만들려고 했던 분이 젊은 분인데, 자기가 감독을 하고 싶었는데 영화사에서 신인감독한테 맡기는 것이 조금 곤란했겠지요. 그래서 지명도 있는 감독한테 맡기다보니까 젊은 감독이 그러더라고요. 자기가 형편이 좀 좋아질 때 만들 수 있도록 그쪽에 허락하지 말았으면 좋겠다고요. 이 사람이 그래요. 자긴 「무명저고리와 엄마」를 원작에 충실하게 예술작품으로 만들고 싶지 상업적으로 만들고 싶지 않다고. 그래서 그렇게 하라고 그랬는데, 이 사람이 형편이 어디 그래 됩니까. 그래도 그런 사람이 그렇게 말해줄 때 또 고맙잖아요.

원종찬 『몽실 언니』는 텔레비전 드라마로 만들어질 때 사연 같은 거 없었나요?

권정생 그거를 이오덕 선생님한테 얘기하니까 "좋지요" 하더라고요.

그래서 했지요. 그런데 내가 가만히 생각해보니까 누군가 이것 때문에 상처받는 사람이 있지 않을까. 안 그래도 여기에 구두 수선하는 꼽추 아저씨가 있어요. 그분 아주머니는 건강한 사람인데 결혼해서 살아요. 그 아주머니가 몽실인 자기 이야기라고 그러지. 또 대구에서 숯장사 하는 아주머니는 자기 이야기라고 그래요. 그래서 이거 나갔다가는 혹시 그런 사람들이 상처 입지 않을까 그런 생각이 들어서 안할 수 있을까 이야기했더니, 벌써 제작에 들어가서 돈이 엄청 들어갔는데 이젠 안된다고 그러더라고요. 그래서 뭐 할 수 없다 싶어가지고 그냥 있었는데, 그 테레비에 나가면서 거기 출연하는 사람이 그래요. 테레비 드라마라는 것은 시청률 때문에 어쩔 수 없이 이렇게 될 수밖에 없다고 하더라고요.

원종찬　저도 그거 봤거든요. 인기 드라마였으니까. 사람들한테 꽤 영향을 주었을 거라고 생각해요. 우리 사회를 지배하는 냉전적 사고를 건드리지 않았을까 싶어요.

권정생　글쎄, 그것 가지고는 그렇게까지는 못 다뤘는데 그게 책이 일단 있으니까, 네.

원종찬　그거 보면서 아이, 저건 저렇게 다루면 안될 텐데 그런 생각이 드는 대목도 있었을 텐데요.

권정생　나도 처음에는 테레비가 없었기 때문에 못 보고 있다가 나중에 봤는데 끄트머리에 가서 좀……

내가 할머니하고 어떻게 사노, 아이고 참

원종찬　요즘도 동화를 쓰고 계신데 「또야 너구리의 심부름」(2002) 같은 최근 동화에서 아이의 심리와 행동이 아주 또랑또랑하게 그려진 것을 보고 역시 선생님은 동화의 캐릭터를 잘 살려서 쓰는구나 그렇게 생각했어요. 그런데 이번에 『시와 동화』(2005년 가을호)에 실린 「엄마와 수진이의 일곱 살」이라는 작품을 읽고는 좀 놀란 게 있어요. 이 작품은 크게 두 장면으로 이뤄져 있지요. 첫번째 장면에서 일곱 살짜리 수진이가 미끄럼을 타다 영호더러 나중에 결혼하자니까 영호가 안한다고 돌아섭니다. 수진이가 이를 속상해하자 두번째 장면에서 수진이의 엄마는 자신의 어렸을 적 이야기를 들려줘요. 엄마도 일곱 살 때 소꿉놀이를 하다가 사내아이한테 나중에 시집갈 거라고 말하니까 그 아이가 고모한테 장가갈 거라며 돌아섰다는 비슷한 상황이었어요. 엄마는 수진이에게 남자애들은 다 바보라고 말해줍니다.

여기서 제가 문제로 느낀 대목은 엄마가 수진이에게 해주는 말 가운데 있어요. "일곱 살 땐 모두 바보지만 어른이 되면 똑똑해지거든" "엄마도 대학생이 되니까 똑똑해졌지. 그래서 잘생긴 너희 아빠하고 결혼을 했잖니" "엄마, 그럼 나도 나중에 대학생이 되면 똑똑해지는 거야?" "그럼, 영호도 그때는 똑똑한 어른이 될 테고" 하는 것들요. 어린아이는 바보고 어른이 되어야, 그것도 대학생이 되어야 똑똑해진다는 말은 가치판단 면에서 오해를 불러일으킬 수도 있지 않을까 싶어요.

권정생 요즘 애들 그러잖아요. 애 하나가 울어요. 그래, 왜 우느냐니까, 누구를 내가 좋아하는데, 그 애가 다른 애를 좋아한대요. 찔끔찔끔 울더라고요. 아, 저럴 땐 뭐라고 해야 되나 싶어요. 그래 생각다가 엄마를 통해서 얘기할 수밖에 없겠구나. 거기 남자아이가 자기는 고모한테 장가갈 거라고 그러잖아요. 그래 엄마가 누가 고모한테 장가를 가느냐고, 그 아이가 바보라서 그런 거라고 그렇게 말하지요. 꼭 뭐 대학생이 되어야 똑똑해진다는 말은 아닌데 그렇게 오해할 수도 있겠지요. 누구라도 자기 주관이 있으니까 그렇게 되었는데…… 그림책 낼 때 어느정도 고칠 수도 있고 안 그러면 그냥 둬도 되겠는데, 그렇게 오해할 수 있으면은……

원종찬　살아오면서 연애 이야기 같은 건 없어요?

권정생　우리 때는 너무 순진해가지고…… 있을 거예요. 지금도 생각 나요. 일본에 있을 때 나보다 몇 살 연상인 누나뻘인데도, 손 잡으면 친누나하고 느낌이 다르잖아요. 그 누나하고 항상 손 잡고 영화관에 따라다니고 그랬어요. 부산에 있을 땐, 그 애 '명자'요. 나하고 한동갑이랬는데, 충청도 아이랬는데, 폭격으로 부모님 다 죽고 고아원에서 있다가 다 자라서 나와가지고 식모살이하던 애였는데, 개도 배우지 못했기 때문에 잡지 같은 걸 사면 꼭 갖다줘요. 먼저 읽고 달라 그래요. 같이 걸어갈 때 손이 시리다 그러면 장갑을 한쪽 벗어가지고 나누어 끼자고 그러고. 굉장히 좋았지요. 뭐 그 정도지. 그땐 요즘처럼 그러지는 않았으니까. 그런 거는 잊을 수가 없지요, 한평생.

원종찬　동화작가가 되고 나서는요?

권정생　할머니들이 같이 살자 그래요.(웃음) 밥해주고 빨래해줄 테니까 같이 있자고.(웃음) 아유, 할머니. 나이 차이 이렇게 많이 나는데 내가 어떻게 같이 사노, 아이고 참. 허허, 할머니는 그걸 몰라서 그래. 그런 생각에서 같이 살자는 건 아니어도 같이 사는 것 자체가 서로가 힘들어 안돼요.

원종찬　선생님께서 동화를 쓰겠다고 마음먹은 건 언제 어떤 계기였어요?

인형극도 하고 동화도 들려주다가

권정생　병원에서 퇴원했을 때 38킬로였어요. 키는 그때 170센티였는데 몸무게가 38킬로예요. 모두 귀신 같다 그래가지고 곁에 오려고도 안했어요. 근데도 시골 사람들은 그런 것도 없이 찾아오고 같이 지내고 이랬는데, 곧 죽는다고 했는데도 70년대 중반까지 그래 살면서 41킬로에서 45킬로가 되었어요. 그때는 몸을 움직일 수가 있었거든요. 그래서 뭘 했냐 하면 교회에서 인형극을 했어요. 내가 인형도 만들고 옷도 만들고 연극 대본도 쓰고 무대장치까지, 무대장치라고 해봤자 종이에다가 배경 몇 장 그려가지고, 그게 쉬운 게 아닌데, 그걸 해가지고 그땐 전깃불이 없으니까 남포등불 켜놓고 했는데 그래도 여러 가지 했어요.

원종찬 이야기를 꾸며서도 하고 그랬겠네요.

권정생 네, 창작도 하고 아니면 또 방정환 선생님이 했었던 「마음의 꽃」(변안동화집 『사랑의 선물』, 개벽사 1922) 같은 거, 또 성경에 나오는 이야기라든가 우리 옛날이야기, 호랑이가 오누이 잡아먹으려고 하늘에 오르다가 떨어지는 「별순이 달순이」 같은 걸 했어요. 손가락에다 인형 끼우고 양손으로 해도 두 명밖에 못 나오는데, 무대 뒤에 누구한테 손가락에 인형 끼워달라고 해서 번갈아가면서 이래가면서 했는데, 그렇게 조그마하게 했어도 어른들도 연극 보면서 우스울 땐 웃고 슬플 땐 울고 그랬어요.

그러면서 아이들한테 동화도 들려주다보니까 동화를 쓰게 됐지요. 안 그랬으면 소설을 쓰고 싶었지요. 항상 나는 죽는다는 그거, 그게 머릿속에 있었기 때문에 「강아지똥」 이거 하나라도 써놓고 죽어야지, 또 「무명저고리와 엄마」를 쓰면서는 이거 하나 더 써놓고 죽어야지. 그렇기 때문에 정성을 들여야 된다, 그래가지고 하나하나 정성 들여 쓰고…… 『초가집이 있던 마을』도 내가 겪은 전쟁이니까 이거 하나 더 쓰고 죽어야지. 그걸 써놓고 나니까 거기에 다 못 쓴 게 있잖아요, 그래서 또 『몽실 언니』 쓰고, 『점득이네』(창비 1990) 쓰고. 짧은 거 긴 거……

그런데 70년대 후반이 되면서 몸이 말을 안 듣는 거예요. 기운이 쭉 빠지고. 새벽에 교회 종을 쳐놓고도 기도하러 가야 되는데 기도하러 갈 수가 없어요. 힘이 빠져가지고. 그래 종만 쳐놓고는 방에 들어가 누워야 되고. 그러면서도 아이들한테 이야기를 또 하다가 기운이 없으면 목소리가 안 나와요. 아무리 애를 써도 안 나오니까 포기할 수밖에 없었어요. 나중에는 앉아 있기도 힘들고 그러면서 인제 움직이는 거는 못하고. 그래 병원에 갔어요. 흡사 당뇨 앓는 사람이 혈당 떨어지면 기운 없잖아요. 그것처럼 콩팥이 다 망가져가지고 단백질이나 칼슘 이런 것들이 그대로 빠져나가니까 그래서 기운이 없는 거라고. 이미 왼쪽 폐는 다 망가져버렸고, 콩팥도 하나 남은 게 얼마나 살아남아 있는지 모르겠어요.

그러니까 이 세상에서 첫째 누구라도 몸이 건강해야 해요. 그다음에는 다 알 수는 없지만 사물을 될 수 있으면 구체적으로 다 살펴본 다음에라야 내가 말 한마디라도 할 수 있지, 알 듯 모를 듯하면서 자신있게 말을 한다는 건 그건 조심해야 합니다, 누구라도.

원종찬 어릴 때 감명받은 작품이라든가 동화작가가 되고 나서 감명받은 작품 같은 건 어떤 것일지 궁금해요. 특별히 문학수업 시대랄 게 없었을 텐데요.

사실은 이데올로기 싸움이 아니었지요

권정생 책이 없으니까 못 읽었지요. 일본에 있을 때 미야자와 켄지(宮沢賢治), 그때는 미야자와 켄지가 누군지도 몰랐어요. 그이가 쓴 「바람의 마따사부로오(風の又三郎)」라는 작품이 있어요. 작품은 못 읽어봤고 영화로 봤어요. 아이가 노래를 부르며 나타나면 바람이 불어서 다 떨어뜨리고 하는 몇 장면이 지금도 남아 있어요.

그리고 오가와 미메이(小川未明)의 「빨간 양초와 인어(赤い蠟燭と人魚)」.

이건 누나들이 읽는 걸 옆에서 끼여서 보고 그랬지요. 거기서 인어가 팔려가잖아요, 할머니가 돈에 눈이 멀어서. 그래 누님들한테 물어봤어요. 인어 아가씨가 팔려가서, 그거 사갖고 뭘 했느냐 물으니까, "유리관에다 담아가지고 여기저기 다니면서 돈 받고 구경시키고 장사하려고 사갔지" 그랬어요. 그걸 상상하면서 밤에 혼자 찔끔찔끔 운 기억이 나요. 하이구, 그거 팔려가가 얼마나 불쌍한지 훌쩍훌쩍 울었어요.

그리고 이솝 우화는, 우리 아버지가 청소부 했잖아요. 처음에는 똥을 치다가 나중에는 조금 승격해서 쓰레기 처리하는 일을 다녔는데, 거기 다니면서 버린 헌책 같은 걸 가지고 와서 추녀 밑에다가 쌓아놓으셨어요. 거기보면 온전한 것은 없고요. 이솝 우화라든가 그림 동화라든가, 중국의 『삼국지』라든가 이런 거는 거기 나오는 그림만 봤지요, 읽진 못하고.

그때 오스카 와일드(Oscar Wilde)의 「왕자와 제비」도 봤어요. 제비하고 얼어 죽잖아요, 나중에. 얼어 죽은 다음에 천사들이 심장을 가지고 가는데 그깟 심장 가져가봤자 뭐하나 싶었어요. 얼어 죽는 게 불쌍한데. 제비하고 왕자가 죽어가는 게 그게 그렇게 가슴이 아팠어요, 애처롭고.

원종찬 오가와 미메이와 오스카 와일드의 그 작품들은 사회주의에 공감했던 시기의 산물이고, 정의롭지 못한 사회에 대한 비판과 가난한 사람들에 대한 연민 같은 걸 보여주는 동화들이라 어떻게 보면 선생님 문학의 뿌리로 자리잡았을 수도 있겠다 싶어요.

권정생 어렸을 적에 읽었던 책들이 내 잠재의식에 들어 있는지는 모르겠지만, 내가 동화를 쓸 때 그런 걸 생각하면서 쓰지는 않은 것 같아요. 그림책 『강아지똥』(길벗어린이 1996) 뒤에다 발문을 써놓은 걸 보면은 '우리 민족의 역사……' 뭐라고 써놨는데 그거는 아니거든요. 저는 그렇게 생각하고 쓰지는 않았어요. 보는 사람에 따라 다른가? 하지만 저는 그때 그런 역사의식은 없었고, 내가 워낙 비참했기 때문에 죽음이란 것하고, 아무것도 못하고 이래 죽는가보다 하는 생각⋯⋯

또 그때 주변에서 잘살아야 한다, 성공해야 한다는 얘기가 많았어요. 동화를 보면 애들이 콩쿠르에서 1등 하고 달리기에서 1등 하고 뭐 이기고 그런 내용이 나오거든요. 강소천 동화 같은 거 보면 그래요. 꼭 그래야 되나. 나 자신이 부자가 되거나 공부해갖고 성공하지 못해서 그런지도 모르지마는, 난 인생에서 진정한 가치가 무언지 그거는 아이들한테도 있어야 한다고 생각했거든요. 오히려 방정환 동화가 낫지요, 그런 부분에서는. 방정환 선생이 창작은 몇 편 안되고 번안동화를 쓰면서도 우리 식대로 결론을 내렸거든요.

원종찬　우리 동화작가 가운데 특별히 애정이 가는 작가는 또 누가 있는지요?

권정생　그 현덕의 유년동화집하고 또 소년소설하고는 나중에 『몽실언니』 다 쓰고 난 뒤에 봤는데요. 그래 내가, 아 이런 걸 우리 아동문학 작가들이 진즉에 읽었더라면 영향을 줬지 않겠나 그랬는데, 그런 걸 왜 그렇게 아무도 모르고⋯⋯ 월북작가라서 그랬겠죠. 「무명저고리와 엄마」를 쓸 때만 해도 나는 반공동화가 싫었거든요. 그때는 반공동화가 많았어요. 이승복군이 어떻고⋯⋯

원종찬　당시 제가 배웠던 교과목 이름도 '반공도덕'이었어요.

권정생　네, 그 시절엔 반공이 도덕이었지요. 누군가는 이걸 극복해야겠다 하는 생각을 했어요. 『초가집이 있던 마을』에 나오는 유종이하고 문식이하고 싸우다가도 서로 화해를 하면서 그 애들이 진짜 사람으로 살아야겠다는 것을 깨닫고 그러는데⋯⋯ 6·25를 겪으면서 한마을에서 아무 문제 없이 살았던 사람들이 좌우익이나 남북이데올로기 때문에 싸우잖아요. 그런데 나는 이게 사실은 이데올로기 싸움이 아닌 것 같아요. 서로 주도권 싸움이었지. 남과 북도, 미국과 러시아도 서로 주도권 싸움이었고 이데올로기는 괜히 내걸었던 거지. 왜 우리가 거기에 희생되어야 하나, 그래서 조금씩 조금씩 그런 생각을 썼는데, 「아기양의 그림자 딸랑이」(대구 매일신문 신춘문예 가작, 1971)도 그렇고 그때는 표현할 방법이 없으니까 그렇게 상징적으로 써냈어요.

「아기양의 그림자 딸랑이」 심사 때도 우체국에서 전화가 와 있다고 해서 받았는데 "권선생님, 이거 문제가 되는데, 이건 이대로 안되니까 이걸 삭제하는 조건으로 입선작으로 하겠습니다" 그러더라고요. 어쩔 수 없잖아요. 그래 그것도 삭제되고 입선되었지요. 그래도 그때 상금이 2만 원이었는데, 그걸 가지고 일 년 더 살았으니까.

원종찬 그러고 보니 사람들이 궁금해하는 게 있어요. 선생님은 작품집을 꽤 많이 냈고 그 대부분이 판을 거듭해서 찍어내고 있는데 인세를 받으면 뭐 하나, 어디에 쓰시나 하는 조금 우스갯소리 같은 궁금증요.

권정생 허허 나도 몰라요. 돈이라는 게 그렇잖아요. 남을 이렇게 드러내놓고 누굴 돕는다 하는 것도 굉장히 복잡해지거든요. 네, 복잡해져요. 그러니 그건 얘기하지 맙시다, 허허.

원종찬 벌써 십오륙 년쯤 되었는데, 제가 해직교사 시절에 선생님께서 전교조 인천지부 총무를 맡았던 노미화 선생한테 꽤 큰돈을 보내주시면서 해직교사 선생님들 맛있는 거 사먹으라고 해서 눈물이 났던 기억이 나요.

이름도 없고 아무것도 없는 사람들이 살아온 얘기를

원종찬 선생님은 한때 동화는 쓰기 힘들다고 작품활동이 뜸하시더니 『한티재 하늘』(지식산업사 1998) 같은 장편소설을 내놓았지요. 그러다가 『밥데기 죽데기』(바오로딸 1999) 이후 다시 동화를 쓰고 계신데, 선생님 생각에 동화의 세계와 소설의 세계는 어떤 차이가 있는 것 같아요?

권정생 글쎄요, 어른들이 『몽실 언니』를 읽고 또 이런 책 없느냐고 찾아왔더라고요. 소설책은 할머니들이 못 읽지 않습니까. 소설책은 최소한도 고등학교 졸업은 해야 읽거든요. 민중소설이라 하면은 민중들이 읽어야 하는데 보통 백성들이 읽어야 하는데 왜 이렇게 될까. 우리 민중소설들도 보면 거기 같이 참여했던 백성들은 다 사라져 없고, 고통받다 죽고 그중에서 앞에 섰던 위대한 사람들만 남아버리잖아요. 나는 조선시대 때 뭐 이런 거는 모르고 동학전쟁 이야기는 여기서 많이 해요, 어른들이.

저기 살구나무재 넘어가면 지리산처럼 아주 깊은 산이 있는데 거기 숨어 살던 어른이 하나 있었어요. 동학전쟁에 참여했던 어른이래요. 아, 키가 크고 그랬는데, 그 어른이 '빠란구이'를 했다고 그러거든요. 빨치산은 아니고 '동학전쟁 하던 옛날 빠란구이'라고 했어요. 신돌석 장군하고 이어지는 빠란구이 하다가 저기 숨어 산다고 하는데, 6·25전쟁 때 그쪽으로 가면서 그 어른을 한번 뵈었어요. 그때는 해방이 됐으니까 숨어 살지는 않고 자리 잡고 살았는데, 산에서 나무를 베어서 구유도 만들고 지게도 만들어서 장에 나가 팔고 하셨지요. 그렇게 생활을 하시다가 나중에 돌아가셨는데, 그런 사람들은 이름도 없고 아무것도 없어요. 요즘 독립운동가들 얘기 많이 나오잖아요. 거기 몇 사람들은 이름이 남는데 3·1운동 때 만세 부르던 사람들, 동학 이런 데 참가했던 사람들은 전봉준이 실패하고 다 죽은 다음에는 어쩔 수 없이 숨어 살 수밖에 없었어요, 빨치산도 그랬듯이. 그래, 이 사람들을 어떻게 할까 이 사람들을……

그래서 인제 『한티재 하늘』을 쓰면서 그걸 보통사람들 것으로 해서 어려운 한자말을 안 쓰고 그랬는데, 한자말을 안 쓸 수가 없어요, 또. 그걸 쓰면서 우리말이 이렇게 사라졌구나 생각했어요. 또 민중소설은 뭔가 분석하고 그러면 답답해져서 안되거든요. 쭉쭉 써나가야 된다 싶어가지고, 그러고 뭐 그걸 갖다가 열 권 스무 권 써봤자 뭐하겠어요. 그래서 다섯 권 정도로 쓴다고 그랬는데, 쓰다보니 그렇게 썼는데도 자꾸 길어지니까 체력이 안되잖아요, 내가.

원종찬 그 소설이 일제말과 해방후로 가야 할 길이 많은데, 앞으로 더 중요한 얘깃거리가 많은데 어떻게 해야 하나……

권정생 지금 두 권인데 앞으로 쓸 게 열 권도 넘어요. 근데 체력이 안돼요, 지금. 책에는 뭐 동학농민운동도 보면 주로 주동했던 사람들 얘기고, 정치적으로 쓰고 그랬죠. 농민들의 얘긴 없고. 그래서 나는 어른들한테 물을 수밖에 없었어요. 여기저기 다니면서 그 당시 어떻게 살았는지. 지금 다 돌아가시고 없지마는 이 어른들은 일제시대 때 징용에도 끌려가고 신작로 공사장에도 끌려가고…… 뭐 여기 많아요, 얘기들이.

그때 쌀값은 얼마였고 하는 걸 물으면 기억하는 어른들도 있었어요. 한 어른이 1928년에 열두 살 때 술도가 짓는 데서 자갈 두 짐 지고 오면 1전을 줬는데 하루 10전을 못 받아봤다 그러더라고요. 1933년에 신작로 공사할 때 그 다리 공사하는 데 돈을 줘서 갔는데, 하루 두 홉짜리 소주 한 병 받으니까 돈이 딱 맞더라고. 이런 이야기들…… 천구백몇년이면 쌀이 얼마, 해방되던 해엔 얼마, 뭐 난 그렇게 물어 다녔어요.

원종찬 선생님은 루쉰(魯迅) 작품을 맵고 짜고 지독하다고 하신 적이 있지요. 루쉰은 농민들의 무지몽매에 대해서도 신랄하게 비판했잖아요. 그런데 선생님 작품에서 어린이, 농민, 민중 들은 언제나 착하고 순박한 존재로 그려져 있어요. 인간성 왜곡이랄지 문제가 되는 것은 그 바깥에서 만들어지는 것으로 나오고요.

권정생 자연에 순응해서 살다보면 그렇게 될 수밖에 없어요. 벌레만 해도 자연 속에 사는 것들은 계산을 안하잖아요. 자연 속에서는 잔인한 전쟁도 없다고 하면은 어떤 사람들은 말벌이 꿀벌 죽이고 이러는데 왜 전쟁이 없냐고 그러는데, 글쎄 그것까지 전쟁이라고 한다면…… 사람이 하는 전쟁은 안 그렇잖아요. 뻐꾸기가 남의 새 둥지에 알을 낳아놓으면서 그 둥지에 있던 새 알을 밖으로 다 버리잖아요. 그걸 보면 잔인하지만 그건 그것들대로 사람만큼 잔인하지는 않잖아요. 자연 속에 살아가는 것들은 자기 생존을 위해서 다른 모든 것을 송두리째 파괴하지는 않거든요.

여기까지 이야기를 나누었을 때 준비한 두 시간짜리 녹음테이프가 앞뒤로 다 돌아가버렸다. 권선생님은 어쩔 수 없이 누구를 맞이했더라도 상대가 돌아간 뒤에는 그로 말미암아 혼자 몸져눕곤 했다. 그걸 알기에 만나뵙기 전에는 약 30분, 길어도 한 시간을 넘기지 말아야지 그 이상은 무리일 거라는 생각을 했던 터였다. 농촌 총각의 순정을 다룬 영화 「너는 내 운명」을 보여드리고 싶다고, 같이 극장 구경 가자고 했더니 "아유, 그거 보고 오면 또 앓아누워야 되잖아요" 하신다. 하지만 이날 대담만큼은 언제 두 시간이 지났는지 모르게 나지막해도 분명한 어조로 천천히 또박또박 말씀을 이어나갔다. 처음 시작할 때 잡은 손을 한 번도 놓지 않은 채로.

우리는 바깥으로 나왔다. 마당에 앉아 사진도 찍고 남은 이야기를 더 나누었다. 영화 이야기가 나오자 선생님은 「실미도」하고 「태극기 휘날리며」를 텔레비전으로 봤다면서 우리 영화가 많이 좋아졌다고, "북한보다 나은 게 이렇게 우리 약점도 말할 수 있다는 거" 아니겠냐고 말씀하신다. 우리 민족이 어떻게 될 것인지, 남북관계를 어떻게 전망하느냐고 여쭈었다. 선생님은 금강산을 여행할 수 있고 「아리랑」을 관람할 수 있는 것을 보면 많이 가까워졌다면서 다시 또 과거처럼 적대적으로 되돌아가지는 않을 것 같다고 했다. 다만 우리 민족성은 겨레와 가족의 감정이 강한 게 특징인데, '우리'보다는 '나'와 '너'라는 말이 많아지는 현상을 걱정하신다. 또 바다나 육로를 통해서 개성과 금강산을 간다지만 걸어서 갈 수 있어야 한다면서

"사람도 만나고 후미진 곳도 보고 그래야 편향되지 않잖아요" 그러신다.

끝으로 요즘 후배 작가들의 작품을 읽어본 것이 있는지, 어떻게 봤는지에 대해 여쭈었다. 선생님은 『씨앗을 지키는 사람들』(안미란, 창비 2001) 『해를 삼킨 아이들』(김기정, 창비 2004) 『지엠오 아이』(문선이, 창비 2005) 같은 작품 제목들을 잠시 입에 올렸다. 그중에서 함께 심사를 하고 당선작으로 뽑은 『씨앗을 지키는 사람들』에 대해서는 씨앗 문제가 농촌에서 꽤 보편화되어 있고 벌써부터 씨앗전쟁이 시작되었는데 독자는 지금 현실이 아니라 미래의 일로 받아들이지 않을까 하는 아쉬움이 있었다고 회고하신다. 후배 작가들이 현실의 삶에 더 구체적으로 다가서주기를 바라는 마음일 것이다. 그러나 젊은 세대는 그들대로의 감각과 정서가 있으니 이전 세대와 다를 수밖에 없다면서 "서툴더라도 겁내지 말고 도전하는 자세로" 써나갔으면 한다고도 했다. "젊은 작가들은 달라야지요" 하셨는데 어디까지나 이해와 아량의 말씀이 아니겠나 하는 생각이 들었다.

문득 어린이도서연구회 25주년에 즈음한 선생님의 짤막한 메씨지가 떠올랐다. 선생님은 우리 아이들을 둘러싼 폭력문화를 거론하고는 "우리가 열심히 동화만 읽고 있는 사이에 세상은 이렇게 흉측해지고 있었다"고 글을 맺은 바 있다. 그때 명치끝을 한방 얻어맞은 통증을 느끼지 않을 수 없었다. 평생 동화의 자리를 지켜왔으면서도 그 자리에 대한 성찰을 방심하지 않는 어른이 곁에 있다는 것은 얼마나 다행스러운가. 이번에 그 대목의 의미를 자세하게 풀어달라고 하려다가, 그건 그대로 이 시대의 화두처럼 우리 스스로 굴려나가는 게 더 낫겠다고 여겨 그만두었다.

대담을 마치고 선생님은 마치 심봉사가 딸을 대하듯 얼굴을 쓰다듬어주면서 "어이구, 원선생 이거 흰머리 난 거 봐라" 하시질 않나, "여기 복숭아 젤루 큰 건 원선생이 먹어. 나보다 원선생이 살 좀 쪄야지" 하시질 않나, 하여간 나는 선생님 앞에서 영락없이 어린애가 되었다. 즐거웠다. 선생님은 누구든 어린애로 만드는 신기한 힘이 있는 것 같았다. "아이, 뭐 이라크 갔다 온 박기범이도 이렇게 말랐잖아요" 하니까, "박기범이가 생각보다 아주 튼튼하고 강해요" 그러신다.

장난스런 분위기를 틈타서, 몹쓸 말이겠지만, 어린애 같은 표정으로 이런 질문을 던져봤다. "선생님, 나중에 나중에 이 집하고 이 책들하고 다 어떻게 되기를 바라세요?" 그랬더니 "이건 땅주인이 따로 있으니 전부 자연으로 되돌려져야지요, 원래대로. 무슨 인공물이 세워지면 안돼요. 난 처음대로 여기가 풀밭으로 되어야 한다고 생각해요" 하신다. 역시 선생님다운 말씀이다. 나는 속으로 '일부러 허물어뜨려도 안되는데……' 하고 되뇌었다. 선생님을 꼭 한번 만나보고 싶어도 마음에 담아둘 뿐 그러지 못하는 순수한 사람들이 얼마나 많은가. 집이며 옷이며 이불이며 가구, 신발, 책, 밥그릇, 냄비, 숟가락, 깡통 같은 선생님 손때 묻은 모든 것들이 바람에 조금씩 조금씩 풀려나가도록 그렇게 풍장(風葬) 치르듯 수십, 수백, 수천 년 이 자리에 그대로 놓여 있었으면 좋겠다.

가려니까 버스 시간이 아직도 20분 더 남았다면서 마당가에 피어난 박하 이파리를 따서 한번 씹어보란다. 알싸한 맛과 향기가 혀와 코를 감싼다. 그 바로 옆에 듬직한 나무 한 그루가 서 있다. "이건 무슨 나무예요?" "산수유예요. 겨울에 나뭇잎들 다 떨어지고 나면 그 열매만 빨갛게 달려 있어요." 나는 흰눈을 배경으로 빨간 산수유 열매가 알알이 박힌 검은 나뭇가지를 상상하다가 곧이어 내년 봄에 벙글어질 노란 꽃망울들을 떠올렸다. 마침내 작별을 고했다. 선생님은 어쩔 줄 몰라 꾸부정한 나를 두 팔 벌려 꼭 품어 안아주신다. 기약이 없었다. 내 안에선 허튼소리가 계속 맴돌았다. '선생님, 살아생전에 다시 또 찾아뵐 수 있을까요, 있을까요……'

『창비어린이』 2005년 겨울호

…아지 똥기을 대할 때마다 항상 무언가
진 듯한 아쉬움이 있었습니다.
래 강아지 똥은 40장을 썼던 것인데
툭고 교육 현상 모집에 원고지 30장으로 국제
어 있었습니다. 고민 끝에 감나무가 말을
항가는 대목과 마지막 장면 수 항 접를 덜
버니 34장이 되었습니다. 작품은 그런
무리 없이 읽힐 수 있었습니다. 그래서
똥과는 달리 감나무 잎사귀는 지원져 버리
있니다.
년에 참흙을 빚어 만든 애니메이션에서
나무 잎을 살려 집어 넣었더니 보는 사라
기 그 대목에서 가장 많이 눈물 짓게 했
말을 들었습니다.
한 읽는 어른 5월호에 이기영 선생님이
아지 똥기 다시 읽기란 글을 실었기에 늦니
만 빠졌던 감나무 잎을 살리기로 했습니다
게 겨우 마음이 놓입니다.

2004년 5월 20일
권 정 생 씀.

동화작가 권정생과 강아지똥

이현주

사람이 살아감에서 무엇보다도 중요한 일은 자기가 사는 삶의 터전에 뿌리를 내리는 일이 아닐 수 없다. 특히 글줄이나 읽고 학문깨나 했다는 지식인의 경우에 이 문제는 자못 심각하다. 나아가서 목사라든지 작가라는 사람들이 그 시대의 토양에 뿌리를 깊이 내리지 못했을 경우에 나라의 위험을 보고도 꿀 먹은 벙어리가 되고 백성이 굶주림과 갈증으로 죽어가는 현장에서 "나비야 나비야 이리 날아 오너라" 하고 딴전을 부리게 된다.

나는 기독교 목사면서도 "예수의 십자가 보혈이 나의 죄를 대신 속죄했다"는 교리에는 여전히 서먹서먹하다. 이런 말을 하면 어떤 이들은 목사가 저 모양이니 이 나라의 기독교 장래가 암담하다고 한탄을 하겠지만, 그들의 한탄을 예방하려고 속에 없는 말을 할 수는 없다. 그러면서도 나는 예수를 널리 알릴 것이다. 그리고 지금 그를 좋아하고 있는 만큼 아마 앞으로도 좋아할 것이다. 그것은 그가 완전한 인간이었기 때문이다. 그는 이 세계라는 토양에 뿌리를 건강하게 내린 "하나님의 아들"이었다. 어떤 말로도 이 역설을 설명할 수는 없다.

황석영의 소설 『장길산』에 다음과 같은 대화가 나온다. "우선 상놈이 되어야 하지. 유생의 버릇이 추호라도 남아 있어선 안되어. 자네 같은 이는 상인 동무를 많이 사귀어야 하네. 백성들의 순박한 뜻을 배우지 않으면, 농사잡록이든 의술이든 활인이든 아무 쓸모가 없네." 운부라는 중이 벼슬을 마다고 농촌에 살며 『농사잡록』이라는 책을 쓰고 있는 설유징이라는 선배에게 하는 말이다. 백성이라는 토양에 뿌리를 내리지 않으면 그 모든 지적인 소산물이 헛것이라는 말이다.

"유생의 버릇이 추호라도 남아 있어선 안되어"라는 말에서 나는 예수의 출생을 말한 바울의 유명한 한 구절을 떠올렸다. "그리스도 예수는 하느님과 본질이 같은 분이셨지만 굳이 하느님과 동등한 존재가 되려 하지 않으시고 오히려 당신의 것을 다 내어놓고 종의 신분을 취하셔서 우리와 똑같은 인간이 되셨습니다." 이에서 무슨 말을 더 하랴? 이 한마디로써 내가 평생토록 그를 따르고 널리 알릴 이유는 차고 넘친다.

이쯤 해두고, 내가 지금부터 동화작가 권정생의 이야기를 횡설수설 지껄이려 함은, 여전히 뿌리를 못 내려 불안하기만 한 자신의 모습을 확인해 보려는 소인배의 치기 어린 짓거리일 뿐이다. 이 글을 읽으면 그는 얼마나 화가 날까? 그러나 나는 한쪽 구석에 믿는 점이 있다. 그것은 태어나면서부터 당하기만 한 그가 이번에도 한 번 더 당했다 셈치고 하루나 이틀쯤 언덕배기에 올라 잔디 씨앗이나 쥐어뜯다가 그만둘 것이라는 음흉한 계산이다.

경상북도 안동군 일직면 송리에 가면 동화작가 권정생은 없고 '권집사'만 있다. 그는 오늘 새벽에도 따르릉거리는 자명종 소리에 일어나 예배당 마당에 높이 솟아 있는 종을 울렸을 것이다. 그리고 차가운 마룻바닥에 무릎을 꿇고 뭐라고 하느님께 빌었을까? 아무튼 빌었을 것이다. 지금도 억울한 일을 당해 눈물 흘리는 이 땅의 가난한 백성이 이웃해 있으니만큼 그의 기도는 중단될 수 없을 것이다. 때때로 그의 기도는 머리털이 곤두서는 반항이기도 하다.

"하느님은 과연 사람들에게 아버지라 불릴 수 있는 자격을 갖춘 분입니까? 당신이 지은 이 세상에서 사람과 뭇 짐승들이 이토록 고통을 겪고 있어도 끝내 침묵만 지키고 있을 셈입니까? 천 년이 하루 같은 당신께서는 한 사람의 평생이 잠시 잠깐 지나가버릴지 모르지만 이토록 약하디약한 갈대 같은 인생은 고통에 고통으로 나날을 살고 있는데, 과연 무소부재하시고 전지전능하십니까?"

언젠가 불쑥 찾아갔더니, 그는 새끼 염소 두 마리에 질질 끌려 마당으로 들어서면서 나를 보고, 시골 사람들이 불쌍하다며 눈물을 글썽거렸다. 그날 밤, 그는 별식을 만들어 나를 대접하였다. 밀가루를 질게 반죽하고 거기에 고추장을 풀어 프라이팬에 부치니 그럴듯한 고추장떡이 되었다. 찬물을 마셔가며 그 싱겁고 매운 별미를 뜯어 씹으며 그는 다시 시골 사람들이 불쌍하다고 푸념을 놓았다.

그가 거처하는 방의 방바닥은 울퉁불퉁한데다가 시렁 위에는 꾀죄죄한 이불 한 장이 얹혀 있고 한쪽 벽에는 낡은 책들이 가득 쌓여 있다. 일본에 사는 질녀가 보내줬다는 고갱, 삐까소, 샤갈의 호화판 화집과 한쪽 벽에 빼뚜름히 걸린 "국화를 동편 울 밑에서 꺾다가 물끄러미 남산을 보네(採菊東籬下 悠然見南山)"라는 도연명의 한시를 전서체로 쓴 액자 한 쪽이 고작이다. 그 아래에는 10년도 더 전에 샀다는 후지카 석유 곤로와 라면 상자가 궁상스럽게 놓여 있다. 그만해두자.

그는 혼자 산다. 1937년에 태어났으니까 마흔둘인데 아직 총각이다. 그는 가정을 꿈속의 낙원이면서 또한 두려움 자체라고 말한 적이 있다. 내게 여러 번 편지를 보내면서도, 아직 한 번도 우리 집 아이들이나 그 아이들 어미의 안부를 묻지 않았다.

역사란 것이 한 개인을 얼마나 짓밟아 뭉개버릴 수 있나를 알아보려면, 히로시마 원자폭탄 투여, 해방 후 좌우익의 충돌, 육이오, 사일구, 그리고 오일육의 소용돌이 속에서 그 많던 식구들을 다 잃어버리고 야금야금 폐를 갉아먹는 균과 싸우면서 그것들이 얹어주는 외로움의 보따리를 홀로 지고 있는 체중이 40킬로그램도 못되는 그의 모습을 보는 게 좋을 것이다.

평론가 이오덕 선생이 그를 나에게 소개하면서 처음으로 한 말은 "일 년에 총 수입이 이천칠백 원이라 합디다"였다. 그때가 아마도 1974년이었을 것이다.

"염소를 끌고 언덕을 오르자니 숨이 찬다. 나의 몸속의 결핵균은 아직도 내 두 쪽 폐에 붙어서 갉아먹고 있다. 소변을 보면 고름이 흘러나온다. 언덕을 무리하여 올라가면 발동기처럼 내 가슴은 요란하게 뛴다. 목을 비끄러매인 염소는 길가 저만큼에 보이는 스무나무 잎사귀가 먹고 싶어 버둥버둥 그쪽으로 가고 싶어하지만 내가 놓아주지 않는다. 주인이란 건 이렇게 무자비한 것이다. 두어 발쯤 되는 나일론 밧줄에 말뚝을 매어 꽝꽝 두들겨 박아놓으면 가엾은 염소는 삼 미터의 둘레를 뱅뱅 돌면서 배를 채우기 위하여 그야말로 묵은 마른 풀까지 갉아먹는다. 온 산천이 맛난 풀밭인데도 새끼 염소에게 허락된 먹이는 그토록 빈약한 먹이뿐이란다. 그런데도 주인은 귀여운 자기 소유의 염소라고 쓸어주고 보호하는 체다. 염소는 주인을 따른다. 그 주인이 어떤 폭군인지, 약탈자인지 사기꾼인지 아무것도 모르고……"

이것은 지난해 봄에 그가 나에게 보낸 편지 속의 한 부분이다. 조그만 언덕을 오르는데도 발동기처럼 요란하게 뛰는 그 빈약한 가슴의 고통은 산천의 맛난 풀을 뜯고 싶으나 나일론 밧줄에 매여 삼 미터의 둘레를 맴돌아야 하는 새끼 염소의 고통이 되고 그것은 또 뙤약볕 아래 김을 매고 풀을 뽑으면서 땀을 흘리고 흘리고 자꾸만 흘려도 빚만 늘어나는 그의 동화 속의 금복 엄마의 고통이 된다.

"형은 지가 젤 불쌍하면서 남들 불쌍하다는 말만 해!"

고추장떡을 뜯으면서 퉁명스럽게 던졌던 한마디, 나는 지금 그럴 수만 있으면 그 말을 거두어들이고 싶다. 그가 뻗은 삶의 뿌리가 염소의 고통, 금복 엄마의 고통, 그리고 배운 것 없고 배경 없이 억울하기만 한 송리 사람들의 고통 속에 얽혀 있음을 이제야 알 만하다.

키따모리(北森嘉蔵)라는 일본의 신학자가 2차대전이 끝난 뒤에 『고통의 신학(神の痛みの神學)』이라는 책을 써서 인간의 고통 속에 참여하는 하느님의 고통을 길게 설명한 적이 있다. 인간과 하느님이 만나는 현장은 "고통"이라는 것이다.

"십자가를 진 주님을 따른다는 것은 하느님의 고통에 시중을 든다는 말이다. 그러므로 자기 십자가를 지고 주님을 따른다는 말은 자기 고통을 겪으면서 하느님의 고통을 시중든다는 말이다. (…) 자신이 고통을 당함으로써 하느님의 고통을 시중들지 않는 자는 하느님의 고통과 아무 상관이 없는 무용지물이다."

전쟁이 안겨준 황량한 폐허에서 나옴직하고 또 마땅히 나와야 할 신학이었다.

오늘, 안동 땅 송리의 권집사는 키따모리의 주장을 서재에서 끌어내어 고통의 현장에서 그 아린 상처를 확인시켜주고 있다. 다시 그가 내게 보낸 편지를 보자.

"10여 일간 열에 시달리다가 겨우 일어났다. 이젠 남의 눈에 뜨일까 봐 누워 있는 것도 부담이 되어 될 수 있으면 앉아서 견디지만, 눕지 않고는 못 배겨 어쩔 수 없이 누워 있었다. 죽 한 냄비를 끓여 이틀씩 먹었다. (…) 며칠 전 이곳 시내 고등학교 학생 교련 시범식이 있었다. 비를 맞으면서 그들이 받아온 훈련을 관계 기관장들 앞에서 해 보이는 것인데 다음날, 여고생 하나가 숨을 거두었단다. 뒤늦게 알았는데 그 여고생은 선천성 심장판막증이라는 지병을 앓고 있었단다…… 나는 하나님 앞에서 과연 용서받을 수 있는 인간인지 두렵다…… 난 정말 어찌했으면 좋을까? 아무것도 하지 못하고 괴로워하기만 하다가 죽는가 싶다. 억울하게 죽어가는 가엾은 목숨들이 바로 눈앞에 있는데도, 제 혼자 살려고 오늘 아침에도 꾸역꾸역 숟가락을 입에 쑤셔넣었다. 용서받지 못할 이 위선자!……"

10년이 넘게 동화를 쓴답시고 원고지를 없애며 천금 같은 지면을 더럽혀온 나는, 여전히 이 땅의 아이들이 맨가슴으로 앓고 있는 고통과 "양팔 간격"으로 나란히 서 있는 순 똥이다. 나뿐이 아니라 어떤 방법으로든 이 나라 백성의 억울함과 고통에 제 몸을 담그지 않고 글을 쓰거나 설교를 하는 자들은 모두 똥이다.

권정생, 어떻게 된 심판인지 그를 볼 때마다 나는 한없이 부끄럽다. 처음 만나던 날, 그 디즈니 다방의 담배 연기와 시끌시끌한 잡담들 속에서 뼈다귀뿐인 두 손으로 포동포동 살찐 나의 손을 그냥 꼬옥 잡아줬을 때부터 그는 알이요 나는 껍질이었다. 제1회 아동문학상(1975)을 받으러 상경했을 때였다.

그는 틀림없이 장터 행상에게서 샀을 허름한 코트를 목이 긴 털 셔츠 위에 걸치고 무릎이 벌쭉하니 나와 종아리가 다 드러난 검정 바지에 검은 고무신을 신고 있었다. 그것은 빳빳한 와이셔츠 깃 아래 어지러운 무늬의 넥타이를 매고 윤이 나도록 손질한 가죽구두를 신은 서울놈들에게 가한 통쾌한 일격이었다.

수상 소감을 말하는 자리에서 그는 자기가 사찰 노릇을 하고 있는 교회의 가난뱅이 아이들 얘기를 몇 마디 더듬거렸을 뿐이다. 며칠 더 묵으며 서울 구경이라도 하고 가라는 나의 청을 거절하면서 그는 이렇게 말했다.

"칠복이라는 정신박약아가 있어. 나이는 열다섯인데 국민학교 일학년

수준도 못 돼. 이 녀석을 얼마 전부터 가르쳤는데 1에서 10까지 제법 쓸 줄 알게 됐어. 8자만 못 쓰고 다 쓰지. 서울 오기 전날 이름자를 가르쳐줬더니 무척 기뻐하더라. 잘하면 제 이름자 정도는 곧 쓰겠어. 그 애가 날 기다리고 있을 게야, 무척……"

무슨 구실로 그를 더 서울에 머물게 하랴? 이처럼 그가 바쁘게 돌아가야 하는 곳, 송리 사람들은 서울 나들이에서 돌아오는 그를 논두렁에서 만나 한다는 소리가 고작 "권집사, 테레비에 나왔더구마?"였다.

"바로 그 점이야. 일 년 농사 뼈 빠지게 지어 가을걷이 끝나면 테레비부터 사놓는 마음들, 하춘화 쇼단이 안동에 왔다 하면 오십 리 길을 멀다 않고 달려가야 하는 처녀 아이들…… 무슨 재간으로 그들을 업신여기구 사랑하지 않을 수 있겠어? ……희생자들인데, 현대 문명이라는 못된 악마의 희생자들인데. 우리에게는 그들을 감싸주고 위로해줄 일밖에는 아무것도 없어, 아이들은…… 더하지."

"그저 불쌍해, 불쌍해 죽겠어. 저기 저 움집에는 정신이상된 노파가 혼자 살고 있지. 지난겨울 추위에 얼어죽나 했더니, 안 죽고 여태 살아 있어…… 죽는 게 사는 걸 텐데."

"우리 교회에 영감 잡아먹고, 아들 잡아먹고, 며느리까지 잡아먹고 손자 하나 데리고 사는 할머니가 있어. 작년 가을인가? 할머니네 집 뒤란에 감나무가 한 그루 있었는데 감이 탐스럽게 열렸나봐. 그래, 작년에는 감 풍년이었지. 할머니가 손자 시켜 그중 실한 놈으로 한 가지 꺾어다가 영감 묻힌 무덤에 갖다 두게 했대. 귀신이라도 나와서 맛이나 보라는 속셈이었겠지. 영감이 생시에 감을 퍽도 좋아했는가봐. 그런데 그 일을 전도사님하고 장로님한테 들켰어. 문제가 됐지. '알겠어요? 할머니. 할머니는 우상을 섬겼어요.' '예, 죽을죄를 졌구먼요.' '회개하고 다시는 그런 짓 하지 말아요. 귀신을 섬기다니!' '예, 전도사님.' '교인들이 듣는 데서 잘못했다고 그래요.' '……예.' 그 할머니한테 난 아직도 한마디 위로를 못하고 있어…… 게 을러서인지."

울퉁불퉁한 방바닥에 배를 깔고 엎드려 그는 키들키들 웃고 있었다. 개 눈에는 똥만 보인다더니, 그의 눈에는 온통 불쌍하고 못난 인간들뿐이다.

"거지들이 네 눈에는 어떻게 보이니? 어쨌든, 서먹서먹하지? 석 달 동안, 깡통 들고 다리 밑에서 잠을 잘 때 길에서 거지를 만나면 그렇게 반가울 수 가 없었어. 병이 악화되지만 않았으면 난 지금도 거지 노릇을 하고 있을지 몰라. 길에서 주운 종잇조각에 몽당연필로 동요를 지어 썼지. 아름다운 동 요였어. 거지 생활, 몸만 튼튼하면 할 만해…… 옛날 얘기지만."

그가 어쩌다가 깡통을 차야만 했는지, 또 어찌하여 안동 땅 송리의 장로 교회 사찰 방에 눌러앉게 되었는지는 모른다. 묻지도 않았고 또 얘기해주 지도 않았다. 한번은 수기를 쓰라고 권했더니, "솔직하게 쓸 수가 없어. 솔 직하게 쓸 수 있을 때에 쓰지" 했다.

어쩌면 그는 죽기 전에 수기를 쓰지 못할지도 모른다. 쓴다 한들 누가 참 으로 그를 알 수 있으랴? 하고 싶은 이야기들로 가득 찬 조그만 몸뚱이. 그 러나 하루에 원고지 열 장을 넘어 쓸 수 없는 쇠잔한 육신. 챙이 넓은 맥고 모자를 머리에 얹고 가을 햇볕이 눈부시게 부서지는 안동 군청 앞길을 그 림자처럼 걸어가는 권정생의 뒷모습에서 이 죄 없는 백성이 겪고 또 겪는 고통의 파편을 읽을 수 있었고, 그것이 나로서는 고작이었다.

"이 세상이, 그리고 나의 종말이 일각에 닥친 것 같아진다. 이제 이 땅 위 엔 슬퍼할 가치조차 없게 된 적막이 뒤덮여오고 있다. 내가 어떻게 그것을 견뎌나간단 말이냐. 나는 선한 인간보다 아름다운 인간으로 살고 싶었다. 그런데 이 땅은 그렇게 도와주지 않았다. 그러나 나는 지금도 맨발로 걷고 싶다. 뜨거운 사막이면 더욱 좋겠다. 시들어진 풀 한 포기, 그걸 사랑하고 싶다. 이건 절대 감상이 아니다. 현주야, 이 세상의 수많은 성자보다 한 인간을 사랑하고 구하여라. 인간은 죄가 많기 때문에 아직은 착할 수가 있는 것이다. 정말이지, 나는 하고 싶은 이야기가 많다. 그리고 사랑하고 싶다. 어머니가 불쌍하시고 그리고 아버지가 그립다……"

불쌍한 어머니 얘기는 1973년 조선일보 신춘문예에 당선한 동화 「무명 저고리와 엄마」에 아프도록 슬프게 그려져 있다. 엄마가 손수 만든 무명 저고리에 복돌이, 차돌이, 삼돌이, 큰분이, 또분이, 막돌이, 무돌이 일곱 남매가 코를 묻히며 자라났다. 이제 그 저고리는 너무 낡아 입을 수가 없건만 엄마는 장롱 깊숙이 넣어두고 사라져간 자식들의 추억 보자기로 삼았다. 한숨으로 세월을 보내다가 남편은 독립군이 되려고 집을 나갔고 그 뒤를 따라 복돌이도 북간도로 건너가 독립군이 되었다. 차돌이는 일본 토오꾜오(東京)로 공부하러 갔지만 신사가 되었다는 소문만 전해오고 끝내 나타나지 않고 삼돌이도 일장기를 머리에 두르고 징용으로 끌려갔다가 전사 통지서만 한 장 보내고 돌아올 줄 모른다. 아쉬움 속에 큰분이는 시집을 가고 만삭이 되었다는 소문이 들려온 참에 6·25가 터졌다. 막돌이는 피난길에 다리 하나를 잃고, 그를 살리기 위해 양공주가 된 또분이는 새까만 검둥이 아이를 낳고 어디론지 몸을 감추었다. 전쟁이 끝나 두 아들만 데리고 마을로 돌아왔을 때 큰분이는 북녘 땅으로 끌려갔다는 소문만 남겨놓고 보이지 않았다. 막내 무돌이가 위태로운 나룻배를 타고 강을 건너 입대하였을 때 엄마 곁에 남은 것은 한쪽 다리를 잃은 막돌이뿐이었다. 월남에서 주일마다 오던 무돌이의 편지 대신에 "누렇고 길쭉한 전사 통지가 오던 날은 아침부터 까마귀가 유별나게" 짖어대었다.

이토록 온몸으로, 찢어지는 고통을 견뎌야 하는 엄마는 그대로 이 백성의 엄마요 흙이다. 그러나 읽어본 사람을 알겠거니와 그 문장의 아름다움과 따스함은 뭔가 섬뜩한 두려움까지 느끼게 한다. 그의 동화에 나오는 주인공들은 한결같이 못나고 병신스럽고 거칠고 쓸쓸하다. 그러나 그들은 아름답다. 그런 걸 어찌 아름다움이라고 말하랴만, 사립학교의 유별난 제복과 외제 승용차 덕분에 돋보이는 그런 아름다움이 아니라, 경건하고 거룩한 아름다움이다.

방문을 열면 바로 마당이 보인다. 그 문을 열어놓고 둘이서 라면을 끓여 먹었다. 그런데 마당에서 놀고 있던 못생긴 암탉 한 마리가 슬슬 다가오더니 성큼 방 안으로 들어섰다. 무심코 한 손을 뻗어 밖으로 내몰았지만, 암탉은 시큰둥하니 나갈 생각을 하지 않았다. 나는 본격적으로 닭을 내쫓기 위하여 자세를 고쳤다. 그때였다. 그는 두 팔로, 마치 유리그릇을 다루듯이 조심스럽게 그 못생긴 암탉을 감싸안더니 앉은걸음으로 주춤거리고 걸어가 문 밖에다 살그머니 내려놓았다.

"전도사님네 닭이야. 세 마리가 있었는데 다 죽고 이놈 혼자 남았어."

그는 이런 식으로 곧잘 나의 뒤통수를 쳤다.

영주역 대합실, 무척 많은 사람들로 붐볐다. 머리를 쑥대강이처럼 흐트러뜨린 키 큰 거지가 이야기하고 앉아 있는 우리 앞으로 어슬렁거리며 걸어왔다. 그는 바로 내 발 밑에 떨어져 있는 누군가가 다 먹고 버린 사과 속을 집어들었다. 그러고는 그것을 시커먼 흙이 묻어 있는 그대로 입속에 넣고 씹어 삼켰다. 나로서는 충격적인 장면이었다. 흙 묻은 사과 속을 초콜릿이나 되는 듯이 입맛을 다시며 남김없이 먹어치운 그는 이번엔 맞은편에 서 있는 어느 농부 차림의 중년 사내 뒷주머니에 시선을 박았다. 그 주머니에는 돈지갑일 듯싶은 두둑한 지갑이 꽂혀 있었다. 주변의 눈치를 살피며 그는 농부의 뒤로 슬금슬금 접근했다. 예상했던 대로 그는 농부의 뒷주머니를 뚫어지게 노려보며 그리로 손을 뻗었다. 순간 그야말로 제비가 물을 차듯 거지는 농부의 엉덩이에 붙어 있는 지푸라기를 잽싸게 떼어버리고는, 내가 멍청하게 앉아 있는 동안 인파 속으로 사라져갔다. 한참 만에 나는 곁에 앉아 있던 그를 바라보았다. 그는 나를 보고 빙그레 웃었다. 다

보고 있었나? 그 천사 같은 거지를 고작 소매치기로밖에 보지 못한 나의 한심한 꼬락서니를.

실로 온 세상은, 눈이 있는 자에게는 놀라움이요 부끄러움이며 가르침이다. 어느 봄날 그는 나에게 미야자와 켄지(宮沢賢治)의 시, 「비에 지지 않고(雨にも負けず)」를 번역해 보냈다.

비에 지지 않고

바람에도 지지 않고

눈보라와 여름의 더위에도 지지 않는

튼튼한 몸을 가지고

욕심도 없고

절대 화내지 않고

언제나 조용히 미소 지으며

하루 현미 네 홉과

된장과 나물을 조금 먹으며

모든 일에

제 이익을 생각지 말고

잘 보고 들어 깨달아

그래서 잊지 않고

들판 소나무 숲속 그늘에

조그만 초가지붕 오두막에 살며

동에 병든 어린이가 있으면

찾아가서 간호해주고

서에 고달픈 어머니가 있으면

가서 그의 볏단을 대신 져주고

남에 죽어가는 사람 있으면

가서 무서워 말라고 위로하고

북에 싸움과 소송이 있으면

쓸데없는 짓이니 그만두라 하고

가뭄이 들면 눈물을 흘리고

추운 여름엔 허둥대며 걷고

누구한테나 바보라 불려지고

칭찬도 듣지 말고

괴롬도 끼치지 않는

그런 사람이

나는 되고 싶다.

　그는 또 서른일곱 젊은 나이에 죽은 이 일본 동화작가의 대표작인 「은하철도의 밤(銀河道の夜)」이 품고 있는 심오한 종교 철학과 그 처절한 고독에 대한 간단한 해설도 동봉했었다.

　작가는 한 번쯤 제 모습을 그리기 마련이다. 있는 그대로의 모습을 못 그리면 되고 싶은 대로의 모습을 그린다. 1969년 월간 잡지 『기독교교육』이 뽑은 제1회 기독교아동문학상 작품 모집에 입선된 동화 「강아지똥」이 권정생의 그런 작품이다. "돌이네 흰둥이가 누고 간 똥입니다"로 시작되는 이 짧은 동화는 한국 아동문학의 역사에 지울 수 없는 선을 그어놓았다. 안데르센의 「미운 오리 새끼」보다 더 그윽하고 구수한 향기를 맛볼 수 있는 이 작품이야말로 우리 한국이 세계에 내놓을 만한 격조 높은 동화문학이라고 할 만하다.

　태어나면서부터 천대를 받게 된 강아지똥이 슬픔과 외로움을 삭이면서 겨울을 나고 마침내 오랜 기다림 끝에 민들레꽃으로 피어난다는 이야기다.

"강아지똥은 온몸에 비를 맞아 자디잘게 부서졌습니다. 땅속으로 모두 스며들어가 민들레의 뿌리로 모여들었습니다. 줄기를 타고 올라와 꽃봉오리를 맺었습니다."

"봄이 한창인 어느 날, 민들레는 한 송이 아름다운 꽃을 피웠습니다. 샛노랗게 햇빛을 받고 별처럼 반짝이었습니다. 향긋한 내음이 바람을 타고 퍼져 나갔습니다."

"방긋방긋 웃는 꽃송이엔 귀여운 강아지똥의 눈물겨운 사랑이 가득 어려 있었습니다."

동화작가 권정생은 이 나라의 황량한 들판에 한 송이 민들레를 꽃피우려는 강아지똥이다. 그는 지금도 주문처럼 중얼거리고 있을 것이다.

"하나님은 쓸데없는 물건은 하나도 만들지 않으셨어. 너도 꼭 무엇엔가 귀하게 쓰일 거야."

잠시 친했던 흙덩이가 강아지똥에게 남겨주고 간 말이다. 한 송이 민들레를 꽃피우기 위하여 권정생은 지금도 당신 모르게 부서지고 있다. 썩어가고 있다.

"이제부터 난 자신을 인간 이하의 동물로 여기고 살 테야. 짐승들의 세상에도 아름다운 건 얼마든지 있어. 먹을 수 있으면 체면 없이 먹을 테고 허락하지 않으면 몇 끼라도 굶을 테다. 해질녘이 되면 아주 행복해진다."

『한 송이 이름 없는 들꽃으로』(종로서적 1984)

李賢周 ● 동화작가, 목사. 1964년 조선일보 신춘문예에 동화 「밤비」가 당선되면서 작가 활동을 시작했다. 『날개 달린 아저씨』 『육촌 형』 『아기도깨비와 오토 제국』 들을 냈다.

어른 문학에서도 보기 드문 걸작

『몽실 언니』

위기철

　권정생의 『몽실 언니』(창비 1984)는 단적으로 말해 보기 드문 걸작이다. 어른 문학에서도 이만한 작품은 찾아내기 어려울 것이라는 사실은 비단 필자만의 생각은 아닐 것이다.

　우선 이 작품의 줄거리부터 요약해보면 대체로 다음과 같다.

　몽실은 해외에 있다가 해방이 되자 돌아온 '일본 거지' '만주 거지' 중의 하나였다. 해방된 지 일 년 반이 지난 1947년 봄, 어머니는 아버지 몰래 몽실을 데리고 생활 형편이 나은 집으로 시집을 갔다. 그러나 어머니에게서 남동생이 태어나자 몽실은 어린 나이에 구박을 받으며 힘든 일을 하다가 어머니와 새아버지가 싸우는 중간에서 다리를 다쳐 불구가 되고 만다. 한편 몽실을 찾던 아버지는 다시 몽실을 데려가고 몽실은 새어머니 북촌댁과 함께 살게 된다. 이윽고 북촌댁은 아기를 낳고 전쟁이 시작되었다. 아버지는 국군으로 입대하여 떠나고 새어머니 북촌댁은 숨을 거둔다. 몽실은 어려운 중에도 아기 난남을 꼭 업고 다니며 암죽과 동냥젖으로 키운다. 몽실은 마을이 점령된 후 어떤 인민군과 만나서, 사람은 그들이 만나지는 상황에 따라 선해질 수도 악해질 수도 있다는 것을 깨닫게 된다. 마을이 다시 국군에 의해 회복된 후 몽실은 고아 같은 처지로 남아, 할 수 없이 엄마를 찾아간다. 그곳에서 얼마간 편안히 살던 몽실은 새아버지가 돌아오자 난남을 데리고 다시 고향으로 갔다가 읍내의 어느 집에 식모살이를 하러 간다. 식모살이를 간 최씨네 집 식구들은 모두 몽실과 난남에게 잘해주었다. 그러나 어느 날 쓰레기더미에서 발견된 흑인 아이가 사람들의 냉대 속에서 죽자 몽실은 충격을 받고 앓아눕는다. 며칠 후, 아버지는 중공군의 포로로 잡혔다가 탈출해 몽실을 찾아온다. 몽실은 아버지와 함께 살면서 동냥을 해 아버지와 동생을 먹여 살린다. 그러는 사이 엄마가 죽었다는 소식이 오고 몽실은 아버지의 병을 고치기 위해 부산 자선병원으로 내려가나, 길바닥에서 열여섯 날을 줄 서 있다가 아버지는 죽고 만다. 고향으로 와서 난남을 데리고 다시 부산으로 간 몽실은 어느 양공주의 집에 식모로 들어가게 된다. 거기서 난남을 넉넉한 집에 입양시키고 혼자 남게 된다. 다시 삼십 년 후 몽실은 꼽추와 결혼해 아이들을 낳고 시장에서 콩나물을 판다. 편지로 엄마와 새아버지 사이에서 난 동생들의 안부를 전해들은 몽실은 다음날 동생 난남이 있는 결핵요양소로 간다. 난남도 자기 어머니 북촌댁과 같이 결핵으로 인하여 모든 것을 잃고 말았다. 면회를 마치고 절뚝이며 요양소를 내려가는 몽실의 뒷모습을 보며 난남은 중얼거린다. 언니, 몽실 언니……

이 요약된 줄거리만 읽고도 누구나 짐작할 수 있겠지만 이 작품이 지니고 있는 가치는 몇 가지로 간추려 생각해볼 수 있다.

첫째, 아동문학에 있어서 역사성의 도입도 훌륭하게 성공시킬 수 있다는 사실을 일깨워주고 있다는 점이다. 해방 직후 만주에서 돌아온 몽실의 일가가 겪는 일련의 수난과정은 한반도가 겪는 수난의 역사를 살아가는 모든 민중들의 전형적인 모습과 다름없으며, 여기에 수난의 원인에 대한 냉철한 역사적 인식마저 곁들이고 있다.

둘째, 아동문학에 있어서 철저한 민중성을 획득해내고 있다는 점이다. 주인공 몽실의 살아가는 태도가 삶 혹은 생존과 끈끈하게 밀착되어 있다는 점도 그러하지만 무엇보다도 이야기를 이끌어가는 작가의 태도가 지식인적인 분석적 태도도, 소시민적인 감상적 태도도 보이지 않고 있어 작품의 질을 더욱 높여주고 있다.

셋째, 앞의 두 가지를 견지하면서도 줄거리 자체의 다양한 변화와 밀도 있는 긴장감으로 흥미를 잃지 않게 해준다는 점이다. 이것은 결국 아동문학 자체로서도 성공하고 있다는 의미일 것이다.

그런데 이러한 문학적인 가치 외에, 이 작품을 읽은 아동독자들이 이 내용 속에서 무엇을 느끼고 어떻게 받아들일 것인가 하는 점은 필자의 비평적인 관심이 되지 않을 수 없다. 제일 먼저 떠오르는 생각은 이 작품의 주된 독자는 아무래도 국사교육을 어느정도 받은 아동(소년)일 것이라는 점이다. 알다시피 현재의 국사교육이라는 것은 제도적인 통제로 말미암아 굴절되어 있기 십상이며, 이러한 국사교육을 받은 아동들은 어쩌면 『몽실언니』에서 나타나고 있는 역사인식, 특히 이데올로기적인 부분에서 혼선을 느낄지도 모른다. 이것은 필자보다도 작가가 더 절실히 느끼고 있을 안타까움이 아닐 수 없겠지만 지금으로서는 아이들에게 이나마라도 조금씩 올바른 역사인식을 심어나가는 도리밖에 없을 것이다.

두번째로 떠오르는 생각은 이러한 혼선으로 말미암아 아이들이 역사적인 사실을 배제하고 이야기의 줄거리만을 중심으로 읽게 된다면 무엇을 느낄 것인가 하는 점이다. 말하자면 역사적인 사실성을 통하여 작가가 말하고자 하는 바가 무엇인가 하는 점이며, 이것은 결국 작가가 역사를 인식하는 태도의 문제도 될 것이다. 작가는 머리말에서 이렇게 말하고 있다.

몽실은 아주 조그만 불행도, 그 뒤에 아주 큰 원인이 있다고 생각합니다.

이것은 올바른 태도임이 분명하다. 그리고 이러한 인식은 몽실의 행동을 결정적으로 좌우하고 있음을 우리는 관찰하게 된다. 즉 몽실이 주변 사람들에게 베푸는 사랑과 이해의 원동력이 되기도 하며, 스스로의 어려움을 견디어나가는 정신적인 지주가 되기도 한다. 그러나 몽실은 이 '큰 원인'이 무엇인가에 대한 것에까지는 인식이 미치지 못하고 있다. 단지 전쟁과 분단의 원인에 대해서는 그것이 미국과 소련이라는 강대국에 의한 것임을 야학에서 듣고 막연히 짐작할 따름이다. 그런데 여기서 문제가 되는 것은 몽실이 생각하는 '큰 원인'이란 일종의 운명을 결정하는 '팔자'처럼 요지부동한 것이라는 점이다. 이러한 생각은 몽실이 삶의 어려움을 겪어가는 모든 과정에 있어서 일관되게 고수되고 있는 믿음이다. 마치 몽실에겐 전쟁과 분단의 원인인 강대국들조차 요지부동의 팔자로 여기고 있는 것처럼 보일 정도다. 몽실에게서 나타나는, 현실에 끌려다니는 듯한 태도는 그가 처하고 있는 여건이나 시대의 상황이 어려운 탓도 있지만, 어느정도는 이러한 운명론적인 믿음에서 오고 있음을 알 수 있다.

이러한 태도는 아동독자들이 현실의 어려움을 극복하는 데 있어 별로 도움이 되지 않는 것임은 말할 나위도 없다. 더욱이 역사적인 모순이 첨예화되는 원인 가운데, 항상 내적인 요인이 주된 것이며 외적 요인은 부차적인 것임을 상기해보면 더욱 그러하다. 가령 작가가 머리말에서 예로 든 "조그만 아이들에게 큰 아이들이 싸움을 시키는" 상황에 있어 작가는 큰 아이들에 대한 얄미움을 나타내고 있지만, 따지고 보면 이 경우 싸움의 주된 원인도 어디까지나 내적 요인, 즉 큰 아이들에게 조종당하고 있는 조그만 아이들에게 있는 것이다.

그러나 이러한 필자의 사소한 지적에도 불구하고 『몽실 언니』가 보기 드물게 탁월한 작품이라는 생각에 대해서는 하등 이의가 없다.

『창작과비평』 부정기간행물 1호(1985)

▌魏 基 哲 ● 동화작가. 『아홉살 인생』 『고슴도치』 『쿨쿨 할아버지 잠 깬 날』 『무기 팔지 마세요!』 들을 냈다.

똥 이야기 그림책

최윤정

프로이트(S. Freud)의 정신성적(精神性的) 연령에 따르면 만 3세에서 5세에 이르는 나이는 항문기에 해당한다. 이 또래의 아이들은 엉덩이·똥·배꼽 같은 낱말에 쾌감을 느끼는지 깔깔거리면서 재미있어한다. 그래서 그런지 아이들 그림책에 똥을 주제로 부각시킨 작품들이 꽤 나와 있다. 카도노 에이꼬 글, 사사끼 요오꼬 그림의 『아기코끼리의 똥』, 권정생이 쓰고 정승각이 그린 『강아지똥』, 베르너 홀츠바르트 글, 울프 에를브루흐 그림의 『누가 내 머리에 똥 쌌어?』가 그 대표적인 예이다.

이 세 권의 그림책은 다 똥과 관계되는 공통된 제목을 갖고 있지만 일본과 독일과 한국이라는 작가들의 국적만큼이나 참으로 서로 다르다. 『아기코끼리의 똥』(지경사 1991)은 코끼리·하마·악어·사자·원숭이·고슴도치가 누구 똥이 제일 큰가 내기를 하기로 하고 밥을 많이 먹고 와서 똥을 누는데

---

* 이 글의 원제는 「똥 이야기 그림책 세 권」이다.

결국 코끼리가 일등을 하고 몸이 가장 작은 고슴도치가 꼴찌를 하지만 치울 때는 고슴도치가 일등을 한다는 내용이다. 똥 누기 시합을 한다는 소재 자체가 아이들에게 상당히 감각적인 재미를 준다. 그리고 똥에 관하여, 몸집이 가장 크고 따라서 가장 많이 먹는 코끼리(내기를 하는 동물들은 모두 '아기'들이며, 그중에서 코끼리가 다른 동물들에 비해 현저하게 크게 그려져 있다)가 가장 큰 똥을 눈다는, 따라서 똥은 먹는 것과 관계가 있다는 이야기를 하고 있다. 눈에 보이는 똥과 음식이 똥으로 변하는 배 속에서 일어나는 보이지 않는 변화 과정의 관계를 보여준다. 똥 누기 내기를 통해서 '큰 똥―일등'에 집중되었을지도 모르는 어린 독자들의 가치관을 마지막에 똥 치우기 내기를 통해서 '작은 똥―일등'으로 뒤집어 보여주는 배려도 눈에 띈다.

『아기코끼리의 똥』이 감각적인 재미와 적당한 교훈을 주는 데에 비하여 『누가 내 머리에 똥 쌌어?』(사계절 1993)는 똥에 대한 상당히 체계적인 관찰 태도를 보여준다. 땅에서 고개를 내밀던 두더지가 느닷없이 똥 세례를 받는다. 눈이 나쁜데다가 똥이 머리에 얹힌 두더지는 복수를 하려 해도 누구 똥인지 알 수가 없다. 비둘기·말·토끼·염소·소·돼지에게 차례로 따지고 다녔지만 비둘기·말·토끼·염소·소·돼지는 각각 똥을 싸 보이며 두더지 머리 위에 얹힌 똥과 자기 똥은 전혀 다른 모양인 것을 입증해 보여준다. 그러다가 만난 파리가 두더지 머리 위에 얹힌 똥의 냄새를 맡아보고는 개의 똥이라는 것을 알려준다. 마지막으로 개를 찾아간 두더지가 개집 지붕에 올라가 자신의 작은 똥을 개의 넓은 이마에 톡 튕겨주어 앙갚음을 한다.

글과 그림이 모두 군더더기가 하나도 없다. 카메라의 렌즈를 클로즈업 시켰을 때처럼 대상 물체(더러 부분)를 커다랗게 확대한, 전혀 배경이 없는 그림. 대화를 할 때는 동물과 동물의 얼굴이, 똥을 누어 보일 때에는 엉덩이가 그려져 있다. 글 또한 똥에 관한 것 말고는 그림으로 치면 배경이라고 할 만한, 등장하는 동물의 생활이나 환경에 관한 어떠한 언급도 없다. 독자의 눈은 자연스럽게 두더쥐의 눈에 합해져 똥에 집중될 수밖에 없다. 그리고 집중된 만큼 자세하게 들여다볼 수밖에 없다. 자세히 들여다보고서 비둘기·말·토끼·염소·소·돼지의 똥의 모습이 각각 다르다는 사실을 깨닫게 된다. 그러나 결국 두더쥐 머리 위에 얹힌 똥이 누구 똥인가를 알아내는 것은 냄새로 사물을 감지하는 파리다. 너무나 구체적인 냄새와 모양으로 완성된 똥. 그러나 그 똥을 찾아가는 경로는 철저하게 실증적이고 따라서 추상적이다. 『강아지똥』(길벗어린이 1996)은 이와는 정반대인 경우다. 강아지 한 마리가 길을 가다 누고 간 똥. 그 똥이 역시 길가에 떨어진 밭에서 온 흙과 만난다. 더럽다고 외면당하고 슬피 우는 똥에게 흙은 가뭄 때문에 제 몸으로 키우던 채소를 다 말려 죽이는 몹쓸 짓을 했다는 죄의식으로 눈물을 흘리며 강아지똥에게 이야기한다. 참회의 눈물을 흘리던 흙덩이를 우연히 지나가던 밭주인이 주워 수레에 담아 가자, 아무짝에도 쓸모없다는 열등의식에 시달리던 강아지똥은 민들레를 만난다. 거름으로 변하면 민들레를 도와 고운 꽃을 피울 수 있다는 말을 듣고 기쁨의 눈물을 흘리며 잘게 잘게 부서져 흙 속으로 빨려들어가 돌담가 한 송이 어여쁜 민들레가 피어나는 데에 자기 몸을 바친다. 권정생 동화의 많은 부분이 그러하듯, 『강아지똥』 역시 흙과 자연과 생명 그리고 올바른 삶에 대한 꿋꿋한 가치관을 보여준다. 비와 똥과 흙이 어우러져 한 송이 민들레로 피어나는 장면은 정승각의 설득력 있는 그림의 힘을 더해서 몹시 감동적이다. 흙과 멀리 사는 요즈음 아이들이 흙에 새롭게 눈뜨게 될지도 모르겠다.

　『아기코끼리의 똥』이나 『누가 내 머리에 똥 쌌어?』의 똥은 더도 덜도 아닌 똥이다. 그냥 똥이다. 그러나 『강아지똥』의 똥은 그냥 똥이 아니다. 강아지 흰둥이가 돌담가에 누고 간 구체적인 사물 똥은 의인화를 거쳐서 존재의 문제라는 추상이 되어 있다. 냄새, 모양, 음식물이 소화 흡수되고 난

찌꺼기라는 똥의 본질에서 멀어진 채, '착하게 살고' 싶은 의지, '무엇엔가 소용'이 되고 싶은 욕망을 담고 있는 하나의 관념이 되어 있다. 똥이 비와 어우러져 흙 속에 스며들어 한 송이 꽃을 피우는 데에 거름이 되는 이야기를 이렇게 비장하게 해야 할까? 자기 몸을 부수어 흙 속에 섞여 꽃의 거름이 되면서 없어지는 것은 커다란 희생이다. 크든 작든 인간과 인간이 모여 살아가면서 희생과 봉사 정신은 꼭 필요한 덕목이다. 그런 덕목은 아이들에게 몸으로 익혀주어야 한다. 몸에 익도록 해주기 위해서는 관념보다 훨씬 구체적인 것을 통해서 아이들에게 다가가야 한다. 착하게 살고 싶고, 쓸모있는 존재가 되고 싶어서 눈물 흘리는 강아지똥, 가뭄에 채소가 말라 죽었기 때문에 벌을 받아 밭에서 버림받았다고 생각하는 흙덩이(가뭄 때문에 채소가 죽었다면 그것은 흙의 죄가 아니지 않을까?)는 강요된 희생 정신, 죄의식을 보여준다.

1996년 길벗어린이에서 출간된 그림책 『강아지똥』은 1969년 월간 『기독교교육』에 당선된 이 작가의 같은 제목의 동화를 줄여놓았다. 원작을 찾아보면 흙덩이의 죄의식이 이렇게 간단하지 않다. 흙덩이의 자책에 대해 강아지똥은 가뭄에 고추나무가 말라 죽은 것을 자기 잘못이라고 하는 것은 잘못된 생각이 아니냐는 문제를 제기한다. 그리고 흙덩이가 죄의식을 느끼는 것은 고추나무가 햇볕에 말라 죽었다는 외부 상황 때문이 아니라, "내 몸뚱이에다 온통 뿌리를 박고 나만 의지하고 있"는 동안 제 몸뚱이의 물기를 다 빨아버리는 고추나무를 너무나 미워한 나머지 죽어버리라고 저주까지 했던 기억이 잊혀지지 않기 때문이다. 이렇게 노출된 자의식은 『강아지똥』의 세계가 죄의식에 대한 단순한 흑백논리를 강요하고 있지 않음을 보여준다. 그리고 흙덩이가 자기 밭주인의 달구지에 다시 실려 가게 되는 것은 완전한 우연에 의해서가 아니라 흙덩이의 사뭇 종교적인 성찰과 관계가 있음을 짐작하게 해준다. 그림책은 종종 원작 동화를 줄여서 싣는다. 무책임한 줄거리 요약은 이런 결과를 낳는다.

이렇게 깊고 커다란 사유를 담고 있는 『강아지똥』은 저만치 앞에서 밝은 눈으로 아이들을 이끌어주려 한다. 단순함을 존재의 특성으로 가진 아이들은 『강아지똥』의 깊이와 크기를 얼마나 감지할 수 있을까. 이제 우리 창작동화도 방향을 바꿔서 아이들 쪽에 서서 세상과 사물을 바라보고 사유할 때가 되지 않았을까. 같은 이야기라도 아이들 눈에 잘 보이고, 아이들 마음에 쏙 들어가 자리하도록 쓸 때가 되지 않았을까. 균형 감각이 전혀 없이, 질에 대한 고려가 쑥 빠진 채, 뺄셈과 나눗셈에는 통 관심을 보이지 않고 덧셈과 곱셈만 거듭하듯 기형적으로 '발전'하는 이 사회, 그 불어나는 숫자의 그늘 속에서, 개혁에 개혁을 거듭해도 또 개혁을 해야 한다는 목소리만 높은 교육 현실 속에서, 어른들에 의해 이리저리 내몰리는 아이들의 삶을 좀 자세히 들여다보아야 할 때가 되지 않았을까. 어린이문학이 어둠 속에서 고고하게 빛나는 "영원히 꺼지지 않는 아름다운 불빛"(줄이지 않은 원래의 「강아지똥」 중에서)이기보다, 지치고 힘든 아이들을 밑에서, 뒤에서 받쳐주고 밀어줄 수 있는 보이지 않는 손일 수는 없을까. 제 몸을 드러내지 않고도 양분이 되어 아이들을 활짝 피어나게 하는 '거름'이 될 수는 없을까.

『책 밖의 어른 책 속의 아이』(문학과지성사 1997)

崔 允禎 ● 아동문학평론가, 번역가, 출판사 바람의아이들 대표. 평론집 『책 밖의 어른 책 속의 아이』 『슬픈 거인』 『그림책』 『미래의 독자』 들을 냈다.

속죄양 권정생

「강아지똥」과 『몽실 언니』

원종찬

1. 머리말

몰라서 그렇지 권정생님은 우스갯소리를 잘하는 편이다. 괜히 긴장을 하고 있던 상대는 졸지에 허를 찔리고 만다. 권정생 동화의 한 축으로 해학이 자리하고 있는 것을 보아도 그의 푸근한 성격을 능히 짐작할 수 있는데, 상대에 따라 다르겠지만 뭔가 어색하거나 주눅이 든 분위기를 당신이 먼저 풀어내려는 따뜻한 배려 때문에 보통은 그 앞에서 금방 마음이 편안해진다. 그러나 이런 편안함은 잠시일 뿐, 그와 헤어지는 순간엔 벌써 눈물이 핑 돌고, 돌아서서도 그의 살아가는 모습이 계속 어른거리기라도 할 양이면 뭐라 형언할 수 없는 서글픔을 느끼지 않을 수 없다. 한번은 전교조 인천지부의 총무를 맡았던 노미화 선생에게 해직교사들 맛있는 거 사먹으라고 차곡차곡 모아둔 돈 10만원을 부쳐준 적이 있었다. 당신이 어떻게 살고 있는데 10만원이라는 큰돈을 준단 말인가. 아무리 해직 시절이라 하더라도 우리 해직교사 중 누구도 당신보다 힘들게 사는 형편은 아니었을 것이다. 반정부 집회를 마친 날 돼지갈빗집으로 갔지, 아마…… 나는 뭐든 빨리 먹는 평소 습관을 억누르며 체하지 않으려고 음식을 꼭꼭 씹어서 아주 맛있게 먹었던 기억이 난다.

"억장이 무너져내린다!"

오래전 인천의 공부 모임에서 권정생 동화에 대한 서평을 써내기로 했을 때 이렇게 한 문장만 써놓았던 적이 있다. 남녀노소 가리지 않고 거의 모든 독자들이 감동을 하는 작품에 대한 해설은 부질없는 일이다. 더욱이 출판사들이 앞다투어 그의 동화를 찍어내고 있고, 그 가운데 어떤 것들은 최고의 판매 부수를 자랑할 정도로 오랫동안 독자의 사랑을 받아왔으며, 비평가들 또한 우리 시대 최고의 작가라고 평가하는 데에 큰 이의가 없는 마당에, 굳이 탐탁지 못한 글재주를 가지고 세상이 다 아는 소리를 지껄이면서 작가에게 헌사를 바친다는 것은 설사 은밀한 짝사랑의 표시라 할지라도 겸연쩍은 일이 아닐 수 없다.

내가 보기에 권정생은 기독교 사회주의자이자 반문명 자연주의자·평화주의자로서 작가이기보다 '속죄양'의 길을 기쁘게 걸어왔고, 따라서 그의 문학은 자신의 믿음을 따라 하늘이 정해준 운명을 겸허하게 받아들이는 '순교자의 문학'이라 함직하다.

문명 개화인이 되려고 기를 쓰고 있는 나는, 그 앞에서 한없이 비겁하고 한없이 초라하고 한없이 왜소해지는 자신을 느끼지 않을 수 없다. 얼치기 문명 개화인들이 갈수록 설쳐대는데 '하느님의 눈물'이 마를 새 있을까.

2. 초기 동화 세 편——「강아지똥」을 중심으로

권정생은 「강아지똥」(1969)이 월간 『기독교교육』의 제1회 기독교아동문학상 수상작으로, 「아기양의 그림자 딸랑이」(1971)가 대구 매일신문 신춘문예의 가작으로, 「무명저고리와 엄마」(1973)가 조선일보 신춘문예의 당선작으로 뽑히면서 세상에 얼굴을 내밀었다. 1974년 세종문화사에서 발행된 동화집 『강아지똥』의 머리말에는 다음과 같은 작가의 말이 씌어 있다.

　거지가 글을 썼습니다. 전쟁마당이 되어버린 세상에서 얻어먹기란 그렇게 쉽지 않았습니다. 어찌나 배고프고 목말라 지쳐버린 끝에, 참다 못해 터뜨린 울음소리가 글이 되었으니 글다운 글이 못됩니다.[1]

　처음에 나는 이 글의 제목을 '거지와 성자(聖者)'라고 썼다가 좀 상투적이라고 느껴져 그만두었지만, 권정생에 대해 그보다 적합한 표현은 없을 듯하다. 「강아지똥」은 작가로서 그의 첫 출발점이고, 「강아지똥」은 바로 작가의 분신이다. 아이든 어른이든 권정생 문학을 좋아하는 사람들은 그의 대표작으로 소년소설 『몽실 언니』와 함께 동화 「강아지똥」을 꼽는 데에 조금도 주저하지 않는다. 아이들은 「강아지똥」을 왜 그렇게 좋아할까. 동심을 자연의 성질이라고 본다면, 훼손되지 않은 천성을 지닌 아이들에게 '강아지'와 '똥'은 똑같이 즐겁고 친근한 대상이다.

　돌이네 흰둥이가 누고 간 똥입니다.
　흰둥이는 아직 어린 강아지였기 때문에 강아지똥이 되겠습니다.
　골목길 담 밑 구석자리였습니다. 바로 앞으로 소달구지 바퀴 자국이 나 있습니다.
　추운 겨울, 서리가 하얗게 내린 아침이어서 모락모락 오르던 김이 금

---

1) 권정생 『강아지똥』, 세종문화사 1974. 이 글에서 다루는 초기 동화 세 편의 인용 면수는 이 책의 면수를 가리킨다.

방 식어버렸습니다. 강아지똥은 오들오들 추워집니다. 참새 한 마리가 포르르 날아와 강아지똥 곁에 앉더니 주둥이로 콕! 쪼아보고, 퉤퉤 침을 뱉고는,

"똥 똥 똥…… 에그 더러워!"

종알거리며 멀리 날아가버립니다.

"똥이라니? 그리고 더럽다니?"

무척 속상합니다. 참새가 날아간 쪽을 보고 눈을 힘껏 흘겨줍니다. 밉고 밉고 또 밉습니다. 세상에 나오자마자 이런 창피가 어디 있겠어요.

강아지똥이 그렇게 잔뜩 화가 나서 있는데, 소달구지 바퀴 자국 한가운데 뒹굴고 있던 흙덩이가 바라보고 빙긋 웃습니다. (83~84면)

쉽고 간결한 문장, 아이 어루만지듯 가볍고 정겨운 붓질, 유치하지 않도록 생기와 해학을 담뿍 담아낸 문체, 대화 몇 마디로 뚜렷한 성격을 생생하게 드러내는 일품의 솜씨가 위의 예문에서 한눈에 들어온다. 도대체 우리 작가들은 동화의 문법에 서투르다. 그런데 이 작품은 일급 동화작가의 탄생을 알리는 것이면서, 드물게도 동화의 형식에 깊은 철학을 담고 있다. 사람은, 특히 남보다 열악한 조건에서 살아가는 사람들은 자기를 생각할 때 혹시 버림받은 존재가 아닌가 하는 소외감에 빠져들 때가 있다. 또한 세상에서 영원히 잊혀지는 죽음은 삶에서 가장 큰 두려움이다. 이 작품은 그 두려움의 한 끝을 잡고서도, 두려움에 휘말리는 분위기가 아니라 자연현상에 나타나는 대립의 쌍을 마주 보게 하는 방식으로 사건 전개에 흥미를 주고 나름대로 갈등을 이어간다. 버림받은 흙덩이가 자기 삶을 되돌아보는 가운데 총명하게 일깨우는 다음의 말은 이 작품의 중요한 전기(轉機)가 된다.

"아니야, 하나님은 쓸데없는 물건은 하나도 만들지 않으셨어. 너도 꼭 무엇엔가 귀하게 쓰일 거야." (88면)

이렇게 해서 강아지똥은 자기 존재에 대한 실망에서 새 삶에 대한 갈망으로 자세를 바꾼다. 그리고 마침내 민들레 싹의 거름이 되어줌으로써 한 송이 아름다운 꽃으로 피어난다. '똥'이 '꽃'이 되는 인식의 깨달음도 충격이지만, 이 과정을 무리없이 아주 생생하게 형상화하여 작품의 주제를 감쪽같이 녹여냈다.

"내가 거름이 되다니?"

"너의 몸뚱이를 고스란히 녹여 내 몸속으로 들어와야 해. 그래서 예쁜 꽃을 피게 하는 것은 바로 네가 하는 거야."

강아지똥은 가슴이 울렁거려 끝까지 들을 수가 없었습니다.

'아, 과연 나는 별이 될 수 있구나!'

그러고는 벅차오르는 기쁨에 그만 민들레 싹을 꼬옥 껴안아버렸습니다.

"내가 거름이 되어 별처럼 고운 꽃이 피어난다면, 온몸을 녹여 네 살이 될게."

비는 사흘 동안 계속 내렸습니다.

강아지똥은 온몸에 비를 맞아 자디잘게 부서졌습니다. 땅속으로 모두 스며들어가 민들레의 뿌리로 모여들었습니다. 줄기를 타고 올라와 꽃봉오리를 맺었습니다.

봄이 한창인 어느 날, 민들레는 한 송이 아름다운 꽃을 피웠습니다. 샛노랗게 햇빛을 받고 별처럼 반짝이었습니다. 향긋한 내음이 바람을 타고 퍼져 나갔습니다.

방긋방긋 웃는 꽃송이엔 귀여운 강아지똥의 눈물겨운 사랑이 가득 어

려 있었습니다. (93~94면)

　정말 아름다운 동화다. 세계 어디에 내놓아도 빛이 날 겨레 아동문학의 꽃이다. 더욱이 작가 스스로 '오물덩이처럼 뒹굴면서' 피워낸 꽃임에랴. 나는 이 아름다운 동화 한 편에도 한국 아동문학의 사회적 성격이 남김없이 드러나 있다고 생각한다.

　이 작품은 자기 존재에 대한 가치를 새롭게 깨닫는 내용에서 더 나아가 사랑과 희생의 가치, 곧 아름다운 삶은 저절로 이루어지는 것이 아니라 자기 힘으로 이루어내는 것이라는 진실을 가르쳐준다. 소외 문제를 다룬 것 가운데 안데르센의 「미운 오리 새끼」가 주로 심리적 위안을 전하는 작품인 것과 비교된다. 안데르센의 작품이 인간의 심리 특성에 초점이 맞추어져 있다면, 권정생의 작품은 나름대로 사회성과 역사성을 포함하고 있다. 물론 권정생 동화의 사회성과 역사성은, 강아지똥이 완전히 녹아 민들레꽃이 되었듯이 작품에 완전히 녹아 있어 겉으로는 드러나지 않는다. 혹시 작가의 남다른 주제의식이 어린이 독자에게 심리적 부담이 되는 건 아닐까? 권정생 문학에는 그런 면이 없지 않다. 그러나 적어도 이 작품은 교훈을 강요하려는 동화에서 흔히 볼 수 있는 그런 부담을 느끼게 하지는 않는다. '똥'이란 소재가 지니는 해방감(정서적 배설 욕구)을 빼놓을 수 없거니와, 「미운 오리 새끼」처럼 자연의 섭리를 따라 존재의 가치가 드러나고 있으며, 작품의 진정한 주제 역시 자연의 섭리에 맞춰 형상화되고 있기 때문이다. 그런데 「미운 오리 새끼」와 비교되는 이 작품의 또다른 중요한 일면이 있으니, 오리는 열등하고 백조는 우월하다는 식의 존재 자체에서 비롯되는 차별이나 대립 관계를 넘어서려는 지향이 그것이다. 권정생이 애써 찾는 작품의 소재나 주인공 들은 버림받고 짓밟히고 희생되는 존재가 대부분이다. 작가는 눈에 보이는 현상 너머의 본질을 추구함으로써 궁극에는 자연의 섭리를 최고 질서로 삼는 대동세상을 꿈꾼다. 이런 작가의 꿈이 배태된 곳은 현상과 본질이 어긋나 있는 '모순된 현실'이다. 리얼리즘의 맥락에서 권정생의 작품을 높이 평가해온 저간의 사정은 여기에서 비롯한다.

버림받은 존재가 쓸모있는 존재로, 더러운 존재가 아름다운 존재로, 낮은 존재가 높은 존재로 거듭난다는 동화의 내용을 그대로 수난의 민족현실과 직결해서 설명하려고 든다면 아마 비약이 될 것이다. 작가의 창작 태도가 그러했듯이 동화의 장르 특성에 대한 충분하고도 올바른 이해를 전제로 하는 조심스런 해석의 태도가 요구되는데, 적어도 버림받고 짓밟히고 희생되는 존재를 주인공으로 삼은 권정생 동화에서 서민 지향의 작가적 태도 곧 민중성을 읽어내는 것은 그리 어려운 일이 아니다. 이미 잘 알려진 사실일 테지만, 권정생은 1937년 토오꾜오(東京)의 빈민가에서 태어나 배고픔 속에서 어린 시절을 보냈으며, 일본이 전쟁에서 패망한 뒤에 고국으로 건너왔으나 가난 때문에 식구들이 뿔뿔이 흩어져 살아야 하는 아픔을 겪었다. 6·25전쟁을 거치면서 형제의 생사조차 알 수 없는 분단의 희생양이 되었고, 극심한 생활고에 시달리는 가운데 부모를 여의었으며, 전신 결핵이라는 큰병이 걸린 상태에서 떠돌이 구걸생활을 하기도 했다. 이러한 그의 고난 체험은 식민지와 분단시대를 잇는 수난의 역사 속에서 고통받아온 민중의 비참한 운명을 대변하는 것이다. 그는 홀몸으로 1968년 안동 일직교회의 문간방에 정착하여 병마와 싸우며 오늘에 이르고 있는데, "민들레꽃과 강아지똥은 그 시기에 같은 운명처럼 나의 가슴에 심어졌다"(「나의 동화 이야기」, 『오물덩이처럼 뒹굴면서』, 종로서적 1986, 154면)고 한다. 「강아지똥」이 비록 천진한 동심의 표현으로 씌어지긴 했어도, 그 뿌리는 강자에게 짓밟혀온 우리 역사 현장의 한복판, 부당한 역사의 횡포에 시달려온 대다수 민중의 삶에 닿아 있는 것이다. 따라서 '강아지똥'은 작가의 분신인 동시에, 버림받고 짓밟히고 희생되는 삶을 살아온 모든 약자의 상징이다. 이런 상징성 때문에 어른들도 이 동화를 읽고는 색다른 감동에 젖어드는 것이다.

대구 매일신문 신춘문예에 입선한 작품 「아기양의 그림자 딸랑이」에서도 작가의 한결같은 태도가 거듭 확인된다. 이 동화는 그림자를 주인공으로 하였다.

어둡게만 살고 있습니다. 따라만 다니고 흉내만 냅니다. 하늘 높이 날아보지도 못합니다. 아무 데나 누워서만 지냅니다. 소리를 낼 수 없어 슬퍼도 울지 못합니다. 기뻐도 웃지 않고 벙어리인 채 살고 있습니다. (227면)

그림자 딸랑이는 아기양이 다른 양들과 싸우는 것을 보고 마음이 언짢아지는데, 인간의 세계에도 전쟁이 끊이지 않는 걸 알고는 몹시 슬퍼한다. 딸랑이는 미루나무 그림자를 만나고 시냇물을 만나면서 진실에 눈을 뜬다. 세상의 모든 생명들이 탐욕과 싸움이 없는 평화의 마음을 가질 때에만 물처럼 빛을 투명하게 통과시켜서 그림자 없는 세상을 만들 수 있다는 깨침이다. 이 작품은 「강아지똥」과 비슷한 전개구조지만, 자신의 종교적인 신념을 더욱 짙게 반영하려고 한 탓인지 얼마간 작위성과 설교성이 드러나 있다. 그런데 이 작품에는 탐욕과 싸움 같은 부정적인 대립자가 눈에 띄게 나타난다. 「아기양의 그림자 딸랑이」는 권정생 문학의 주요 특질을 미리 집약해서 보여준 한 편의 철학 동화라 할 수 있다.

조선일보 신춘문예 당선 동화인 「무명저고리와 엄마」는 3년 동안이나 긴 시간을 두고 한 줄 한 줄 적었던 작품이라고 한다. 과연 이 작품은 '가족사 소설'에 해당함직한 대하서사의 줄거리를 한 문장 한 문장 고도로 압축하여 시적 형상으로 올올이 빚어낸 동화이다. 이 작품에는 가혹했던 일제의 탄압과 수탈, 독립운동, 강제징용, 동족상잔, 월남참전 같은 굵직굵직한 역사적 사건들과 거기 얽힌 한 가족의 비극적인 운명이 선명하게 새겨져 있다. 이런 내용이다보니 이 동화는 더욱 시의 모습을 닮았다. 간결하고 리듬감 넘치는 문장들이 반복과 병치의 구조에 담겨진 형식이다. 이 동화는 지아비와 일곱 자식들의 아픔을 껴안고 한많은 일생을 살다 간 '엄마'에 대해 '막돌이'가 표현하는 절실한 그리움의 언어이기도 하다. 결말 부분은 비극을 무지갯빛 환상으로 처리하여 엄마의 슬픈 영혼을 하늘나라로 인도하려는 작가의 씻김굿이 되었다. 우리는 이 작품을 통하여 작가가 형식에 대해 늘 탐구적인 자세를 지녔을 뿐만 아니라 동화의 문법을 몸으로 익히고 있다는 걸 알게 된다.

아동문학으로서 이 작품의 충격은 역시 그 서사시적 화폭에 있다. 우리 근현대사의 가장 예민한 문제들을 고통받는 서민의 편에서 매우 정직하게 드러낸 거의 유례가 없는 '동화'이기 때문이다. 나는 이 작품의 공감대가 모성의 절실한 표현에도 있다고 생각하는데, 모성이 사랑과 희생의 대명사인 점에서는 이 작품도 이전 동화와 맥락을 같이한다. 그렇지만 작가의 의도랄까 의식은 한층 구체적인 사회 역사의 현장으로 나와 있다. 여기서 한 가지 문제점이 나타난다. 역사적 사건들은 그것이 극적인 형태로 제시되지 않는 한, 그에 대한 바탕 지식이 없는 어린이 독자에게는 사뭇 낯설고 이해하기 어려운 내용이 될 것이란 점이다. 이 때문인지 첫 동화집을 낸 뒤에, 더이상 '동화'를 붙잡고 있는 것이 무리한 것 같다면서 당분간 '소설'을 쓰기로 맘먹었다고 적은 자료가 눈에 띈다.(이현주 목사에게 보낸 1975년 3월 5일자 편지, 『오물덩이처럼 딩굴면서』, 232면) 소년소설 『몽실 언니』는 이렇게 해서 일찍부터 준비되고 있었던 것임이 확인된다. 권정생의 '동화'와 '소설'은 서로 마주 보고 있는 한 뿌리의 두 얼굴이다.

3. 소년소설 3부작——『몽실 언니』를 중심으로

『몽실 언니』는 권정생을 대표하는 작품일 뿐만 아니라, 한국 아동문학사의 한 획을 그은 분단시대 최고의 역작으로서 주목을 받아왔다. 이 책은 1984년 초판이 나온 이래 지금까지 약 40만 부가량을 찍었다고 하니, 한국 창작동화의 역사상 가장 많은 독자로부터 사랑받은 작품임을 누구도 부인할 수 없을 것이다. '몽실 언니'는 비참하고 고통스러운 우리 역사의 증인이다. 동시에 '몽실 언니'는 한국 아동문학이 낳은 불멸의 주인공이다. 결코 행복하다고만 할 수 없는 두 진술의 자연스러운 결합은 무엇을 의미하는 것일까? 어떻게 해서 이런 작품이 나올 수 있었을까? 누가 이런 작품을 쓸 수 있는 것일까? 앞으로도 이런 작품이 계속 나와야 하는 것일까……

권정생 문학에서 동화로 분류되는 것들은 동물이나 사물을 의인화한 작품이 대부분이다. 이것들은 사건 전개가 단순하고, 과장과 공상의 요소가 풍부하며, 흥미로운 줄거리에 작가의 철학을 담아낸 은유의 형식으로서, 동화 본래의 특징이 잘 살아 있다. 그러나 그의 소년소설은 이와 사뭇 다른 모습이다. 첫 동화집 『강아지똥』(1974)에 실린 16편의 작품 가운데 우리가 소년소설이라고 부를 수 있는 것은 「금복이네 자두나무」 한 편뿐이다. 이 작품은 가난한 농민의 소망을 여지없이 짓밟는 지주의 횡포를 드러낸다. 금복이 아버지는 마을에 큰길이 새로 날 것을 아는 최 주사에게 속아 평생 모은 돈을 가지고 최 주사네 밭 한 뙈기를 샀다가 완전히 망해버리고 만다. 당시 아무 생각 없는 동화작가들은 '새마을운동'을 마치 농촌 들녘에 울려 퍼지는 희망가인 양 불러댔지만, 권정생은 농촌에서 실제로 어떤 일이 벌어지고 있는지를 이렇게 농민의 피눈물로 증언하였다. 「금복이네 자두나무」는 독자의 이해 범위를 소년층으로 내려잡은 것 말고는 리얼리즘 소설의 모습과 조금도 다를 바 없다. 동화가 삶으로부터 추상한 무형의 철학에다 다시 간결한 형상의 옷을 입힌 고도의 시적 은유 형식이라면, 소설은 한 시대의 본질과 이어지는 개별 체험을 거의 날것 그대로 드러낸 산문의 형식이라고 할 수 있다. 권정생은 '동화'와 '소년소설'을 뚜렷하게 구분해가며 작품활동을 했다. 그럼 동화 쓰기를 당분간 그만두고 소설을 써야겠다는 작가의 다음 말에서 우리는 무엇을 읽어야 할까?

> 서울 다녀와서 나도 많이 고민하고 있다. 이 이상 동화를 붙잡고 있다는 건 너무 무리한 것 같아. 당분간 소설을 쓰기로 맘먹었다. 언젠가 다시 동화 쓸 수 있는 시절이 또 올 거야. 그걸 기다리기로 했다. (이현주 목사에게 보낸 1975년 3월 5일자 편지, 『오물덩이처럼 딩굴면서』, 232면)

권정생은 아동문학을 벗어난 자리에서 자신의 창작을 고민한 일이 거의 없고, 설사 있다 하더라도 훨씬 나중의 일이니까, 인용문의 "소설"은 성인문학을 가리키는 것이 아니라 '소년소설'을 두고 한 말일 것이다. "언젠가 다시 동화 쓸 수 있는 시절이 또 올 거야"라는 말은 동화를 포기한다거나 낮추어 본다거나 하는 뜻이 결코 아니라는 점을 드러내므로, "이 이상 동화를 붙잡고 있다는 건 너무 무리한 것" 같다는 말에서 당시에 "동화"를 쓸 수 없게 하는 어떤 압박 요인이 작가에게 갈수록 늘어나고 있다는 사실을 짐작할 수 있다. 즉 위의 인용문은, 아이들을 대상으로 하는 작품을 계속 쓰긴 할 테지만 '동화 방식의 대응이 아니라 소설 방식의 대응'을 더욱 절실하게 요구받고 있다는 자기 심정의 토로인 것이다.

무엇이 한 사람의 동화작가에게 이토록 소설 쓰기를 압박하고 있을까? 동화를 살핀 자리에서 이미 지적하였듯이, 권정생 문학은 절실한 자기 체험에서 우러나온 것이다. 그런데 권정생 문학의 바탕이 되는 체험은 안동 조탑마을에 자리잡기 이전과 이후의 것으로 나누어 생각해볼 필요가 있다. 권정생이 조탑마을에 자리잡고 얼마 되지 않아서 정식 작가가 되었다는 사실도 기억되어야 한다. 교회 곁방에 기거하는 종지기이기도 했고, 교회에서 조금 떨어진 허름한 독채에서 혼자 양처럼 순하게 지내는 병자(病者)이기도 했던 권정생은, 힘없고 배운 것 없는 마을 아낙네들과 할머니들이 맘놓고 자기들 사연을 털어놓을 수 있는 편한 이야기 상대였다. 그네들은 아마도 얽히고설킨 가슴 아픈 사연들, 억울하고 기막히고 한스런 사연들을 주로 털어놓았을 것이다. 권정생은 마을 노인들에게 오는 자식들의 편지를 읽어주고 대신 답장을 써주는 일도 맡아 했다고 한다.

　편지 대필을 하면서, 나는 윗마을 아랫마을 사람들의 집안 형편을 훔쳐보고 있었다. 거기엔 우리 한국의 슬픈 역사와 현실이 그대로 가장 정직하게 씌어지고 있었다. (「편지 대필」, 같은 책, 183면)

한국의 노인들치고 누구 하나 기구하지 않은 인생이 있겠느냐마는, 그곳 촌로들의 인생역정은 갈피마다 한 편 한 편 드라마였을 것이다. 따라서 한 사람의 농민이 아니라 작가였던 권정생에게 이곳 조탑마을에서의 체험은 물론 몸소 겪어서 알게 된 농촌 현실에 대한 정보도 중요하겠지만, 마을 노인들 한 사람 한 사람에게 들어서 알게 된 무수한 사연들이 훨씬 더 중요한 내용을 차지하였으리라는 사실이다.

체험이란 당연히 먼저 것에 나중 것이 보태지면서 끊임없이 불어나고 바뀌어간다. 나중 것은 먼저 것을 지우고 고치고 강화하면서 순간순간 의식과 무의식에 작용한다. 권정생에게는 조탑마을 이전과 이후의 체험들 모두가 수난의 체험과 비슷한 성격이기 때문에, 체험 내용에서 특별한 변화를 지적할 수는 없다. 그러나 시기상으로 볼 때, 조탑마을 이전의 '개인사적 체험'이 첫 동화집 『강아지똥』에 더 큰 비중으로 작용했다면, 조탑마을 이후에 새로 보태진 '민중사적 체험'은 동화와 구별되는 소설의 요구를 증폭시켰고, 그 결과물이 첫 동화집 이후에 나온 소년소설들이라 생각해 볼 수 있다. 안동 조탑마을은 6·25전쟁 때 낙동강 전투가 치열하게 벌어진 격전지 중 하나라서 다른 어느 곳보다도 마을 사람들의 억울한 희생이 많았다. 미군의 폭격도 대규모였고 민간인 학살과 부녀자 강간 같은 일들도 무척 많았다고 한다. 아이들이라고 해서 이 비극을 비껴갈 수 있었던 것은 아니다. 전쟁과 분단의 직접 피해자이기도 한 권정생이, 작가로서 이런 수많은 억울한 사연들을 모른 척한다는 것은 견디기 어려운 일이었을 것이다. 작가란 무엇인가, 문학이란 무엇인가, 분단시대의 아동문학은 어떤 모습이어야 할까…… 요컨대 권정생의 소년소설은 힘없고 배운 것 없는 촌로들 '편지의 대필자'에서 그들 '인생역정의 대변자'로 나오지 않을 수 없었던 작가적 고뇌의 산물이라고 할 수 있다.

권정생의 두번째 작품집 『사과나무밭 달님』(창비 1978)에는 수난의 역사 속에서 들풀처럼 모질고 굳세게 살아온 이 땅의 민중들, 그 하나하나의 인생역정을 담은 소년소설들이 많이 실려 있다. 보리밥이라도 실컷 먹어보는 게 소원인 앉은뱅이 '탑이 할머니', 일제시대에 집을 나간 뒤 실종된 남편 때문에 얼이 빠져버린 '안강댁 할머니', 식구들을 남겨두고 돈 벌러 혼자 일본으로 건너온 '공 아저씨', 억울하게 인민군 부역자로 몰린 탓에 공동묘지로 쫓겨나 살다가 마지막 숨을 거둔 '똬리골댁 할머니', 인민군과 국군 싸움의 틈바구니에서 죽임을 당한 아버지 때문에 삶이 망가져버린 '돌쇠 아저씨', 문둥병에 걸려 식구들 몰래 집을 떠나야 했던 '해룡이 아저씨'…… 이렇게 버림받은 밑바닥 삶의 이야기를 이번에는 맨얼굴 그대로 하나하나 소설의 그릇에 담아내던 권정생은, 비슷한 시기에 6·25전쟁의 비극 체험에 관한 본격 장편을 구상하고 이를 작품화하기에 이른다. 그 첫

번째 결실이 『초가집이 있던 마을』이고, 두번째가 『몽실 언니』, 그리고 세
번째가 『점득이네』이다. 그런데 '탑마을'을 배경으로 해서 전쟁의 참상을
고발한 『초가집이 있던 마을』은 1970년대 말에 완성했지만 책으로 나올
수가 없었다.

종로서적에 맡긴 원고가 아무래도 말썽이 될 것 같아 단행본 출판이 어
렵단다.
차라리 붓 꺾어버리고 울면서 쓰러질 때까지 쏘다니고 싶다. (이현주 목
사에게 보낸 1980년 7월 23일자 편지, 같은 책, 253면)

이 원고가 『초가집이 있던 마을』임은 작가에게 직접 확인한 사실이다.
이렇게 해서 『초가집이 있던 마을』은 1985년에야 분도출판사에서 책으로
나오게 된다. 그사이에 『몽실 언니』(창비 1984)가 먼저 나왔고, 제일 나중에
『점득이네』(창비 1990)가 나왔다. 우리 역사의 가장 민감한 대목을 배경으로
삼은 만큼, 작가는 쓰고 싶은 걸 마음대로 쓰지 못하는 제약 아래서 매우
힘겹게 이들 작품을 써나갔다고 한다. 작품으로 발표하는 일 또한 순탄할
수가 없었다. 세 작품 모두 여러 잡지에 나뉘어 소개되곤 했는데, 『몽실 언
니』는 발표 도중에 정부의 검열로 인해서 중간 부분이 잘린 채로 연재되었
다가 그것이 그대로 책이 되어 나왔다. 이런 사실은 이들 작품의 역사적 성
격을 말해주는 것이다.
6·25전쟁의 비극은 이 땅의 민중을 벼랑 끝까지 몰아간 너무도 억울하
고 비참한 경험이라서, 하고 또 해도 끝이 없는 이야기, 쓰고 또 써도 넘치
는 사연이었다. 권정생은 피해자의 처지에서 민족분단과 동족상잔의 비극
을 작품화하였는데, 이는 감추어진 진실을 새로 들추어내는 증언의 성격
을 지니는 것이었다. 세 작품 가운데 어느 것이 먼저고 나중인가는 그리 중

요한 문제가 아니다. 세 작품이 비록 내용과 짜임으로 연결되고 있지는 않지만, 사건과 배경에서 비슷한 점이 많고, 작가에게는 한 덩어리로 이어지는 연속된 창작이었던 만큼, 이것들을 가리켜 '6·25전쟁을 그린 장편 소년소설 3부작'이라고 해도 큰 무리는 아니라고 본다. 『초가집이 있던 마을』은 '탑마을'이라는 전통적인 마을의 해체 과정을, 『몽실 언니』는 일본에서 건너온 귀향 동포의 고초를, 『점득이네』는 만주에서 건너온 귀향 동포의 고초를 그리고 있으니, 비슷한 주제와 소재를 조금씩 다른 각도에서 그려내고 있다.

여기서 잠깐 『몽실 언니』를 처음 읽었을 때 받았던 나의 충격에 대해서 얘기해보려 한다. 이 충격은 비단 나만의 경험이 아닐 뿐만 아니라 6·25 소년소설 3부작의 역사적 성격을 말해주는 것이라고 생각되기 때문이다. 지금 같으면 아무렇지도 않게 느껴질지 몰라도 당시의 충격을 그냥 넘기고서는 결코 『몽실 언니』를 제대로 설명할 수 없다. 『몽실 언니』에는 '이상한 인민군'이 나온다. 이상한 인민군이란 착한 인민군을 가리킨다. 착한 인민군! 가슴이 철렁하는 아찔한 말이다. 정부 당국의 검열로 인해 내용의 일부가 잘려나간 대목도 바로 이와 관련된 곳이었는데, 반공을 국시로 받들어온 우리 형편에서 이런 내용은 분단 정권의 심장을 겨냥하고 장전된 '화약의 뇌관'과도 같은 것이었다. 『초가집이 있던 마을』에는 미군이 던져주는 과자를 쫓아다니다가 미군 차에 치여 죽는 아이의 얘기가 나오고, 『점득이네』에는 한 마을에 대한 미군의 계획된 공습으로 죄 없는 양민들이 무참하게 희생당하는 얘기가 나온다. 이런 작품을 읽는 그 누구도 살얼음판 같은 긴장감으로부터 자유로울 수 없었다. 이것은 여느 작품들처럼 작중 인물의 대립과 갈등에서 비롯하는 것이 아니라, 6·25전쟁을 둘러싼 '작품의 진실'과 '현실의 허위' 사이에서 발생하는 일종의 정치적인 긴장감이었다.[2]

권정생의 작품을 내가 처음 대한 것은 나이 삼십줄에 들어선 1990년대 초였다. 이때는 6·25전쟁의 역사적 성격을 교과서 밖의 지식을 통해서 이미 알고 있던 터고, 나 자신 20대 초반부터 맑스주의에 깊이 공감하고 있었기 때문에 이른바 레드콤플렉스 같은 것은 없었다고 해야 맞을 것이다. 그럼 『몽실 언니』에서 받은 강한 충격은 실제로 무엇을 말함인가? 정확히 말해서 내가 받은 충격은 6·25전쟁을 그렇게 다룬 작품이 바로 '아동문학'이었다는 데에서 온 것이었다. 나는 아동문학 작품이 이만한 정치적인 긴장을 지닐 수도 있다는 사실을 꿈에도 생각지 못했다. 내가 지금처럼 아동문학 주변에 머물게 된 이유 중 하나도 실은 그때에 받은 충격 때문이라고 할 수 있는데, 이를테면 현덕, 이원수, 이오덕, 권정생의 작품이나 평론을 만나면서 아동문학에 대한 나의 생각은 백팔십도 바뀌게 되었다. 『몽실 언니』를 읽은 내 주변의 사람들도 아동문학에 대한 인식을 새로이 하게 되었다고 말하곤 했다. 아마도 권정생은 작품의 성과로 일반인에게 영향을 미친, 그것도 가장 깊숙한 곳에서 지각변동을 일으킨 뚜렷한 본보기가 아닐까 한다. 이처럼 아동문학에 대한 일반인의 인식을 뿌리째 흔들어놓았다는 데에 『몽실 언니』를 비롯한 6·25 소년소설 3부작의 획기성이 있다.

　나중에 알게 된 사실이지만, 아동문학에 대한 당시 나의 생각이나 일반인의 인식은 그릇된 통념에 지나지 않았다. 이 통념은 제도교육을 통해서 유포되고 지탱되어왔다. 내가 교과서에서 만나볼 수 있었던 아동문학은 '무지개 동산'이니 '별나라'니 하는 환상의 세계였고, '떽데굴'이니 '짝짜꿍'이니 하는 유치한 세계였다. 그리고 또 한 가지 성격은 '착하고 부지런

---

2) 이것은 작가가 정치성을 의도해서라기보다 6·25전쟁이 지니는 어쩔 수 없는 정치적인 성격 때문에 그렇게 되는 것인데, 사실을 정직하게 반영하고자 하는 작가적 의도에서 만들어진 작중 현실과 사실을 은폐하고자 하는 정치적 의도에서 만들어진 사회 통념으로서의 현실이 현격하게 어긋나 있는 상태에서 발생하는 문제다.

하고 참을성 많아야 복받는다'는 도덕 교훈의 세계와 '반일·반공'에 투철한 나라 사랑의 세계였다. 나는 초등학교 시절에 국어 교과서와 도덕 교과서의 차이를 알지 못했다. 그때는 도덕 교과서가 '반공 도덕'이라는 제목을 가지고 있었다. 일제의 만행과 북한 공산군의 만행은 똑같은 빛깔, 똑같은 비중으로 우리들 증오의 대상이었고, 증오심이 높을수록 착한 어린이로 인정받았다. 교실 벽에도, 학교 건물에도, 거리의 전봇대에도, 어디를 가나 '반공=나라 사랑'이라는 표어가 넘쳐났다. 학교에서 단체로 보았던 영화나 연극에도 북한 공산군의 만행은 어김없이 나왔고, 손에 땀을 쥐고 구경하던 우리는 국군 아저씨가 북한 공산군을 무찌르는 마지막 장면에서 일제히 환호하며 박수를 쳐댔다. 아동문학은 이 부끄러운 정권안보의 꼭두각시놀음에 기꺼이 발벗고 나선 부류의 하나였다. 교과서 밖에서 만난 아동문학은 더러 다른 모습이 있었는지 몰라도, 동화책을 사서 볼 형편이 아니었던 나는 교과서로 아동문학을 만날 수밖에 없었고, 그래서 어른이 되고 난 뒤에도 아동문학이란 의당 그런 것이려니 하는 생각에서 벗어날 수 없었다. 따로 고민해보지 않아서였겠지만, 아동문학은 문학이라고 생각하지도 않았으니까 '반공 도덕'의 모습을 지닌 아동문학이 내겐 더 자연스러웠다.

'반공 도덕'의 모습을 지닌 아동문학의 맨 꼭대기에는 유명한 강소천이 있었다. 그럼 권정생은 당시 아동문학에 대해서 어떤 생각을 가지고 있었을까? 권정생 문학의 바탕이 되는 요소는 삶의 체험이 전부가 아니다. 아동문학의 전통과 그 시기의 동향, 그리고 문인들 사이의 교류와 같은 문단의 요인도 알게 모르게 창작에 영향을 미친다. 권정생은 동란 직후의 부산 시절에 헌 책방에서 『학원』이나 『새벗』 같은 잡지를 구해서 읽었다고 한다. 전후의 아동문학 작품에는 시대의 반영으로 전쟁 고아를 비롯해서 힘겹게 살아가는 아이들이 많이 등장했다. 그런데 권정생은 "강소천 동화를 십대에 읽고 얼마나 실망했는지"(좌담 「아동문학의 나아갈 길」, 같은 책, 322면) 모른다면서 강소천 작품의 인물한테는 공감하기 어려웠다고 고백한다. 불쌍한 아이가 나오더라도 어느 부잣집의 도움을 받아 성공하는 통속 미담류가 많았기 때문이다. 그래서 권정생은 강소천보다 이원수에게서 배워야한다고 생각했다.

이원수씨는 항상 가난하게 살아가는 아이들 얘기를 동화로 소설로 썼지요. 가난하게 살면서도 바르고 착하게 살고 싶어하는 마음을 굽히지 않고 제 힘으로 끝까지 노력하는 주인공이 이원수 동화와 소설에서는 많이 나옵니다. 강소천씨는 다르지요. (같은 책, 316~17면)

그러니 강소천 문학은 위안은커녕 실망만 줍니다. 동화 속에 나오는 아이가 스스로 일을 성취하는 건 없고 외부에서 주어지고 만들어지기만 하니까요. 아이들이 거기 기대하다 보면 모두 실망하고 말아요. 어디 정희(『해바라기 피는 마을』의 주인공 아이 ─ 인용자)에 해당하는 아이들이 있어요? (같은 책, 325면)

권정생이 1973년 조선일보 신춘문예에 「무명저고리와 엄마」로 당선되었을 때, 심사위원은 이원수였다. 잘 알다시피 6·25전쟁 중 사상문제로 남다른 고초를 겪기도 하고 자기 두 딸을 잃어버리는 큰 상처를 받기도 한 이원수는 전쟁과 분단 문제에 누구보다 많은 관심을 기울였으며 한결같이 서민 약자의 편에서 작품을 쓴 대표적인 원로 작가였다. 이원수는 시대상황의 엄중함 때문에 분단 이데올로기를 비판하거나 전쟁의 비극을 그려가는 데에서는 주로 알레고리 방식인 의인동화에 의존했다. 그런데 1970년대에 들어와서 "민족의 주체적 생존과 인간적 발전이 요구하는"(백낙청) '민족문학론'의 지평이 새로 열리기 시작했고, 이 문제는 아동문학에서도 이원수와 이오덕을 중심으로 본격 논의되었다. 이오덕은 권정생의 첫 동화집이 세상에 나올 수 있도록 하는 데 큰 도움을 주었으며, 평론 활동을 통해서 권정생의 문학을 이론적으로 뒷받침한 가장 가까운 선배 문인이다. 이오덕 평론집『시정신과 유희정신』이 민족문학론의 산실인 '창작과비평사'에서 1977년에 나왔다는 사실도 우연한 일은 아니다. 또한 권정생은 자기보다 나이는 적지만 더 일찍 문단에 나와 사회비판적인 동화를 많이 쓴 이현주와도 교류했다. 권정생은 당시 이현주의 작품을 읽고 동화를 이렇게도 쓰는구나 하는 놀라움을 경험했다고 한다. 이원수, 이오덕, 이현주는 등단 직후부터 권정생 문학에 자극을 준 주요 문인들이라 할 수 있다.

『몽실 언니』를 비롯한 6·25 소년소설 3부작이 민족 아동문학 본연의 모습을 회복하는 과정에서 이데올로기의 금기를 깨뜨리고 나왔다는 사실은 다른 무엇보다도 중요하게 평가되어야 한다. 권정생은 이른바 분단체제에 안주해온 기성 문단의 껍질을 깨고 아동문학의 창작에 일종의 정치적 긴장을 불어넣었다. 이런 권정생의 문학은 1970년대 민족문학의 성과와 그 전통 속에 자리하고 있는 것이기도 하다. 일반문학 쪽에서 1970년대는 이론으로나 작품으로나 민족문학의 성과가 가장 출중했던 시기였다. 이 시기에는 전쟁을 어린 시절에 겪은 작가들에 의해서 한층 객관적인 시각으로 분단문제를 다룬 작품들이 많이 선보였는데, 김원일의『노을』이나 윤흥길의「장마」처럼 소년의 시점에서 이데올로기의 대립 양상을 비판한다든지 화해와 용서를 추구하는 작품들이 나와 주목을 받았다. 1970년대는 문학이 주도적으로 사회문제를 이끌어갔다는 의미에서 '문학의 시대'였다. 정치가 모든 부문에 걸쳐 표현의 자유를 억누르는 속에서 오히려 문학은 사회현실과의 긴장으로 충만했다. 그래서 이 시기에는 문학이 역사학이나 사회과학을 대신하는 중요한 인식 수단의 하나이기도 했다. 나 역시 처음에는 문학을 통해서 제도교육의 굴레를 벗어나 조금씩 역사의 진실에 다가셨던 세대이다. 그러나 좋은 문학은 언제나 삶의 진실에 육박함으로써 사회현실에 눈을 뜨게 만드는 것이지 그 반대의 순서로 이루어지는 것은 아니다. 사회운동이 독재정부와 전면전 양상을 띤 1980년대의 문학은 그 반대의 순서로 창작에 임하는 기풍이 한층 강해져서 문학이 사회과학의 논리에 종속되는 제한된 몫에 그치는 경우가 많았다. 아동문학의 흐름도 이와 다르지 않았다. 이 글이 권정생의 6·25 소년소설 3부작에 대해서 이데올로기의 금기를 깨뜨린 것에 무엇보다 큰 의미를 부여하면서도, 금기를 깨뜨렸다는 사실에만 주목하여 다른 비슷한 작품들과 권정생 작품의 차이를 건너뛴다든지, 거꾸로 권정생 작품에 대한 평가에서 금기를 깨뜨렸다는 사실은 그다지 중요한 고려의 대상이 못된다는 식의 편중된 인식이 있을까 봐 조심스러운데, 인간의 삶을 탐구대상으로 하는 문학과 사회현실을 탐구대상으로 하는 사회학은 서로 열려 있으면서도 별개의 영역이라는 사실을 지적해두고 싶다. 권정생의 6·25 소년소설 3부작 중에서 『몽실 언니』가 가장 사랑받고 또 뛰어난 작품으로 평가받는 까닭도 이런 문제와 어느정도 관련이 있다.

『초가집이 있던 마을』『몽실 언니』『점득이네』는 6·25전쟁이라는 민족의 재앙을 통과하면서 이 땅의 아이들은 어떻게 살아남았나 하는 점을 보여준 작품이다. 세 작품 모두 전쟁과 이념 대립의 희생양으로 아이들과 민중을 그리고 있다. 그런데 독자가 『몽실 언니』에서 온갖 역경을 헤쳐나가는 한 인물의 삶을 읽게 된다면, 『초가집이 있던 마을』과 『점득이네』에서는 전쟁과 이념 대립의 참상을 먼저 읽게 된다. 작가에겐 그리 큰 차이가 아니었을 텐데도 내겐 무시할 수 없는 차이로 보인다. 『초가집이 있던 마을』은 평화롭던 한 마을이 전쟁 때문에 산산조각이 나는 과정을 마을 아이들의 경험을 좇아서 그려나간 작품이다. 인민군과 국군이 번갈아 마을에 들어올 때마다 보복과 희생이 뒤따르고, 그 때문에 아이들은 부모형제를 잃거나 고향을 떠나야 하는 아픔을 겪는다. 미군이 던져주는 과자를 주우려다가 미군 차에 치여 죽는 종갑이 이야기, 인민군을 따라 월북한 아버지에게 총을 겨눌 수 없다면서 입영 통지를 받고 자살하는 복식이 이야기는 이 마을 아이들이 겪는 비극의 정점이라 하겠다. 『점득이네』는 해방 직후부터 6·25전쟁을 거치는 동안의 혼란스런 사회 모습과 그 속에서 엇갈리는 운명으로 고통을 당하는 사람들의 비참한 삶을 점득이네 식구의 행적을 좇아서 그려나간 작품이다. 점득이 아버지는 소련군의 총에, 어머니는 미군의 폭격에 죽고, 외갓집 식구들은 빨치산과 토벌대 또는 인민군과 국군의 틈바구니에서 억울한 죽음을 당한다. 점득이는 미군의 폭격으로 두 눈까지 잃고 누나와 함께 구걸을 하는 거리의 악사로 내몰린다. 『초가집이 있던 마을』과 『점득이네』는 현대사의 가장 민감한 대목을 피가 돌고 가슴이 뜨거운 생생한 인물과 더불어 그려나갔다. 그러나 두 작품의 인물은 상당히 분산되어 있는 편이다. 『초가집이 있던 마을』에는 아이들로만 쳐도 유준이, 유종이, 금아, 금동이, 종갑이, 한직이, 화순이, 문식이, 학분이, 복식이, 정식이, 금난이, 솔송이, 인가, 진수 등 수없이 많다. 이들 모두 개성과 처지에 맞는 대화와 행동으로 실감나게 그려져 있지만, 전체로는 하나의 피해 군상으로 읽힐 만큼 비극적인 경험 그 자체에 초점이 맞춰진다. 『점득이네』 역시 마찬가지다. 서술은 점득이 남매를 중심으로 펼쳐지고 있지만, 그들이 만나는 수많은 주변 인물에게서 오히려 더 중요한 행동 특성이 나타나고 있다. 점득이 부모의 엇갈린 죽음, 의로운 삶을 택해 빨치산이 된 외사촌 승호와 그 때문에 토벌대에게 고초를 당하는 외갓집 식구들, 소문난 효녀 기생이었다가 인민군으로 변신하는 탄실, 탄실 언니를 쫓아다니며 기생이 되겠다고 떼를 쓸 정도로 천방지축이지만 깊은 속내를 감추고 있는 판순이 등등…… 이들은 모두 역사적으로 의미심장한 사건과 이어지면서 자기 운명이 결정되는 개성적이고도 전형적인 인물이다. 그렇더라도 조정래의 『태백산맥』처럼 대하 장편소설로 썼다면 모를까, 모든 인물의 갈등이 오로지 시대상황에서 비롯되는 것으로 나타나기 때문에, 결국은 갈등의 피해자로서 인물 군상이 남을 뿐이고, 개개 인물은 역사의 진실을 밝히려는 작가의 의지에 대부분 가려지고 만다. 가혹한 역사현실이 여러 사건으로 분산된 인물들을 압도하는 형국인 것이다.

『몽실 언니』는 이와 어떻게 다른가? 『몽실 언니』 역시 앞의 두 작품과 똑같은 시대 배경에 똑같은 3인칭 작가 시점으로 씌어졌다. 그러나 어머니 밀양댁과 김씨 아저씨를 이야기할 때도, 아버지 정씨와 새어머니 북촌댁을 이야기할 때에도, 이상한 인민군, 난남이와 영순이, 검둥이 아기를 이야기할 때에도, 작가는 한 번도 몽실을 옆으로 비껴나게 해서 서술하지 않는다. 여자아이로서 감당하기 힘든 온갖 어려움이 끊임없이 닥쳐오더라도, 몽실이 스스로 그 운명을 결코 비껴나지 않았던 것처럼 말이다. 그래서 『몽실 언니』는 한 시대와 굳건히 마주 선 주인공의 형상으로 우뚝하다. '몽실'은 한국문학이 기억할 수 있는 몇 안되는 주요 캐릭터 중의 하나이다.[3]

몽실은 해방 뒤 조국으로 다시 돌아온 귀국 동포, 즉 '일본 거지'의 하나로 무척 가난한 집 딸이다. 어느 날 어머니 밀양댁은 몽실의 아버지가 일자리를 찾아 집을 비운 사이 몽실을 데리고 김씨 아저씨 집으로 들어간다. 먹고살기 위해 새로 시집을 간 것이다. 김씨 아저씨 집에선 처음엔 잘해주는 듯했으나 어머니가 김씨의 아기를 낳자 태도가 돌변한다. 몽실은 김씨가

---

3) 우리 '분단문학'의 흐름에서 '소년'이라는 독특한 시점을 구사하여 성공한 김원일과 윤흥길의 작품을 앞에서 잠깐 언급했는데, 이들 작품의 '소년'은 말 그대로 '시점'이지 '캐릭터'가 아니었다. 소년 시점으로 분단문제를 다룬 작품들은 이데올로기 대립의 문제를 좀더 객관적인 관점에서 그려나간 성과를 보이긴 했어도 그 내용은 '한바탕 광풍'(김원일의 『노을』)이거나 '토착신앙의 위무'(윤흥길의 「장마」)에 머무는 한계가 있었다. 『몽실 언니』 역시 이데올로기 대립의 문제를 조정래의 『태백산맥』에서처럼 정면으로 다룬 것은 아니다. 그러나 전쟁을 어렸을 때에 겪은 이들을 대표하는 전형의 형상, 곧 '어린 주인공'으로 시작해 분단시대 '민중의 초상'을 완성한 『몽실 언니』는 분단문학의 흐름에서도 나름의 몫을 차지한다.

밀어버리는 바람에 밀양댁과 함께 넘어져 다리가 부러진다. 다시 아버지한테로 불려온 몽실은 이번엔 새어머니 북촌댁과 함께 살게 된다. 절름발이가 된 몽실은 어수선한 시절을 착한 북촌댁과 산나물을 뜯어가며 간신히 연명한다. 그런데 전쟁이 터지자 아버지는 싸움터로 불려나가고 워낙 병약했던 북촌댁은 아기를 낳고는 죽는다. 아기는 난리통에 낳았다고 해서 난남이라고 불렀다. 전쟁으로 더욱 살기가 힘들어진 시절에 몽실은 난남을 맡아 키우며 온갖 시련을 겪는다. 전쟁이 끝나자 아버지는 몹시 상한 몸으로 돌아온다. 몽실은 아버지와 난남을 먹여 살리기 위해 구걸도 마다하지 않는다. 고난의 연속이었다. 어머니 밀양댁은 김씨 집에서 영득이와 영순이를 남기고 심장병으로 죽는다. 아버지 역시 앓기만 하다가 자선병원에서 약 한번 써보지 못하고 죽는다. 이제 몽실의 혈육은 아버지와 어머니가 서로 다른 동생들만 세 명 남았을 뿐이다. 그렇지만 다시 장가를 든 김씨가 어디론가 떠나버리는 바람에 영득이 영순이와는 영영 헤어진다. 뒤에 난남이마저 부잣집 양딸로 들어가게 되자 몽실은 결국 혼자 남는다.

어린 몽실을 덮치는 가혹한 시련은 이 땅 민중의 삶 깊숙이 자리하고 있는 구전민요와 민담의 세계와도 닿아 있다. 이를테면 '타박네'나 '바리데기' '콩쥐팥쥐' '심청가' 등에서 볼 수 있는 여성 수난과 한(恨)의 세계가 그러하다. 그런데 악한 계모의 자리는 현대판 전쟁으로 갈음되었다. 전쟁은 남근 폭력의 한 상징과도 이어지는 것이니 김씨 아저씨의 폭력으로 몽실이 절름발이 병신이 되는 것도 그저 예사롭지 않다.[4]

---

4) 일본 귀향 동포로 시작하여 6·25전쟁을 겪고 절름발이 어른이 된 후일담으로 끝나는 『몽실 언니』와 만주 귀향 동포로 시작하여 역시 6·25전쟁을 겪고 장님 어른이 된 후일담으로 끝나는 『점득이네』는 여러 면에서 한 쌍으로 마주 보고 있는 작품이다. 그러나 『몽실 언니』의 '남성판'이라 할 수 있는 『점득이네』는 아픔과 절실함에서 『몽실 언니』를 넘어서지 못한다. 주인공이 분산되고 있는 것 말고도, '전쟁'과 '남근 폭력'의 관계를 떠올리면 이 문제가 더 쉽게 이해될 수 있을 것이다. 이런 점에서 『몽실 언니』는 페미니즘 비평의 연구 과제를 남기고 있다.

여기서 절름발이는 분단의 상징이 아니고 무엇일까. 분단시대가 끝나지 않는 한도에서 전쟁은 과거형이 될 수 없는 것이고, 그래서 『몽실 언니』는 옛이야기처럼 행복한 결말을 맺을 수 없었다. 그럼 외부 조력자나 구원자가 없는 시대의 몽실은 가혹한 자기 운명을 어떻게 감당할 수 있었을까? 작가의 사상과 철학을 엿볼 수 있는 대목이 바로 여기이다.

> 이 이야기에 나오는 몽실은, 우리가 알고 있는 착한 것과 나쁜 것을 좀 다르게 이야기합니다. 아버지를 버리고 딴 데 시집을 간 어머니도 나쁘다 않고 용서합니다. 검둥이 아기를 버린 어머니를 사람들이 욕을 할 때도 몽실은 그 욕하는 사람들을 오히려 나무랍니다.
> 몽실은 아주 조그만 불행도, 그 뒤에 아주 큰 원인이 있다고 생각합니다. (작가의 '머리말'에서)[5]

> "…… 그렇지 않아요. 빨갱이라도 아버지와 아들은 원수가 될 수 없어요. 나도 우리 아버지가 빨갱이가 되어 집을 나갔다면 역시 떡 해드리고 닭을 잡아드릴 거여요." (68면)

몽실은 주변 사람과 관계를 맺고 살아가면서 자기 아픔만 아니라 상대의 아픔을 헤아리는 이해심과 포용력을 보여준다. 몽실이 만일 자기 처지를 스스로 용납하지 못해 자기 주변의 사람들에게 용서할 수 없는 마음을 품었다면 그렇게 오래 견디지 못하고 금세 무너지고 말았을 것이다. 몽실은 착하고 순박한 심성의 힘으로 험난한 세월을 이겨나갔다. 몽실이 자기한테 가혹한 운명을 안겨주는 '더 큰 힘'에 대해서 나름대로 의문을 품지

---

5) 권정생 『몽실 언니』, 창비 2000, 7면. 이 글에서는 가장 최근에 나온 '개정 2판'을 텍스트로 삼았다. 작품의 인용은 이 책을 따른다.

않은 것은 아니나, '더 큰 힘'을 제 힘으로 어찌할 수 없었을 때, 그래도 몽실은 주저앉지 않고 '제 힘껏' 자기 앞의 삶에 충실했다. 어떤 경우에도 순박함을 잃지 않았고, 따라서 쉽게 부러지거나 꺾이지 않는 끈질긴 생명력을 보여주었다.

보릿짚 깔고
보릿짚 덮고
보리처럼 잠을 잔다. (「소 1」 첫 연)

우리 모두 힘껏
힘껏 살아요. (「소 2」 끝 연)[6]

권정생은 '소'에 대한 애정이 각별했다. 나중에 다시 살펴보겠지만 이 '소'와 함께 '몽실'은 온몸으로 밀어올린 '작가정신의 구현'이다. 작가가 생각하는 예수와 부처는 다른 것이 아니었다. 작가는 몽실에게서 성자를 보고, 또 민중의 영원한 생명력을 보고 있다. "역사는 잔인하지만 생명은 아름답다"(「목생 형님」, 『오물덩이처럼 딩굴면서』, 159면)고 보는 작가에게 생명의 힘이란 자연 그대로의 마음 곧 몽실의 동심이었다.

어느 한 사람, 그 어떤 위대한 몇 사람의 힘으로도 평화를 만들지는 못한다. 다만 인류가 함께 하느님의 형상대로 본래의 인간으로 돌아가 따뜻하게 정을 나누며 살아가는 길밖에 없다. 이처럼 따뜻한 정을 나누며 사는 이들이 이 시대의 성인들이 아니겠는가? (「평화를 만드는 사람들」, 『우리들의

---

6) 권정생 『어머니 사시는 그 나라에는』, 지식산업사 1988, 16, 19면.

하느님』, 녹색평론사 1996, 58면)

권정생의 종교, 자연관과 인간관에 대해서는 더 나중에 살피기로 하고, 역사 문제와 관련하여 『몽실 언니』에서 언뜻언뜻 드러나는 팔자주의나 운명론에 대해서는 어떻게 생각해야 할 것인가? 자칫 카프 문학처럼 '투쟁에 능동적·적극적인 주인공'을 높이 평가하다보면, 몽실은 '수동적·소극적인 인물'로밖에 보이지 않을 것이다. 문제는 인물의 진실한 형상이다. 게다가 작가의 생각은 더 깊은 곳에 있다. 『몽실 언니』를 연재할 당시에 권정생은 사회정의에 대한 높은 관심과 함께, 예수의 정신에서 이탈한 기성 종교에 대해서는 신랄하게 비판하는 관점을 보인다.

현주야, 우리 성서라는 책을 맹신하지 말자. 아닌 것은 아니고, 부당한 것은 부당하다고 분명히 말하자꾸나. 우리는 그래서 비굴하지 말자. 하느님이란 권력 앞에 아첨하는 못난 인간이 되지 말자. (…) 예수의 일대기도 태초에 있었던, 하느님의 뜻이 아닌 예수라는 한 고독한 인간이 자신의 의지로 살아간 투쟁의 기록인 것이다. 절대 미리 만들어지거나 계획된 각본에 의해 꼭두각시처럼 춤춘 게 아니다. (…) 현주야 용감해지거라. (…) "현주야, 너 자신이 바로 미래를 만들어내는 창조주다!" (이현주 목사에게 보낸 1981년 3월 28일자 편지, 『오물덩이처럼 딩굴면서』, 254~55면)

둔하게 살자고 하셨는데, 결국은 모른 척하고 살자는 말씀과 같지 않습니까? (…) 오른편 뺨을 때리는 자에게 왼편 뺨을 대주는 인간만큼 저항정신을 가진 인간은 없을 겝니다. (…) 아무리 둔하게 살아도 저항할 수 있는 데까지는 저항해야 하지 않겠습니까? 다만 저항을 어떤 방법으로 하느냐가 문제입니다. (…) 다만 제가 해야 되겠다는 한 가지 방법은 그들이 시키는 것만은 따라서 하지 말자는 것입니다. 그들과 한통속이 되어 장단을 치고 벅구춤을 추지 말자는 것입니다. (…) 『새가정』에 연재중인 소설「몽실언니」를 쓰다가 가끔 저 혼자서 눈물짓습니다. (전우익 선생에게 보낸 1982년 10월 14일자 편지, 같은 책, 266~67면)

권정생은 자신의 동화를 말하는 자리에서, "나의 동화는 슬프다. 그러나 절대 절망적인 것은 없다"고 말한 바 있다. 그는 자신의 작품이 어른들에게도 읽히게 된 것은 "아마 한국인이면 누구나 체험한 고난을 주제로 썼기 때문"이라고 생각했으며, "서러운 사람에겐 남이 들려주는 서러운 이야기가 한결 위안이 되고 그것이 조그만 희망으로까지 이끌어줄 수 있"다고 믿었다.(「나의 동화 이야기」, 같은 책, 155~56면) 문학은 이런 것이다. 작가의 말처럼, 독자가 설사 몽실과 똑같은 고난 체험을 하지 않았더라도, 살면서 누구나 겪게 마련인 외롭고 힘들고 아팠던 어느 한순간의 기억이 떠오르면서 몽실의 아픔에 공감을 하고 스스로 위안을 얻는 것이다. 바로 그 순간 몽실은 독자의 자화상이 된다. 중요한 것은 현실에 환상을 제공하는 것이 아니라 몽실과 같은 주인공에 대한 자기동일시가 독자에게 순정한 마음을 회복하게 해주고 바른 삶의 용기를 북돋아준다는 점이다. 몽실이 자기 운명의 무게를 끌어안고 견디는 데서 보여준 힘은 우리 민족이 스스로를 떠받쳐온 위대한 저력이라고 할 수 있다. 고난의 세월 속에서도 어떻게든 삶의 뿌리를 내리고자 하는 마음, 고향에 대한 간절한 그리움, 따뜻한 인간애, 역경을 딛고 일어서는 꿋꿋한 의지 등은 시대의 난폭한 손톱과 마주쳐 늘 긴장을 만들어낸다. 작가는 이 긴장의 끈을 끝까지 놓지 않고 감상주의에도 빠지는 법이 없이 현실을 아주 냉철하게 그려 보인다. 가난한 민중에 대한 뜨거운 애정을 지니고서도 현실에서는 전혀 타협이 없었던 것이다. 몽실이 뒤에 구두 수선을 하는 꼽추와 함께 사는 것을 보고 어떤 독자는 작가에게 원망도 했으리라. 그러나 이런 원망이야말로 『몽실 언니』에 대한 커다란 감동의 다른 표현이다. 작품을 읽다 보면 몽실은 벌써 독자의 가슴 깊이 들어와 한몸이 되어 있는 걸 느끼는데, 최고의 작품은 역시 인물의 진실한 형상으로 해서 독자의 마음속을 파고든다.

『몽실 언니』에서 또 하나 눈여겨볼 사항은 서사의 완급과 원근의 조절이 다른 작품보다 탁월하다는 것이다. 가파르고 메마른 삶을 리얼하게 그려나가는 가운데서도 이른바 '여백'의 공간이 오롯하다.

"윗방 아줌마한테도 아무 말도 않고 가?"
"시끄럽다! 그냥 가면 되는 거다."
몽실은 그제서야 알아차렸다. 어머니 밀양댁은 지금 진짜 도망을 치고 있다는 것을.
냉이꽃이 하얗게 자북자북 피었다. 골목길은 너무도 환하고 따뜻하다. 우물 앞 대추나무 아래까지 끌려가다가 몽실은 갑자기 밀양댁 손을 뿌리쳤다.
"얘야, 어딜 가니?"
"내 소꿉 살림 갖고 올게." (13~14면)

"우리 엄마가 나쁘죠?"
"넌 어떻게 생각하니?"
인민군 여자가 되물었다.
"나쁜 것 같기도 하고 나쁘지 않은 것 같기도 해요."
"그래, 엄마는 틀림없이 나쁘지 않을 거야."
별이 너무도 많이 나와서 하늘이 온통 꽃밭 같았다.
둘은 잠시 조용히 그 하늘의 별을 바라보았다.

한참 뒤 인민군 여자가 맑고 아름다운 목소리로 노래를 불렀다. (125면)

위에서 보는 것과 같은 '현실과 자연 사이에 존재하는 여백' '자연의 본성이 숨 쉬는 동심의 세계'는 서정성을 물씬 자아낸다. '현실을 바라보는 작가의 깊이있는 응시'가 아니라면 이런 서정성의 여백은 만들어지지 않을 것이다. 사실, 기존 관습에 찌들지 않은 자연인으로서 몽실의 모습은 그 자체가 동심이고 여백이다. 역설에 가까운 여백의 시공간에서 저녁노을처럼 피어나는 아스라한 슬픔은 작품의 대미를 장식하는 마지막 장에서 한층 깊은 인상의 여운을 전한다. 바로 앞장은 아버지가 세상을 뜬 뒤 동생 난남이 부잣집 양딸로 떠나는 이야기로 되어 있는데, 이후 30년의 세월이 훌쩍 흘러간다. 그리고 몽실은 난남을 보러 결핵요양원에 들른다. 난남이 병을 앓은 지 10년째, 이제 모든 행복이 사라져버린 난남을 면회하고 몽실이 돌아가는 장면이 끝이다.

절뚝거리며 걸을 때마다 몽실은 온몸이 기우뚱기우뚱했다. 그렇게 위태로운 걸음으로 몽실은 여태까지 걸어온 것이다. 불쌍한 동생들을 등에 업고 가파르고 메마른 고갯길을 넘고 또 넘어온 몽실이었다. (⋯)
난남은 몽실이 절뚝거리며 걸어서 황톳길 산모퉁이를 돌아갈 때까지 서 있었다.
이윽고 몽실이 그 산모퉁이를 돌아가고 가랑잎들이 황톳길에 뒹굴며 남았다.
난남은 현관문 기둥을 붙잡았다. 뜨거운 눈물이 그제서야 볼을 타고 내려왔다.
"언니…… 몽실 언니……"
난남은 입속말로 기도처럼 불러보았다. (286면)

작가는 여기서 난남의 시점으로 어른이 된 몽실의 뒷모습을 보여주고 있다. 아마도 다른 인물의 눈으로 몽실을 보여주는 장면이 이 끝 장면이 유일한 곳일 텐데, 이로써 몽실은 한 작은 여자아이의 형상에서 이 땅의 모든 어머니, 개똥밭으로 내몰리고 짓눌려 살아온 모든 민중의 형상으로 단숨에 끌어올려진다.[7] 이를 정서로 뒷받침하는 것이 바로 회한(悔恨)의 감정이다. 30년을 훌쩍 건너뛴 자리, 난남의 말없는 응시는 몽실이 지나온 삶에 대한 회한의 감정을 불러일으킨다. 회한은 아이한테 어울리는 감정이 아니다. 몽실을 어머니의 초상, 민중의 초상, 인간 예수의 초상으로 완성하려는 작가의 의도와 딱 맞아떨어지는 마무리다.

그런데 나는 이번에 이 작품을 다시 읽으면서, 몽실을 유일하게 비껴 서술한 맨 마지막 장면을 자꾸 곱씹고 되새기지 않을 수 없었다. 작가는 왜 동생 난남을 통해서 몽실 언니의 멀어져가는 쓸쓸한 뒷모습을 바라보게 했을까? 회한과 연민…… 아스라한 슬픔…… 그게 전부일까? 이 작품의 제목은 왜 '몽실이'가 아니고 '몽실 언니'일까? 혹시 몽실을 저 너머 시간으로 보내고 싶은 무의식의 이끌림은 없었을까? 아니, 무의식이라기보다 간절한 염원이었을지도…… 「무명저고리와 엄마」의 마지막 장면이 그랬듯이, 내겐 이 마지막 장면이 슬픈 영혼을 달래려는 작가의 씻김굿이라는 생각이 자꾸 든다. 너무나 억울했던 한 시대의 희생에 바치는 진혼곡이라고 해도 좋고…… 그렇게 작가는 몽실을 저 너머 세상으로, 이제 그만 보내주고 싶었는지도 모른다.

『동화와 어린이』(창비 2004)

---

7) 난남은 "기도처럼" 몽실 언니를 불렀다고 했다. 작가가 생각하는 예수의 형상이 몽실에 투영되고 있음은 여기에서도 뚜렷하다.

진리에 가장 가까운 정신

권정생의 문학세계

이계삼

> 마음속에 사랑이 샘솟지 않는 자의 삶에는 아무런 일도 일어나지 않는
> 다. 그는 다만 서서히 죽어갈 뿐이다.
>
> ──안드레이 따르꼬프스끼(A. Tarkovsky)

권정생이 주로 1990년대에 발표한 산문들을 엮은 『우리들의 하느님』(녹
색평론사 1996)은 널리 알려지지는 않았지만, 이 시대에 대한 날카로운 통찰
이 담긴 중요한 저작이다. 권정생을 깊이 흠모하는 어떤 이들은 이 책을 성
서의 가치에 견주기도 한다. 이 책에서 그는 힘없고 약한 것들에 대한 연민
과 사라져가는 것들에 대한 진한 슬픔을 담담하게 말한다. 그리고 종교와
권력의 이름으로 군림하는 것들에 대한 노여움과 이 허망한 세계에서 인
간으로 살아가는 고통을 토로한다.

　나 또한 책을 다 읽고 난 뒤에 오래 기억에 남은 대목이 있다. 그것은 외
부 출입을 거의 하지 않던 권정생이 경북 봉화에서 열린, 유기농 운동을 하
는 농민들의 모임에 참석했다가 이튿날 울진 불영계곡에서 관광하던 때의

에피쏘드를 기록한 장면이다. 아름다운 숲과 계곡의 풍광에 흠뻑 젖어 있던 그는 대구 어디에서 수학여행을 온 듯한 한 여학교 학생들을 만나는데, 뜻밖에 인솔교사가 통제에 따르지 않는 여학생들에게 체벌을 가하는 장면을 보게 된다. 보다 못한 그가 "이런 데까지 와서 꼭 이런 식으로 가르쳐야 합니까? 이건 교육이 아닙니다"라고 교사에게 항의하지만 정작 그 교사는 어이없다는 듯 "누구신데 간섭을 합니까? 이것도 교육입니다"(96면) 하고 대꾸하더라는 이야기다.

병약한 한 촌로(村老)가 굴욕적인 체벌에 시달리는 아이들의 모습을 견디지 못하고 젊은 교사에게 항의하는 모습이 자아내는 애처로움 때문에 그 장면이 기억에 남았는지도 모르겠다. 교사는 권정생의 항의를 그저 한 초라한 늙은이의 쓸데없는 참견으로밖에 알아듣지 못했을 것이 틀림없다. 권정생은 20대 이후 안동 조탑마을을 거의 벗어나지 못했고, '날것 그대로'의 바깥세상과 만날 일이 드물었다. 그러나 이런 작은 장면에서 볼 수 있듯 예민한 그는 작은 부조리와 폭력 앞에서도 깊이 분노하고 슬퍼했다. 그것은 권정생 자신이 일생 감당해야 했던 육신의 고통을 견디는 것을 제외한 대다수의 시간대를 힘없고 약한 것들에 대한 사랑과 연민으로 살았던, 그의 삶의 작은 편린이기도 했다.

사랑 없는 세계와 떠돌이 삶

어느 역사학자는 지난 100여 년간의 근대사를 황금을 찾아 고향을 떠난 유랑민의 시대로 파악하기도 하였지만, 여러 면에서 지난 100여 년 동안 많은 사람들에게 자신의 일상(日常)은 견딜 수 없는 것이었음이 틀림없다. 절대 다수는 너무 가난했으며, 소수의 힘있는 나라들은 힘없는 나라의 모든 것을 유린하였다. 힘있는 나라들이 먼저 이룩한 근대의 일상은 우리가 오랜 세월 가꾸어온 전통적인 삶을 볼품없고 초라하게 여기기에 충분할 만치 매력적이었다. 그리하여 우리들은 뿌리 뽑힌 삶을 택했고, 유랑민이 되었다. 우리들의 아버지와 할아버지 들은 고향과 농토를 떠나 전쟁터로, 도시로, 공장으로 떠났고(혹은 떠나야만 했고), 또 일부는 감옥과 유형의 길로 접어들기도 했다.

구한말, 시대의 격랑에 휩쓸려 떠돌았던 이들의 궤적을 그린 박경리의 대하소설 『토지』를 생각해본다. 이 기나긴 이야기의 첫 대목이 가을걷이를 끝낸 추석 마당에서 평사리 주민들이 어울려 축제를 벌이는 장면으로 그려진 점은 이런 맥락에서 매우 상징적이다. 이로부터 평사리 주민들은 몰락한 가문을 일으키기 위해, 경작할 땅을 찾기 위해, 혹은 독립운동을 위해 마을을 떠나게 되고, 이 소설의 도입부에서 그들이 벌이는 축제는 지난 시기 그들의 일상과 결별하는 마지막 제의(祭儀)가 된 셈이다.

그리고 100여 년의 역사가 흐른 현재, 그들이 지난 시대의 일상과 결별할 때에 그렸던 삶의 이상이 어느정도 성취되었는지를 따지는 것은 매우 복잡한 문제지만, 지금 우리들의 삶이 더욱 견딜 수 없도록 변해가고 있는 것은 분명해 보인다. 우리는 전통사회와 결별하고 식민지시대, 전쟁과 분단, 그 이후 산업화와 군사독재시대를 거쳐오면서 전근대의 삶 속에 내재해 있던 종교성과 사랑의 원리를 버렸다. 그리하여 우리는 '본래적인 삶'의 모습에서 현저히 이탈한 채 정신적인 떠돌이로 살아가고 있다. 우리는 사랑 없는 세계에 살고 있고, 우리의 도덕은 힘의 크기가 결정하며, 정의는 언제나 배척당한다. 우리는 남을 위해 스스로를 희생할 용기도, 언젠가는 되돌아가야 할 고향도 없다. 우리는 오직 뿌리 뽑힌 삶으로 떠돌고 있는 것이다.

사람살이의 근원적 문제

　권정생이 지난 40여 년간 극심한 육체적 고통과 싸우면서 이루어온 작품세계는 전적으로 이 '본래적 삶'을 구현하는 데 바쳐졌다. 대다수 예술가들의 창작행위를 지배하는 자기표현의 욕구나 자기만족적 동기와는 달리 그에게 글을 쓰는 행위는 철저히 윤리적·도덕적 이상에 지배되는 것으로 보인다. 현실문제를 다룬 그의 일부 작품을 보면 현실에 대한 분노나 슬픔이 작품 전면에 직접 드러나면서 문학적 형상을 억압하는 모습을 종종 발견할 수 있다. 그러나 이러한 어긋남도 '권정생답다'고 할 수 있는 것은 그의 창작행위가 무엇보다 강한 도덕적 열정에 의해 추동되기 때문이다. 또 그의 많은 작품들이 풍부한 자연묘사와 압축적이고 간결한 문체가 빚어내는 서정성으로 거의 시적인 기미를 보이지만 이런 요소들이 아름다움 자체의 구현으로 기우는 경우는 거의 없다. 그의 모든 작품은 언제나 사람살이의 근원적 문제——윤리적·도덕적 이상과 연계된다. 말하자면 '착한 삶'이야말로 권정생이 구현하고자 하는 가장 이상적인 가치인 것이다.

　1969년 「강아지똥」을 발표한 이후 권정생은 110편의 단편동화(이들은 열여덟 권의 동화집에 수록됨), 8편의 장편동화 및 소년소설, 2권의 장편소설, 2권의 산문집, 1권의 시집, 1권의 전기 등 방대한 분량의 작품을 남겼다. 그의 모든 작품은 '마땅히 그러해야 할 이상적인 삶의 형상, 혹은 그 형상과 현실의 거리를 다루는 범주에 묶을 수 있다. 우리 문학사에서도 유례를 찾을 수 없는 그의 도덕주의와 현실지향성, 민중성은 무엇보다 그가 걸어온 삶의 궤적과 관련이 있다. 권정생은 우리 현대사가 개인에게 강요한 수난을 조금도 비껴가지 못한, 철저한 피해자였다. 그는 일생토록 아팠고, 아픔 속에서 기도하고 견뎠다. 그에게 허용된 유일한 노동은 책읽기와 글쓰기밖에 없었다. 권정생은 그 속에서 사람살이의 근원적 문제로부터 조금도 이탈하지 않는 철저한 구도자로 살았던 것이다.

힘없고 상처 입은 존재들에 대한 깊은 애정

권정생의 작품들에는 쉽게 드러나는 표면적인 특징이 있다. 그것은 주인공들이 대부분 벙어리, 바보, 거지, 장애인, 외로운 노인, 똥, 지렁이, 구렁이 등 정상인들로부터 멸시받거나 그로 인한 상처를 안고 살아가는 존재라는 점이다. 그것은 아동문학가 이오덕이 지적했듯, "동화라면 으레 천사 같은 아이들이 나오고, 그 아이들이 꿈꾸는 무지개가 펼쳐지는 것으로만"(『강아지똥』, 세종문화사 1974, 266면) 알고 있던 통념에 대한 가열한 충격이었고, 권정생의 작가적 개성을 결정하는 한 특질이 되었다. 이는 부르주아적 환상으로 점철된 기존 동화들에 대한 권정생의 반감으로 인해 전략적으로 설정된 것이라기보다는 그 자신의 생활환경과 기질, 일상적 관심이 작품 속으로 자연스럽게 녹아들어가면서 생긴 것이라고 보는 게 옳을 듯하다. 이오덕의 아래 증언은 권정생의 힘없고 상처 입은 것들에 대한 애정을 잘 보여준다.

또 한번은 찾아갔더니 교회를 둘러쌌던 탱자나무 울타리가 자취도 없이 사라지고 시멘트 벽돌담이 높이 둘러쳐 있고 커다란 철대문이 잠겨 있어 몹시 서운했다. 교회 앞마당에 서 있던 몇 그루 커다란 참나무들도 보이지 않았다. 알고 보니 교회에서 새마을운동을 한다고 그리한 것이란다. 권선생은 나무를 베지 않도록 아무리 호소해도 소용없었다 한다. 마지막에 어린 대추나무 하나가 남아 있는 것마저 톱으로 베고 있는 것을, 권선생이 그 대추나무를 끌어안고 눈물을 흘리는 바람에 할 수 없이 톱질을 그만두더라는 것이다. 그 대추나무를 살펴보니 밑둥치에 정말 톱으로 베다가 만 흔적이 보였다. (『오물덩이처럼 딩굴면서』, 종로서적 1986, 299면)

한편 권정생은 힘없고 상처 입은 존재들을 통해 모종의 주장을 펼치고 있는 것을 알 수 있다. 그것은 힘없고 상처 입은 존재들에게서 구원의 궁극적 진리를 발견할 수 있다는 역설이다.

이를테면 단편동화 「중달이 아저씨네」(『바닷가 아이들』, 창비 1988)에 등장하는 중달이 아저씨네 가족들은 정상인의 시각에서 보자면 모두 바보들이다. 밭 두어 뙈기를 부치며 힘들게 살아가는 이들은 같이 일하던 과부 아주머니가 밭 한 뙈기만 있으면 좋겠다고 푸념하자 서슴없이 주어버리고는 즐거워한다. 그러던 어느 날 거지 아이 수남이가 먹을 것을 찾아 동네를 떠돌다가 중달이 아저씨네로 찾아온다.

"맛있는 밥 좀 주세요."
거지 아이는 큰 소리로 말했습니다.
방문이 열리고 아주머니가 내다봤습니다. 사립문 앞에 조그만 아이가 서 있었습니다.
"얼래? 예쁘기도 해라!"
아주머니는 거지 아이가 금방 맘에 들어버렸습니다.
(…)
"어머니, 애가 참 예쁘지요?"
"그렇구나. 꼭 우리 손자같이 귀엽다."
늙은 어머니도 홈빡홈빡 웃으면서 좋아했습니다. (31면)

그들은 옷과 신발이 해어지고 가뜩이나 양식이 부족해서 밥 한 그릇도 나눠 먹어야 할 형편인데도 서로 먹으라고 양보해가며 "무엇이 그리 즐거운지" 날마다 웃으면서 살아간다. 그러던 어느 날 수남이가 급성맹장염으로 입원하고 중달이 아저씨는 남은 밭 한 뙈기를 팔아 수술비를 치른다. 수남이가 퇴원한 날, 밭을 팔아버렸으니 어떻게 살아가야 할지 걱정도 없이 가족들은 수남이를 껴안고 어르며 마냥 즐거워만 하고, 이웃 사람들은 이들을 두고 어이가 없다고 혀를 찬다.

이 작품에서 두드러지는 것은 바보와 정상인을 바라보는 통상적인 관념에 대한 의도적인 역전이다. 권정생은 자신이 자주 언급했던 똘스또이(A. K. Tolstoi)의 러시아 민담 「바보 이반의 이야기」의 흔적이 짙게 드리워진 이 작품에서 독자들에게 "과연 누가 바보인가?"라는 역설적인 질문을 던지고 있다. 그는 이 속악한 세상에서 사람답게 살기 위해서는 가진 것을 스스럼없이 남에게 주고도 기꺼울 수 있는 바보가 되어야 한다는 믿음을 말하고 있는 것이다. 그의 작품에 등장하는 인물들은 정상인의 시각에서 보면 '낮은 곳'에 처해 있지만 모두 지순한 성정(性情)의 소유자들이며, 무욕과 평화의 이상적인 정신세계에서 살아가는 존재들이다. 즉 권정생에게 힘없고 약한 존재들은 동정과 연민의 대상이 아니라 오히려 모든 인간이 그들을 닮아 낮아지기 위해 노력하지 않으면 안될, 모범적인 삶의 지표인 것이다.

더 나아가 그는 이들이 '남'이 아니라 바로 '우리 자신'의 모습임을 말하고 있다. 젊은 시절 극한의 가난과 어머니의 죽음으로 인한 절망으로 석 달 동안 유랑과 구걸 생활을 했던 권정생은 그의 첫 작품집 『강아지똥』의 머리말에서 다음과 같이 말하고 있다.

거지가 글을 썼습니다. 전쟁마당이 되어버린 세상에서 얻어먹기란 그렇게 쉽지 않았습니다. 어찌나 배고프고 목말라 지쳐버린 끝에 참다못해 터뜨린 울음소리가 글이 되었으니 글다운 글이 못됩니다.

하기야, 세상 사람치고 거지 아닌 사람이 어디 있답니까? 있다면 "나 여기 있소" 하고 한번 나서 보실까요? 아마 그런 어리석은 사람은 없을 듯합니다. 좀 편하게 앉아서 얻어먹는 상등거지는 있을지라도 역시 거지는 거지이기 때문입니다.

부자의 문 밖에서 얻어먹던 거지 나사로가 죽어 아브라함의 품에 안긴 것은, 분명히 자기는 가장 불쌍한 거지라 보았기 때문입니다. 그러나 잘 먹고, 잘 입고 살던 부자는, 오만스럽게도 자신이 거지임을 깨달을 줄 몰랐기 때문에 영원한 불구덩이 속에서 괴로운 신세가 되어버렸습니다.

먹을 것을 주시고 입을 것을 주시고, 밝고 고운 시와 노래, 재미있는 장난감까지 주신 주인이 엄연히 계신데도 사람들은 그것을 모르겠다 외면해버리고 제 잘난 척 떵떵 큰소리치는 세상입니다.

그는 우리들 인간이 신(神) 앞에서는 모두 거지라는 사실을 말하고 있다. 그리고 이러한 자기부정과 겸손을 통해 거듭난 영혼만이 진정한 구원에 이를 수 있다고 믿고 있는 것이다. 오랜 시간 동안 교회 주일학교에서 아이들에게 동화를 읽어주는 일을 했던 그는 동심의 순수함과 가능성을 믿었던 것 같다. 결국 이러한 동화를 통해 아이들에게 맑은 종교적 감성을 불어넣어주고 싶었던 것이다.

자기희생

20세기가 낳은 가장 위대한 영화예술가의 한 사람으로 평가되는 영화감독 안드레이 따르꼬프스끼는 현대세계의 비극은 자기희생이라는 인류의 유구한 정신적 전통이 고갈되어버린 데 있다고 했다. 그러나 굳이 따르꼬프스끼를 인용하지 않더라도 우리의 일상세계가 갈수록 견디기 어렵게 되어가는 것은 조건 없이 남을 위해 자신을 희생할 수 있는, '사랑의 원리'에 기초한 인간행동의 여지가 점점 좁아지고 있기 때문이다. 그리고 '근대적 자아'라는 이름으로 포장된 '개인'의 가치는 현대 예술의 창작과 수용의 기율이 되는 중심 원리로 이미 자리잡고 있다. 이런 맥락에서 권정생의 작품들을 관통하는 '자기희생'은 근대문학 체제에서는 상당히 이례적인 것이다.

흥미로운 점은 권정생의 작품 중에서 비교적 대중들에게 널리 알려지고 대표작으로 분류되는 작품들이 공통적으로 이 '자기희생'을 담고 있다는 점이다. 이를테면 그의 처녀작이자 대표작인 「강아지똥」의 강아지똥과 「무명저고리와 엄마」(『똘배가 보고 온 달나라』, 창비 1977)의 어머니, 『몽실 언니』(창비 1984)의 몽실이 그러하고, 100여 명의 평범한 민초들의 삶을 형상화한 장편소설 『한티재 하늘』(지식산업사 1998)에 등장하는 많은 인물들이 자신의 혈육이나 시대의 고통 앞에서 자기를 기꺼이 희생하고 또 그 고통을 묵묵히 감내해나가는 것이 그러하다. '낮은 곳'에 처한 인물들이 자기희생을 통해 불행한 운명을 이겨내고야 마는 과정을 묘사하는 데 권정생은 특별한 작가적 역량을 보여주고 있다.

자기희생이란 권정생에게 있어 창작활동을 통해 구현하고자 하는 가장 중요한 정신적 가치이다. 그에게 자기희생이란 "인간은 어떻게 살아야 하는가"라는 궁극적인 질문에 대한 해답이다. 이는 어머니에게서 받은 영향과 유년시절의 원초적인 체험에 크게 힘입은 것으로 보인다.

그는 「목생(木生) 형님」이라는 글(『오물덩이처럼 뒹굴면서』, 157면)에서 "자장가 대신 어머니의 슬픈 타령을 들으면서 자라났고, 슬픈 타령과 함께 항상 젖어 있는 어머니의 눈동자는 나의 성격 형성기에 가장 많은 영향을 끼쳤음을 부인하지 못한다"라고 술회하고 있다. 그 글에 따르면 노름판에도 자주 끼고 생활력이 그다지 강하지 못했던 것으로 보이는 아버지를 대신해서 그의 어머니는 7남매를 먹여 살리기 위해 자신은 조금도 돌보지 않고 자식들을 위해 헌신하였으며, 급기야는 결핵으로 사경을 헤매는 그를 간호하다 지쳐 병이 나 결국 돌아가셨다. 그가 어머니를 회상하며 쓴 장시 「어머니 사시는 그 나라에는」(『어머니 사시는 그 나라에는』, 지식산업사 1988, 91~102면)에 묘사된 어머니의 모습은 "바람머리, 이앓이를 하면서도 머릿수건 두르고 아픈 것을 애써 참"으며 "찔름 들어간 못생긴 참외를 꼭지만 남기고 알뜰히 잡수시면서 예쁘고 맛난 건 아들을 주"는 분이다. 그리고 "쉬지 않고 일만 하며 배고프고 늘 춥게 사셨지만, 감자떡도 이웃과 나눠 잡수시며 걱정들을 나누"고, "예쁜 무지개 뜨면 어린애처럼 즐거워"하는 분이다.

  권정생이 작품에서 그리고 있는 자기희생적 삶의 태도는 강한 모성성에 바탕을 두고 있다. 이 모성성은 『녹색평론』 발행인 김종철의 표현을 빌리자면 "살아 있는 생명을 돌보고 보살피면서, 어느 하나도 상처받지 않게 마음쓰며, 상처받은 것은 깊이 위무(慰撫)하고 품속으로 거두어들이려고 하는"(「시와 마음과 생명공동체」, 『녹색평론 선집 1』, 녹색평론사 1993, 80면) 태도다. 이것은 종교적 열정을 통해 '획득하는' 것이라기보다는 생명을 가진 존재라면 누구나 가지고 있는 자연스러운 충동인 것이다. 이를테면 단편동화 「용구삼촌」(『우리들의 하느님』, 녹색평론사 1996)에서 소를 몰고 나간 바보 용구삼촌이 밤이 되도록 돌아오지 않자 오직 할머니만이 안절부절못하고 울먹거리는 모습에서 보듯, 서른이 넘도록 아무것도 할 줄 모르는 바보 아들을 향한 한결같은 내리사랑이다. 극단적으로는 『한티재 하늘』에서 문둥병에 걸린 둘째아들 재득이를 위해 죽은 남편의 무덤을 파헤쳐 뇌수를 긁어 약을 달여 먹이는 분들네의 자식에 대한 섬뜩한 집착으로 드러나기도 한다.

  이 모성성에 바탕한 자기희생은 우리 근현대사를 버텨온 근본 동력으로 제시된다. 단편동화 「무명저고리와 엄마」와 소년소설 『몽실 언니』는 '인간의 본래적 삶'을 밑바닥에서부터 파괴한 식민지 체험과 전쟁의 고통을 온몸으로 감당해내고, 상처받은 존재들을 위해 자기를 온전히 희생하는 모성의 위대함을 그린 작품들이다.

> 펑! 펑! 대포소리에 엄마는 자지러질 듯 놀라기 일쑤였습니다. 꼭 무서운 악마들이 어린 삼남매를 잡아 삼키려고 소리소리 지르며 뒤따르고 있는 것만 같았습니다. 그건 새끼들이 들어 있는 까치둥지를 향해, 못된 아이들이 팔매질을 하면, 엄마 까치가 안절부절 짖어대는 모습과 꼭 같았습니다.
> 엄마는 잘 몰랐지만, 엄마 얼굴의 주름살이 마구 뒤얽힌 거미줄 같았습니다. 퍼런 힘줄이 돋은 팔뚝이 막대기처럼 여위었습니다. (「무명저고리와 엄마」, 『똘배가 보고 온 달나라』, 창비 1977, 19면)

> '그래, 난 앞으로도 이 절름발이 다리로 버틸 거야. 영득이랑 영순이랑 그리고 난남이를 보살펴야 해. 영득이, 영순이를 찾아갈 거야. 꼭 찾아갈 거야.' (…)
> 몽실은 이빨이 부딪치도록 몸을 떨었다. (…)
> 절뚝거리며 걸을 때마다 몽실은 온몸이 기우뚱기우뚱 했다. 그렇게 위태로운 걸음으로 몽실은 여태까지 걸어온 것이다. 불쌍한 동생들을 등에 업고 가파르고 메마른 고갯길을 넘고 또 넘어온 몽실이었다.
> 아버지가 그를 버리고, 어머니가 버리고, 이웃들이 그리고 이 세상에 있는 모든 칼과 창이 몽실을 끊임없이 괴롭혔다. (『몽실 언니』, 창비 1984; 개정 1판(1990), 247, 258면)

권정생은 이러한 자기희생이 산업화 이전의 전통사회에 풍부하게 존재했으며, 농경문화야말로 자기희생이 자라날 수 있는 유일한 토양이라 믿고 있다. 그는 여러 편의 산문을 통해 산업화로 인해 가난하고 소박한 농경 공동체가 해체되고 폭력적인 권력욕망만이 창궐하는 것, 자기희생적인 정신이 점점 소멸되어가는 것이 오늘날 삶의 핵심적인 위기임을 거듭 말하고 있다. 또한 작품에 자주 등장하는 '소' '예수' '어머니' 화소(話素)들을 통해 자기희생과 사랑의 원리가 지배하는 삶의 형상을 매우 아름답게 그려내고 있다.

이제 교육 현장에서 아이들에게 희생의 가치를 가르치기 위해서는 권정생의 작품들을 찾아 읽는 것 외에 달리 길이 없을 것 같다. 왜냐하면 현실 속에서 자기희생의 사례는 더더욱 희박해졌고, 이에 대한 사회적 존중은 크게 왜소해졌기 때문이다. 또한 다른 예술 작품들 속에서 희생의 형상을 찾는 것 역시 어려워졌기 때문이다.

'자연'——인간의 삶이 마땅히 그러해야 할 모습

권정생의 작품에는 현실의 모순과 억압을 직접 다룬 작품들도 많이 있다. 특히 군사정권 당시의 정치적 금기에 대한 적극적인 저항의지를 담은 작품들도 적지 않다. 그는 1980년대 5공 치하의 엄혹한 상황에서 『몽실 언니』에 따뜻한 마음씨를 가진 언니 같은 인민군을 등장시켰고, 그녀를 통해 "우리는 모두 인간이며 형제"임을 말하게 하였다. 『초가집이 있던 마을』(분도출판사 1985)에서는 주인공 복식이 징집영장을 받은 뒤 '월북한 아버지의 가슴에 총부리를 겨눌 수 없다'고 괴로워하다 결국 농약을 마시고 자살하고 마는 것을 통해 분단체제에 대한 불복종과 저항의 의지를 숨기지 않았다.

권정생이 현실문제나 앞으로 다가올 세상을 그리는 척도는 '자연'의 원리에 바탕해 있는 것으로 보인다. 권정생에게 '자연'이란 식민지 체험, 전쟁, 분단, 산업화와 군사독재 등 인위적인 힘에 의해 인간의 본래적 삶이 굴절되기 이전, 인간의 도리와 인간됨의 가치가 살아 있던 시간대의 삶의 모습이다. 이는 종교성과 사랑의 원리가 지배하였던 가난하고 소박한 농경공동체이자 한 세기 이전의 우리 전통사회 모습이기도 하다. 이는 작가 자신이 직접 겪었거나 구전을 통해 간접적으로 체험한 세계이며, 그의 의식세계 속에서 근원적인 조화의 기억으로 구성된 '본래적 삶의 모습'인 것이다. 그는 이 '자연'을 통해 지금 우리의 삶이 얼마나 이지러져 있는지, 궁극적으로 회복해야 할 삶이 어떤 것인지를 말하고 있다. 그리고 우리의 고통스런 과거사는 이 '자연'의 거울에 비추어짐으로써 비극적 실감이 더해진다.

한 시골 마을 어린이들이 전쟁과 분단의 상처를 겪으면서 자라나는 모습을 그린 소년소설 『초가집이 있던 마을』의 들머리는 6·25전쟁 직전의 아름다운 시골 마을과 초등학교의 평화로운 풍경, 마을 어린이들의 순박한 동심이 어우러진, 행복한 마을공동체를 그리고 있다.

유종은 먼저 4학년 교실로 달려갔다.

"싱야, 인제 집에 간데이."

유종이 얼른 가까이 다가갔다.

"놀지 말고 쌔기 가야 된대이."

"응."

"중들 거랑물에 수제비 뜨만 안된대이."

"응."

"씨름하고 놀지 마래이."

"응."

"보리깜비기 따 먹지 마래이."

"응."

"군덩이 똑바로 쫄곧게 뛰어가아래이."

"응."

"펏떡 가아라."

유종은 가까스로 풀려나자 측백나무 울타리 옆으로 빠져나가 운동장으로 뛰어갔다.

"좋아아, 같이 가자."

뒤에서 문식이 책보를 허리에 동여매며 따라가고 있었다. (20면)

우화자 선생님은 동그란 사과처럼 빨간 얼굴이다. 목소리가 남자처럼 굵었다. 키는 작고 몸집은 뚱뚱했다. (⋯)

그러나, 1학년 선생님으로는 어머니처럼 좋기만 했다.

"선생님요, 이번 시간 노래 가르쳐주이소."

1학년은 음악시간이 가장 좋다.

"그럼, 노래 조금 배운 다음 공부하자."

"예에!"

꼬마들은 일제히 소리쳐 대답했다.

노래는 '배워야 산다'가 한창 불려졌다.

선생님과 학생들은 합창을 했다.

"밭 가는 아버지도

베 짜는 어머니도

일할 때 일하고

배울 때 배우세

아는 것이 힘임

배워야 산다……" (26~27면)

이 부분 이후에는 6·25전쟁의 발발과 혹독한 피난생활, 그리고 인민군과 국군이 한 번씩 엇갈려 진주한 뒤 일어난 상호 복복과 월북, 가족들의 이별 등으로 마을공동체가 붕괴되는 모습이 그려진다. 인용문에서처럼 천진하고 맑은 마음을 가진 아이들이 송아지를 쫓고 꼴을 베는 평화로운 장면들은 뒤이은 전쟁과 참혹한 살육, 마을공동체의 붕괴와 선명하게 대비된다. 이처럼 전쟁이 만들어낸 극적인 변화는 전쟁 이전과 이후의 비교를 통해 그 비극적 실감이 더해지는 것이다.

권정생이 여러 작품들을 통해 그리고 있는 '자연'을 구성하는 요소는 대체로 ① 도시화·산업화 이전의 전통적 농경사회, ② 서로 나누고 섬기는 전통을 가진 가난한 피지배층 민중, ③ 문자 이전의 구비문화와 소박한 종교생활, ④ 생태적으로 건강하고 아름다운 자연환경 등을 들 수 있다. 이들은 여러 작품들 속에 파편적으로 존재하기도 했는데, 권정생이 만년에 발표한 장편소설 『한티재 하늘』에 집약되어 있다.

민초들의 역사 『한티재 하늘』

이 작품은 구한말인 1895년 을미년으로부터 식민지시대인 1936년에 이르기까지 경북 안동, 봉화, 청송, 영양 등지에서 살았던 민초들의 이야기를 인물열전 형식으로 서술한 장편소설이다. 작품은 이야기를 끌어나가는 주인공이나 주된 갈등상황을 설정하지 않고 있다. 오히려 100명이 넘는 등장인물들이 작가로부터 비슷한 비중의 관심을 받으며 각자에게 부여된 시간

대를 살아가는 모습이 장황한 수식이나 미려한 표현을 자제하는 특유의
간결한 문체를 통해 덤덤하게 제시된다. 그리고 개별 인물의 개성이 크게
부각되기보다는 마치 유장하게 흘러가는 자연의 흐름 속 작은 세부로서
원경(遠景)으로 비춰진다.

　권정생이 『한티재 하늘』을 통해 그린 전통사회는 인간의 도리와 인간에
대한 예의가 살아 있던 시대 공간이다. 이 작품에 등장하는 수많은 인물들
은 타고난 기질과 욕망에 충실하지만 인간의 도리만큼은 결코 거스르지
않는 모습을 보여준다. 또한 잠깐 등장하는 이들까지도 예사롭지 않은 인
간적 기품을 갖춘 인물들로 묘사되고 있다. 이를테면 향교골에 사는 자부
래미 박서방이라는 이는 작품 전반부에 잠깐 등장하는데, 그는 1895년 을
미년 반란을 일으킨 의병(빤란구이)들이 그의 집을 찾아오자 그들에게 밥
을 대접하고 양식을 나눠준다. 그리고 한겨울에도 가을 홑적삼을 입고 있
는 빤란구이들에게 무명 핫옷을 꺼내다 입히고, 혹시 관에서 이 사실을 알
게 되면 강제로 도둑질해 갔다고 하라는 그들의 말에 "아이시더, 내 목숨
살아볼라고 당신네들 이름을 욕되게 할 수는 없니더"라고 말하는 의로운
사람이다. 그는 관군에게 붙잡혀 공개처형되어 아무도 치우지 않아 썩어
가는 빤란구이들의 시신을 밤에 몰래 치워 무덤을 만들어주고 자신의 집
에서 기일마다 그들의 제사를 지낸다. 소백산 골짜기인 순흥 가래실에 살
던 정원네는 남편 건재가 화적패들에게 협력했다는 누명을 쓰고 토벌대에
게 붙잡혀 갔다가 장독(杖毒)으로 죽고, 집마저 토벌대에 의해 불에 타버린
뒤, 식솔을 이끌고 친정인 안동 삼밭골로 삼백 리 길을 걸어가다가 강나루
의 나루치(나루지기) 노인을 만나는데, 그는 남루한 행색의 정원네 식구들
에게도 '마님' '애기씨'라고 부르며 예의를 다한다.

　강변 모래밭을 몇 걸음 걸어오는데 갑자기 나루치 노인이 부른다.

"마님요! 이것 아직 새 신이시더. 쫌 크제만 신고 가시이소."

노인이 신고 있던 짚신을 벗어들고 가까이로 다가왔다. 눈꺼풀이 실쭉 움직여지며 울컥 눈물이 나올 것 같았다. 그리고 보니 정원이 신고 있는 미투리가 다 해어져 한쪽 발 뒷갱이끈 하나가 떨어져 터덜터덜 끌리고 있었다. (…)

"먼 길을 걸어오신 것 같은데 신발이 성해야 앞으로 더 가실 게 아니시껴?"

정원이 등 뒤에서 노인은 조심스럽게 말하고 있었다.

"시상이 여간 힘들어야제요. 아직도 여기저기 난리는 끊치잖고 토벌대들이 화적패를 찾아댕긴다드구만요."

(…)

"마님 같은 사람들이 며칠에 한 번씩은 강을 건네가시니더."

"………"

"자, 이 신 가져가시이소."

노인은 짚신 두 짝을 두 손으로 공손히 내미는 것이었다. (『한티재 하늘 1』, 지식산업사 1998, 33~34면)

나루치 노인은 토벌대에게 남편을 잃고 쫓겨가는 정원네들의 행색을 알아보고 자신이 신고 있는 짚신을 벗어준 것이다. 이와같이 권정생이 그리는 '과거'는 강가의 나루치 노인이나 자부래미 박서방과 같은 민초들도 정의에 대한 신념을 갖고 행동하며, 인간에 대한 예의를 아는 높은 정신적 기품을 가진 인물들이 살았던 시대다.

또 『한티재 하늘』에서 '자연'은 가난하고 소박한 농경공동체로 그려지고 있다. 앞서 언급한 바와 같이 권정생은 일찍부터 농촌의 중요성과 농업의 정신적 가치를 역설해왔는데, 『한티재 하늘』 곳곳에서 그는 자연과 인간, 인간과 인간들이 사랑의 원리 속에서 조화롭게 살았던 농경공동체의 모습을 그리고 있다.

영분이는 저녁마다 이웃 아낙네들을 마당이 비좁도록 불러 모아 삼을 삼았다. 광솔가지로 불을 밝히고 감자를 삶아 내놓고 열무김치를 시원하게 담가 내놓는다.

삼을 삼으며 이야기하고 노래 부르고 웃고 떠든다.

열손가리 한 가리 삼실을 잇자면 밤이 이슥하도록 무릎이 닳아 해지고 딱지가 앉도록 비벼대야 한다.

하얗게 톺아놓은 삼실 끝을 입으로 홈빨고 감빨고 입술이 알알하지만 이내 그런 건 잊어버린다. 광주리에는 노란 삼실이 반짝반짝 윤기 나게 쌓이고 하늘에 은하수는 뽀이얗게 이슬을 내려준다.

입담 좋은 용이네가 옛날이야기를 새끼타래 풀 듯이 줄줄 풀어놓는다. 옥단춘이도 하고 장화홍련이도 한다. 슬픈 대목에서는 눈물을 흘리고 기쁜 대목에서는 함께 웃는다.

목소리가 고운 앵두나무집 새댁이 쌍가락지 노래를 부른다. (…)

웃고 울고 떠들다가 배가 고파지면 감자를 삶아 먹고 강냉이도 쪄 먹는다. 더러는 수박밭에서, 모둠보리를 갖다주고 서너 덩이 수박을 사다가 샘물에 담가뒀다가 건져다 쪼개 먹는다.

영분이네 앞마당은 여름밤 아낙들의 세상이다. 삼베적삼 소맷자락을 팔꿈치까지 걷어올리고 장다리를 홀렁홀렁 드러내놓아도 흉이 안되는 별난 곳이다. 삼삼기에는 얌전하게 감출 수도 없다. 훨훨 타오르는 광솔불에 아낙들의 허여멀건 다리가 어둠 속에 봉실봉실 떠 있다. (『한티재 하늘 2』, 지식산업사 1998, 274~76면)

인간과 공생했던 동식물들에 대한 풍부한 묘사는 같은 시대를 다룬 다른 소설에서는 찾기 힘든 『한티재 하늘』의 큰 특징이다. 그것은 권정생 자신이 무엇보다 자연 생태에 매우 박학했고, 이들의 가치를 매우 소중하게 여기고 있었기 때문이다. 자연 생태에 대한 풍부한 묘사를 통해 전통사회의 '자연(自然)'이 생태적으로도 대단히 건강했고, 인간은 이 자연과 조화롭게 존재했음을 보여주고자 했던 것이다.

> "귀돌아, 이건 뭐꼬?"
> "쪼바리."
> "이건 뭐꼬?"
> "벌구두디기."
> "이건?"
> "드나생이."
> "요건?"
> "장깨나물."
> ………
>
> 들나물 이름도 갖가지였다. 나랑나물, 사랑나물, 칼나물, 콧따데기, 돌쪼구, 씀바구, 달랭이, 꼬들빼기……
> 산나물은 높은 산에 갈수록 향내가 아리도록 코를 찔렀다.
> 참취, 곰취, 참뚝깔이, 개뚝깔이, 개미취, 미역취, 가지취, 바디취, 꿩졸라기, 꼬치대, 고수대, 민마늘, 기름나물, 삼나물, 칫동아리, 종발나물, 젓가락나물, 등어리나물, 잔대나물, 산미나리…… (『한티재 하늘 1』, 59~60면)

그리고 이 작품에는 안동 사투리나 생생한 구어체 문장이 자주 등장하는데, 권정생은 근대화 이후 표준어·문어 중심의 언어생활로 인해 소외된 사투리·구어 중심의 언어생활이 갖고 있는 민중적 생동감을 환기하는 데 상당한 의욕을 가진 것을 알 수 있다.

> 이 마실 저 마실 어벅다리 짚신을 끌고 체 팔러 댕기는 꼴이야 여북할까? 한낮이 가까워지면 뱃가죽은 짜부라지고 걸어가던 상구란 놈은 업어달라고 쩡쩡거린다.
>
> "상구야, 쪼매만 참어래이. 주막에 가서 국밥 한 그릇 사서 먹재이. 우리 상구 큰 아아다."
>
> 주막에 들러 국밥 한 그릇을 사면 거지반 상구가 다 먹어버리고 뚝배기 구석에 시래기나물만 남은 걸 강생이는 긁어먹고 핥아먹는다.
>
> "술걸이체 하나 얼맹고?"
>
> 주막집 술어마이가 묻는다.
>
> "그간 말총겹체시더. 이십 전 받아야 되니더."
>
> "이십 전이마 쌀이 한 말인데, 오방지게도 비싸네."
>
> "안 그러이더. 말총값 빼고 나마 기우 챗바꾸 값도 안 나오니더."
>
> 술어마이는 강생이를 힐끗 흘겨보고는
>
> "십오 전 줄꾸마. 팔아라."
>
> 한다. (같은 책, 196~97면)

『한티재 하늘』은 평범한 민초들이 비극적인 운명과 봉건적 수탈에 맞서 얼마나 처절한 고통 속에서 살아왔는지를 기록한 대하서사시이면서, '사람은 어떻게 살아야 하는지'를 가르치는 본래적인 삶의 양식에 대한 기록이다. 이 작품에는 숱한 인물들의 생애가 그려지는데, 특히 독자들의 시선을 잡아끄는 '이석'이라는 인물이 있다. 그는 도망친 여종 달옥이를 사랑하게 되어 마을에서 도망치면서부터 고통스런 일생을 살아가지만 그 운명에 순종한다. 그는 애써 일구어 살던 집이 화재로 불타 거지 신세가 되었다가 다시 마을 머슴이 되어 말할 수 없는 고생을 하고, 딸을 병으로 잃는 등 거듭되는 불행에도 이를 모두 자신의 죄의 대가로 여긴다. 그는 가슴속의 고통과 눈물을 삼키면서도 언제나 웃으며 자식과 아내에게 정성을 다한다.

여름밤 하루 동안 고달픈 일을 마치고 나면 귀리짚으로 엮은 거적을 깔고 모깃불을 피우고 식구들이 이리저리 눕는다. 하늘에는 별이 은구슬을 뿌린 듯이 반짝거린다.

이석은 누워서 순태, 순원이한테 얘기를 들려준다. 함께 거적 구석 쪽에 앉아 있는 달옥이도 이석이 이야기에 귀를 기울인다.

옛날에 짚신쟁이 할바이하고 수꾸떡장사 할머이가 살았그덩. 할바이는 짚신을 삼아 팔고 할마이는 수꾸떡 맨들어 팔고 부지런히 부지런히 살았제. 할방네한테는 아들이 일곱이 있었는데 모두모두 사이좋게 살았제. 그런데 어느게 여름에 억수비가 쏟아져가주 온 시상이 물바다가 돼뿌랬그덩. (…) 요새도 칠석날만 되마 까막까치들이 강물에 다리를 놓아주고 할바이하고 할마이는 일 년 동안 부지런히 짚신 삼고 수꾸떡 맨들어 기다리다가 그날 하리만 만낸단다.

이야기를 다 하고 나면 모두가 하늘을 본다. 똥바가지가 된 아들들이 북두칠성 별이 되어 있고 짚신쟁이 할바이도 수꾸떡장사 할마이도 별이 되어 은하수 강물 사이에 두고 헤어져 있다.

순태와 순원이는 해마다 여름이면 아배가 들려주는 짚신쟁이 할바이 이야기를 다 알고 있지만 또 듣고 들어도 재미있고 슬프다. (…)

그렇게 이석은 하루하루 살아가는 것이 행복했다. (『한티재 하늘 2』, 131~32면)

권정생이 그리는 '자연'은 이미 돌이킬 수 없이 파괴되어버렸다. 오늘날 우리의 일상세계를 특징짓는 맹목과 경쟁심, 이기심이 오히려 자연스러운 인간의 욕구로 여겨진다. 그리고 삶에 대한 외경과 사랑의 원리를 일깨워줄 수 있는 힘은 어디에도 존재하지 않는다. 교육도, 철학도, 종교도 그 역할을 하지 못한다. 그것은 결국 예술의 몫으로 남을 수밖에 없다. 그러나 애석하게도 현대의 예술은 삶에 대한 외경이나 사랑의 원리에 바탕한 조화로움의 형상을 그리기는커녕 돈벌이의 논리에 사로잡혀 있고, 근대적 자아라는 어두운 세계 속으로 스스로 유폐되어 있다.

그러므로 권정생의 삶과 문학은 특별한 의미를 가진다. 그의 삶과 문학의 핵심에는 바로 이 종교성과 사랑의 원리가 있다. 그는 지난 100여 년간 뿌리 뽑힌 삶을 살아오면서 우리가 잃어버린 것들을 회복하려는 일념만으로 일관되게 분투해왔다. 「강아지똥」으로부터 『한티재 하늘』에 이르기까지 그가 이루어온 문학세계는 거룩한 것에 대한 감각과 사랑의 원리를 구현하기 위한 것이었다. 그리하여 진정한 예술은 '삶이 어떤 모습으로 존재해야 하는가'라는 끝없는 의문에 대해 자신의 전부를 길어올려 빚어내는 최대한의 대답임을 가르쳐준다. 우리는 그를 통해 일체의 엘리뜨 의식과 위선적인 도덕률을 벗어던지고 알몸으로 우리 시대의 삶의 위기와 마주섰을 때, 우리에게 가장 필요한 것이 무엇인지를 배운다. 그의 삶과 문학세계는 진리에 가까이 가기 위해 분투해온 한 인간의 정신이 이루어낸 가장 진실한 기록이라 하기에 결코 부족하지 않다.

『녹색평론』 2001년 1·2월호; 2008년 3월 개고

▌李啓三 ● 경남 밀양 밀성고등학교 교사. 논문으로 「권정생 문학 연구」(2000)가 있다.

참회와 용서의 문학

『밥데기 죽데기』

이재복

우리의 마법사

『밥데기 죽데기』(바오로딸 1999)를 읽으면서도 늘 같은 생각을 하게 된다. 판타지 동화는 역시 옛이야기에 뿌리를 두고 있다고. 판타지 동화 공부를 하려면 옛이야기 공부부터 해야겠다고.

권정생 동화집 『하느님의 눈물』(인간사 1984; 산하 1991) 가운데 「아기 늑대 세 남매」란 동화가 있다. 아기 늑대 세 남매는 엄마 늑대에게 춘자 아주머니 교회에서 하는 여름성경학교엘 보내달라 조른다. 보통 늑대 하면 아주 몹쓸 동물로만 여겨왔는데 이 동화는 우리들이 갖고 있던 고정관념을 허물어뜨린다.

아기 늑대들은 사람으로 변신하여 여름성경학교에 참여하였다. 아기 늑대들이 아이들과 성경학교에서 벌이는 놀이공간은 톨킨(J. R. R. Tolkien)이 말한 대로 현실공간에 갇혀 사는 목숨에 마법을 걸어 만들어낸 판타지 공간이라 할 수 있다. 톨킨은 판타지 동화를 쓰는 목적 가운데 하나가 '되찾기(회복)에 있단다. '되찾기'란 물질의 회복이 아니라, 목숨을 보는 '새로운 관점'(a clear view)을 얻는 것이라 말한다. 늑대를 늘 몹쓸 동물로만 보던 아이에게 「아기 늑대 세 남매」는 새로운 관점에서 늑대를 보게 만든다. 잃어버렸던 관점을 다시 되찾게 하는 것이다. 이래서 「아기 늑대 세 남매」는 답답한 우화공간에만 갇혀 있는 아이들의 상상력을 해방시켜 좀더 자유로운 상상력이 허용되는 판타지 공간으로 옮겨가게 해주는 동화라 해야겠다.

『밥데기 죽데기』에서도 권정생은 다시 한번 늑대를 이야기의 주인공으로 삼았다. 톨킨의 말을 다시 빌리면 늑대에게 마법을 걸어 판타지 공간의 주인이 되게 하였다. 판타지 동화에는 대개 이 우주 시공간의 깊이를 꿰뚫어 알고 있는 마법사에 해당하는 목숨이 나온다. 권정생은 『밥데기 죽데기』에서 '늑대 할머니'라는 우리만의 독특한 마법사를 만들어냈다. 보통 아이들이 갖고 있던 고정관념을 거슬러서 새로 '거듭난 늑대'를 만들어낸 것이다. 『밥데기 죽데기』는 이 한 가지 점만으로도 매우 독특한 판타지 동화라 해야겠다.

또 하나의 사실동화

「아기 늑대 세 남매」를 읽을 때도 그랬고, 『밥데기 죽데기』를 읽을 때도 그랬다. 이 동화를 북한의 아이들이 읽는다면 어떤 생각을 할까. 이런 생각이 들었다. 북한 동화에서 승냥이는 아주 몹쓸 동물로 나온다. 보통 북한의 동화는 체제 이념을 전달하기 위한 수단으로 쓰이는 경우가 많은데 이런 동화에 단골로 등장하는 목숨이 바로 승냥이다. 승냥이는 주로 일제 식민지시대를 다루는 공간에서는 일본 제국주의자들을 상징하는 목숨으로 나온다. 해방 이후 6·25전쟁을 다루는 동화에서는 미국을 상징하는 동물로 나온다. 북한 동화에서 승냥이는 통일을 방해하는 가장 걸림돌이 되는 목숨을 상징하는 것이다.

그런데 『밥데기 죽데기』에서는 이런 승냥이에 해당하는 목숨인 늑대가 통일을 가져오는 거듭난 목숨으로 등장한다. 아마도 북한 아이들이 「아기 늑대 세 남매」나 『밥데기 죽데기』 같은 동화를 읽으면 우선은 상당히 당황할 것이다. 아이들이 지금까지 갖고 있던, 동화에서 길들여진 고정관념의 벽이 한번 깨지는 놀라움을 겪어야 하기 때문이다. 벌써 꽤 오래전 일이 되었다. 북한자료쎈터에 들러 북한 동화를 읽을 때였다. 흥미있는 동화도 있었지만, 읽어내기 힘든 동화들도 상당히 많았다. 북한의 체제 이념을 전달하는 수단으로 쓰인 동화들이 그러했다. 또 하나 남쪽도 그렇지만 북쪽에도 역시 시간의 무게를 견뎌낼 만한 판타지 동화는 찾아보기 힘들었다. 동물이 나와 말을 하고, 현실공간을 떠나 환상의 세계를 넘나드는 이야기가 없지 않으나, 대개는 우화공간에 갇힌 생활동화들이 대부분이었다.

판타지 공간은 거듭난 현실공간이어야 한다. 그렇기 때문에 좋은 판타지 동화에는 늘 현실공간을 거스르는 목숨(카오스 인자)이 나오는 것이다. 이 거슬러 벗어나려는 목숨이 주인공이 되어 새로운 현실공간(판타지 공간)을 '만들어나가거나 드러내 보여주는'(making or glimpsing) 동화가 바로 판타지 동화라 하겠다. 그렇기 때문에 판타지 동화에는 늘 그 체제를 뒤엎는 시적 은유의 기운이 들어 있다. 이래서 판타지 동화는 결과적으로 현실의 첨예한 문제를 다루는 또 하나의 사실동화라 할 수 있겠다.

남쪽이나 북쪽이나 서로 맞서는 자리에 서면서 서로의 체제를 유지하기 위한 수단으로 아이들을 좁은 우화공간에만 가두어놓았기 때문에 판타지 동화가 발전할 여유가 없었다. 그렇더라도 남쪽에는 비좁은 현실공간의 틈새를 뚫고 써낸 판타지 동화들이 없지 않다. 북쪽에도 이런 판타지 동화들이 없다고만은 할 수 없으리라. 북한의 동화를 꼼꼼히 읽어보지 못했으니 함부로 단정해서 말할 순 없는 일이다. 얼마 전(2000년 6월) 남북의 지도자들이 만나 통일 얘길 나누었다. 남쪽과 북쪽의 아동문학 동네에 사는 사람들도 하루빨리 만나 우리 아동문학의 문제를 놓고 같이 토론하는 자리를 만들어야겠다.

판타지 동화의 뿌리

잠시 쉬었다 갈 겸 옛이야기 한 편 옮겨 적는다.

넷날에 형제레 있었넌데 형은 욕심쟁이구 맘씨두 곱디 않는데 저그나는 맘씨레 고왔다. 하루는 형이 저그나보구 새[1]해 오라 해서 저그나는 산에 가서 새를 한 짐 잔뜩 해개지구 와서 배레 고프느꺼니 아즈마니[2]과 밥 좀 달라구 하느꺼니 형이 이 말을 듣구 "밥이 다 머가? 새두 얼메 해오디 못하구 밥만 먹갔다구 하네." 하멘 과타구 달라들어 저그나에 눈을 부디깨잉루 찔러 내쫓았다. 저그나는 쇠경[3]이 돼서 이 괴로운 세상에 살 거 머 있간 하구 산에 올라가서 나무에 목을 매여 죽을라구 했다. 그때 승냉이[4]가 몰래와서 저덜끼리 말하넌데 들어보느꺼니 한 넘이 "세상 사람들은 상기 두 깰 날이 멀었어. 이 뒷산 큰 팡구[5] 아래에 있넌 샘물루 눈을 씻으문 쇠경두 눈이 뜨게 되넌데 그거를 모르구 있어." 하느꺼니 또 한 넘이 "그러기 말이야. 요 뒷산 둥춤[6]에 있넌 큰 팡구를 들티문 금독 은독이 가득이 있넌 걸 모른단 말이야." 하구 말했다. 저그나는 이런 말을 다 듣구서 더듬더듬 더듬거리구 가서 그 팡구 밑에 샘물루 눈을 씻어봤더니 눈이 보이게 됐다. 그리구 산에 둥춤에 가서 팡구를 들테보느꺼니 금독 은독이 많이 있어서 그거를 개저다가 부재가 돼서 잘 살았다.

　형은 저그나를 내쫓은 뒤루 가난해데서 누걸래치[7]레 돼서 얻어먹구 살드랬넌데 하루는 저그나에 집에 얻어먹으레 왔다. 저그나레 부재루 잘 살구 있넌 거를 보구 어드렇게 해서 잘 살게 됐능가 물었다. 저그나는 이레이레 해서 잘 살게 됐다구 말했다. 그러느꺼니 형은 부디깽이루 눈을 찔러서 쇠경이 돼서 산에 올라가서 나무에 목을 맬라구 했다. 그때 승냉이덜이 와서 "야아 사람 내레 난다." 하더니 나무 우를 올레다보구 형이 있으느꺼니 "아 데넘이 저그니를 쫓아낸 욕심쟁이다." 하멘 잡아먹었다구 한다.

　1) 나무 2) 형수 3) 소경 4) 이리 5) 바위 6) 중치막 7) 거지

(임석재 엮음 『한국구전설화 3』, 평민사 1989, 91면)

옛이야기에는 늘 이렇게 고립된 목숨이 나온다. '저그나'만큼 고립된 목숨도 없으리라. 마음씨 나쁜 형은 겉사람의 상징이라 할 수 있겠다. 겉사람에게 눈을 빼앗긴 동생은 그만 죽을 마음까지 먹었다. 이렇게 더이상 떨어져내릴 데 없는 곳까지 떨어져내린 목숨에게 옛날이야기꾼들은 늘 구원자를 보내주었다. 이 구원자가 바로 요즘 판타지 동화에서는 마법사에 해당하는 목숨이 되리라. 권정생은 『밥데기 죽데기』에서 늑대 할머니에게 마법을 걸어 통일을 가져오는 목숨으로 만들었다. 오늘 우리 겨레에게 구원자가 되게끔 하였다. 아마 이 옛이야기에 나오는 승냥이들이 권정생이 찾아낸 늑대 할머니의 조상쯤 되는 목숨이 아닐까 싶다. 다시 말하면 권정생의 상상력은 바로 우리 옛이야기꾼의 상상력에 맞닿아 있는 것이다. 이래서 또 요즘 판타지 동화의 뿌리는 결국 옛이야기에 있다 말할 수 있으리라.

먹히는 존재

얼마 전 『어린이문학』(2000년 3월호)에 실린 김서정의 글을 읽고 한참 이런저런 생각을 한 적이 있다. 이 글은 죽음이란 게 무엇이고, 먹고산다는 게 무엇인지, 동화란 게 무엇인지 한참 생각하게 하였다. 권정생의 『밥데기 죽데기』에 나타난 생명관에 대해 비판한 글인데 공부거리가 되는 글이니 한번 옮겨본다.

포수에게 가족을 잃은 늑대가 인간으로 변신해 50여 년 동안 복수의 칼을 간다. 이 늑대 할머니는 시장에 나가 달걀 두 개를 사다가 갖은 수를 부려 아이들로 변신시키는데, 사실은 자기가 늑대임을 밝히면서, 너희들의 친척인 통닭튀김을 사 먹었을 뿐 아니라 온갖 짐승들을 잡아 산 채로 뜯어 먹고 살았노라고 반성 섞인 고백을 한다. 못할 짓을 했다는 것이다. 육식동물인 늑대가 짐승을 잡아먹는 게 못할 짓이었다면, 뭘 먹고 살아야 했을까? 토끼처럼 풀이나 뜯어 먹어야 했을까? 물론 어떤 경우든 산목숨이 죽임을 당하고 먹힌다는 건 가슴 아픈 일이지만, 생명의 섭리와 자연의 순환이라는 측면에서는 불가피한 것이 아닌가. 동물 다큐멘터리 프로그램에서 먹기 위해 필사적으로 쫓고, 살기 위해 필사적으로 도망가는 먹이사슬의 현장을 보다 보면 그 냉엄한 삶과 죽음의 질서에 경이로움과 숙연함을 느끼게 된다. 그 현장에서는 어떤 죽음도 헛된 낭비가 아니고 어떤 죽임도, 그야말로 장난이 아니다. 무조건 죽이지 말고 죽지 말자는 증류수 같은 메씨지는 우리 아이들이 죽음을 제대로 이해하고 삶을 제대로 꾸려나가도록 이끌어주는 일에 그다지 큰 도움이 된다고 말할 수는 없을 것이다. (…) 죽음의 현상, 배경, 본질, 의미, 극복 같은 문제들을 허술하고 상투적인 관념이 아니라 생생하게 살아 있는 작품으로 만나는 행복을 이제 우리 동화계가 누릴 수 있는 때도 되지 않았을까? (「누가 죽음을 두려워하는가」, 53~54면)

김서정의 글을 읽고 밥이란 무엇인지 생각해보았다. 우리가 날마다 먹지 않으면 살 수 없는 밥은 한마디로 목숨이다. 살아 있는 목숨이 죽어 우리 밥이 된 것이다. 이래서 우리는 날마다 목숨을 먹고 산다. 우리들은 목숨을 먹고 살 수밖에 없는 목숨이다. 이래서 우리는 밥을 먹기 전에 늘 기도하는 것이 아닌가. 목숨이 목숨을 먹을 수밖에 없으니 이를 어찌하냐고. 내가 먹는 목숨에게 목숨을 먹기 전에 미안하다, 고맙다 기도하는 게 아닌가.

종교의 길을 걷는 사제들을 보통 '먹히는 존재'라 부른다. 어찌 사제들뿐일까. 살아 있는 목숨은 목숨을 먹는 존재이면서 또한 목숨에게 먹히는 존재가 아닌가. 지금의 나는 나를 낳아준 어머니를 먹고 자랐고, 아버지를 먹고 자랐고, 선생님을 먹고 자랐다. 나 또한 먹으면서 먹히는 존재로 지금 살고 있는 게 아닌가. 이래서 우리는 또 목숨을 먹으면서 기도하는 게 아닐까. 나 또한 먹히는 존재이니, 나를 먹는 목숨에게 진정 밥이 되는 존재가 돼달라고.

부활정신

『하느님의 눈물』에서 권정생은 '먹힌다는 것, 그리고 죽는다는 것, 모두가 운명이고 마땅한 일'이라 말한다. 목숨은 먹고 먹힐 수밖에 없는 존재라는 마땅한 사실을 알기에, 오히려 목숨이 목숨을 먹는 운명에서 벗어난 간절한 바람의 세계(구원의 세계)를 꿈꿀 수 있는 게 아닐까. 이래서 판타지 동화가 씌어지는 게 아닐까. 이래서 톨킨이 말한 대로 판타지 동화는 가능성(possibility)의 세계가 아니라 간절한 바람(desirability)의 세계가 아닐까.

『밥데기 죽데기』에서 늑대 할머니는 밥데기 죽데기를 달걀에서 만들어냈다. 그러니 통닭은 그야말로 밥데기 죽데기의 친척이 되리라. 그런데 늑대 할머니는 통닭을 먹고, 온갖 짐승들을 잡아먹었으니, 그야말로 자기 손으로 만든 밥데기 죽데기의 원수가 되어버린 셈이다. 이래서 늑대 할머니는 이렇게 저렇게 따져나가다가 그만 울고 말았다.

"나도 모르겠다. 내가 오십 년 동안 혼자서 내 손으로 원수를 갚으려 해도 안되었던 건 나도 그런 나쁜 늑대였기 때문이지."

"그럼 우린 지금부터 어떻게 해야 해요?"

"어찌했으면 좋을지 나도 모르겠다. 따지고 보면 우리는 서로서로 잡아먹고 살고 있으니까 말이다. 아이고, 답답해!"

갑자기 할머니가 가슴을 치며 큰 소리로 울기 시작했습니다.

"엉! 엉!"

소리내어 울자 밥데기 죽데기도 큰 소리로 따라 울고 말았습니다. 지나가던 사람들이 흘금흘금 바라봐도 아랑곳 않고 셋은 땅을 쳐가면서 통곡을 했습니다. (27~28면)

판타지 동화의 본질은 부활정신에 있다. 부활정신의 바탕은 참회하고 용서하는 정신이다. 우리는 앞에서 『말하는 나무 의자와 두 사람의 이야기』도 살펴봤고, 「꿈을 찍는 사진관」도 살펴보았다.* 이 동화들이 참된 판

---

* 이재복은 『판타지 동화 세계』(사계절 2001) 117~51면에서 마쯔따니 미요꼬 장편동화 『말하는 나무의자와 두 사람의 이야기다』(창비 1996), 강소천 단편동화 「꿈을 찍는 사진관」(『나는 겁쟁이다』, 신구미디어 1992)에 대해 상세히 다루고 있다. ─편집자

타지 동화로 거듭나지 못한 데는 이유가 있다. 목숨은 목숨을 먹고 살 수밖에 없는 존재이기 때문에 늘 참회하는 마음을 가져야 한다. 그리고 나를 먹는 목숨을 나 또한 용서해야 하리라. 그런데 앞에서 말한 두 동화의 주인공들은 참회하고 용서하는 마음의 끝까지 이르지 못하였다. 그래서 그만 이들이 만들어내는 판타지 공간이 내적 조화를 가진 진실한 공간이 되지 못하였다.

노자는 말한다.

下士聞道, 大笑之, 不笑, 不足以爲道.
못난 사람은 도를 듣고 크게 웃는다. 그가 웃지 않으면 족히 도가 될 수 없다. (장일순 『노자이야기』, 이현주 대담·정리, 다산글방 1993, 388면)

밥데기와 죽데기, 늑대 할머니는 서로가 서로를 먹고 살아야만 하니 이를 어쩌면 좋으냐며 길거리에서 대성통곡을 하고 있다. 길 가는 못난 사람들(下士)이 웃지 않을 수 없는 짓을 하고 있는 것이다. 이래서 오히려 이들은 목숨의 본질을 깨닫고 참회하며 용서하는 마음으로 살아가는 판타지 세계의 주인공에 더욱 가까이 다가선 목숨이 되는 것이리라.

참회와 용서

늑대 할머니가 흘리는 눈물은 우리 겨레의 삶에 뿌리가 닿아 있는 눈물이다. 우리 겨레는 늘 고통받는 역사를 살아왔다. 늑대 할머니는 원수를 갚겠다고 서울로 나섰다. 그런데 가만히 생각해보니 자신은 아무런 고통을 느끼지 않고 남에게만 원수를 갚는 길이 없다. 늑대 할머니는 목숨은 서로가 서로를 먹고 사는 존재라는 사실을 알고 어찌할 수 없는 고통에 빠져버렸다. 원수를 갚기 전에 자신이 지금 남의 원수가 되어 있는 것이다.

늑대 할머니는 도대체 목숨이 뭔지, 이 문제에 대한 해답부터 찾아야 할 텐데 도무지 알 수가 없었다. 그래서 늑대 할머니는 길에서 목놓아 울었다. 늑대 할머니는 하늘에 대고 소리 높여 울면서 구원자를 부르고 있는 것이다.

목숨의 본질이 무엇인지 알고 싶어 간절하게 눈물을 흘릴 때 이미 늑대 할머니는 원수를 찾아 헤매는 겉사람에서 속사람으로 거듭난 목숨이 되었다. 구원자는 이런 속사람에게만 기적의 선물을 내려준다. 황새 아저씨는 늑대 할머니에게 원수를 찾아주었다. 그러나 이미 늑대 할머니는 원수에 대한 미움의 감정에 사로잡혀 있는 목숨이 아니었다. 사냥꾼 할아버지 또한 이미 참회의 과정을 통해 속사람으로 거듭나 원수를 갚으려 해도 갚을 수 없는 목숨이 되어 있었다.

"할머니, 절 용서하세요."

사마귀 할아버지 목소리가 울먹거리고 있었습니다.

"나, 영감님한테 용서해줄 것 아무것도 없소."

"내가 어제 할머니 아들한테 들었소. 솔뫼골 골짜기에서 내가 쏘아 죽인 늑대들이 할머니 남편이고 자식들이라는 것을……"

"………"

"이렇게 만난 것 서로가 용서하고 용서받기 위한 자리니까 너그럽게 생각하고 용서해주구려. 할 수만 있으면 내 눈알을 하나 빼버리든지 코를 꽉 깨물어주든지 두 다리를 싹둑 자르든지 하시오."

(…)

할머니는 역시 말도 안하고, 눈알도 안 빼고, 코도 안 깨물고, 다리를 싹둑 자를 생각조차 않고 있었습니다.

"자아, 어쩌겠소. 할머니……"

"나, 용서했소!"

갑자기 늑대 할머니가 큰 소리로 말하는 바람에 사마귀 할아버지도 깜짝 놀랐습니다.

"용서한다는 말소리가 꼭 '잡아먹겠소!' 하는 것 같구려."

사마귀 할아버지는 죽어가면서도 빙그레 웃었습니다. (113~14면)

늑대 할머니는 사냥꾼 할아버지를 용서하면서 그제야 자신이 품고 있던 목숨의 본질에 대한 의문이 풀리기 시작하였다. 목숨은 목숨을 먹는 존재이면서 먹히는 존재라는 운명 앞에서 내가 자유로운 존재로 거듭나려면 끊임없이 내가 먼저 용서해야 한다는 사실을 깨달은 것이다.

주어진 세계

늑대 할머니는 고립된 목숨이면서 마법사의 능력을 가진 목숨이기도 하다. 원수였던 사냥꾼 할아버지를 용서하며 마침내 자신의 한계에서 벗어난 목숨이 되었다. 남의 아픔에까지 눈을 돌리는 목숨이 되었다. 늑대 할머니는 원수를 찾아나서면서 불행한 목숨들을 많이 만났다. 사냥꾼 할아버지는 원수였지만, 자신 못지않게 불행한 목숨이었다. 6·25 때 폭격으로 가족을 다 잃고 다리도 한쪽 잃었다. 그리고 원폭 피해를 입고 다락에 갇혀 사는 인숙이, 정신대로 끌려간 할머니……

늑대 할머니는 이 낮은 곳에 사는 목숨들을 위해 마법사의 능력을 발휘하였다. 서울 하늘에 똥가루를 뿌려 온 집에서 병아리를 태어나게 하고, 철조망을 녹아내리게 하고, 전쟁무기를 다 녹여버렸다. 늑대 할머니는 이렇게 남과 북이 통일을 이루게 하고는 자신은 죽었다. 이야기는 여기서 끝나는데 이게 조금 아쉽다. 여기서 문득 『사자왕 형제의 모험』(창비 1983)이 생각난다. 늑대 할머니가 부활하는 삶까지 보여주었으면 하는 아쉬움이 남는다.

보통 판타지 동화는 고립된 목숨이 온갖 통과의례의 과정을 거치면서 마법사(구원자)의 도움을 받아 구원의 세계에 이르는 구조로 되어 있다. 고립된 목숨과 구원자가 서로 기대는 구조로 되어 있지만 주인공은 역시 고립된 목숨이다. 마법사가 주인공은 아닌 것이다.

『사자왕 형제의 모험』에서 요나탄은 마법사이면서 구원자의 힘을 필요로 하는 고립된 목숨이다. 독재자 텡일을 물리치고 낭기열라에 해방을 가져왔지만, 이 싸움의 과정에서 요나탄은 마법사의 힘을 잃어버리고 말았다. 죽어가는 마법사를 이번에는 동생 카알이 업고 낭길리마라는 또다른 구원의 세계를 향해 뛰어내린다. 요나탄과 카알은 서로가 서로에게 구원자의 역할을 하고 있다. 『사자왕 형제의 모험』은 초능력을 가진 마법사에 의해 일방적으로 구원의 세계가 주어지는 이야기로 끝나지 않았다.

『사자왕 형제의 모험』과 비교할 때 『밥데기 죽데기』는 아쉬운 점이 많다. 늑대 할머니도 요나탄과 같이 마법사의 능력을 가진 목숨이면서 구원자를 필요로 하는 고립된 목숨이다. 늑대 할머니는 자신의 힘 전부를 다 쏟아 통일을 가져오게 하고, 자신은 정작 요나탄처럼 죽음의 길을 걷는다. 『밥데기 죽데기』에서 만들어낸 구원의 공간은 늑대 할머니라는 한 마법사의 전적인 희생을 바탕으로 이루어지게 되었다. 밥데기와 죽데기, 황새 아저씨가 돕긴 했지만, 늑대 할머니 혼자서 자신의 빛을 다 드러내고 만 이야기가 되어버렸다.

우리 동화가 가야 할 길

밥데기 죽데기는 이 땅의 어린이들을 상징하는 목숨이다. 그렇다면 카알이 요나탄을 업고 뛰어내려 둘 다 구원의 세계의 주인공이 되는 것처럼 밥데기 죽데기도 어떻게든 늑대 할머니를 위해 자신의 몸 전체를 던지는 어떤 행위를 해야만 하지 않았을까.

어린 카알이 마법사 요나탄을 업고 뛰어내려 결국 『사자왕 형제의 모험』은 마법사와 고립된 목숨이 다 같이 주인공이 되는 이야기로 거듭나게 되었다. 판타지 세계는 어느 한 목숨의 일방적인 희생을 바탕으로 한 세계는 아니다. 모든 목숨이 다 함께 거듭나는 세계다. 늑대 할머니가 다시 거듭난 목숨으로 부활하지 않는다면 새로 마련된 통일된 나라는 아직 온전한 판타지 세상이 될 수 없는 것이다.

밥데기와 죽데기가 늑대 할머니를 업고 뛰어내려 어떤 방식으로든 구원의 세계에 이르는 과정을 드러낼 수 있었다면 『밥데기 죽데기』도 마법사만의 이야기가 아니라, 마법사와 고립된 목숨이 다 같이 주인공이 되는 이야기가 되지 않았을까. 이렇게 되었다면 어린 독자들은 밥데기 죽데기에서 자신의 모습을 발견하고 가슴 깊은 곳에서 불같이 솟아나는 용기를 느끼지 않았을까. 그랬다면 『밥데기 죽데기』는 어린아이들에게 마법사의 이야기이면서 동시에 내 이야기가 되지 않았을까. 하여튼 『밥데기 죽데기』는 오늘 우리 아동문학 동네에서 살아가는 사람들에게 이런저런 이유로 판타지 동화가 가야 할 길을 자꾸 생각하게 하는 동화가 되었다.

『판타지 동화 세계』(사계절 2001)

李 在 馥 ● 아동문학평론가. 『우리 동화 바로 읽기』 『판타지 동화 세계』 『우리 동요 동시 이야기』 『우리 동화 이야기』 들을 냈다.

『몽실 언니』의 페미니즘적 분석

선안나

1. 페미니즘과 아동문학

근대의 서구적 주체는 확고한 자기중심성으로 모든 객체를 효용의 측면에서 파악하여 정복과 착취의 대상으로 삼아왔다. 제국주의에 의한 제3세계의 식민지화, 두 차례의 세계대전을 비롯한 크고 작은 전쟁들, 문명 발달과 반비례하여 파괴되어가는 자연 등은 자기중심적 주체의 욕망이 빚어낸 결과들이다.

맑스, 니체, 프로이트 등으로부터 출발한 근대적 주체에 대한 비판과 해체의 흐름에 페미니즘은 역동적으로 동참하게 된다. 근대적 주체란 곧 남성 주체에 다름 아니며, 상대적으로 억압당하고 배제된 대표적 타자가 여성이라는 인식에 도달한 것이다.

후기 근대에 주체는 더이상 고정 불변한 그 무엇이 아니다. 의식/인식/이성적 주체가 아니라 자신도 모르게 무의식에 조종당하거나, 이데올로기와 권력에 길들여지며, 상황에 따라 가면을 바꿔 쓰는 카니발적 주체로 말해진다. 다시 말해 주체란 다양한 헤게모니, 권력, 지식, 이데올로기 장치들이 작동하는 현실공간 속에서, 몸을 통한 경험과 기대에 의해 구성된 결과물일 뿐이다. 개인의 쎅슈얼리티(sexuality)[1] 역시 본질적인 것이 아니라, 사회문화적 주체화 과정 속에서 여성성(femininty) 혹은 남성성(masculinity)을 얻게 된다(gendered).

페미니즘 운동은, 현실 세계를 여성 주체에 대한 남성 주체의 체계적 지배 구조[2]로 보고, 여/남 평등한 사회의 구현을 궁극적인 목표로 삼는다. 페미니즘의 다양한 조류 가운데는 대단히 급진적인 분파가 있고, 기본적으로 현실적 토대의 개혁을 목표로 하는 정치성을 갖는 것도 사실이지만, 페미니즘을 단순히 여성/남성의 대립 구도로만 보는 것은 피상적인 이해이다. 넓은 의미에서 페미니즘은, 여성으로 대표될 수 있는 억압당하고 침묵하는 타자들의 권리 회복과 제자리 찾기를 통해, 현실공간을 조화로운 생명 에너지가 충만한 곳으로 가꾸고자 하는 일련의 유토피아 지향적 실천 행위를 포함한다. 이 글 역시 넓은 의미에서의 페미니즘적 관점에서 씌어졌다.

감각과 사유가 미분화된 유년기에 어떤 체험을 하였는가에 따라 개인의

---

1) 쎅슈얼리티는 19세기에 만들어진 용어로서, 성에 대한 태도나 규범, 이해, 가치관, 행동, 그리고 그에 관련된 사회·문화 제도를 모두 포함하는 광의의 개념이다.

2) 하이디 하트만 「자본주의, 가부장제, 성별분업」, 여성평우회 엮음 『제3세계 여성노동』, 창비 1985. 성별계층화는 원시사회로부터 출현하였다. 가족 내 여자와 아이 들의 노동을 통제하는 가부장적 체제는 자본주의 이전에 이미 형성되었고, 남자들은 위계조직과 통제기술을 익혀왔다. 성별 분업이 본격적으로 불평등화된 것은 문명사회로 들어서면서부터다. 자본주의의 출현은 모든 여성과 아이 들을 노동력으로 흡수하였고, 남성의 지배력을 강화시켰다. 성별 직업 분리는 자본주의 사회에서 여성에 대한 남성의 우월적 지위를 존속시켜주는 주요 메커니즘이다. 전문직은 남성에게, 단순직은 여성에게 배치함으로써 노동시장에서 여성에게 저임금을 강요한다. 저임금은 여성으로 하여금 결혼을 조장하게 하고, 여성은 남성에 의존하게 된다. 기혼 여성은 출퇴근 시간이 없는 종일제 가사노동을 하지만 이는 교환가치를 갖지 못하는 부분 노동으로 시장경제에서 제외되며, 노동시장에서의 여성의 예속적 지위는 가정에서의 예속적 지위를 강화시킨다. 여성에 대한 통제는 가정 안에서 남성에 의해 직접적으로 유지되고, 국가와 종교 같은 제도들에 의해 존속된다.

아비투스[3]가 형성된다. 즉 어린이의 몸은 특정 이데올로기를 내면화하여 미래를 담지하는 장소이므로, 특정 권력에 의한 이데올로기 주입이 가장 집중적으로 이루어질 수 있는 위험성이 있으며, 따라서 주체의 자유와 존엄성을 지키려는 노력 역시 가장 치열하게 이루어져야 할 공간이다.

가부장제 아래서 지나치게 양분된 현재의 고정적 성 역할은 여성/남성 모두를 억압한다. 이러한 왜곡된 현실을 반복 재생산하는 아동문학 텍스트는 기성 이데올로기를 전달하고 확산시키는 적극적 기능을 맡게 된다. 따라서 어린이의 바람직한 성 정체성 형성을 위해 아동문학의 페미니즘적 분석이 더욱 활발히 이루어져야만 할 것이다.

이 글의 분석 텍스트인 『몽실 언니』는, 해방 직후부터 한국전쟁 무렵을 주된 배경으로 삼아, 어린 소녀 몽실이 가혹한 현실을 견디고 이겨나가는 모습을 그리고 있다. 누구랄 것 없이 눈앞의 삶을 헤쳐나가기에 급급했던 시절이지만 남성과 여성, 어린이의 경험은 각각 다르게 나타나며 같은 어린이라도 남자아이와 여자아이의 경험은 또 차이를 보인다.

그렇다면 성 차이에 따른 경험의 차이는 과연 무엇을 의미하는가? 어린 나이에도 놀라운 모성적 능력을 발휘하는 몽실이처럼, 여성은 나이와 출산 여부에 관계없이 모성적인 존재인가? '가족'과 '사랑'이라는 친밀한 이름으로 행해지는 성차별과 폭력은 무시해도 좋은 것인가? 성차별은 성 차이만큼이나 자연적이고 본질적인 것인가?

---

3) 삐에르 부르디외 『구별짓기 ─ 문화와 취향의 사회학 上』, 새물결 1995, 11면. 이 말은 아리스토텔레스의 'hexis' 개념에서 발전된 것으로, 부르디외는 사회구조와 개인의 행위 사이의 인식론적 단절을 극복하는 매개적 메커니즘으로서 개념화한다. 즉 아비투스는 일정 방식의 행동과 인지, 감지와 판단의 성향체계로서 개인의 역사 속에서 개인들에 의해 내면화(구조화)되고 육화되며 또한 일상적 실천들을 구조화하는 양면적 메커니즘이라고 할 수 있다. 부르디외에 따르면 습관은 반복적, 기계적, 자동적, (생산적이기보다) 비생산적인 데 비해, 아비투스는 고도로 '생성적'이어서 스스로 변동을 겪으면서 조건화의 객관적 논리를 생산하는 경향이 있다.

텍스트를 읽으며 드는 자연스러운 의문을 먼저 제기하며, 텍스트 등장인물들의 행위와 심리를 통해 성 고정관념과 사회적 권력기제를 실제적으로 살펴보고자 한다. 아울러 이 텍스트가 어린이 독자에게 미칠 수 있는 영향[4]을 페미니즘의 관점에서 검토해보고, 현재와 연관하여 어린이책에서의 바람직한 성 정체성을 모색해보고자 하는 것이 이 글의 목적이자 방향이다.

2. 텍스트 분석

『몽실 언니』의 시간적 배경은 한국전쟁 전후이며, 결말 부분에서 30년을 건너뛰어 어른이 된 몽실과 그녀의 가족들 모습을 보여주는 형식을 취하고 있다.

공간적 배경은 한반도의 궁핍한 시골이며, 몽실의 가족은 당대 최하층 계급의 하나인 유민(流民)이다. 집과 농토를 잃고 타국에서 인간 이하의 취급을 받으며 살다 해방을 맞아 귀환한, 라디오에서만 '귀국동포'라고 부르는 사실상의 '일본 거지'이다.

당시 한반도의 무력한 백성을 착취한 계급은 다양한 층위로 규명될 수 있지만, 가장 근원적이고 집요했던 주체는 물론 제국주의 일본이다.

일반적으로 서구 제국주의 식민지 정책은 사회경제적 수탈을 기본 목적으로 하고, 항 식민지 독립운동이 아닌 한 피지배 민족의 민족보존운동이나 민족문화운동에 대해서는 방관적인 태도를 취했다. 이에 비해 일제는 직접적인 지배 방식을 채택한 위에 철저한 민족말살정책을 펴 한국인을 총체적으로 일본 제국 내의 천민층으로 만들려 하였다.[5]

....

4) 『몽실 언니』는 1984년 초판을 발행한 이래 2001년 현재까지 개정 40쇄를 넘어섰으며, 각종 추천 도서 목록에서 빠지지 않고 있다.

그 가운데 일제 식민지의 여성 정책[6]을 중심적으로 살펴보면 다음과 같다.

첫째 민족정신 말살의 차원에서, 일본인에 비해 우월 의식의 기조로 작용하는 여성의 정절관을 파괴하는 정책을 썼고, 둘째 한국인을 우민화·노예화하기 위하여 식민지 여성교육을 통해 한국인 2세를 식민지적 황국신민으로 배양코자 하였다.[7] 셋째 일제 군국주의 발전을 위한 노동력 확보를 목적으로 하는 양잠·제사 등 저급한 실업교육을 전국적 규모로 확대해갔으며, 넷째 일본인 노동자의 4분의 1도 못되는 저임금으로 여성 노동력을 수탈하였다.

동시대를 살아도 각 주체가 처한 물질적 토대에 따라 경험은 다르게 나타난다. 몽실과 그 주변 인물들은 당대 권력 층위의 맨 밑바닥에 놓인 처지였으므로 현실이 그만치 가혹했을 것임을 알 수 있다.

굶주림에 지친 몽실 어머니가 남편을 버린 일, 몽실 아버지가 군대에서 부상을 입고 돌아와 끝내 죽게 된 일, 핏덩이 의붓동생을 어린 몽실이 키워야 했던 일 등, 몽실의 지난(至難)한 개인사는 일제의 한반도 착취와 직접

5) 신용하 「일제의 민족말살정책과 민족문제」, 인하대학교 40주년 기념 제2회 한국학학술대회자료집 『해방 50주년, 세계 속의 한국학』, 44~45면.
6) 노영택 「일제의 식민지여성정책과 민족문제(토론 1)」, 남인숙 외 『여성과 한민족』, 학문출판 1996, 41면. 일제하에서 공창제(公娼制)가 합법적으로 존재하여 매춘이 합법화되었다. 유곽이라 칭하는 공창제는 여성의 신체와 생활 그리고 인격을 구속함으로써 이루어지는 조직적 국가관리의 매춘제이다. 또 대륙병참기지화정책에 따라 중화학공업정책이 추진되면서 여성 노동자들이 대거 직장을 상실하게 되었고, 이로 인한 매춘 등 창기의 급증 현상이 나타났다. 여성들의 군대위안부 역시 일제하의 대표적인 야만적 정책이다.
7) 박용옥 『여성과 한민족』, 36~37면. 일제하 한국인 교육은 최악의 상태였다. 1919년 5월말 한국 아동 취학률은 3.7%인 데 반해 국내 거주 일본인 아동 취학률은 92%였다. 여학생들은 더욱 차별을 받았다. 여자고보의 수업 연한은 남학생보다 1년 짧은 4년이었으며, 신교육령은 학령이 넘은 여아의 입학을 허가하지 않았다.
    노영택 『여성과 한민족』, 44면. 1930년도 국세조사에 의하면 한국인의 문맹률은 여성의 경우 92%였는데 도시의 여성을 제하면 농촌여성의 문맹률은 그보다 더 높았다.

적으로 연관되어 있다.

『몽실 언니』는 동화 장르를 통해 한반도의 특정 시기를 생생하게 증언하며, 모성적 힘으로 현실을 극복해간 어린 소녀의 인간 승리를 보여준다.

그러나 페미니즘의 입장에서 볼 때 『몽실 언니』를 단순히 감동적인 휴먼스토리로만 읽을 수는 없다. 몽실 언니는 자신보다 가족을 위해 살았던 수많은 '누이'들의 분신이기 때문이다. 전통적으로 한국 여성들은 남성들과의 관계 속에서 정체성을 부여받아왔다. 아들 율곡을 훌륭한 인재로 키운 '현모' 신사임당, 온달을 성취시킨 '양처' 평강공주, 아버지를 위해 인당수에 몸을 던진 '효녀' 심청, 왜장을 안고 몸을 던진 '의기' 논개, 그리고 헤아릴 수 없는 '열녀'와 '효부' 들. 그리고 비교적 근대에 와서는 공장과 술집에서 몸과 영혼을 소모한 대가로 남자 형제들을 성공시킨 누이들의 신화까지, 남성의 관점에서 장려된 여성 이미지만 만연해왔다.

전통 한국사회에서 여성이 자신을 실현할 수 있는 길은 기생이 되거나, 아니면 지배계급이 장려하는 '역할'을 적극 내면화하여 제도 속에서 일정한 보상을 받는 길밖에 없었다. 능력 여부에 관계없이 과거시험의 기회조차 애초에 박탈당한 타고난 '이류 백성'이었기 때문이다.

지금은 현실이 달라졌는가?

많은 여성들이 자아를 실현하고 있는 것처럼 보이지만, 직종과 역할을 분석하면 성 역할의 불균형은 금세 드러난다. 능력있는 소수의 여성이 몇 배의 노력을 통해 남성 사회에 조금 더 편입한 것은 근본적인 성차별 해소의 지표가 되지 못한다.

단지 여아라는 이유로 태아의 살해가 지속적으로 이루어지는 것이 현재 우리 사회의 단면이며, 몽실의 신화는 결코 끝난 것으로 보이지 않는다. 가족의 테두리가 견고한 동안은 별문제가 없을지 모르나, 어떤 이유로 가정이 해체될 경우 또다른 몽실의 신화가 반복될 가능성은 계속 남아 있다. 성 역할 분리와 성차별은 너무나 오랜 세월 동안 가장 사적이고 친밀한 영역에서 이루어져왔기 때문에, 하나의 자명한 독싸(doxa)[8] 원리로서 사회구성원들에게 여전히 내면화되어 전해지고 있기 때문이다.

『몽실 언니』의 등장인물들에게서도 내면화된 고정적 성의식을 엿볼 수 있다. 인물들의 행위와 관계를 중심으로 자세히 살펴보자.

1) 상황 윤리적 주체——어머니, 할머니, 아주머니들

몽실 어머니 밀양댁이 집에서 도망을 치게 된 데는 아들 종호의 죽음이 직접적인 계기가 된다. 근원적 원인은 지겨운 굶주림과 가난에 있었지만, '집안의 대를 잇는' 아들이 살아 있었다면 아마 일어나지 않았을 일이었다. 딸 몽실의 존재는 그다지 문제되지 않는다. 딸이란 시집가기 전에는 가사노동에 도움을 주는 노동력이고, 나이가 차면 '출가외인'이 될 터이므로 어차피 노후를 의탁할 관계는 아닌 것이다.

명분보다 경제 논리에 따라 남편을 바꾸는 밀양댁의 모습은 무정부 시대 가족 해체의 혼란기 상황을 반영한다.

여성 주체의 자립이 허용되지 않고 남성 주체에 의존한 삶을 살도록 만들어진 사회구조 속에서 남성이 생계를 책임지지 못하는 상황이 발생하자

----

8) 삐에르 부르디외는 문화 형태의 분류를 당연한 것으로 받아들인 형태(doxa), 도전적 변형(heterodoxy), 그리고 그러한 도전에 대응하는 방어적 형태(orthodoxy)로 구분한다. 독싸(doxa)의 세계는 좀처럼 의식적 사고의 대상이 되지 않는다. 극단적 변동의 과정에서 이단적 논쟁을 포함한 정치적 논쟁의 총체적 구성 자체가 해체될 때에만 독싸의 정체는 밝혀진다.
그림으로 나타내면 다음과 같다.

doxa: 토론되지 않은 세계(논쟁 이전)	
의견 opinion	
이단 heterodoxy	정통 orthodoxy
담화의 세계(논쟁과 토론)	

여성은 자신의 생존을 책임질 또다른 남성 주체를 찾게 된다. 생존 자체에 위기를 느끼는 하층계급 여성에게 정절과 같은 명분은 그다지 큰 구속력을 갖지 못한다.

밀양댁의 교환가치는 '몸'이다. 교환 주체에게 '씨받이'로서의 기능은 중요하게 고려된다. 자신의 몸과 생계를 거래한다는 점에서 밀양댁과 양공주 서금년의 존재양식은 크게 다를 바 없다.

밀양댁은 생계를 보장받는 대가로 예속된 주체로 살아가게 된다. 그녀는 남편의 폭력으로부터 자신을 보호하지 못하고 딸을 지켜주지도 못한다. 남편의 폭력으로 몽실의 다리가 부러졌지만, 저항은커녕 "몽실아, 참아라. 시끄럽게 굴면 아버지가 또 야단을 칠 거다"[9]라며 몽실에게 고통을 참을 것을 요구할 뿐 치료해줄 엄두도 내지 못한다.

결국 몽실은 그 집을 떠나야만 되는 상황에 처하고, 밀양댁은 딸을 포기한다. 그녀는 이미 김씨 집안의 대를 이을 아들을 낳은 몸인 것이다. 아들 영득이는 그녀의 현재적 삶의 안전한 기반이자, 미래에의 보장이기도 하다. 딸에 대한 모정으로 가슴 아프게 울지만, 그녀는 딸 때문에 자신의 삶을 위험에 빠뜨리지는 않는다.

밀양댁의 이러한 상황 윤리적 태도는, 몽실이 나중에 배다른 동생 난남이를 업고 찾아갔을 때 다시 확인된다. 밀양댁은 자신이 낳은 아기에게는 젖을 먹이면서, 굶주려 뼈만 남은 난남이는 꼭 필요하지 않으면 못 본 척하는 것이다. 여성들의 한계로 지적되곤 하는 편협한 가족주의를 확인할 수 있는 장면이다. 자신의 핏줄에 대해서는 동물적으로 감싸고 보호하면서, 타자에 대해 무관심하거나 냉담한 것은 일부 여성 주체들의 극복 과제라 하겠다.

---

9) 권정생 『몽실 언니』(개정 1판), 창비 1990, 29면.

김씨 할머니의 경우도 상황 윤리적이긴 마찬가지다.

손자가 태어나기 전에는 친할머니처럼 몽실에게 다정하다가, 자신의 핏줄인 손자가 태어나자 하루아침에 몽실을 천덕꾸러기로 취급한다. 며느리인 밀양댁은 '귀한 손자를 돌봐야' 하므로, 몽실에게 청소와 빨래와 온갖 심부름을 시켜 잠시 쉴 틈도 주지 않는다. 그리고 아들의 폭력에 몽실의 다리가 부러졌는데도 눈 하나 깜짝하지 않는다.

밀양댁에 대한 태도 역시 마찬가지다. 배 속에 있는 아기에게 이로워 잉어를 고아 먹이는 정성을 보이는 반면, 아들이 며느리에게 휘두르는 폭력에는 아무 반응을 보이지 않는다. 자신의 핏줄인 아들 손자와 관계되지 않는다면, 며느리 역시 아무렇게나 해도 상관없는 타자인 것이다.

동네 아주머니들 역시 가부장제 이데올로기에 길들여진 주체로서, 밀양댁의 개가에 관한 악의에 찬 언사로 몽실을 괴롭힌다. '남편 버리고 시집간 년'의 딸인 몽실은 동네 아주머니들의 입방아에 무던히 오르내려야 했고, 심지어는 친한 동무의 입에서까지 '화냥년의 딸'이라는 말을 듣는다.

가부장제 사회에서 결혼하기 전 여성의 성은 '처녀'로서 남성들 사이에 교환가치를 갖지만, 일단 결혼한 여성은 철저히 교환에서 배제되어 개인의 소유가 된다. 그래야만 사회의 질서가 유지되기 때문이다. 따라서 기혼 여성에게는 '어머니'의 정체성밖에 허용되지 않는다. 그녀 자신의 성-욕망-경험은 지워져야만 한다.[10]

그런데 밀양댁은 전통적 정체성을 거부하고 자신의 욕망에 따라 개가를 하였다. 그 원인이 무엇이든 기존 체제의 질서를 위협하는 행위임이 분명하다. 그에 대한 응징은 남성들이 나설 필요도 없이 같은 여성들에 의해 이루어진다. 화냥년을 경멸하고 욕하는 것으로 동네 아낙들은 자신의 정결

---

10) 뤼스 이리가라이 「시장에 나온 여인들」, 한국영미문학페미니즘학회 엮음 『페미니즘, 어제와 오늘』, 민음사 2000, 188면.

함에 자긍심을 가지며 고단한 현실을 위안한다.

어린 몽실에게 독한 언어들을 던지는 동네 아낙들의 모습은 상처입은 동족을 집중 공격하는 동물의 가학성을 연상시키며, 내면의 울증을 타자에 공격적으로 투사하는 병리학적 징후로 해석된다.

밀양댁, 할머니, 동네 아낙들은 특수한 사람들이 아니다. 어떤 이해관계가 발생하기 전에는 타자에 너그럽기도 하고 인정도 있다. 그러나 자신이 처한 상황에 따라 극도로 이기적으로 되기도 하는 상황 윤리적 주체들이다. 성숙한 자아 정체성이 확립되어 있지 않기에, 상황에 따라 별다른 갈등 없이 쉽게 태도를 바꾸는 것이다.

그녀들에게서 가부장제의 여성 이데올로기를 쉽게 내면화한 '길들여진' 주체를 볼 수 있다. 그녀들은 억압당한 자신의 욕망을 뒤틀린 방법으로 같은 약자인 여성에 투사·해소함으로써, 여성 스스로를 비하하고 성차별 강화에 기여한다. 여성에 대한 구조적 억압이 같은 여성들의 자발적인 참여에 의해 유지, 재생산, 강화되고 있는 것이다.

2) 부재 혹은 미숙한 주체——아버지들

몽실의 친아버지인 정씨와 의붓아버지 김씨는 공통점이 있다. "술 취하고 때린다는 것이 둘이 꼭 같다."[11]

'여자와 북어는 사흘에 한 번씩 두들겨 패야 한다'는 우리 속담에서 알 수 있듯이, 근대 한국사회에서 여성이나 어린이에 대한 남성의 폭력은 흔히 있을 수 있는 일이었으며, 남의 가정사는 보아도 못 본 척하는 것이 또한 상례였다. 남성의 폭력은 그 자체로 남성다움의 지표로 인식되면서 암묵적으로 용인되어왔다.

---

11) 권정생, 앞의 책, 50면.

'남성다움'이란 남성으로 태어난 인간이 마땅히 갖추어야 할 기질과 자격, 해야 할 도리 등을 가리키는 단어로서 구실의 수행과 직결된 개념이다.[12]

낸시 초도로우(Nancy Chodorow)는 오이디푸스 전 단계 유아의 양육을 어머니가 담당함으로써 유아들의 성 역할 사회화에 결정적인 영향을 미친다는 사실을 주시하였다. 즉 양성적이던 유아의 성이 엄마의 양육 태도에 따라 여성/남성으로 분할되기 시작한다는 것이다.

초도로우에 따르면 엄마는 딸에게 엄마로서의 역할 모델을 충분히 보임으로써 엄마 노릇을 하기에 적합한 심성과 자질을 만들어놓는 반면, 아들에게는 이러한 자질과 심성이 자라는 것을 막고 자신으로부터의 분리를 장려한다. 따라서 타인과의 관계 지향적 특성을 보이는 여아와는 달리, 남아의 경우는 개별성 내지 타자성을 강조함으로써 일찍이 공생관계를 종결지으려는 경향을 갖게 된다고 한다.

동일시의 모델이 항상 곁에 있는 딸들과는 달리, 아버지는 가정에 머무는 시간이 짧고 일에 몰두해 있는 경우가 많기 때문에 아들은 남성 정체감을 형성하는 데 어려움을 겪게 된다. 따라서 '인격적 동일시'가 아닌 추상적이고 간접적인 '위치적 동일시'를 통하여 남성됨을 배워나간다.

구체적 아버지와 관계를 맺지 못하게 될수록 아들은 어머니의 기대나 또래집단의 영향, 또는 매스컴을 통하여 간접적 지식으로서 '남성다움'이 무엇인지 추측하고 배워가는데, 그러다 보니 '남성다움'의 내용을 잘 알지 못하여 '반(反)여성다움'을 남성다운 것으로 규정하거나, 정형화된 남성상에 집착하는 경향을 보이게 된다. 즉 어머니로부터 스스로를 과도하게 분리시키거나 여성을 비하함으로써 자신의 남성성이 확립된다고 믿는 것이다.[13]

---

12) 조혜정 『한국의 여성과 남성』, 문학과지성사 1988, 253면.

아내와 딸에게 쉽게 폭력을 휘두르는 몽실의 두 아버지는, 여성을 함부로 취급함으로써 자신의 남성성을 과시하는 미숙한 남성 주체들이다.

며느리에 대한 폭력에 무반응인 김씨 할머니의 모습은, 아들에 대한 어머니의 양육 태도가 어땠나를 여실히 보여준다. 여자를 때리는 것은 여자답지 않다는 방증이므로, 여성에 대한 아들의 폭력은 어머니에 의해 방조·조장된다.

그런데 김씨의 폭력이 경제권을 쥔 가장으로서의 하나의 권력 행사라면, 몽실의 친아버지 정씨의 폭력은 '마치스모'(machismo)[14]적 성격을 띤다. 아내에 대한 습관적 폭력이 '남자로서' 가족들의 생계를 책임지지 못하는 자괴감의 투사였다면, 가족의 생존을 위해 구걸을 나서려는 몽실에 대한 폭행은 총체적인 열패감의 표출이다.

> 정씨는 깡통과 철사 토막을 보고 얼굴빛이 변했다.
>
> "끈을 달아서 무엇에 쓰려니?"
>
> "밥 얻으러 가겠어요. 난남이가 가엾잖아요."
>
> 순간 정씨는 깡통을 들고 부들부들 떨었다.
>
> "닥쳐!"
>
> 고함소리와 함께 깡통이 문밖으로 날아갔다.
>
> "아버지……!"

---

13) 조혜정, 같은 책, 247~48면.

14) 조혜정, 같은 책, 255면. 마치스모(machismo)란 자신의 남성다움에 자신을 잃어 불안해진 남성들이 여성을 성적으로 정복하거나 폭력을 쓰거나 여성들이 하지 못(안)하는 무모한 짓을 함으로써 자신이 남자인 것을 과시·과장하고 수시로 확인해보는 행위를 말한다. 이 말의 발생지인 라틴 아메리카의 마치스모 현상은 급격한 도시화와 강력한 국가 행정의 부상으로 갑자기 자치권을 잃은 농촌의 남성들에게 흔히 나타나는 것으로, '남성'에 대한 이미지는 그대로 남아 있으나 그 이미지가 실제로 뒷받침을 받지 못하기 때문에 생기는 갈등에서 비롯한다.

"망할 것아, 너희 에미를 닮았느냐? 그 화냥년의 에미 때문에 내가 이 모양이 된 거야, 그년이, 그년이…… 날 망쳐놓은 게다……"

정씨는 분을 이기지 못해 옆으로 쓰러졌다. 몽실은 급히 다가서서 아버지를 부축하려 했다. 어깨를 부축해 일으키려 하는데, 정씨는 고개를 들면서 주먹으로 몽실의 뺨을 후려쳤다.[15]

'거칢' '지배력' '경제력' 등 도구적 주체로서의 '남성다움'에 대한 고정관념은 남성들에게 심리적 부담을 주며 솔직한 자신이 되는 것을 어렵게 한다. 성 역할의 분할이 엄격할수록 '여성다움'과 '남성다움'에 대한 고정관념도 크며 그만큼 양성 모두에게 가해지는 억압도 심해진다.

그런데 성 정체성 습득은 부모와의 동일시만이 아니라 전 사회적 차원에서 광범위하게 이루어지기 때문에 개인이 고정된 성 개념을 거부하기란 어렵다. 친척, 이웃, 또래집단, 교육, 매스컴 등 전반적인 문화가 여성/남성의 정체성에 관한 스테레오타입을 지속적으로 반복 주입하기 때문이다.

몽실의 두 아버지도 성숙한 남성 정체성을 획득하지 못하고, '주변의 남성들이 흔히 그러듯' 여성들에게 쉽게 폭력을 휘두르고 그에 대한 죄의식을 느끼지 못한다. 삼종지도(三從之道)의 이데올로기에 길들여진 여성 주체들은 오직 참고 견디며, 자녀들을 기존 사회 문화가 요구하는 성 주체로 기르는 데 힘을 쏟는다.

3) 타자 수용적·모성적 주체——몽실이

텍스트는 몽실의 7세부터 11세까지의 삶을 집중적으로 다루고 있다.

'일본 거지'라는 가족의 정체성, 병으로 인한 동생 종호의 죽음, 아버지

---

15) 권정생, 앞의 책, 186~87면.

의 잦은 음주와 폭력 등으로 미루어 볼 때, 어머니가 개가를 하기 전에도 몽실의 가족은 단란하고 행복한 이미지와 거리가 멀다.

그래도 부모 슬하에 있는 동안은 몽실이도 보호 대상인 '어린아이'로 지낼 수 있었다. 그러나 몽실의 유년기는 8세에 끝이 난다. 밀양댁이 의붓동생 영득을 낳는 순간, 몽실은 더이상 '보호 대상'이 아닌 '노동력'으로 인지된다.

가부장제의 성 역할 분할 이데올로기는, 아들은 '미래의 생계 책임자'로, 딸은 즉각적인 '생계의 보조자'로 인식하게 한다.[16]

김씨 집안의 핏줄인 손자가 태어나자, 모호하던 의붓딸 몽실의 타자로서의 정체성은 분명해진다. 몽실의 노동은 '타자의 양육'에 대해 응당 지불받아야 할 대가인 것이다.

이때부터 몽실은 '꼬마 엄마'(small mother or little mother)[17]로서 가사를 돌보고 가족을 보살피는 삶을 살게 된다. 인생의 유년기를 박탈당하고, 보호와 양육을 받지 못한 채 책임과 의무만을 떠맡게 된 것이다.

모든 면에서 열등한 존재인 어린이로서, 자신과 가족의 생존 자체가 지상 과제인 만큼 『몽실 언니』에는 성인 소설에서 볼 수 있는 예민한 자의식이나 분열, 집착, 욕망 들이 나타나지 않는다. 현실 대응력이 결여된 무력한 모습 그대로, 그러나 몽실은 끈질긴 생명 의지와 본능적 생존 감각으로 자신의 운명을 헤쳐나간다. 끝없는 고통을 당하면서도 결코 부정적 감정을 투사하지 않고 모든 것을 감싸안는다.

몽실의 이러한 성격은 표면적으로 볼 때 자신의 욕망을 추구하고 표현할 수 없었던 환경적 요인이 '순응적 주체'로 길들인 면모가 강하다.

---

16) 조은·이정옥·조주현 『근대가족의 변모와 여성문제』, 서울대출판부 1997, 49면.
17) 조은·이정옥·조주현, 같은 책, 같은 면. 영국의 하층노동자계급에서, 어머니 대신 끝없이 가사를 돌보고 동생을 돌보았던 아이들을 일컫는 말이다.

몽실은 할머니와 김씨의 '눈치'를 보느라 밥조차 혼자 부엌 구석에서 몰래 '훔쳐 먹듯' 하며 살다가, 그 어린 나이에 어머니의 마음을 '읽'고 순순히 집을 떠난다.

어머니와 헤어져 어떻게 혼자서 간단 말인가? 그리고 귀여운 동생 영득이를 두고서 어떻게 가나?
그때 잠자코 있던 밀양댁이 몽실이 곁으로 다가왔다.
"몽실아……"
밀양댁은 몽실의 머리를 조용히 쓰다듬었다.
"……고모하고 같이 아버지한테 가거라."
"엄마……"
몽실은 왠지 눈물이 싹 가시어버렸다. 밀양댁의 얼굴을 찬찬히 쳐다보고 나서 아주 분명한 목소리로 말했다.
"이담에 엄마한테 놀러 와도 되지?" [18]

현실을 체계적으로 분석하고 비판하는 능력은 없지만, 몽실은 본능적으로 타인들이 진정 원하는 바를 알아채며 그들이 바라는 것을 주고자 한다. 무력한 주체로서 그 길이 최선의 생존 방식임을 일찍 파악한 것이다.
그러나 몽실은 자의식이 결여되어 있거나 상황 윤리적인 주체는 아니다. 자기중심주의의 욕망이 없을 뿐, 타자의 윤리가 아닌 자신의 마음이 가르치는 바를 따라 꿋꿋이 행동한다.
즉 몽실의 타자 수용적/모성적 성격은 순응적 주체로 길들여진 면모가 없잖아 있지만, 더 본질적인 이유는 그녀의 넘치는 모성적 자질에서 비롯

---

18) 권정생; 앞의 책, 39면.

됨을 알 수 있다.

몽실은 어린 나이에도 타자를 배려하고 감싸안는 놀라운 모성적 능력을 보여준다. 제대로 먹지 못하고 여위어가는 새어머니를 위해 친구네 집에서 주는 쑥떡을 먹지 않고 집으로 가져간다. "난 먹었어요. 그러니 어머니 잡수세요." 친어머니 밀양댁의 출산 과정을 본 터라, 만삭인 새어머니에게도 잉어를 고아드리고 싶어하고, 쌀과 미역을 준비해놓기도 하는 몽실의 모습은 딸이라기보다 어머니 같다.

그러다 새어머니가 아기를 낳고 숨지자, 몽실은 명실상부한 꼬마 엄마가 된다. 아기가 먹을 것을 구하느라 늘 힘겹고, 아기가 배부르게 먹을 때 즐거워하며, 자나깨나 아기를 떼어놓지 못하는 모습은 전형적인 모성의 면모다. 나중에 밀양댁마저 숨지자 몽실은 '그쪽'의 두 동생 때문에 또 노심초사한다.

그런데 몽실의 모성적 에너지는 자신의 핏줄에게만 한정되지 않는다. 공비를 지키는 아버지가 춥지 않도록 한밤중에 화로에 숯불을 담아 갖다 주면서, 한편으로는 산속에서 춥고 배고플 공비들의 처지를 가슴 아파한다. 또 한번은 어느 양공주가 낳아 쓰레기더미에 버린 검둥이 아기를 필사적으로 보호하기도 한다.

몽실은 다급하게 아기를 덥석 보듬어 안았다. 강아지처럼 새까만 덩어리가 손에 말캉거리며 집혔다.

"넌, 대체 누구냐? 그 새끼 내려놔!"

"웬 계집애가, 정신 있냐?"

몽실은 얼른 아기를 치마 속에 감추고는 사람들의 틈을 비집고 빠져나왔다. 사람들은 줄곧 무언가 소리지르며 욕지거리를 해댔다. 몽실은 열 걸음쯤 달아나서는 사람들을 향해 돌아섰다. 그러곤 애원하듯이 꾸짖듯이 말했다.

　"그러지 말아요. 누구라도, 누구라도 배고프면 화냥년도 되고, 양공주
도 되는 거여요."

　사람들은 몽실이 하는 말에 잠시 입을 다물었다. 몽실은 재빨리 아기를
안고 도망치기 시작했다.[19]

　어린 소녀라고 믿어지지 않을 만큼 크나큰 모성성이다. 그녀는 자발적
으로 흘러넘치는 모성적 에너지를 타자에 쏟아 붓는 것으로 자신의 몸과
마음을 쓴다.

　이러한 '허여성'(許與性)[20]과 보살핌의 윤리[21]는 값을 매길 수 없는 가치
로, 모든 것을 교환 대상으로 여기는 자본주의 경제의 비인간적인 삶에 대
비되는, 타자와 더불어 공존할 대안적 삶의 원리를 보여준다.

　그런데 문제는, 이러한 허여성이 이기적 주체에게 착취당할 위험 앞에
항상 노출되어 있다는 것이다. 자연과 어머니는 가격이 매개되지 않은 '공
짜'라는 점에서 지금까지 지나치게 에너지를 착취당해온 반면, 포피
(envelope)[22]로 여겨져 온갖 쓰레기와 폐기물의 방출 장소가 되어왔다.

19) 권정생, 앞의 책, 169면.

20) 한국영미문학페미니즘학회 엮음, 앞의 책. 엘렌 씩쑤(Helene Cixous)는 「거세냐 참수냐」에서
　　고유성 개념이 남성에게 고유한 것임을 주장하였다. 고유성(proper), 고유자질(property) 같은 단
　　어들은 자기동일성, 자기중식, 월권적 지배를 강조하게 된다. 고유성과 귀속을 주장하게 되면 분
　　류화, 위계화, 위계질서화라는 남성적 집착으로 귀결된다. 이에 비해 씩쑤는 '허여성을 여성의
　　고유자질로 보았다. "그녀는 자신이 소비한 것을 되돌려 받으려고 애쓰지 않는다. (…) 만약 여성
　　만이 가질 수 있는 고유한 자아가 있다면 그것은 역설적으로 아무 이익도 추구하지 않고 스스로
　　를 탈고유화시킬 수 있는 능력일 것이다."

21) 캐롤 길리건(Carol Gilligan)의 용어이다. 남성들에 있어서는 사회적 정의와 권리에서 도덕의 기
　　준이 설정되는 데 반해 여성들의 경우에는 인간관계의 핵심인 관계맺음, 보살핌, 남에의 배려에
　　기준을 둔다. 그렇기 때문에 여성은 남성과의 삶 속에서 개별자가 아닌 관계 속의 자아, 즉 양육
　　자 또는 보조자로서의 위치를 통해 규정된다는 것이다.

가부장제는 '모성 이데올로기'를 통해 여성의 종속을 강화해왔다. 여성의 출산 능력이라는 생물학적 특징을 바탕으로 자녀 돌보기, 남자와 연장자를 포함한 다른 사람들에 대한 보살핌, 정서적 안정을 제공하는 능력 등을 여성의 고유한 본성으로 규정해왔다. 따라서 여성은 아이를 낳은 사람이건 아니건 모성적 자질을 본질적 역할로 가진 (또는 가져야 할) 주체로 간주되며, 그러한 이데올로기를 통해 여성들은 모성적 주체로 구성되어왔다.[23]

다시 말해 모성 이데올로기는 여성의 희생을 본질적이고 운명적인 것으로 믿게 하여 가족에 대한 여성의 종속을 영속화하고, 여성들은 '사랑'이라는 이름으로 이를 기꺼이 내면화해왔다. 모성 이데올로기는 여성의 개별성을 인정하지 않으며, 획일적 통념에서 벗어난 여성들에게 비난과 압력을 가한다. 여성이 사회적으로 어떤 위치에 있든지간에 모성 이데올로기는 항상 그림자로서 함께 따라다니며, 외적·내적으로 여성 억압의 기제로 작용한다.

자기중심적·이기적 주체들의 폭력이 횡행하던 시대에, 무력한 어린이로서 고통을 묵묵히 견디며, 그런 가운데서도 타자를 품으며 안간힘을 다해 생명을 돌보는 몽실에게서 나이와 상관없이 위대한 모성적 사랑을 볼 수 있다. 이러한 사랑이야말로 수난기에 자신과 가족을 지킨 힘이며, 피폐한 삶에 온기를 불어넣는 아름다움의 진원지이다.

그러나 현실적 삶이 여성에게 불리한 조건으로 구성되어 있고, 개별 주체의 각성이 따르지 않은 상태에서 만연하는 희생과 사랑의 기표는, 상대

<hr>

22) 포피란 자기 고유의 자리를 확보하지 못해 주체가 되지 못한 채, 타자를 닮는 용기나 타자를 위한 사물 상태 ─ 이것은 여성이 그동안 존재해온 방식과 일맥상통한다 ─ 를 일컫는 뤼스 이리가라이의 용어이다.

23) 김현숙·김수진 「영화 속의 모성, 영화 밖의 모성」, 심영희 엮음 『모성의 담론과 현실』, 나남 1999, 280면.

적으로 무력한 여성 주체의 종속을 정당화하는 기제로 작용할 수 있음을
경계하지 않을 수 없다.

3. 조화로운 삶터를 위하여

『몽실 언니』는 한반도의 특정 시기를 배경으로 한 어린 소녀의 삶을 사
실적으로 재현한 동시에, 어린아이의 순수성과 어머니의 모성성이라는 원
형적 이미지를 성공적으로 결합하여 보편성을 확보하였다.

정신분석학적으로 볼 때 순수성과 모성성은 아버지의 질서로 칭할 수
있는 상징계보다는 상상계 혹은 기호계의 개념에 좀더 가깝다. 줄리아 크
리스테바(Julia Kristeva)에게 있어 억압된 기호계의 흔적을 재현하는 과정
은 정신 치료의 과정이기도 하다. 세헤라자드(Scheherazade)의 천 일 밤
이야기를 통해 마음의 병을 치료한 왕의 사례는, 기호계의 흔적 재현을 통
한 일련의 심리 치료 과정으로 풀이할 수 있다. 『몽실 언니』가 지속적인 생
명력을 갖는 이유도, 일반적으로 말하는 역사성 때문이라기보다 인간의
무의식을 움직이는 기호계의 지표를 지녔기 때문으로 볼 수도 있다. 여성/
남성의 분할을 초월한 '사랑'의 에너지가 텍스트에서 유출되어 독자의 가
슴으로 부드럽게 흘러들어 메마름과 상처를 치유하기 때문이다.

그럼에도 불구하고 어린 몽실이 사랑의 힘으로 가족을 지켜간다는 스토
리는, 나이와 관계없이 여성의 본질을 모성성으로 규정하는 종래의 모성
이데올로기의 반복 재생산이라는 점에서 우려되는 측면이 있다.

기존 체제를 재현하여 현실의 부조리함을 보여줌으로써 얻어지는 고발
적 효과도 있겠지만, 비판력이 발달되지 않은 어린 독자들이 등장인물들
의 성 역할을 그대로 내면화할 가능성도 높기 때문이다.

이 텍스트에 등장하는 여성들은 '제도순응적' 주체와 '사랑과 희생'의 주체로 한정되어 나타난다. 둘 다 가족(남성)과의 관계 속에서만 의미가 강조된다. 여성들이 가진 다양한 가능성은 나타나지 않는다. 여아로서 몽실 자신의 고유한 몸/자아/경험은 지워지고 없고, 가족과의 '관계' 속에서만 주체가 드러난다.

『몽실 언니』가 한국 아동문학사의 드문 걸작 가운데 하나임은 분명하다. 그러나 페미니즘의 관점에서는 어린이들에게 기존의 성 역할 이미지를 재생산한 텍스트의 지속적인 권장보다는, 균형있고 성숙한 성 역할 이미지를 새롭게 창출하여 보여주는 미래지향적 텍스트가 권장된다. 딸들에게 사랑과 희생의 테마를 넘어 자유와 희열의 주제를 노래하게 해야 하며, 아들들 역시 추상적 남성 이미지를 벗어던지고 고유한 자신을 표현하게 해야 한다. 여/남 모두 추상적·고정적 성 관념을 깨뜨리고, 개별 주체─자신의 몸과 욕망과 경험을 표현하고 나눌 수 있도록 해야 한다.

늘 새로 태어나는 신인류인 어린이들에게, 아동문학은 온갖 이데올로기가 침잠된 기존 이미지들을 반복 재현하기보다, 갓 창조된 세상처럼 신선하고 생명력이 넘치는 온전한 이미지들을 구성해 보일 필요가 있다. 좀더 자유롭고 아름답고 성숙한 주체의 제시를 통해, 인간 존재의 긍정적 가능성을 계속 열어놓아야 한다.

---

24) 켈리 올리버 『크리스테바 읽기』, 시와반시 1997. '코라'는 이론에 필요한 개념을 채우는 데 사용되는 이미지로 작용하기도 하고, 태아의 첫 의미화 과정들의 육체적 자리를 특별히 정의하는 자궁학으로부터 온 기능적 용어, '코리온'(chorion)으로 작용하기도 한다. 코리온은 자궁 속의 태아를 둘러싼 막을 의미한다. 이 막은 두 개의 생리학적 속성을 갖는다. 첫째는 어머니의 육체 구조가 끝나고 태아의 육체 구조가 시작되는 동일한 장소로 여겨질 수 있다. 둘째는 의미화의 가장 초기의, 최초의 과정들이 일어나는 곳이다. 착상된 태아는 어머니의 피로 중요한 호르몬 신호를 보내는데, 이 호르몬 신호는 월경을 막고 태아의 상실을 방지한다. 이처럼 코리온은 어머니 속에 있는 타자의 기호계적 공간을 한정한다. 그리고 이것의 이중구조 내에서 태아와 어머니(타자) 사이의 통신이 이루어진다.

그것은 동심 천사주의적 왜곡이 아니며, 낭만적 감상주의도 아니다. 인간이 끝없이 어머니를 그리워하고 더 나아가 코라(chora)[24]의 흔적을 더듬게 되듯이, 어린이들이 자라 어느 방향으로 얼마나 나아가든지 간에 언제고 최초의 경험으로 향하게 할 무의식의 지표를 세우는 일이다.

저마다의 사물이 자신의 아우라―진품의 향기를 간직한 세상, 저마다의 생명력을 한껏 실현하되 혼연한 조화를 이루는 상태, 좀더 온전한 인간 존재의 구현을 꿈꾼다는 점에서 아동문학은 본질적으로 페미니즘적이다. 페미니즘적이어야 한다.

『천의 얼굴을 가진 아동문학』(청동거울 2007)

선안나 ● 동화작가, 단국대 예술학부 초빙교수. 동화집 『떡갈나무 목욕탕』 『내 친구 찔찔이』 『삼거리 점방』, 평론집 『천의 얼굴을 가진 아동문학』 들을 냈다.

권정생 동화에 나타난 생태관

오세란

1. 들어가는 말

권정생의 작품은 크게, 한국 현대사의 비극적 사건을 조명한 역사의식이 담겨 있는 작품과 기독교적 사상을 토대로 하여 인간과 자연 사랑이라는 주제를 담은 작품, 두 축으로 나누어볼 수 있다. 그런데 이 중에서 인간과 자연 사랑의 주제가 담긴 작품들을 더욱 세밀히 들여다보면, 권정생의 관심이 휴머니즘적인, 혹은 자연친화적인 경향을 넘어 자연의 생태계적 순환의 섭리를 받아들이고 생태계 모두에 대한 존경과 상호 애정을 지향하고 있음을 알 수 있다. 이는 그의 동화나 소설, 시 외에 간간이 발표되는 산문을 통해서도 새삼 확인할 수 있다. 최근 여러 문학작품을 생태주의적 측면에서 분석한 작업들을 보면서 권정생의 작품이야말로 그러한 시각에서 접근할 필요가 있지 않은가 하는 생각이 들었다. 그래서 이 글에서는 권정생의 작품 중 동화를 중심으로 작품 속에 어떻게 생태주의적 측면이 드러나 있는지를 정리해보려 한다. 본론에 들어가기에 앞서 문학작품에 대

181

한 생태주의적 접근을 잠시 소개하자면, 그것은 생태학에 뿌리를 둔 접근법으로 모든 생물이 다른 생물과 서로 깊이 연결되어 있음을 전제로 한다. 즉 인간과 자연을 분리하는 이원론적 사고를 거부하고 나아가 어떠한 생명체도 전체 구조의 질서와 균형을 깨뜨릴 권리를 가지고 있지 않으며, 자연은 오직 도구에 불과하다는 인간중심의 사상에서 벗어나야 한다는 데에 생태학의 기본 이념이 있다. 이러한 생태학적 기본 이념의 틀로 작품을 분석해볼 때 생태주의를 지향하는 문학은 생태계 오염이나 자연 파괴를 고발하는 환경문학, 자연을 소재나 주제로 삼는 자연문학, 나아가 생태의식을 환기하는 좀더 철학적이며 이론적인 생태문학 등으로 나눌 수 있을 것이다.

2. 권정생 동화의 생태주의적 접근

1) 동물의 입장에서 씐 동화, 동물과 인간의 상생관계를 지향하는 작품

식물과 동물 그리고 인간은 생태계에서 먹이사슬이라는 고리로 연결지어져 있다. 만약 인간이 먹이사슬의 가장 윗부분을 차지하는 최종 소비자가 아닌 중간 단계에 위치하여 언제 어디서 다른 동물에게 잡아먹힐지 모를 운명이었다면, 인간보다 하위 단계에 위치한 다른 생물을 보는 시각이, 혹은 생태계에 대한 인간중심의 사고가 조금 달라졌을까? 권정생의 동화들은 지금까지 우리가 너무도 당연히 생각하는 동식물 간의 먹이사슬 관계에 대한 고민에서 출발하고 있다.

「하느님의 눈물」(『하느님의 눈물』, 인간사 1984)에서 풀을 먹고 살아야 하는 돌이 토끼는 풀을 먹는 것이 미안해 저녁때가 되도록 아무것도 먹지 못한다. 먹히는 입장이 된 풀무꽃풀은 떨면서도 "먹힌다는 것, 그리고 죽는다는 것, 모두가 운명이고 마땅한 일"(12면)이라고 꼿꼿하게 말한다. 남을 괴롭히기보다는 굶어죽는 것이 낫겠다고 생각한 돌이 토끼는 "보리수나무 이슬하고 바람 한 줌, 그리고 아침 햇빛 조금 마시고"(16면) 사는 하느님께 저도 그렇게 살게 해달라고 부탁하지만 하느님은 "세상 모든 사람들이 너(돌이 토끼)처럼 남의 목숨을 소중히 여기는 세상이 오면, 금방 그렇게 될 수 있을 것"(17면)이라고 말한다. 지금까지 당연시되던 먹이사슬의 냉혹함에 대해 그것이 운명이고 섭리일지라도 먹는 자가 먹히는 자에게 고마움과 미안함을 느낀다면, 더 적은 것으로 만족할 수 있고 소박하게 살면서 행복할 수 있는 세상이 될 거라고 이야기하는 것이다.

이렇게 서로를 잡아먹고 사는 먹이사슬에 대해 고민하는 대목은 그의 판타지 동화 『밥데기 죽데기』(바오로딸 1999)에도 등장한다. 50년 전 남편 늑대와 자식 늑대를 총으로 쏘아 죽인 사냥꾼에게 복수를 하기로 결심한 늑대 할머니는, 늑대들도 온갖 짐승을 잡아먹고 살았다는 생각에 자신 또한 사냥꾼 못지않게 나쁜 늑대였다고 말한다. 그러한 생각 때문에 늑대 할머니는 50년 동안 사냥꾼에게 원수를 갚으려 해도 갚기가 힘들다. "어찌했으면 좋을지 나도 모르겠다. 따지고 보면 우리는 서로서로 잡아먹고 살고 있으니까 말이다"(28면)라고 고민을 한다. 이러한 고민은 결국 뒤에 사냥꾼을 만나도 그를 용서하는 대목에 이르게 한다.

이렇게 먹이사슬에 대한 재고가 드러나는 작품과 함께 그의 동화는 먹이사슬에서 인간보다 하위 단계에 위치한 동물들을 등장시켜 그 동물들을 인간들이 어떻게 다루는지를 이야기하고 있다. 「어린 양」(『사과나무밭 달님』, 창비 1978)과 「산토끼」(『먹구렁이 기차』, 우리교육 1999)는 아이들이 우연히 길 잃은 양과 산토끼를 발견한다는 점에서 똑같이 출발하고 있지만, 전자는 아이들이 정성껏 돌본 아기양을 어른들이 잡아먹어버리고 후자는 겨울을 함께 보낸 토끼를 가족들이 다시 산으로 돌려보내는, 상반된 결말을 보이고 있다. 길 잃은 양 그리고 산에서 내려온 토끼는 인간의 소유에서 벗어난 동물들이었다.

이렇게 사람이 아닌 동물의 입장을 대변한 또다른 동화 「소」(『사과나무밭 달님』)는 지금껏 사람에게는 하나의 계산 수단으로, 사용가치로 취급되던 소의 일생을 세밀하고도 서정적으로 그려낸 수작이다. 태어난 지 얼마 되지 않아 어미 소와 헤어지게 되는 소, 정이 들 만하면 주인이 바뀌는 소, 평생 모진 노동을 감수해야 하는 소, 자신의 새끼들과도 함께할 수 없는 소, 결국 나이가 들어 마지막 죽음의 길을 가는 소의 모습을 마치 소의 몸짓처럼 차분하고 슬프게 그려 동물에게도 그 나름의 엄연한 일생이 있다는 것을 알려주는 작품이다. 권정생 동화는 주로 동물들을 의인화하되 동물의 특성을 그대로 유지함으로써 생태계의 모습과 그 관계를 인간의 시각과는 다른 측면에서 바라볼 수 있게 해준다.

이렇게 우리 주위에서 함께하는 여러 동물들의 모습을 친근하게 보여주는 그의 동화들 중에는 또한 인간과 동물이 상생관계를 맺으며 살아가는 모습을 지향하는 동화들도 자리를 차지하고 있다. 「아기 늑대 세 남매」(『하느님의 눈물』)는 산골에 사는 아기 늑대 세 마리가 우연히 교회에서 여름성경학교가 열린다는 소식을 듣고 엄마 늑대를 졸라 사람으로 둔갑하여 여름성경학교에 다니게 되는 이야기를 유머있게 그려낸 작품이다. 배꼽 둘레에 노란 털이 한 줌 나 있는 것만 빼고는 영락없이 사람의 모습이 된 늑대들은 처음에는 자신들이 늑대인 것을 들킬세라 초조해하지만 곧 어린이들과 어울려 재미있게 지내게 된다. 어쩌면 동물과 인간은 서로 경계하는 거리를 조금만 좁힌다면, 서로 위험하다는 생각을 조금만 바꾼다면 상생하며 살 수도 있음을 이 동화는 들려주고 있다.

「아기 늑대 세 남매」가 늑대와 인간의 거리를 유머러스하고 동화적으로 재미있게 그려냈다면, 「빼떼기」(『바닷가 아이들』, 창비 1988)는 병아리 때 아궁

이로 잘못 들어가 화상을 입고 흉해진 닭 빼떼기와 그 모습이 가여워 돌보 아주다 살아보려고 노력하는 빼떼기의 모습에 감동받는 가족의, 즉 닭과 인간의 우정을 사실적이고 진지하게 그린 작품이다. 결말 부분에 가면 전 쟁이 나서 피난길을 떠나는 가족들이 늙은 빼떼기를 데리고 떠날 수 없어 옆집 아저씨 손을 빌려 빼떼기를 잡는 장면이 나오는데, 닭이라는 가축과 인간의 운명은 대립적일 수 있지만 가축의 출생에서 죽음에 이르는 동안 인간과 동물은 우정을 나눌 수 있는 관계임을 생각해보게 한다.

2) 생태계 파괴에 대한 고발

권정생 동화 중 생태계 문제와 관련된 직접적인 고발이 나오는 대표적 인 동화는 「우리들의 5월」(『짱구네 고추밭 소동』, 웅진 1991), 「왜가리 식구들의 슬픈 이야기」(『먹구렁이 기차』), 「수몰지구에서 온 아이」(『하느님의 눈물』), 「눈 길」(『먹구렁이 기차』) 등이다.

지구상에서 가장 큰 생태계 파괴, 환경 파괴를 가져오는 것은 전쟁이다. 전쟁을 배경으로 한 권정생의 작품들은 어쩌면 그의 인간 생명에 대한 사 랑뿐만이 아닌 지구 생태계 전체에 대한 사랑을 주제로 했다고 볼 수도 있 을 것이다. 「우리들의 5월」은 한국전쟁 직후 어린이들이 동네에서 가지고 놀던 불발탄이 폭발해 숨지는 사건을 다루고 있다. 이 작품에서 권정생은 불발탄을 발견하기 전까지 어린이들이 뛰노는 일상적인 모습과 대화를 신 선한 5월의 모습처럼 아름다운 묘사체로 그리다가, 불발탄이 터져 병원으 로 실려가 사망하기까지의 장면은 급박한 문체로 대비하여 그 비극성을 더욱 대조시키고 있다.

「우리들의 5월」이 이 땅에 전쟁이 남긴 흔적으로 인한 비극을 고발하고 있다면 「왜가리 식구들의 슬픈 이야기」는 농약이라는 환경오염물질로 희 생되는 동물의 이야기를 그리고 있다. 왜가리 한 쌍이 혼인을 하고 3남매를 키우며 오순도순 살다가 오염된 미꾸라지를 먹고 수컷 왜가리를 제외한 모든 식구가 죽는 이야기이다. 권정생은 왜가리를 의인화하여 환경오염으로 비극적인 최후를 맞는 왜가리 가족의 모습을 생생하게 그려낸다. 어린이들이 쉽게 상상할 수 있는 가족의 단란함이 환경오염으로 인해 깨지는 모습을 주제에 압도되지 않고 잘 전달해내고 있다.

「수몰지구에서 온 아이」는 1970년대 우리나라에서 활발하게 건설되던 댐 탓에 집이 수몰되며 이주해야 했던 동수라는 아이를 관찰자 시점에서 바라본 동화이다. 예전에 살던 집이 수몰되어 이사한 동수는 씩씩하고 활발했던 모습을 잃어버리고 새롭고 낯선 환경에서 외톨이가 된다. 어느 날 교회 꽃병에 꽂힌 꽃다발을 들고 나가버리는 동수를 보고 쫓아간 선생님과 동네 아이들은 동수가 '꽃병의 꽃들이 갑갑할 것 같아 잠깐 바람을 쏘여주고 싶어'(169면) 그것을 흙에 심어놓은 것을 보게 된다. 사람의 손으로 다듬어져 꽃꽂이 된 꽃을 자연으로 돌려보내주고 싶어하는 동수의 모습과 댐 건설로 고향을 잃은 동수의 사연이 교차되며 인위적인 환경 조성이 생태적 측면에서 인간적인 삶을 영위하는 데에 과연 바람직한 모습인지 의문을 제기한다.

「눈길」은 인간들의 폭력으로 희생된 동물들을 그리고 있지만 그러한 잘못된 세상을 바꾸려면 어떻게 해야 하는지 그 방향까지 제시한 작품이다. 사냥꾼의 총에 맞아 날개를 다친 제비, 지나가는 자동차 바퀴에 치인 아기 도마뱀, 전쟁으로 둥지는 불타고 식구들을 잃게 된 꾀꼬리와 소쩍새, 폭탄에 눈이 먼 두더지와 먹을 것이 없다고 들판에 버려진 아기고양이를 거두며 사는 넝마주이 아저씨는 동물들과 함께 따뜻한 봄이 오기를 기다린다. 때마침 나타난 따뜻한 봄의 나라 왕자가 다 같이 봄의 나라로 갈 것을 제안하지만 넝마주이 아저씨는 추운 겨울 속에 남기를 고집하고 짐승들 또한 아저씨와 함께 있겠다고 거절한다. 이들은 따뜻한 봄의 나라로 가기를 거절하며 '자신들을 총으로 쏜 사냥꾼도, 자기들만 배불리려 약한 동물들을 쫓아낸 주인들도, 따뜻한 방 속에 살고 있어도 바깥 겨울 날씨보다 더 차가운 마음을 가진 사람들도'(136면) 모두 가엾은 사람임을 자각하게 된다. 즉, 생태계 파괴의 결과 가해자까지도 결국 희생자가 됨을 이야기하는 것이다. 그리하여 그들은 추운 겨울이지만, 그리고 아픈 몸이지만 한번 날아보려는 몸짓을 통해 스스로 세상을 바꾸려는 출발을 다짐하게 된다. 세상에서 일어나는 어떤 사건에 있어 피해자가 세상을 외면해버리면 그 세상은 변화하지 않는다. 피해자들은 그러한 사건의 증인이며 동시에 그 사건이 재발하지 않기 위해 어떻게 세상이 변화해야 하는지 방향을 제시해줄 수 있는 제시자이기 때문이다. 그러한 면에서 「눈길」은 생태계 파괴를 고발할 뿐만이 아니라, 생태계 파괴의 결과 피해자는 물론 가해자 또한 비극적인 상황에 함께 놓이게 된다는 것, 그러한 상황을 변화시키기 위해서는 실천이 필요하다는 것까지 담아낸 소중한 동화이다.

3) 생태주의적 삶의 실천 문제

다행스럽게도 비극적으로 파괴되어 있는 생태계의 복원을 위해서 우리는 색다르고 어려운 방법을 새로 배울 필요가 없다. 물론 과학기술의 전문 분야에서 좀더 효율적이고 생산적인 친환경적 기술들이 개발되어야 하겠지만 일상생활에서 생태주의적 삶의 실천 문제는 지난 1세기 이전에 우리 조상들이 살아왔던 그 모습을 되새기는 데에서 시작된다. 이러한 관점에서 권정생 동화는 생태주의적 삶의 실천 문제들을 접근해나가고 있다. '똥'과 '흙'이 우리에게 더러운 것으로 인식되기 시작한 것은 산업화로 인한 생태계 파괴가 시작되면서부터이다. 그 이전까지 '똥'과 '흙'은 우리에게 소중하며 필요한 것으로 생각되었다.

권정생의 동화 「강아지똥」(『강아지똥』, 세종문화사 1974)은 말할 것도 없이

'똥'이 거름이 되어 생물을 아름답게 살린다는 산업화 이전의 가치관에 기초한 작품이다. 이 작품을 통해 권정생은 산업화 이후 산업의 가속화에 걸림돌이 되는 것은 필요없는 것이고 나아가 더러운 것이라는 관점을, 이 세상 모든 것은 저마다 정체성이 있고 생태주의적 측면에서 볼 때도 저마다 가치를 가지고 있다는 관점으로 전환시켰다.

이것은 휴머니티와 기독교 철학에 바탕을 둔 자기희생의 문학으로 평가되어 온 권정생 문학을 생태문학적 비평으로 확장시켜 볼 수 있는 근거가 된다고 하겠다.

만약 권정생 동화를 인간중심의 가치관으로만 생각한다면 그의 작품 몇몇에서 나타나는 정서와 사건의 원인은 작가 개인이 가진 높은 도덕성이나 특별한 감수성의 차원으로 귀결될 여지가 있다. 그러나 그것을 생태문학적인 시각으로 보면 생태계 문제에 민감한 작중인물들의 고민에서 표출된 것으로 작품 이해의 폭을 넓힐 수 있는 것이다.

그의 또다른 작품 「오누이 지렁이」(『먹구렁이 기차』)는 흙 속에서 평생 살아야 하는 오누이 지렁이의 대화를 통해 '흙'이란 물질의 정체성과 가치를 이야기한다.

동화에서 생태주의적 삶의 실천을 이야기할 때는 자칫하면 주제가 빤히 드러나거나 교훈조의 문장이 등장할 위험이 매우 높다. 그런 점에서 「또야 너구리가 기운 바지를 입었어요」(『또야 너구리가 기운 바지를 입었어요』, 우리교육 2000)는 물질을 소중하게 다루는 것이 생태계를 살리는 일이라는 결말에 이르게 하면서도 아이들의 눈높이에 맞춘 꼬마 너구리를 등장시켜 '기운 바지'를 입는 것과 같은 소소한 일상의 실천 문제를 설득력 있게 풀어내고 있다.

또다른 동물인 오소리를 주인공으로 한 「오소리네 집 꽃밭」(『먹구렁이 기차』)은 회오리바람에 날려가 우연히 학교 화단에 정리된 꽃들을 보고 자신의 집에 꽃밭을 만들려던 오소리 아줌마의 이야기를 재미있게 그린 작품이다. 집 주위를 꽃밭으로 만들기 위해 괭이질을 하던 오소리 부부는 자연 그 자체가 패랭이꽃, 잔대꽃, 초롱담꽃으로 둘러싸인 아름다운 꽃밭임을 알게 된다. 이 작품은 앞서 살펴본 「수몰지구에서 온 아이」와 함께 사람의 손에 의해 인공적으로 만들어지는 환경에 대해 의문을 제기하며 자연은 자연 그대로 두어야 한다는 생태주의적 가치관을 드러내고 있다.

마지막으로 권정생 작품에서 생태주의적 삶의 실천 문제 중 어떠한 삶의 자세를 지녀야 하는가를 상징적으로 보여주고 있는 작품은 「장군님과 농부」(『바닷가 아이들』)이다. 반짝이는 계급장을 달고 큰 목소리로 명령을 하는 장군과, 말없이 열심히 일하여 굵고 검은, 험한 손이 된 농부의 모습을 대비시키고 결말에 이르러 백성들이 장군이 아닌 농부를 지도자로 선택하는 장면을 통해 농부의 모습이야말로 지구를 살리는 자의 모습임을 드러내고 있다. 이렇게 권정생 동화가 제시하는 생태주의적 삶의 실천은 구호 중심적이거나 교훈적인 모습, 혹은 새로운 무엇을 배워야 하는 것이 아니라 우리 옛 세대들의 일상생활, 자연과 친화하며 살아왔던 옛 모습을 복원하려는 것이라 볼 수 있다.

4) 생태주의적 이상향

흔히 이상향이라 하면 우리는 무언가 보기 좋은 것, 그리고 차고 넘치는 것을 떠올린다. 그러나 생태주의적 측면에서 보면 '차고 넘치는 것'은 도리어 생태주의의 반대에 서 있는 모습이다. 생태주의적 이상향은 차고 넘치기를 바라는 욕심으로는 도달할 수 없으며, 가지고 있는 것을 자족하며 돌아볼 때에야 도달할 수 있는 곳이다.

이계삼은 「권정생 문학 연구」(고려대학교 석사논문, 2000)에서 권정생이 여러 작품과 산문을 통해 제시하는 이상향이 과거적 이상향이며, 과거적 이상향으로서의 '자연'을 구성하는 요소에 "① 도시화·산업화 이전의 전통적 농경사회, ② 지식인 지배층이 아닌 서로 나누고 섬기는 전통을 가진 가난한 피지배층 민중, ③ 문자 이전의 구비문화와 소박한 종교생활, ④ 생태적으로 건강하고 아름다운 자연환경" 등을 꼽고 있다.

문학작품에서 불완전한 현실에 대비되어 설정되는 이상적인 세계의 모습은 단편동화의 경우 그 특성상 세밀히 드러내기가 어렵다. 다만 단편동화 속에 제시되는 장면을 통해 권정생이 추구하는 이상적인 세계의 모습을 짜 맞춰보면 다음과 같다.

권정생 동화 중 「토끼나라」(『깜둥바가지 아줌마』, 우리교육 1998)는 열심히 일하며 오순도순 사는 토끼나라의 모습을 이상적으로 그리고 있다.

> 꾀꼬리가 울었습니다.
> 봄이 예쁘게 치장됩니다.
> 산골짜기엔 분홍빛 진달래가 방실거리며 피어났습니다. 노랗게 산버들 꽃이 피었습니다.
> 아빠 토끼는 들로 나가 밭을 갑니다.
> 엄마 토끼는 집 안에서 베를 짭니다.
> (…)
> 아름답고 평화로운 나라였습니다. (9면)

권정생 동화에서 이상향은 욕심과 다툼 없이 평화로운 곳, 가족이 사랑하며 열심히 일하는 곳, 그리고 자연과 더불어 행복하게 사는 곳으로 나타난다. 이러한 그의 '생태주의적 세계관'은 1994년 출판된 장편동화 『하느님이 우리 옆집에 살고 있네요』(산하)의 머리말에도 총체적으로 드러나고 있다.

조그만 오두막에서 보리밥을 먹으며 기운 옷을 입고 땀 흘려 일하며 살아도 식구끼리 정답고 이웃끼리 웃으면서 살면 그것이 천국 아니겠습니까?

강물은 깨끗하고, 그래서 온갖 물고기가 함께 살고, 새들이 지저귀고, 꽃이 피어나고, 하늘이 푸르고, 공기가 깨끗한 그런 세상은 결코 산만큼 쌓아놓은 돈으로도 살 수 없습니다. 돈으로 모든 것을 다 할 수 있다는 것은 거짓말입니다. 오히려 돈 때문에 우리는 싸우고 미치고 악마가 되어가고 있을 뿐입니다. (5~6면)

이렇듯 권정생의 세계관과 작품 속에 나타난 그의 이상향은 근래 생태학이 현 세대의 기술 개발과 화석에너지 낭비를 경고하며 결론으로 도출하는 대안적 삶의 모습과 유사하며, 이는 우리 선조들의 자연과 지구에 대한 세계관과도 부합한다고 하겠다.

3. 나오는 말

지금까지 권정생 동화의 생태주의적 측면을 크게 네 가지 주제로 나누어 살펴보았다. 앞에서 생태주의를 지향하는 문학을 환경문학, 자연문학, 생태문학으로 분류할 수 있다고 언급한 바 있다. 권정생의 동화는 그 소재나 주제에 있어 강한 자연문학적 측면을 지니고 있고, 우리 주위의 다양한 생태계 문제를 고발하고 그 파괴되는 환경을 복원, 삶의 실천 문제에 이르고자 하는 환경문학적 측면 또한 드러내고 있다. 나아가 여러 동식물과 인간의 먹이사슬 관계에 담긴 의미가 지극히 인간중심이었음을 지적하고 인간과 동물의 적대관계를 상호 존경의 관계로 되돌릴 때 생태계의 여러 문제 또한 극복될 수 있음을 역설하며, 현대사회에서 쓸모없다고 생각되었던 생태계 여러 존재들의 이름을 불러 정체성을 찾아주는, 생태계 본연의 철학적 문제까지 아우르는 깊이있는 생태문학적 측면까지 지니고 있다. 이와같이 권정생 동화는 기존의 작품 읽기 방식에서 한 걸음 더 나아가 생태주의적 측면에서 이해하고 해석할 때 더욱 새롭고 깊이있는 작품 읽기가 되리라고 생각한다.

『동화읽는어른』 2005년 9월호

吳 世 蘭 ● 아동문학평론가. (사)어린이도서연구회에서 활동하고 있으며, 「역사를 소재로 한 어린이문학, 새롭게 읽기」로 제4회 '창비어린이 신인평론상'을 받았다.

현실주의 동시의 세 가지 양상

권정생 동시론

김상욱

1. 권정생을 생각하며

> 별이 빛나는 창공을 보고, 갈 수가 있고 또 가야만 하는 길의 지도를 읽
> 을 수 있었던 시대는 얼마나 행복했던가? 그리고 별빛이 그 길을 훤히 밝
> 혀주던 시대는 얼마나 행복했던가? (게오르그 루카치 『소설의 이론』, 반성완 옮
> 김, 심설당 1985, 29면)

지금은 들춰보는 사람도 많지 않겠지만, 그래도 잊혀지지 않는 루카치
(G. Lukács)의 『소설의 이론 Die Theorie des Romans』(1916)을 여는 문장이
다. 서사시의 주인공과 인물을 둘러싼 세계의 깊은 친화력을 설명하는 글
이다. 물론 루카치가 탐구하고자 하는 대상은 서사시가 아니라 부르주아
시대의 서사시인 소설이다. 인물의 운명을 다룬다는 점에서는 동일하나
서사시와 달리 소설에는 길을 훤히 밝혀주던 별빛이 없다. 우리 시대도 다
를 바가 없으리라. 별이 빛나는 창공은 사라진 지 오래다. 깊고 아늑한, 푸

193

르디푸른 밤하늘도 없다. 그리고 그 밤하늘을 보는 것만으로 지도가 되기에 충분했던 별빛은 어디에도 없다.

그런데 아주 다행스럽게도 이 땅, 반도의 남녘에서 어린이문학을 하는 이들에게는 별이 있다. 어두운 밤 길을 잃었을 때 까마득한 하늘을 올려다보면 어김없이 왔던 길, 가야 할 길을 일러주는 별이 있다. 그 별은 보잘것없고 쓸모없는 '강아지똥'이 올려다보던 별이기도 하고, '깜둥바가지 아줌마'가 올려다보던 "드넓은 하늘 위에서 반짝반짝 살아 있는 것"이기도 하다. '강아지똥'이 "영원히 꺼지지 않는 아름다운 불빛"으로 말미암아 마음 속 희망을 피워올리며 보았듯, 다 알고 있다는 듯 내려다보는 별을 보며 '깜둥바가지 아줌마'가 아득한 절망감을 조금은 덜어내고 "곱게 웃음을 머금"었듯, 이 땅 어린이문학 작가들은 그 별을 생각하는 것만으로 이곳에 함께 발 딛고 서 있는 자신이 대견스러워지기도 하는 것이다. 그 별은 당연히 권정생이다.

이는 결코 심정적인 헌사만은 아니다. 그가 있어 우리 어린이문학은 두고두고 행복할 것이다. 그의 작품이 있어 우리 어린이문학의 역사는 동심주의와 교훈주의라는 이중의 질곡으로부터 벗어난 새로운 흐름을 더한층 선명하게 기술할 수 있었다. 그의 동화 한 편 한 편이 있어 시대와 장르에 따른 동시대의 여러 작품을 나란히 견주어볼 수 있는 잣대를 지닐 수 있었다. 더욱이 어린이문학의 역사 속에서 기댈 만한 어른이 많지 않은 우리네 작가들에게 권정생은 고맙고 또 고맙게도 내면의 순결함을 잠시도 이반한 적이 없다. 비록 이원수, 마해송, 이주홍, 현덕 같은 걸출한 작가들이 근대 어린이문학사에 없지는 않았으나, 이들은 시대의 중압에 짓눌려 짐짓 뒷걸음친 경험을 한번쯤은 지니고 있다. 그러나 권정생의 작품에는 시대에 짓눌린 경험이 없으며, 따라서 콤플렉스가 없다.

1969년 「강아지똥」으로, 이어 신춘문예에 「아기양의 그림자 딸랑이」

(1971)가 입선되면서 본격적으로 동화를 창작한 이래, 근래에 새롭게 출판한 『슬픈 나막신』(우리교육 2002; 초판본 원제는 『꽃님과 아기양들』, 대한기독교서회 1975)과 『밥데기 죽데기』(바오로딸 1999)에 이르기까지, 그의 동화는 세상사에 휘둘린 적 없이 언제나 결곡한 면모를 유지한다. 1970년대와 80년대를 거쳐 오늘에 이르기까지 현대사의 험로 또한 만만치 않은 것이었으나, 그는 한번도 권력에 곁눈을 준 적이 없으며, 주눅이 든 적도 없다. 따라서 그의 작품에는 시대에 대한 과장이 없다. 으레 뛰어난 작품이 그러하듯, 그는 그저 자신이 탐구하고자 하는 인물과 환경을 직조하는 가운데 주제를 담담히 펼쳐놓을 뿐이다.

그렇다고 그의 작품이 시대와 등을 진 것도 물론 아니다. 그의 작품은 한결같이 현실로부터 비롯되며, 현실로 되돌아온다. 현실의 시공간을 넘어 해학이 풍부한 판타지로 그려낸 『밥데기 죽데기』조차 앗긴 목숨으로부터 시작되어 온갖 중음신들을 구천에 헤매게 만드는 분단의 철조망에서 끝난다. 그는 오히려 현실을 적극적으로 작품 속에 끌어안음으로써 현실과 팽팽한 긴장을 형성해왔다. 아니, 그의 작품이 현실을 끌어안았다는 표현은 그릇된 것이다. 현실의 고통이 빠진 그의 작품은 상상할 수 없으며, 그에게는 창작실천이 곧 현실에서의 실천과 조금도 다를 바가 없기 때문이다. 현실을 작품 속에 담았다기보다 그에게는 현실이 곧 작품이며, 작품이 곧 현실인 셈이다.

그런데 정작 권정생 작품에 대한 총체적인 분석과 해석, 그리고 평가는 아직껏 이루어지지 않았다. 연구가 부진한 이유는 그의 작품들이 연구 대상으로 삼기에는 지나치게 크고 깊은 산맥이기에 섣부른 평가를 허용하지 않기 때문이며, 여기에는 연구자들의 게으름 탓도 없지 않다. 그러나 이보다 더 큰 까닭은 그의 작품이 여전히 새로운 모색의 도정에 놓여 있기 때문이다. 건강이 허락하는 한 권정생은 창작실천의 고삐를 늦추지 않을 것이며, 연구자들 또한 이 땅의 어린이와 어린이문학을 향한 그의 뜨거움이, 지금껏 그러해왔듯 그의 질기고 오랜 병고 또한 너끈히 이겨내주기를 간절히 소망하며 다음 작품을 기다리고 있는 것이다.

따라서 이 글 또한 그의 작품 전반을 비평적으로 조망하겠다는 어설픈 만용 따위는 거둔 지 오래다. 다만 그동안 간헐적인 평가[1]에서 누락되어온 동시 작품들을 일별함으로써 동화가 갖는 진폭이 다른 창작실천에 어떻게 투영되는지를 검토하고자 할 따름이다. 이에 이 글은 권정생 동화의 특성을 간략히 살펴본 다음, 오랜 세월에 걸쳐 창작된 동시들을 검토함으로써 동화와 동시가 한 작가의 창작실천을 상보적(相補的)으로 변주하고 있음을 확인하는 것에 머물게 될 것이다.

2. 평화──권정생 동화의 화두

권정생은 동화작가이며, 의당 권정생 작품의 중핵에는 동화가 존재한다. 그는 동화를 통해 세상과 소통한다. 더러는 동시를 통해 마음의 무늬를 펼쳐 보이기도 하고, 산문을 통해 세상을 향한 따끔한 일침을 마다하지 않는다. 그러나 그의 마음속에는 어린이가 있고, 어린이가 듣고 읽는 이야기가 있다. 「강아지똥」, 『몽실 언니』(창비 1984), 『바닷가 아이들』(창비 1988),

---

1) 권정생의 작품을 논의한 연구성과는 다음과 같다. 백영현 「권정생 동화 연구」, 동아대학교(1991); 오길주 「권정생 동화 연구」, 가톨릭대학교(1997); 노연경 「권정생 소년소설 연구」 계명대학교(2000); 이계삼 「권정생 문학 연구」, 고려대학교(2000); 이옥금 「권정생 문학 연구」, 건양대학교(2003); 황경숙 「권정생 동화 연구」, 부산교육대학교(2003); 박미옥 「권정생 동화의 리얼리즘 구현 양상과 문학교육적 의의」, 공주교육대학교(2005); 원종찬 「속죄양 권정생 1·2」, 『어린이문학』 2000년 11·12월호; 권오삼 「농촌의 고단한 삶들이 지닌 '서러움'과 간절한 '염원'을 담은 '사랑'의 시」, 『어린이문학』 2000년 11월호; 이계삼 「진리에 가까운 정신」, 『동화읽는어른』 2001년 5월호; 졸고 「낮은 곳에서의 흐느낌」, 『숲에서 어린이에게 길을 묻다』, 창비 2002.

『점득이네』(창비 1990), 『밥데기 죽데기』 같은 이야기들을 어린이에게 들려주는 것이야말로 그가 이 땅에서 사는 까닭이기도 하다.

권정생은 지금껏 적지 않은 동화작품을 우리 앞에 보여왔다. 그러나 이들 다채로운 작품에도 불구하고 작품들이 지향하는 바는 명확하다. 그것은 곧 현실주의로 요약된다. 현실주의가 단순히 사실적 기법의 문제이거나 지나가버린 사조가 아니라면, 현실주의는 창작 전과정을 수미일관하게 방향 조정하는 예술방법으로 존재한다. 권정생의 현실주의는 소재의 선택과 그 소재를 밀고 나가 이끌어내는 주제의 형상화, 인물과 사건의 구성, 인물이 닻을 내리고 있는 시공간과 그 배경 속에서 선택하는 인물들의 가치 등 어느 것 할 것 없이 현실에 튼튼하게 뿌리내리고 있다. 현실주의가 예술방법임을 권정생 동화들은 창조적으로 입증하고 있는 것이다.

권정생 동화는 무엇보다 현실의 고통으로부터 소재를 선택한다. 물론 그 고통은 질병이나 장애같이 존재론적인 고통이기도 하고, 분단이나 가난처럼 사회적 현실로부터 초래된 고통이기도 하다. 그러나 존재론적인 고통조차 사회적 여건 혹은 인식의 미성숙과 직결되어 있다는 점에서 사회적 고통이 중첩되어 나타난다. 절름거리는 '몽실 언니'는 존재의 고통을 표현함과 동시에 가난한 의붓아비의 무지와 폭력이 빚어낸 사건의 결과다. 더욱이 권정생 동화에서 내보이는 현실적 고통은 민족의 역사와 긴밀하게 결부되어 있다. 식민지시대에서 분단을 거쳐 산업화에 따른 농업의 와해에 이르기까지, 굵직한 역사적·시대적 사건들이 작품 배경으로 인물의 삶을 규정하거나 혹은 인물의 고통을 초래하는 원인으로 작동한다. 역사적·사회적 고통의 현실주의적 형상화야말로 권정생 동화의 주요한 한 축이다.

그러나 배경의 현실성을 권정생 동화만의 독보적인 특성이라고 말하기는 어렵다. 현실주의 동화 대부분이 현실 속에서 빚어지는 여러 문제들을 탐구하고 또 해결해나가기를 게을리하지 않기 때문이다. 정작 권정생 동화의 특성은 그 현실과 대면하는 인물들에 있다. 그의 동화 어느 곳을 펼쳐보더라도 인물들은 역사와 현실의 희생양으로 간신히 제몫의 삶을 사는 것으로 표현되어 있다. 「무명저고리와 엄마」(1973)에서 엄마는 현대사의 질곡 속에서 남편과 일곱 아가들의 손을 모두 놓아버린다. 엄마 곁에 살아가는 막돌이조차 끝내 전쟁통에 한쪽 다리를 잃고, 숨을 옥죄며 목숨만을 이어간다. 비록 마지막 장면에서 비에 젖고 바람에 날리던 엄마의 무명저고리가 무지개 속에 내걸리고, "한쪽 다리로 반 조각 땅을 딛고 선 막돌이가, 무지개의 한 끝을 잡고 목화밭 위에 사뿐히 펼쳐"놓고 그 위로 "엄마 얼굴이 조용히 내려다보고 있었습니다"²⁾로 환하게 끝나지만, 엄마의 삶은 고통으로 점철되어 있다. 빼앗긴 아가들의 이름과 함께 수난의 역사를 온몸에 아로새기며 노동과 눈물, 탄식과 그리움 속에 숨겨가고 마는 인물인 것이다. 권정생 동화의 인물들은 저마다 삶에 배어든 "애틋한 빛깔들"을 건사하고 있으며, 그 빛깔들은 "가슴 깊은 곳까지 스며들어가 둥지를 짜고 도사리고"³⁾ 있다.

이와같은 인물은 의인동화에서도 마찬가지로 나타난다. 「깜둥바가지 아줌마」(『깜둥바가지 아줌마』, 우리교육 1998)도 그러하고 「소」(『사과나무밭 달님』)도 그러하다. 소는 자신의 뜻과는 무관하게 이곳저곳 팔려다닌다. 새끼를 낳기도 하나 오히려 모른 척하며 혼자서 되새김질할 따름이다. 결국 늙어버린 소는 또다시, 마지막으로 팔려간다. 그러나 소는 "주인이 자기를 어떻게 처리하든지 그대로 따르겠다고 마음을 단단히 먹"고는 "마지막까지 쓰러지지 말고 걸어야겠다"⁴⁾고 자신을 추스른다. 그것이 자기의 의무라고

---

2) 『똘배가 보고 온 달나라』(5인 동화집), 창비 1977, 30면.
3) 「나사렛 아이」, 『사과나무밭 달님』, 창비 1978, 191면.
4) 『사과나무밭 달님』, 47~48면.

여기기 때문이다. 깜둥바가지 아줌마 역시 자신의 처지를 비관하지 않는다. 그저 타고난 복이라고 여길 따름이다. 그리고 자신을 홀대하는 다른 존재들 역시 사랑으로 감싸안는다. 억압적인 모든 것들을 있는 그대로 받아들이며 '스스로 깨닫기'를 기다릴 뿐이다.

자칫 이와같은 권정생의 인물들을 두고 역사적 전망이 결여되어 있다고 폄하할 수 있을 것이다. 인물들의 긍정적인 계기들이 충분히 현실 속에서 개화되지 못한다고 평가할 수도 있을 것이다. 심지어 권정생 작품의 인물들이 반(反)근대적이며, 내일을 살아야 할 어린이들에게 부정적인 영향을 끼칠 수 있다고 말할지도 모른다. 그러나 권정생 동화의 저변에는 한층 근본적인 마음의 결이 가로놓여 있다. 그것은 곧 수난받는 존재에게서 엿보이는 메씨아(messiah)의 면모다.

> 그는 주 안에서 자라나기를 연한 순 같고, 마른 땅에서 난 줄기 같아서 고운 모양도 없고 풍채도 없은즉, 우리의 보기에 흠모할 만한 아름다운 것이 없도다. 그는 멸시를 받아서는 사람에게 싫어 버린 바 되었으며, 간고를 많이 겪었으며 질고를 아는 자라. 마치 사람들에게 얼굴을 가리우고 보지 않음을 받는 자 같아서 멸시를 당하였고, 우리도 그를 귀히 여기지 아니하였도다. 그는 실로 우리의 질고를 지고 우리의 슬픔을 당하였거늘, 우리는 생각하기를 그는 징벌을 받아서 하나님께 맞으며 고난을 당한다 하였노라……[5]

『이사야서』 53장에서 따온 이 구절은 그리스도의 고난을 앞질러 예언한다. 이 인용에서 그리스도는 "아름다운 것이 없"으며, "멸시를 당하"는 인

---

5) 「나사렛 아이」, 같은 책, 210면.

물이다. 권정생 작품의 인물들과 다르지 않다. 권정생 동화의 인물들은 하나같이 아름다운 것이 없다. 그리고 멸시를 받는다. 그러나 이들 인물을 평가하는 기준은 "우리의 보기"로 표현되는 타자들의 시선일 뿐이다. 이 타자의 시선으로 보는 권정생 동화의 인물들은 아름다운 것이 없을 뿐 아니라 "간고를 많이 겪었으며 질고를 아는 자"들이다. 『몽실 언니』를 비롯하여 『점득이네』 『사과나무밭 달님』 등에서 끝없이 변주되는 권정생의 인물들은 한결같이 '간고'를 겪는다. 현실적 고통에 무방비로 노출되어 있다. 이쯤이면 권정생 동화의 인물형상들이 어떤 지향을 상징하는지 알 것이다. 그의 인물들은 "우리의 질고를 지고 우리의 슬픔을 당"하는 속죄양인 것이다. 권정생이 속죄양일 뿐만 아니라, 그의 인물들 또한 어김없이 속죄양의 형상으로 우리 앞에 현존하는 것이다.

그러나 다른 한편으로 권정생의 인물들이 온전히 성서의 은유로 귀결되는 것만은 아니다. 권정생 동화의 함축은 성서적 진실의 전달을 위한 수단이 아니라, 현재의 삶과 중층적으로 마주치는 지점으로 귀결한다. 새삼 말할 것도 없이 그의 독자는 이 땅의 어린이들이며, 그의 작품은 이 땅의 어린이문학이다. 하여 그의 작품 속 인물들은 지금 이곳에서 삶의 질곡과 맞선다. 그 질곡은 때로는 과거의 역사에서, 때로는 현재에도 지속되는 분단이나 환경파괴, 궁핍에서 비롯한다. 권정생의 인물들은 이들 현실과 정면으로 맞서지 않는다. 쟁투를 벌여나가기는커녕 초월하거나 묵묵히 수긍한다. 속죄양 그리스도가 그러했듯, 권정생의 인물들도 사랑과 평화를 갈급하는 것이다. 그러나 정작 권정생 작품이 특정한 관념을 넘어 역사 속에 각인되는 것은, 어떤 주체의 고매한 정신을 넘어 사랑의 구체적인 현현태로서 현실 속의 평화를 추구하고 또 염원하기 때문이다.

권정생과 그의 작품은 평화를 가장 높은 이념으로 형상화한다. 그는 완전한 평화와 자신을, 그리고 자신의 작품을 잇대고자 한다. 결국 평화를 향한 간절한 염원이야말로 그의 작품을 휩싸고 도는 바탕이자 핵심인 것이다. 무릇 평화가 아닌, 모든 사회적 저항의 기제들은 또다른 억압을 불러일으키기도 한다. 따라서 그가 제기하는 모든 사회적 모순들도 기실 궁극의 평화에 도달하기 위한 징검돌일 따름이다. 사회모순의 해결이야말로 평화와 직결되기 때문이다. 권정생의 현실주의는 '우리'의 생각보다 훨씬 근본적이며, 훨씬 강건하다.

3. 현실주의 동시의 세 가지 양상

권정생 동화는 기본적으로 '멸시받는 인물'이 등장하고, 그 인물들은 어김없이 '간고'를 겪으며, 그 현실적 고통을 초월하거나 인고함으로써 현실의 고통과 근본적으로 대면하는 구조로 이루어진다. 그러나 이 구조가 동시에서도 그대로 반복될 리 없다. 적어도 서정시로서의 동시는 시간의 구조로 짜여져 있지 않기 때문이다. 동시는 여타 서정시와 다를 바 없이, 대상을 보고 떠오르는 인식과 정서를 표현한다. 상상력을 통해 대상을 새롭게 재발견하고, 그 대상에 생생한 시적 주체의 숨결을 불어넣는 것이다. 그렇다면 권정생 동시는 작가의 창작실천 속에서 동화와 어떻게 구분되고 또 조응하는가?

권정생의 동시를 본격적으로 살핀 연구는 과문한 탓인지 아직 보지 못했다. 권오삼이 비평의 형식이라기보다 에쎄이 형식으로 권정생 동시의 특성을 '그리움'과 '사랑'이라고 읽어낸 것이 전부라고 해도 과언이 아니다. 한 가지 흥미로운 것은 다음과 같은 일화다.

이 시집을 한 편 한 편 읽어가면서 표시를 해나가는 중에 그(권정생 — 인용자)에게 동시 추천에 관해 협의해야 할 일이 있어 통화를 한 뒤, 웃으면서 한마디 던졌다. "누가 형한테 형의 시 세계가 뭐냐고 물으면 뭐라고 대답할래?" 형은 뜻하지 않은 내 질문에 당황한 듯 머뭇머뭇하더니 어눌한 말투로 "글쎄, 자연을 쓴 거지 뭐." 했다. 그 말을 들으니 너무 싱겁고 내가 바라는 것과는 거리가 있어 "형은 평론하기는 틀렸구먼." 했다.[6]

이 이야기 속 권정생은 "자연을 쓴 거지 뭐"라는 간략한 말로 자신의 동시세계를 요약했다. 그러나 자연을 대상으로 쓴다고 해서 권정생 동시가 전원시가 되거나 낭만적인 풍경의 소묘가 되지는 않는다. 자연조차 서정적 주체의 내면에 따라 달리 투영되는 것이 시의 본질이기 때문이다. 이는 마치 동화 속 인물로 등장하는 동물들이 그저 있는 그대로의 동물 자체가 아닌 것과 다를 바 없다. 인물이 되는 순간 동물들은 인격을 부여받으며, 특정 인간의 전형화된 성격을 표현하는 간접화된 대상으로 존재한다.

사실 권정생의 동시에 등장하는 대상은 많은 부분 자연에 기대고 있다. 토끼, 소, 달팽이, 뻐꾹새, 보리매미, 소낙비, 옥수수처럼 여리고 작으며 도드라지지 않는 대상들이다. 그의 시적 대상들은 동화 속 인물들과 조금도 어긋나지 않는다. 어쩌면 자연물이라고 지칭되는 대상들뿐만 아니라, 권정생에게는 살아가는 사람들 역시 자연과 다를 바 없는 것인지도 모른다. 그에게는 이라크 전장에서 고통받는 '알리'와 '바그다드'도 자연이고, '어머니'도 자연이며, '금동댁 할머니'와 '돌탭이 아재'도 자연이다. 그들은 자연과 다를 바 없이 참삶에 가깝게 몸을 잔뜩 낮춘 채 자신에게 허락된 노동과 일상으로 살아간다. 그의 시에 등장하는 존재는 모든 것이 자연인 셈이다.

이와같은 시적 대상은 권정생 동시의 현실성을 담보한다. 그러나 제재

---

6) 권오삼, 앞의 글, 49면.

의 현실성이 작품 자체의 현실주의로 즉각 고양되는 것은 아니다. 동시의 현실주의 역시 주체의 인식과 형상화와 분리해서는 논의할 수 없기 때문이다. 그럼에도 단연코 권정생 동시는 현실주의 동시라고 지칭하기에 부족함이 없다. 더욱이 그의 동시는 동시에서의 현실주의[7]가 펼쳐나가는 방향들을 골고루 포괄하고 있다. 그 첫번째는 무엇보다 날카로운 비판정신이다. 그리고 두번째로는 정서의 전형성을 들 수 있다. 권정생은 그리움의 정서를 통해 대상을 투영해 보는 전형적인 정서를 획득하고 있다. 그리고 끝으로는 전형적인 인물과 상황을 드러냄으로써 획득하는 현실주의까지 폭넓게 펼쳐 보인다. 이 세 양상은 많지 않은 권정생의 동시에서 다채로운 형태로 표현됨으로써 권정생 동화의 현실주의와 나란히 짝을 이룬다.

비판과 풍자로서의 시

권정생의 시적 대상을 자연으로 포괄할 때, 반(反)자연의 형태로 드러나는 것은 인간의 것들이며, 이들은 당연히 평화와도 대척에 놓인다. 때로 그것은 전쟁의 모습으로 등장(「오빠 후세인」)하기도 하며, 어쭙잖은 권위의 모습으로 등장(「고무신 3」)하기도 한다. 때로 그것은 의심(「인간성에 대한 반성문 1」)으로, 미움(「인간성에 대한 반성문 2」)으로, 거들먹거리는 인간의 모습(「정축년 어느 날 일기」)으로 풍자되어 나타나기도 한다. 그리고 이들 날선 비판은 동시라기보다 시의 형식에 가깝다.

권정생 시에서 자연의 대척에 놓인 인위적인 것의 실체를 잘 확인하게 해주는 작품은 「애국자가 없는 세상」[8]이다.

---

7) 시의 현실주의는 1990년대에 들어 본격적으로 논의되었다. 그리고 논쟁은 현실주의 소설과 견주어 '이야기시'를 주장하는 쪽과 서정시의 특성인 현실주의적 정서를 주장하는 쪽으로 첨예하게 대립한 바 있다. 논쟁의 과정과 평가는 윤여탁·이은봉이 엮은 『시와 리얼리즘 논쟁』(소명출판 2001)에 잘 정리되어 있다.

8) 『녹색평론』 2000년 11·12월호.

이 세상 그 어느 나라에도
애국 애족자가 없다면
세상은 평화로울 것이다.

젊은이들은 나라를 위해
동족을 위해
총을 메고 전쟁터로 가지 않을 테고
대포도 안 만들 테고
탱크도 안 만들 테고
핵무기도 안 만들 테고

국방의 의무란 것도
군대훈련소 같은 데도 없을 테고
그래서
어머니들은 자식을 전쟁으로
잃지 않아도 될 테고

젊은이들은
꽃을 사랑하고
연인을 사랑하고
자연을 사랑하고
무지개를 사랑하고

이 세상 모든 젊은이들이
결코 애국자가 안되면

더 많은 것을 아끼고
사랑하며 살 것이고

세상은 아름답고
따사로워질 것이다.

이 작품에서 권정생은 무정부주의에 가까운 평화주의자인 자신의 면모를 여실히 보여준다. 그는 애국과 애족, 국가 혹은 민족이라는 거대담론을 비판한다. 거대담론의 이면에 놓인 폭력적 억압을 경고하며, 거대담론을 전쟁과 동일시한다. 물론 그 대척에는 자연스러운 인간의 정서가 놓여 있고, 그 정서만으로도 너끈히 세상은 따뜻해질 것이라고 피력한다. 거대담론 역시 자연의 질서를 무너뜨리는 것으로 상정함으로써 단단한 비판정신을 표현하고 있다. 그러나 이 작품은 주제의 단단함에도 불구하고 시적 형상화는 지나치게 단순하다. 애국, 애족 등의 거대담론이 갖는 관념적 속성으로 말미암아 생동하는 묘사를 획득하지 못했기 때문이다.

이는 전쟁에 대한 명확한 비판적인 조망을 감행하는 「알리」 「바그다드」 「오빠 후세인」 「무서워요」 같은 동시에서도 다를 바 없이 나타난다. 직설적인 내면의 표출, 묘사보다 서술에 기댐으로써 의식을 앞세우는 것 등이 그러하다. 그러나 역설적으로 이와같은 시편들은 권정생이 전쟁을 추상적으로 인식하기보다 구체적인 자기 삶의 일부로 받아들이고 있으며, 다급한 위기의식으로 대면하고 있음을 보여준다는 점에서 섣부른 단선적 평가는 경계할 일이다. 화급한 정세 속에서 그의 작품은 불완전함조차 밀쳐두는 육성을 담고 있기 때문이다.

그런데 권정생 시에서 자연, 평화와 대척에 놓이는 인위적인 것, 부정적인 것은 비판보다 풍자의 방법 속에 놓일 때 더욱더 뛰어난 시적인 묘미를 얻는다. 그의 시작(詩作)이 동시를 지향한다고 할 때, 비판보다 풍자가 한결 매끄럽게 어린 화자의 내면을 표현해주기 때문이다. 특히 권정생 시의 풍자는 외부로 향하기보다 주체의 내면을 응시하고 있다는 점도 특성이다. 「정축년 어느 날 일기」[9]에서처럼 권정생과 동일시되는 시적 주체는 "자존심 상한 늙은 인간"으로 등장하며, "평생 정의에 불타는 가슴으로 살" 았음을 강변한다. 그러나 "십 년이 넘은 늙은 개 한 마리"는 "저 인간이 이젠 머리까지 돌았군" 하는 핀잔으로 일축하고 만다.

도모꼬는 아홉살
나는 여덟살
이학년인 도모꼬가
일학년인 나한테
숙제를 해달라고 자주 찾아왔다.

어느 날, 윗집 할머니가 웃으시면서
도모꼬는 나중에 정생이한테
시집가면 되겠네
했다.

앞집 옆집 이웃 아주머니들이 모두 쳐다보는 데서
도모꼬가 말했다.
정생이는 얼굴이 못생겨 싫어요!

오십 년이 지난 지금도

9) 『사람의문학』 1997년 가을호.

도모꼬 생각만 나면

이가 갈린다.

—「인간성에 대한 반성문 2」, 『사람의문학』 1997년 가을호

이 작품에서는 권정생 특유의 해학이 잘 묻어난다. 그런데 어린 시절의
삽화와 함께 이어지는 "이가 갈린다"는 직설적인 표현이 그저 날선 비판만
은 아니다. 이 작품 전체가 '반성문'이기 때문이다. 자신의 인간성에 대한
비판적 거리두기를 통해 "이가 갈린다"는 자신을 풍자하는 것이다. 마음을
두고 있던 아이에게서 받은 아픈 상처를 뼛속 깊이 잊지 못하는 인물은 아
이의 마음을 여실히 드러낸다. 그와 함께 "오십 년이 지난 지금"까지 분개
하는 것 역시 아이의 마음과 다를 바 없다. 아이의 마음과 아이 같은 마음
을 모두 반성함으로써, 권정생은 또다른 반자연, 반평화의 마음을 되돌려
놓고자 하는 것이다.

그러나 정작 이들은 권정생 작품의 최근 경향일 따름이다. 유일한 동시
집인 『어머니 사시는 그 나라에는』(지식산업사 1988)에도 비록 폭력에 대한
노여움이 묻어나는 「고무신 3」과 같은 작품이 있으나, 어디까지나 예외일
따름이다. 그의 정서의 원형은 풍자와 비판이기보다 자연 속에 기거하는
존재들에 깊이 닻을 내리고 그 존재의 육성을 가만히 걸러내는 것이다.

서정적 그리움과 어머니

권정생의 동시를 압도하는 정서는 그리움이다. 앞서 살펴보았듯 그는
작고 여리고 보잘것없는 자연 속 존재들을 동시의 대상으로 선정한다. 그
러나 이들 자연 속 존재들은 평화를 구가하며 살지 못한다. 권정생 동화가
그러하듯, 어쩔 수 없는 존재론적인 이별에 봉착하거나 사회모순으로 말
미암아 가족과 분리된다. 물론 가족은 권정생 동시에서 육친 그 이상을 상

징한다. 가족의 분리는 완전한 상태를 훼손하는 치명적인 결핍을 뜻한다. 그리고 결핍은 자연스럽게 그리움이란 공통의 정서를 유발한다.

> 쇠그물에 달빛이 아른거리면
> 엄마 보고 싶은 아가 토끼가
> 달님을 가만히 쳐다보고
>
> —「토끼 1」, 『어머니 사시는 그 나라에는』, 11면[10]

이 시는 전적으로 동시의 문법에 조응한다. "아가 토끼"를 통한 동시 독자와의 동일성, "엄마"를 향한 그리움이란 단일한 정서, 그리고 짧고 군더더기 없는 단정한 묘사가 그러하다. 마치 한 폭의 그림을 마주하는 듯한 작품이다. 더욱이 이 동시는 율격을 통한 리듬감을 확보하는 데 성공했다.

"쇠그물"이라는 인간의 횡포에도 불구하고, 자연 속 존재들은 더러 평화를 구가하기도 한다. 물론 불완전하다. "토끼는 꿈속에서 들판을 뛰놀고/ 하늘처럼 드넓은 풀밭에서 뛰놀고//토끼는 그 누구도 가두지 않고/토끼는 그 무엇도 묶어두지 않"(「토끼 4」, 14면)는 꿈을 꾸기 때문이다. 작은 존재들은 더불어 함께 존재함으로써 더 완전한 평화를 획득한다.

> 깜장 토끼가 노란 토끼를 핥아주고
> 하얀 토끼가 잿빛 토끼한테 기대고 자고
>
> 토끼는 빛깔이 달라도 서로 아끼고
> 토끼는 눈빛이 달라도 나란히 살고

---

10) 이후의 글에서 인용 면수만 밝힌 것은 이 책의 면수를 가리킨다.

토끼는 모두 모두 예쁘다 그러고

하늘처럼 하늘처럼 푸르게 살고.

—「토끼 5」, 15면

굳이 긴 설명이 필요하지 않을 만큼 이 시는 평화롭다. 그 평화에는 차별을 넘어서는 차이, 차이를 넘어서는 동질성에 대한 인식이 내재되어 있다. 서로 짝을 이루는 시구의 연결을 통해 이 단순한 진리는 소박하게 제시된다. 다만 묘사를 넘어 시인의 직접적인 목소리가 언표되는 마지막 연이 시적 긴장을 이완시키는 결함이 없지 않다. 그러나 권정생 동시에서 보기 드물게 평화를 향유하는 장면이 제시되고 있다. 이와같은 인식은 무엇보다 있는 그대로의 자연스러움에 기대고 있다. 인위적인 것, 각자 선 자리에서의 편견이 개입하는 순간 평화는 일그러진다.

평화의 전제로서 차이의 용인은 다른 시에서도 나타난다. "나팔꽃집보다/분꽃집이 더 작다//해바라기꽃집보다/나팔꽃집이 더 작다/"해바라기꽃집은 식구가 많거든요"/제일 작은 채송화꽃이 말했다.//꽃밭에 바람이 살랑살랑 불었다."(「꽃밭」, 109면) 동시에서 언어의 문제 이전에 대상을 보는 새로운 눈, 새로운 상상력을 거론한다면 이 동시가 가장 상상력이 돋보이는 동시인 것만은 분명하다. 너무나 자명한 사실을 세상살이의 눈으로 포착하고, 거꾸로 세상살이를 비판적으로 조명하는 가운데, 자연의 자연스런 질서를 형상화하고 있다는 점에서 그러하다.

그러나 타자에 대한 완전한 공감과 용인은 사람의 삶에서는 보기 드물다. 온전한 자연 대상을 다룬 작품으로부터 유추적 상상력을 발휘하여 인간의 비속한 삶을 견주어볼 수 있을 따름이다. 권정생 동화와 마찬가지로, 동시 세계에서 주로 발휘되는 상상력은 앞선 「토끼 1」에서처럼 시인의 마

음을 대상 속에 투영해 보는 상상력이다. 작품 속에 등장하는 시적 대상들
은 여실히 인간의 삶을 표상하며, 인간의 현실적 고통을 선명하게 드러낸
다. 전쟁통에 아이를 잃어버린 "달팽이"(「달팽이 3」, 38면)나, 가난하여 옷감조
차 일습(一襲)으로 마련하지 못한 살림살이를 "엉머구리"의 외양에 견주어
살펴본 작품(「엉머구리」, 31~32면)이 그러하다.

　이들 작품 가운데 가장 권정생다운 작품은 그가 알뜰히 사랑하는 소를 그
리고 있는 작품이다. 혼숫감 구루마를 끌다가 전에 헤어진 넷째 송아지를
떠올리는 「소 5」(24면)는 투사(透射)적 상상력의 실제를 선명하게 입증한다.

　　주인 집 아가씨
　　혼숫감을 실은
　　구루마를 끌던 날

　　느티나무 언덕에서
　　엄마소는 넷째 생각을 했다.

　　두 달 전 장날
　　나부라진 귀를 쫑그렸다가
　　끌려 내려가던 암송아지

　　넷째는 청산고개에서
　　옴매애
　　옴매애
　　울었지……

이 동시에 나타나는 결곡한 그리움의 정서야말로 권정생 동시의 가장 아름다운 대목이다. 상황과 상황에 뒤따르는 회상, 귀에 쟁쟁한 암송아지의 울음소리 등 동시의 품격을 고아하게 펼쳐 보이는 작품이다. 이 또한 시인의 마음이 달팽이, 엄머구리, 소 같은 자연 속 존재에 혼연히 밀착되었기에 가능한 수작이다. 오로지 권정생의 맑은 마음만이 길어올릴 수 있는 시적 진경인 것이다.

인물 형상화와 이야기시

아픈 그리움을 노래하는 동시들이 권정생 동화의 정서를 여실히 반복하고 있는 한편, 권정생 동화의 현실주의적 면모를 고스란히 이어받고 있는 동시들도 발견된다. 그것은 곧 작품 속에 인물이 있고, 상황이 있으며, 이야기가 있는 시들이다. 권정생의 동시 전체가 양으로 보아 그리 많지 않음에도 불구하고, 의외로 그의 동시에는 이야기 구조를 갖춘 작품이 적지 않다. 마치 1920년대 임화(林和)의 서술시와 같은 형태로, 작품 속에 인물이 존재하며 이야기를 담고 있는 것이다.

　1학년에 처음 입학하던 날
　할매하고 손잡고 학교 가는 길
　달구지 길 지나서 들길을 가다가
　징검다리 건너는 강물에서
　할매는 문득 북녘 하늘을 봤다.

　우리 아버지가 꼭 나만 할 때
　전쟁이 일어났고
　할배는 인민군에게 끌려갔는데

잡혀 갔는지 따라갔는지
할매는 그걸 자세 모르지만
할배는 그렇게 갔다고 한다.

징검다리 학교 길은
할배가 다니던 그 길
할배는 일직 국민학교 선생님이었고
한쪽 귀퉁이가 오그라진 가방을 들고 다녔고
지금 우리 집 사랑방 벽장 속에 고이 간직해둔
할매 보물은 그 가죽 가방하고
할배의 사진 한 장

내가 학교에 처음 입학하던 날
할매하고 같이 손잡고 걸어가다가
할매는 강물 징검다리에서
가만히 북녘 하늘을 바라보았다.
거기 푸른 하늘 흰구름만 흐느끼듯 흘러가고
할매 눈에 눈물이 보일랑 말랑
할매 얼굴은 30년 동안 이렇게
북녘을 보면서 눈물을 흘렸다.

—「할매 얼굴」, 33~34면

이 동시 속에는 이야기가 담겨 있다. 전쟁이 일어났다. 아들이 초등학교 1학년 때였다. 할머니와 함께 살던 할아버지가 인민군에게 잡혀, 혹은 인민군을 따라 북으로 갔다. 할머니는 30년도 더 지난 지금까지 할아버지를 그리워하고 있다. 그런데 오늘 그 아들의 아들이 1학년이 되었다. 아들이 처음 입학하던 그 학교, 남편이 매일 출근하던 그 학교. 할머니는 손자 손을 이끌고 가다가 다시 별이 뜨듯 돋는 할아버지 생각에 북녘을 처다본다. 눈물이 흐른다. 다양한 시적 장치들이 중첩되어 있으나, 상황과 인물은 전형적이다. 전쟁통에 남편과 헤어지고 홀로 청상이 되어 30년 긴 세월을 그리움 속에 아이를 키우며 살아온 여인이 있는 것이다. 이 전형성에 덧붙여 정서 또한 전형이 되기에 부족함이 없다.

권정생의 동시는 이처럼 인물을 전면에 내세우고 있는 작품이 적지 않다. 제목만 봐도 이 땅에서 살고 있는 수많은 민중적 형상들이 고만고만한 삶의 고통을 지고, 삶의 분복(分福)을 지키며, 삶의 의무를 다하며 살아내고 있다. 소처럼 "온몸으로 이야기하면서" "슬픈 이야기 한 발짝 두 발짝/천천히 천천히 들려"(「소 4」, 22면)주며 살아가는 것이다. 「똬리골댁 할머니」가 그러하고, 「공 아저씨」가 그러하듯. 「해룡이」가 그러하고, 「달맞이산 너머로 날아간 고등어」의 '용칠이 아저씨'가 그러하듯. '농꼴이 아재'가 그러하고, '점례'와 '구만이'와 '금동댁 할머니'와 '돌탭이 아재'와 '마산요양원 임순자 아주머니'가 그러하듯.

그 가운데 이들 경향의 작품을 가장 선명하게 돋을새김하는 작품은 단연 동시집의 표제작 「어머니 사시는 그 나라에는」이다.

세상의 어머니는 모두가 그렇게 살다 가시는 걸까.
한평생
기다리시며
외로우시며
안타깝게……

배고프시던 어머니
추우셨던 어머니
고되게 일만 하신 어머니
진눈깨비 내리던 들판 산고갯길
바람도 드세게 휘몰아치던 한평생

그렇게 어머니는 영원히 가셨다.
먼 곳 이승에다
아들딸 모두 흩어 두고 가셨다.
버들 고리짝에
하얀 은비녀 든 무명 주머니도 그냥 두시고
기워서 접어 두신 버선도 신지 않으시고
어머니는 혼자 홀홀 가셨다.

—부분, 91~92면

이렇게 어머니의 죽음으로 시작하는 동시는 죽음 저편의 세계를 어머니
살아생전의 기다림, 외로움, 안타까움, 굶주림, 추위, 고된 일 등과 나란히
견주어 화자의 간절한 그리움을 자분자분 풀어낸다. 어머니의 생애 전체
가, 시인의 기억 속에 환하게 떠오르는 어머니의 면모가 239행의 긴 시 속
에 찬찬히 묘사된다. 사는 집과 앞질러 세상을 하직한 목생이 형, 물동이
이고 가던 마을 고샅길, 디딜방아로 찧어내던 떡, 나물 뜯기, 전쟁, 고추밭
에서의 길고 긴 노동, 긴 노동 끝의 귀갓길, 먼 길 떠난 아이들에 대한 그리
움 속에 끓이던 국, 달밤에 삼을 삼던 일, 병고, 그리움과 애달픔, 장날 풍
정, 아름다운 산과 강, 무서운 것들, 단옷날, 착한 사람들 등이 등불이 켜지
듯 하나둘 돋아난다.

214

아아, 거기엔 배고프지 않았으면
너무 많이 고달프지 않았으면
너무 많이 슬프지 않았으면
부자가 없어, 그래서 가난도 없었으면
사람이 사람을 죽이지 않았으면
으르지도 않고 겁주지도 않고
목을 조르고 주리를 틀지 않았으면
소한테 코뚜레도 없고 멍에도 없고
쥐덫도 없고 작살도 없었으면

보리밥 먹어도 맛이 있고
나물 반찬 먹어도 배가 부르고
어머니는 거기서 많이 쉬셨으면
주름살도 펴지시고
어지러워 쓰러지지 말으셨으면
손목에 살이 좀 오르시고
허리도 안 아프셨으면
그리고 이담에 함께 만나
함께 만나 오래 오래 살았으면

어머니랑 함께 외갓집도 가고
남사당놀이에 함께 구경도 가고
어머니 함께 그 나라에서 오래 오래 살았으면
오래 오래 살았으면……
                              ─부분, 101~102면

「어머니 사시는 그 나라에는」의 마지막 대목이다. 어머니를 옥죄던 모든 고통의 근원들이 흔적조차 없기를 바라는 염원과 오래 함께 살고지고자 하는 간절한 염원이 이 길게 이어지는 시편에 빼곡하게 들어차 있다. 어머니 생전의 모습과 화자의 바람이 말 그대로 길게 이어지고 있음에도, 이 동시는 화자의 바람이 갖는 절실함으로 말미암아 이미지의 통일성이 조금도 흐트러지지 않은 채 파노라마처럼 펼쳐진다. 명료한 연 구분과 거듭되는 원망(願望)의 어조, 그 중심축에서 점차 부각되는 어머니 생전의 삶이 갖는 이미지의 견고함 등으로 이야기시의 전범이자 현실주의 동시의 한 지평을 획득하고 있는 것이다.

4. 다시 권정생의 동화로 들어서며

권정생은 동화작가다. 그러나 그의 동시 또한 작가의 예술적 실천이 동심원을 그리며 원환(圓環)의 중심을 잃지 않고 펼쳐나가는 양상을 유감없이 보여준다. 그의 동시는 동화의 현실주의적 정신을 반복하고 변주하는 가운데 우리 동시의 현실주의가 어떻게 아름다움과 뜨거움을 놓치지 않고 전개되어야 할지를 뚜렷이 부각해준다.

그의 동시는 무엇보다 오늘의 현실주의 동시가 현실의 장벽을 어디에서부터 어떻게 돌파해나가야 할지를 앞질러 보여준다. 간결하고 단단한 묘사, 날카롭고 근본적인 현실비판, 전형으로 상승되는 정서, 인물의 내면과 외양을 긴밀하게 일치시키는 형상화, 이야기를 통한 시적 지평의 확대 등이 그의 동시에서 획득된 미덕이다. 이 미덕은 무엇보다 기법의 양상에 국한되지 않고, 평화를 향한 인간 존재의 근본적인 동경에 뿌리내리고 있다는 점에서 한층 웅혼한 것이기도 하다. 그의 동시가 있어 우리 어린이문학, 그 가운데 현실주의 동시라는 장르 또한 견주어볼 전범이 생긴 것이다.

그렇다고 권정생 동시가 완전한 것만은 아니다. 작품 전반에 걸쳐 평가해볼 때, 명확한 장르적 완결성에 도달했다고 평가하기는 어렵다. 이원수의 동요와 흡사한 작품들도 없지 않으며, 이오덕의 동시와 같은 이념지향의 동시들도 없지 않다. 몇몇 두드러진 작품들이 있어 다행스럽기는 하나, 서술의 잉여가 적지 않은 것도 결함이다. 그리고 그보다 더욱 분명한 제한은 여전히 동화의 문법과 동시의 문법이 혼효하고 있다는 점이다. 비록 현실주의라는 측면에서 동시가 전개될 방향을 선명하게 제시하고 있다고는 하나, 장르적 특성을 완연히 보여주는 데에는 미치지 못한다고 할 수 있다. 깊은 서정적 울림을 동반하는 동시들에 비해 동화와 일정하게 조응하는 동시들이 더한층 그 성취가 두드러진다는 점에서 그렇다. 결국 권정생 작품의 중핵은 동화에 있는 것이다.

권정생의 동시도 진전된 해석과 평가를 기다리고 있다. 그러나 더욱 화급한 것은 권정생 동화의 전모를 정밀하게 탐사하는 일이다. 동시는 그 탐사에 힘입어 오히려 더욱 선명하게 실체를 드러내게 될 것이다. 우리는 다시금 그가 일구어낸 우리의 동화 앞에 서게 되었다. 누군가는 단단하게 무장한 채 서둘러 빗장을 풀어내어야 할 것이다. 별은 하늘에 있으나 그 빛이 지금 이곳의 어린이문학 행로를 비추도록 해야만 한다. 그것이 별의 제몫을 찾아주는 일인 것이다.

『어린이문학의 재발견』(창비 2006)

金尙郁 ● 아동문학평론가, 춘천교대 국어교육과 교수. 『시의 길을 여는 새벽별 하나』 『소설교육의 방법 연구』 『문학교육의 길 찾기』 『어린이문학의 재발견』 『빛깔이 있는 현대시 교실』 들을 냈다.

또야는 친구들을 기다린다

권정생 유년동화론

김현숙

1. 그의 유년동화에는 무엇이 있을까

권정생의 문학과 삶에 얽힌 이야기들이 되풀이되고 있는데, 나로서는 어느쯤에서부터인지 식상하게 다가오는 면이 있다. 물론 비빌 언덕은 있다. 유년동화. 권정생은 정직하게 살아왔고 그렇게 문학을 해온 작가이니, 유년동화 쓰기를 하며 '일반'동화에는 풀어놓지 않았던 내밀하고 순결한 자기고백을 담았을 터이다. 유년동화가 어리고 귀여운 아이들이 읽을 글로 간결한 서사문학이니만큼, 작가로서는 자신이 말하지 않고서는 견딜수 없는 것들 중에서 가장 지극한 것들을 최고로 정련시켜 내보일 장르로 받아들였을 것이다.

하지만 좀 불안하다. 권정생 삶의 모습이나 이런저런 작품을 보건대, 유년동화라고 별다를 성싶지는 않다. 자기 문학에서 십자가처럼 지고 갔던 무겁고 아픈 주제들을 유년동화라 해서 비켜갔을 리가 없다. 그렇다면 나는 한결같은 무엇만을 확인하게 될 것인가? 그래도 그는 성의있는 작가이니 맑고 또릿한 아이들의 눈망울을 외면하지 않을 거라며 다독여본다. 새로운 무엇을 발견할지 변함없는 무엇만을 확인할지 시작해보자.

수많은 권정생의 동화 중에서 어느 작품을 유년동화라고 할 것인가. 먼저 유년동화에 대한 기본사항을 짚고 넘어가자. 유년동화는 일반동화를 읽는 독자보다 적은 나이의 독자들이 주로 읽는 동화문학 영역이다. 일반적인 동화의 독자를 초등학생으로 본다면, 유년동화 독자는 대략 5,6,7세 아이들이 되겠다. 이러한 어린 나이의 독자들이 이해하고 감상할 수 있는 내용이거나, 그들의 생활과 정서를 담은 것이면 유년동화일 터이다.[1]

유년동화에 대한 이해를 하고 나면, 『하느님의 눈물』[2]에 수록된 몇 작품과 '또야 너구리' 이야기들을 권정생의 유년동화로 지목하게 된다. 흥미롭게도 『하느님의 눈물』편 유년동화와 또야 너구리 이야기들은 분위기가 사뭇 다르다. 전자는 역사와 사회에 대한 주제의식이 강렬한 권정생 동화문학의 연장선상에 놓였다고 할 만하다. 반면 후자는 역사와 사회를 바라보던 넓은 시야를 유아기 아동의 일상생활로 좁혀 주로 그들의 감성과 생각에 초점을 맞추고 있다. 이 두 부류의 유년동화를 각기 살피며 각각의 의미를 더듬을 필요가 있다. 그후 이러한 변모에 얽힌 사정과 변모가 가지는 의미, 그리고 남은 문제들을 짚어볼 것이다.

---

1) 이러한 유년동화에 대한 이해는 주독자층의 '연령'을 중심으로 한 것이다. 때문에 이때의 유년동화는 아동소설을 배제하지 않는다. 곧 유년동화는 낮은 나이의 어린이들이 읽는 동화와 아동소설 모두를 가리킨다. 따라서 이후 이 글에서 나오는 '동화'는 유년동화의 상대어로서, 역시 아동소설을 포함한 넓은 의미의 동화 개념으로 사용되었다.

2) 요즘 구할 수 있는 『하느님의 눈물』은 산하출판사에서 1991년에 출간한 것이다. 그러나 이 작품집은 원래 1984년 인간사에서 출간되었다고 한다. 두 책 사이의 차이를 비교해보지는 못했지만, 1991년 판본에 1984년에 쓴 글쓴이의 말이 그대로 들어 있는 걸로 보아, 내용에서는 차이가 거의 없을 듯하다. 이 글에서는 1991년 판본을 텍스트로 삼았다. 그러나 문맥상 이 책의 첫 출판연도를 염두에 두어야 할 경우에는 1984년을 발간연도로 잡았다.

2. 그의 발언은 한결같았다

『하느님의 눈물』을 보면, 역사와 현실에 대해서 말하지 않고서는 견딜 수 없는 것들이 유년동화를 쓰는 손길에도 크게 간섭하고 있음을 알 수 있다. 특히 첫 네 편 「하느님의 눈물」「아기 소나무」「다람쥐 동산」「아름다운 까마귀 나라」는 권정생 문학에서 자주 등장하는 주제들을 다루고 있다는 점에서 주목된다.[3] 우선 이 네 편이 각기 다루고 있는 문제들이 무엇인지 살펴보자.

「하느님의 눈물」은 하느님이 눈물을 감추지 못하게 만든 한 마리 토끼 이야기이다. 돌이 토끼는 먹거리인 풀 앞에서 멈칫거린다. 자기 배를 채우려면 풀을 희생시켜야 한다. 하여 이 토끼는 남을 죽이는 괴로움에 떠는 것이다. 먹고사는 일이 남의 것을 빼앗는 일이고, 빼앗지 않으면 빼앗긴 채 끝 모를 바닥으로 추락하는 것이 자본주의 시대의 삶 아니던가. '제로썸게임'이나 '레드오션'과 같은 용어들은 기업경영에만 해당되는 것이 아니라, 자본주의 사회에서 승리하는 삶의 전략이 무엇인지 단적으로 드러낸다. 풀을 먹자니 남을 해치는 일이고, 먹지 않자니 굶어죽을 수밖에 없어 고통스러워하는 토끼에게서, 시대가 강요하는 삶의 양식이 못내 고통스러운 권정생의 번뇌가 느껴진다. 하느님이 눈물을 흘린 까닭은 돌이 토끼 말고

---

3) 물론 그의 다른 유년동화들도 권정생 동화문학의 단골 주제들을 취급하고 있다. 그러나 이 네 편으로 제한한 것은, 이들이 분량에서 문자 해독력이 있는 5~7세 어린이라면 스스로 읽어낼 정도로 다듬어졌다는 사실을 높게 쳤기 때문이다. 유년동화 독자는 이야기를 듣는 존재이기도 하다. 어른이 읽어주는 이야기를 들을 때, 이 네 편보다 길고 어려운 텍스트들도 거뜬히 소화할 수 있다. 그 작품들을 대상으로 삼았을 경우, 권정생의 저학년 동화들과의 구분에 모호함이 생긴다. 따라서 유년동화만을 살피려는 이 글의 선명성을 위해 글을 읽는 유아들이 읽어낼 수 있는 텍스트들을 우선적으로 대상으로 삼았음을 밝혀둔다.

는 아무도 이러한 삶의 양식으로부터 벗어나려고 하지 않기 때문이다. 작가는 작품 말미에 애가 타서 눈물을 흘리는 하느님을 보여줌으로써 독자들에게 이 시대 삶의 방식에서 부디 빠져나오라고 간절히 호소한다. 이 작품의 핵심은 남을 해치지 않으며 살려는 사람이 고통에 내몰릴 수밖에 없는 현실을, 토끼 한 마리를 통해 간단하고 명료하게 드러냈다는 점에 있다.

사실, 먹지 않으면 먹히는 시대에 배고픔에 떨면서도 번번이 풀을 지나치는 토끼의 모습은 지나치게 극단으로 쏠려 있고 너무나 염결한 탓에 비현실적으로 여겨지기도 한다. 그러나 하루하루의 급급함이 무얼 위한 것인지, 그 끝이 무엇인지를 생각하면, 극단에 자리했던 '토끼'는 우리의 삶과 존재 한가운데로 급격하게 이동한다. 토끼를 받아들이는 순간, 내 삶의 양식과 존재의 가치를 짚어보게 된다. 막 돌아가는 세상에서 정신없어 하며 자신이 뭘 하고 있는지 짐짓 모른 척 넘어가려던 가증스런 허위의식이 드러난다. 토끼의 질문은 이 시대를 살아가는 사람들에게 자기 존재를 비춰보지 않을 도리가 없을 정도로 맥락이 분명하고 적실한 통찰이 되고 있다.

언젠가 바람이 「아기 소나무」에게 슬픈 사람들 얘기를 전해준다. 아기 소나무는 전해들은 이야기에 불과하다며 그들을 외면하지 않는다. 슬픈 사람들을 돕겠다고 나선다. 역사와 사회를 돌아보는 의식의 출발점은 이 착한 마음이라고 할 수 있다. 그렇다고 이 이야기가 슬픈 일을 겪는 사람들을 안타까이 여기라고 권하는 것은 아니다. 이 작품이 감동적으로 다가오는 것은 작품 마지막 대목 덕분이다.

"달님 아주머니도 저 아래 산 밑, 한국의 할아버지랑 할머니들이 불쌍하셔요?"

"그래, 할아버지 할머니들뿐만도 아니지. 군인으로 간 아들들도, 공장으로 간 딸들도, 한국에 살고 있는 모두가 불쌍하지."

"그럼, 내 키가 얼른 얼른 자라게 도와주세요."

"도와주고말고지. 하느님도 네가 제일 착하다고 하실 거야."

"아니에요. 제일로 착한 건 싫어요. 보통으로 착하면 되어요."

"그래 그래, 아기 소나무야."

달님은 한 번 더 목이 메려는 것을 꾹 참았습니다. (26~28면)

아기 소나무가 슬픈 할아버지 할머니를 도우려는 건 깊은 사회의식이나 높은 도덕심 같은 잘난 생각에서 비롯된 게 아니라, 그게 당연하다고 생각해서다. 달님이 목이 멘 까닭은 아기 소나무가 당연한 일을 착한 마음으로 떠받들어져서 인정받으려는 작은 욕망에서도 비켜나 있기 때문이다. 작품 앞부분에 있는 아기 소나무와 달님의 대화는 아기 소나무가 매우 천진한 존재임을 알려준다. 천진했기에 마음속 작은 욕망에 휘둘리지 않았던 것이다. 이 천진한 존재가 제일로 착한 건 싫고 보통으로만 착하면 된다고 한다. 천진한 본성으로 돌아가면 착한 일 하는 건 보통의 일임을 가리킨다. 이 작품의 요지는 착한 일을 하라는 게 아니라, 남을 돕는 게 살아가는 데 마땅하고 올바른 자세임을 드러내는 것이다.

조국의 분단현실을 어떻게 극복할지를 작가 나름으로 그려본 「다람쥐 동산」에서 주목할 것은, 통일에 대한 권정생의 접근법이다. 그는 울타리에 가로막혀 남북으로 갈라진 다람쥐 나라를 내세워 우리나라 상황을 작품에 투영시킨 후, 남북 다람쥐가 서로를 막고 있는 울타리를 서서히 뚫어가는 과정과 맞물리도록 서사를 짜맞추었다. 울타리에 작은 구멍이 뚫리는 순간, 상대편에 대한 억측과 적개심은 거짓이었음이 드러난다. 일단 뚫리기만 하면 서사는 마침내 울타리가 걷히는 순간까지 정지신호 없는 도로를 달리듯 어떤 갈등도 긴장도 겪지 않고 질주한다.

여기서 확인되듯, 그에게 통일은 나뉘어 있는 것을 하나로 이어붙이는 작업이 아니라, 둘로 나누는 울타리를 뽑아내는 일이다. 울타리 제거 작업은 상대에 대한 왜곡된 시선을 털어내고 동질성을 확인하는 과정을 뜻한다. 이것은 무엇을 바꾸어서 옳음을 얻겠다는 것보다, 원래 있는 그대로로 돌아감으로써 옳음을 취하겠다는 자세다. 천성의 것 혹은 원래 그대로의 것을 존중하는 자연주의자의 면모를 읽을 수 있다. 자연주의적 통일 접근법은 「다람쥐 동산」을 짜가는 원리였던 것이다. 이 원리는 그의 아동소설 「바닷가 아이들」(『바닷가 아이들』, 창비 1988)에서도 다시 확인된다.

까마귀의 나라는 진정 아름다울까? 반어법적 제목을 가진 작품들이 그렇듯 「아름다운 까마귀 나라」는 까마귀 나라가 아름다울 수 없는 나라임을 보여준다. 이 작품은 제 본모습을 잃고 남을 좇는 사대주의 풍조와, 강대국 밑에서 자기 목소리를 내지 못하는 약소국의 모습을 함께 드러냈다. 한마디로 주체성을 잃은 나라의 추하고 안타까운 모습을 풍자함으로써 주체성 회복을 주장한 작품이다.

자본주의 질서가 배태한 삶의 방식이 타인에게 얼마나 폭력적인가를 보여준 「하느님의 눈물」, 남을 돕는다는 지극히 당연한 마음가짐을 들어 슬픔 많은 사람들을 돌아보게 한 「아기 소나무」, 남북을 가로막는 울타리의 허위성을 드러내어 통일로 가는 길을 달려본 「다람쥐 동산」, 외세에 현혹되고 눌린 채 상실한 주체성을 풍자한 「아름다운 까마귀 나라」, 이 네 편의 유년동화는 시대와 현실에 대한 권정생의 발언들이다. 발언 내용에만 귀 기울인다면 권정생 유년동화에서 새로운 무엇은 들리지 않는다.

3. 세상에 맞서는 힘이기도 했다

그러니 그의 유년동화를 시대와 사회에 대한 문제의식을 가지고 있는 작가가 독자 대상만 바꾸어서 진행한 글쓰기처럼 볼 수도 있다. 그러나 그의 유년동화의 행간을 더듬으면 결코 그렇지 않음을 알 수 있다. 주인공들 이야기부터 풀어가보자. 네 편의 주인공은 모두 어린 존재들이다. 유년동화에서 아기를 주인공으로 내세우는 것은, 나이 어린 독자들에게 가까이 다가가려는 유년동화의 기본적인 창작법칙이다. 물론 권정생도 이 법칙을 지키고자 했다. 그러나 네 주인공들의 양상을 살피면 그가 어린 존재를 내세우면서 자신만의 맥락을 가졌음을 알 수 있다.

배고프지만 풀 먹기를 망설이는 돌이 토끼, 자기랑 상관없지만 슬픔 많은 사람들을 도우려는 아기 소나무, 절대 다가가서는 안되는 울타리를 뚫는 아기 다람쥐, 어른들도 어쩌지 못하고 입고 다니는 거추장스러운 옷을 벗어던지는 아기 까마귀. 이들은 어리지만 주어진 삶의 방식이나 상황에 날카롭게 이의를 제기하거나 문제상황을 과감히 뚫고 나간다. 그러므로 이 주인공들은 그저 연령이 낮은 존재가 아니라 잘못된 기성체제와 사유에 물들지 않은 순수한 존재들이다. 잘못된 것을 밝히고 이를 극복해보려는 권정생에게 주인공으로 꼭 선택될 수밖에 없는 존재들인 것이다.

이 주인공들은 권정생 스스로가 그렇게 되기를 원하는 존재이기도 하다. 그는 고통스런 선택을 강요하는 이 시대 삶의 양식에 대한 성찰을 멈추지 않는 사람, 슬픈 사람을 돌아보며 제일 착하다며 우쭐거리지 않는 사람, 통일을 자연스럽게 이뤄내는 사람, 외세의 간섭을 과감히 벗어던지는 사람이고 싶은 것이다. 그러니 권정생 유년동화의 주인공들은 권정생 내면을 표상한 인물이라고 할 만하다. 여기서 잠시 권정생 문학에서 빈번하게 다루어졌던 주인공들을 생각해보자. 가난, 장애, 부모의 부재 같은 조건들 때문에 고통받는 존재들이었다. 권정생은 그들을 외면하지 않으려 했고 문학의 대상으로 삼았다. 그가 일반동화에서는 끊임없이 이 시대의 낮은 자들에 대해서 증언하려 했다면, 유년동화를 통해서는 자신을 돌아보고자 했던 것이다.

권정생 유년동화의 주인공들이 작가가 그렇게 되기를 원하는 존재들이라는 점을 다시 지적해보자. 그렇다면 이 주인공들은 작가 자신의 염원과 결단의 반영체들이라고 할 수 있다. 자신의 염원과 결단의 반영체들을 주인공으로 내세운 유년동화는 권정생의 기도문이나 다짐문과도 같다. 예컨대 자본주의 삶의 양식을 고민하는 작품 「하느님의 눈물」에서는 자신의 결단을 놓고 절대자에게 드리는 기도에서 느낄 법한 절실함이 묻어난다. 「다람쥐 동산」에서는 통일이라는 과업은 가장 순결한 의지로 성취해야 한다는 다짐이 느껴진다. 이러한 기도와 다짐, 결단과 의지는 그가 견딜 수 없이 고통스런 세상을 살아가는 힘이다.

육신의 병고와 가난 그리고 고통스런 조국의 현대사를 온몸으로 겪으며 내내 가장 낮은 자로 살아왔던 자연인, 순수하지만 의식과 의지가 미약한 어린아이들을 향한 글을 쓰는 작가로서 책무를 잃지 않으려 했던 동화작가, 그리고 이웃을 위해 자기 목숨까지도 내놓았던 예수를 따라서 살고자 하는 기독인. 어느 것 하나 쉬울 게 없는 권정생 삶의 모습들이다. 무수한 번뇌 속에서 수없이 결단하며 살아왔을 그에게 유년동화는 어떤 의미가 있었을까? 권정생 문학과 삶 그리고 신앙 그 모두를 두루 살펴야 답이 나오겠지만, 그의 유년동화가 일반동화에서 보여주던 주제의식을 그대로 승계한 채 나이가 더 어린 독자들이 읽기 쉽게 쓴 짧은 동화만은 아니었음이 분명하다.

4. 아이들이 잘 들리지 않는다고 한다

　그가 유년동화를 자신의 내밀하고도 순결한 의지를 되새기기에 적절한 이야기 양식으로 받아들였기에, 어린 존재를 주인공으로 하는 유년동화를 많이 썼을지도 모른다. 그러나 권정생 유년동화가 이러한 맥락에 있었다는 것은, 한편으로 그가 유년동화를 창작하면서 나이 어린 독자들과 함께 호흡하겠다는 의식이 미흡했음을 뜻한다. 그의 유년동화를 읽는 나이 어린 독자들은, 주인공들처럼 순수하기는 하지만, 그 주인공들처럼 깊은 의식과 의지가 있는 것은 아니다. 주인공과 독자를 '어린'이라는 이유만으로 하나로 취급하기에는 둘 사이의 간격이 너무 크다. 권정생이 그 간격을 어떻게 메우고 있는지, 독자로서는 얼마큼 가까이 다가갈 수 있는지 살피는 일을 건너뛸 수가 없다. 결론부터 말하면, 유년동화를 대하는 그의 태도에서 비롯된 승한 주제의식이 독자를 넓게 배려하지 못했고, 때로는 이야기성에 흠을 내고 있다고 할 수 있다.

　통일에 대한 생각을 다람쥐 동산에 대입시켜 자동기술해간 「다람쥐 동산」은 뜻하는 바를 전달하는 것 이상 느끼기 어렵다. 유년동화는 간명해야 한다. 이 말이 여운과 파장까지 접으라는 뜻은 결코 아닐 것이다. 「아름다운 까마귀 나라」는 전형적인 우화로 볼 수 있다. 우화의 특징은 풍자를 통해 작의(作意)를 분명하게 드러낸다는 점이다. 그렇기 때문에 메씨지를 위해 캐릭터나 인물간의 갈등이 조종된다. 그렇긴 하나, 우화도 이야기인 한 특정 주제를 위해 상황이며 인물이 조종된 느낌은 나지 않아야 한다. 그러나 이 작품은 작의를 위해 상황이며 인물의 행동양식이 조종된 느낌이 남는다. 주제의식은 선명하되 작가가 그것을 전달하는 데 몰두한 나머지 이야기를 소홀하게 다듬어간 것이다.

이 두 작품이 진지하게 고민할 만한 이슈만 제공하는 작품에 해당된다면, 「하느님의 눈물」과 「아기 소나무」는 그 단계에서 그치지 않고 자기 삶을 붙들고 씨름하는 데까지 나아갔다고 할 수 있다. 이 두 작품 역시 의인동화지만, 흔히 만나는 의인동화와 달리 독자로 하여금 이야기를 자기 삶 속으로 끌어들이게 한다. 두 작품에 얽힌 권정생의 생각이 그만큼 깊고 탄탄한 결과다. 고픈 배를 움켜쥐고도 풀 앞에서 망설이는 돌이 토끼는, 자기 이야기가 적당한 도덕적 교훈으로 흘러가는 걸 허용하지 않는다. 착하기로서니 이게 크게 인정받을 일이냐는 아기 소나무 이야기를 읽으면, 착하게 살라는 이야기를 읽은 것처럼 교훈이 교훈으로 끝나는 일은 벌어지지 않는다.

하지만 이 두 작품에도 아쉬움은 있다. 유년기 독자 없이는 성립되지 않는 유년동화인지라 이 작품들을 어린 독자가 얼마나 받아들일 수 있을까 생각해보다 「강아지똥」은 워낙 자주 다뤄진지라 이 글에서는 다루기를 삼가려 했지만, 잠시 불러와보겠다. 「하느님의 눈물」은 「강아지똥」에 견주어 존재에 대한 성찰이 한결 근원적이지만 독자와의 소통에는 미흡하다고 할 수 있다. 어린 독자의 눈으로 「강아지똥」 읽기를 해보자. 강아지똥은 강아지라는 작은 동물이 만들어낸 더 작은 것이며, 자기 혼자서는 무얼 할 수 없는 연약한 존재다. 연약하기로 따지면 어린아이들의 처지는 강아지똥과 같으니, 강아지똥을 재빨리 자신의 대리물로 받아들일 수 있겠다. 더러워서 닭이나 참새에게 자꾸 내침을 당하는 강아지똥 모습을, 약자이기 때문에 혼자 남겨지는 것에 대한 공포가 더욱 클 수밖에 없는 아이들은 또한 크게 공감할 것이다. 이 두 정황만으로도 어린 독자들은 강아지똥과 자신을 단단하게 결합시킬 수 있다. 힘없고 더러운 강아지똥이 민들레 싹을 껴안는 것은, 어린 독자에게 자기 스스로 내쳐짐을 극복하는 일로 다가갈 것이다.

돌이 토끼 이야기에는 아이들이 동일시할 거리가 별로 없다. 돌이 토끼는 '풀 먹기'를 '풀 없애는 일'로 여겼다. 아이들로서는 '먹는 일'을 '해치는 일'로 여기기가 어려울 것이다. 남의 손에 든 떡도 탐나 어떻게든 제 입에 넣고 싶은 게 아이들이다. 약자로서 세상을 살아가는 생존방식일 것이다. 그렇다면 어린아이들에게 돌이 토끼는 나와 다른 존재로 머물 수밖에 없다. 동일시가 어려우니 토끼의 생각이 이해 범주 안으로 들어오기 어렵다.

어린 독자가 이 작품을 받아들일 수 있는 때는, 토끼의 입장에 설 때가 아니라 풀의 처지에 섰을 때이다. 유아기의 평범한 아이들이라면 '토끼가 풀을 먹으면 풀이 죽는구나. 풀이 불쌍해'라는 정도의 생각은 가능할 것이다. 이런 생각은 토끼가 제시한 삶과 존재의 문제를 절실하게 더듬는 일에서는 멀어져 있다. 처음부터 어린 독자를 그다지 염두에 두지 않기에 이런 결과가 나올 수밖에 없다.

아이들 입장에서 「아기 소나무」는 「하느님의 눈물」보다 친근하게 다가올 듯하다. 내용도 쉽고, 아이들이 흥미를 보일 오줌과 키를 슬쩍 불러들이고 있다. 똥, 오줌, 방귀는 아이들 귀를 확 끌어당기는 최고의 소재들 아니던가. 어린 존재들을 내세운 이야기에서 권정생이 똥, 오줌, 방귀를 자주 불러들이는 걸 보면, 그도 이 점을 알고 있는 것 같다. 그러나 여기에서의 오줌은 어린 독자들의 흥미를 자극하는 소재로만 쓰인 건 아니다.

보통 똥, 오줌, 방귀를 배설의 쾌감과 연결하지만, 권정생 작품에서는 존재가 가장 진솔하게 만나는 방식과도 관계가 있음을 놓칠 수 없다. 먹고 싼다는 점에서 너와 내가 다르지 않음을 확인하는 것은, 각 존재를 둘러싼 조건에서 빚어지는 차이를 상당 부분 무장해제시킨다. 소나무와 달은 먹고 싸는 존재들은 아니나, '아기' 그리고 '아줌마'라는 지칭은 이들을 물활론적 세계로 편입시켜 먹고 싸는 일과 관계된 존재로 자리매김한다. 아기 소나무가 달님 아줌마가 쉬 했다고 말하는 것은 자연스럽다. 아기 소나무가 달님에게 시커먼 포장을 쳐서 궁뎅이를 가린 거 아니냐고 따지는 일도 그럴듯하다. 오줌을 쌀 때 엉덩이는 아무것도 걸치지 않은 있는 그대로를 다 드러내 보여야 한다. 오줌과 오줌 쌀 때 엉덩이가 이처럼 더이상 가릴 것이 없는 최초의 상태를 뜻한다고 할 때, 천진한 존재를 들어 착한 일이 삶의 당연한 모습임을 전하는 주제는 설득력과 깊이가 생기는 적절한 배경을 얻게 된다. 이는 주제의식을 잘 형상화했다는 점에서도 눈여겨볼 대목이지만, 만만치 않은 주제를 어린 독자에게 친근하게 전해보려는 작가의 잠재된 의지와도 연관되어 있다고 할 것이다.

　어린 독자가 공감을 일으킬 점은 또 있다. 달님이 아기 소나무에게 이렇게 물었다. "너는 이담에 키가 어느만큼 크고 싶니?" 화젯거리로 키를 끌어들인 것이다. 아이들에게 키가 자란다는 것은 능력의 신장과 관계된다. 예컨대 "아빠처럼 크고 싶어요"라는 말은 아빠만큼 능력있는 존재이고 싶음을 뜻한다. 그러니 아이들은 능력 신장에 대한 의지가 탑재된 키 크기 욕망을 부단히 품게 마련이다. 하지만 달님의 질문이 위에서 언급한 의미망을 형성하지는 않는다. 슬픈 사람들을 염려하는 아기 소나무의 마음을 드러내는 단계로 넘어가는 과정에서 자연스럽고 필연적인 소재로 제시되었을 뿐이다. 그렇다 하더라도 이미 키가 화제로 등장한 이상 어린 독자들은 아기 소나무 이야기에 한결 빠져들 수 있다.

　흔히 능력의 문제에서 일차적 관심은 능력의 정도이다. 높은 키는 곧 많은 능력을 의미한다. 그런데 아기 소나무의 키에 대한 의지는 능력의 정도가 아니라 능력의 방향과 관계있다. 나를 위해서 키를 키울 때, 능력의 신장은 직선을 긋느라 주변을 돌아보지 않는다. 남을 위해 키를 키울 때는 그런 직선을 그을 수가 없다. 키의 생장점이 어디를 향할 것인가. 아기 소나무가 빨리 자라고 싶다는 소원은 그 방향성과 관계가 있는 것이다. 어린 독자에게 이런 의미가 모두 전달될 것이라고 보지는 않는다. 그러나 어린 영혼이 희미하게나마 이해할 것이라고 기대하는 건, 어린 독자들과 호흡할 수 있는 여지가 상당히 확보되어 있기 때문이다.

네 편의 유년동화들은 삶과 시대에 대한 치열한 대결의식의 소산물이라고 할 수 있다. 자신의 다짐과 결단이 작품의 핵심을 이루고 있는 것이다. 그러나 이 작품들을 대하는 독자들이 그만한 의미를 파악하는 데까지 이르기 어렵다. 부분적으로 혹은 표층적 의미만을 읽어낼 수 있을 뿐이다. 이것은 작가가 유년동화에 대한 인식, 즉 어린 나이의 독자들이 읽고 공감할 수 있는 내용은 무엇인지 탐색해야 한다는 의식이 명확하지 않았기 때문에 나타난 결과다. 권정생은 순수하고 치열하게 자신의 문제의식을 드러내는 일이 유년기 독자를 위하는 일이라고 여겼을 것이다. 그러나 이때의 독자는 좋은 동화를 읽어야 할 대상일 뿐, 자기들만의 생각과 정서가 있는 살아 있는 존재까지는 아니었을 것이다. 그렇기 때문에 어린 독자를 위한 배려가, 아기를 주인공으로 삼고 의인화 형식을 취하는 수준에서 크게 벗어나지 않았다. 그러나 이것은 독자의 눈길을 붙들 수는 있어도 마음까지 붙드는 힘은 없다. 어린이들의 관심권 내에서 출발해 자신의 주제의식에 접근해 들어가는 길도 있을 것이다. 『하느님의 눈물』을 쓸 무렵 권정생이 그 길을 찾아내기에는 우리 유아동화 안팎의 사정이 팍팍하기만 했다. 당시 작가로서는 자기 문제의식과 치열한 씨름을 진행해야 했고, 열악한 아동문학 담론은 그가 현실 독자를 충분히 배려해서 문제의식을 풀어가도록 안내할 수 없었을 것이다.

5. '또야'가 나타났다

『하느님의 눈물』을 펴낸 지 대략 15년 뒤 권정생은 자신의 유년동화를 스스로 갱신했다. 어린 나이의 독자들에게 배려가 부족했던 자기 유년동화의 가장 큰 맹점을 극복하고 나선 것이다. 이 일의 시작은 '또야'라는 너구리의 등장이다. 「또야 너구리가 기운 바지를 입었어요」[4]를 시작으로, 「또야 너구리의 심부름」과 「밤 다섯 개」[5] 그리고 『또야와 세발자전거』(효리원 2003)에 이르기까지 네 편의 작품에서, 또야 너구리는 언제나 주인공이다.

또야는 유치원에 다닌다. 유년동화의 주독자층인 유치원 아이들은 바로 자기라고 여길 수 있는 캐릭터 하나를 확보한 셈이다. 또야는 유치원에 다니면서 친구들을 사귀게 된다. 이 연령대의 유아들에게 친구란, 이제껏 관계를 맺어왔던 가족공동체를 벗어나 처음으로 맺는 인간관계이고, 그래서 첫 사회생활을 뜻한다. 이제 또야도 인간사에서 빚어지는 기본적 갈등을 고스란히 체험할 수 있는 사회적 관계를 맺는 것이다. 이로써 권정생의 유년동화는 일상을 살아가는 아이들과 공감할 수 있는 이야깃거리를 지니게 되었다. 현실 유아들의 일상을 다룬다는 것, 이는 시대와 존재론적 주제에 천착한 『하느님의 눈물』편 유년동화들과 전혀 다른 내용과 질감과 효과를 갖게 된 근원이다.

「또야 너구리가 기운 바지를 입었어요」는 첫 또야 이야기라서 그런지 『하느님의 눈물』편 유년동화의 특성이 다 가시지 않고 있다. 가볍지 않은 주제를 다룬다는 점, 문제의식에 비해 어린 독자와의 소통이나 작품의 형상화가 상대적으로 치밀하지 못한 점이 눈에 띈다. 이 작품의 테마는 환경문제이다. 환경문제는 이 시대 작가로서 피해 갈 수 없는 사회문제이면서 유년기 아동들과 함께 이야기해볼 수 있는 주제이다. 현실의식이 강한 권정생에게는 특별히 각별한 테마로 다가왔을 터이다. 이야기의 표층은 또야가 기운 바지를 입고 유치원에 갔다는 것이다. 그 이면에는 기운 바지가

---

4) 권정생 『또야 너구리가 기운 바지를 입었어요』, 우리교육 2000.
5) 권정생 외 『또야 너구리의 심부름』, 창비 2002.

환경을 보호한다는 통찰이 자리한다. 통찰의 요지는 환경을 보호하자는 주장이다. 이런 경우 기운 바지가 환경을 보호한다는 통찰이 설득력 있게 전달되지 못하면, 환경을 보호하자는 주장은 구호로 전락되고 기운 바지를 입고 유치원으로 간 또야는 공허한 구호의 전달자로 남기 쉽다.

기운 바지가 환경을 보호한다는 통찰을 전달하는 방식을 보자. 일단 작가가 바지를 기울 정도로 환경에 대한 의식이 있는 엄마 너구리의 입을 빌려 설교나 설명을 늘어놓지는 않았다는 점에서 다행스럽다. 그러나 엄마가 한 일이라곤 꽃, 물고기, 별을 불러들여 또야의 감성에 호소하는 게 거의 전부인데, 아이들이 이해할까 싶다. 작가는 또야가 기운 바지를 마지못해 입었다고 함으로써 또야가 엄마 말을 이해한 것은 아니었음을 밝혀놓았다. 그럼에도 불구하고 또야는 바로 이어지는 장면부터 끝까지 자기가 만나는 것들마다 엄마 말이 맞다는 믿음을 실어 전달한다. 이야기가 끝나도록 또야가 엄마 말을 믿음에 차서 전할 수 있었던 까닭은 밝혀지지 않는다. 독자로서는 기운 바지가 어떻게 꽃, 물고기, 별에게 좋은 건지, 또야가 어떻게 엄마 말을 믿게 되었는지 온통 궁금증에 시달리게 된다. 따라서 이 작품은 교훈적 자세에 빠지지 않는 일에는 성공했지만, 공감을 구하는 일에는 실패한 것으로 보인다.

물론 또야는 아이라서 이해가 안되어도 엄마 말이니까 무심결에 믿을 수도 있을 것이다. 그런 접근은 『하느님의 눈물』편 유년동화들에서 권정생이 보여준 아기들을 생각하면 용납하고 싶지 않다. 돌이 토끼, 아기 소나무, 아기 다람쥐들, 아기 까마귀 역시 어린 존재들이지만 이들 스스로가 세계의 중심으로 당당하게 서 있었다. 물론 이 아기들은 문제의식으로 자기 삶을 돌아보고, 순수함으로 허위의식을 뚫어버리는 존재들로 권정생의 생각을 대변하는 가공의 존재들이고, 또야는 일상의 아이들을 대신하는 대리물이니 맥락을 무시하는 일대일 비교는 위험하다. 지적하고 싶은 것은,

유년동화에 대한 권정생의 태도가 변화한 후 첫 작품 속 아기의 모습이 지나치게 자아가 없는 상태로 나왔다는 점이다.

권정생은 이 작품이 문제의식적이며 아이들의 이야기이기를 원했으리라. 그래서 구멍 난 바지와 꽃, 물고기, 별을 연결했던 것이다. 그러나 이 둘이 어울리는 까닭을 푸는 과정을 생략한 것은, 역사와 사회가 제기하는 문제 전달에는 능숙하나 독자와의 교감에는 서툴렀던 그의 손끝이 드러낸 한계이다. 이 작품은 『하느님의 눈물』편 유년동화에서 또야 너구리 이야기로 건너가는 징검다리로 여겨진다.

삯바느질로 바쁜 엄마가 또야에게 콩나물을 사오라는 심부름을 시켰다. 삯바느질을 하는 엄마는 옛날 엄마인데 콩나물값 천원은 요즘 시세, 잠깐 어리둥절했지만 권정생 선생을 생각하니 푸훗 웃음이 나온다. 어쨌든 「또야 너구리의 심부름」은 시작되었다. 가지고 나간 돈은 천백원. 정황으로 보아 백원은 심부름값 되겠다. 이야기는 이 심부름값에 모아져 있다. 심부름을 떠나기 전, 콩나물 값에 딸려오는 백원을 놓고서 또야와 엄마의 대화는 이렇다.

"이것 심부름하는 값이야?"
"아니, 심부름은 그냥 하는 거고 백원은 그냥 주는 거야."
또야는 함빡 웃었어요.
돈 백원이 심부름값이라면 아무래도 찜찜하잖아요. 엄마가 시키는 일에 어떻게 값을 받겠어요.
또야는 문간까지 와서 한 번 돌아다봤어요. 그러고는 똑똑히 이러는 거예요.
"엄마, 이 돈 백원 진짜 그냥 주는 거지?"
"그럼, 그냥 주는 거야."

"심부름하는 값 아니지?"

"그래 그래, 아니다."

엄마 너구리는 속으로 웃으면서 겉으로는 큰 소리로 대답했어요. (20~21면)

냉큼 심부름에 나선 또야가 이쁘고 대견해서 백원에 그 마음을 실어보지만, 심부름은 값을 지불해야 하는 게 아니라고 생각하는 엄마. 심부름값을 받지 않은데다가 어쨌건 백원이 제 손 안에 들어와서 기분이 좋은 또야. 엄마와 꼬마 사이에 이뤄지는 마음의 움직임이 군더더기 없이 잘 묘사되어 있다. 이후의 내용은 심부름값을 받지 않고 심부름을 하는 자신을 표 내어 인정받고 싶어하는 또야의 마음에 맞춰져 있다. 또야의 자랑에 콩나물 파는 할머니와 가겟집 아저씨의 반응은 열광적이지 않았다. 그러나 동동 동 집으로 달려가는 걸음에는 심부름값을 받지 않고 심부름을 하는 멋진 자기 자신에 대한 기쁨이 있다. 하여 자기 돈으로 산 사탕을 엄마에게도 나눠준다. 자신감을 가진 자의 여유. 자기가 먼저 먹지 않고 엄마 먼저 드리는 건 예의에 속할 것이다. 기운 바지를 입은 또야가 갓 태어난 아기와 같았다면, 다행히 여기서 잘 자란 또야를 만나니 반갑다.

심부름 잘하는 착한 어린이가 되세요, 혹은 심부름값은 받는 게 아니에요, 하는 교훈적인 유년동화와는 다르다. 권정생은 심부름값에 얽힌 아이의 감정을 드러냄으로써 유년기 독자의 공감을 획득했다. 심부름값에 얽힌 생각도 어린 독자의 수준에서 살피기에 무리가 없다. 그런데 권정생의 이름을 가리고 이 작품을 읽어본다면, 사회든 역사든 철학이든 붙들고 씨름했던 권정생만의 것이라고 할 만한 내용이 없어 보인다. 권정생이 그만큼 달라져 있다는 것만 기억해두자.

똑같이 아이들의 일상 정서를 담아낸 이야기이지만, 「또야 너구리의 심부름」은 탄탄하고 「밤 다섯 개」는 헐겁다. 또야는 엄마가 삶아준 밤을 친구에게 나눠주었다. 밤 다섯 개를 다섯 친구한테 하나씩 나눠주었더니 제 먹을 게 없어 울고 만다. 친구들은 또야가 빈손이 되어 운다고 제 먹던 걸 줄 수 없으니 그저 덩달아 따라 울 뿐이고, 울음소리에 놀라 나온 엄마가 앞치마에 넣어두었던 삶은 밤 하나를 더 준다는 이야기이다.

또야처럼 친구들과 함께 놀던 현덕의 노마 이야기가 떠오른다. 노마 이야기의 성공 이유는 무엇일까? 나이 어린 아이들이지만 거기에는 서로 다른 개성과 처지를 지닌 인물들이 있다. 사람들 사이의 갈등과 화해가 짧은 이야기 속에 생생하게 살아 있다. '밤 이야기'에서 또야와 친구들은 노마 이야기에 육박하지 못했다. 있을 법한 정경이고 아이들 심리야 드러냈다지만, 그에 대한 보고에 머문다. 이야기가 헐겁게 느껴질 수밖에 없다.

『또야와 세발자전거』의 또야는 뽀야의 세발자전거가 부러운 나머지, 놀이터에 덩그러니 남아 있는 자전거를 자기 집으로 끌고 들어갔다. 자전거를 갖고 싶은 욕구는 이렇게 충족시켰지만, 이제 또야는 엄마가 이 국면을 해결하기 위해 만든 상황을 겪어야만 한다. 언제나 껴안고 자는 또야의 곰인형이 없어졌다. 또야는 곰인형을 찾으며 자전거를 찾을 뽀야를 생각한다. 엄마는 계속 곰인형을 찾는 또야를 데리고 뽀야네 집으로 간다. 곰인형을 안고 있던 뽀야는 내놓지 않는다. 이 과정을 통해 또야는 자기 모르게 없어져도 곰인형은 자기 것이고, 자전거는 친구 것이라는 걸 깨닫는다.

이 작품은 소유의식이 분명치 않은 유년기 아이들에게 소유에 대한 개념을 알려준다. 아이들 일상을 바탕으로 아이들의 심리를 잘 표출했기에 작품으로 무난해 보인다. 그러나 아이 입장에서 읽으면, 분명 자기 이야기인데 누군가의 손에 조종되는 자신을 느낄 법하다. 작품에서 핵심 서사를 이루는 대목으로, 소유개념을 익히는 상황은 엄마가 의도적으로 연출한 것이다. 엄마는 자전거를 몰래 가져온 또야를 혼내지 않고, 또야가 자전거를 잃어버린 뽀야와 같은 처지에 빠지게 함으로써 문제를 해결해갔다. 여기서 엄마는 어린아이의 자기중심적 사고방식을 잘 이해해주고 아이를 존중해주는 것 같지만, 어느 결에 또야는 소유개념을 알아야 하는 아이, 즉 가르침의 대상으로 전락하고 있다. 엄마가 문제를 지혜롭게 해결한 칭찬받을 사람이 되는 과정에 아이는 해결되어야 할 문젯거리가 되었던 것이다. 소유개념을 파악해가는 뽀야네 집 장면에서, 또야와 뽀야의 얽히고 풀리는 심리에 더 주목해주었더라면 하는 아쉬움이 남는다. 어른들은, 곰인형은 뽀야한테 왔으니 뽀야 것이고 자전거는 또야한테 있으니 또야 거라고 하며 소유개념을 알려주기 위해 문제가 무엇인지 앞에 나서서 정리해준다. 아이들이 스스로 해나갔더라면, 어린 독자들로서는 자신들이 인정받는 듯하나 종국에는 타자로 밀려나고 있다는 느낌 따위는 가지지 않을 것이다.

또야 너구리 이야기들은 아이들의 일상을 담고 일상에서 흔히 겪는 마음을 그려냈다는 특징을 갖고 있다. 권정생은 또야 너구리를 통해 『하느님의 눈물』편 유년동화에서 확보하지 못했던 어린 나이의 독자들과의 교감 문제를 해결했던 것이다. 동식물을 의인화해서 아동의 생활을 담은 유년동화들은, 자주 이래야 한다 저래야 한다는 도덕을 전달하는 데 머물곤 한다. 너구리를 의인화한 생활동화인 또야 너구리 이야기들이 건강해 보이는 것은, 그런 일반적인 의인 생활동화와는 거리를 두었기 때문이다.

그러나 이만한 성과에도 불구하고 어딘가 허전함이 남는다. 아동의 현실에서 눈을 떼지 않으려 했던 그의 문학원칙이 어디론가 실종된 듯한 느낌을 받기 때문이다. 독자에 집중한 것은 좋았지만 작가의 생각과 말이 거의 사라졌거나, 있어도 선명하게 형상화되지 못했다. 기운 바지 이야기에서 환경문제를 발언하고 있지만, 유년기 아이들 일상에 덧대어 엉성하게 기워졌다고 할 수밖에 없다. 헐겁게 느껴지는 밤 이야기, 소유의 개념을 알려주는 텍스트로서는 좋다는 평가를 할 수 있지만, 또야가 가르침의 대상으로 전락한 듯한 자전거 이야기에서는 문학을 통해 삶을 통찰하던 작가 특유의 정신이 더욱 아쉬워진다. 유년기 독자에게 집중한다는 것이 권정생이 아름답게 보여주던 작가정신을 외면하는 일은 아닐 것이다. 물론 그가 전혀 다른 이야기를 써보려고 했음을 모르는 바 아니다. 그러나 그가 목적한 새로운 이야기가 일상만 다루는 데 그치는 건 아닐 거라고 짐작한다. 왜냐하면 그는 『하느님의 눈물』편 유년동화를 통해 시대와 존재의 문제들과 끝까지 겨루어보겠다고 다짐했기 때문이다. 그가 아이들의 구체적인 일상을 다룬다고는 하나 아무래도 아이들의 세계에 충분히 젖어들지 못한 것 같다. 때문에 전작들이 보여주었던 삶에 대한 무게있는 이야기를 아직 담지 못한 것이라고 추측한다.

6. 또야는 친구들을 기다린다

권정생의 두 부류의 유년동화를 나란히 늘어놓으면, 그의 유년동화가 주제의식과 독자와의 공감 확보라는 양끝을 가진 시소를 타고 있다는 인상을 받는다. 주제의식에 기울어지면 유아기 독자와의 공감이 붕 뜨고, 반대로 독자와의 교감이 깊어지면 주제의식이 어딘지 맥을 못 춘다.

권정생이 주제의식에 집중하던 작품에서 독자와 공감하는 작품으로 변모하는 데는 대략 15년이 걸렸다. 그사이에 무슨 일이 있었던 것일까? 권정생의 변모를 유도했던 원인을 몇 가지로 짚어볼 수 있다. 우선 우리 창작 유년동화의 성장과정과 무관치 않을 것이다. 과거 우리 동화문학은 전반적으로 독자에 대한 배려가 그리 깊지 않았다. 문학 환경도 그렇지만, 권정생 자신이 작가로서 누구보다도 주제의식을 갈아세웠던 탓에 할 말이 많아 독자를 깊이 배려할 틈이 없었다. 우리 아동문학이 독자와의 소통을 중시하는 자세를 갖추어가면서, 그로서도 주체할 수 없던 말들을 어느정도는 덜어내었기에, 이제 관점을 새롭게 한 글쓰기 여건이 조성되었다. 여기에 결정적으로 작용한 요인이 그림동화책의 출간일 것이다. 그는 자신의 동화 몇 편이 그림동화로 다듬어져 나오는 것을 지켜보면서, 유년동화에 대한 인식을 새롭고 명료하게 다듬었던 것 같다. 그 결과물이 바로 또야 너구리라는 캐릭터일 것이다.

두 경향의 유년동화를 놓고 시소놀이에 비유한 건, 그의 유년동화에 너무 많은 것을 기대했기 때문인지도 모른다. 그러나 그는 그만한 기대를 받아도 좋을 작가이다. 그가 보여준 유년동화의 모습이 그 증거들이다. 2000년에 세상에 나온 또야가 막 태어난 갓난아기처럼 무력한 모습이었다면, 2002년을 거쳐 2003년의 모습은 인정받으려 하고 제 욕심을 주장하는 어엿한 '인간'으로 자라 있다. 문학은 인간의 삶을 다루고 삶은 곧 인간 사이의 관계성을 뜻하는 말이기도 하다. 뽀야를 비롯한 또야의 다섯 친구들도 또야만큼 커진다면 권정생의 유년동화는 한껏 자랄 수 있을 것이다. 아이들의 일상을 통해서도 그가 오래전부터 내온 자신의 익숙한 목소리들을 낼 수 있을 것이다. 그의 유년동화만을 놓고 보면, 그는 이제 자신의 할 말과 아이들의 공감을 함께 확보할 수 있는 지점에 막 들어섰다고 할 수 있다.

『창비어린이』 2005년 겨울호

金鉉淑 ● 동화작가, 아동문학평론가. 동화집 『여우들의 맛있는 요리 학교』 『벽에 걸린 바다』, 평론집 『두 개의 코드를 가진 문학 읽기』 들을 냈다.

권정생의 문학과 사상

기독교 아나키즘과 관련하여

엄혜숙

1. 머리말

권정생은 1969년에 「강아지똥」이 월간 『기독교교육』 제1회 기독교아동문학상 수상작으로 당선되면서 작가활동을 시작했다. 이어서 1971년에는 「아기양의 그림자 딸랑이」가 대구 매일신문 신춘문예에 당선되고, 1973년에는 「무명저고리와 엄마」가 조선일보의 신춘문예에 당선되었다. 이후 1999년까지 110여 편의 단편동화, 8권의 장편동화, 2권의 장편소설, 1권의 시집, 2권의 산문집을 냄으로써 왕성한 창작 활동을 보였다. 2000년대에 들어와서도 여전히 활발한 활동을 보이고 있는데, 동화집 『또야 너구리가 기운 바지를 입었어요』(우리교육 2000) 『비나리 달이네 집』(낮은산 2001) 『또야와 세발자전거』(효리원 2003), 산문집 『죽을 먹어도』(아리랑나라 2005) 등이 나왔다. 최근에 그의 작품들이 그림책으로 새롭게 출간되고 있는 것도 주목할 만하다. 대표적인 그림책으로는 『훨훨 날아간다』 『눈이 되고 발이 되고』(국민서관 1993) 『강아지똥』(길벗어린이 1996) 『오소리네 집 꽃밭』(길벗어린이

239

1997) 『황소 아저씨』 『아기 너구리네 봄맞이』(길벗어린이 2001) 등이 있다.

오늘날 한국 아동문학계에서 가장 두드러진 활동을 보이고 있는 권정생의 작품세계에 대한 세간의 관심은 자연스러운 일일 수밖에 없다. 그의 문학세계에 대한 연구도 활발한바, 그중에서도 주목할 만한 것들은 다음과 같다. 이오덕은 권정생의 작품세계가 버림받고 짓밟힌 존재들의 모습과 그들의 정신적 거듭남을 그리고 있다고 하면서, 그 바탕에 작가의 신앙(기독교)이 있다고 지적한다.[1] 이후 그는 『사과나무밭 달님』(창비 1978) 『몽실 언니』(창비 1984) 『달맞이산 너머로 날아간 고등어』(햇빛출판사 1985) 『도토리 예배당 종지기 아저씨』(분도출판사 1985) 『어머니 사시는 그 나라에는』(지식산업사 1988) 등의 해설을 통해 어린이가 처해 있는 현실과 우리 민족의 수난사를 리얼리티와 판타지를 조화시켜가면서 보여주고 있다고 권정생을 평가했다.

최지훈은 권정생을 문학의 예술적 가치성과 공리적 가치성을 잘 소화시킨 작가로 평가하면서, 권정생 작품의 특징으로 서정성과 역사성의 긴장된 공존, 비극적 낙관의 미의식, 역사적 진실과 정면 대결하는 힘을 보여주고 있다고 평가했다.[2] 백영현은 권정생의 초기 작품들을 중심으로 인물·배경·구성·표현방식 및 문장·주제로 나누어 분석하였다. 인물로는 신체적 불구자와 가난한 어른들이 주로 등장하고, 시대적 배경으로는 전쟁이, 공간적 배경으로는 시골이 주로 등장하고 있음을 그 특징으로 밝혔다.[3] 이재복은 적극적 자기 구원의 태도, 자기희생을 통한 공존의 삶, 비폭력적 세계관에 기초한 기독교 신앙, 동심의 힘을 통한 분단체제의 극복 등을 권정생 작품의 주요 특징으로 보았다.[4] 신헌재는 권정생 작품을 시대적·사회

1) 이오덕 「학대받는 생명에 대한 사랑」, 『강아지똥』, 세종문화사 1974, 266면.
2) 최지훈 「비통한 역사의 서정적 증언」, 『한국현대아동문학론』, 아동문예 1991.
3) 백영현 「권정생의 동화 연구」, 동아대 교육대학원 석사학위 논문, 1991.
4) 이재복 「시궁창도 귀한 영혼이 숨쉬는 삶의 한 귀퉁이」, 『우리 동화 바로 읽기』, 한길사 1995.

적 배경을 중심으로 평가했다. 그는 권정생의 작품을 태평양전쟁부터 6·25 및 베트남전쟁까지를 다룬 '한반도 최근세사를 배경으로 한 시대적 증언'과 1960년대부터 1970년대 이후까지를 시대적 배경으로 한 '사회 비리에 관한 증언 및 가난과 질곡의 극복 추구'로 양분하여 고찰하고 있다.[5] 오길주는 권정생의 작품세계를 '분단 상황의 동화적 수용'과 '기독교 의식의 동화적 구현'으로 나누었다. 그리고 '분단 상황의 동화적 수용'의 하위 범주로는 민족 수난의 아동성 현실 인식, 비극적 서정의 미학, 판타지와 리얼리티의 조화 등을 들고, '기독교 의식의 동화적 구현'의 하위 범주로는 그리스도 사랑의 문학적 체험과 '어둠 곧 빛'이라는 역설적 구원을 들고 있다.[6] 이계삼은 권정생의 전체 작품과 글을 검토하여 작품세계를 규율하는 원리, 즉 내적 구조를 구명(究明)하였는바, 그 원리로 종교적 성격과 인간학적 성격을 들었다. 여기서 종교적 성격이란 작품에 나타난 종교적 세계관을 말하는데, 그 요소로는 낮은 것에 대한 관심, 운명의 자각과 적극적 순응, 자기희생을 들었다. 인간학적 성격은 박애주의적 인간관을 지칭하는 것으로, 과거의 이상향으로서의 자연, 인위적 힘에 의해 굴절된 현실에 대한 비판, 미래적 전망으로서의 자연 회복 등을 들고 있다.[7]

이처럼 여러 연구자들은 문학적 주제나 주제의식에 초점을 맞추어 접근하고 있는데, 이를 요약하여 보면 권정생 문학의 가장 큰 특징은 결국 기독교적 세계관과 현실비판이다. 그러나 기존 연구에서는 대체로 기독교적 세계관과 현실비판 부분을 따로 분리시켜 봄으로써 작품 전체를 관통하는 사상적 측면을 간과하고 있다. 또한 기독교적 세계관의 구체적 내용은 무

5) 신헌재 「권정생의 한과 낙원지향의식」, 『한국 현대아동문학 작가작품론』(사계 이재철 교수 정년기념논총), 집문당 1997.
6) 오길주 「권정생 동화 연구」, 가톨릭대 석사학위 논문, 1997.
7) 이계삼 「권정생 문학 연구」, 고려대 교육대학원 석사학위 논문, 2000.

엇이며, 이러한 세계관과 현실비판의 관계는 어떠한지에 대해서도 자세히 밝히지 못하고 있다. 즉 권정생의 문학과 사상의 관계가 충분히 해명되지 못하고 있는 것이다.

본고는 권정생의 기독교 사상이 초기 작품부터 최근 작품까지 일관되게 그의 문학세계를 관통하고 있으며, 이 기독교 사상은 바로 성서의 예언자 사상에 바탕을 둔 '기독교 아나키즘'(Christian Anarchism)임을 밝히고자 한다.[8] 작품 전편에 흐르는 '지극히 작은 자'에 대한 관심과 애정, 상호부조와 연대성, 무소유, 권력과 부(를 가진 자)에 대한 부정, 현실의 여러 제도에 대한 비판은 기독교 아나키즘의 사상과 긴밀히 연관되어 있다고 본 것이다. 권정생의 이러한 기독교 아나키즘이 '하느님은 바로 자연'이라는 사상으로 발전하면서 사람만이 아니라 모든 생물체가 상생·공존하는 '생태 아나키즘'(Eco-Anarchism)으로 이어지고 있음도 아울러 밝히고자 한다. 이를 위해 권정생 개인의 생애, 단편 및 장편 동화, 소년소설, 시 등의 작품들과 그의 사상 궤적을 추론할 수 있는 수상집들을 두루 검토했다.

---

8) 기독교 아나키즘이란 개념은 일견 모순되어 보인다. 고전적 아나키즘이 갖는 무신론적 관점 때문이다. 그러나 많은 현대 아나키스트들은 다른 종교들과 기존 기독교 교단에서 파생한 해방신학의 영적인 성질을 강조한다. 이것은 인간 잠재력의 극대화가 인간의 이성뿐만 아니라 그 인격과 문화의 정신적이고 초월적 측면들까지도 필요로 한다는 믿음을 반영하고 있다. 이런 성향의 아나키스트들은 법적·도덕적 권위를 선언하기보다는 개인적 책임과 타인에 대한 배려를 더 중요시한다. 정신적 아나키스트들은 일반적으로 모든 삶이 서로 연관되어 있다는 것을 강조하며, 이들의 믿음은 보통 환경보호적·자연중심적 아나키스트들의 사상과 맞닿아 있다(리즈 A. 하일리맨, 『초보자를 위한 아나키즘 입문』). 기독교 아나키스트로 간주될 만한 사상가로는, 노동과 무소유를 실천하고자 한 똘스또이와, '씨을 사상'으로 유명한 함석헌을 들 수 있다. 둘 다 종래의 기독교를 거부하고 새로운 종교로서의 기독교를 요구하였고, 기성의 정부와 제도를 비판하고 민중이야말로 신의 역사가 이루어지는 곳이라고 생각했다.

2. 권정생의 생애[9]

　권정생은 1937년 일본 토오꾜오(東京) 혼마찌(本町)에서 태어나 시부야(渋谷)의 빈민가에서 살았다. 아버지는 거리의 청소부였고 큰형과 셋째형, 큰누나는 공장노동자였으며 어머니는 삯바느질을 했는데, 집세가 늘 밀릴 정도로 가난했다. 그러나 그가 유년시절에 체험한 토오꾜오 뒷골목의 가난하지만 따뜻한 사람들의 인정, 아버지가 주워온 쓰레기더미 속에 있었던 오가와 미메이(小川未明)와 오스카 와일드(Oscar Willd) 동화책을 찾아 읽은 것들이 이후 그의 창작의 자양분이 되었다고 한다.[10] 그의 작품에서 가난한 사람이나 사물이 거의 대부분 주인공으로 설정되는 것은 누구보다도 적빈의 삶을 살았던 자신의 실제 경험과 밀접한 관련이 있다. 가난은 평생 그의 삶의 벗이었던 셈이다. 가난은 그에게서 불편하고 남루한 것이 아니라 오히려 따스한 인간의 삶을 살 수 있게끔 한 조건이자 문학적 자양이었다.

　권정생의 가족은 1944년 12월, 미군 폭격으로 시부야의 셋집이 불타는 바람에 나가야(長屋)로 이사했으나 그 집도 폭격으로 불타자, 다시 군마껜(群馬県)의 쯔마고이(妻恋)라는 시골로 이사하여 거기에서 해방을 맞았다. 이후 후지오까(富岡)로 이사했다가 조선으로 돌아온 것은 1946년 3월이었다. 그러나 가족들이 같이 살 형편이 못되었다. 아버지와 둘째누나는 안동에서, 어머니와 첫째누나, 권정생과 남동생은 청송 외가에서 살았는데, 1

---

9) 이에 대해서는 이철지 엮음 『오물덩이처럼 딩굴면서』, 종로서적 1986; 권정생 「유랑걸식 끝에 교회문간방으로」, 『우리들의 하느님』, 녹색평론사 1996; 권정생 『죽을 먹어도』, 아리랑나라 2005에 잘 정리되어 있다.
10) 권오삼·권정생·이오덕·이현주 「좌담: 아동문학이 나아갈 길」, 이철지 엮음, 같은 책, 321면.

년에 여섯 번 이사를 다닐 만큼 어려운 형편이었다.

1947년 가족들은 안동에 다시 모여 고향 땅에 기반을 마련하고자 열심히 일했으나, 6·25전쟁으로 다시 흩어지게 된다. 이러한 전쟁 체험은 가난의 문제와 더불어, 폭력 및 권력에 대해 혐오하고 평화와 상생을 추구하는 권정생 문학의 바탕을 형성하게 된다. 권정생은 자신의 어린 시절이 전쟁으로 온통 회색 빛깔이 되었고, 두 번씩이나 겪은 전쟁의 상처가 평생 아물지 않았다고 말한 바 있다. 가난과 전쟁 체험은 비단 권정생에게만 국한된 문제는 아니었다. 어쩌면 우리 민족 대다수가 일제 강점기와 6·25전쟁을 거치면서 겪었던 보편적인 경험이었다. 그러나 이 문제들을 수미일관하게 하나의 문학 사상으로까지 발전시킬 수 있었던 것은 아동문학사에서는 거의 권정생만이 갖는 독보적인 영역이다.

이와 더불어 권정생의 유년시절에 가장 큰 영향을 미친 것은 어머니의 존재와 둘째형의 죽음, 그리고 '십자가에서 죽은 예수'의 모습이다. 그는 "자장가 대신 어머니의 구슬픈 타령을 들으면서" 자라났고, "슬픈 타령과 함께 항상 젖어 있는 어머니의 눈동자는 나의 성격 형성기에 가장 많은 영향을 끼쳤음을 부인하지 못한다"고 말하고 있다.[11] 권정생의 작품에서 볼 수 있는 강한 모성성과 생명력, 타인에 대한 헌신 등은 어머니의 영향이라고 볼 수 있다. 또한 둘째형의 죽음에서 받은 정서적 자극과 '십자가에서 죽은 예수'의 모습은 권정생의 종교적 원체험을 형성했다. 1936년, 가족들이 일본으로 떠날 때에 가족 숫자대로 여권이 나오지 않아, 할머니와 문둥병에 걸린 삼촌과 함께 살다가 고독과 그리움으로 인해 2년 만인 열일곱 살에 죽었다는 '목생'이라는 형님의 이야기와, 다섯 살 때 우연히 듣게 된 십자가에서 죽은 예수의 이야기는 그에게 큰 영향을 주었다. 이 둘의 이미

---

11) 같은 책, 157면.

지는 권정생에게 하나가 되어 "아주 어릴 적부터 보이는 유형의 세계에 이내 싫증을 느끼고, 보이지 않는 무형의 세계를 동경"하게 되었고, "외곬으로만 비껴나가려는 못된 인간이 되어"버리게 했으며, "살아 있는 것은 무형의 그림들이다. 그것이 더욱 또렷이 내 마음속 깊숙이 향기를 뿜으며 생동하고 있는 한 나는 덜 외로울 수 있다"는 믿음으로 자리잡게 되었다.[12]

권정생은 6·25전쟁 직후부터 5년 동안 가족들과 헤어져 부산에서 혼자 생활하였다. 여러 가지 자질구레한 물건을 팔기도 하고, 재봉기 상회의 점원으로 일하기도 하면서 다양한 독서도 하고 친구들을 만나 어울리기도 하였다.[13] 그러다가 열아홉 살인 1956년, 늑막염에 폐결핵이 겹쳐 고향으로 돌아오고 만다. 그는 고향에서 결핵에 걸린 친구들이 하나둘 죽어가는 것을 보게 되고, 자신의 병도 폐결핵에서 방광결핵으로, 전신결핵으로 점점 번져갔다. 그는 어머니의 간병으로 병이 얼마간 호전되기도 했으나, 그 뒤 어머니가 몸져누워 돌아가시자 '혼자 남은 동생이라도 결혼시켜 집안을 다시 살려야 한다'는 아버지의 제안을 받아들여 집을 떠나게 된다.[14]

권정생은 집을 떠나 대구, 김천, 상주, 점촌, 문경, 예천 등지를 돌아다니면서 3개월가량 구걸 생활을 하는데, 이때 그는 결핵이 부고환결핵으로 번져 몸이 더 쇠약해진다. 그러나 이 과정에서 그는 삶과 죽음에 대한 종교적 성찰을 체험하게 되고, 분수를 지키면서 자기 처지에서 사람을 사랑하는 신앙을 갖게 되었다고 한다. 권정생은 이 시절을 '예수님의 40일간의 금식'과 비교하면서 가장 가깝게 나의 주 예수님을 사귈 수 있었던 기간이라

---

12) 같은 책, 160면.
13) 이 친구들은 이북에서 피난 와 자동차 정비소에서 혼자 일하던 오기훈과, 전쟁 중에 고아가 된 최명자였다고 한다. 오기훈은 결국 자살했고, 최명자는 식모살이를 떠났다가 몸 파는 신세가 되었다고 한다. 그런데 오기훈은 사춘기 시절 그와 독서를 공유했던 문학적 동지였고, 최명자는 한 때 신앙을 떠나 살고 있던 그에게 다시 교회에 나갈 것을 권유했던 종교적 동지였다.
14) 같은 책, 214면.

고 말하고 있다.

집으로 돌아온 뒤에 아버지가 세상을 떠나고 동생이 결혼을 해서 독립하자, 권정생은 1968년부터 안동에 있는 일직교회 문간방에서 종지기 일을 하면서 줄곧 혼자 지내며 산다. 이 시기부터 본격적인 창작활동이 시작되는데, 이후 권정생은 기독교 사상에 바탕을 두고 작품을 창작하면서 아동문학작가로서 자리잡게 된다. 그에게서 기독교는 삶의 전체를 이룰 만큼 중요한 정신적 바탕을 이룬다. 기독교는 그에게 삶의 탈출구이자 구원이었던 것이다. 이제 그의 작품들을 구체적으로 살펴보면서 권정생 작품세계의 중요한 사상적 모티프들을 찾아보도록 하겠다.

3. 권정생의 문학과 사상

(1) 성서의 '지극히 작은 자'[15)]에 대한 인식과 기독교 사상

권정생의 등단작이자 대표작인 「강아지똥」(1967)은 '더럽고 찌꺼기뿐인 강아지똥'이 밤하늘의 별을 보면서 별의 씨앗을 품고 또 민들레를 만나자 자기 온몸을 녹여 거름이 되어 마침내 민들레꽃을 피워낸다는 내용으로 되어 있는데, 이 작품은 그때까지 권정생 자신의 생애에 대한 결산이자 향후 그의 작품세계를 예고하는 것이다.[16)] 이 작품이 문제작인 것은 그의 처녀작이면서 동시에 그의 내면 사상을 가장 잘 드러낸 작품이기 때문이다. 작품의 주인공인 '강아지똥'은 '똥 중에서도 가장 더러운 개똥'이다. 주인공을 통해 작가가 말하고 싶은 것은 무엇일까? '강아지똥'과 '흙덩이'는 다

----

15) 「마태복음 제25장 40절」『성경전서』(개혁한글판, 대한성서공회 1997)에 나오는 개념으로, 사회적으로 소외되어 재산도 지위도 없는 가장 밑바닥 인생을 지칭한다.
16) 이계삼, 앞의 글, 19면.

음과 같은 말을 주고받는다.

> 강아지똥이 쳐다보고,
> "그럼, 너도 나쁜 짓을 했니? 그래서 괴로우니?"
> 하고 물었습니다.
> "그래, 나도 나쁜 짓을 했어. 그래서 정말 괴롭구나. 어느 여름이야. 햇볕이 쨍쨍 쪼이고 비는 오지 않고 해서 목이 무척 탔어. 그런데 내가 가꾸던 아기 고추나무가 견디다 못해 말라 죽고 말았단다. 그게 나쁘지 않고 뭐야. 왜 불쌍한 아기 고추나무를 살려주지 못했는지 지금도 가슴이 아프고 괴롭단다."
> "그건 네 잘못이 아니지 않니? 햇볕이 그토록 따갑게 쪼이고 비는 오지 않고 해서 말라 죽은 것 아냐?"
> 강아지똥은 흙덩이가 잘못 생각하고 있다고 말했습니다.
> "그렇지만 아기 고추나무는 내 몸뚱이에다 온통 뿌리를 박고 나만 의지하고 있었단다."
> 흙덩이는 어디까지나 제 잘못으로 믿고 있었습니다.[17]

권정생이 '흙덩이'의 입을 빌려 말하고 있는 것은 '모든 생명은 서로 연관되어 있다'는 생각이다. 이것은 서로 의지하고 상생하는 생태계의 모습을 의미하는 것인 동시에, 삶의 공동체라는 것이 상호부조를 통해서만 유지될 수 있다는 점을 드러내준다. '강아지똥'이 '나와 너'를 따로 구별지어 생각하고 있다면, '흙덩이'는 이미 '나와 너'가 하나인 '우리'라는 관계 속에서 사유하고 있다. 그렇기 때문에 여름날 가뭄 때문에 '아기 고추나무'가

---

17) 권정생 「강아지똥」, 『강아지똥』, 세종문화사 1974, 87면.

죽은 것은 '흙덩이의 나쁜 짓'이 될 수 있는 것이다. 여기서 작가는 '모든 생명은 서로 책임이 있다'는 근본적인 사유를 보여준다. 모든 생명체들은 서로 연관되어 있고 서로 의존하며 서로 도울 책임이 있는 것이다. 상호부조와 연대성, 이것들이야말로 공동체를 유지하는 기본 요소로 인식되고 있는 것이다.

이러한 관계 속에서 자신을 보지 못할 때, 개체는 한없이 초라하고 보잘 것없는 존재다. 이렇게 자신의 존재를 긍정하지 못하는 '강아지똥'에게 '흙덩이'는 이렇게 말한다. 존재의 의미를 찾도록 권유하는 것이다.

> "강아지똥아, 난 그만 죽는다. 부디 너는 나쁜 짓 하지 말고 착하게 살아라."
>
> "나 같은 더러운 게 어떻게 착하게 살 수 있니?"
>
> "아니야, 하나님은 쓸데없는 물건은 하나도 만들지 않으셨어. 너도 꼭 무엇엔가 귀하게 쓰일 거야."[18]

이 작품에서 권정생은 '착하게 산다'는 것의 의미를 새롭게 규정한다. 그것은 누군가에게, 무엇인가에 '쓸 데가 있어 귀하게 쓰이는 것'을 뜻한다. 다시 말해 서로 의지하고 돕는 생명공동체 속에서 '쓸 데가 있는 것'을 의미하는 것이다. 그러나 누군가에게, 무엇인가에 '쓸 데 있는' 존재가 되고 싶은 '강아지똥'에게 기회는 쉽사리 오지 않는다. 그래서 '강아지똥'은 '밤하늘의 별'을 바라보면서 별에 대한 그리움을 가슴에 품는다. 그러던 어느날, '강아지똥'은 또다른 생명체인 민들레를 만나게 된다. 찌꺼기뿐인 '강아지똥'과 달리, '민들레'는 '별처럼 고운 꽃'을 피우는 존재다. '민들레'와

---

18) 같은 책, 88면.

만나면서 '강아지똥'은 자기 존재의 의미를 마침내 깨닫게 된다.

> 그러자 민들레 싹이,
> "그리고 또 한 가지 꼭 필요한 게 있어."
> 하고는 강아지똥을 쳐다보며 눈을 반짝였습니다.
> "……?"
> "네가 거름이 되어줘야 한단다."
> 강아지똥은 화들짝 놀랐습니다.
> "내가 거름이 되다니?"
> "너의 몸뚱이를 고스란히 녹여 내 몸속으로 들어와야 해. 그래서 예쁜 꽃을 피게 하는 것은 바로 네가 하는 거야."
> 강아지똥은 가슴이 울렁거려 끝까지 들을 수가 없었습니다.
> '아, 과연 나는 별이 될 수 있구나!'
> 그러고는 벅차오르는 기쁨에 그만 민들레 싹을 꼬옥 껴안아버렸습니다.
> "내가 거름이 되어 별처럼 고운 꽃이 피어난다면, 온몸을 녹여 네 살이 될게." 19)

이렇게 '강아지똥'은 다른 존재인 '민들레'를 만나 자기의 '쓸 데 있음'을 깨닫게 되며, 자신의 삶을 선택하게 된다. '별의 씨앗을 가슴에 품은 강아지똥'이 거름이 되고, 민들레의 몸속으로 들어가 민들레의 살이 되어서 별처럼 고운 '민들레꽃'을 피우게 되는 것이다. 권정생은 여기서 가장 더러운 '강아지똥'과 '민들레꽃'과 '하늘의 별'이 어떻게 하나가 되는지를 보여준다. '강아지똥'이 자기를 버리고 거름이 되어 '민들레'가 될 때, 하늘의 '별

---

19) 같은 책, 93~94면.

빛'은 땅으로 내려와 '민들레꽃'으로 피어나는 것이다.

이러한 삶의 관계양상은 권정생의 기독교 사상과 관련지어 볼 때만이 온전히 이해될 수 있다. 신약성서에 나타난 것처럼, '말씀이 육신이 된' 인간 예수의 생애와 '지극히 작은 자'에 대한 의미 규정이 바로 그것이다. 예수는 나사렛이라는 빈촌의 목수로 태어나 비천한 자들과 함께 살았다. 예수는 가장 비천한 자였던 것이다.[20] 또 "지극히 작은 자 하나에게 한 것이 곧 내게 한 것"[21]이라는 예수의 말씀은 비천하고 보잘것없는 이들이야말로 하나님의 다른 모습이며, 이 사람들의 삶 속에서 바로 하나님의 뜻이 이루어진다는 해석을 낳게 하였다.

이같은 성서에 나오는 '지극히 작은 자'에 대한 인식은 기독교의 근본주의 사상이라 할 만한데, 이는 권정생이 오늘날 현실의 교회가 드러내는 병폐와 모순에 대해 비판하면서 성서에 담긴 근본적인 사상에 더 많이 주목하고 있는 것과 관련된다.[22] 그리고 이러한 인식은 무교회주의를 실천하고 성서중심주의를 강조한 함석헌의 '씨올'의 사상과도 상통하는 바 있다. 개인과 전체, 개체와 공동체, 그리고 고통과 고난의 의미에 대한 적극적 해석이야말로 권정생 문학을 이해하는 열쇠인데, 한국 지성사에서 이와 유사한 사상적 기반을 가진 이가 바로 함석헌이다. 함석헌은 기독교의 교리주의를 버리고 성서의 근본적인 가르침을 파고들어간 사상가로서, 한국 지성사에 크게 영향을 미쳤다. 그는 개인과 전체의 관계에 대해 이렇게 말하고 있다.

---

20) 권정생 「나사렛 아이」, 『사과나무밭 달님』, 창비 1978, 190~220면. 예수의 어린 시절을 소재로 한 이 작품에서 작가는 이렇게 말하고 있다. "하나님의 떳떳한 아이가 되자면 가장 불쌍하게 살아야만 되나 봐요."
21) 「마태복음 제25장 40절」, 앞의 책.
22) 권정생 『우리들의 하느님』, 녹색평론사 1996, 14~21면 참조.

개인은 저만이 홀로 되는 것이 아니다. 생각하고 판단하고 행동하는 주체가 개인인 것은 물론이지만, 그 개인의 뒤에는 언제나 전체가 서 있다. 양심은 제가 만든 것이 아니요, 나기 전에 벌써 그 테두리가 결정되어 있다. 사람은 생리적으로만 아니라 정신적으로도 족적(族的)인 사회적인 존재다. 개인은 전체의 대표다. 전체에 떨어진 나는 참 나일 수 없고 스스로의 안에 명령하는 전체를 발견한 나야말로 참 나다. 그것이 참 자기발견이다.

그 전체는 종교적으로 하면 하나님이요, 세속적으로 하면 운명 공동체인 전체 사회다. 종교적인 전체는 하늘 위에 있는 절대적인 것이므로 처음부터 환한 것이다. 영원불변의 진리다. 그러나 세속적인 전체는 땅 위의 것이므로 시대를 따라 늘 자라왔다. 씨족에서 봉건국가로, 봉건국가에서 민족으로 넓어져왔다. 지금까지 개인의 뒤에 서서 버텨주고 명령한 것은 민족이다.[23]

함석헌은 성서의 예언자 사상에 입각하여 조선 역사를 사건과 인물 중심으로 살펴보고 있다. 그는 '뜻을 품은 맨 아래층 사람들'을 '씨올'이라고 하면서, '하느님, 뜻, 역사, 씨올'이 어떤 상관관계가 있는지 말하고 있다. 그에 따르면, 위 꼭대기에서 보면 '하느님'이고, 맨 아래에서 보면 '씨올'이며, 시간적으로 보면 '역사'이고, 이 역사를 꿰뚫고 있는 것은 바로 '뜻'인 것이다. 따라서 '역사' 속에서 '뜻'을 품은 '씨올'은 바로 '하나님'의 모습이라는 것이다. 이러한 '씨올'의 사상은 권정생에게서는 '하늘의 별빛'을 품은 '강아지똥'이 '땅'에서 '민들레꽃'을 피워내는 모습으로 형상화되어 나

23) 함석헌 『뜻으로 본 한국 역사』, 한길사 1996, 87~88면. 1950년에 쓴 첫번째 머리말에 따르면, 이 책에 실린 글은 20여 년 전 『성서조선』지에 실린 것이다. 그의 무교회주의는 김교신과 더불어 1930년대부터 기독교인들과 지성계에 적지 않은 영향을 미쳤다고 한다(김윤식·김현 『한국문학사』, 민음사 1973 참조). 또 함석헌의 '씨올' 사상은 민중신학과도 관계가 있다.

타난다고 할 수 있다.

(2) 현실비판과 기독교 아나키즘

권정생의 현실비판 의식과 기독교 사상 간의 관계는 여러 연구자들에게 관심의 초점이 되어왔다. 한 연구자는 권정생 사상의 바탕을 '기독교 사회주의'란 용어로 규정하고 있는데, 권정생이 이 사상에 기초하여 속죄양으로서 '순교자의 문학'을 해왔다는 것이다.[24] 그러나 권정생의 작품 중에서 상당히 많은 작품들이 현실비판을 하고 있는데, 이것과 속죄양으로서의 '순교자의 문학'은 어떤 연관이 있을까? 이것은 권정생의 현실비판과 기독교 사상 간의 관계가 구체적으로 규명되어야만 풀릴 문제다.

그러면 우선 권정생의 현실인식에 대해 살펴볼 필요가 있다. 초기 작품 중의 하나인 「똘배가 보고 온 달나라」를 통해 살펴보자. 이 작품에서 '똘배'는 개구쟁이 돌이가 한입 베어 먹고는 시궁창 속에 내던진 존재다. 이 시궁창에는 온갖 쓰레기들로 가득한데, '땡감'의 말에 따르면 "이 시궁창은 지옥이다. 세상의 끝이 이리로 모두 모여 들어오기만 하면 퉁퉁 곪아 터져 죽고"[25] 마는 곳이다. 절망한 '똘배'가 울다가 지쳐 자다가 깨어났을 때, 시궁창 안은 꽃밭처럼 수많은 별들이 반짝이고 있었다. 여기서 '똘배'는 '아기 별'을 만나고 "시궁창도 가장 귀한 영혼이 스며 있는 세상의 한 귀퉁이"란 말을 듣는다. '똘배'는 '아기 별'이 달아준 날개를 달고 달나라로 날아간

---

24) 원종찬 「속죄양 권정생」, 『어린이문학』 2000년 11월호, 57면 참조. 이 글에서는 권정생을 기독교 사회주의자이자 반문명 자연주의자, 평화주의자로 보고 있다. 그런데 기독교 사회주의라는 지적은 일견 타당성을 지니나 좀더 엄밀해질 필요가 있다고 본다. 아나키즘도 넓게 보자면 체제 비판과 혁명 추구란 점에서 사회주의에 속하겠지만, 엄격히 보자면 양자는 구별되어야 한다. 필자가 보기엔 권정생의 경우는 권력이나 제도 자체마저 비판적으로 보고 반문명과 자연을 중시하고 있다는 점에서 아나키즘에 더 가까워 보인다.
25) 권정생 「똘배가 보고 온 달나라」, 『강아지똥』, 세종문화사 1974, 16면.

다. 달나라에는 계수나무 향기가 가득한데, 토끼 가족들이 목화를 따고 떡 방아를 찧을 햇벼를 거두고 있고, 초가집 마을의 골목길에는 아기 토끼들이 술래잡기를 하며 놀고 있었다. 똘배는 너무나 궁금해서 묻는다. "아기별아, 그럼 아폴로 지구인들이 왔다 간 곳은 어디야?" 하고 말이다. 그러자 아기 별은 '똘배'에게 한쪽 눈을 가리고 보라고 일러준다.

똘배는 한쪽 눈을 손바닥으로 꼭 눌러 덮었습니다. 그와 동시에 똘배는 깜짝 놀랐습니다. 계수나무 향기도, 목화밭도, 초가집 마을도, 아기 토끼들도, 금세 신기루처럼 사라져버리고 쓸쓸한 사막이 나타났습니다. 무시무시한 웅덩이와 돌멩이 산이 보였습니다.
"아, 저기 있구나!"
똘배는 소리 질렀습니다.
눈 위에 꼭꼭 찍힌 노루 발자국 같은 지구인들의 신발 자국이 모래 위에 남아 있었습니다.[26]

'똘배'가 어리둥절해하자, '아기 별'은 손을 떼어보라고 한다. 그러자 전처럼 계수나무 향기가 풍기고 토끼들이 보이고 초가 마을이 나타난다. '똘배'는 "아기 별아, 대체 어느 것이 진짜니?" 하고 묻는다. 그러자 '아기 별'은 도리어 "어느 것이 진짜인지 네 마음대로 정하렴. 이젠 날이 밝아오니까 어서 내려가자"고 말한다. 그리고 '똘배'가 다시금 시궁창으로 돌아오자, 장구벌레들이 똘배한테 가까이 다가와서 '꿀 냄새' '선녀님의 분 냄새' '하늘 냄새'가 난다며 냄새를 맡는다.
위의 작품은 「강아지똥」에 비해 그다지 주목받지 못하였지만, 권정생 문

---

26) 같은 책, 23면.

학세계의 비밀을 잘 드러낸다. 이 작품에서 '두 눈으로 달나라를 본 똘배'는 더이상 울며 신세한탄을 하지 않는다. "시궁창도 이 세상의 한 귀퉁이"이고 '똘배'가 돌이에게는 시금털털한 맛에 지나지 않지만, 장구벌레들에게는 꿀 냄새, 선녀님의 분 냄새, 하늘 냄새인 것을 알게 되었기 때문이다. 한 눈으로 보면 달나라는 '무시무시한 웅덩이와 돌멩이 산'이지만, 두 눈으로 보면 달나라는 '토끼들이 옹기종기 모여 사는 곳'이다.

여기에서 우리는 권정생의 현실인식 태도를 엿볼 수 있다. 현실은 한 눈으로 보면 '지옥 같은 시궁창'이지만, 두 눈으로 보면 "새로운 냄새들이 생겨나는 곳"이고, 개체는 죽더라도 다른 살아 있는 이들에게 '달콤한 냄새'로 살아 있는 영원한 삶의 터전인 것이다. 그러면 '한 눈으로 본다'는 것과 '두 눈으로 본다'는 것은 무슨 뜻이며 어떻게 다른가? 전자의 세계가 '과학'으로 바라보는 세계라면, 후자의 세계는 '상상력'으로 바라보는 세계라 할 수 있다. 여기서 상상력이란 예술적 상상력에만 그치지 않고 신화적·종교적 상상력까지도 포괄한다. 권정생이 추구하는 '두 눈'으로 보는 세계는 바로 기독교적 사상에 바탕을 두고 선취한 '마땅히 있어야 할 삶의 모습'이다. 즉 권정생에게서 상상력은 우선 '신앙'의 눈인 것이며, 이는 종국에 문학작품으로 형상화되어 나타난다.

권정생은 자신의 기독교 신앙이 성서의 예레미야, 아모스, 엘리야, 애굽에 팔려간 요셉, 세례 요한 등 예언자 신앙에 뿌리가 있다고 말한 바 있다.[27] 그리고 이 연장선상에서 '나의 주 예수님'을 만났다고 했다. 그런데 성서의 예언자들은 모두 기존의 유대교의 사제와 왕과 귀족들, 가진 자들에 대해 근본적인 비판을 했다. 기성의 체제와 권력을 비판했던 것이다. 이같은 맥락 위에 권정생의 현실비판 태도가 출발하고 있는데, 그것은 다

---

27) 이철지 엮음, 앞의 책, 222면.

름 아닌 기독교적 사상을 통해 선취한 '마땅히 있어야 할 삶의 모습'인 것이다.

나아가 권정생은 기독교의 예언자적 사상 속에서 6·25전쟁과 분단을 이해하고 있다. 권정생의 현실인식이 가장 잘 드러난 작품으로 『몽실 언니』 『초가집이 있던 마을』 『점득이네』 등 장편 소년소설 세 편을 꼽을 수 있다.[28] 세 작품 모두 6·25를 배경으로 하고 있으나, 『몽실 언니』는 일본에서 돌아온 귀향 동포의 삶을, 『초가집이 있던 마을』은 '탑마을'이라는 전통적인 마을의 해체 과정을, 『점득이네』는 만주에서 돌아온 귀향 동포의 삶을 각각 그리고 있다. 두 번째 작품집인 『사과나무밭 달님』이 수난의 역사 속에 살아온 민중들의 삶을 단편적으로 형상화한 데 비해, 이 장편 소년소설 세 편은 6·25전쟁으로 인해 가족과 개인의 삶이 어떻게 철저히 파괴되는가를 잘 보여주고 있다.[29]

이 중에서 가장 널리 알려진 『몽실 언니』[30]를 중심으로 살펴보자. 해방 후 고향으로 돌아온 몽실네는 찢어지게 가난하다. 그래서 어머니 밀양댁은 아버지가 돈 벌러 집을 나간 사이에, 밥이라도 제대로 먹고 살려고 몽실을 데리고 김씨 아저씨한테 개가를 한다. 새아버지 식구들은 어머니가 영득을 낳자 몽실을 구박하기 시작하고, 이로 인해 새아버지와 어머니 밀양댁은 종종 다투게 된다. 그러던 어느 날 아버지가 찾아오고, 몽실은 새아버지에게 떠밀려 다친 다리를 제때 고치지 못해 영영 '다리병신'이 된다. 새

---

28) 『몽실 언니』(창비 1984) 『초가집이 있던 마을』(분도출판사 1985) 『점득이네』(창비 1990) 순으로 출간되었다. 이들 세 작품은 모두 잡지에 연재되었다가 단행본으로 묶였다.

29) 원종찬 「속죄양 권정생」, 『어린이문학』 2000년 12월호, 22~24면 참조.

30) 이 작품의 사상도 「강아지똥」에서와 마찬가지로 성서의 '지극히 작은 자' 사상에 기반하고 있다. 그런데 「강아지똥」이 가장 보잘것없는 자가 거름이 되어 마침내 꽃을 피운다는 내용을 **우화적인 형식**을 통해 보여준 데에 비해, 『몽실 언니』에서는 전쟁과 가난을 겪으면서 고아인 동시에 불구자가 되고 마는 몽실이 어떻게 현실 속에서 아름다운 삶을 살아가고 있는가를 **현실주의적 소년소설**의 양식으로 형상화하고 있다.

아버지 집에 살던 몽실은 고모를 따라 집으로 돌아온다. 아버지는 머슴살이를 하면서 술을 퍼마시고 신세한탄의 나날을 보낸다. 그러다가 아버지가 재혼을 하여 몽실은 '북촌댁'을 새어머니로 맞는다. 그 와중에 마을 젊은이들은 산으로 들어가고 밤이면 어른들이 경비원 노릇을 하는데, 아버지 정씨에게 몽실은 화롯불을 가져다준다. 그때 아버지는 까치골 앵두나무집 할아버지가 산에 들어간 자기 아들에게 음식을 마련해줬다는 이유로 경찰에 잡혀간 이야기를 몽실에게 해준다. 아버지는 "아무리 자식이지만 빨갱이에게 떡을 해주고 닭을 잡아주다니, 그건 백 번 천 번 잘못한 거야"라고 말하지만 몽실은 다르게 말한다.

"……그렇지 않아요. 빨갱이라도 아버지와 아들은 원수가 될 수 없어요. 나도 우리 아버지가 빨갱이가 되어 집을 나갔다면 역시 떡 해 드리고 닭을 잡아 드릴 거여요."

"………."

정씨는 입을 꾹 다물었다.

"내 말이 맞죠?"

정씨는 말없이 고개를 끄덕였다.[31]

어린아이지만 몽실은 또렷한 자기 생각을 갖고 있는데, 그것은 바로 '아버지와 아들은 원수가 될 수 없다'는 것이다. 이는 작가가 몽실의 입을 빌려 사상과 체제를 떠나서 삶의 근본이 되는 것이 무엇인가를 묻고 있는 것이라 볼 수 있다. 또한 이 문제는 작품 전편에 걸친 질문이라고도 할 수 있다.

심장이 약한 새어머니 북촌댁은 아기를 낳다가 죽고, 열 살 된 몽실은 젖

---

31) 권정생 『몽실 언니』, 창비 1984, 68면.

도 얻어 먹이고 구걸도 하면서 동생 '난남'을 키운다. 서로 죽고 죽이는 전쟁 중에 몽실은 '이상한 인민군'을 만나게 되는데, 태극기를 꺼낸 몽실에게 얼른 그 깃발을 내리게 해준 인민군 아저씨를 만나기도 하고, 몽실이 난남을 업고 있는 것을 보더니 미숫가루를 주는 여자 인민군을 만나기도 한다. 몽실은 이 여자 인민군에게 '국군하고 인민군하고 누가 더 나쁜지, 누가 더 착한지', 또 '왜 인민군은 국군을 죽이고, 국군은 인민군을 죽이는지'를 묻는다. 그러자 여자 인민군은 "몽실아, 정말은 다 나쁘고 다 착하다"라고 대답한다.

> "그런 거야, 몽실아, 사람은 누구나 처음 본 사람도 사람으로 만났을 땐 다 착하게 사귈 수 있어. 그러나 너에겐 좀 어려운 말이지만, 신분이나 지위나 이득을 생각해서 만나면 나쁘게 된단다. 국군이나 인민군이 서로 만나면 적이기 때문에 죽이려 하지만 사람으로 만나면 죽일 수 없단다."
> 몽실은 무슨 말인지 잘 알아듣지 못했다. 다만 사람으로 만나면 착하게 사귈 수 있다는 것만 얼마쯤 알 수 있었다.[32]

결국 권정생은 신분이나 지위, 이해관계 같은 것들이 사람을 죽고 죽이는 전쟁을 낳는다고 본다. 그러기에 이런 것들을 버리고 '사람으로 만나야만 한다'는 것을 역설하고 있는 것이다. 이러한 생각은 작품 전편을 관통하고 있는데, '사람으로 만난다'는 것은 신분의 고하나 부의 다과로 사람을 파악하지 않고 '사람답게 산다'는 것으로 이해된다. 『몽실 언니』에서는 이 것이 몽실의 자기희생적 이미지로 외화되어 나온다. 전쟁터에서 다친 아버지는 제때 치료를 받지 못해 그만 죽고 어머니 밀양댁 역시 죽자, 몽실은

---

32) 같은 책, 124면.

고아가 되고 만다. 몽실은 난남을 데리고 살다가 난남마저 남의 양녀가 되어 떠나는 바람에 완전히 혼자가 된다. 그다음은 30년 뒤를 훌쩍 뛰어넘어 후일담으로 작품이 마무리되어 있다. 난남의 눈으로 몽실의 뒷모습을 묘사한 이 작품의 마지막 대목은 수난받는 순교자의 모습을 연상케 한다.

절뚝거리며 걸을 때마다 몽실은 온몸이 기우뚱기우뚱했다. 그렇게 위태로운 걸음으로 몽실은 여태까지 걸어온 것이다. 불쌍한 동생들을 등에 업고 가파르고 메마른 고갯길을 넘고 또 넘어온 몽실이였다.
아버지가 그를 버리고, 어머니가 버리고, 이웃들이 그리고 이 세상에 있는 모든 칼과 창이 가엾은 몽실을 끊임없이 괴롭혔다.
그토록 시집을 가지 않겠다고 별러온 몽실이 늦게야 구두 수선장이 꼽추 남편과 결혼을 한 것이다. 한 가지 짐을 더 짊어진 것이다. 그래서 몽실은 기덕이와 기복이 남매의 어머니가 된 것이다. 절름발이 어머니.[33]

십자가에 못 박혀 죽은 예수의 자기희생적 이미지가 몽실의 형상과 겹쳐진다. 이같은 자기희생은 '바리데기'가 아버지의 죽은 목숨을 살리고 '심청'이 자신을 버려 아버지 눈을 뜨게 한 것처럼, 버림받은 몽실이 부모 없이 자라는 동생들에게 삶의 버팀목이 되어주게끔 하는 것이다.
이같은 현실인식의 바탕 위에서 권정생 문학은 현실과 제도에 대한 비판 또한 적극적으로 수행하고 있다. 그러나 그에게는 현실비판 자체가 중요한 것이 아니라 현실 속에서 어떠한 모습으로 살아야 할 것인가가 더 중요하다. 그것은 '신분, 지위, 이득'을 생각하는 삶이 아니라, '사람으로 사람을 만나는 삶'인 것이다. 그리고 '사람'으로 살아가지 않는 현실, '사람'으로

---

33) 같은 책, 286면.

살아가는 것을 막는 현실에 대해 근본적인 비판을 하고 있다. 권정생의 이러한 관점은 『하느님이 우리 옆집에 살고 있네요』에서 극명하게 드러난다. 이 작품은 하늘의 하느님과 아들인 예수님이 우리나라에 내려와서 몹시도 가난한 사람이 되어 가족이 없는 과천댁 할머니와 공주와 한 가족을 이루어 살아가는 이야기다. 책 앞에 있는 '글쓴이의 말'에서 작가는 이렇게 밝히고 있다.

> 하느님은 예수님을 세상에 보내어 가장 밑바닥에서 남을 섬기는 종의 몸이 되도록 하셨습니다. 가난한 사람, 병든 사람, 죄 많은 사람과 함께 서로 도우며 살라고 하셨습니다. 세상의 모든 물질은 힘센 사람이 차지하는 것이 아니라 모두가 함께 나누며 써야 한다고 하셨습니다. 하늘에 날아다니는 새도, 들에 피어나는 조그만 꽃 한 송이도, 하느님은 함께 살도록 하셨습니다.[34]

그가 생각하는 행복한 삶은 '서로 사랑하는 세상'에서 살아가는 삶이다. 이런 세상에서 사람들은 "조그만 오두막에서 보리밥을 먹으며 기운 옷을 입고 땀 흘려 일하며 살아도 식구끼리 정답고 이웃끼리 웃으면서" 산다. 이러한 삶의 모습이 바로 '천국'이라고 작가는 말하고 있다. '돈'이 중심이 되는 삶이 아니라, '가난한 삶'이 바로 행복한 삶이라고 주장하고 있는 것이다.

가난한 삶에 대한 인식은 기독교 아나키스트인 똘스또이[35]에게도 비슷

---

34) 권정생 『하느님이 우리 옆집에 살고 있네요』, 산하 1994, 4~5면.
35) 죠지 우드코크 「제8장 예언자(똘스또이)」, 『아나키즘: 자주인의 사상과 운동의 역사』, 하기락 옮김, 형설출판사 1972 참조. 똘스또이의 생애와 사상적 변화에 대해서는 얀코 라브린 『똘스또이』(한길사 1997) 참조.

하게 나타난다. 똘스또이는 「사랑이 있는 곳에 신도 있다」라는 작품에서 자신의 '하느님 사상'을 우화로서 보여주고 있다.[36] 마르뜨인 아브제이치라는 구두장이는 어느 날 비몽사몽간에 하느님의 목소리를 듣는다. 하느님은 "내일 한길을 보아라, 내가 갈 터이니"라고 한다. 마르뜨인은 한길을 내다보다가 정원지기의 일을 도와주는 늙은 병사 스쩨빠느이치에게 뜨거운 차를 대접한다. 또 아기를 안고 있는 여자에게 따뜻한 음식과 낡은 외투를 준다. 그리고 사과를 가지고 가는 노파와 사과를 훔치려는 사내아이의 싸움을 말린다. 그날이 다 가도록 하느님은 오지 않는다. 그러나 또다시 어둠 속에서 목소리가 들리고는 앞의 세 사람이 하나씩 나타나더니 "너는 나를 알아보지 못했지? 나였어"라고 말하는 것이다.

이 우화는 "너희가 여기 내 형제 중에 지극히 작은 자 하나에게 한 것이 곧 내게 한 것이니라"[37]라는 성경 말씀에 바탕을 둔 것인데, 여기서 '지극히 작은 자'란 '가장 보잘것없는 자'란 의미와 상통한다. 똘스또이의 이러한 관점은 신성한 노동과 무소유 사상으로 이어지는데, 이에 대해 끄로뽀뜨낀(P. A. Kropotkin)은 이렇게 언급하고 있다. "똘스또이는 이미 재산과 노동에 관한 특권계급적 견해를 버리고 러시아에서 시작되고 있었던 '민중 속으로'의 운동에 거의 접근하고 있었다".[38]

'사랑'이 있는 '가난한 삶'이야말로 이 세상에서 사람들이 만드는 '천국' 임을 똘스또이와 권정생은 공히 말하고 있다. 권정생과 똘스또이에게 '가

36) 똘스또이 「사랑이 있는 곳에 신도 있다」, 『사람에겐 얼마만큼의 땅이 필요한가』, 박형규 옮김, 이성과 현실 1990, 47~64면.
37) 「마태복음 제25장 40절」, 앞의 책. 이와 함께 권정생은 「높은 보좌 위의 하느님」에서 판타지의 형식을 빌려 기성 종교의 하느님을 '사람들이 만들어온 하느님'이라고 비판하고 있다. 권정생 『도토리 예배당 종지기 아저씨』, 분도출판사 1985, 103~106면 참조.
38) 박형규 「톨스토이의 농민으로의 전환과 민중소설」, 『사람에겐 얼마만큼의 땅이 필요한가』, 329면에서 재인용.

난한 삶'은 어쩔 수 없이 견디는 현실이 아니라, '천국'을 이룰 수 있는 필요조건인 것이다. 성서의 "심령이 가난한 자는 복이 있나니 천국이 그들의 것임이요"[39]라는 구절에서 보듯이, 그들은 여기서 한 걸음 더 나아가 '마음의 가난'뿐 아니라, 진정한 '가난한 삶'을 이 지상에서 실현하고자 한 것이다. 즉 가난에 대한 정신·관념적 태도를 넘어서서 가난의 삶을 실제로 영위하는 실천적 관점을 제기한 것이다.

3) 무소유 사상과 생태 아나키즘

권정생의 기독교 사상은 이처럼 무소유 사상으로 나아가고 있다. '가난'이야말로 '사람'답게 살게 하는 조건으로 보고 있기 때문이다. 「중달이 아저씨네」란 작품을 보자.[40] 동네 사람들이 다 바보라고 하는 중달이 아저씨네 식구는 홀어머니, 중달이 아저씨, 아주머니, 전부 세 사람이다. 재산이라고는 오두막 한 채와 밭 한 뙈기뿐이다. 원래는 두 뙈기였는데, 진수 어머니가 "조그만 밭 한 뙈기라도 있었으면 얼마나 좋겠어요"라고 말하자, 밭을 그냥 한 뙈기 주고 만다. 원래도 넉넉하지 못했는데, 반 한 뙈기 주고 나자 살아가기가 더 어려워졌지만 식구들은 늘 웃으며 산다. 중달이 아저씨네가 가진 것은 없어도 즐거운 마음으로 살아가는 모습을 권정생은 다음과 같이 그리고 있다.

"어머니, 밭을 하나 나눠주고 나니 참 마음이 즐겁지요?"
"그렇구나. 넌 아주 마음씨가 착한 아이야."
이렇게 어머니도 아들을 대견스럽게 여겼습니다.

---

39) 「마태복음 제5장 3절」, 앞의 책. 예수가 제자들에게 산상에서 말씀하신 8복음 중에 그 첫째가 바로 '심령이 가난한 자가 복이 있다'는 것이다.
40) 권정생 「중달이 아저씨네」, 『바닷가 아이들』, 창비 1988.

중달이 아저씨한테 아내로 들어온 아주머니도 생전 화를 낼 줄 몰랐습
니다.

셋이서 모이면 언제나 깔깔 껄껄 웃기만 했습니다.

보리밥과 된장과 나물 반찬으로 끼니를 이었지만 언제나 맛나게 먹었
습니다.

낡고 해어진 옷을 입어도 부끄럽다는 생각은 조금도 할 줄 몰랐습니다.[41]

이런 중달이 아저씨네에 수남이라는 거지 아이 하나가 찾아온다. 수남
이 역시 눈이 작고 입이 큰 바보 아이다. 수남이가 "아저씨, 나 언제까지라
도 아저씨네 집에 살아도 되어요?"라고 묻자, 중달이 아저씨는 "그럼, 언제
까지라도 함께 살아야지. 넌 이제 우리 집 식구인걸"이라고 대답한다. 그
런데 수남이가 급성맹장염에 걸리자 중달이 아저씨는 한 때기 남은 밭마
저 팔아 수남이 수술비를 마련한다. 그러고는 여전히 중달이 아저씨네 식
구들은 즐겁게 살아가는 것이다.

이같은 무소유 사상은 권정생에게 있어 비단 물질적인 것에만 그치지
않는다. 『도토리 예배당 종지기 아저씨』는 종지기 아저씨가 생쥐와 이야
기를 나누는 판타지 형식의 작품집인데, 여기서 종지기 아저씨와 생쥐는
현실과 기성 종교 및 사상을 해학적인 어조로 비판하고 있다. 이 작품집의
머리말에서 권정생은 "얘기할 사람이 없"기 때문에 생쥐, 토끼, 참새, 개구
리와 이야기한다고 말한다.[42] 가난한 이야말로, 사람뿐 아니라 살아 있는
미물들과 친구가 될 수 있다는 것을 보여주고 있다.

무소유 사상을 거쳐 권정생은 마침내 인간중심주의를 벗어나 모든 살아
있는 것들에 대해 지극한 관심을 보인다. 서로가 돕고 살아야 할 생명들이,

---

41) 같은 책, 29면.
42) 권정생 『도토리 예배당 종지기 아저씨』, 분도출판사 1985, 5면.

실제로는 남의 생명을 해쳐야만 자기 생명을 유지할 수 있는 실태를 작품으로 보여주고 있는 것이다.

> 돌이 토끼는 풀무꽃풀 곁으로 다가갔습니다.
> "풀무꽃풀아, 널 먹어도 되니?"
> 풀무꽃풀이 깜짝 놀라 쳐다봤습니다.
> "………"
> "널 먹어도 되는가 물어봤어. 어떡하겠니?"
> 풀무꽃풀은 바들바들 떨었습니다.
> "갑자기 그렇게 물으면 넌 뭐라고 대답하겠니?"
> 바들바들 떨면서 풀무꽃풀이 되물었습니다.
> "………"
> 이번에는 돌이 토끼가 말문이 막혔습니다.
> "죽느냐 사느냐 하는 대답을 제 입으로 말할 수 있는 사람이 이 세상에 몇이나 있겠니?"[43]

결국 돌이 토끼는 하루 종일 아무것도 못 먹고 만다. 배고픈 돌이 토끼는 하느님께 묻는다. "하느님, 하느님은 무얼 먹고 사셔요?" 그러자 하느님은 '이슬, 바람, 아침 햇빛'을 먹고 산다고 한다. 다시 돌이 토끼는 자기도 그렇게 살 수 있게 해달라고 한다. 하느님은 "그래, 그렇게 해주지, 하지만 아직은 안된단다. 이 세상 모든 사람들이 너처럼 남의 목숨을 소중히 여기는 세상이 오면, 금방 그렇게 될 수 있단다"[44]라고 말한다. 그러면서 하느님은 슬픈 눈물을 흘린다.

---

43) 권정생 「하느님의 눈물」, 『하느님의 눈물』, 산하 1991, 10~11면.
44) 같은 책, 17면.

여기서 권정생은, 이 세상 사람 모두가 남의 목숨을 소중히 여겨야만 비로소 우리 삶에 근본적인 변화가 온다고 말한다. 살아 있는 모든 생명이 소중하고, 그 속에 하느님이 있다는 것이다. 그러나 현실은 어떠한가? 사람을 소중히 여긴다고 하면서도 다른 생명체에 대해서는 함부로 대하고 있지 않은가. 이러한 권정생의 관점은 생태환경론으로 이어진다. 다음은 「태기네 암소 눈물」의 한 구절이다.

산과 바다에는 수많은 동물과 식물 들이 어우러져 살고 있다. 그들은 수세식 변소도 없고, 일류 패션 디자이너도 없고, 화장품도 없는데도 어째서 그토록 깨끗하고 아름다울까? 물 한 방울, 공기 한 줌도 그들은 더럽히지 않는다. 수천만원씩 들여 음악대학을 나오지 않고도 아름다운 노래를 부르고 춤을 춘다. 그저 그날 살아갈 만큼 먹으면 되고 조그만 둥지만 있으면 편히 잠을 잔다. 절대로 쩨쩨하게 수십 채의 집을 가지거나 수천만원짜리 보석이 있는 것도 아니다. 부처님께 찾아가 빌지 않아도, 예배당에 가서 헌금을 바치고 설교를 듣지 않아도 절대 죄짓지 않고 풍요롭게 산다.[45]

권정생의 눈으로 볼 때, "우리가 잘산다는 것은 결국 가난한 동족의 몫을 빼앗고 모든 자연계의 동식물의 몫을 빼앗는 행위"인 것이다. 그리고 농사를 짓는 일이야말로 "인간이 살아갈 생명의 힘을 생산해내는 것"이니 '거룩한 직업'이라고 말한다.[46]

또한 그는 톳제비 삼형제가 등장한 판타지 형식의 단편 모음집에서 현실을 비판하고, 바람직한 삶의 모습을 제안한다. 농사짓는 할아버지의 입을 빌려 사람이 사람답게 살려면 다른 생물과 함께 살아가야 한다고 권정

45) 권정생 「태기네 암소 눈물」, 『우리들의 하느님』, 녹색평론사 1996, 80면.
46) 같은 책, 80, 82면.

생은 주장한다. "진짜 풍족한 건 모두 알맞게 나누어 사람도 짐승도 벌레도 물고기도 함께 살아가는 게야"[47]라는 것이다.

이 작품에 나타난 바람직한 삶을 요약하면 다음과 같다.[48] 대통령도 버스를 타고 다니고, 여름학교 아이들에게 이야기를 해주러 간다. 거리에는 자동차가 거의 없고, 자전거를 타고 다녀서 공기가 깨끗하고, 거리에는 꽃나무들이 가득하다. 대통령은 물론 시장도 군수도 아이들이 뽑는다.[49] 이에 따르면 정치인이 되는 것은 권력을 쟁취하고 남용하기 위한 것이 아니라 자신의 직분에 걸맞게 주어진 일을 제대로 해내기만 하면 되는 것이다. 각자가 자신의 자리에서 본분을 다하는 일이 바로 올바른 정치인 것이다. 흔히 태평성대라 일컬어지는 중국의 요순시대에 제왕의 이름을 몰라도 함포고복(含哺鼓腹)하며 격양가(擊壤歌)를 부르던 촌로의 삶이 그러한 유토피아적 이상인 것이다. 이는 분명 당연한 말이지만, 현실이 그러하지 않기에 더욱 절실한 과제로 남게 되는 것이다. 이 세상의 만물이 서로 조화를 이루

---

47) 권정생 『팔푼돌이네 삼형제』, 현암사 1991, 214면.

48) 같은 책, 215~19면 참조.

49) 이는 흡사 신동엽의 시 「산문시(1)」를 방불케 한다. 참고로 시의 전문을 인용한다. "스칸디나비아라든가 뭐라구 하는 고장에서는 아름다운 석양 대통령이라고 하는 직업을 가진 아저씨가 꽃리본 단 딸아이의 손 이끌고 백화점 거리 칫솔 사러 나오신단다. 탄광 퇴근하는 鑛夫들의 작업복 뒷주머니마다엔 기름 묻은 책 하이덱거 럿셀 헤밍웨이 莊子 휴가여행 떠나는 국무총리 서울역 삼등대합실 매표구 앞을 뙤약볕 흡쓰며 줄지어 서 있을 때 그걸 본 서울역장 기쁘시겠오라는 인사 한마디 남길 뿐 평화스러이 자기 사무실문 열고 들어가더란다. 남해에서 북강까지 넘실대는 물결 동해에서 서해까지 팔랑대는 꽃밭 땅에서 하늘로 치솟는 무지개빛 분수 이름은 잊었지만 뭐라군가 불리우는 그 중립국에선 하나에서 백까지가 다 대학 나온 농민들 추럭을 두 대씩이나 가지고 대리석 별장에서 산다지만 대통령 이름은 잘 몰라도 새이름 꽃이름 지휘자이름 극작가이름은 훤하더란다 애당초 어느 쪽 패거리에도 총 쏘는 야만에 가담치 않기로 작정한 그 知性 그래서 어린이들은 사람 죽이는 시늉을 아니하고도 아름다운 놀이 꽃동산처럼 풍요로운 나라, 억만금을 준대도 싫었다 자기네 포도밭은 사람 상처내는 미사일기지도 땡크기지도 들어올 수 없소 끝끝내 사나이나라 배짱 지킨 국민들, 반도의 달밤 무너진 성터가의 입맞춤이며 푸짐한 타작소리 춤 思索뿐 하늘로 가는 길가엔 황토빛 노을 물든 석양 大統領이라고 하는 직함을 가진 신사가 자전거 꽁무니에 막걸리병을 싣고 삼십리 시골길 시인의 집을 놀러 가더란다." (『신동엽전집』(증보판), 창비 1980, 83면)

며 화해롭게 살아가는 일, 인간과 자연이 따로 분리되어 존재하는 것이 아니라 원초적으로 하나였다는 인식이 권정생 문학의 사상적 바탕을 이루고 있는 것이다.

4. 맺음말

이상 살펴본 권정생의 작품과 산문집에 나타난 사상을 요약해보면, 기독교의 근본주의 사상에서 출발하여 기독교 아나키즘, 생태 아나키즘으로 나아가고 있는 것을 알 수 있다. 그러나 이것은 서로 따로 떼어져 있는 것이 아니라, '지극히 작은 자'에 대한 애정에서 출발하여 '지극히 작은 자'가 바로 '하느님'이라는 사상으로, 나아가 사람뿐 아니라 천지만물 속에 하느님이 있다는 생각으로 발전하고 있다고 보는 점과 짝을 이루고 있다. 즉 '하느님과 자연은 하나'인 것이다. 이러한 하느님 사상은 '도(道)가 바로 자연'이라는 노장사상과도 이어진다고 볼 수 있으며, "예수님이 이 사람들 속에 내가 있고 내 속에 하느님이 계신다"[50]고 하는 것은 삼라만상 가운데 부처가 미만하고 있다는 불교의 화엄사상과도 상통한다.

....

50) 권정생 『우리들의 하느님』, 녹색평론사 1996, 20면.
51) 이것은 권정생의 벗이자 동화작가이며 목사인 이현주의 사상과도 어느정도 일치한다고 하겠다. 이현주·최완택 『이름값을 하면서 살고 싶다』, 당그래 1998 참조. 이현주 목사도 사람 개개인의 삶이 바로 예수의 삶이며, 노장사상에 바탕을 두어 성서를 해석하고 있어 자연이 바로 하느님이라는 생각을 피력하고 있다. 또한 한살림공동체운동을 전개했던 장일순의 사상과의 친연성도 엿보인다고 할 수 있다. 장일순 『나락 한알 속의 우주』, 녹색평론사 1997 참조. 이상에 대해서는 별도의 고찰을 요한다.
52) 이러한 점은 신동엽의 '전경인 사상'과도 맥을 같이한다고 할 수 있다. 신동엽 또한 요순시대를 빌려 농사짓고 살아가는 소박한 삶이야말로 가장 행복한 삶의 전형이라고 보았다. 신동엽 「시인 정신론」, 『신동엽전집』(증보판), 창비 1980 참조.

또한 권정생의 현실비판 의식과 기독교 사상은 따로 있는 것이 아니다. 권정생의 사상은 인간다운 삶을 막는 현실에 대해 근본적인 비판을 하는 '성서의 예언자 사상'과 잇닿아 있다.[51] 이 예언자 사상은 똘스또이나 함석헌에게서도 보이듯이 기독교 아나키즘에 닿아 있다.

나아가 이러한 아나키즘적 요소는 무소유와 생명 중심의 생태 아나키즘으로 발전한다. 권정생에게서 행복한 삶이란 발전된 문명 속에 있지 않다. 오히려 행복은 서로 사랑하며 소박하게 살아가는 가난한 삶, 농사를 짓고 살아가는 삶 속에 있다. 가능한 한 자연을 훼손하지 않고, 생명을 소중히 여기며 자연과 함께 살아가는 삶 속에 있다고 보는 것이다.[52] 그리고 권정생은 나쁜 제도를 근절할 좋은 제도를 말하지 않는다. 나쁜 권력을 대체할 좋은 권력도 말하지 않는다. 다만 사람이 사람답게 되고 자연이 자연답게 되어 아름답게 '상생'하는 삶을 이야기할 뿐이다.

이 글은 권정생 문학의 전반을 검토한 것은 아니다. 단지 문학 사상에 관련한 주제에만 국한하여 권정생의 문학세계를 조망한 것일 뿐이다. 사상적 배경을 검토하는 데 있어서도 부족한 점이 많다. 이 글은 권정생 문학과 기독교 근본주의나 아나키즘에 한정하여 대체로 서술되었는데, 결론 부분에서 추가로 제기한 노장사상이나 화엄사상, 그리고 권정생이 관심을 두고 있는 동학사상 같은 한국의 전통적인 사상에 대해서는 거의 밝히지 못하였다. 또 한국 역사와 문학에서 아나키즘적 전통과의 관련성도 추후 연구되어야 할 과제이며, 한국 아동문학사의 흐름 속에서 방정환, 현덕, 이원수 등의 문학 사상과의 비교 연구도 역시 과제로 남는다.

『인하어문연구』 7호(2006. 2)

嚴 惠 淑 ● 아동문학연구자, 인하대 국문과 박사과정 수료. 그림책 비평서 『나의 즐거운 그림책 읽기』, 청소년 문학 가이드 『보름간의 문학여행』, 그림책 '우리아기놀이책' 씨리즈, 『두껍아 두껍아』 들을 냈다.

권정생, 새로 시작되는 질문

1. 권정생에 대해 말한다는 것

'권정생'에 대해 말한다는 것은 얼마나 기쁜 일이며, 한편 또 얼마나 어려운 일인가. 『창비어린이』 2005년 겨울호의 '권정생 특집'*은 한 작가에 대한 존경과 흠모를 껴안고 말하는 기쁨과 어려움을 함께 보여주는 하나의 사례가 될 듯하다. 한 작가를 특집의 주제로 삼은 것은 그간 이 잡지의 특집 경향에 비추어 특별하고 이례적인 일이었다.

물론 권정생은 이러한 특별대접을 받기에 손색이 없는 작가다. 잘 알려져 있듯이 그는 60년대 말 등단한 이래 「강아지똥」(1969), 「하느님의 눈물」(1984), 『몽실 언니』(창비 1984), 『점득이네』(창비 1990), 『한티재 하늘 1·2』(지식

---

* 『창비어린이』 2005년 겨울호 '권정생 특집' 내용은 다음과 같다. 원종찬 「인터뷰: 저것도 거름이 돼가지고 꽃을 피우는데」; 김상욱 「권정생 동시의 세 가지 양상」; 김현숙 「또야는 친구들을 기다린다 — 권정생 유년동화론」, 김은하 「생존자로서 여성과 모성 — 『몽실 언니』를 중심으로」, 스나다 히로시 「권정생 작품의 매력을 살핀다」, 심명숙 「연보: 권정생이 걸어온 길」 — 편집자

산업사 1998), 『밥데기 죽데기』(바오로딸 1999) 등 아동문학사가 오래 두고 기억할 만한 수많은 작품들을 발표한 비중있는 작가다. 한국 아동문학계에서 그가 차지하고 있는 위치를 생각해본다면, 특집의 마련은 오히려 뒤늦은 감이 있다.

그러나 이 글에서 『창비어린이』의 '권정생 특집'을 다시 살펴보고자 하는 것은, 권정생의 중요성을 새삼스럽게 재론하고 싶어서가 아니다. 이 글의 관심사는 권정생에 있기보다, 그를 주목하는 태도와 그에 대하여 말하는 방식에 있다. '권정생'이 아니라, '권정생 담론'의 구성방식과 문제점을 점검해보고자 하는 것이다. 이왕 그에 대한 탐구가 이루어진 마당이라면 이를 계기로 좀더 본격적이고 생산적인 논의가 전개되기를 바라지 않을 수 없다. 그러므로 더욱 필요한 것은 권정생을 말하는 방식의 점검이다. 그간 권정생의 삶과 문학에 대한 이야기들이 비슷비슷한 논의만을 양산해왔다는 인상이 짙기 때문이다. 현시점에서 더 중요한 것은 권정생이 얼마나 많이 말해지는가보다 어떻게 말해지는가 하는 것이다.

2. 권정생은 준비된 대답인가

'삶'과 '문학' 모두를 전적으로 믿고 존경할 만한 작가가 있다는 것은 무척 행복한 일이다. 이런 의미에서 권정생은 한국 아동문학계에 행복을 선사해준 귀한 작가라고 할 수 있다. 권정생을 향한 깊은 신뢰와 존경은 단지 그가 괜찮은 몇 편의 작품을 발표한 작가라는 것으로 말미암은 것이 아니다. "평생 동화의 자리를 지켜왔으면서도 그 자리에 대한 성찰을 방심하지 않는 어른이 곁에 있다는 것은 얼마나 다행스러운가"(원종찬 「인터뷰: 저것도 거름이 돼가지고 꽃을 피우는데」, 28면), 혹은 "이 땅 어린이문학 작가들은 그 별

(권정생—인용자)을 생각하는 것만으로 이곳에 함께 발딛고 서 있는 자신이 대견스러워지기도 하는 것"(김상욱 「권정생 동시의 세 가지 양상」, 31면)이라는 헌사는 한 작가의 문학적 성취에 바치는 것 이상의 의미를 담고 있다.

더욱이 어린이문학의 역사 속에서 기댈 만한 어른이 많지 않은 우리네 작가들에게 권정생은 고맙고 또 고맙게도 내면의 순결함을 잠시도 이반한 적이 없다. 비록 이원수, 마해송, 이주홍, 현덕 같은 걸출한 작가들이 근대 어린이문학사에 없지는 않았으나, 이들은 시대의 중압에 짓눌려 짐짓 뒷걸음친 경험을 한번쯤은 지니고 있다. 그러나 권정생의 작품에는 시대에 짓눌린 경험이 없으며, 따라서 콤플렉스가 없다. (김상욱, 같은 글, 같은 면)

위의 인용문은 권정생에 대한 전적인 신뢰가 어디에서 비롯된 것인지 엿볼 수 있게 한다. 그는 친일행적이나 권력에 아부한 경력이 없음으로 인해, 순결하고 고귀한 삶과 그 반영으로서의 문학을 거리낌 없이 말할 수 있는 보기 드문 작가인 것이다. 이러한 이유로 권정생은 곧잘 아동문학 작가의 전범(典範)으로 표상되곤 한다. 『창비어린이』가 작가 특집을 기획하면서 다른 많은 작가를 제쳐두고 권정생을 선택한 이유도 이와 무관하지 않아 보인다. 『창비어린이』는 평생을 외롭고 힘겹게, 그러나 꼿꼿한 정신으로 살아온 그의 삶과 문학이야말로 "어린이문학이 다다라야 할 바탕에 가장 가까이 다다라 있지 않은가"(5면)라고 평가한다.

작가의 체험은 곧 작품의 밑거름이며, 작품은 곧 작가의 경험을 반영하는 것이라는 독법이 그의 문학을 읽는 가장 유력한 방법이 되어온 것도, 권정생은 인간적 삶과 문학적 성취의 순수한 일치를 엿볼 수 있게 하는 작가라는 인식 때문이라고 볼 수 있다. 『슬픈 나막신』(우리교육 2002)과 일본에서의 유년시절, 「무명저고리와 엄마」(1973)와 가족의 내력, 『몽실 언니』와 전쟁 등, 권정생의 작품과 실제의 경험을 대조하는 일은 그의 문학의 기저를 이해하는 데 반드시 수반되어야 할 작업처럼 여겨져온 것이다.

권정생이 유난히 개인의 생애에 대한 정보가 풍부한 작가라는 점도 이러한 독법을 돕는 요인이다. 그는 동화나 동시 같은 창작물 외에도 자신의 삶에 대한 진솔한 글들을 여러 가지 형태로 발표한 바 있다. 일본에서의 유년시절, 극심한 가난, 청춘시절에 찾아온 병, 전쟁과 이산, 종교 체험과 구원으로서의 문학 등은 일반 독자들까지도 널리 알고 있는 그의 절박한 체험들이다. 사실 이러한 체험들은 그의 작품에 중요한 동기나 소재가 되었다. 이를 두고 권정생은 "나는 (…) 무식하기 때문에 경험한 것만 쓸 수 있었"(12면)다고 겸손하게 말하지만, 체험으로 작품을 썼다는 말이 갖는 위력은 생각보다 크다. 오래 고통받은 자의 겸손함 앞에서 어설픈 비평의 잣대는 무력해질 수밖에 없기 때문이다. 확실히 권정생 작품의 문학적 감동은 그의 생애에 대한 이해가 깊을 때 증폭되는 측면이 있다.

아이러니하게도 문제는 이 지점에서 발생한다. 작품보다 먼저 당도해 있는 작가의 초상이 작품에 대한 새로운 해석을 방해하는 때도 있기 때문이다. 권정생 담론이 시간이 지날수록 비슷비슷한 내용을 반복함으로써 점차 진부한 인상을 주기 시작한 것도 근본적으로는 이러한 점과 관련이 있어 보인다. 『창비어린이』의 특집뿐 아니라 권정생과 그의 작품을 다룬 논문이나 평론, 감상문에 이르기까지 권정생의 삶에 대한 고찰을 곧장 작품 이해로 전이시키는 양태는 폭넓게 나타나는 현상이다.

더욱이 권정생과 같이 전범으로 표상된 작가적 삶과 문학은, 이미 준비되어 있는 답안처럼 새로운 질문과 해석의 여지를 충분히 남겨주지 않는 경우가 많다. 김상욱의 표현대로 권정생은 "왔던 길 가야 할 길을 일러주는 별"(31면)처럼 한국 아동문학의 살아 있는 지표로 작용하고 있는지도 모른다. 그리고 그러한 지표는 우리를 혼란과 방황으로부터 구원해줄지도 모른다. 그러나 한 작가의 삶과 문학을 통째로 존경하고 확실한 모범으로 믿어버린다면, 우리는 보았던 것만을 보고 말했던 것만을 되풀이해서 말하는 위험에 빠질 수도 있을 것이다. 별의 비유를 이어받아 표현해본다면, 권정생은 천상의 한곳에서 변함없이 빛을 밝히는 '붙박이별'보다는 차라리 수많은 별들로 이루어진 '별무리' 그 자체로 이해되는 편이 나을 듯하다. 권정생에게는 아직 우리가 읽지 못한, 읽어내야 할 별자리들이 너무나 많아 보이기 때문이다.

3. 권정생에 대한 새로운 질문은 가능한가

물론 권정생과 그의 문학에 대한 새로운 접근이 시도되지 않은 것은 아니다. 이번 특집에 실린 김현숙과 김은하의 글은 권정생 담론의 새로운 가능성을 엿볼 수 있게 한다. 김현숙의 「또야는 친구들을 기다린다」는 권정생 문학을 기존의 방식과는 다르게 읽어보겠다고 "과감히" 작정을 하고 나선 경우다. 이러한 시도는 기존의 작가 중심의 시각으로부터 독자에 대한 이해로 관점을 이동하는 것을 통해 가능했다. 그는 권정생의 유년동화를 역사와 사회에 대한 주제의식이 강렬한 계열과 유아기 아동의 일상생활로 관심을 집중시킨 계열로 나누어 그 특성과 한계를 짚어냈다. 그는 삶과 시대에 대한 치열한 대결의식이 돋보였던 권정생의 80년대 유년동화들이 작가 스스로의 순결한 다짐과 결단은 잘 드러내고 있으나, 작품을 대하는 유년 독자들과의 소통과 교감의 장치는 허술하게 설정하고 있다는 점을 비판했다. 작가가 무엇을 전달하고자 했는가에 집중되어 있던 기존의 질문 방식으로는 독자와의 소통과 공감의 장치를 놓치기 쉬웠다는 점을 생각할 때 이러한 지적은 의미가 크다고 볼 수 있다. "역사와 사회가 제기하는 문제 전달에는 능숙하나 독자와의 교감에는 서툴렀던 그(권정생 ─ 인용자)의 손끝"(67면)에 대한 지적은 그간 제기되기 어려웠던 문제였다. 김현숙의 시각에서 본다면, 권정생은 완성된 전범이 아니라 이제 막 시작하는 유년동화 작가다.

한편 김은하는 「생존자로서의 여성과 모성」에서 『몽실 언니』 분석을 통해 파괴와 죽음으로 점철된 전쟁이 여성의 경험으로는 어떻게 그려질 수 있는가를 분석했다. 그는 『몽실 언니』에서 몽실이 같은 여성은 재난의 피해자이기도 하지만 이에 머물지 않고 생존과 생명의 영역을 주관하는 주체로 거듭나는 성장과정을 보여준다고 보았다. 이에 반하여 「무명저고리와 엄마」는 여성/어머니의 역사 체험을 그리고 있는 작품이지만 이야기 구조가 도식적이고 인물형상화가 상투적일 뿐 아니라, 극단적인 모성성의 이상화를 보여주고 있다고 비판하였다. 지나친 모성의 이상화는 가부장적 질서의 복원 의지와 결합하여 여성에게는 억압으로 기능할 수도 있음을 지적한 것이다. 이러한 비판은 「무명저고리와 엄마」를 어머니의 희생과 수난을 아름답게 그려낸 수작으로 평가해오던 기존의 해석과 크게 어긋나는 것이어서 흥미롭다. 이 또한 작가의 역사 현실인식이 얼마나 반영되었는가, 이념의 금기를 얼마나 뛰어넘고 있는가 하는 기존의 관심과는 다른 방향에서 접근했기 때문에 가능한 문제제기였다고 생각한다.

4. 권정생, 새로 시작되는 질문

작가와 작품에 대한 논의가 턱없이 부족한 상황에서 특집 '권정생'은 한국 아동문학의 현실을 구체적으로 살필 수 있는 중요한 기회를 제공했다고 생각된다. 그러나 이러한 기획이 일회적인 관심을 넘어서 좀더 의미있는 논의로 전개되기 위해서는 우리가 권정생과 그의 작품에 대해 접근하는 방식에 대해 근본적으로 점검해보고, 권정생 담론의 생산적 가능성을 짚어볼 필요가 있을 것이다.

권정생은 아동문학의 새로운 담론을 생산해낼 의미있는 장소가 되기에 충분한 가능성을 지니고 있다. 다채롭고 흥미로운 그의 작품세계는 아직도 더 많은 논의가 필요하다. 그러나 그의 문학세계와의 생산적 대화와 긴장이 사라진다면 우리는 그의 작품에서 언제나 같은 것만을 반복적으로 보고 듣게 될지도 모른다.

그렇다면 권정생 담론의 활성화를 위해 지금 필요한 것은 그를 기념하거나 그에게서 아동문학의 전범을 구하는 일이 아닐 것이다. 권정생은 잘 준비되어 있는 답안이라기보다는 새롭게 제기되는 질문이어야 하기 때문이다. 권정생의 삶과 문학에 대한 우리의 전적인 신뢰가 그와의 만남을 도리어 상투적이고 관성적인 것으로 변질시키지 않도록 끊임없이 새로운 질문을 시도해야 할 것이다.

『창비어린이』 2006년 봄호

趙 銀 淑 ● 아동문학평론가, 단국대 동양학연구소 연구교수. 주요 논문으로 「1910년대 아동신문 『붉은 져고리』 연구」 「방정환과 어린이, 해방과 발견 사이」 「식민지시기 '동화회' 연구」 「이원수의 동화 『숲 속 나라』 연구」 들이 있다.

전쟁을 모르는 이들에게

그림책 『곰이와 오푼돌이 아저씨』

박숙경

6·25전쟁을 잘 모르는 초중고생이 상당수 있다고 한다. 올해(2007) 어느 일간지가 조사한 바에 따르면 20대의 약 절반이 6·25전쟁이 정확히 몇 년도에 일어났는지 모른다니, 이제 겨우 30대 중반인 나도 격세지감이 들 정도다. '다이내믹 코리아' 운운하며 빨리빨리 과거 따위는 버리고, 새것을 받아들이라 외치는 사회 풍조 때문이니 그들의 잘못만은 아니다. 사실 100 퍼센트 잘못이기만 할까? 6·25전쟁을 잘 모르거나 아예 관심없다는 세대들은 한편으로 반공주의 교육의 폐해로부터 자유로운 세대이기도 할 것이다. '6·25전쟁의 비극을 잊지 말자!'는 구호는 곧 '북한 공산당을 때려 부수자!'라는 말과 일맥상통하지 않았던가. 우리 민족이 겪었던 전쟁의 비극을 생판 없던 일로 취급하는 어린 세대도 문제지만, 알아도 완전히 잘못 알고 있는 기성세대도 문제다. 전쟁의 원인과 참상에 대해 제대로 알고, 생각하고, 다시는 그 과오를 되풀이하지 않도록 마음을 다잡는 일은 어린 세대나, 나이 든 세대에게 모두 필요한 일이다.

가까운 일본만 해도 '전쟁아동문학'이라는 장르가 형성될 만큼 반전 메시지를 담은 아동문학 작품이 많고, 그 가운데에는 일본 아동문학의 대표작에 해당되는 작품도 상당수다. 물론 이웃나라 처지에서 보면 가해자로서의 반성보다 핵 피해자의 입장을 강조하는 경향이 짙어 문제지만, 그래도 어린이들에게 전쟁의 참상을 알리고, 전쟁으로 피해보는 건 무고한 민중들뿐이라는 사실을 다양한 이야기로써 끊임없이 재생산하고 있다. 그것이 현대 아동문학의 책무라고 여기는 것이다. 그렇다면 우리의 경우는 어떨까? 우리도 전쟁이라 하면 남 못지않게 겪었고 그 아픔은 현재까지도 남아 있건만, 냉전체제하의 군사독재 때문에 전쟁 경험을 똑바로 살리지 못하고 '반공'이라는 굴절된 안경을 아이들에게 씌우곤 했다. 70년대생인 나만 해도 어릴 때 반공 독후감 꽤나 써봤고, 엄마가 북한 괴뢰군에게 잡혀가는 악몽도 곧잘 꾸곤 했는데, 이건 단지 개인의 기억에만 그치지 않는, 몇세대에 걸친 집단최면이고 악몽이다.

그러다 나중에 어른이 된 뒤 권정생이란 작가를 알게 되었을 때 얼마나 그 시절이 원망스러웠는지 모른다. 내가 초등학교, 중학교 다닐 때에도 진짜 반전아동문학이 있었는데, 왜 그때는 그걸 알려준 어른이 없었을까. 어른이 되고 나서 읽은 『사과나무밭 달님』(창비 1978), 『몽실 언니』(창비 1984), 『초가집이 있던 마을』(분도출판사 1985), 『바닷가 아이들』(창비 1988) 모두 감동스러웠지만, 이 동화들을 내가 아이였을 때 읽었다면 어떤 느낌이었을지 궁금하다. 부모님과 선생님을 포함해, 내 주변의 어른들로부터 귀가 닳게 들어온 반공의 세계가 와르르 무너지는 느낌이란 어떤 것이었을까. "국군이나 인민군이 서로 만나면 적이기 때문에 죽이려 하지만 사람으로 만나면 죽일 수 없단다"(『몽실 언니』 124면) 같은 말을, 다 자란 어른의 머리가 아니라 아이의 가슴으로 받아들였다면 지금보다는 조금 더 나은 어른이 되었을지도 모르겠다.

1937년생인 권정생은 소년 시절에 두 번의 전쟁을 겪었다. 첫번째는 일본에서 겪은 1940년대 말 태평양전쟁, 두번째는 귀국동포로 한국에 귀환하자마자 겪어야 했던 6·25전쟁이다. 그 두 전쟁 때문에 권정생은 두 형과 생이별을 했고, 자신의 의사와 상관없이 남북으로, 좌우로 나뉘어 한민족끼리 서로 죽이는 세상에 큰 정신적 혼란을 겪는다. 작가는 후일 '두 번씩이나 겪은 전쟁의 상처는 평생을 두고 아물지 않았다'(『우리들의 하느님』, 녹색평론사 1996, 136~37면)고 밝히기도 했는데, 그의 반전아동문학 작품은 결국 자신의 상처를 치유하기 위한 방편이기도 했을 것이다.

『곰이와 오푼돌이 아저씨』(이담 그림, 보리 2007)는 전쟁터에서 억울하게 죽어간 두 영혼을 위무하는 일종의 진혼곡이다. 바람기 없이 고요한 달밤, 치악산 골짜기에서 어린 소년 곰이와 인민군인 오푼돌이 아저씨가 부스스 일어난다. 두 사람은 둥근 달을 쳐다보며 이야기를 나눈다. 30년쯤 전에 떠나온 고향 이야기도 하고, 치악산 골짜기에서 죽은 이야기도 한다. 아홉살에 죽어 더이상 나이를 먹지 않는 곰이는 그 전쟁이 대체 왜 일어났는지 궁금해한다. 이때 어두운 응달에서 호랑이 울음소리가 들리고 가난한 할머니가 나타난다. 호랑이가 떡장수 할머니를 잡아먹은 것까지는 우리가 알고 있는 「해와 달이 된 오누이」 이야기와 비슷하다. 그러나 그 이후 부분의 변용에서 한국전쟁을 보는 작가만의 시각이 오롯이 드러난다. 호랑이는 두 마리였고, 각기 앞문과 뒷문에 가서 자기가 엄마라며 보드라운 목소리로 속삭인다. 서로 부둥켜안고 있어야 할 오누이는 앞문이 엄마다, 뒷문이 엄마다 서로 싸우다 결국 누나는 앞문을, 동생은 뒷문을 열어준다. 이야기를 듣던 곰이가 "안돼!" 하고 외치지만, 결국 두 오누이는 호랑이들에게 물려간다. 물려가며 서로의 이름을 애타게 부르지만 때는 이미 늦었다. 익숙하던 옛이야기가 불현듯 현실의 본질을 꿰뚫는 슬픈 우화로 변모하는 순간이다.

물론 이전에도 마해송의 「토끼와 원숭이」(1950) 같은 작품이 우화로서 6·25전쟁의 본질을 간파한 바 있지만, 그 작품은 아쉽게도 슬픔과 연민보다는 냉소가 앞선 느낌이었다. 권정생의 작품은 사태의 본질을 간파하지 않으면서도 동시에 인간에 대한 연민과 슬픔, 위로가 있다. 흔히 '죽은 자는 말이 없다'고 하지만, 이 작품에서는 전쟁으로 죽은 자들이 자신들이 겪은 일을 이야기한다. 곰이도, 오푼돌이 아저씨도 몸은 죽었으되 영혼은 죽지 않고 진실을 알고자 한다. 작가 권정생은 죽은 자들의 입을 열어주고 그들에게 말을 걸어준 사람이다. 살아 있는 우리가 해야 할 일은 죽은 자들의 이야기에 진지하게 귀 기울여 더이상 억울한 죽음이 되풀이되지 않도록 스스로를 돕는 일이 아닐까.

그림책으로 나온 『곰이와 오푼돌이 아저씨』의 동명 원작은 『바닷가 아이들』에 실려 있다. 예전에는 꼭 그렇지만도 않았는데, 요즘은 여러 편의 단편동화를 묶은 동화집은 글만 많은 고학년물 취급 받기 십상이라, 그 안에 저학년도 읽을 수 있는 좋은 작품이 있더라도 정작 아이들이 잘 접근하지 않는 경향이 있다. 「곰이와 오푼돌이 아저씨」는 굳이 삽화의 도움이 없더라도 눈 덮인 치악산과, 오누이를 잡아가는 호랑이, 곰이와 인민군 아저씨의 고향이 눈앞에 선히 펼쳐지는 훌륭한 동화지만, 요즘 어린이들의 독서 경향을 생각하면 이렇게 따로 뽑아 그림책으로 선보이는 것은 좋은 시도라 하겠다.

화가 이담의 그림은 전체적으로 무거운 흙빛을 띠고 있다. 왁스를 화면 전체에 두껍게 녹여 바른 다음 그것을 섬세하게 긁어내 이미지를 만들고, 다시 유화 스프레이를 뿌려 마감하는 '왁스페인팅' 기법을 썼다고 한다. 평면에 그렸지만 그 덕분인지 깊이있는 입체감이 느껴지고, 죽은 자의 기억이 이런 것일까 싶은 아련한 거리감도 전해진다. 『곰이와 오푼돌이 아저씨』에는 몇십 년 전에 죽은 영혼들이 일어나 자신의 죽음과 고향의 기억을 이야기하고, 「해와 달이 된 오누이」라는 이야기 속 이야기도 삽입되어 다소 복잡한 얼개를 지니고 있는데, 매우 사실적인 그림 덕분에 한결 이해가 용이해졌다.

무거운 이야기니만큼 그림도 상당한 무게감을 갖는데, 이건 보는 사람에 따라 좋고 싫음이 갈릴 수도 있을 것이다. 이 원작을 읽고 또다른 마음속 그림을 품은 화가가 있다면 오히려 반길 일이다. 그런 점에서 이 책은 「곰이와 오푼돌이 아저씨」를 저본으로 한 유일한 그림책이 아니라 첫번째 그림책인 것이다. 서양의 안데르센과 일본의 미야자와 켄지 동화에 수많은 화가가 도전하듯, 우리의 클래식인 권정생의 동화를 다양하게 해석하고 표현하는 그림책 작업이 앞으로도 계속 이어지길 기대한다.

마지막으로 덧붙이고 싶은 것은, 이 책을 비롯해 권정생의 반전동화들을 단지 과거의 이야기로만 국한시키지 않았으면 하는 것이다. 지극히 사실적인 소년소설이라면 몰라도, 동화는 산문인 소설에 비해 시대와 지역을 비교적 자유로이 넘나드는 보편의 힘을 지니기 때문이다. 지금 세계에서는 아직도 전쟁이 끊이지 않고, 그 가운데에는 우리의 6·25전쟁처럼 강대국의 이해관계에 휘말려 한 형제끼리, 이웃끼리 영문 모른 채 서로가 서로를 죽이는 분쟁도 적지 않다. 권정생은 평생 지병에 시달리며 안동 시골마을을 벗어나지 못했지만, 세상을 뜨기 직전까지도 저 멀리 중동, 아프리카의 전쟁을 자신의 아픔처럼 여기며 이야기와 산문을 써왔다. 방에 앉아서도 이 세계 전체를 보는 작가였던 것이다. 그에 비해 해외여행도 곧잘 다니고, 이른바 '세계화'된 세상을 산다는 우리 세대의 시야는 외려 점점 좁아지는 것만 같다. 권정생의 작품을 계속 기억하는 것, 해석하는 것은 중요하다. 하지만 그것 못지않게 중요한 것은 우리 세대의 시각과 어법으로 반전·평화의 이야기를 이어가는 것이다. 한국 아동문학에서 반전·평화의 페이지는 아직도 빈칸투성이고, 지금이야말로 개척기다.

（서평문화』 2007년 겨울호; 2008년 4월 개고

朴淑慶 ● 아동문학평론가, 겨레아동문학연구회 회원. 주요 평론으로 「이야기 자체로 말하라」 「우리 동화의 웃음, 그 어제와 오늘」 「어린이문학을 대하는 어른의 자세」 들이 있다.

동시를 통해서 본 권정생

이주영

1. 벌레 되어 살다 간 그 사람

빌뱅이 언덕, 그 이름이 왜 생겼는지 잘 모른다고 했다. 그 언덕 끝자락에서 민들레처럼 살다 간 사람도 어쩌면 6·25동란 때 피난민 비렁뱅이들이 살았기 때문인지도 모르겠다고 하였다. 그 언덕 이름이 어디서 유래하였는지 분명하게 알 수는 없지만 '빌뱅이 언덕'을 속으로 되뇌다 보면 정겹게 들리기도 하는 한편 무척 외롭고 쓸쓸하게 느껴지기도 한다. 그 이름에 딱 붙어 떠오르는 사람, 권정생 때문에 그렇다. 권정생을 생각하면 정겹기도 하지만 평생을 혼자 결핵 벌레하고 살아야 했던 그 아픔과 외로움과 쓸쓸함이 떠오르기 때문이다.

　　죄 많은 벌레야

---

* 이 글의 원제는 「권정생 동시로 읽어보는 권정생」이다.

결핵이란 벌레야
하느님이 세상을 만드시고
모든 목숨을 만드시고
죄 많은 결핵균도 만드셨고

(…)

죄 많은 것은 외로운 것도 많고
죄 많은 인간은 서러운 것도 많고
죄 많은 벌레처럼 꼼실거리며 살고

(…)
함께 사는 인간도 인간이 아닌 벌레이고
푸른 하늘에게 죄스러워
기침을 하면 땅바닥에
빨간 피가 번져 나가고
하늘에게 죄스러워
꾸부리고만 사는
결핵이란 벌레와 살고 있는 인간아.

───「결핵 2」, 『어머니 사시는 그 나라에는』, 지식산업사 1988, 162~63면*

　「결핵 2」는 결핵을 소재로 쓴 시 네 편 가운데 하나다. 열아홉 살 때부터 결핵을 앓았는데, 그때 같은 마을에 객지로 돈 벌러 나갔다가 결핵에 걸려

* 이후의 글에서 인용 면수만 밝힌 것은 이 책의 면수를 가리킨다.

돌아온 아이들이 10여 명이나 되었다고 한다.

> 하나 둘씩 차례로 죽어갔다. 열일곱 살의 기덕이는 빨간 피를 토하다 죽고, 열다섯 살 옥이는 주일학교 동무들이 예배를 드리는 가운데 숨을 거두었다. 다 죽고 마지막 나 혼자만 남았다. 나는 늑막염과 폐결핵에서 신장결핵 방광결핵으로 온몸이 망가져갔다. (『우리들의 하느님』, 녹색평론사 1996, 11면)

나는 그가 혼자 살아남은 까닭이 두 가지는 될 거라 생각한다. 하나는 자기 목숨을 다해 병구완을 하다 돌아가신 어머니 정성 때문이고, 1964년 어머니가 돌아가시고도 43년을 더 살 수 있었던 또 하나의 까닭은 이처럼 결핵 벌레하고 함께 살았기 때문이지 싶다. 그는 자기 온몸을 망가뜨리는 벌레를 미워하지 않고 하느님 앞에 똑같은 죄인이라 생각하고 부둥켜안고 함께 살았던 것이다. 원수를 사랑하라는 예수님 말씀대로.

물론 결핵균하고만 같이 산 것은 아니다. 가까이에 온갖 풀과 벌레와 길짐승, 날짐승하고 같이 살았던 것이다.

> 겨울이면 아랫목에 생쥐들이 와서 이불속에 들어와 잤다. 자다보면 발가락을 깨물기도 하고 옷 속으로 비집고 겨드랑이까지 파고 들어오기도 했다. 처음 몇 번은 놀라기도 하고 귀찮기도 했지만 지내다보니 그것들과 정이 들어버려 아예 발치에다 먹을 것을 놓아두고 기다렸다.
>
> 개구리든 생쥐든 메뚜기든 굼벵이든 같은 햇빛 아래 같은 공기와 물을 마시며 고통도 슬픔도 겪으면서 살다 죽는 게 아닌가. 나는 그래서 황금덩이보다 강아지똥이 더 귀한 것을 알았고 외롭지 않게 되었다. (같은 책, 12면)

그는 혼자 살았지만 혼자 산 것이 아니다. 사람으로서는 상여를 보관하는 곳간 뒤 흙담집에서 혼자 살았지만 생명으로서는 온갖 생명과 함께 살았다. 그리고 마음으로는 항상 하느님과 예수님하고 같이 살았다. 그래서 아이들이 가끔 밤에 혼자서 무섭지 않느냐고 물으면 시치미를 뚝 떼고, "무섭지 않다. 혼자가 아니고 내가 가운데 누우면 오른쪽엔 하느님이 눕고 왼쪽엔 예수님이 누워서 꼭 붙어서 잔단다"(같은 책, 36면)고 말할 수 있었던 것이다. 그러나 시치미를 뚝 떼고 말한다고 해서 사람이기 때문에 병을 안고 살면서 받아야 하는 고통, 그것도 빌뱅이 언덕 끝자락 곳집 뒤에서 아내도 없이 혼자 살면서 문득문득 느껴야 하는 외로움과 쓸쓸함을 온전히 벗어날 수는 없었을 것이다. 그래서 누가 도와드리고 싶다고 하면 대뜸, "네가 내 병을 대신 앓아줄 수 있냐?"고 되묻곤 했다. 이어서 "내 병을 사흘만 아니 이틀만 아니 단 하루만이라도 대신 앓아줄 수 있느냐?"고 윽박지른다. 나도 그 말씀을 들으면서 몇 번은 너무 가슴 아파서 아무 말도 못하고 가만히 있기만 했는데 2004년 봄인가 한번은, "그런 억지 좀 쓰지 마세요. 대신 아파줄 수 있다면 하지요. 그렇지만 대신 앓아줄 수 없는데 왜 그런 말을 해요" 하고 좀 쏘아붙이듯이 투덜거렸더니 아무 말씀 안하고 딴청을 하시면서 입을 옴찔거리기만 하셨다. 속으로는 '네놈이 뭘 안다고…… 쓸데없는 소리 말고 네놈이 사온 참외나 다 먹고 가라 이놈아' 그러셨을 거다.

생쥐하고 생쥐처럼 산, 개구리하고 개구리처럼 산, 민들레하고 민들레처럼 산, 강아지똥하고 강아지똥처럼 산, 굼벵이 같은 온갖 벌레들하고 벌레처럼 산, 아니 하느님 앞에 벌레가 되어 살았던 그를 생각하면 떠오르는 시가 또 하나 있다. 「밭 한 뙈기」라는 시다.

2. 한 뼘 내 땅도 갖지 않았던 그 사람

　대한민국이라는 나라는 민주공화국이라고 헌법에도 나와 있지만 요즘 사람들 마음속에는 대한민국이 부동산 공화국이라는 글자로 새겨져 있는 듯하다. 부동산 투기로 미쳐 돌아가는 세상, '복덕방'은 사라지고 '부동산 중개업소'니 '부동산 컨설팅'이니 하는 간판이 넘쳐나는 세상, 얼마나 열심히 일하고 알뜰하게 살았느냐보다는 어느 때 어느 자리에 집이나 땅을 사 놓았느냐에 따라 가질 수 있는 돈이 엄청나게 달라지는 세상, 서울 시내 땅 한 평 값을 대부분 서민들이 평생 일해도 모으기 어려운 세상이 바로 대한민국이다. 자본주의 세상은 어디나 다 비슷한 세상일 거다. 한 뼘 땅에 목숨 걸기는. 이런 세상에서 평생 내 땅 한 뼘 갖지 않았고, 가지려고 하지도 않았고, 가지려고 해서는 안된다는 마음으로 살아간 사람이 있다는 건 기적이다.

　　사람들은 참 아무것도 모른다
　　밭 한 뙈기
　　논 한 뙈기
　　그걸 모두
　　'내' 거라고 말한다.

　　이 세상
　　온 우주 모든 것이
　　한 사람의
　　'내' 것은 없다.

(⋯)

아기 종달새의 것도 되고
아기 까마귀의 것도 되고
다람쥐의 것도 되고
한 마리 메뚜기의 것도 되고

밭 한 뙈기
돌멩이 하나라도
그건 '내' 것이 아니다.
온 세상 모두의 것이다.

— 「밭 한 뙈기」, 39~40면

안동 조탑마을 빌뱅이 언덕 끝자락에서 민들레 한 송이처럼 살다 돌아
간 권 아무개, 누가 와도 짖지 않지만 그렇다고 요란하게 반기며 덤비지도
않던 뺑덕이란 개하고 살았던 그 누구, 내 땅 한 뼘 없이 곳집 뒤 주인 없는
땅에 지은 작은 흙담집마저 생쥐하고 나눠 살았던 그 사람, 바로 권정생이
라는 이름으로 살다 간 한 사람의 마음과 생각을 잘 보여주는 시다. 이 땅
어디에 굴러다니는 돌멩이 하나라도 내 것이 아니라 온 세상 모두의 것이
고, 곧 아기 종달새나 아기 까마귀나 한 마리 생쥐도 모두 이 세상을 함께
나누며 살다 갈 권리가 있다는 것이다.
'사람들은 참 모른다'고 했다. 그 모르는 사람들 속에 끼어 있는 내가, 그
처럼 무소유로 살지 못하는 내가, 무소유로 살기는커녕 더 소유하고 싶은
마음을 떨쳐내지 못하는 내가, 벌레 되어 살아갈 수 있는 삶을 깨닫지 못하

는 내가, 아니 사실은 그걸 깨닫게 되는 것을 두려워하는 내가 그 사람에 대해서 무슨 글을 쓴다는 게 죄스럽다. 그럼에도 글을 쓰는 까닭은 그래도 빌뱅이 언덕 끝자락 곳집 뒤에서 살았던 그 사람을 생각하면 마음 한 자락에서 꿈틀대는 '내' 것을 붙잡고 싶어하던 욕심이 조금은 고개를 숙이게 되고, 내 삶의 부끄러움을 다시 돌아보게 되고, 그러다 보면 조금이라도 덜 부끄럽게 살 수 있지 않을까 싶기 때문이다. 결국 이런 생각마저 나에 대한 내 욕심인 것 같아 당혹스럽지만, 그의 힘들고 외로움이 밴 수줍은 웃음이 떠오르면 이상하게 마음이 가라앉고 힘이 난다. 온몸으로 고통을 짊어지고 십자가에 못 박혀 매달려 있는 또 한 명의 그 사람이 떠오를 때처럼.

3. 어머니와 함께 산 그 사람

권정생 어머니는 젊은 나이에 객지에 나가 고생하다 폐병을 얻어 돌아온 아들을 살리고자 온 힘을 기울이다 먼저 돌아가셨고, 권정생은 그런 어머니를 평생 가슴에 묻고 그 어머니가 살았던 날보다 더 많은 날을 살아냈다. 그는 가슴에 묻은 어머니를 여러 시에서 되살려놓고 있다. 아버지가 나오는 시는 몇 편 없지만 어머니가 나오는 시가 여러 편인 까닭은 어머니에 대한 그리움이 항상 사무쳤기 때문일 것이다.

고생 고생 살던 엄마
불쌍 불쌍 우리 엄마

(…)

엄마 엄마 무덤가에
꽃 한 송이 피어 있네

엄마같이 야윈 얼굴
꽃 한 송이 피어 있네.

—「엄마 엄마 우리 엄마」부분, 107~108면

엄마 민들레는 잎사귀마다 상처투성이
엄마 민들레는 뿌리로 땅을 움켜잡고
까무라치고 쓰러지고
눈만 뜨면 하늘을 쳐다보고
엄마 민들레는 한없이 울고

—「민들레 이야기」부분, 43~44면

쇠그물에 달빛이 아른거리면
엄마 보고 싶은 아가 토끼가
달님을 가만히 쳐다보고

—「토끼 1」, 11면

그가 쓴 시에 나오는 어머니는 이 땅의 수많은 어머니들이 살았던 삶이다. 고생고생하면서도, 소달구지에 짓찧기고 경운기에 뭉개지고 아이들한테 밟히면서도, 온 삶이 상처투성이가 되도록 까무러치고 쓰러지면서도이 땅에 뿌리는 내리고 하늘을 쳐다보면서 아이들을 키워낸 어머니들 삶이다. 그 달님 같은 어머니를 가만히 쳐다보는 아가 토끼인 권정생을 가두어놓은 '쇠그물'은 이승과 저승을 갈라놓는 벽일 수도 있고, 마음대로 세상

으로 나가 돌아다닐 수 없게 하는 결핵균일 수도 있고, 절망스러운 세상에
서 자신을 지키고자 스스로 만든 보호망일 수도 있겠다 싶다.

> 배고프시던 어머니
> 추우셨던 어머니
> 고되게 일만 하신 어머니
> (…)
>
> 어머니 가실 때
> 은하수 강물은 얼지 않았을까
> 차가워서 어떻게
> 어머니는 강물을 건너셨을까
> (…)
>
> 어머니는 강 건너 어디쯤에 사실까
> 거기서도 봄이면 진달래꽃 필까
> 앞산 가득 뒷산 가득
> 빨갛게 빨갛게 진달래꽃 필까
>
> (…)
>
> 어머니랑 함께 외갓집도 가고
> 남사당놀이에 함께 구경도 가고
> 어머니 함께 그 나라에서 오래 오래 살았으면
> 오래 오래 살았으면……　　―「어머니 사시는 그 나라에는」 부분, 91~102면

이렇듯 「어머니 사시는 그 나라에는」 구절구절마다 어머니와 함께 살았던 시절 이야기, 어머니가 고생하던 이야기, 어머니가 살고 계실 저쪽 세상에 대한 이야기, 어머니와 함께 해보고 싶고 가보고 싶은 이야기를 주저리주저리 늘어놓고 있다. 이 긴 시를 읽다보면 흙담집 문턱에 걸터앉아 조곤조곤 풀어내는 말소리가 들리는 듯하다. 그리고 권정생과 그 어머니는 다른 두 사람이 아니라 같은 한 사람이라는 느낌이 든다. 이제는 어머니 무덤 둘레에 재가 되어 안기었듯이.

4. 통일을 기다리다 간 그 사람

통일을 보기 전에는 죽을 수 없다고 되뇌던 권정생이 평생 아픈 것보다 더 아픈 몸을 부여잡고 어머니 사시는 그 나라로 간 그날, 2007년 5월 17일은 60여 년간 끊어졌던 남북의 기찻길을 잇고 시범 운행을 하던 날이다. 비록 그토록 바라던 통일은 아니지만 그나마 그를 보내는 사람들 마음에 작은 위안이라도 된다. 나는 그가 쓴 시 가운데서 「통일이 언제 되니?」(110면)가 가장 마음에 와 닿는다.

우리나라 한가운데
가시울타리로 갈라 놓았어요.

어떻게 하면 통일이 되니?
가시울타리 이쪽 저쪽 총 멘 사람이
총을 놓으면 되지.

이 시를 읽을 때마다 가슴에 찡한 울림이 오는 까닭은 너무나 단순한 진리이기 때문이다. 서로 죽이는 전쟁에서 벗어나 함께 살 수 있는 오직 한 가지 길이기 때문이다. 초등학교 1학년도 알 수 있는 너무나 단순한 진리인데 이 진리를 이 땅에 실현할 수 있는 날은 그 언제일까? 그가 이렇듯 통일을 소망하는 까닭은 통일이 되어야 전쟁을 멈출 수 있기 때문이다. 그런 믿음은 피난 갔다가 돌아와 본 집의 헛간 지붕, 전쟁 중에도 헛간 지붕 위에 달님같이 열린 박을 되새기며 쓴 「박」이라는 시에서도 고스란히 볼 수 있다.

> 북쪽 인민군도
> 남쪽의 국군도
> 우리들 모두가 사랑하는
> 달님 같은 박이
> 우리 집 헛간 지붕 위에
> 덩실덩실 열려 있었다.

—부분, 127면

달빛에 피어나는 하얀 박꽃이 우리 겨레를 상징하는 흰 옷 빛깔로 이어지고, 달님처럼 둥근 박은 두 쪽으로 갈라진 반달이 다시 온달로 되는 통일로 이어지고, 통일이 되면 '덩실덩실' 열려 있는 박처럼 '덩실덩실' 춤추고 싶은 마음으로 고스란히 이어지고 있다. 그가 꿈꾸는 통일 세상은 「할아버지 금강산 구경 가요」에 담겨 있다.

> 할아버지 금강산 구경 가요.

이렇게 날도 따습고 꽃도 피었는데
금강산 구경 가요.
(…)
우리 모두 금강산 구경 가요.
(…)

구름처럼 가요.
제비처럼 가요.
휴전선 가시철망을 훌훌 걷어 버리고 가요.
(…)

기차 태워주지 않으면 걸어서 가요.
고무신 신고 가요.
고무신 닳아 떨어지면 맨발로 가요.

—부분, 76~79면

    누구나 남북을 자유롭게 넘나들며 일하면서 살아갈 수 있는 세상, 그 세상으로 맨발로라도 춤추면서 가자고 한다. 할아버지와 아이들, 1세대와 3세대가 손 잡고 가자고 한다. 그에게 2세대는 통일을 반대하고 분단을 지속하게 하는 세대를 뜻한다. 1세대인 할아버지는 우리 겨레의 원뿌리로 남북이 한 할아버지 할머니에게 이어져 내려온 한 핏줄임을 뜻하고, 3세대인 아이들은 그 핏줄을 이어가는 새로운 세대를 뜻한다. 그래서 권정생의 대부분 시에서 화자, 곧 말하는 주체는 그 자신이다. 그는 시 속에서 아기 토끼가 되기도 하고 민들레가 되기도 하고, 헛간 지붕 위에 열린 박꽃을 바라보는 아이가 되기도 한다. 그런데 이 시에서는 자신을 청자, 곧 시 안에서 듣는 사람인 할아버지 자리에 놓고, 아이들을 말하는 주체로 놓았다. 물론 엄밀하게 말한다면 이 시에서도 권정생 자신이 아이들이 되겠지만 그 마음을 짚어본다면 우리 겨레의 아이들, 곧 우리 겨레의 내일을 열어갈 그 어떤 사람들이 자신한테 금강산 구경 가자고 말을 걸어주기를 소망하고 있다. 나는 그 말을 할 수 있는 아이들 가운데 한 명이 될 수 있을까?

5. 웃음으로 세상을 산 그 사람

그는 겉으로는 평생 아프고 외롭고 괴롭고 힘들고 쓸쓸한 삶을 살았다. 그러나 속으로는 평생 기도와 웃음을 놓지 않았다. 그가 쓴 시와 이야기 글은 모두 그가 아픈 배를 움켜쥐고 기도하면서 주저리주저리 내뱉은 말이다. 말 조각들이다. 그래서 그가 쓴 대부분 시에서는 기도 내음이 난다. 그런데 기도치곤 재미있는 기도가 있다. 그가 쓴 시를 읽다가 나도 모르게 웃어버린 시, 그가 세상을 살면서 깊은 속 저 안에서 밀어올려주는 웃음을 만날 수 있는 시('명시 3편' 「한 인간과 하늘이 동시에 울부짖었다」 「기도」 「가을 하늘」)가 있다.

한 인간과 하늘이 동시에 울부짖었다

──인간
70년을 살았지만
아직 양복도 못 입어보고
넥타이도 못 매보고
장가도 못 가보고

약혼도 한번 못해봤습니다
돈까스도 못 먹어보고
피자도 못 먹어봤습니다
억울합니다!
억울합니다!

— **하늘**
겨우 70년 살아보고 그러냐
나는 7백억 년을 살았지만
아직 장가도 못 가보고
돈까스도 못 먹어보고
피자는커녕
미숫가루도 못 먹어봤다
이 꼰대기 같은 놈아!

기도

기도하는 가을입니다
하느님
이 가을

춘산 장로님
건강 속히 회복되게
도와주십시오

그리고
봉화에 감나무 시어머니 같은
사람 하나 살고 있는데
그 집 매실도 내년에는
많이 열게 해주십시오

대신
잔소리 좀 안하게 해주시길
두 손 모아 빌고 또 빕니다
아멘

가을 하늘

아침나절
양지쪽에 앉아
멀리 하늘을 바라보았다

높고 푸른 하늘을 보는데
저쪽 가장자리에
둥글넓적한 것이 보였다.
자세히 보니
하느님이 똥 누고 계셨다

오늘 아침
늦잠 주무신 모양이다   ──『민들레교회이야기』제592호(2005. 11. 20)

권정생 나이 70에 쓴 '명시 3편'은 그가 직접 붙인 제목이다. 자기가 쓴 시를 '명시'라고 붙인 것부터가 우스운데, 그 내용 또한 나를 웃게 한다. 그리고 웃음 뒤에 나를 돌아보게 한다. 그 심한 잔소리꾼, '그 사람이 바로 나 자신이나 그대 자신일지도 모른다'는 북산(北山) 최완택 목사 말처럼 끝으로 「임오년의 기도」를 소개한다. 나한테도 이런 기도 해줄 수 있는 동무, 이런 기도 보내줄 수 있는 동무, 함께 허허 웃을 수 있는 벗이 있기를.

임오년의 기도

눈 오는 날
김영동이 걸어가다가
꽈당 하고 뒤로 자빠졌으면
속이 시원하겠다

오월 달에
최완택이 산에 올라가다가
미끄러져 가랑이 찢어졌으면
되게 고소하겠다.

칠월칠석날
이현주 대가리에 불이 붙어
머리카락이 다 탈 때까지
소방차가 불 안 꺼주면
돈 만원 내놓겠다

올해 '목'자가 든 직업 가진 몇 사람

헌병대 잡혀가서

곤장 백 대 맞는다면

두 시간 반 동안 춤추겠다

이 모든 것이 이루어져

모두 정신 차려 거듭나기를

예수그리스도의 이름으로

기도하옵나이다

아멘

—『민들레교회이야기』 제510호(2002. 3. 3)

　　『우리들의 하느님』(녹색평론사 1996)에는 타락한 교회와 목회자들에 대한 비판과 회개하기를 기도하는 마음이 담긴 글이 많지만 이 한 편의 시처럼 목회자들이 거듭나기를 통쾌하고도 배꼽 잡게 간구하는 시도 보기 힘들 것이다. 더구나 가장 가깝게 지내고, 믿음이 독실한 세 동무를 앞세웠기에 더욱 그 사람 마음이 다가온다. 이렇게 빗대는 쓸거리로 삼아도 삐치지 않고, 쫓아와 멱살 잡지 않고, 죽이네 살리네 싸우지 않고 자신을 돌아보며 자기네 교회 주보에 실어주는 그들이 있기에 그는 이 세상 살면서 그나마 조금은 덜 외로웠겠다.

『우리 말과 삶을 가꾸는 글쓰기』 2007년 8월호

李柱暎 ● 서울 송파초등학교 교사, (사)한국글쓰기교육연구회 사무총장. (사)어린이도서연구회에서 오래 활동해 왔다. 『어린이책을 읽는 어른』 『어린이에게 좋은 책을』 『어린이책 100선』 『어린이책 200선』 들을 냈다.

권정생 아동문학의 흐름과 연구 방향

임성규

1. 문제제기——아동문학 작가 연구의 난점

아동문학의 시각에서 한 사람의 작가를 연구한다는 것은 그의 삶과 문학 그리고 둘의 뒤얽힘을 통해 한 사람의 생애에 걸쳐 이루어진 작가정신의 표출과 그 실천 양상을 깊이있게 천착하는 행위이다. 개별 작품 하나하나가 서로 고립되어 존재하는 것이 아니라 "작가의 전체험이 문학적으로 형상화"[1]되어 서로 긴밀한 연관을 맺고 있다는 점에서 총체적 접근을 위해서는 한 작가의 전 작품을 밀도있게 조망할 수 있는 시야를 요청한다. 그것은 아동문학 연구 층위의 작가 연구에 있어서도 아동문학이 문학인 이상 그에 걸맞은 탐구 방법이 필요한 까닭이다. "작가의 정신적 자세, 교육, 교우 관계, 신체적 조건, 친척 관계, 직업, 재산 정도, 애정 관계, 읽은 책, 정치사상, 습관, 취미 심지어는 입맛"[2] 등의 '작가론적인 상관물'들이 생산된

---

1) 우한용 「작가론의 방법」, 『한국근대작가연구』, 삼지원 1985, 13면.

작품에 어떤 영향을 미쳤는가를 세심하게 고려해야 하며, 이와는 별도로 작품 자체가 개별적으로 지니고 있는 예술적·미학적 의미를 되짚어보는 작업도 병행되어야 하는 것이다.

하지만 반성적으로 되돌아본다면 아동문학의 경우 과거 소외되고 척박한 연구 풍토에서 한 작가에 대한 포괄적 이해와 자료 정리가 소홀했다는 점을 인정할 수밖에 없다. 작가 연구와 관련된 연구의 현황과 실태를 에둘러 볼 때 여러 작가에 대한 소규모의 비평적 연구물이 모여 평론 선집으로 집적되어 그 명맥을 잇고 있는 것이 지금까지의 아동문학 작가 연구 경향이라고 말할 수 있다. 한 작가를 대상으로 좀더 다면적이고 심층적인 검토가 수행된 독자적 작가 연구서가 부재하다는 점에서 아동문학 작가 연구가 넘어야 할 벽이 견고하게 가로놓여 있음을 확인할 수 있다.[3]

또한 구체적인 작가 연구의 방법 층위에서는 엄밀한 의미에서의 비평과 연구의 변별이나 뚜렷한 아동문학 작가 탐구의 방법론이 정립되지 않음으로 인해 생애 조사와 작품에 대한 감상이 단순하게 결합되는 우(愚)를 범하기도 한다. '작가의 삶+작품'이라는 단순 공식은 좀더 중층적인 관점의 설정과 다면적인 방법론의 개척을 통해 극복되어야 한다. 그러한 점을 염두에 두지 않을 때 연구 수행의 기초적 전제인 원본 확정에 소홀할 수 있으

---

2) 이상섭 「작가 연구」, 『문학 연구의 방법—그 한국적 적용을 위한 개관』, 탐구당 1972, 30면.

3) 아래에 제시한 논저들이 지금까지의 아동문학 작가 연구를 대변하고 있는 것으로 판단할 수 있다. 하지만 본고의 논지에서 볼 때 한 작가의 총체적 면모를 다룬 연구서나 평전 혹은 전기가 부족하다는 점은 앞으로의 과제라고 말할 수 있다. 특히 그 가운데에서도 원종찬은 근대 작가 현덕을 대상으로 아동문학 작가 연구의 새로운 방법론을 보여준 바 있으며, 최근 염희경의 연구에서 보듯 아동문학 작가 연구의 밝아 조짐이 나타나고 있다.
이재철 『한국아동문학 작가론』, 개문사 1983; 사계 이재철 선생 화갑기념논총 간행위원회 편 『한국아동문학 작가작품론』, 서문당 1991; 이재철 편 『한국현대아동문학 작가작품론』, 집문당 1997; 사계 이재철 교수 고희기념논총 간행위원회 편 『한국현대아동문학 작가작품론 2』, 청동거울 2001; 원종찬 『한국 근대문학의 재조명』, 소명출판 2005; 염희경 「소파 방정환 연구」, 인하대 박사논문, 2007.

며, 연대별·주제별 자료 조사가 완결되지 않은 채 부족한 자료만으로 성급히 결론을 내리는 조급성에 함몰되는 것이다. 그러한 오류는 한 편의 문학 작품이 작가의 의도와는 다르게 셀 수 없는 방식으로 변질될 수 있다는 점에서 판본의 대조 작업을 필수적으로 요청한다.[4] 그리고 관점의 투여에 있어서는 특정 작가에게 다분히 호의적인 태도로 접근함으로써 한 작가의 공과(功過)를 객관적인 시선으로 판단하지 못한 채 주관적인 찬사 일변도로 기술하는 폐단에 빠지기도 하는 것이다.

그러기에 권정생과 같이 양적·질적으로 다양한 평가가 선결된 작가를 연구하는 사람은 '고고학자' '역사학자' '서지학자' '르포라이터' 등 다양한 면모와 역할을 발휘해야 하는 어려움에 직면한다.[5] 동화, 소년소설, 소설, 동시, 수필 등 전 영역에 걸쳐 상당한 양의 표현물을 생산한 그이기에 아래의 논의에서 보듯 개별 작품들을 비평적으로 판단할 수 있는 자질과 함께 발품으로 수집한 자료들을 면밀한 고증과 실증을 통해 중심축과 주변축으로 엮어내고 구획할 수 있는 종합적인 능력이 요청되는 것이다.

비평적 능력이란 전기작가가 자신의 자료를 섭렵하는 과정에, 필연적으로 항상 작용하는 것이다. 그러나 저술을 위해 분류하고 각색하고 조정하는 과정을 수행하면서 **전기작가는 문학사학자로서뿐만 아니라 문학비평가로서의 역할도 기꺼이 수행해야 하는 것이다.** 그에게는, 어떤 기준에 대한 인식, 형식에 대한 느낌, 예술작품 자체의 본질에 대한 이해가 요구된다. 또한 그에게는 증거를 이루는 것들에 대한 심오한 이해와, **어느 것이 확실한 근거가 있는 것으로 주장될 수 있고 어느 것이 그렇지 않은가에 대한 심오**

<hr>

4) Wilfred L. Guerin et al., *A Handbook of Critical Approaches to Literature*, Harper & Row 1979, 22면.
5) 이기철 『작가연구의 실천』, 영남대학교출판부 1986, 8면.

한 이해도, 필수적으로 요구된다.[6] (강조는 인용자)

그렇게 볼 때, 권정생 작가 연구는 문제적인 장면에 터하고 있다. 그에 대한 비평적 언급과 논평 그리고 연구물들은 상당한 양을 자랑하고 있으며 여타의 작가들에 비해 폭넓은 조명을 받은 것이 사실이기 때문이다. 그것은 권정생의 경우 그 문학적 특성이 거듭 논의될 정도로 아동문학 장(場)에 미친 영향이 크다는 사실의 방증이며, 이미 모든 비평적 판단이나 연구사적 정황이 포착되었다는 고정관념에 빠지기 쉬운 함정을 지니고 있다.

하지만 권정생 연구사의 종합적 면모는 좀더 비판적으로 검토할 필요가 있다. 그에 대한 학위논문이 장르별·주제별로 연거푸 다루어졌지만, 그 이해의 깊이와 폭은 그다지 깊고 넓지 않으며 연구들간에 유사한 언급을 되풀이하면서 피상적인 기술에 머무른 경향이 강하다. 「강아지똥」(1969)이나 『몽실 언니』(1984) 등 대표 작품 중심으로 접근한다거나 분단이나 통일 혹은 기독교 사상과 같은 지배적 요소 위주의 단선적 해석에 그침으로써 동어반복의 오류를 범하고 있는 것이다. 또한 발굴되지 않은 각종 자료와 홀대된 작품들에 대한 재인식이 수행되지 않았다는 점에서 새로운 시각의 연구가 이루어져야 함을 노정하고 있다. 따라서 본고에서는 원본 확정과 미발굴 자료의 검토 그리고 삶의 정황들을 추적함으로써 권정생 문학의 본질과 정수를 탐색함과 아울러 향후 입체적이고 총체적으로 수행되어야 할 권정생 작가 연구의 방향을 제시하고자 한다.

---

6) 레온 에델 『작가론의 방법 — 문학전기란 무엇인가』, 김윤식 옮김, 삼영사 1983, 85면.

2. 권정생 아동문학 연구사 비판

무릇 연구사라고 하는 것은 본격적인 연구의 수행을 위한 전제조건에 해당하면서 새로운 시각에서 연구를 수행하기 위한 당위를 제공한다. 사적(史的) 측면에서 볼 때, 최초의 비평적 언급에서부터 시작하여 종합적 면모를 갖춘 학위논문까지를 포괄하는 통시적 흐름이 연구사의 궤적에 해당한다. 특히 권정생이라는 한 작가의 전면모를 투시하기 위해서는 지금까지의 논의가 어떠한 시각에서 발원하여 어느 방향으로 흘러왔고, 거기에 내재된 의의와 한계는 무엇인지를 조감할 수 있는 시각을 필요로 한다. 따라서 종합적인 작가론을 위한 총체적 관점을 견지하기 위해서는 엄밀한 학술 담론이나 학위논문에 국한하지 않고, 작가와 그의 작품을 언급한 바 있는 평론과 서평, 월평 및 발문 그리고 감상문 및 저널, 기사 등의 다종다양한 글쓰기들을 포괄적으로 수용하는 것이 새로운 연구의 시작을 위한 발판을 제공할 수 있다.

권정생의 경우 우선 거론할 수 있는 것은 본격적 작가론의 밑바탕을 마련하는 것으로서 발문과 서평의 형식으로 동화집과 작품집의 전체적 경향을 압축적으로 제시한 연구[7]와 개별 작품에 대한 분석과 해석을 수행한 연구가 있다.[8] 권정생 아동문학에 대한 이오덕의 견해는 그후 이어져온 모든

----

7) 이오덕 「학대받는 생명에 대한 사랑 — 권정생씨의 동화에 대하여」, 『권정생 제1동화집 — 강아지똥』, 세종문화사 1974.
  이오덕 「독을 풀어주는 문학 — 합동작품집 『황소 아저씨』에 대하여」, 『어린이를 지키는 문학』, 백산서당 1984.
8) 이현주 「동화작가 권정생과 강아지똥」, 『한 송이 이름 없는 들꽃으로』, 종로서적 1984.
  이오덕 「소박한 삶과 따스한 인정 — 권정생 동화 「달맞이산 너머로 날아간 고등어」에 대하여」, 『어린이를 지키는 문학』, 백산서당 1984.

비평적 평가의 디딤돌로 기능하면서 권정생의 문학세계를 일정한 방향으로 정향(定向)하였다는 점에서 계속적인 영향력을 행사하고 있다. 또한 개별 작품에 대한 논의들은 비평과 연구를 불문하고 작가 연구의 기저가 되는 각론적인 논의라는 점에서 밀도있는 검토가 온축(蘊蓄)되어왔다. 구체적인 속살을 보면 작가와의 교분을 바탕으로 같은 기독교도이자 동화작가로서의 시각에서 삶과 작품의 연관을 탐색하기도 하고, 작품이 표출하는 비판적 메씨지를 아동교육에의 적합성과 연결짓고자 하는 노력도 산견된다. 또한 판타지 동화 장르 탐구의 관점에서 의인동화와의 비교를 시도하기도 하고, 좋은 판타지 동화의 요건을 구체적 작품 읽기를 통해 추출해내기도 한다. 그런가 하면 이오덕과 이지호의 경우처럼 한 작품을 두고 긍정적 관점과 부정적 관점이 충돌하면서 비평의 자장(磁場)을 넓혀나가기도 한다.

또 하나의 흐름은 작가의 삶과 작품 활동을 현실의 삶과 미래에의 전망과 연관지어 토로하는 성찰적 글쓰기[9]이다. 권정생을 아끼는 문우(文友)이

이오덕 「인간과 생쥐의 대화로 엮은 철학 — 권정생 동화집 『도토리 예배당 종지기 아저씨』를 읽고」, 『삶·문학·교육』, 종로서적 1987.
주중식 「통일의 밑바탕을 다지는 어린이 문학 — 『몽실 언니』는 우리 겨레의 통일 교과서」, 『오물 덩이처럼 딩굴면서』, 종로서적 1986.
최지훈 「겨레의 한 — 권정생의 장편소설 『몽실 언니』」, 『한국현대아동문학론』, 아동문예 1994.
이재복 「우화공간과 판타지 공간 — 권정생의 「황소 아저씨」」, 『판타지 동화 세계』, 사계절 2001.
이재복 「참회와 용서의 문학 — 권정생의 『밥데기 죽데기』」, 『판타지 동화 세계』, 사계절 2001.
이오덕 「강아지가 보는 사람 사회 — 권정생 글 「비나리 달이네 집」」, 『어린이책 이야기』, 소년한길 2002.
이재복 「판타지로 나가는 우리 동화의 씨앗 — 권정생의 『밥데기 죽데기』」, 『리얼리즘과 판타지 두 날개로 나는 어린이문학』, 우리교육 2003.
김제곤 「울타리를 허무는 동심의 문학 — 『산적의 딸 로냐』와 『바닷가 아이들』에 대하여」, 『아동문학의 현실과 꿈』, 창비 2003.
이지호 「『비나리 달이네 집』 다시 읽기」, 『동화의 힘 비평의 힘』, 주니어김영사 2004.
류덕제 「『몽실 언니』를 통해서 본 권정생 동화」, 『동화작가 권정생의 삶과 문학』, 아동문학연구회 2008.

자 친우(親友)의 입장에서 소탈한 생활과 작품활동을 연관지어 기술하기도 하고, 외부자적 시선으로 작가의 병고와 가난에서 작품의 의미를 반추하기도 하며, 권정생과의 직접적 만남을 통해 삶과 문학이 조우하는 접점을 확인한다. 물질적·정신적 황폐함 속에서도 창작을 이어나가는 작가의 일상을 담담하게 읊조리는 것도 이와같으며, 작가의 사후에 그를 추모하며 오늘의 삶과의 대비에서 새로운 성찰을 모색하는 작업도 아동문학 정기간행물의 지면을 빌려 계속 이어지고 있다.

하지만 권정생 작품세계의 본질과 정수를 밝히는 작업은 엄밀한 비평적 시각에 입각하여 접근한 전문 비평가의 작가론[10]을 통해 그 면모가 확인되었다. 내버려진 소외된 존재에 대한 관심으로, 더 나아가서는 작품에 반영된 한(恨)의 정서를 서정적으로 증언하면서 이상적 낙원을 추구하는 신념으로 그리고 기독교 주제의식의 바탕에서 민중적 삶을 묘파하는 문학의 힘으로 논의가 귀결된다. 기독교 사회주의자, 자연주의자, 평화주의자로

9) 권오삼 「고통받는 모든 생명에 대한 애정어린 눈길」, 『재미있는 동화 읽기 어떻게 지도할까』, 돌베개 1991.
　박기범 「권정생 선생님 만나고 온 자랑」, 『굴렁쇠』 2001년 6월 20일.
　이수언 「흙담집 너머로 꽃피는 참 사람의 꿈」, 『권정생 이야기』 2권, 한걸음 2002.
　이시헌 「가난, 병고 속의 순수 동화작가」, 『권정생 이야기』 2권, 한걸음 2002.
　이오덕 「대추나무를 붙들고 운 동화작가」, 『권정생 이야기』 2권, 한걸음 2002.
　김영란 「우리에게 남긴 것, 우리에게 남은 것」, 『동화읽는어른』 2007년 7월호.
　염무웅 「권정생 선생님 영전에」, 『창비어린이』 2007년 가을호.
　임성규 「권정생 선생님의 삶과 문학을 기리며」, 『동화읽는어른』 2007년 9월호.
10) 최지훈 「권정생론—비통한 역사의 서정적 증언」, 『한국현대아동문학론』, 아동문예 1994.
　이재복 「시궁창도 귀한 영혼이 숨쉬는 삶의 한 귀퉁이—권정생 이야기」, 『우리 동화 바로 읽기』, 한길사 1995.
　신헌재 「권정생론—권정생의 한과 낙원지향의식」, 이재철 편 『한국현대아동문학 작가작품론』, 집문당 1997.
　원종찬 「속죄양 권정생」 1·2, 『어린이문학』 2000년 11·12월호.
　김상욱 「낮은 곳에서의 흐느낌—권정생론」, 『숲에서 어린이에게 길을 묻다』, 창비 2002.
　김현숙 「또야는 친구들을 기다린다」, 『창비어린이』 2005년 겨울호.
　조은숙 「권정생, 새로 시작되는 질문」, 『창비어린이』 2006년 봄호

서 주어진 운명을 감내하는 '순교자의 문학'이란 원종찬의 평가도 이런 맥락에 서 있다.

이러한 본격적 평가들은 권정생 아동문학의 본질과 흐름에 가까이 접근했다는 점에서 후속 연구를 위한 발판을 제공한다. 공식적인 학위논문의 형식을 빌리거나 장르 비평의 형식을 빌려 총체적 접근을 시도한 연구들이 이어졌다는 점에서 그 영향력을 확인할 수 있는 것이다. 학위논문은 총 열네 편이 상재되었는데, 구체적 면모는 소년소설[11], 동시[12], 단편·중편 동화[13] 등으로 그 초점을 분명히하여 논의하는 방향으로 이어진다. 주제 중심의 관점에서 똥 그림책, 페미니즘, 생태주의, 성장소설로 분화한 접근[14]과 교육적 가치를 추출하고자 한 시도[15]도 이와 무관하지 않다. 양적 측면

---

11) 노연경 「권정생 소년소설 연구」, 계명대 석사논문, 2000.

최희구 「권정생 소년소설 연구──전쟁수용 작품 『몽실 언니』『점득이네』『초가집이 있던 마을』을 중심으로」, 명지대 문예창작과 석사논문, 2004.

12) 김상욱 「현실주의 동시의 세 가지 양상──권정생 동시론」, 『어린이문학의 재발견』, 창비 2006.

장영애 「권정생 동시 연구」, 경인교대 석사논문, 2007.

13) 백영현 「권정생 동화 연구」, 동아대 석사논문, 1991.

오길주 「권정생 동화 연구」, 가톨릭대 석사논문, 1997.

황정숙 「권정생 동화 연구」, 부산교대 석사논문, 2003.

정지훈 「권정생 문학의 현실인식 연구」, 한국교원대 석사논문, 2005.

정설아 「권정생 문학 연구──중단편 동화를 중심으로」, 중앙대 문예창작과 석사논문, 2005.

이주현 「권정생의 리얼리즘 동화와 판타지 동화 연구」, 대전대 문예창작과 석사논문, 2006.

이기영 「아름다운 사실주의──작가 권정생의 문학과 삶」, 『리얼리즘과 판타지 두 날개로 나는 어린이 문학』, 우리교육 2003.

14) 최윤정 「똥 이야기 그림책 세 권」, 『책 밖의 어른 책 속의 아이』, 문학과지성사 1997.

엄혜숙 「똥 그림책에 담긴 철학의 깊이」, 『나의 즐거운 그림책 읽기』, 창비 2005.

조경아 「권정생 동화의 페미니즘적 읽기」, 경인교대 석사논문, 2005.

박수경 「권정생 동화에 나타난 생태학적 상상력 연구」, 금오공대 석사논문, 2005.

장수경 「한국 현대 성장소설 연구──1980년대 이후 청소년 소설을 중심으로」, 성균관대 석사논문, 2006.

15) 성갑영 「권정생 동화의 교육적 가치 연구」, 대구교대 석사논문, 2003.

박미옥 「권정생 동화의 리얼리즘 구현 양상과 문학교육적 의의」, 공주교대 석사논문, 2005.

임성규 「분단 극복과 통일 지향의 동화 교육론──권정생의 『몽실 언니』를 중심으로」, 『초등국어

에서 볼 때 다면적인 초점화를 통한 탐구를 시도하게 된 것이다.

그러나 양적인 풍요로움의 이면에 질적인 수준의 미달이란 아쉬운 점도 적지 않다. 소년소설을 다룬 최희구의 경우 형식주의와 문학사회학을 혼동함으로써 내용면에 문학적 본질을 두고 있는 권정생의 문학세계와 상치되는 연구 방법을 채택하고 있으며, 노연경은 역사·사회적 접근을 시도하였으나 같은 소년소설 작품인 『꽃님과 아기양들』(새벗문고, 대한기독교서회 1975)이 누락된 것에서 보듯 자료 조사와 대상 확정이 불명확한 한계를 노출하고 있다. 이러한 문제는 단편과 중편 동화를 대상으로 한 연구들에서 더욱 두드러진다. 권정생을 표제로 한 학위논문의 경우 1991년 백영현을 시작으로 2007년 장영애에 이르는 궤적에 있어 그 내용은 대동소이하여 분단, 기독교, 통일, 소외 등의 지배적 경향을 언급하는 데 그치고 있으며, 권정생의 작품세계와 상치되는 형식이나 기법을 분석하는 경우도 산견된다. 특히 연구가 기본적으로 지니고 있어야 하는 것이 독창성이며, 이는 자료의 새로움이나 관점의 새로움에 의해 뒷받침된다는 점에서 새로운 자료의 발굴이나 소개 혹은 기존 논의의 전복에는 이르지 못하고 있는 것이다.

페미니즘으로 접근한 조경아의 경우는 그 논지가 권정생 동화의 심층적 이해에 있는 것이 아니라 오히려 권정생 동화를 수단으로 삼아 페미니즘 동화 이론을 모색하고 있다는 점에서 권정생 연구라고 보기 힘든 점이 있다. 그나마 다소 소박하지만 권정생 동화의 한 지류인 생태학적 경향에 천착한 박수경의 연구는 기존 연구를 바탕으로 삼아 새로운 시도를 보여준 것으로 평가할 수 있다.

교육연구』 7호, 대구경북초등국어교육학회, 2006.
조은숙 「'마음'을 가르친다는 것—동화 『강아지똥』에 대한 알레고리적 독해의 문제점」, 『문학교육학』 22호, 한국문학교육학회(2007. 4).
김성진 「아동 청소년 문학의 정전과 권정생의 소년소설」, 『한국현대소설사의 정전 재구성과 문학교육』, 한국문학교육학회(2007. 11).

그밖에 권정생 동시를 연구한 김상욱과 장영애의 경우는 동화와 소년소설에 편중된 논의를 보완하는 의미를 담고 있다는 점에서 그 의의가 있으며, 교육적으로 접근한 성갑영과 박미옥의 경우 국문학의 시각과 국어교육학의 시각이 단순 결합되어 있는 점은 앞으로 개선해나가야 할 점이라 하겠다. 그러므로 궁극적인 관점에서 권정생 연구는 좀더 폭넓고 총체적인 시각을 통해 그 문학세계의 전면모를 밝혀 보일 수 있는 방향으로 나아가야 할 것이며, 이를 위해서는 기초 자료 조사와 현장 답사 그리고 관계 목록의 정리 및 주위 인물 대상의 질적 면담 수행을 통해 박사학위 논문을 작성하거나 종합적인 작가론이나 평전의 형식을 빌려 권정생 연구 담론을 단행본으로 제출하는 시도가 이어져야 할 것이다.

3. 총체적 연구를 위한 방향과 과제

(1) 원본 확정과 판본 대조의 실천

총체적 연구를 위해 선결되어야 할 작업은 작품이 최초로 발표된 지면을 확보하여 원본을 확정짓는 일이며, 이에 덧붙여 지금까지 주목받지 못한 채 사장되어 있는 미확인 자료를 발굴하는 일이다. 이러한 작업은 매우 큰 통찰력(acumen)과 부지런함(diligence)을 요구하며, 학문을 위한 결정적 과업으로서 원작자와 신뢰성 그리고 연도와 날짜를 세심하게 검토하는 일 자체가 예비 내지 준비의 성격을 내포하는 것이다.[16] 그러므로 최초 발표본과 현대화된 개작본을 비교·대조하는 원본 확정과 판본 대조를 통해 동일한 작품이 판본을 달리하면서 어떠한 방식으로 변화되고 있는가를 검

---

16) René Wellek & Austin Warren, *Theory of Literature*, Penguin Books 1970, 57면.

토하는 것은 실증적인 선결 작업이다. 곧, 작가의식의 변모를 초기·중기·후기로 나누어 시기별로 살펴볼 수 있는 준거를 형성하며, 최초 발표 시점의 사회·문화적 동향과의 대비를 통해 문학사회학적 관점의 투여를 가능하게 하는 것이다.

흔히 초판 혹은 최초 발표본을 저본으로 삼는 것이 원칙이지만, 좀더 세밀한 점검을 위해서는 한 작품의 여러 판본들을 대조하여 작가의 최종적 창작 의지를 확인하는 것이 원전 비평(原典批評, Textual Criticism)의 정설로 인정받고 있다.[17] 또한 미확인 자료의 발굴은 특정 시기의 문학적 특성을 엿볼 수 있는 기회를 제공함과 동시에 작가의 말이나 당선소감 그리고 심사자의 심사평 등을 통해서 당대의 창작 흐름과 작가의 지향을 견주어 볼 수 있는 터전을 마련할 수 있다.

그러한 점에서 좀더 심도있게 검토되어야 할 원본 확정과 판본 비교의 실례로 「황소 아저씨」(1982)와 「금복이네 자두나무」(1974), 『몽실 언니』(1984)를 거론할 수 있다.[18] 「강아지똥」(1969)이 그림책으로 출판된 것처럼

---

17) 이상섭은 "원본을 확정하기 위하여 동원되는 방계과학은 서지학, 문헌학은 물론 제지술, 인쇄술, 제본술, 필체 감식법 등 어마어마하다. 원본을 확정하기 위한 작업은 무척 비문학적인 것 같으나, 실상은 대단한 감식력—넓은 의미의 비평적 안목—이 필요하고, 특히 한 작가와 그의 작품의 특질과 의도에 대한 민감한 판단력이 필요"(15면)하다고 지적한다. 이상섭, 앞의 책, 15면; 전정구·김영민 『문학이론연구』, 새문사 1989, 17~37면 참조.

18) 아래와 같은 합동 작품집 수록본도 더욱 정치하게 검토해야 할 대상이다. 80년대의 아동문학 합동 작품집들이 민족문학, 민중문학의 시각에서 출간되었다는 점에서 권정생 작품이 그 전체적 지향과 어떤 연관을 맺고 있는지 또는 어떠한 위상을 점하고 있는지에 대한 검토가 필요하다. 대표적인 것은 아래와 같다.
권정생 「얘들아, 우리는」 「소 5」 「소 6」 「소 7」 「황소 아저씨」 「쌀 도둑」, 이오덕 편 『황소 아저씨』, 합동기획 1982.
권정생 「삼거리 마을 이야기」, 이오덕 편 『까마귀 아저씨』, 인간사 1983.
권정생 「결핵(1)」 「결핵(2)」 「결핵(3)」 「결핵(4)」 「금동댁 할머니」 「안동 껑껑이」 「일본 거지」 「돌탑이 아재(1)」 「돌탑이 아재(2)」 「돌탑이 아재(3)」 「돌탑이 아재(4)」, 이현주·서정오 편 『코쟁이네 세퍼트와 판돌이네 똥개』, 물레출판사 1987.

「황소 아저씨」 또한 그림책으로 선보이면서 아동문학의 대중화를 달성하였다. 그러나 최초 발표 지면이 확정되지 않을 때 제대로 된 작품 연구나 분석이 이루어질 수는 없는 일이다. 그림책으로 변모됨으로써 판타지에 가까운 속성을 획득할 수 있는 반면, 생산이론 혹은 표현론에 입각한 새로운 해석에 어려움을 주기도 한다.

최초 발표 지면인 『황소 아저씨』(합동기획 1982)보다 새옷을 입은 『황소 아저씨』(길벗어린이 2001)가 축약 내지 변개의 성격을 지니고 있음은 당연한 소치이다. 그림책의 속성을 살리기 위해서 직접적인 대사 위주로 개작되었으며, 세부 설명이나 배경이 그림으로 대체되어 생략된 것이다. 그러한 점은 독자인 아동의 입장에서는 술술 읽히는 스피디한 사건 전개를 제공하며, 초등학교 저학년 아동의 눈높이에 적합한 문학적 배려를 포함하고 있다. 그런데 이러한 장점 못지않게 문제점도 두드러진다. 하나의 예를 들면 아래에서 보듯 그 결말 처리 방식이 달라짐으로써 작품과 작가의 상관관계를 파악하기가 어렵게 되었다는 점이다.

새앙쥐들은 아저씨 목덜미에 붙어 자기도 하고 겨드랑이에서 자기도 했어요.

겨울이 다 지나도록 따뜻하게 함께 살았어요. (『황소 아저씨』, 길벗어린이 2001)

그날부터 황소 아저씨와 아기 생쥐들은 한 식구가 되었습니다. (…)

"아저씨, 봄이 오면 황소 아저씨는 뭘 하세요?

"들판에 나가서 밭을 갈지!" (…)

"그게 농사라는 거야. 너희들 먹을 것도 모두 밭 갈고 씨 뿌려서 거둬들인 거야. 농사짓는 일은 고달프지만 보람 있단다." (…)

"아저씬 만날 혼자셔요?"

"응, 혼자야."

"아버지도 어머니도 어디 가셨어요? 그리고, 형님도 동생도 없나요?"

"모두 따로 헤어졌어. 먼 데로……" (『황소 아저씨』, 합동기획 1982)

무려 20여 년의 거리 차이만큼이나 그 내용에 있어서도 상당한 대조적 자질과 차별적 속성을 내포하고 있다. 최초 발표본에서는 그림책 수록본보다 더 상세하고 풍부한 결말로 처리하고 있는 것이다. 그것은 "작가의 미의식의 변모 과정과 개작 당시의 배경"[19]을 짐작케 하는 단서가 된다. 거기에는 농촌에서 농사짓는 일에 대한 가치를 긍정하는 작가의 사상이 교훈적 메씨지의 형태로 담겨 아동문학 작품이 견지해야 할 계몽성을 획득하고 있으며, 황소 아저씨의 외로움에 대한 설명이 가족의 부재라는 이유를 들어 제시되고 있다. 그림책 개작본에서 단순히 작가가 주위 동식물을 사랑하였다는 점에서 전체적 의미를 추론하게 되는 것과 달리 최초 발표본을 읽을 경우 황소 아저씨의 인물 형상이 가족들과 뿔뿔이 헤어진 작가의 또다른 분신임을 발견할 수 있는 것이다. 곧, 부모 형제를 잃어버리고 떠나보낸 작가의 자화상이 그대로 들어 있어 그림책 개작본과 차별화되는 새로운 의미를 구성할 수 있게 돕는다. 작가의 전기적 삶이 아동으로 하여금 주제와 관련된 사실이나 개념 그리고 작가의 태도를 탐구하도록 돕는다는 점[20]에서 '권정생 삶의 이야기'는 작품의 해석을 좀더 온당한 방향으로 이끌 수 있는 것이다.

그런 맥락에 설 때 서로의 결핍을 채우고 보듬는 황소 아저씨와 생쥐의

19) 박종석 『작가 연구 방법론』, 역락 2002, 44면.

20) Rebecca J. Lukens, *A Critical Handbook of Children's Literature* (six edition), Addison-Wesley 1999, 293면.

결합이 좀더 유의미성을 띠게 되며, 가족사와의 연관을 엿봄으로써 좀더 풍부한 작품 해석이 가능해진다. 또한 이 작품이 실린 합동 작품집이 80년대의 엄혹한 탄압 속에서 '민족문학으로서의 어린이문학'을 건사해내고 있다는 점과 다른 수록 작품들의 민중적 속성과의 관계망을 통해 작품의 핵심과 본질에 좀더 가까이 다가설 수 있는 것이다. 즉, 어렵고 외로운 사람들끼리 서로 돕고 살아야 한다는 주제의식을 담고 있다는 점에서 작가의 궁핍한 개인사를 담은 자전적 작품 「쌀 도둑」(1982)과 합동 작품집에 나란히 실려 있는 것도 상호텍스트성(intertextuality)의 맥락에서 간과할 수 없는 것이다.

그러한 차이는 「금복이네 자두나무」(『강아지똥』, 세종문화사 1974)가 『깜둥바가지 아줌마』(우리교육 1998)에 재수록될 때, 작가도 밝혀놓았듯이 "꽃 피고 열매 맺고 잎이 나는 과정을 다시 고쳐 썼다"는 고백에서 나타나는 것처럼 지주의 횡포에 의해 고통을 당하는 작품의 주제적 의미를 전반부의 활짝 꽃이 피고 열매를 맺는 자두나무의 모습과의 대조를 통해 한층 더 뚜렷하고 절실하게 만들었다는 점에서 개작을 통한 의미 변화가 존재함을 보여준다. 『몽실 언니』(창비 1984)의 경우 이데올로기적 검열에 의해 인민군 박동식과 관련된 내용이 실제 출판에서 삭제된 것에서도 판본 대조의 의의를 찾아볼 수 있으며, 육필 원고에 대한 비교 검토가 이루어져야 함을 보여준다.[21] 그리고 처녀작 「강아지똥」이 최초 발표본(『기독교교육』 35집, 1969.

---

21) 이에 대한 정밀한 검토는 소장 도서와 육필 원고 그리고 유작들을 통해 그 전면모가 드러나리라 본다. 현재 권정생 사후 생가에 보관되어 있던 장서와 원고들이 민족문학작가회의에 의해 보관되고 있음을 확인하였다. 민족문학작가회의의 주도로 장례가 진행되었다는 점도 이와 무관할 수 없으며, 사무국장인 안상학 선생님과의 통화를 통해 아직 출간되지 않은 유작들이 있음을 확인하였다. 하지만 그 구체적 내용이나 편수 그리고 작가가 생전에 탐독한 장서의 목록에 대해서는 정보 공개를 하지 않고 있으며, 그 집행권과 관련되어 공개와 열람이 늦추어질 수밖에 없다는 점에서 권정생 연구에 상당한 제약이 있음을 확인하였다.

6) 및 초등(1-2) 중등(1-1) 교과서 수록본을 포함하여 총 9종에 이르고 있음은 이들 사이의 판본 대조가 작품 분석 및 해석의 전제 조건임을 보여준다.

(2) 미확인 자료의 발굴과 해석

다음으로 고려해야 할 사항은 미확인 자료를 발굴하는 일이다. 오랜 세월 동안 연구가 이루어졌음에도 작가 연구가 제대로 이루어지지 않음으로써 언급되지 않은 작품들이 발견된다. 권정생의 경우 그가 『기독교교육』(1969. 6)과 대구 매일신문(1971. 1. 5~6), 조선일보(1973. 1. 7)의 신춘문예를 통해 등단했다는 점에서 최초 발표본인 신문 수록본과 작가의 당선 소감 그리고 심사자의 심사평은 초기의 문학세계를 이해하는 데 중요한 징검돌을 제공한다.[22] 당선 소감은 작가의 표현 욕구의 근원이 어디에서 비롯하는가를 밝혀주고, 심사자의 심사평은 작가의 등단 작품이 어떤 배경이나 흐름 그리고 맥락에 의해 선택되었는가를 보여준다. 하나의 예로 권정생의 처녀작인 「강아지똥」(1969. 6)은 그의 중심 사상이 기독교에 바탕을 둔 한없는 '사랑'에 있음을 확인할 수 있는 것이다. 작품 자체가 내재하고 있는 기독교 의식이 작가의 말에 의해 좀더 분명한 의미로 떠오르게 된다.

---

22) 연세대 도서관 소장본으로 확인한 결과 『기독교교육』 1969년 6월호의 42면에서 47면까지 「강아지똥」을 게재하고 있으며, 이는 「강아지똥」의 최초 수록본에 해당한다. 또한 필자 정보를 보면 1937년 9월 15일 생으로 경북 안동군 일직면 송리1동에 거주하며 '일직교회 어린이 주일학교 교사로 소개되어 있는데, 권정생이 젊은 시절에 아이들과 성경공부를 하면서 아동문학의 꿈을 키웠다는 개인적 이력을 엿볼 수 있다.

대구 매일신문의 경우 정보보관소에서 확인한 결과 1971년 1월 5일에서 6일 이틀에 걸쳐 각각 당일치 신문 5면에 「아기양의 그림자 딸랑이」를 2회로 나누어 수록하였으며, "동화의 본질 터득해야 예년에 비한다면 흉작"으로 평을 한 이재철의 선후평이 나와 있다. 하지만 아쉽게도 권정생의 당선 소감은 나와 있지 않은 것으로 확인하였다.

조선일보 1973년 1월 7일자 5면에 「무명저고리와 엄마」가 수록되어 있으며, 주소가 안동군 일직면 조탑동 일직교회 안으로 되어 있고, 이원수의 심사평과 권정생의 당선 소감이 게재되어 있다.

길을 걸으면서, 하늘을 쳐다보면서. 나는 거기 무수히 존재하고 있는 생명들에게 끝없는 사랑을 느낍니다.

강변의 돌멩이, 들꽃, 지저분하게 널려 있는 골목길의 지푸라기랑 강아지똥까지 나는 미소로서 바라보며 그들과 대화를 나눕니다. 외로움과 슬픔이 엄습해올 때마다 그것들의 울부짖음에 공감을 가지며 스스로를 발견합니다.

내게 찾아오는 어린이들, 내게서 멀어져가는 어린이들 모두가 메마른 바람결에 목말라하고 있습니다. 눈물이 없는 곳엔 참된 기쁨도 없습니다. 누군가 따슨 손길로 어루만지며 함께 울어줄 친구를 그리워하고 있습니다.

나도 그런 어린 것의 하나입니다.

사랑을 이야기하며 서로가 믿음을 가지고 사귈 수 있는 친구가 있다면 세찬 눈보라가 휘몰아쳐도 조금도 두렵지 않을 것입니다. 꽃이 피는 봄을 찾아 굳세게 달려갈 수 있을 것입니다.

이젠 동화 속에 내 비뚜러진 마음을 바로잡고 외롭지 말아야겠습니다.

(권정생 「끝없는 사랑을」, 『기독교교육』 1969년 6월호, 47면)

"처녀작은 대체로 그 작가의 문학에 대한 자세 확립과 자서전적 체험이 집약될 때가 많다"[23]는 점에서 그 실증을 얻게 된다. 그것은 창작을 가능케 하는 원동력이 세상 모든 사물에 대한 애정에서 비롯함을 보여주며, 그가 살던 흙집 주위의 풀도 못 뜯게 하고, 이불 속에 들어온 생쥐들까지 못 잡도록 하였다는 삶의 자취와 일치하는 것이다. 또한 「강아지똥」 자체가 기독교 사상을 녹여내고 있다는 점에서 초기 발표작의 발굴은 권정생 초기

---

23) 김윤식 「작가론의 방법」, 『한국근대작가논고』, 일지사 1974, 428~29면.

동화의 특성을 설명할 수 있는 근거를 제공한다. 1970년에 발표한 초등부 동화 「눈 꽃송이」(『성탄에 들려줄 동화집』, 대한기독교교육협회 1970)는 크리스마스이브에 친구들끼리 놀기보다 아랫마을 나환자촌을 방문하여 봉사함으로써 크리스마스의 참된 뜻을 추구한다는 이야기이다.[24] 나병으로 가족을 떠나 눈물겨운 삶을 이어 나가는 「해룡이」(『사과나무밭 달님』, 창비 1978)에서 보듯 병고에 시달리는 서민들을 위한 작가의 지향은 그의 창작 초기부터 닻을 드리우고 있는 중심적 경향인 것이다. 「눈 꽃송이」는 상급생 선배들이 자기들끼리만 파티를 열 거라고 오해하여 하급생 후배들이 자기들만의 파티를 준비하다 진실을 깨닫고 아픈 사람들을 도와 필요한 것을 선물하는 마음을 크리스마스의 진정한 정신과 연결시키고 있다.

아랫마을 희망의 집은 나환자촌입니다. 고개 너머 외딴 집엔 호호백발 할아버지와 할머니 두 내외분이 살고 있습니다. 진구 아빠는 오랫동안 병석에 누워 계시고, 돌이네는 며칠 전에 엄마가 돌아가셔서 모두가 불쌍한 집들입니다. (…)

하이얀 눈길을 오빠와 나란히 걸으면서 정희는 참다운 크리스마스의 뜻을 깨달았습니다. 불쌍한 이웃들에게 조그만 사랑을 베푸는 것, 이것이 아기 예수님의 마음이겠지요.

정희는 왜 오빠네들처럼 이런 착한 일을 먼저 생각하지 못한 것이 은근히 화가 납니다. 하지만 잠깐 동안 마음은 활짝 개었습니다. 오빠 덕택으로 작은 산타 노릇을 하게 된 것만도 즐겁습니다. 역시 착한 일은 아무도 모르게 하는 것이 좋은 것도 알게 되었습니다.

하얀 눈이 내리는 언덕길을 꼬마 산타들은 줄지어 걸어갑니다. 아기 예

---

24) 국립중앙도서관 소장본으로 확인하였으며, 자료가 장로회신학대학 도서관 같은 몇몇 기관에만 한정적으로 소장되어 있어 자료의 접근이 이루어지지 않은 것으로 판단된다.

수님께 보배함을 들고 가는 동방박사들의 마음같이. (「눈 꽃송이」, 앞의 책, 155면)

이러한 기독교 사상의 동화적 형상화는 1973년에 발표한 「선물」(『여름성경학교교본 1973년』, 대한기독교교육협회 1973) 등과 같은 발굴 자료를 통해서 권정생 초기 활동기의 면모를 새롭게 조명할 수 있다.[25] 배달부 곰 아저씨가 선물이 들어 있는 소포 꾸러미를 들고 통나무 유치원으로 찾아온다. 코끼리 할아버지가 보낸 소포 안에는 빨간 리본, 알사탕, 장난감 기차 등이 나오는데 마지막으로 나온 것이 한 권의 책이다. 독자가 쉽게 짐작할 수 있듯이 그것은 성경이다. 작가가 전하고자 하는 기독교적 메씨지가 그의 초기 작품세계에서 좀더 직접적인 방식으로 두드러지게 표출됨을 보여주는 한 사례인 것이다. "기독교를 옹호하고 선전하고 선교하기 위해 제작된"[26] 호교문학(護敎文學)의 속성이 그의 초기 작품세계에 나타난다는 점에서, 권정생 초기 작품 해명의 열쇠를 발견할 수 있다.

> 선생님은 하나하나 선물을 아기 짐승들에게 나눠주었어요.
> 아기 산토끼에겐 빨간 리본.
> 아기 오리에겐 장난감 기차.
> 아기 꿀돼지에겐 맛나는 알사탕.
> 꼬꼬닭한텐 풍선 한 다발. (…)
> 모두모두 나눠주고 난 뒤, 보니까 커다란 책 한 권이 남았어요. 가죽으로 뚜껑을 한 아주 묵직한 책이었어요. (…)
> 선물 가운데 아주 귀한 선물이 하나 있는데, 이것은 누구 혼자서만 가질

---

25) 국립중앙도서관 소장본으로 확인함.
26) 김희보 「기독교문학은 무엇인가?―그 본질」, 『한국문학과 기독교』, 현대사상사 1979, 244면.

것이 아니라, 여러분들이 함께 가져야 할 선물이에요. 선생님이 모두들에게 골고루 잘 나눠주실 테지요. 그럼, 다음에 또 만나겠어요. 안녕! 외딴 섬 코끼리 할아버지로부터. (…)

성경책을 읽는 선생님의 낭랑한 목소리가 들판으로, 산으로 퍼져 나갔어요. (「선물」, 앞의 책, 135~37면)

동화 「강아지똥」이 1969년 발표되었고, 첫 동화집 『강아지똥』이 1974년에 나왔으니 위의 두 작품(「눈 꽃송이」「선물」)이 첫 동화집에 수록되지 않은 연유도 추론해볼 수 있다. 기독교 사상을 전파하는 메씨지가 너무 강하여 문면에 쉽게 드러나버렸다는 약점을 작가 스스로도 인식했던 것으로 파악할 수 있다. 또한 기독교 정신과 관련된 작가의 문학사상이 어떠한 방식으로 변모되어왔는가를 추측해볼 수 있는 단서를 제공한다. 그러한 맥락에서 작고한 아동문학 작가에 대한 좀더 폭넓은 발굴과 재조명이 이루어져야 함을 깨닫게 된다. 손쉽게 구할 수 있는 자료들만을 대상으로 가치 평가하는 행위는 왜곡된 감상에 그칠 수 있다는 점에서 권정생 아동문학에 대한 총체적 접근이 이루어져야 할 것이다. 따라서 좀더 엄밀한 자료 조사와 정리가 계속 이어져야 할 것이다.

(3) 기독교 사상에 대한 새로운 이해

문학작품에 반영된 작가정신을 이해하는 방법 중의 하나가 그의 사상이나 세계관을 이해하는 것이다. 그것은 종교일 수도 있고, 철학일 수도 있으며, 생(生)을 통해 견지해 나아가는 신념일 수도 있다. 이와 관련할 때 지금까지 권정생의 경우는 기독교라는 종교에 대한 믿음으로 일관되게 해석되어왔다. 발굴 작품에서 보듯 주일학교 교사로 아이들과 성경공부를 한 체험이 기독교 사상에 바탕을 둔 70년대의 작품들로 이어졌다는 점에서 그

한 연유를 찾아볼 수 있다. 그것은 한국 기독교 아동문학이 주일학교와 성경학교 그리고 교회 행사극을 통해 성장·발전해왔다는 통시적 맥락과도 일치하는 부분이다.[27]

물론, 그것은 가장 타당성 높은 선택이기도 하며, 앞으로도 기독교 사상과 관련된 논의는 이어질 것이다. 하지만 의문이 드는 것은 그의 글과 작품 곳곳에서 드러나고 있는 기독교에 대한 비판적 시각이다. "사람들은 아무리 가르치고 타일러도 착해지지 않는다"며 농사꾼이 된 신부님의 모습이 그의 후기 작품인 『비나리 달이네 집』(낮은산 2001)의 주제의식과 일치함은 이와 무관하지 않다.

그런 맥락에서 기독교를 믿는 교인이면서 한편으론 기독교를 비판하는 지식인의 모습을 보여주는 그의 면모는 어떻게 해석할 수 있을까? 어쩌면 그러한 철학 내지 사상의 변화야말로 초기 작품세계와 후기 작품세계를 변별하는 하나의 준거가 될지도 모른다. 기독교도이기는 하였지만, 한편으론 자기비판을 서슴지 않았다는 점에서 작품 해석의 또다른 실마리를 엿볼 수 있는 것이다.

> 하느님, 이렇게 하느님은 힘센 쪽의 하느님이시고 이기는 쪽의 하느님이시니 힘없고 볼품없는 이들은 너무도 가엾지 않습니까?
> 하느님의 외아들이신 예수님이 십자가에 못 박혀 죽으면서 "하느님, 하느님 나를 버리시옵니까?" 하고 애절하게 부르짖던 것을 하느님도 들으셨지요? 마찬가지입니다. 이 세상 모든 약한 이들은 폭력에 의해 죽어가면서 하느님께 슬프게 부르짖고 있습니다. 하느님은 왜 힘없는 사람, 죄없는 사람, 착한 사람을 이렇게 죽도록 버려두느냐고 울부짖고 있습니다. (권정생 「처

---

27) 정선혜 「한국 기독교 아동문학 연구—형성과 전개를 중심으로」, 성신여대 박사논문, 2001, 29~40면 참조.

음으로 하느님께 올리는 편지」, 『청춘나그네를 위하여』, 등불 1991, 17면)

제가 말하고 싶은 것은 더러운 거미줄을 걷어내자는 것이 아니고, **거미 줄보다 더 더러운 게 호화판 교회 장식품이라는 것입니다.** (…)

언제부터 한국 교회가 이토록 허세를 부리며 사치와 낭비로 타락하고 있었는지 모르겠습니다. (…)

교회는 정치와는 떨어져 순수한 도덕적 수양만으로 높은 신앙인이 되라고 가르치면서, **어쩌면 교회는 그렇게 정치와 결탁해서 하느님의 자녀들을 기만하는 것입니까?** (권정생 「다시, 김 목사님께」, 『오물덩이처럼 딩굴면서』, 종로서적 1986, 168면)

가난한 사람과 고통받는 사람의 편에 선 권정생에게 힘있는 자들이 권세를 누리는 현실은 넘어서야 할 벽인지도 모른다. 그러기에 그는 하느님에게 투정을 부리는 태도를 보이기도 한다. 바른 안목과 변혁의 힘을 지닌 하느님이라면 세상의 모순과 고통을 정화시켜야 하지 않느냐는 문제제기인 것이다. 또한 호화판 교회의 사치와 겉모습만을 꾸미는 교회의 허실은 비판의 대상이 되어 그의 호된 질책을 듣게 된다. 외재적인 과시나 허세보다는 내재적인 본질, 즉 믿음과 연대가 교회의 기본 바탕이 되어야 함을 피력한 것이다. 그러기에 호화판으로 교회를 짓는 것은 그가 보기엔 "하느님을 배신하는 행위"에 다름 아니며, 지옥도 마다하지 않겠다는 의지를 표명하기에 이른다.

현주야, 우리 성서라는 책을 맹신하지 말자. 아닌 것은 아니고, 부당한 것은 **부당하다고 분명히 말하자꾸나.** 우리는 그래서 비굴하지 말자. 하느님이란 권력 앞에 아첨하는 못난 인간이 되지 말자. 우리는 천국에 못 가도 영혼을 죽일 수는 없다. 불의가 가득 찬 천국 가느니보다 깨끗한 지옥에서 살자. (권정생 「가나안 편에 서서 성서를 읽어 보면」, 『권정생 이야기 2』, 한걸음 2002, 195면)

그것은 『하느님이 우리 옆집에 살고 있네요』(산하 1994)를 연재하면서 독자들의 질책을 받은 사실과 무관하지 않다. 이 작품에서 땅으로 내려온 하느님과 예수는 가난한 사람들과 함께 생활하며 삶을 꾸려나가지만, 뚜렷한 선행이나 개선을 행하지 않는 미온적 태도를 취하고 있다. 그러한 측면에서 고귀한 하느님과 예수님의 형상이 동화 속에서는 때론 인간적으로 그려져 호의적인 시선을 받기도 하지만, 금기의 성역을 침범했다는 비판의 표적이 되기도 하는 것이다. 정통 기독교 신자의 눈으로 볼 때 이 작품은 신성한 권위에 대한 도전으로밖에 읽히지 않는 것이다.

그러한 일말의 단서를 권정생의 신앙생활에서 확인할 수 있다. 일직교회의 종지기, 주일학교 교사 그리고 교인으로 삶을 이어나간 행적에서 흔적을 더듬어보는 것이다. 현지 답사와 면담[28]을 통해 알 수 있는 사실은 권정생의 신앙은 기존 신앙의 틀과는 다르다는 것이다. 마을에서는 권 집사로 통한 권정생은 교회와 마을이 없으면 그가 존재하지 않을 정도로 마을 사람들과 교회에 대한 애착이 남달랐다는 것을 알 수 있다. 특히 일직교회의 주일학교 교사를 하면서 주일날 아이들과 함께 성경공부를 하였는데, 그의 작품활동의 한 축도 이에서 연유했을 거란 사실을 확인하게 된다.

하지만 정작 문제가 되는 것은 그가 하느님을 믿었던 것도 틀림없는 사실이고, 기독교인이었다는 것도 확실하지만, 교회에 대한 불신이 컸다는

---

28) 2007년 8월 20일, 안동시 일직면 조탑리를 방문하여 일직교회의 이창식 목사(1955년생, 55세, 일직교회 5년 재직)와 면담을 하였으며, 권정생의 생활사와 인간적 교류 그리고 기독교 사상에 대해 인터뷰를 수행하였다.

것이다. 물론, 그것은 일직교회와 같은 작은 교회의 문제는 아니었을 것이다. 그러므로 굳이 권정생과 기독교를 연관지어 평가하자면, 그는 '기독교적 이단아'라고 불릴 정도로 정통 기독교 사상과는 차이를 두고 있었다. 그한 근거로 그는 부처님과 민간신앙에 대해서도 부정하지 않았으며 범신론 경향을 보였다.[29] 그것은 오직 예수님만을 배타적으로 숭배하는 정통 기독교의 입장과는 상이한 관점이다. 특히 권정생이 손수 성경을 가르쳤던 아이들이 성장하여 지금은 교회의 목사나 집사가 된 사람들도 많은데, 그들의 회상에서 어린 시절 권정생에게 배운 기독교의 가르침이 성장한 지금에 와서 일면 틀렸다 혹은 잘못 배웠다는 점을 순간순간 깨닫게 되었다고 한다.

이러한 점으로 미루어 볼 때 그의 기독교 사상은 새롭게 탐구되어야 하고, 아동문학 작품과 기독교 문학의 상호작용에 대해서도 새로운 고구(考究)가 이어져야 할 것이다. 그러므로 단순히 기독교 사상의 영향을 입은 것이 그의 작품이라고 단정짓는 사고는 좀더 조심스런 태도 표명으로의 변화를 요구한다. 그것은 향후 총체적인 권정생 연구를 위한 과제 중 하나일 것이다.

따라서 작가의 생활사와 인간적 교류에 대한 재검토가 이어져야 한다. 이원수, 이오덕, 이현주, 권오삼 등 문우들과의 교류, 정호경과 전우익 등 종교인·사상인과의 교류 그리고 마을의 친근한 이웃인 이태희, 권태찬과의 교류 그리고 건강한 애정을 보인 장영자와의 교류에 대한 질적 면담과 현지 자료 조사가 계속 이어질 때 권정생이란 한 작가의 정수(精髓)에 맞닿을 수 있는 것이다.[30] 또한 그의 후기 작품에 등장하는 익살이나 해학적 성

---

29) 『몽실 언니』를 교회 청년회지에 연재했던 것과 『점득이네』를 『해인』이라는 불교 잡지에 연재한 것은 단적인 예다.
30) 안동시 일직면 조탑리 115번지 이대웅씨(1940년생, 70세)와의 면담을 통해 이웃 중 권정생과

격은 당신이 평소 유머감각을 발휘하여 우스갯소리를 하며 사람들을 잘 웃겼다는 실증적 사실과의 연관 찾기를 요청하는 것이기도 하다. 권정생에 대한 새로운 질문과 탐색이 필요한 시점이다.

4. 맺음말——작가 연구, 그 새로운 질문

어떤 작품의 저자는 작품 전체에서만 존재할 수 있지, 이 전체 가운데 별개의 한 가지 측면에만 존재하지는 못한다. 특히 작품 전체에 기여하는 내용 안에 존재하는 것이 아니다. 내용과 형식이 분리될 수 없게끔 융합되어 있는 작품에서 떼어놓을 수 없는 차원에 저자는 자리잡고 있다.[31]

바흐찐(Bakhtin)의 언급처럼 한 작가의 문학정신은 그의 전생애를 통해 축적된 모든 작품들의 관계에서 파악될 수 있다는 점에서 아동문학 작가 연구도 좀더 폭넓은 시각을 견지할 필요가 있다. 개별 작품들을 일정한 준거에 의해 분류하고 종합하는 과정을 통해 각 작품들을 잇는 연결 고리는 무엇인지 그리고 불충분한 설명이 아니라 한두 마디로 압축할 수 있는 문학세계의 본질과 핵이 무엇인지를 추출할 수 있어야 하는 것이다.

물론 그러한 총체적 연구를 위해서는 충분한 자료 확보가 선결되어야 하며, 입수한 자료들을 명민하게 분석하고 해석할 수 있는 능력과 노력이

특별하게 교류한 사람들이 있었다는 사실을 알 수 있었다. 이태희, 권태찬씨의 경우 몸이 아플 때 특별히 연락을 주고받은 사람들이며, 장례의 경우도 원래 권정생의 입장은 이들에게 맡겨 간소하게 치르는 것이었다 한다. 그리하여 민족문학작가회의 주도의 장례는 이웃이나 교회에서도 원치 않던 일이었으며, 권정생의 본래 의도나 성격과도 맞지 않은 일이었음을 확인하게 된다.
31) Mikhail M. Bakhtin, 「저자와 작품의 관계」, 박인기 편역 『作家란 무엇인가』, 지식산업사 1997, 24면.

요청된다. 하지만 성인문학과 대비해 볼 때 한 작가를 밀도있게 파헤쳐 그 바탕과 속살을 마련하는 노력이 아직은 부족하다는 점에서 권정생 작가 연구는 이미 완결되었다기보다는 새로운 질문을 통해 좀더 타당한 답변을 마련하려는 고민 어린 탐구를 기다리고 있다.

하지만 안일한 시각으로 쉽게 눈에 띄는 것들만을 대상으로 하여 상식적인 해설을 되풀이하는 오류는 분명히 지양되어야 하며, 좀더 정성을 들이는 연구 태도와 연구 방법의 확충이 수행되어야 하리라 본다. 그런 의미에서 새로운 해석을 기다리고 있는 권정생 작가 연구를 통해 아동문학 작가 연구를 위한 작은 시사를 제공하는 것으로 마무리를 짓고자 한다. 작가 연구 방법론에 대한 고민이 실제적인 아동문학 작가 연구의 활황으로 이어지길 기대해본다.

『한국아동문학학회발표자료집』(2007. 9)

林成圭 ● 대구 해서초등학교 교사, 대구교대 국어교육과 강사. 경북대 국어교육과 박사과정에서 아동문학과 아동문학 교육에 관해 공부하고 있다. 주요 논문으로 「아동문학 비평의 문학 교육적 작용 원리와 기능에 관한 연구」「어린이문학의 수용과 비평, 그 정치적 실천」 들이 있고, 연구집 『초등 문학교육의 담론과 아동문학의 지평』을 냈다.

아지 똥기을 대할 때마다 항상 무언가
진 듯한 아쉬움이 있었습니다.
래 강아지 똥 은 수이장을 썼던 것인데

교 교육 현상 보집에 원고지 30장으로 국정
어 있었습니다. 고민 끝에 감나무 가랑잎이
랑하는 대목과 마지막 장면 5 부 점을 덜
머니 카장이 되었습니다. 작품은 그런
무리 없이 읽힐 수 있었습니다. 그래서
똥 과는 달리 감나무 잎 사귀는 지원겨 버린
입니다.

4부

년에 칠흙을 빚어 만든 애니메이션에서
나무 잎을 살려 집어 넣었더니 보는 사라
1 그 대목에서 가장 많이 눈물 짓게 했
말을 들었습니다.
라 읽는 어른 5월호에 이기영 선생님이
강아지 똥> 다시 읽기란 글을 실었기에 늦
만 빠졌던 감나무잎을 살리기로 했습니다
게 겨우 마음이 놓입니다.

2004년 5월 20일
권 정 생 씀.

권정생 동화의 산실, 조탑동을 찾아서

1

　권정생 선생이 펴낸 두번째 동화집 제목이 『사과나무밭 달님』(창비 1978)이다. 70년대 말에 출간된 이 작품집에는 달밤에 사과꽃이 흐드러지게 핀 광경이 눈이 내린 것 같다는 아름답고 서정적인 묘사가 나온다. 마치 시 같은 동화다. 물론 내용은 선생의 많은 작품이 그러하듯 슬프다.

　시기적으로 보아 양력 4월말에서 5월초면 사과꽃이 한창 필 때다. 선생이 이 동화집을 펴내던 때만 해도 조탑동은 사과꽃 향기가 동네를 온통 뒤덮고 있었다. 마을 입구에서부터 펼쳐진 사과밭의 사과꽃이 만개하고 있어 마치 눈 내린 시골 마을을 연상케 했다. 그러나 지금은 그렇지 않다. 그 많던 사과나무는 다 베어지고 그 자리엔 고추, 참깨 등 다른 특작물이 재배되거나 볼썽사나운 농산물 저장 창고만이 주변 경관과 어울리지 않게 덩

---

*　이 글의 원제는 「단편동화의 산실, 조탑동『몽실 언니』의 배경」이다.

그러니 서 있을 뿐이다. 세월이 흐르고 시대가 변하고 세상 인심과 마을의 경관마저 바뀌었지만 변하지 않은 게 있다. 그것은 선생의 작품세계다. 어린이 사랑, 힘없고 보잘것없는 것들에 대한 무한한 애정, 그리고 분단된 민족현실에 대한 아픔 등이 바로 그것이다.

선생의 작품은 모두가 조탑리에서 씌어졌다. 지금은 문화유산답사기 류의 책이나 기획이 많이 나와서 별 의미가 없어졌지만, 70년대 말 아직 이런 류의 책이 유행하기 전 당시 한국일보 문화면의 명작의 배경을 찾아가는 기획 기사에 아동문학 분야에서는 유일하게 거론된 작품이 『몽실 언니』이고, 그 무대가 된 곳도 바로 조탑을 둘러싸고 있는 운산리, 귀미리, 비내미 등이다. 그뿐만 아니라 장편동화 『초가집이 있던 마을』(분도출판사 1985) 『점득이네』(창비 1990)나 그밖의 많은 단편동화의 무대도 선생이 계시는 조탑이나 인근 마을들이다.

물론 미학적으로는 반드시 문학적 공간을 굳이 조탑 일대로 한정해서 생각할 필요는 없다. 우리나라 어느 곳이나 다 조탑리와 같은 슬프고 고난에 찬 역사와 현실을 겪었으니까. 그런 의미에서 현재 기거하고 계시는 조탑은 한국 아동문학사에서 결코 빠뜨릴 수 없는 중요한 곳으로 기록될 것이 분명하다.

2

내가 처음 선생을 찾아뵌 80년대 초반만 해도 선생의 거처는 하얀 꽃이 피던 탱자나무 울타리 안으로 낡은 양철지붕을 인 조그만 시골 교회의 아래채 문간방이었고, 동네 또한 가난한 시골마을의 전형이었다. 그러던 동네 모습이 세월이 지나면서 많이 변했다. 특히 선생이 사시는 안동시 일직면 조탑동은 동네 어귀에 대구에서 춘천까지 이어지는 중앙고속도로 남안동 인터체인지가 생기면서 많이 변했다.

고개를 들면 바로 눈앞에 보이는 앞산 중턱으로 고속도로 진입로가 생겨 쉴 새 없이 차들이 왕래하고, 밤이 되어도 가로등 불빛 때문에 마을 전체가 희뿌연 전등 불빛과 소음에 휩싸인다. 이곳에서는 칠흑 같은 어둠이란 이미 옛이야기가 된 지 오래다. 문명의 혜택이라 해야 할지 아니면 폐해라 해야 할지. 최근에는 마을 전체가 붉고 푸른색으로 알록달록하게 치장했다. 마치 70년대 초반 새마을운동 때 지붕을 개량하고 난 뒤 양철 지붕 위에 페인트를 칠한 것처럼 마을 지붕에는 모두 페인트칠을 했다. 선생 댁의 지붕도 붉은색으로 칠해졌기에 여쭤봤더니 마을 앞으로 고속도로 진입도로가 생기면서 외부인들에게 마을 모습이 아름답게 비치도록 하기 위한 조치라고 했다. 보여주기 위주의 전시행정이라고 하더니 관에서 하는 일이란 게 수십 년이 지나도 변하지 않는 구태의 연속이다.

동네 모습만 변한 게 아니다. 80년대 중반에 나온 소년소설 『몽실 언니』(창비 1984)의 인세 60만원과 동네 청년들의 도움으로 지은 토끼장 같은 선생님 댁 처마에 가작(비가리개)을 달았다. 여름날 햇볕이 드는 것과 비바람 치는 것을 막기 위해서인 것 같은데 집의 모양새를 한층 더 돋보이게 해주었다. 그 가작 밑의 작은 이동식 마루에 앉아 바라보니 앞 개울은 그저께 내린 봄비로 물이 제법 불은 상태고, 울타리의 개나리를 비롯해 봄꽃들이 막 피어나고 있었다. 들판에는 농사일로 분주하게 오가는 농부들의 모습이 보였다. 그런데 바로 앞 들판에 있던 사과나무밭의 과수들이 모두 베어진 채 밑둥치가 땅 위로 나뒹굴고 있었다. 살펴보니 이제 한창 열매가 열릴 만한 수령의 나무들인 것 같았다.

"아니, 선생님. 저건 사과가 한창 열리겠는데 왜 베어내지요?" 하고 물었더니 이젠 농부도 없고 농촌은 없다고 대답하신다. 무슨 말씀인가 하니

동네 청년들의 도움으로 지은 권정생 선생의 집

농민들도 해마다 손익을 계산해보고 조금이라도 손해가 된다 싶으면 곧바로 폐작을 한다는 것이었다. 사과나무를 심은 지가 3년 정도밖에 되지 않았는데 지난해 사과값이 한 상자에 5천원에서 7천원 정도 하니까 과수원 주인이 나무를 베어내고 다른 작물로 대체한다는 것이었다. 그러면서 선생은 "이미 농부가 없다, 단지 장사꾼만 있지. 농사란 짓다가 보면 잘될 때도 있고 그렇지 않을 때도 있지. 어떻게 매년 손익만 따질 수가 있노"라고 하셨다. 인간에 대한, 좀더 크게는 자연에 대한 교감과 애정이 없이 오로지 이익만을 좇는 자본주의적 삶의 방식에 대한 날카로운 비판이자 시속과 세태에 따라 급변하는 세상 인심에 대한 무거운 질타로 들렸다.

3

　지난(1998) 3월말쯤 시 쓰는 후배 김상현과 선생 댁에 들렀다. 그날은 이 지역에 골프장이 들어서는 것을 반대하는 지역 주민들의 반대운동과 골프장 건설에 앞장서는 지역유지들의 갈등을 화두로 이야기했다. 선생은 최근 녹색평론사에서 펴낸 산문집 『우리들의 하느님』(1996)에서 생태문제에 대한 관심을 집중적으로 표명하신 적도 있지만 이날도 골프장 건설을 주도하고 있는 몇몇 유지들의 행태와 세수입만 노려 무분별하게 골프장을 건설하려는 당국의 입장에 대해 언짢아했다.

　『우리들의 하느님』이 나왔을 때 이오덕 선생은 문화일보(1997.2.6)에 쓴 서평에서 '문명이라는 이 미친 인류의 질병에 대해 절망하고 다만 마지막 희망인 자연과 농사꾼들의 삶을 지켜보고 싶어서 고향 마을 한쪽에 자리잡은 지가 벌써 30년', 그동안 그는 '착하고 아름답게 살던 사람들에 대해서 짓밟혀 죽은 사람들에 대해서, 황금과 인간의 끝없는 탐욕에 대해서, 허망한 도시에 대해서, 전쟁과 권력에 대해서 더구나 거짓된 기독교에 대해서, 지구와 인류의 종말에 대해서―말하지 않고 배길 수 없는 인류의 마지막을 지켜보는 증언자가 된 심경으로' 글을 써왔는데 '무소유'라는 말도 사치한 꾸밈말이 될 뿐이다는 말을 한 적이 있다. 공감이 가는 지적이다.

　이렇게 글을 써오던 선생은 요즘 거의 글을 쓰지 않는다. 왜일까? 자신의 문학작품마저도 공해가 된다고 생각해서일까? 그럴지도 모른다. 문학 이야기를 꺼내자 요즘은 작품도 제대로 쓰지 않고 있다는 말씀과 함께 일본에서 나온, 세계 아동문학 가운데서 핵과 전쟁을 다룬 작품 목록을 모은 『핵과 전쟁이 보인다』라는 책을 보여주었다. 그 책에는 선생의 작품도 소개되어 있었는데, 우리나라에서도 팔리지 않더라도 꼭 필요한 책을 기획

해서 내는 안목이 있었으면 좋겠다는 생각을 잠깐 했다. 이야기는 자연스레 번역 문제로 옮겨갔다.

흔히 번역은 반역이라고 하기도 하고, 하이네 같은 시인은 프랑스 말로 번역된 자기의 시를 두고 '지푸라기로 채워놓은 달빛' 같다는 말로 번역의 문제점을 지적한 바 있지만 아동문학에서도 번역 문제는 만만치 않은 것 같았다. 선생의 작품 가운데 「무명저고리와 엄마」가 있는데 이 작품을 일본의 소진샤(素人社)에서 번역을 해 작품집에 실었다. 번역위원으로 우리에게 잘 알려진 『금단의 땅』의 작가 이회성씨도 포함되어 있는 모양이었다. 그런데 작품 속에 나오는 '제비'를 '참새'로, '금복이'라는 아이 이름을 '금붕어'로, '물레'를 '물레방아'로 각각 번역해놓았더라는 선생의 그 이야기를 듣고 모두가 포복절도하였다.

선생은 '시는 시대가 만드는 것이 아닐까?' 하시면서 러시아의 비극적 시인 마야꼬프스끼와 막심 고리끼의 『어머니』에 대해 말씀하셨다. 아울러 요즘 우리 시가 무슨 말인지 알아먹기 어렵고 지나치게 상업적이 아닌지 우려를 나타냈다. 아마 시를 쓰는 나와 후배 시인이 들으라고 하시는 말씀 같았다.

이런저런 이야기를 나누던 중에 방 안에서 전화벨이 울렸다. 밖으로 흘러나오는 대화 내용이 자연스레 귀에 들렸다. '섣불리 이래라저래라 말 못한다. 본인이 알아서 하라. 엄마가 혼자라도 사랑할 수 있고 키울 수 있으면 낳아라'는 선생의 목소리가 방 밖으로 비져나왔다. 통화가 끝난 후 무슨 전화냐고 여쭈었더니 어떤 미혼모가 애를 낳을지 말지를 물어왔다는 것이었다.

수년 전만 하더라도 방 안에서 선생과 이야기를 나누고 있으면 심심찮게 어린이들이 문 밖에 와서 "집사님요, 동화책 빌리러 왔니더" 하곤 했는데 근래에는 그런 일이 통 없었다. 간혹 동네 할머니들이나 다녀갈 뿐. 선생이 계시는 조탑리에는 모두 89가구가 살고 있는데 초등학생은 겨우 두 명뿐이라고 했다. 인근 30리 안팎에 있는 구계, 어담, 명진, 일직 초등학교를 합하여도 올해(1998) 신입생은 19명에 불과했다. 과거 같으면 수백 명은 족히 되었을 텐데 농촌 고령화 현상의 한 극단을 보여주는 수치다.

아동문학은 어린이와 함께 있어야 할 텐데 과연 선생은 이런 문제에 어떻게 대처하는지 궁금했다. 요즘 어떤 작품을 쓰시느냐고 물었더니 바오로딸에서 펴내는 잡지에 장편동화를 연재하고 있는데 그것도 힘에 벅차다고 말씀하신다.

4

선생의 가족은 뺑덕이와 두데기다. 뺑덕이는 토종에 가까운 개로 오래된 사이고 두데기는 애완견의 일종이다. 털이 북스럽고 이국적인 놈인데 누군가가 길거리에다 내다버린 것을 주워와서 키우고 있다. 가족은 셋이지만 친구는 많다. 생쥐, 벼룩, 모기뿐 아니라 강아지똥, 이름 없는 풀, 아니 이 세상의 보잘것없는 미물은 모두가 선생님의 친구들이다.

집 앞 살구나무는 올해 새싹이 트지 않았다. 아마 청석 위에 지은 집이라 흙이 좋지 않은 때문인지 개나리꽃과 산수유도 예년같이 많이 피지 않았다. 외롭게 사시는 선생에게 꽃이라도 많이 피고 나무라도 주변에서 잘 자라주면 좋을 텐데……

『대구예술』 1998년 5월호

金龍洛 ● 시인, 경북외대 국제어학부 교수. 1984년 창비 17인 신작시집 『마침내 시인이여』로 등단했다. 시집 『푸른 별』 『기차소리를 듣고 싶다』, 평론집 『민족문학논쟁사연구』 『예술과 자유』 들을 냈다.

권정생 소설 『한티재 하늘』의 현장 삼밭골

안상학

1

안동은 사방이 산으로 둘러싸인 분지다. 당연히 안동을 벗어나자면 고개를 넘어야 한다. 마찬가지로 누구든지 안동으로 들어오려면 고개를 넘지 않으면 안된다. 안동의 남쪽 관문인 대구 통로는 한티재고 북쪽 관문인 예안 통로는 첫머리재다. 서쪽으로는 솔티재를 넘어야 서울로 가고, 북서쪽으로는 또 하나의 한티재를 넘어야 영주에 이를 수 있다. 동(東)으로는 물길이니 당연히 고개가 없다. 지금은 도로가 나 있지만 과거에는 기껏해야 물길을 따라 에돌아가는 벼룻길이 고작이었다. 구태여 영덕, 영해가 있는 동으로 가는 편한 길을 찾자면 남쪽을 경유해서 등칠기재를 넘어야만 했다. 이쯤 되면 안동은 꼼짝없이 고개로 들고나는 동네다.

고갯마루는 흔히 다리품을 쉬어가는 곳답게 곳곳에 주막이 있었다. 많은 사람이 오고가는 그곳에는 그래서 사연도 많고 탈도 많았다. 과거 보러 가는 한량이 노잣돈을 다 털리고 울면서 돌아서는 곳이기도 하고, 어떤 이는 소 판 돈도 모자라 과부 땅 빚을 내어 노름에 빠져 가산을 탕진하는 곳이기도 하다. 난봉꾼들이 숫제 소줏고리에 주둥이 들이밀고 석 달 열흘 동네 청상과 보리밭을 쑥대밭으로 만들어놓고 난질을 가는 전초기지이기도 하고, 속없는 과부들이 수많은 장꾼들 상대로 주인을 알 수 없는 씨를 배고 야반도주하는 전진기지이기도 하다. 어찌 이뿐이랴. 살기 위해서 만주로 서간도로 떠나가는 가족들이 한 그릇 국밥을 말아 나누어 먹던 배고픈 곳이기도 하고, 나라를 되찾겠다고 옹기장수, 소금장수, 채장수로 변장한 이들이 귀엣말을 나누며 서로를 걱정하던 곳이기도 하다. 세상살이의 만화경을 기억하는 고개는 수많은 이들의 몰래카메라에 배경이 되었을 것이다.

그러나 지금은 고갯마루도 주막도 사라진 지 오래다. 옛길은 겨우 토끼가 다니는 길처럼 자취만 남아 있거나 새로 난 길에 묻혀 흔적도 없이 사라져버렸다. 아스팔트를 덮고 있던 고개도 성이 차지 않아 지금은 더 깎고 더 넓혀서 옛 모습은 짐작조차 할 수 없게 되었다. 그만큼 사람살이도 달라져 고개마다 흥청대던 주막도 꼬리를 감추었다. 더불어 그 속에서 울고 웃던 그 많은 사람들의 이야기도 아슴한 기억의 저편으로 명멸해간 것이다.

그런데 다행스럽게도 그렇게 잊혀져간 한 시대의 이야기를 되살려 오늘을 살아가는 우리들에게 잔잔한 목소리로 전해주는 이가 있다. 오래된 이야기를 속으로 갈무리하고 매만지며 또 한 세월을 가슴에 품고 견딘 끝에 마침내 소설로 쓴 이가 있다. 작가는 그 많은 주인공들의 슬픔과 기쁨을 오래오래 가슴속에 아로새기며 같이 아파하고 함께 웃었다. 그리하여 손때가 반들반들 묻은 이야기를 서정적이고 토속적인 문체로 담담하게 그려냈다. 책을 읽노라면 정제된 눈물 같은, 더러는 가슴을 도려내는 비수 같은 이야기 속으로 끌려들어가는 자신을 발견한다. 읽는 이로 하여금 끝내 가슴을 치고 땅을 치게 만든다. 이 무슨 문자의 힘인가. 무엇이 이토록 사람을 눈물에 무방비 상태가 되게 하는가.

이 소설은 우리 사는 안동에서 남으로 난 한티재 너머 일직면 조탑리에 살고 있는 권정생이 쓴 것이다. 이제 겨우 두 권이 출간되었을 뿐인데 독후감은 무려 천 편의 이야기시를 읽은 것만 같다. 앞으로 두세 배 정도 분량으로 완간될 예정이라고 하니 기대가 이만저만이 아니다.

미리 이 책을 읽은 느낌을 좀더 고백하자면, 이 어려운 시대를 살아가는 나에게 지금보다 훨씬 어렵던 그 시대를 살아낸 이들의 인생살이는 큰 위안이 되었다는 점이다. 책을 읽으면서 그동안 내가 너무 포실하게 살아오지는 않았는지, 엄살을 떨고만 있지는 않은지, 반성문을 가슴속으로 수없이 쓰고 또 썼다. 무엇 하나 가진 것 없는 사람들이 서로 다독이며 어떻게든 살아보려는 장면 장면마다 가슴부터 벅차올라 눈물이 그냥 흘렀다. 그 모든 고통을 감내하며 인정스럽게 살아가는 질기디질긴 생명력을 곰곰 되씹다보면 문득 병약한 우리 시대의 군상이 떠올라 가슴 아팠다. 우리는 지금 너무 나약한 것은 아닌지, 너무 물질에만 매달려 살아가는 것은 아닌지, 지나치게 나만 생각하는 것은 아닌지, 문득문득 자괴감이 일어 몸서리쳤다. IMF 후유증으로 생때같은 목숨을 사흘도리로 끊는 현실을 무엇으로 설명할까. 소설 속의 수많은 주인공들이 자꾸만 말을 건넨다.

"우리 겉은 무지래이도 이루쿠 살았는데 와 그노? 니도 사람이라카믄 우야든동 이케 살아야 안할라!"

2

『한티재 하늘』(지식산업사 1998)은 안동시 일직면 평팔, 명진, 광연을 주무대로 펼쳐진다. 1895년에서 1937년까지 갑신정변, 동학혁명, 을미사변, 항일의병 등 굵직굵직한 사건들 속에서 이곳의 민초──왠지 이 글에서는 '민중'보다 어울리는 것 같다──들이 어떻게 대응하며 살았는지에 대한 증언이다. 야수 같은 제국주의 발톱은 이 한갓진 마을도 어김없이 유린한다. 작가는 흩어지고 깨어진 삶의 파편을 모으고, 봉건질서에 반기를 들고 제국주의에 항거하는 숨결을 섬기며, 가난과 속박 속에서도 끈끈한 정을 나누는 사람들의 이름을 일일이 거명하며 이야기를 꾸려낸다.

등장인물은 무려 130여 명이다. 희곡의 '지나가는 행인 1' 따위를 빼고도 이 정도다. 중심인물의 가계를 그려보면 네 가족으로 추릴 수 있으며 줄잡아 80여 명이다. 나머지는 이 많은 주인공들과 어떤 식으로든 인연을 맺은 사람들이다. 한마디로 다양한 인물들의 삶을 통하여 역사의 한 축인 민중사를 그리는 일종의 열전을 방불케 한다.

사실 오늘 이 글은 독후감상문도 아니고 비평도 아니다. 다만 이 글의 중심 무대인 현장을 찾아가보는 것으로 임무는 끝난다. 혹『한티재 하늘』을 읽은 독자들을 위하여 미리 초를 쳐두자면 오늘 이 답사는 삼밭골 전역과 돌음바우, 향교골 정도라는 것이다. 이석이가 달옥이와 숨어든 청송의 칠배골, 정원네가 남편 건재를 잃고 떠나왔던 순흥 가래실, 동준이가 문둥병에 걸린 분옥이를 데리고 간 영양의 다래골 등 삼밭골 근처를 벗어난 곳은 다녀오지 못했다. 뒤에 다시 찾아볼 것을 기약하며 오늘은 천천히 한티재를 넘어 삼밭골로 걸어들어가본다. 삼밭골은 얼레와 같아서 이곳 사람들이 풀려나갔다 되돌아오곤 하는 이 소설의 중심이니 아쉬움은 덜할 것이다.

한티재는 안동 시내에서 대구 방면으로 난 국도에서 첫번째 만나는 고개다. 안동대교에서 바라보면 물 건너 무주무 마을 위에 걸려 있는 넓게 포장된 길이 산자락을 돌아 숨어드는 곳이다. 한티는 '큰 고개'라는 뜻이다. 소설을 읽기 전에는 고개 이름에 대해서 별다른 생각이 없었다. 그런데 소설을 읽고 나서는 고개 이름에 다른 느낌을 가지게 되었다. 다름 아닌 '티' 없이 사는 '티'보다 작은 사람들의 '한'이 '한' 없이 서린 고개라는 것이다.

안동대교에서 바라본 한티재

콩깍지가 씌었다고 해도 할 수 없는 일이다.

한티재는 정원네가 순흥 가래실에서 지아비 건재를 고문 후유증인 장독으로 잃고 삼밭골 섶밭밑(일직면 평팔)에 사는 친정어머니 수동댁을 찾아 넘던 고개다. 어린 3남매 이석, 이순, 이금이를 데리고 친정으로 찾아가는 발길이 오죽이나 무거웠으랴. 영호루가 바라보이는 고갯마루 소나무 밑에서 쉬어가며 정원은 지아비를 잃고 처음으로 눈물을 흘렸다.

생각해보면 순흥서 섶밭밑까지는 꽤 멀다. 작가는 그 긴 여정에서 하필이면 한티재를 넘는 과정을 그렸다. 그렇다면 작가가 이 한티재에 특별한 의미를 부여하고 있는 것으로 볼 수 있다. 이밖의 인물들의 여정에서도 유독 이 한티재를 넘는 장면을 통해서 인물 성격과 사건을 묘사하는 데 많은 부분을 할애하고 있는 것으로도 미루어 짐작할 수 있다.

한티재를 오르는 좁은 골짜기 비탈길을 오르면서 산자락이 가리워지자 뒤를 돌아봐도 주남이 모습은 볼 수 없었다. 잿마루에 올라가 실경이는 한 번 더 뒤를 돌아보고는 모든 걸 뒤로 남겨두고 종종걸음으로 고갯길을 내려갔다. 이렇게 해서 실경이는 새로운 인생길을 걷게 된 것이다. (『한티재 하늘 1』, 54면)

돌음바우골 분들네의 동생 기태가 먹뱅이에서 머슴살이로 모은 돈으로 안동 김진사댁 종으로 있는 실경이를 사서 혼인의 부푼 꿈을 안고 돌아오는 장면이다. 기태와는 달리 실경이는 두고 온 동생 주남이를 생각하며 가슴을 치는 대목이다. 그녀가 10년 전에 어린 주남이와 함께 국시골 아재의 손에 이끌려 종살이 가던 길도 이곳이다. 그때를 생각하면서 언젠가는 동생을 빼내오겠다는 다짐을 하며 넘는 고개도 바로 이곳 한티재다.

수동댁 며느리가 된 달옥이도 이 고개를 넘었다. 열여섯에 어머니 사월이에게 등 떠밀려 도망을 하게 된다. 진눈깨비 내리던 겨울날 낙동강 빨래터에 나간 길에 사월이가 달옥을 지긋지긋한 종살이에서 벗어나게 하려는 장면은 눈물겹다. 사월은 필사적으로 딸을 도망가게 하고 달옥은 엉겁결에 얼음장을 건너 마구 뛰었다. 한티재 오르는 길목에서 달옥은 사월이가 얼음장을 깨고 스스로 목숨을 끊는 장면을 목격하게 된다. 그러나 눈물이 범벅이 되어 어머니를 수도 없이 되뇌일 뿐 몸은 자꾸만 한티재를 넘고 만다. 무엇인가 등 떠미는 것 같은 불가항력에 몸을 맡기며 한티재를 넘어 70리를 정신없이 달려가다 의식을 잃고 쓰러진 곳이 이릿재에 있는 수동댁 주막이다. 그러고는 수동댁의 손자이자 정원의 외동아들인 이석이와 눈이 맞아 청송 칠배골로 도둑살림을 난다. 이렇게 해서 어머니의 목숨과 바꾼 새 삶이 시작되었다. 그러나 결국 머슴의 아내로 살아가는 처지가 된다.

딸만큼은 종살이를 시키지 않으려고 목숨까지 버린 사월이. 그녀는 하늘에서 달옥의 인생을 지켜보며 더이상 딸을 위하여 버릴 목숨이 없음을 안타까워했을까.

돌음바우골 장득이가 노름빚에 쫓겨 봉화 춘양 우구치로 야반도주할 때도 이 한티재를 넘었다. 아내 이순은 만삭의 몸으로 아이들을 데리고 이 고개를 넘으며 많은 생각을 한다. 여섯 살 때 어머니 정원의 손에 이끌려 외갓집으로 가던 이 고개를 시집가서 야반도주하며 다시 넘게 될 줄 꿈에도 몰랐던 것이다. 결국 전전하다 남편 장득이는 체포되어 일본으로 간다. 그때 줄줄이 넘던 고개도 바로 한티재다.

이밖에도 문노인네 손자 서억이가 의병으로 가서 죽은 아버지 길수의 무덤을 찾아 친구 이석이와 함께 일월산으로 가며 넘던 길이기도 하다. 또 각설이 동준이가 문둥병에 걸린 분옥을 데리고 영양 다래골로 난질을 갈 때도 이곳을 넘었다.

오늘의 한티재는 사람이 걸어 다닐 수 있는 길이 아니다. 자동차나 대중 교통편을 이용하거나 아니면 기차를 타고 짧은 굴을 홀쩍 지나가버리면 그만이다. 아픔을 곱씹을 만한 시간적 여유는 물론이고 길섶에 앉아 애꿎은 풀이나 쥐어뜯으며 가슴을 칠 만한 공간도 없는 곳이 되어버렸다. 사슴처럼 고개를 넘다가 뒤돌아보며 지나온 길이며, 강물이며, 건너다보이는 안동 시내를 돌아보며 회상에 잠길 소나무 그늘도 없다. 잠시 멈추는 곳이라고는 고개 너머 있는 검문소의 차디찬 바리케이드뿐이다. 한티재를 닮은 한 많은 미아리 고개도 천둥산 박달재도 이젠 노래방에서나 넘을 뿐이다. 한 세대 전까지만 해도 얼마나 많은 고개가 울고 짜는 대중가요의 무대가 되었던가. 어느새 물레방아는 여관으로, 고갯마루의 주막은 러브호텔로 바뀌어가고 우리의 삶도 그만큼 멀리 와버렸다. 그래서 그런지 요즘 대중가요에는 고개가 인간의 희로애락이 교차하는 무대로 등장하는 것을 찾아보기 어렵게 되었다.

3

구안국도를 타고 일직의 운산 장터쯤 다다르면 자연 눈길은 오른쪽으로 멀리 조탑동을 찾는다. 물론 마음도 따라간다. 과수원 안에 오래된 탑이 있어서 탑마라고도 부르는 그 마을 한갓진 언덕에 이 글을 쓴 작가 권정생이 살고 있다. '빌뱅이 언덕'이라는 곳이다.

집은 정면 두 칸, 측면 한 칸이다. 협소하기 짝이 없는 집이다. 그러나 정작 살고 있는 권정생은 이조차도 너무 너르다고 생각하고 있다. 식구는 털이 북슬북슬해서 '두데기'라는 이름을 가진 개와 새끼인 '까만이'가 전부다. 두데기가 이웃 마을 수캐와 눈이 맞아서 낳은 강아지는 원래 세 마리였다. 그중 두 마리는 남의집살이 가고 까만 놈만 남았다.

마당에는 개나리, 앵두나무, 느티나무, 산수유 등이 있지만 토양이 박해서 실하지가 않다. 집주인 권정생은 아직도 몸이 건강하지 못하다. 농담처럼 가끔 내비치는 장가를 가고 싶다는 그의 꿈만큼이나 오래된 지병은 그를 지극히 '사랑'해서인지 떠나지 않는다. 나는 '만약'이라는 말을 좋아하지 않지만 권정생이 만약 건강했다면 지금처럼 글을 쓰고 사는 사람이 되었을까 하는 생각을 가끔 해보곤 한다.

운산 장터를 지나서 가다보면 세촌에서 단촌으로 이어진 다리가 나온다. 다리를 건너지 않고 오른쪽으로 미천을 따라 나 있는 천방둑길을 따라가면 명진, 평팔로 가는 다리를 만난다. 삼밭골 입구인 셈이다. 소설의 도입부는 이 삼밭골 열두 골 이름을 일일이 나열하며 묘사하는 것으로 시작된다. 양지마 또식이와 감나무집 어르신네의 대화는 이 소설이 어떻게 전

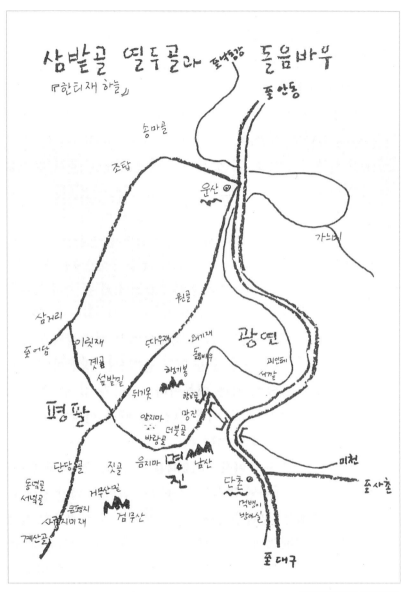

삼밭골 열두골과 돌음바우골

개될지 암묵적으로 제시하고 있다.

> 양지마 또식이는 노래처럼 이런 말을 지껄이며 다녔다.
> "배나 둘이 됐으마 밥이나 한번 실컷 먹제."
> "이눔아! 배 하나도 못 채우는데 둘이나 되마 뭘로 채우노!"
> 사람이 무엇으로 사는가고 물으면 조선 백성들은 거지반 '악으로 산다'
> 고 대답할 것이다. 왜 악으로 사는지 그들이 결코 악해서 그런 건 절대 아
> 니다. (『한티재 하늘 1』, 6~7면)

봉건사회의 잔재가 고스란히 남아 있는 이 척박하고 외진 땅에서 살아
가는 무지렁이들의 삶을 한마디로 표현하고 있다. 대부분 양반에게 도조
를 얻어 논밭을 부치는 그런 곳이다. 땅 주인들은 멀리 하회나 소호의 양반
들이다. 삼밭골은 양반은 거의 없고 양반 땅만 대부분인 곳에 붙어사는 소
작인과 머슴 들이 대부분인 곳이다. 삼밭골 열두 골은 이들의 이야기로 가
득한 공간이다.

이 소설에는 참으로 많은 사람들이 등장한다. 그래서 그런지 소설을 읽
어나가면서 누가 누군지 헷갈리는 경우가 많다. 그러나 가계를 따져보면
크게 네 가족사의 흐름에 주변 인물들이 샛강처럼 끼어들며 이야기가 전
개되는 것을 알 수 있다. 네 가족은 괴인테(광연리)에 있는 돌음바우골의
조석과 분들네 부부, 삼밭골(평팔)에 있는 섶밭밑의 문노인네와 수동댁네,
그리고 최서방과 숨실댁 부부네다. 따라서 지리적으로는 섶밭밑과 돌음바
우골이 주무대가 되는 셈이다.

돌음바우골은 삼밭골 서쪽 끄트머리의 사구지미에서 흘러내린 실개천
이 미천과 만나서 흘러 돌아가는 곳에 있다. 이곳은 탑마에서 머슴살이하
던 조석과 원골에서 종살이하던 분들네가 결혼하고 자리를 잡은 곳이다.

삼밭골과 더불어 이 소설의 주무대가 되는 곳이다.

돌음바우는 행정구역으로 안동시 일직면 광연리 남쪽 끝에 있는 마을이다. 행기봉(향로봉)이 미천에 발을 담그는 우묵한 자락에 형성된 곳이다. 미천이 높은 절벽으로 이루어진 돌음바우산을 휘돌아 나가는 안쪽에 형성된 마을이라는 뜻으로 회암(回巖)이라고도 한다. 이 마을에는 약 20호가 살고 있다. 마을 사람들은 대부분 농사를 지으며 살아가고 있다. 마을길에서 만난 사람들은 오랫동안 농사를 지으며 살아와서인지 땅을 닮아 있었다. 분들네와 조석의 모습도 저러했을 것이다.

향교골 고지기 채서방이 외치던 조그마한 동산이 아직도 남아 있었지만 분들네가 살던 집은 소설 속에서처럼 사라지고 없다. 그 흔적을 밟고 기찻길이 마을의 중심을 지나 왜기재 발치를 뚫고 원골로 이어진다. 분들네 집은 아들 장득이의 노름빚 때문에 차압당한 후 중앙선 열차를 놓으면서 묻혀버렸다. 마을 사람들의 이야기 속에서도 그러한 사실이 있었음을 알 수 있었다. 이 마을에는 물맛이 아주 좋은 샘이 있었는데 역시 기찻길에 묻혀버렸다. 그 자리쯤에는 아직도 겨울이면 따뜻한 수증기가 모락모락 피어난다고 한다.

마을 앞으로는 소나무 숲이 울창해서 밖에서 보면 마을이 보이지 않을 정도였다고 한다. 한국전쟁이 끝나고 얼마 되지 않아 땅주인이 나무를 팔고 밭을 만들어버렸다고 한다. 마을 좌우로 한 그루씩 남아 있었는데 지난해 수해로 기찻길 쪽의 것은 떠내려가버리고 지금은 한 그루만 남아서 옛 숲의 규모를 짐작케 할 뿐이다.

마을을 가로지르는 기찻길 너머에는 돌음바우산 아래로 난 벼리길이 있다. 그곳으로 가면 오래된 버드나무들이 천방을 따라 길게 늘어서 있는 것을 볼 수 있다. 소설 속의 지명은 괴인테(광연)의 서깥이다. 의병을 묶어놓고 일본군들이 총살한 곳이다. 이곳은 또 분들네 맏사위인 배서방이 아내

깨금이를 잃고 우연히 알게 된 여인 순지가 목을 맨 곳이기도 하다. 이런 사연을 간직한 나무들은 아직 새순이 돋지 않아서 그런지 주변 봄 풍경과는 어울리지 않는다. 을씨년스럽기 짝이 없다. 생각이 소설에 가 있어서 그런지 금방이라도 까마귀가 날아들 것만 같고 순지가 목을 매단 나무에서는 어미를 찾는 삼진이의 목소리가 들리는 듯하다.

돌음바우골에서 나와 명진·평팔로 가는 다리를 건너면 오른쪽으로 정자가 보인다. 향교골이다. 자부래미(잠보) 박씨가 살던 마을이다. 박씨는 서같에서 총살당한 '빠란구이'의 시체를 수습해서 행기봉에 묻어준 사람이다.

삼밭골 입구는 왼쪽으로 남산 자락이, 오른쪽으로는 행기봉 자락이 마주 서서 관문 역할을 하고 있다. 사구지미서 흘러내리는 물길을 멀찍이 두고 거슬러가며 골짜기로 길이 이어진다. 망진, 더붓골, 바랑골까지가 명진이다.

더붓골은 이 소설에서 크게 언급되는 바는 없지만 나에게는 특별한 기억이 남아 있는 곳이다. 소설가 서미주의 고향으로 평촌분교가 있는 마을이다. 서미주의 집은 학교 바로 옆에 있다. 근 10년 만에 들른 이 집은 텅 비어 있었다. 한때 촉망받던 여류 소설가 서미주. 열병으로 기억을 상실하고 영아처럼 살아가는 불행한 여인. 지금은 안동 시내에 있는 언니 집에서 어머니와 함께 살고 있다는 마을 사람들의 이야기만 쓸쓸하게 남아 전해질 뿐이다. 그녀가 쓴 소설에도 삼밭골 여기저기 참 많은 곳을 묘사한 대목이 나온다. 특히 「큰 평지」(1981)는 한 편의 그림 같은 소설로 기억하고 있다.

더붓골을 지나 큰 버드나무들이 있는 모퉁이를 돌아가면 바랑골이다. 실개천을 사이에 두고 남쪽이 음지마고 북쪽이 양지마다. 이곳은 실경이가 남편 기태를 잃고 참봉댁으로 종살이 온 곳이다. 기태가 허리 반 상평통보를 주고 실경이를 면천시켜서 결혼을 했는데 남편을 잃은 실경이는 4남매와 살기 위해 다시 종살이를 시작한 것이다. 맏딸 후분이를 먼저 이 집에 팔았던 게 인연이 되어서 나중에는 가족이 모두 종살이를 하게 된 것이다. 이 마을은 제법 규모있는 옛집도 있고 주변에 잘 정비된 무덤도 있는 것을 봐서 삼밭골에서는 그나마 세도를 부리며 산 동네로 보인다. 그러나 변변치는 않았다. 실경이가 종살이한 참봉댁의 참봉 벼슬은 돈을 주고 산 것으로 나온다. 마을의 논과 밭은 그래서 그런지 꽤 넓다.

마을에는 실개천이 흐른다. 제법 물이 많다. 겨우내 그렇게 가물더니 봄이 들면서 비가 많이 내려서일까. 실개천의 본색을 무색케 하며 넘쳐흐른다. 이 개천은 실경이가 가뭄에 타 들어가던 참봉댁 논에 물을 대던 곳이다. 말라붙은 개울 바닥 듬성듬성 구덩이를 파고 고양이 눈물만큼 고이는 물을 받아 이고 지고 나르던 그 눈물겨운 곳이다. 참봉은 이런 그들을 멀찌감치 서서 헛기침이나 하며 지켜보았다. 그런 참봉도 결국 한량 아들을 잃고 그 충격으로 쓰러진 참봉댁마저 앞세우고는 비로소 삶의 눈물을 안다. 그렇지만 실경이와 참봉의 눈물은 그야말로 하늘과 땅 차이의 성분이다. 다행히도 며느리 은애는 이름처럼 은애로운 여인이다. 동학을 알고 실천하며 살아가는 여인이다. 실경이와 후분, 춘분을 높낮이 없이 같은 인간으로 대하는 장면이 곳곳에 묘사되어 있다.

4

바랑골을 지나면 한 굽이 돌아 평팔교가 나온다. 이곳부터 본격적인 삼밭골이다. 단당골, 섶밭밑, 곗골, 짓골, 동녘골, 서녘골, 큰평지, 거무산밑, 사구지미, 계산골(개상골), 이릿골, 국시골 등이 골골이 자리 잡고 있다. 지금 행정구역 명칭으로는 평팔리라고 한다.

골짜기 안으로 실개천을 따라 난 길을 가다 보면 큰 버드나무들이 서 있는 사거리를 만난다. 왼쪽으로 가면 사구지미재를 넘어 안평, 신평으로 간다. 오른쪽으로 가면 따우재를 넘어 여부정골, 원골을 거쳐 일직 운산 장터로 간다. 곧장 가면 곗골을 지나 이릿재를 넘어 삼거리, 국곡, 조탑으로 이어진다.

섶밭밑은 이 사거리에서 바로 보이는 양지쪽이다. 동수나무가 마을의 안쪽에 자리 잡고 있으며 산쪽으로 옹기종기 집들이 모여 있는 아담한 동네다. 이 동네가 바로 주인공들의 삶터다. 문노인네와 최서방네, 그리고 수동댁이 아틈실 건너 갯밭에서 살다 물난리를 만나 집을 잃고 이곳으로 와서 정착한 것이다. 수동댁은 남편을 일찍 여의고 맏아들마저 잃고 등뼈를 다쳐 곱사등이가 된 둘째아들 봉원과 벙어리 며느리 채숙을 데리고 이곳으로 왔다. 소설 속의 모습은 생생하지만 지금 섶밭밑에 서서 이들이 살던 집을 찾기는 어렵다. 물론 지금 이 마을에 살고 있는 사람들도 이들의 이야기를 알 수 없다. 거의 한 세기 전부터 시작된 이야기다.

문노인이 의병 나간 아들 길수를 잃고 일본군에게 끌려가 시체로 떠오른 뒤기못은 섶밭밑에서 사구지미재를 오르다 보면 오른쪽에 있다. 작은 못이다. 확실한 지형지물로 남아 있는 곳이다. 그밖에는 그저 짐작이다. 그들이 살던 초가집이며 나물 캐던 곳이며 빨래를 하던 곳을 알 수가 없다. 다만 오래된 동수나무며 개울가의 버드나무만이 이 모든 사실을 지켜보았을 것이다. 그러나 그것들도 오래된 인물처럼이나 입을 다물기는 마찬가지다.

섶밭밑은 문노인 아들 길수의 처인 복남이와 순흥에서 토벌대에 서방 잃은 수동댁 딸 정원이가 동병상련으로 맺은 우정, 복남의 아들 서억과 정원의 아들 이석, 정원의 딸 이순과 최서방네 딸 귀돌이의 이야기가 대를 이어가며 소설을 채우는 공간이다. 하나같이 불행하게 인생을 살아가는 사

따우재에서 바라본 섶밭밑

람들의 이야기다. 그렇다고 구차해 보이는 것만은 아니다. 늘 서로를 아끼고 나누고 사랑하고 마음 아파하며 살아가는 모습에서 아름다움을 느낀다.

이 마을에서 우연히 아홉 살배기 두 소녀를 만났다. 이들은 작은 자전거를 같이 타고 깔깔대며 마을을 누비고 다녔다. 서억이와 이석이가 처음 만난 나이 또래다. 이순과 귀돌이가 이 소녀들만 할 때 나물을 뜯으러 다니고 빨래를 하며 이 마을을 누볐을 것이다. 소녀들은 그런 이야기를 모른다. 또 자신들의 앞날이 어떻게 펼쳐질지도 알 수 없을 것이다. 현실인들 알 수 있는 나이도 아닐 것이다. 마냥 환하게 웃으며 동네가 좁다고 쏘다닌다.

겟골에 사는 할머니에게서 이 두 소녀의 기막힌 사연을 들었다. 이 소녀들은 부모와 같이 살지 않는다. 부모가 없거나 같이 살지 않고 외할머니와 할머니의 손에 얹혀산다는 것이다. 그중 하나는 대구 어느 초등학교 여선생에게 수양딸로 갔다가 돌아와버렸다고 한다. 소설 속에서 계모 숨실댁의 구박에 시달리다 방아실 달수에게 민며느리 갔다 돌아온 귀돌이나, 순흥서 아비 잃고 이곳에 와 외할머니 수동댁 주막 일을 거들며 자란 이순이의 삶이 주마등처럼 스치고 지나갔다.

두 소녀의 이름을 밝히기는 나로서는 자신 없다. 입속에 맴도는 이름은 하나같이 참하고 얼굴도 예쁘다. 그렇게 깔깔대며 자전거를 타고 동네를 오르내리는 밝은 얼굴 뒤에 그렇게 아픈 사연이 있다는 사실에 나는 그저 아연해질 수밖에 없었다. 무엇이 이곳에 이리도 질긴 삶을 이어가게 하는지. 권정생의 표현을 빌리자면 아닌 게 아니라 '만약 옥황상제님이 하늘에서 내려다보신다면 인간 세상이 왜 저리도 고르지 못한가고 내내 탄식'할 일이 분명하다.

삼밭골은 꽤 너른 골이다. 사구지미재에서 흘러나오는 물을 본줄기로 하여 이릿재, 따우재에서 흘러내리는 물과 합세하여 미천으로 흘러간다. 이 개울을 중심으로 양쪽으로 논밭이 펼쳐져 있다. 근 30여 년 전만 해도 삼밭이 있었는데 마늘과 양파, 작약 등을 재배하면서 삼 농사를 거의 짓지 않게 되었다고 한다. 이름만 삼밭골이지 삼을 많이 가꾸는 삼밭골이 아니었다. 게다가 지금은 중앙고속도로가 마을을 가로질러 나 있기 때문에 골짜기라는 느낌이 들지 않는다. 바로 이릿재 너머가 남안동 인터체인지이다. 고속도로는 이릿재를 밀고 삼밭골로 진격해와서 섶밭밑 앞을 지나 단당골 허공을 가로질러 거무산밑(검무산)을 지나 사구지미재로 진격하여 재 밑으로 나 있는 일직터널을 관통하여 계산골로 내닫는다. 더구나 지금은 확장 공사를 하는 통에 온 마을이 공사판이 된 듯하다.

섶밭밑에서 고속도로 굴다리를 지나면 단당골이다. 당집이 있는 동네라고 그렇게 부른다. 단당골에서 나는 또 한번의 놀라운 현실을 발견하였다. 이곳에 있는 가게에 들렀다가 낯익은 사람을 본 것이다. 그녀는 다름아닌 '깜상할매'였다. 안동서 술 좀 마시는 꾼들은 얼추 다 아는 사람이다. 중앙예식장 맞은편에서 한 40년 막걸리집을 하다가 법원 뒤에서 또 몇 년 술을 판 후 어느 날 사라져버린 안동 주계의 대모 격인 그 깜상할매를 다시 만난 것이다. 내 기억이 맞다면 1992년에 법원 뒤에서 술을 마실 때 본 게 마지막이다.

깜상할매의 손맛은 여전했다. 파전과 손두부를 안주해서 과거의 술맛 그대로 재현한 막걸리를 마시며 그간의 삶의 여정을 들었다. 삼밭골로 흘러든 이야기며, 성가한 슬하의 남매들 이야기, 지금 살아가는 사정을 소상히 들었다. 그러나 여기서 이런저런 사연들을 속속들이 밝히기는 어렵다. 다만 수동댁이 이곳에 들어와서 이릿재에 주막을 차리고 과부 며느리와 과부 딸을 데리고 과부의 몸으로 산 소설 속의 이야기가 자꾸만 깜상할매의 얼굴과 겹쳐지는 것 정도만 귀띔하며 지나가고 싶다.

단당골을 지나자마자 오른쪽으로 들어가는 골짜기에는 동녘골과 서녘골이 자리 잡고 있다. 동녘골은 전쟁 때 소개(疏開)되어 지금은 사람이 살지 않는 동네가 되었다. 이 골은 실겅이의 둘째딸인 춘분이가 두용이에게 시집가서 산 곳이다. 바랑골 참봉댁 반머슴으로 3년 동안 사는 조건으로 춘분이를 얻은 두용이는 아침저녁 이곳을 드나들며 피곤한 줄 모르고 밤새도록 춘분이를 끌어안고 뒹굴었다. 두용이가 자리를 비우는 낮이면 춘분이는 밤새 두용이와 뒹굴던 생각으로 하루해를 보내며 신랑을 기다렸다. 이곳이 바로 소설 속에서 개미 눈물만큼 나오는 성적 묘사의 현장이다. 어쩌면 평생 총각으로 산 권정생으로서는 힘에 겨운 표현이었을지도 모를 일이다. 그만큼 두루뭉술하게 표현되어 있다.

뒤기못을 지나 올라가면 사구지미재가 나온다. 처참하게도 옛 모습을 잃어버렸다. 한티재의 모습과 별반 다를 게 없다. 일직터널은 사구지미재를 무시하며 땅속을 관통하고 있다. 재도 깎아내어 길을 낮췄다. 사구지미는 과거에 사기점(沙器店)이 있었다고 해서 붙여진 이름이다.

재 너머는 계산골(개상곡)이다. 귀돌이 동생 분옥이가 이금실에 사는 두칠이에게 시집가서 얼마 되지 않아 문둥병으로 소박맞고 이곳 골짜기 막장으로 들어와서 혼자 살았다. 이곳은 이 소설에서 가장 아름다운 사랑이 싹튼 곳이기도 하다. 장걸버생이 동준이가 분옥이를 연모해 자주 분옥이 집 앞 팽나무 아래에서 피리를 불며 사랑을 고백한 곳이다. 비록 거지지만 문둥이 여인을 사랑하여 결국 그녀를 데리고 영양 다래골로 사랑의 도피를 한다. 문둥이를 사랑한 동준이의 사랑은 어떤 것이었을까. 권정생은 이 남자를 일컬어 "세상에서 가장 착한 남자"(『한티재 하늘 2』, 102면)라고 표현하고 있다. 이해하기 어려운 대목이었지만 결국 이야기는 동준이가 문둥이 자식이었다고 고백하면서 고개를 끄덕일 수 있었다. 분옥이를 안고 싶은 욕망을 달래는 동준이의 심리 묘사는 압권이다. 다시는 자신과 같은 모습의 자식이 세상에 태어나서는 안된다는 게 동준의 생각이었다. 결국 분옥이를 제대로 한번 안지 못하고 사별한다. 후에 동준도 문둥병에 걸린다.

이 소설의 끝은 1937년이라고 되어 있다. 이 해는 권정생이 나던 해이다. 앞으로 눈여겨볼 대목은 과연 권정생 본인의 인생을 그리는가 하는 점이다. 일본으로 간 장득이와 아들 수복이의 삶, 뒤이어 떠난 만삭의 몸인 이순이, 문노인의 고손인 수식이의 삶은 과연 어떻게 전개될 것인가.

5

거칠게나마 삼밭골을 한번 훑어보았다. 헤아릴 수 없이 많은 동네 이름들로 해서 책을 읽는 내내 종잡을 수 없던 것이 삼밭골을 한번 둘러보면서 정리가 되었다. 너무 많아서 헷갈리기만 하던 등장인물도 계보를 그려가면서 읽으니 명료해졌다. 아무튼 인물과 인물과의 관계, 동네와 동네의 공간 이동을 한눈에 꿰며 책을 다시 읽어보니 막연한 감동 대신 훨씬 생생한 책읽기의 즐거움을 느낄 수 있었음을 밝혀둔다.

흔히 소설을 읽고 그 소설을 토대로 만든 영화를 보면 대부분 실망한다고 한다. 그러나 그 현장을 직접 밟아보는 것은 소설을 훨씬 풍부하게 이해하는 요소가 된다. 이 소설을 더 이해하고 싶은 독자가 있다면 나는 답사를 권하고 싶다. 그리고 그곳에서 지금 살아가는 사람들을 만나서 이야기를 나누어보라. 이 소설의 주인공을 닮은 사람들을 무수히 만날 수 있을 것이다. 이 소설이 단순한 소설이 아니라 역사임을 비로소 알게 될 것이다. 민중의 이야기로 엮어진 이 열전이 지금도 그곳에서 새롭게 써지고 있음을 목격하게 될 것이다.

이 소설의 취재원은 작가의 어머니와 당대를 살았던 삼밭골 사람들이다. 권정생은 1960년대에 이 일대를 돌아다니며 민요를 직접 찾으러 다녔다. 그때 만난 할머니, 할아버지 들의 이야기를 기록해두었다가 근 30년이 지난 지금에야 책으로 펴냈다. 그때 사람들은 지금 아무도 없다. 어쩌면 홀가분하게 이 책을 쓰고 있을지도 모른다. 대부분 사실을 바탕으로 썼기 때문에 당사자들의 이름은 바꾸었다고 한다. 작가의 배려다. 그러면서도 이야기의 원 줄기가 다치지 않는 범위 안에서 작가는 독특한 민중적 세계관을 투영하여 대하민중소설로 이끌고 있다. 잘난 인물들은 끼어들 틈이 없다. 갈등구조도 없다. 대립도 없다. 오로지 민중의 숨결을 충실하게 따라가고 있을 뿐이다. 지극히 평범한 구성이고 진술인데 독자로 하여금 눈을 떼지 못하게 하는 힘은 어디에서 오는 것일까. 그리고 무수히 나오는 안동 사투리가 아름다운 언어라는 것을 유감없이 보여주고 있는 것도 이 소설의 특별함을 더하고 있다.

아직은 뒤에 남은 이야기가 더 많다. 건강이 허락되어 끝을 빨리 볼 수 있는 축복이 권정생에게 필요하고, 우리 독자에게는 이 소설의 끝장을 덮을 복이 있기를 바란다.

『(향토문화사랑방) 안동』 1999년 3·4월호

  * 덧붙임: 권정생 선생은 당초 이 소설을 7권 정도의 분량으로 기획했으나 집필을 잇지 못하고 병마와 싸우다가 지난 2007년 5월 17일 별세했다. 이 소설은 자전적 성향이 짙은 작품이다. 그 이후의 이야기는 선생의 삶으로 완성되었다고 봐야 할 것이다. (2008. 3)

安相學 ● 시인. 1988년 중앙일보 신춘문예에 시 「1987年 11月의 新川」이 당선되어 작가 활동을 시작했다. 시집 『그대 무사한가』 『안동소주』 『오래된 엽서』 『아배 생각』 들을 냈다.

'정생이'는 천사 같은 사람이었지

조월례 · 정병규

그날(2007년 8월 8일)은 중부 지방에 200밀리가 넘는 폭우가 쏟아진다고 했다. 한 달 전에 잡아놓은 일정이긴 하지만 폭우를 뚫고 가기가 망설여진다. 망설이는 한쪽에게 또다른 한쪽은 혼자라도 다녀오겠다고 한다. 그럴 수 없어서 따라나섰다. 몇 번 물벼락 같은 소낙비를 만나긴 했지만, 다행히도 200밀리의 폭우를 겪지 않고 이제는 우리 곁을 떠난 선생님 흔적을 찾아 안동을 찾았다.

선생님이 안 계신 마을은 왠지 썰렁했다. 경로당을 찾았다. 할머니들은 큰 방 작은 방 다 차지하고 화투치기에 여념이 없었다. 돌아가시기 보름 전쯤에 찾아갔을 때 녹두죽을 쑤어 가져오신 할머니를 만났다.

"할머니, 정생이 할아버지 돌아가셔서 서운하시죠?"

"서운하지, 그럼."

"정생이 할아버지 평소엔 어떠셨어요?"

"우스운 소리를 마이 했제. 마이 웃겼어."

"이 동네서 같이 살자는 할머니 계셨다는데 모르세요?"

"그 사람은 장가가면 글 못 쓴다고 안 간다 카더라."

그러고는 귀찮다는 듯 할머니는 입을 꾹 다물고 화투판에만 눈길을 둔다.

다시 화투판에 몰두하는 할머니들에게 다가갔다.

"뭐 내기 하시는 거예요?"

"권정생 선생님하고 친하게 지내셨어요?"

"그 사람 글 쓴다고 만날 혼자만 있었는걸 뭐. 동네 사람들하고 잘 안 어울렸어."

화투에 마음을 뺏긴 할머니들은 묻는 이야기에만 얼른 대답을 하고는 더는 이쪽에 눈길을 주지 않았다. 우리는 할아버지들을 공략하기로 했다.

할머니들에게 방을 빼앗긴 할아버지들은 밖에 있는 의자에 앉아 있기도 하고 더러는 정류장 의자에 앉아서 이야기를 나누고 있기도 했다. 그중에 의자에 쪼그리고 앉아 담배를 피우고 있는 할아버지에게 말을 건넸다. 이름은 권원묵이고 올해 여든한 살이시란다. 생전에 동네 할아버지 권정생 얘기를 듣고 싶다고 했더니 '정생이네'가 살던 바로 이웃에 살고 있다고 하시면서 곰곰이 생각에 잠긴다.

"평소에 마을 사람들과 내왕이 거의 없었어. 가끔 밖에 나갈 때 집 좀 비운다고 기별하듯 말하고 훌쩍 나가고는 했으니까."

기왕 말씀하신 김에 건너 음식점에라도 가서 듣고 싶다며 차에 타시라고 했더니 길 건너 정류장에 앉아 있는 이대웅 할아버지를 큰 소리로 부른다.

식당에 자리 잡고 약주 한 잔씩 하시더니 이대웅 할아버지가 한마디하신다.

"그 사람은 이 세상 사람이 아닌 것 같았어. 마을 회관에 음식이 있으니 나오라고 하면 잠깐 한술 뜨고 어느 틈에 사라져버리고 없어. 우리가 집안 얘기, 사는 얘기를 할 때면 묵묵히 듣고만 있었거든. 나중에 사람들이 그러는데 우린 그냥 지나쳤던 것들을 글로 썼다고 그러대. 정생이가 강아지똥을 쓴 것은 자신과 같은 처지라고 생각해서 그랬을 수도 있어. 학교 다닐 때는 급장질을 했어. 여식아들이 많이 찾아왔제."

일직초등학교를 같이 다녔다는 이대응 할아버지는 어릴 적 이야기를 들려주셨다.

"우리는 나하나 내다보고 살았는데 그 사람은 전 세계를 내다보고 살았어. 돈 가지고 죽이고 살리고 하는 세상인데 우째 그래 살 수 있겠나. 그 마음씨 때문에 유명해졌을 거야."

선생님이 세상을 떠나면서 인세 수입을 북한 아이들, 아프리카 아이들을 위해서 쓰라고 한 유언을 말하는 듯하다.

"그 사람 유명해질라 해서 그런 거 아니고, 보고 느낀 거 가지고 글을 쓴 기라, 개똥 벌거지가 어떻게 움직이나 이런 거 보고 듣고 느낀 거 가지고 글을 쓴 기라."

그러더니 우리에게 묻는다.

"정생이가 글을 잘 써서 유명해요, 아니면 평생 혼자서 가난하게 살다 가서 그런 거요?"

무심결에 둘 다 그럴 것 같다고 했더니 고개를 끄덕이신다. 그러고는 혼잣말처럼 말한다.

"그 사람 평생 자신을 위해서 돈 쓰는 것을 못 봤어. 만날 검정 고무신만 신었는데 죽을 때까지 몇 켤레나 신었을까. 동네 사람들이 불쌍하게 생각해서 부녀회에서 김치라도 해다 주면 나보다 더 어려운 사람 갖다 주라고 했어. 참, 겸손하고 천사 같은 사람이지. 예수가 따로 없어."

"겨울 빼고는 남방 하나로 겨우 몸을 가리고 살았던 사람인데 죽고 나서 남은 것을 모두 못 먹는 아이들한테 쓰라고 했다니까 분명 우리와는 다른 세상의 사람이야. 살아서는 그저 혼자 사는 불쌍한 노인네라고 모두 무심하게 여겼는데, 죽어서 사람들이 그렇게 많이 올 만큼 유명한 사람이라는 걸 짐작도 못했어. 안동이 생긴 이래로 정생이 초상 때처럼 사람들이 많이 온 것도 처음인 것 같애."

"살 때는 두 푼어치도 안돼 보였는데 죽은 후 보니까 이렇게 유명하구나 느낀 게 많았어. 그 사람 참 희한한 사람이라. 이 세상 사람이 아이라. 우리 마을에 그런 사람 살았다는 거 고맙지. 집 지어놓고 전기도 전화도 없을 때 이름도 안 밝히고 누군가 해주겠다고 하자 내가 왜 남의 도움을 받느냐 하면서 거절했어."

마을 사람들과도 서로 데면데면하게 지냈고 가끔 친척이 찾아와도 손님을 방으로도 모시지 못했던 건 겨우 한 사람 누울 자리밖에 안되었던 오두막이 못내 궁색해서였을 것이다. 평생 몸에 차고 있던 오줌통을 보이고 싶지 않아서였을 것이다. 누군가에게 자신의 구차한 모습을 보이고 싶지 않아서였을 것이다.

친척들도 안부가 궁금해 찾아왔다가 이웃에 들러 근심스레 인사만 나누고 갔다고 한다. 찾아왔다가 그저 마당에 있다가 간 사람도 숱하다고 했다.

어떤 사람이 살 만한 집 한 채 지어주겠다고 했을 때도 조심스레 거절한 것은 그 편이 오히려 편해서였는지 모르겠다. 말 한마디도 남에게 해될 일 안하고 폐가 되는 것을 싫어했던 동네 노인 권정생은 마을 사람들에게 혼자서 글 쓰는 사람, 착한 사람으로 기억되고 있었다. 권정생 선생님의 소년 시절을 기억하는 권원묵, 이대웅 두 할아버지는 그가 마치 여학생처럼 수줍어해서 그런 여린 마음이 평생토록 몸에 배었을 거라고 회고했다.

가장 가까운 이웃에게조차 자신이 알려지는 것을 부끄러워했던 사람. 세상 사람들이 권정생의 흔적을 말하고 작품을 얘기할 때도 마치 남의 얘기인 양 무심히 지나쳤던 사람. 무엇 하나 남기고 가는 것이 그다지도 짐이 었을까. 그럴지도 모른다. 그를 기리는 어떤 것도 달가워하지 않을 터인데 이런 글조차도 마땅치 않아할 것은 당연하다. 어디에 이름 석 자 올려지는 것도 원하지 않을지도. 그런데도 세상 사람들이 그를 못 잊어하는 것은 무슨 연유일까? 좋은 음식과 의복, 편안함을 몸에 맞지 않는 것처럼 거북스러워하고 두려워했던 삶이 오히려 자연스러운 사람, 삶과 글이 하나도 그르지 않아서 더욱 그리워하는 것인가? 외딴집 한 켠에 함께 살았던 새도 허전해서였는지 주인이 떠난 뒤 둥지를 떠나 어디론가 사라져 돌아오지 않는다는데. 지금 마당에는 빈 솥만 덩그러니 놓여 있다.

오두막 뒤껼 빌뱅이 계곡은 장맛비가 불어나 물소리가 우렁차다.

동네 할아버지 얘기가 소리 없이 착하게 살다 간 사람이라 그런지 주인 없는 집에 찾아오는 이들도 심성이 그러한가 보다고 말한다. 주인은 없어도 무성하게 자라는 호박잎, 마당에 저 혼자 자라는 깻잎을 '선생님 잘 먹겠습니다' 하고 따왔다.

마당은 그사이에 손질을 해서 수북하던 풀들이 다듬어져 있고 마당 한 가운데서 자라고 있는 포도나무에는 포도가 탐스럽게 익어가고 있다. 나중에 선생님을 찾아온 누군가의 목을 축여주겠다. 이야기를 마쳐갈 즈음 이대응 할아버지가 말씀하신다.

"우리는 정생이가 아동문학 한다고만 알지 무슨 책을 어떻게 썼는지도 모르거든. 이제라도 마을 회관에 그 사람 책들 놔두고 마을 사람들 좀 봐야 할 것 같애."

맞아, 마을 회관에 선생님 책을 갖추어놓으면 동네 아이들, 동네 사람들이 찾아와 '아 권정생이라는 사람이 이런 글을, 이런 책을 썼구나' 하고 알 것 같다. 선생님을 기억하고 마을을 찾는 사람들도 그곳에서 선생님이 남긴 책을 한 번쯤 볼 수 있는 것도 좋겠다 싶다. 어떤 방식으로 조탑리에 선생님 책을 마련할지는 생각을 모아야 할 것 같다.

선생님은 마을 사람들에게 혼자 아프고, 혼자 생각하고, 혼자 글 쓰고 혼자 세상을 내다보며 살았던 착하고 겸손한 노인으로 기억되고 있다. 선생님이 착하고 인간답게 살라고 말씀하신 그대로 말이다. 다음에 갈 때는 선생님이 쓰신 책을 좀 들고 가서 마을 회관에 놓아야겠다.

『고래가 숨쉬는 도서관』 2007년 가을호

曹 月 禮 ● 아동문학평론가, 전 (사)어린이도서연구회 이사, 경민대학 초빙교수. 『아이 읽기, 책 읽기』 『내 아이 책은 내가 고른다』를 냈다.
鄭 炳 奎 ● 어린이책 전문 서점 파주 헤이리 '동화나라' 대표, 파주출판도시 어린이책예술센터 연구원.

권정생, 그의 반역은 끝났는가

이 대 근

경향신문 문화부는 지난 17일 출판사로부터 부음 하나를 전해 들었다. 그리고 두어 시간 지나 망자(亡者)를 돕는 분으로부터 전화가 왔다. 영정으로 쓸 사진이 없다면서 경향신문에 게재됐던 그의 사진을 보내줄 수 없느냐고 물었다. 영정으로 쓸 사진 하나 남기지 않고 떠난 그는 누구인가. 평생 살아온 5평짜리 흙담집은 남김없이 헐어 자연 상태로 되돌려놓고, 인세로 들어올 돈은 북한·아시아·아프리카의 가난한 어린이에게 나눠주고, '나를 기념하지 말라'며 나이 일흔이 남긴 흔적을 이 세상에서 말끔히 지워버리려는 그는 누구인가. 권정생. 토오꾜오(東京) 혼마찌(本町) 빈민가 뒷골목에서 태어났다. 식민지, 분단과 전쟁, 굶주림의 골짜기를 넘은 그는 제대로 배우지도 먹지도 못했다. 초등학교를 졸업하자마자 나무장수·고구마장수·담배장수를 했고, 10대에 결핵·늑막염·폐결핵·신장결핵·방광결핵을 앓았다. 그래도 살아남아 경상도를 떠돌며 걸식을 했고, 운 좋게도 가난한 예배당 종지기 자리를 얻었다. 그의 거처는 예배당 부속 토담집. 겨울엔 춥고 여름엔 더운 그곳에는 찢어진 창호지로 개구리가 들어와 놀다

갔고, 잠자는 밤에는 쥐가 발가락을 깨물고 돌아갔다. 그는 거기에서 동화를 썼다.

문학을 통해 세상에 맞서

어지러운 세상을 담아내기 턱없이 부족한 지면에서도 그의 부음이 한구석을 차지할 정도로 그는 꽤 알려지게 되었다. 어느새 아름답고 감동적인 글을 쓰는 유명 아동문학가가 된 것이다. 그는 자기 인생처럼 못나고 버림받고 가난하고 하찮은 것들에 관해 써왔다. 그런데도 사람들은 그의 글을, 이 풍지고 흐벅진 세상의 지루함을 달래주는, 추억의 당의정이 입혀진 '힘들었지만 아름다운 시절'의 이야기로 소비하고 있다. 그러나 그의 동화는 세상을 예쁘게 포장한 선물세트가 아니다. 그것은 그가 살아온 방식도, 글쓰는 방식도 아니다. 그는 전사였다. 그는 살아 숨 쉬는 동안 생활이라는 최전선에서 그가 보고 듣고 알고 겪은 모든 모순과 부딪치며 하루도 쉬지않고 싸웠다. 그는 농민들이 낫과 곡괭이를 들고 착취계급에 저항하다 실패한 역사를 슬퍼했다. 물질이 한정된 세상에서 몇 사람이 풍요롭게 살기위해 나머지는 가난하고 고통스럽게 사는 현실을 받아들일 수 없었다. 승용차를 버리면 기름 걱정 안하고, 전쟁할 이유가 없어지고, 우리가 파병을안해도 된다고 믿었다. 미국은 절대악이었다. 약탈과 살인으로 강국이 되고, 전세계 인구의 5%가 세계 자원의 50%를 소비하는 미국은 그의 눈에 악마였다. 그리고 그 악에 맞선 테러리즘을 "새끼 빼앗긴 엄마 닭이 적한테자기 목숨을 내놓고 달려드는"(「좀 힘들더라도 가난하게 살아야 합니다 — 『몽실 언니』의 작가 권정생을 찾아서」, 오마이뉴스 2004년 8월 6일자) 것처럼 어쩔 수없는 것이라고 주장했다. 이 얼마나 위험한 인물인가!

반공주의와 국가주의의 서슬이 퍼렇던 1985년에는 『초가집이 있던 마을』을 썼다. 아버지는 월북하고, 남은 복식이는 동족을 살상하는 무기를 들 수 없다며 징집을 거부하는, 양심적 병역 거부가 주제다. 이게 그가 스스로 꼽은 최고 작품이다. 석유·자동차·전쟁·미국·자본주의와 터럭만큼의 타협도 용서도 화해도 하지 않았다. 신채호·장준하·함석헌을 존경하는 그는 히틀러를 죽이기 위해 암살단을 조직한 디트리히 본회퍼(Dietrich Bonhoeffer) 목사를 닮고 싶어했다. 물론 그는 안중근처럼 권총도 없고, 화염병을 던지지도 않고, 테러를 하지도 않았다.

그러나 그는 그 이상의 것들을 했다. 저 깊은 곳에서 울렁거리는 분노를 삭이고 녹여, 그 진액을 짜내 시와 동화, 산문을 쓴 것이다. 그는 탐욕과 죽음의 공포로 가득한 이 세상의 전복을 꿈꿨다. 이 세상의 한구석을 바꾸는 것이 아니라 이 세상 전체에 대한 반역을 꿈꿨다. 욕망의 체계인 자본주의 한가운데에서 그는 무욕, 절제, 가난을 무기로 정면 대결했다. 사람들이 그의 베스트셀러 『우리들의 하느님』(녹색평론사 1996)을 어떻게 읽고 있는지 모르지만, 책의 31면에는 "함께 일해 함께 사는 세상이 사회주의라면 올바른 사회주의는 꼭 이루어져야 한다"는 주장이 있다.

끝이 아닌 평화의 길로

가난하고 늙고 병든 아동문학가는 이 사회에서 전혀 위험하지 않다고 생각했다면 잘못이다. 버림받고, 병들고 가난한 자가 세상과 잘 어울린다는 것 자체가 기만이다. 그는 매우 위험하고 불온한 사상가였고, 반역자였으며 혁명이 사라진 시대의 혁명가였다. '위대한 부정의 정신'의 소유자였다. 그런데 왜 그의 죽음은 인생의 종말이 아닌 평화를 느끼게 할까. 그에게 소멸은 무엇이기에 슬프기보다 아름다워 보일까. 한 줌의 흙, 한 포기 풀과 같이 살았기 때문일까. 그는 '싸움이란 삶이 끝났을 때라야 평화라는 안식을 얻을 수 있다'(『우리들의 하느님』, 녹색평론사 1996, 56면)고 했다. 지지배배 짖던 작은 새가 숲속으로 날아가듯 그는 그렇게 가버렸다. 가장 치열하게 싸운 전사에게만 돌아가는 휴식이다.

경향신문 2007년 5월 24일자

李 大 根 ● 경향신문 정치·국제에디터, 북한대학원 대학교 겸임교수, 통일부 정책자문위원, 민주평화통일 자문위원.

그 봄날들

박 기 범

지는 봄볕에 개나리 노랗게 반짝였다. 분홍 꽃 매단 앵두나무 밑에서 딸기 한 소쿠리를 앞에 놓았다. 한참을 놀고 그만 일어서려다 본 옆구리 바깥 오줌주머니. 그제야 알았다. 쓰러져 사경을 헤매다 병원으로 업혀가 열하루 만에 돌아오셨다는 걸. 그 끔찍한 시간의 얘기를 듣고 난 뒤 나는 놀라 울먹였을 거고, 떼를 쓰듯 따져 묻기도 했겠지. 또 그런 일이 있으면 어떻게 하느냐고, 그날 태희 아저씨가 들러보지 않았으면 어쩔 뻔했냐고……그러고는 가끔 와 다녀가면 좋겠다는 이야기를 들었다. 선생님을 처음 찾아뵙고 다닌 지 10년 만에 처음 듣는, 다녀가달라는 얘기.

올봄부터 나는 태백에 가까운 삼척 산자락 아래에서 목수학교에 다니고 있다. 실업자 자격으로 구직 신청을 해 밥이 되는 일을 하고자 모여든 이들이 제 몸의 몇 곱절 되는 나무를 지고 이고 날라 깎고 켜고 자르며 집 짓는 일을 배우는 곳. 끌밥 대팻밥은 날마다 발목 위로 차올랐고, 그렇게 닷새 일을 해 몸이 삐거덕댈 즈음이면 저마다 식구가 있는 고향집에 다녀오곤 하면서.

　주말이 되면 일옷을 벗어놓고 조탑으로 가는 게 일이 되었다. 도계읍을 지나 태백 현동 봉화를 지나 가파르게 고불고불 이어지는 길. 할아버지, 왔어요. 외람된지 모르지만 언젠가부터 자연스레 그리 불렀다. 그러고 나니 할아버지도 '누구누구 선생' 하던 것을 '누구야' 하고 말을 놓으셨어. 빨래하고 계셨어요? 들은 체 만 체. 아니, 뭐 그거 내가 해드리겠다고 빼앗으려 그러는 거 아닌데…… 아, 맞다. 제비, 라디오. 그때부터 종알종알. 종알종알이라 봐야 워낙 말이 느리니 어, 어, 있잖아요, 거기 학교에 교수님도 할아버지거든요. 할아버지랑 나이가 같아. 올봄이 칠순이었대요. 어디 무슨 폼 나는 교수는 아니고요, 평생을 목수 일만 했대요. 그런데 저는 배우는 게 너무 어려워, 아마 제가 목수학교에서 제일 못할 거예요……

　한번씩 다녀가라고 할아버지가 얘기할 때 약속한 게 그거였거든. 누가 다녀가는 거 너무 힘들다 하는 할아버지한테 그냥 다녀만 갈 거예요. 왔다고 기척도 하지 않고, 왔으니 봐달라고도 않고, 할아버지도 일부러 일어나거나 나오거나 그러지 마요. 아님, 그냥 마을 할머니들 밭 보고 들어가다 잠깐 스쳐 인사 건네듯이, 그 길에서 어쩌다 머릿수건 내려놓고 앉아 저녁 바람 얘기하고 지나듯이 그 정도로만요. 아니면요, 할아버지 라디오는 잘 들으시잖아요, 라디오처럼 옆에서 혼자 떠들기만 할 거니까요. 그건 괜찮을 거 같은데, 응? 근데 그게 아니라네요. 라디오는 되어도 사람은 안된대요. 사람은 자꾸만 곁에 와서 이것저것 묻잖아. 아파 죽겠는데 와서는 어디가 아프냐, 얼마나 아프냐 자꾸 묻고. 또 이것저것 묻고, 밥은 어떻게 해 먹느냐고 묻고, 뭐는 또 어떠냐고 묻고…… 으응, 그런 거 안할게요. 옆에서 떠드는 것도 싫으면 라디오 끌 때처럼 제 코를 한번 비틀어요, 그럼 그것도 뚝 할 테니까요…… 그따위 얘기에 손 쓰다듬으며 앉아 있을 때 마침 창밖으로 제비 한 마리가 보여. 그래요, 저 처마 아래 날아든 제비 있지요,

제비가 다녀가는 건 할아버지 힘들 게 하는 거 아니잖아요. 저 제비처럼 그렇게, 들고나는 자리 없이 그럴게요.

위험한 고비를 지나고 집에 돌아온 할아버지는 한 주 한 주 달라 보이게 좋아졌다. 처음에는 방 안에서 겨우 몸을 일으켜 들어오라 하시더니 그다음에 찾아뵐 때는 섬돌 앞에 걸상을 내놓고 앉아 책을 보고 계셔, 그리고 또 그다음 주엔 수돗가에 앉아 빨래를 조물조물, 멀리서 온 손님을 맞아 일직(一直)으로 밥을 먹으러 나가기까지. 그 모든 게 고마울 뿐, 모든 게 봄 햇살 때문인 것만 같아 하늘을 보고 고맙습니다, 올라오는 흙내음 덕인 것 같아 땅을 보고 고맙습니다, 고맙습니다, 고맙습니다. 라디오가 되고, 제비가 되기로 한 나는 그저 할아버지 곁에서 아무 얘기나. 만날 대팻날을 갈고 나무를 깎다 가니 그 얘기나 가만가만, 아니면 할아버지 궁금해하지 않을까 싶은 이런저런 얘기들을 듣거나 말거나 주섬주섬 떠들었다. 할아버지를 아프게 할 것 같은 세상 걱정 얘기들은 말고, 힘들고 속상한 얘기들은 빼고. 얘기하다보면 나도 그 곁에 할아버지가 있는지를 까먹기도 하는 것 같아. 그 아래 일직교회 종탑이거나 아님 저 건너 차들 씽씽 고속도로에 멍하니 눈을 둔 채로, 그도 아니면 꺼내는 얘기 속 어떤 그림으로 빠져들어. 고맙게도 할아버지는 라디오를 끄거나 하지는 않았다. 그저 지나가는 얘기가 있는가 하면 그 말꼬투리에 우스갯말 한마디를 보태거나 그보다 더 긴 말씀을 잇곤 하면서.

그렇게 할아버지와 이 봄날을 함께 보냈다. 마지막 뵙던 날, 봄볕이 아주 좋아 할아버지에게도 봄날을 물었다. 봄날? 네, 할아버지가 살아온 날들에 봄날이다 싶은 때는 언제였을까 해서요. 그렇게 시작된 할아버지의 어린 시절, 승옥이하고 영부하고 책보를 메고 학교에 다녀오며 놀던 보리밭 샛길. 이제는 다들 할아버지가 되었을, 키가 작고 나무를 잘 타 '쌀우유강아지' 열매를 잘 따던 영부, 키만 멀쑥이 크고 순하기 이를 데 없어 만날 꼴찌여도 천하태평이던 승옥이, 그리고 잇달아 떠올리며 이어지는 그때 동무들 이름. 하지만 이내 할아버지는 그 그립고 평화로운 기억에서 지옥 같은 시간들을 떠올려야 했다. 전쟁이 있었어. 그 착한 수억이는 기차 바퀴에 깔렸고, 또 누구는 폐결핵으로, 며칠 사이에 또 누구도 폐결핵에, 말라리아에, 버려진 포탄을 만지다 그게 터져…… 사흘에 한 아이가 죽거나 어디론가 없어졌거든, 나중에는 한 반에 삼분의 일은 자리가 빌 정도였으니까. 군인들끼리 싸우는 전쟁은 끝나도 삶을 망가뜨리는 전쟁은 끝나지가 않아, 쫓겨나거나 숨어 살다가 목을 매는 사람들. 엄마 아빠를 잃어 그 조그맸던 동무들이 팔리듯 시집을 가거나 머슴을 살러 가. 사촌이고 이웃이고 서로가 원수가 되어 죽고 죽이면서…… 그때 할아버지 들려주던 이야기를 이렇게 몇 줄 글로 담기에는 너무나도 모자라. 그 세월 너머 어딘가를 보며 마른 눈물 번지던 주름진 두 눈, 그리움에 젖어 힘없이 떨리던 목소리. 반짝이던 햇볕과 지나가던 바람, 멀리서 들려오던 새소리도 모두 하던 일을 멈춰 숨을 죽이고 귀를 기울이던.

아직은 아니라고 생각했다. 물론 마음을 놓지 못해 가까이 지낸다는 이웃집으로 쇠고기 한 근 사 들고 가 혹 무슨 일이 있으면 연락 달라 부탁해놓고는 있었지만, 다녀갈 때마다 몰라보게 좋아지던 낯빛을 보며 애써 먼일로만 여기고 있었다. 그날도 나는 목수학교에서 땀에 전 몸으로 나무와 씨름을 했다. 그날따라 톱에 손끝을 베어 입으로 핏물을 머금어 뱉어내고 있었다. 잇달아 걸려온 전화 몇 통, 그 소식 앞에서 짐짓 겸허한 어떤 마음을 흉내 낸다거나 아득한 어떤 것을 생각하며 어른스레 숨을 고를 수는 없었다. 앞도 옆도 아무것도 보이지가 않아, 안동으로 내달리는 내내 어미 잃은 짐승의 거친 숨 사나운 울음이 그치지 않았다. 그러곤 슬플 겨를도 아플

364

힘도 없던 장례의 시간들. 잠깐씩 빈소 한구석에 앉아 꽃에 파묻힌 말간 얼굴을 눈으로 보듬거나 고개를 파묻을 뿐.

그 뒤로도 여전히 목수학교 일을 마치는 주말이면 나는 할아버지가 있는 곳으로 갔다. 새앙쥐와 고라니, 어치 들이 주인이 된 그 빈집과 빌뱅이 언덕, 그리고 언젠가는 그조차 아무것도 아닐 할아버지 세월의 때가 묻은 모든 것들. 이제는 할아버지가 아니라 당신과 이웃해 살던 마을 할머니들을 만나 이야기를 듣고, 일직교회 반사(班師) 시절 청년이던 아저씨들을 만나 시간을 거슬러 할아버지를 더듬으면서. 그렇게 돌아가시기 직전 한 달 반 남짓부터 돌아가신 뒤 두어 달째 조탑을 찾으면서 더욱 아팠고, 더욱 떨렸다. 그리고 더 많이 웃었고, 더 많이 이상해했고, 안다고 여겨오던 것들이 자꾸만 뒤집어졌다. 하지만 그렇게 해보고 들으며 담아온 이야기들로 섣불리 어떤 말을 한다는 것은 조심스럽기만 하다. 당신이 진정 원하는 것은 말해지는 것이 아니라 살아내는 것으로 이어지는 것일진대 부질없는 군말을 보태는 것으로 누를 끼치기만 하는 것은 아닐는지.

한 가지, 할아버지와 마지막 시간들을 나누면서 아주 크게 놀란 것이 있어. 하루는 김중미 선생님 부탁으로 대신 여쭐 것이 있었다. 버마 난민촌 아이들을 위해 그곳 말로 그림책을 만들어 선물하려고 하는데 할아버지 동화 가운데 한 편을 쓸 수 있는지 하는 얘기. 사정을 자세히 말씀드려야 하겠는데 나는 그곳 역사나 난민들 처지 같은 것에 대해 잘 알지를 못해, 편지로 받은 내용을 미리 수첩에 적어가 그걸 읽어가며 말씀을 드렸다. 잘 모르는 내용을 전하려니 적어간 걸 보면서도 어려워 더듬거리며 읽었겠지. 괜히 먼 곳 잘 모르는 이야기까지 해 할아버지 힘들게 하는 것 아닌가 싶어 적잖이 죄송한 마음이 들기도 하면서. 깜짝 놀란 건 그다음이었다. 다 듣고 난 할아버지가 그곳 이야기를 더 자세히 들려주시는 게 아닌가. 그래, 거기 카렌족 사람들이 난민으로 태국에 가 많이들 살고 있는데, 카렌족이 쫓겨난 게 미군 편을 들다가 지금은 그렇게 된 거거든. 그 사람들을 위해 우리가 뭘 어떻게 해줄 수가 있는지…… 그 나라 역사도 얼마나 힘들었다고. 일본 식민지가 되었을 때는 죽은 사람들 핏물로 강을 이룰 정도로…… 그 뒤로도 미국이고 어디고 들어가서는, 저 어디야, 인도네시아 동티모르처럼 거기 사는 사람들끼리 내전을 하게 해놓고는 뒤로 쏙 빠져서는…… 태국에 카렌 난민촌이 있는데 그것도 다 관광객들한테 보이려고 받아주고 있는 거거든. 카렌 여자들이 목걸이를 이렇게 겹으로 계속 채워서 목을 길게 늘이는데 그게 신기해 보러 오는 사람들이 많으니까. 그런 여자들이 있는 데가 아닌 다른 쪽에서는 카렌 난민들을 가둬놓고 외부 사람들 가까이 못하게 해놓고…… 막힘없이 자분자분 들려주는 할아버지 앞에서 그저 입이 벌어지기만 했다. 어떻게 할아버지는 저리도 세상 구석구석 일들을 자세히 알고 계신가 싶어서였다. 많은 이들이 더러 할아버지를 일러 '구석에서도 세상을 다 들여다보는 분'이라곤 하는데 아닌게아니라 정말 그러했다. 하지만 그건 그전까지 여기던 것과 아주 다른 차원에서였다. 단지 세상 돌아가는 이치를 근본에서 통찰해 내다보는 것뿐 아니라 그토록 세상 구석구석 일들을 낱낱이 알고 계신 모습에 놀랄 따름이었다. 할아버지는 그런 거, 세상 구석 얘기들까지 어떻게 그렇게 잘 알아요? 신기하다는 얼굴로 눈이 동그래져 물으니 할아버지는 더 놀리기라도 하듯 아이, 동화작가가 돼서 그 정도도 공부를 안하면 되나? 세계지도 펴놓고 이 나라가 어딘가, 어디에 전쟁이 일어나나 다 공부하고 그래야지. 멍한 얼굴로 있다가는 이내 할아버지 장난기가 또 발동하셨구나 싶어 아유, 할아버지도 차암…… 하고 웃어넘기려 하는데 이어지는 말씀이 그게 아니었다. 나도 그전에는 잘 몰랐는데 하나하나 공부를 해서…… 세상에 하도 무섭고 불안한 일들이 많이 일어나니까 그중에서도 아시아랑 아프리카 쪽 나라들부터 지도 펴놓고 찾아보고 그랬지…… 아아, 그렇구나. 할아버지는 그렇게,

한 평도 채 되지 않는 방에서, 평생을 아픈 몸으로 앓고 지내면서도, 그 구석진 자리에서 세상을 살피고 계셨던 거다. 산과 들, 마당에 핀 푸나무들을 보면서, 일하며 가난하게 살아가는 이웃들을 보면서, 그 안에서 삶과 목숨, 자연의 이치를 일러주신 할아버지. 세상과 떨어진 자리에서 멀리하는 것이 아니라 누구보다 세상 현실에 관심을 기울이며 가까이 들여다보고 아파한 할아버지…… 할아버지는 아는 체하지도 않았고 그렇다고 몰라도 된다고 하지도 않았다. 아니나다를까 돌아가신 뒤 방 한쪽에는 다 펼치면 방바닥을 덮을 만한 크기의 아시아·아프리카 지도가 손에 잘 닿게 놓여 있었다. 그 곁에는 세상 온갖 문제를 지나치지 않고 공부해 적어놓은 공책들, 오려놓은 신문 쪼가리들. 그 아픈 몸, 다섯 평 오두막의 할아버지는 먹이 찾는 어린 벌레를 안타까이 여기듯 그렇게 저 멀리 지구 반대편 이웃과 아이들의 고통을 외면하지 않았다. 거창한 말일지 모르겠지만 당신의 고향은 지구였고, 그 위에 사는 모든 목숨붙이는 식구이자 이웃이었다.

돌아가시고 난 뒤 어느 신문에 실린 「권정생, 그의 반역은 끝났는가」(경향신문 2007년 5월 24일자, 본서 361~64면 참조—편집자)라는 기사를 보며 할아버지의 삶을 기리는 것으로는 그 글 하나면 충분하다 생각했다. "생활이라는 최전선에서" "무욕, 절제, 가난을 무기로 정면 대결"해온, "혁명이 사라진 시대의 혁명가"로 살아온 삶이라는 말이 가슴을 두근거리게 했다. 얼핏 비장함이 지나치게 압도해 사뭇 낯설게 느껴지기도 했지만 오히려 그 낯섦이 더욱 반가웠다. 그동안 할아버지에게는 늘 '깨끗하고 맑은 영혼'이라거나 '아름다운 성자' 식의 꾸미는 말이 따라붙었다. 허나 그러한 말들은 할아버지의 삶을 왠지 도덕이나 종교, 관념의 틀에서만 보고 있다는 느낌이 진해 못내 아쉬웠던 게 사실이다. 할아버지가 어떻게 이 사회와 긴장하고 대결했는가를 보지 않으면 진공관 속 맑은 영혼, 더없이 아름다웠던 한 인간을 신비롭게 추앙하는 데에 머물 수밖에 없다. 더욱이 당신이 전사의 영혼으로 대결하던 것은 다름 아닌 우리 모두의 삶으로 말미암아 더욱 견고히 지탱되는 이 사회체제일지니, 실로 물어야 할 것은 지금 우리가 좇아 살고 있는 삶의 방식이어야 한다. 할아버지는 자본주의가 인간에게 끊임없이 새로운 '필요'를 주입하며 삶의 방식을 쥐흔든다는 것을 깊이 꿰뚫고 있었다. 인간은 필요를 느끼는 순간 자본에 무력해진다. 그것 앞에서는 어쩔 수 없다는 말로 그밖의 모든 가치가 쉽게 허물어진다. 하기에 자본은 필요한 상품을 더 좋게 만들어내는 것이 아니라, 없던 필요를 끊임없이 만들어내는 것으로 인간을 지배해왔다. 우리 삶에 있어 필수품 목록이라 하는 것이 10년 안짝으로 걷잡을 수 없이 빠르게 바뀌어가는 것을 보면 알 수 있다. 30년 전만 해도 부잣집에나 겨우 있던 승용차가 어느덧 집집마다 없어서는 안되는 것이 되었고, 나온 지 10년도 지나지 않아 손전화 없이 사는 일이 상대에게 불편을 주는 일처럼 되어버렸다. 머지않아 우리는 또다른 필수품을 갖게 될 거고, 그 목록은 아마도 한정없이 늘어갈 것이다. 그것 없이는 적응할 수 없는 삶의 방식, 살아남으려면 어쩔 수 없이 따라야 하는 사회 얼개만 만들어낸다면 자본은 바라는 만큼 소비시킬 수 있으며, 그 어떤 것이라도 원하는 대로 개발할 수 있고, 아무리 추악한 전쟁이라 해도 뜻대로 벌일 수 있는 것이다.

할아버지가 넘어선 것은 바로 그것이었다. 자본이 만들어내는 필요, 어쩔 수 없이 끌려갈 수밖에 없는 욕망의 체제. 당신에게는 다섯 평 흙집 이상의 어떤 집도 필요하지 않았고, 당연히 승용차도 필요하지 않았다. 여벌의 옷가지와 이불도, 손쉽고 빠르게 몸을 대신해주는 어떤 것도 필요하지 않았다. 그러니 더 엄밀히 말하면 할아버지에게는 무욕이라거나 절제라는 말이 어울리지 않는지 모른다. 그 말에는 이미 필요한 것, 있으면 좋은 것이라는 바탕이 있기 때문이다. 그 바탕 위에서라면 애써 없이 살고자 하는 일이 몹시도 힘겨운 일이겠지만, 있어봐야 필요치 않은 삶의 방식에서는 전혀 이상할 일이 아니다. 그 '필요'들이 '필수'라고 확신하는 우리 삶을 기준 삼을 때나 불편을 견디는 고행처럼 보이는 것인지 모른다. 다시 말해 할 아버지는 자본이 부채질하는 욕망을 견디며 싸운 것이 아니라 그 부채질이 닿을 수 없는 삶의 방식을 지켜낸 거였다. 자급공동체에 대형마트가 힘을 쓸 수 없고, 자립공동체의 마을에 첨단 교통과 통신이 필요치 않듯 할아 버지 삶은 자본이 넘볼 수도 끼어들어 휘저을 수도 없었던 것이다. 하물며 자본의 방식으로 이루는 그 모든 것들의 생산과 유통, 관계의 방식과 속도라는 것이 힘없는 이웃의 땀과 피를 빼앗아 만드는 거며 인간 아닌 모든 생명의 죽음을 담보로 한다는 것을 모르지 않았으니 그것 앞에서 끝끝내 저항하고자 했던 것이다. 죽이고 빼앗아 잠시잠깐 즐겁고 편안한 자본의 삶의 방식이 아닌, 목숨으로 돌고 돌아 평화가 흐르고 기쁨이 넘치는 자연의 삶의 방식으로.

벌레 한 마리, 풀 한 포기를 내 몸처럼 여긴 할아버지의 맑은 영혼은 그러했기에 자본이라는 욕망의 체제에 맞선 전사의 삶을 살아낸 것이다. 그 욕망의 굴레가 인간의 삶을, 자연을, 그리고 지구 전체를 어떻게 망가뜨리고 있는지 뼈저리게 들여다보고 있었기 때문이다. 빌뱅이언덕 맞은편에 고속도로가 놓이는 것을 보면서, 그 위를 달리는 자동차에 기름 한 바가지 더 채우자고 벌이는 잔혹한 전쟁을 보면서, 그것으로 얻을 수 있는 한 줌 인간의 편리함을 위해 열병에 시달리는 지구를 보면서 그 절박함은 더할 수밖에 없었다. 혹시라도 바깥에 사는 우리가 할아버지 사는 모습을 보며 몸도 아픈데 그리 불편하게 어떻게 사나 걱정했다면 거꾸로 할아버지는 그러한 이들을 안타까이 여길 뿐이었다. 자유와 평화를, 자연의 행복이 주는 풍요로움을 그깟 자본이 주는 욕망에 맞바꾼 채 바동거리는 모습에 "승용차를 버려야 파병을 막을 수 있다"는 당신의 일침이 그렇게 큰 울림을 준 것이나, 골프장 짓는 것을 막겠다고 모인 이들이 몰고 온 자동차들을 보며 이래서야 자연을 지킬 수 있겠느냐고 근본에서 되묻는 물음으로 고개를 들 수 없게 한 힘은 바로 당신 스스로가 그 싸움의 맨 앞에 있었기 때문일 것이다. 평생을 통해 아이들에게 전하고자 한 것도 언제나 그와 다르지 않은 이야기였다. 자연을 닮은 마음을 스미게 했고, 어느 목숨 하나 하찮은 것이 없음을 울려 느끼게 했다. 반바지를 기워 입을 때 해님과 별님, 냇물에 사는 물고기와 들에 핀 꽃들이 기뻐한다는 것을 행복하게 깨닫는 어린 너구리의 이야기는 감히 할아버지가 아니면 아이들에게 들려줄 수 없는 이야기일는지 모른다.

어려서부터 할아버지를 친아버지처럼 따랐던 태찬 아저씨가 하루는 이런 얘기를 했다. 돌아가시고는 그토록 많은 사람들이 제자라고 다녀가는 걸 보면서 잔뜩 주눅이 들었다는 아저씨. 할아버지와 인연이 알려지면서 여러 곳에서 취재와 인터뷰가 들어오자 당황스러워하며, "나는 할 말이 없어요." "우리한테야 그냥 집사님이었죠, 뭐." 하고 말씀을 아끼기만 하더니 그날은 만나자마자 얘기를 꺼냈다. 오늘 교회에 갔다가 설교를 듣는 내내 이 생각 저 생각을 하다가 딱 그 한 구절이 귀에 들어왔거든요. 예수가 맨 처음 설교를 하면서 한 말이라는데, 긍휼히 여기는 자는 복이 있나니 그들이 긍휼히 여김을 당할 것이다, 이 말을 듣고는 딱 권 집사님 생각이 났어요. 집사님이 그렇게 누구든 긍휼한 마음으로 봤으니 지금 돌아가신 뒤 그 많은 사람들이 집사님을 찾아오고 그러잖아요. 집사님은 한 번도 누구를 나쁘다 한 적이 없어요. 좀 못되게 하는 사람이면 못된 대로 안타깝게 여기고, 잘못하는 사람이 있으면 그걸 그렇게 마음 아파했어요. 나도 이 말의 정확한 뜻은 잘 모르겠는데 긍휼이라는 말이 그런 거 아니에요? 지금 세상 사람들이 다들 집사님을 보고 선생님, 선생님 하면서 따르고 슬퍼하면서 안타까워하는 것도 집사님 그 마음이 퍼뜨려져 그런 걸 텐데요…… 그런데 집사님은 당신의 그 긍휼스런 마음이 자기한테 돌아오는 것을 바라는 게 아니라 더 가난하고 아픈 사람들한테로 이어지기를 바랐을 텐데, 허허허……

할아버지가 계시지 않은 조탑 오두막 앞에 앉아 다시 할아버지를 생각한다. 할아버지를 빗댄 수많은 거룩한 말들과 할아버지의 웃음과 눈물, 그리고 할아버지의 분노와 연민…… 할아버지의 생이 결코 행복했다 말할 수는 없겠지만 그렇다고 불행하기만 한 삶을 살았다 생각지는 않는다. 자칫 행복이라는 개념을 어떻게 두는가 하는 것으로 말꼬리나 물게 될지 모르겠지만 할아버지는 우리가 감히 따르기 어려운 것을 지켜냈다. 평생에 걸친 지독한 아픔과 전쟁의 상처, 식구들을 슬프게 잃은 사연만으로도 너무나 고통스러웠다. 하지만 할아버지는 끝끝내 존엄을 지켰다. 그 아픔 속에서도 당신은 스스로 자유로웠고, 세상의 온갖 헛것들이 판을 치는 속에서도 아프고 여린 목숨의 편으로 살았으며, 가난하고 서러운 이들에게 부끄럼 없는 사랑을 할 수 있었다. 완전한 자유가 아니고서는 할 수 없는 일, 존엄을 버리고 다른 것을 취하고서는 가능치 않은 일이었다. 당신에게는 분노와 사랑이 하나였고, 스스로의 존엄을 지키는 일은 곧 세상과 싸우는 일이었다. 누구보다 자유롭기를 원했던 분, 이제 할아버지를 떠올리며 그 말들을 생각한다.

할아버지가 처음 쓰러지고 난 뒤 진정으로 아파하고 걱정하던 이들이 당신 가까이에서 병간하는 것을 허락해달라거나 그 어떤 방식으로라도 불편치 않게 돌보고 싶다는 뜻을 전한 일이 있다. 물론 그전에도 비슷한 얘기만 나오면 얼굴을 찌푸려 고개를 젓곤 하셨지만 한 번이라도 더 말씀을 드려보기는 해야겠다는 마음으로 아주 조심스럽게 꺼낸 말. 이번만큼은 할아버지도 아주 언짢아하지는 않으면서 그래그래, 그 마음은 모르지 않는다며 조용히 타이르듯 말씀하셨으니, 할아버지는 마지막까지 자유스런 마음을 다치고 싶지 않아했다. 그렇게 끝끝내 당신만의 존엄을 지키려 했다. 잘 가요, 할아버지, 안녕.

사람한테는 자유라는 거가 제일로 중요한 거거든. 그건 사람만 그런 게 아니고 짐승이고 뭐고 다 그런 거야. 아무리 누가 나한테 뭘 해준다고 해도 내 자유스러운 마음이 다치면 그것보다 힘든 게 없지. 병원에 가 있으면서도 그리 편하게 해주는 밥 먹고 편히 누워 있다 하지만 그게 다 아무 소용이 없어. 어디 요양원 같은 데라 해도 같고, 누가 와서 뭘 해준다 하는 것도 다 그래. 의사가 옆에 붙어 있다 해도 아무것도 해줄 수 있는 게 없다니까는. 짐승이 아프면 아무도 없는 데로 찾아가 홀로 앓다가 죽는 것도 다 그런 거야. 아플 때만큼은 더 자유롭고 싶으니까. 그럴 때 누가 오면은 더 힘든 거, 그건 나중에 아파보면 알 거야. 아파보질 않은 사람들은 몰라.

『창비어린이』 2007년 가을호

朴起範 ● 동화작가, '글과 그림' 동인, '이라크평화를바라는바끼통' 회원. 『문제아』 『새끼 개』 『어미 개』 들을 냈다.

아지 똥기을 대할 때마다 항상 무언가
진 듯한 아쉬움이 있었습니다.
러 강아지 똥 은 4~5장을 썼던 거인데
특고 교육 현장 보감에 원고지 30장으로 궁정
어 있었습니다. 고민 끝에 갑나무 가랑잎이
장자는 대목과 마지막 장면 수정점을 덜
에니 가장이 되었습니다. 작품은 그런
무리 없이 읽힐 수 있었습니다. 그래서
뜻과는 달리 갑나무 잎사귀는 지워져 버려
입니다.
년에 참흙을 빚어 만든 애니메이션에서
나무 잎을 살려 집어 넣었더니 보는 사
ㅣ 그 대목에서 가장 많이 눈물짓게 했다
말을 들었습니다.
라 읽는 어른 5월초에 이기영 선생님이
강아지 똥) 다시 읽기란 글을 신연기에 놓아
만 빠졌던 감나무 잎을 살리기로 했습니다
게 계우 마음이 놓입니다.

2004년 5월 20일
권 정 생 씀.

권정생 연보

1937년 태어남

권정생은 1937년 8월 18일[1] 일본 토오꾜오(東京) 시부야(渋谷) 하따가야(幡ヶ谷) 혼마찌(本町) 3쪼오메(丁目) 595방(番) 헌옷장수집 뒷방에서 태어났다. 아버지 권유술(權有述)[2]과 어머니 안귀순(安貴順)[3] 사이에서 태어난 5남 2녀[4] 중 여섯째다. 어릴 때는 권경

....

1) 호적에 기록된 생년월일이다.

2) 아버지 권유술의 본적은 '안동군 일직면 광연리 488번지'이며 1891년 2월 10일 출생했다. 1940년 '泰三'(야스미)로 창씨개명했다가 1946년 미군정이 공포한 조선성명복구령에 따라 '有述'로 복구했다.

3) 2002년 전산화된 등본을 보면 어머니 이름이 한글로 '안이순'으로 되어 있다. 그러나 원호적에는 이(李)가 아니라 계(季)로 비교적 선명하게 표기되어 있어 '안이순'은 전산화하는 과정에서 잘못된 것으로 볼 수 있다. 원호적대로라면 '안계순(安季順)'이다. 『창비어린이』 2005년 겨울호에 「권정생이 걸어온 길」을 정리한 심명숙은 "권정생 선생님이 전화로 알려준 대로 어머니 이름 '안귀순(安貴順)'을 기록하였다"고 한다. 권정생의 동생 권정(權靖)에게 확인해보니 "호적이 그럴 리 없다"면서 어머니 이름은 '안귀순(安貴順)'이라고 분명하게 답해주었다. '계'와 '귀' 발음이 비슷하여 당시 호적을 올리는 과정에서 잘못되었을 가능성이 크다. 여기서는 권정생 본인과 동생이 확인해준 이름을 따르기로 한다. 1940년 '順子'(준꼬)로 창씨개명했다가 복구했다. 어머니 출생일은 호적에 1904년 12월 9일로 되어 있으나 권정생은 「오물덩이처럼 딩굴면서」(이철지 엮음 『오물덩어리처럼 딩굴면서』, 종로서적 1986, 214면)에서 어머니가 1964년에 68세 나이로 숨을 거두었다고 했다. 호적과 권정생의 기록에 8년의 차이가 난다.

수로 불렀다.[5)]

1929년에 아버지가 일본으로 건너갔다. 어머니는 7년 뒤인 1936년 가을에 아버지를 찾아가는데, 이때 여권이 여섯 장 필요했으나 넉 장밖에 나오지 않아 어머니는 첫째형과 둘째형을 떼어놓고 갔다.

첫째형(19세)은 친구와 함께 만주로 갔다가 일본으로 가기로 했고, 둘째형(15세)은 할머니 집에 맡겨 두었다가 어머니가 일본에 닿는 대로 아버지를 보내어 데려가기로 했다.

1938년 (1세)

7월 5일 오후 9시 안동군 일직면 조탑동 9번지에서 둘째형 목생이 세상을 떠났다.[6)] 공사장에 나갔다 다이너마이트가 터져서 돌에 치인 것이다.

권정생은 「목생(木生) 형님」(『새 생명』 1978년 3월호)이란 글에서 '얼굴 한 번 보지 못한 형님, 그러나 그 만남이 없으므로 말미암아 더 귀중한 형님을 만나보게 되지도 모른다'며 '목생 형님은 끊을 수 없는 반려자이며 내 사랑하는 소년'이라고 했다.

1942년 (5세)

누나들이 친구들과 머리에 가시관을 쓴 예수님의 십자가 모습을 얘기하는 걸 듣고 처음 예수님을 알게 된다. 이때 환상으로 본 예수님의 십자가 모습은 어린 권정생에게 커다란 충격을 주었다. 핏기 없이 검푸른 얼굴에 붉은 피를 흘리며 공중에 높이 매달린

---

4) 첫째 권일준(權日俊), 둘째 권목생(權睦生, 「목생(木生) 형님」에서 권정생은 '할아버지가 나무처럼 살라고 지어준 이름 때문인지 목생 형님은 유달리 나무를 좋아했다'고 썼다), 셋째 권을생(權乙生), 넷째 권정생(權正生), 다섯째 권정(權靖, 어릴 때 '경복'이라고 불렀다), 큰누나 권귀분(權貴分), 둘째누나 권차분(權且粉, '또분'이라고 불렀다).

5) 안동 조탑동 마을 사람들은 지금도 권정생을 '경수'라고 부르는 사람이 많다. 권정생이 다녔던 일직국민학교 학적부에는 '正生'이란 이름을 두 줄로 지우고 '景守'로 고쳐져 있다. 그리고 이름 바로 옆에 '호적초본대조'라고 써 있다. '경수'란 이름이 호적에 올랐던 기록이 없는 것으로 보아 호적을 보고 고쳤다기보다 경수로 불리니까 우선 학적에 이름을 고쳐놓고 '호적초본대조'를 해보려했던 것이 아닐까 추측된다. '권경수'로 되어 있어 학적 찾기에 어려움이 있었으나 '경수 형님은 분명히 일직국민학교를 다녔고 졸업도 했다' '학교에서도 경수라고 불렀다'는 황태웅(학교 3년 후배이며 권정생과 한 마을에서 자랐다)의 증언에 힘입어 추적한 끝에 학적을 찾았다.

6) 아버지는 1961년 9월 21일에야 둘째아들 목생의 사망신고를 했다.

남자가 무섭기보다 측은하게 여겨졌다. 그리스도를 믿는다는 것이 가장 인간답게 사는 것이라 생각하며 평생 예수님을 믿고 살았다.

1943년 (6세)

거리 청소부였던 아버지는 쓰레기더미에서 헌 책을 가려내어와서 뒤란 구석에 쌓아두었다가 고물 장수에게 팔았다. 이 쓰레기더미 속에서 『이솝이야기』 『그림동화집』, 오스카 와일드(Oscar Wilde)의 『행복한 왕자 The Happy Prince』, 오가와 미메이(小川未明)의 『빨간 양초와 인어(赤い蠟燭と人魚)』, 미야자와 켄지(宮沢賢治)의 『달밤의 전봇대(月夜のでんしんばしら)』같은 그림책이나 동화책을 읽으면서, 혼자 글을 익히고 세상을 배웠다.

저녁때면 5전짜리 동전을 쥐어준 어머니 심부름을 하면서 따뜻한 사람들을 만났다. 극장에 가면 고구마튀김을 수건에다 겹겹이 싸서 품속에 넣어두었다가 영화 중간쯤에 꺼내어 손에 쥐어주던 히데꼬 누나, 아버지는 조선인 어머니는 일본인이었으며 고아원에서 온 노리꼬, 칸또오 대지진(関東大震災)때 부모를 잃고 일본인 집에서 식모살이처럼 얹혀살던 경순 누나 등을 그때 만났다. 『슬픈 나막신』은 그 이야기를 쓴 동화다.

1944년 (7세)

토오꾜오 시부야 혼마찌에서 초등학교에 입학해 8개월을 다녔다. 이 해는 하루도 빠지지 않고 공습이 있었다. 12월, 토오꾜오의 폭격으로 집이 모두 불타 없어졌다. 셋집을 잃어버린 식구들은 뿔뿔이 흩어졌다. 군마껜(群馬県) 쯔마고이(妻恋)라는 시골로 이사했다가 거기에서 해방을 맞는다. 군마껜 우에하라(上原) 소학교에 6개월을 다녔다.

1945년 (8세)

해방을 맞아 후지오까(富岡)로 이사했다. 이때 많은 조선 청년들이 집으로 찾아왔다. 큰형이 노동자들을 대상으로 밥집을 했는데 좌익 사람들이 많이 왔다. 처음에는 그저 심부름이나 하다가 자연스럽게 총련계와 가까워졌다. 조선인연맹에 가입한 두 형은 식구들이 귀국할 때 일본에 남아 다음에 귀국하기로 했으나 끝내 돌아오지 않았다.

1946년 (9세)

만 8년 6개월[7] 동안 어려웠지만 정든 일본 땅을 떠나 3월[8]에 귀국했다.

식구들은 이곳저곳으로 흩어졌다. 형수는 친정으로 가고, 아버지와 작은누나는 안동으로, 권정생과 어머니·큰누나·동생은 청송 외가로 갔다. 청송군 화목면 장터마을에서 1년 반 남짓 살면서 여섯 번 이사를 했다. 청송군 화목국민학교를 5개월 다녔다.

어머니는 약초를 캐서 팔고 여름에는 품을 팔았다. 일이 없는 겨울에는 자루 하나를 메고 동냥을 나갔다. 열흘씩 보름씩 돌아오지 않으면 권정생은 누나와 동생 셋이서 귀리나 호밀 가루로 끓인 죽을 먹으며 기다렸다. 이때 이야기를 쓴 것이 동화 「쌀도둑」이다.

1947년 (10세)

1년 반 동안 떠돌이 생활을 하면서 생활 터전을 찾다가 12월, 뿔뿔이 흩어졌던 식구들이 모였다. 아버지의 고향인 안동 일직에서 소작 농사를 짓게 되었다.

1948년 (11세)

3월 20일, 여덟 살인 동생과 함께 안동 일직국민학교 1학년에 입학했다. 담임은 권정생이 2학년일 때는 3학년으로, 3학년일 때는 5학년으로 월반할 것을 권했지만 어머니가 반대했다. 상급반은 학교를 늦게 파해서 집안일을 못하기 때문이었다.

아버지의 소작 농사만으로는 학교를 다닐 수 없어 어머니가 행상을 나섰다. 권정생은 학교에서 돌아오면 아버지와 동생이 먹을 밥을 짓고 살림을 했다. 어머니는 닷새 만에 돌아오는 장날에 와서 다음날이면 또 나갔다.

1949년 (12세)

어머니는 권정생을 중학교에 보내기 위해 돈을 모았다. 그러면서 앞으로 1년 더 고생하면 될 것 같으니 집안일 때문에 학교에 가지 못해도 그냥 학교에 다니는 걸로 해달라고 선생님께 부탁했다.

---

7) 「유랑걸식 끝에 교회 문간방으로」(『우리들의 하느님』, 녹색평론사 1996)에는 만 8년 6개월, 「열여섯 살의 겨울」(『날자, 깃을 펴지 못한 새들이여』, 사계절 1989)에는 만 8년 7개월로 되어 있다.
8) 「오물덩이처럼 딩굴면서」(『오물덩이처럼 딩굴면서』)에는 3월에, 「열여섯 살의 겨울」(『날자, 깃을 펴지 못한 새들이여』)에는 4월에 귀국했다고 되어 있다.

1950년 (13세)

6·25전쟁이 났다. 어머니가 행상으로 모은 돈(소 세 마리를 살 수 있을 만큼의 돈)은 화폐가치가 백분의 일로 떨어져 염소새끼 한 마리도 살 수 없게 되었다. 전쟁이 나자 식구들은 뿔뿔이 헤어져 생사도 모르게 되었다.

1952년 (15세)

같은 반 동갑내기 양자에게 처음으로 사랑을 느꼈다. 검정 물감을 들인 옥양목 치마 저고리를 단정하게 입고 다니는 소녀였다. 이런 겉모습 때문이 아니라 보이지 않는 그늘이 엿보였기 때문에 양자에게 마음이 끌렸던 권정생은 편지를 썼다가 소문이 나서 아이들의 놀림을 받았다.

겨울에 처음으로 지게를 만들었다. 산에 가서 솔가리를 긁어다 장에 내다 팔아 중학교에 갈 학비를 모았다. 동생에게도 지게를 만들어주어 둘이 같이 두 번을 내다 팔면 암탉 한 마리를 샀다.

1953년 (16세)

3월 23일, 안동 일직국민학교 제30회 졸업식에서 전교 1등으로 졸업했다. 일본과 청송에서 학교를 다니다가 안동에 와 다시 입학하여 다니는 바람에 1953년 3월에야 졸업했다.

나무를 해다 팔아 암탉을 산 권정생은, 중학교는 1년 뒤에 가기로 하고 암탉을 키웠다. 암탉이 다섯 마리가 되고 여름까지 백 마리가 훨씬 넘게 되었지만 중학교는 들어가지 못했다. 전쟁과 함께 닭 전염병이 덮친 것이다. 백 마리가 넘는 크고 작은 닭이 일주일도 못 가서 모조리 죽었다.

키우던 닭이 모두 죽자 여름부터 객지 생활을 했다. 집을 나가 나무장수, 고구마장수, 담배장수, 점원 노릇을 했다. 고구마장수를 할 때 주인이 무게를 속여 팔게 했는데 처음에는 시키는 대로 하지 않다가 결국 양심을 속이게 되었다. 어머니께 고구마 두 관을 팔면서 여느 사람 대하듯이 속일 뻔한 날, 밤을 지새우다시피 울고 집으로 돌아갔다.

아랫마을 예배당에서 하는 야간학교에 나가 영어 알파벳도 배우고 수학도 공부했다. 수업료로 한 달에 한 번씩 나무를 해다 주었다.

겨울, 고학으로 상급학교에 갈 생각에 또다시 집을 떠났다.

1955년 (18세)

여름, 부산에서 재봉기 상회 점원으로 일했다. 자동차 정비소에서 일하던 오기훈과 최명자는 외로운 객지 생활에서 만난 친구였다. 이북 피난민이었던 오기훈과 함께 용돈이 생기면 초량동에 있는 '계몽서적'이란 헌 책방에서 책을 빌려다 보았다. 『젊은 베르테르의 슬픔』, 도스또예프스끼의 『죄와 벌』, 이광수의 『단종애사』, 월간 잡지 『학원』 등을 사서 읽었고, 「굳세어라 금순아」 「슈샤인 보이」를 목이 터져라 부르며 쓸쓸함과 슬픔을 함께 달랬다.

늦은 여름, 오기훈이 자살했다. 권정생은 깊은 슬픔에 빠졌고 월간 잡지 『학원』 1955년 8월호를 끝으로 보지 않았다. 시와 소설을 써보던 것도, 서점을 가는 것도, 노래를 부르는 것도 그만두었다.

충청도가 고향인 최명자는 6·25전쟁 때 부모를 잃고 고아원에서 자랐다. 남의 집 식모살이를 하고 메리야스 보따리 장사를 따라다니던 명자는 늦가을, 서울로 떠나 어느 윤락가에서 웃음을 파는 여자가 되었다.

「갑돌이와 갑순이」는 오기훈과 최명자를 모델로 쓴 동화다. 권정생은 '갑돌이와 갑순이는 절대 유행가 제목에서 따온 것이 아니며 우리네 할머니, 할아버지가 손자들에게 즐겨 붙여주던 겨레의 상징적인 가장 정다운 이름인데 그것을 유행가에서 오용했기 때문에 천하게 되어 버린 것'이라 했다. 그러나 끝내 동화 제목으로 쓰지 못하고 「별똥별」로 발표했다.

1956년 (19세)

결핵을 앓기 시작한다. 아무에게도 아프다는 눈치를 보이지 않으며 1년을 버티다 끝내 견디지 못하고 자리에 누웠다. 늑막염에 폐결핵이 겹쳤다.

1957년 (20세)

2월, 집 떠난 지 5년 만에 어머니에게 끌려 집으로 돌아왔다. 소변 보는 횟수가 잦아지고 통증이 뒤따라 밤에 잠을 제대로 자지 못했다.

열일곱 살이던 동생이 초등학교를 졸업한 뒤 집에서 농사일을 거들며 힘겨운 노동을 했다. 권정생은 동생이, 한창 공부하고 배움길에서 자라야 할 나이에 평생 노동으로 시달려온 부모처럼 고생할 것을 생각하며 가슴 아파했다.

1958년 (21세)

동생이 집을 나갔다. 동생은 돈을 벌기 위해서 강원도로 서울로 다니며 일자리를 찾아 헤맸다.

늑막염과 폐결핵에서 신장결핵 방광결핵으로 온몸이 망가져갔다. 어머니는 약초를 캐고 메뚜기, 뱀, 개구리를 잡는 등 권정생의 병세 호전을 위해 애썼다. 동생이 집을 나가고 어머니는 병 치다꺼리에 여념이 없자, 농사는 아버지 혼자 지었다.

권정생은 집나간 동생과 부모에게 도저히 그 이상 고생을 시킬 수는 없다는 생각에 차라리 죽기를 바라며 기도했다. 밤마다 교회당에 가서 밤을 지새우며 하느님에게 고통을 눈물로 부르짖었다.

1963년 (26세)

병세가 차츰 호전되었다. 건강을 완전히 되찾은 것은 아니었지만 그때부터 죽지 않는다는 신념을 갖게 되고 얼마동안 행복을 느꼈다. 신문도, 라디오도, 책 한 권 빌려 볼 수 없는 산골에서 성경은 권정생의 마음을 무한히 넓고 깊게 가르치고 일깨워 주었다.

고향집에 돌아온 지 6년 만에 교회학교 교사로 정식 임명되었다.

1964년 (27세)

자리에 눕기 전날까지도 고개 너머 저수지 공사에 일을 갔던 어머니가 누운 지 6개월 만에 세상을 떠났다.[9]

1965년 (28세)

큰형과 셋째형은 일본에 있고, 둘째형 목생은 죽었고, 넷째인 권정생은 10여 년째 병을 앓고 있는 상황에서, 아버지는 막내아들에게나마 가계를 잇게 해야 한다고 생각해 권정생에게 어디 좀 갔다 오라고 권유했다.

....

9) 권정생은 1966년 9월 15일에 아버지가 '1966년 9월 11일 오후 6시 안동군 일직면 조탑동 59번지에서 사망'한 것으로 신고했다. 어머니는 아버지보다 먼저 돌아가셨지만 호적에는 '1967년 2월 11일 오후 2시 안동군 일직면 조탑동 59번지에서 사망'한 것으로 1967년 2월 27일에 동생이 신고했다. 어머니가 돌아가시자마자 권정생은 집을 나갔고 동생도 미처 어머니 사망신고를 못했던 것 같다. 아버지가 돌아가신 다음 권정생이 아버지 사망신고를 하자 뒤늦게 동생이 어머니 사망신고를 하고 결혼하여 분가를 했을 것으로 생각된다.

4월 중순, 동생에게 쪽지 한 장을 남기고 집을 나와 S기도원으로 갔다. 간 지 열흘 만에 기도원을 나와 그날 밤부터 권정생은 철저한 거지가 되기로 결심한다. 3개월 남짓하게 거지 생활을 했다. 대구, 김천, 상주, 점촌, 문경을 떠돌았다.

8월 초순, 권정생이 자신도 모르게 고향에 가까운 예천 지방으로 갔을 때 갑자기 온몸에 열이 오르고 걸음을 옮겨놓기 힘들 만큼 아랫배의 국부가 아팠다. 이튿날 한밤중에 몸도 못 가누고 쓰러지며 집으로 갔다. 이때부터 부고환결핵을 앓게 되었다. 방에 불을 환하게 밝혀두고 병석에 누워 있던 아버지가 벽 쪽으로 고개를 돌리고 소리 없이 울었다.

아버지는 찬바람이 불기 시작한 가을에 이따금 나들이를 하는 듯하더니 다시 자리에 누운 뒤 결국 12월에 세상을 떠났다.

1966년 (29세)

5월에 콩팥을 들어내는 수술을 했다. 12월에는 방광을 들어내는 수술을 했다. 하나 남은 콩팥도 병이 들었지만 다 들어내면 안 돼서 바깥으로 소변 주머니를 다는 수술을 했다. 퇴원할 때 의사는 2년을 살 테니까 2년만 견디라고 했고 간호원은 6개월도 못 살 것이라고 했다.

1967년 (30세)

동생이 결혼을 해서 따로 나가 살았다.[10] 권정생은 동생의 결혼을 참으로 감사해하며 자신이 자유로운 몸이 된 것을 하느님이 베풀어준 최대의 은혜라 생각했다.

1968년 (31세)

2월에 일직교회 문간방에 들어가 살게 되었다.[11] 서향으로 지어진 예배당 부속 건물의 흙담집은 겨울엔 춥고 여름엔 더웠다. 외풍이 심해 겨울엔 귀에 동상이 걸렸다가 봄이 되면 나았다. 그 조그만 방에서 권정생은 글을 쓰고 아이들을 만났다.

....

10) 「나의 동화 이야기」(『오물덩이처럼 딩굴면서』, 154면)에는 1966년에, 「오물덩이처럼 딩굴면서」(『오물덩이처럼 딩굴면서』, 222면)에는 1967년에 동생이 결혼을 했다고 되어 있다.
11) 「유랑걸식 끝에 교회 문간방으로」(『우리들의 하느님』, 12면)에는 1967년, 「나의 동화이야기」(『오물덩이처럼 딩굴면서』, 154면)에는 1968년 2월로 되어 있다.

「깜둥바가지 아줌마」를 대구 매일신문 신춘문예에 보냈는데 예심에 올라갔다 떨어졌다. 「깜둥바가지 아줌마」는 『새벗』 8월호에 실린다.

세상에 태어났다가 그냥 죽는 게 억울해서 글을 쓴 권정생은 「강아지똥」을 동시로 썼는데 만족스럽지 못했다.

1969년 (32세)

월간 『기독교교육』의 제1회 기독교아동문학상 현상 모집에 「강아지똥」을 동화로 고쳐 써서 보냈다. 권정생은 마감 50여 일 동안 원고지의 앞면 뒷면을 메워가면서 열에 들뜬 몸으로 동화를 썼다. 50일간의 고통 끝에 「강아지똥」은 완성되었다.

「강아지똥」 응모 당시 원고 매수 때문에 덜어냈던 감나무 가랑잎 장면은 2003년 애니메이션으로 상영되고 2004년 『동화읽는어른』 7월호에 동화가 실리면서 살아났다. 시한부 인생과 자신의 죽음을 생각하면서 쓴 감나무 가랑잎 장면이 더욱 절실했던 권정생은 『동화읽는어른』에 원고를 보내면서 '이제 겨우 마음이 놓'인다고 했다.

5월 12일쯤 당선 통지가 배달되었고 상금 1만원을 받았다. 그 상금에서 5천원을 떼어 새끼 염소 한 쌍을 사고, 나머지 5천원으로는 쌀 한 말을 사며 조금씩조금씩 썼다.

1970년 (33세)

『기독교교육』 6월호에 동화 「눈이 내리는 여름」을 발표했다.

『성탄에 들려줄 동화집』(대한기독교교육협회)에 동화 「눈꽃송이」를 발표했다.

1971년 (34세)

대구 매일신문 신춘문예에 「아기양의 그림자 딸랑이」가 가작으로 입선되었다. 상금은 2만원이었다.

한국문인협회 안동지부(약칭, 안동문협)가 9월 16일 창립되었다. 안동문협은 1969년에 출발한 '글밭동인회'를 모체로 설립된 기구다. 이 무렵 글밭동인회 활동을 하던 권정생, 이오덕은 아동문학부문 창립회원이 되었다. 권정생은 회비를 내고 월례회 모임에는 가끔 나갔다.

『기독교교육』 7·8월호에 동화 「떠내려간 흙먼지 아기들」을 발표했다.

1972년 (35세)

12월 28일, 감기가 들어 누워 있던 권정생에게 집배원이 와서 「무명저고리와 엄마」 신춘문예 당선 쪽지를 주었다. 결핵환자에게는 어떤 것이든 흥분은 금물인데 감정을 억제하지 못하고 흥분했다. 그날 밤 심한 각혈을 했다.

1973년 (36세)

동화 「무명저고리와 엄마」가 조선일보 신춘문예에 당선되었다. 조선일보 1월 7일자에 실린 당선 소감에서 권정생은 "산골 마을, 음산하고 추운 나의 오막살이 방 안에도 오늘은 때 아닌 봄빛이 활짝 퍼진 것만 같습니다. 병고에 시달려온 나는 어느 때부터인지, 밝은 낮보다 어두운 밤하늘이 더 좋았습니다. 초롱초롱 빛나는 고운 별빛을 벗하며, 길고긴 병상 생활에서 그 누군가를 한없이 기다렸습니다. 나의 어머니이자, 5천만 우리 민족의 슬픈 어머니의 이야기를 꼭 적어보고 싶었습니다. 그러나 동화로 엮어나가기란 어려웠습니다. 50장의 원고를 3년 만에 탈고했습니다. 저승에 계신 어머니께서도 함께 기뻐해주세요"라고 했다. 상금은 8만원이었다.

이오덕이 「무명저고리와 엄마」를 읽고 권정생을 찾아가서 처음 만났다. 이오덕은 권정생을 세상에 알리기 위해 백방으로 뛰어다녔고, 권정생은 글을 쓰는 대로 이오덕에게 보냈다. 권정생의 주옥같은 작품은 이오덕을 만나 세상에 나왔고 평생 이들은 편지를 주고받으며 왕래했다.

이오덕이 이현주에게 "일 년에 총수입이 이천칠백 원이라 합디다" 하며 권정생을 소개했다. 이현주는 권정생에게 엽서를 보냈다. 이때부터 권정생과 이현주는 편지를 주고받으며 깊은 친분을 갖는다. 이현주는 권정생 동화를 잡지에 발표하도록 해주었고, 권정생은 이현주 동화집 『알 게 뭐야』를 읽고 교회 중등부 어린이들에게 얘기해주었다. 아이들이 무척 흥미를 가졌다.

이오덕의 권유로 한국아동문학가협회에 가입했다. 협회에서 회비 천오백 원과 기타 책값을 요구하자 이오덕은 권정생처럼 병들고 가난한 회원에게 회비를 받는다면 회를 탈퇴하라고 한다. 이름만 올려놓고 회비만 걷는 단체가 아니라 이념이 같은 사람끼리 모이는 단체를 만들고 싶어했던 이오덕은 권정생을 한국아동문학가협회에 가입하도록 한 것을 후회했다.

이오덕이 원고지 60장짜리 동화 「토끼나라」를 소년조선, 소년한국, 대구 매일신문

등에 실으려고 섭외를 했지만 원고지 매수 때문에 거절당했다. 권정생은 매수 때문이 아니라 이때 써놓았던 작품 「어느 주검들이 한 이야기」 「똘배가 보고 온 달나라」 「오누이 지렁이」 「장대 끝에서 웃는 아이」 「금복이네 자두나무」 「보리방아」 「코스모스와 사마귀」 「슬픈 여름밤」 들 모두 당시 동화계에서 환영받지 못할 거라 생각했다.

『여름성경학교 교본』(대한기독교교육협의회)에 동화 「선물」을 발표했다.

『기독교교육』 6월호에 동시 「매미」를 발표했다.

1974년 (37세)

이틀 열심히 글을 쓰면 사흘째는 열에 시달리며 앓으면서도 글쓰기와 책읽기를 게을리 하지 않았다. 밥벌이를 하려고 안동 시내에 있는 성경고등학교에 가서 기독교교육, 동화교육을 몇 시간 맡아 하기도 했다. 학교에서는 전임으로 수고해달라고 했으나 대답하지 못했다. 죽을 지경으로 몸이 아팠기 때문이다.

8월에 첫 단편동화집 『강아지똥』(세종출판사)을 펴냈다. 출판사 사정이 좋지 않아 원고료는 원고지 한 장에 백 원을 받았고 판권은 출판사로 넘어갔다. 원고료가 적은 대신 책을 50권 받았다. 받은 책은 선물을 하거나 팔아서 생활비로 썼다. 이오덕은 책 출판뿐만 아니라 권정생 작품을 신문이나 잡지에 싣는 데 앞장섰고 원고료 받는 것도 꼼꼼히 챙겨주었다.

안동문협에서 『강아지똥』 출판기념회를 하겠다고 해서 권정생은 지부장에게 기념회를 취소해달라는 편지를 보냈으나 기어코 했다.

『신앙계』 3월호에 동화 「버들강아지야 어서 피어라」를 발표했다.

『기독교교육』 4월호에 「교사의 노래」 노랫말을 발표했다. 「애독자 여러분께──좋은 곡을 붙여 보내주십시오」라는 글이 함께 실렸다. 5월호에는 「우리 집」이란 노래의 작사를 했다. 작곡은 오소운이 했다.

『풀과 별』 8월호에 안동지역 문단과 문인들의 활동을 정리한 글 「안동의 시단기상도(詩壇氣象圖)──외로우나 보람 찾으며」를 발표했다.

1975년 (38세)

「금복이네 자두나무」로 한국아동문학가협회에서 제정한 제1회 한국아동문학상을 받았다. 이오덕은 상금에 세금이 나오면 내지 말라면서, 병들고 가난하게 겨우 목숨 이어가는 작가에게 국가가 밥 한 그릇 먹여주지 않으면서 걷는 세금은 거부할 수도 있다고 했다. 상금은 10만원이었다.

박경종이 시상식 때 입으라고 양복을 보냈지만 검정 골덴 바지에 검은 고무신을 신고 갔다. 수상소감으로 교회의 가난뱅이 아이들 얘기를 하며 울었다. 이현주가 며칠 묵으며 서울구경을 하고 가라니까 열다섯 살 정신박약아인 칠복이에게 일에서 십까지 가르치고 이름쓰기를 가르치고 있는데 그 아이가 기다린다며 바로 돌아갔다.

시상식이 끝나고 돌아오는 길에 영주에서 만난 거지를 생각하며 더 이상 동화를 쓰지 않고 소설을 쓰기로 마음먹는다.

일본에 사는 형에게 『강아지똥』을 보냈다. 형은 쇼오가꾸깐(小學館)에서 간행된 55권 세계명작 가운데 여섯 권과 코오단샤(講談社)에서 나온 장편소년소설 『천사가 천지에 가득하다(天使で天地はいっぱいだ)』를 보냈다. 그 후에도 형과 조카는 미야자와 켄지 전집 등의 책을 보내주었고 돈을 보내주기도 했다.

형은 30년 만에 조총련 고국방문을 하고 싶어했지만 끝내 오지 않았다. 원하면 형이 초청하여 일본으로 이주할 수 있었지만 권정생은 안동 일직에 사는 정든 아이들과 사람들 때문에 가지 않았다.

『소년』 5월호에 동화 「보리방아」를 발표했다.

『새가정』 6월호에 동화 「보리이삭 팰 때」를 발표했다.

『기독교교육』 7·8월호에 동화 「여름 그림책」을, 9월호에 동화 「멍쇠네 부엌솥」을, 10월호에 동화 「고추짱아」 「두꺼비」 「소낙비」를 발표했다.

『새가정』 11월호에 산문 「그해 가을」을 발표했다.

장편동화집 『꽃님과 아기양들』(새벗문고)을 펴냈다. 「겨울 망아지들」이란 제목으로 손보고 다듬었던 동화인데 등장인물의 일본이름은 모두 한국이름으로 고쳐 출판했다.

1976년 (39세)

『새가정』에 2월호부터 6월호까지 5회 동안 「오물덩이처럼 딩굴면서」를 연재했다.

『창작과비평』 여름호에 서평 「두 권의 동화집——이원수 동화소설집 『호수 속의 오두막집』, 조대현 창작동화집 『범바위골의 매』」를 발표했다.

『아동문학평론』 여름호(창간호)에 산문 「나의 작품세계——위선에서 진실을 일깨워주는 일」을 발표했다.

『소년』 10월호에 동화 「달개미꽃들이 읽은 편지」를 발표했다.

『아동문예』 11월호 '특집 아동문학시대를 위한 광장'란에 아동문학가 임신행은 「만남이라는 것—권정생씨에게」를, 권정생은 「하늘에 부끄럽지 않는—임신행씨께」란 편지글을 썼다.

1977년 (40세)

1월 25일 교회문간방에서 이사했다. 조용히 글을 쓰고 싶어 부모와 함께 살던 농막 집 앞에 있는 조그만 집을 샀다.[12]

『창작과비평』 1976년 여름호에 쓴 서평 「두 권의 동화집」에서 『범바위골의 매』에 대해 쓴 서평에 대해 김상남이 『아동문예』 1977년 1월호에 「아동문학계에 휴업계를 내며」란 글을 썼다. 이에 권정생은 『아동문예』 2월호에 「김상남 씨의 글을 읽고—더 넓은 안목을」을 발표했다. 이 글에서 권정생은 "하찮은 서평 몇 줄에 그토록 이성을 잃게 되다니" "송구스럽기 그지없다"면서 동심부재와 인간부재에 대하여 논평하고, "까닭 없이 시비조로 나오는 아동문인과 아동문단을 생각하면 가슴을 치고 싶다"고 했다. 조대현의 『범바위골의 매』는 권정생에 이어 제2회 한국아동문학상을 받은 작품이다.

『기독교교육』 3월호에 동화 「굴뚝새」 「부엉이」 「아기 산토끼」를 발표했다.

『소년』 7월호에 소년소설 「아버지」를 발표했다.

『소년』 10월호에 동시 「달님」을 발표했다.

권정생, 손춘익, 이영호, 이현주, 정휘창 등이 5인 동화집 『똘배가 보고 온 달나라』(창비)를 펴냈다. 권정생 작품은 「무명저고리와 엄마」 「강아지똥」 「똘배가 보고 온 달나라」 「금복이네 자두나무」 등 네 편이 실렸다.

1978년 (41세)

『소년』 1월호에 소년소설 「초가삼간 우리 집」 연재를 시작했다. 연재는 1980년 7월까지 했다. 연재할 당시 제목은 '초가삼간 우리 집'이었던 것을 1985년 단행본으로 펴

---

12) 1977년 1월 31일 이현주에게 보낸 편지(『오물덩이처럼 딩굴면서』, 234면)에 "약 20년 전에 어머니, 아버지, 동생과 함께 살던 그 집 바로 앞집"이라며 "일직교회도 조용한 곳이지만" "터놓고 말할 수 없는 장소"여서 "생각을 정리하고" "솔직한 글을 쓰고" "좀 조용하고 싶어서" 이사를 했다고 쓴다.

내면서 『초가집이 있던 마을』(분도출판사)로 바꾸었다.

『새생명』 3월호에 산문 「목생 형님」을 발표했다.

『기독교교육』 6월호에 동화 「어느 종치기 아저씨가 울리는 새벽 종소리」를 발표했다. 동화집 『벙어리 동찬이』(웅진출판 1985)에는 「새벽 종소리」로 실린다.

『아동문예』 7월호에 소년소설 「순자 이야기」를 발표했다.

『창작과비평』 여름호에 동화 「똬리골댁 할머니」 「들국화 고갯길」 「해룡이」를 발표했다.

12월에 단편동화집 『사과나무밭 달님』(창비)을 펴냈다.

1979년 (42세)

1월에 정호경 신부에게 끌려 칠곡군 지천면 연화요양원에 입원한다. 이 요양원은 독일인 신부가 창설한 것으로 독일인들의 후원으로 운영되며 의사도 수녀도 모두 독일인이다. 약이며 먹을거리며 모든 것이 외국산이고 그즈음 재정권 다툼으로 경영 질서가 엉망이었다.

가난하고 병들었어도 따뜻한 피가 통하는 우리 것을 그리워한 권정생은, 정신적 고통이 얼마나 심했는지 종합검진을 받은 결과 입원 1개월 반 만에 병이 악화되었다. 요양원에서 죄 없는 사람들이 기약 없는 고통 속에서 살아가고 있는 것을 직접 보고 듣고 괴로워하면서 거의 반년 동안 요양원 생활을 했다.

『기독교교육』 2월호에 동화 「아기 새앙쥐와 황소 아저씨」를 발표했다. 동화집 『벙어리 동찬이』(1985)에는 「황소 아저씨」로 실린다.

『안동문학』 제4집(3. 1)에 동화 「달맞이산 너머로 날아간 고등어」를 발표했다.

『기독교교육』 12월호에는 「즐거운 겨울학교」란 노래의 작사를 했다. 작곡은 정인호가 했다.

단편동화집 『까치 울던 날』(제오문화사)을 펴냈다.

1980년 (43세)

12월 1일 이오덕에게 보낸 편지에서 "아동문학가협회 월보는 부끄러운 휴지조각"이라며 소극적이고 무사안일하며 비겁한 문인들의 태도에 분노한다. '어두운 시대에 비굴한 글쟁이이기보다 차라리 침묵하고 있는 쪽이 당당할지 모르겠다'고 했다. 고리끼

(M. Gor'kii)의 『어머니 Mat'』를 아이들에게 조심조심 얘기해주면서 "어린이들이 가장 먼저 진리를 깨닫는다"고 한 예수님의 말을 믿었다.

『교사의 벗』 2월호에 동화 「외딴집 감나무 작은 잎사귀」를 발표했다.

『안동문학』 제5집(4. 10)에 시 「소 1」 「소 2」 「소 3」을 발표했다.

『기독교교육』 4월호에 동화 「새끼 까치와 진달래꽃」을 발표했다. 이 동화는 1979년 요양원에서 지낼 때, 함께 요양 생활을 하던 환자에게 들은 이야기를 별로 꾸미지 않고 그대로 쓴 것이다.

『샘터』 12월호에 산문 「새벽종을 치면서」를 발표했다.

1981년 (44세)

『기독교교육』 3월호에 동화 「두민이와 문방구점 아저씨」를 발표했다.

『교사의 벗』 4월호에 동화 「눈 덮인 고갯길」을 발표했다.

『소년』 6월호에 미야자와 켄지의 동화를 번역한 「옷페루와 코끼리」를 발표했다.

『기독교교육』 12월호에 연작동화 「사랑이 꽃피는 언덕(2)——뚱순이의 편지」를 발표했다. [13]

울진에 있는 조그만 시골교회 청년회지에 소년소설 「몽실 언니」 연재를 시작했다.

1982년 (45세)

「몽실 언니」 연재를 『새가정』으로 옮겨 1월호부터 시작하여 1984년 3월에 끝냈다. 인민군이 나오는 이야기가 문제가 되어 1982년 12월과 1983년 2월에는 연재가 중단되었다. 문제가 된 부분은 삭제하기로 하고 연재는 재개되었다.

『교사의 벗』 1월호에 동화 「어느 섣달 그믐날」을 발표했다.

『월간목회』 8월호에 「다시 김 목사님께(상)」을, 9월호에 「다시 김 목사님께(하)」를 발표했다. 1986년에 펴낸 『오물덩이처럼 딩굴면서』에 실린 「다시, 김 목사님께」와 다른 글이다. [14]

---

13) 이 연작동화의 1편 「나의 첫 기도」는 송재찬이 썼고 2편은 권정생이 썼다. 연작 마지막 편은 1982년 7·8월호에 송재찬이 썼다. 중간에 자료를 확인할 수 없어 송재찬, 권정생이 계속 번갈아 썼는지 권정생이 2편만 쓴 건지 알 수 없다.

14) 민주화운동사업회 자료실에 인천도시산업선교회가 제공한 「새로 안수받으신 김 목사님께」란

『기독교교육』 11월호에 동화 「어느 추수 감사절에 있었던 일」을 발표했다.

『경향잡지』 12월호에 단막 무언극 「묶여 있는 하느님」을 발표했다.

『길을 밝히는 사람들』(김봉균 엮음, 한샘)에 산문 「순정이, 영아와 깨끼산 앵두꽃과」를 발표했다. 이 글은 『죽을 먹어도』(아리랑나라 2005)에 재수록되었다.

1983년 (46세)

빌배산 아래 빌뱅이 언덕에 동네 청년들이 지어준 여덟 평짜리 작은 흙집으로 이사했다. 11월 4일 이오덕에게 "따뜻하고, 조용하고, 그리고 마음대로 외로울 수 있고, 아플 수 있고, 생각에 젖을 수 있어" 이사 간 집이 참 좋다고 편지를 썼다.

『기독교교육』 7·8월호에 동화 「밀짚 잠자리」, 12월호에 동화 「빌매산[15]에 눈이 내리던 날」을 발표했다.

『교사의 벗』 10월호에는 동화 「승규와 만규 형제」를 발표했다.

『살아있는 아동문학』 제1권 12월호에 동시 「민들레 이야기」 「외딴집 대추나무」 「토끼 1」 「토끼 2」 「토끼 3」 「토끼 4」 「하루살이」 「엉머구리」와, 평론 「오늘의 농촌을 우리 문학은 어떻게 수용할 것인가」를 발표했다.

1984년 (47세)

『기독교교육』 1월호에 교사칼럼 「어린이를 하나님의 품에 안기자」를 발표했다.

『새가정』 7·8월호에 동화 「종지기 아저씨—높은 보좌위의 하느님」을 발표했다.

단편동화집 『하느님의 눈물』(인간사)을 펴냈다.

장편소년소설 『몽실 언니』(창비)를 펴냈다.

글이 있는데 권정생이 1981년 4월 17일에 쓴 글이다. 이 글은 『오물덩이처럼 딩굴면서』에 실린 「김 목사님께」와 같은 글이다. 이 자료실에는 『월간목회』에 발표한 「다시 김 목사님께」와 『민들레교회이야기』에 발표한 「종지기아저씨—지옥을 보고 와서」 「종지기아저씨—소쩍새 우는 밤」도 보관되어 있다.

15) '빌매산'은 '빌배산'의 오식이 아닐까 싶다. 빌배산 아래 빌뱅이 언덕으로 이사 간 집에서 쓴 동화일 것으로 짐작된다.

1985년 (48세)

'어린이를지키는문학인모임'에서 펴낸 『지붕 없는 가게—이 땅의 어린이문학 1』 (지식산업사)에 동극 「팥죽할머니」를 발표했다. 「팥죽할머니」는 청송 화목마을 장터에서 동네머슴으로 일하던 외숙부에게 열 살 때 들은 이야기를 쓴 것이다.

『신앙세계』 6월호에 꽁뜨 「회개」를 발표했다.

단편동화집 『달맞이산 너머로 날아간 고등어』(햇빛출판사)를 펴냈다.

단편동화집 『벙어리 동찬이』(웅진출판)를 펴냈다.

연작동화집 『도토리 예배당 종지기 아저씨』(분도출판사)를 펴냈다.

장편소년소설 『초가집이 있던 마을』(분도출판사)을 펴냈다. 1980년 7월 연재가 끝나고 바로 출간하려 했으나 뒤늦게 나왔다.

1986년 (49세)

빌뱅이 언덕집에 전기가 들어왔다. 1983년에 이사해서 3년 동안 전기 없이 유리병에 심지를 꽂아서 만든 석유호롱불을 켜고 살았는데 안동문협 최유근의 도움으로 전기가 들어왔다. 권정생은 3월 29일 보낸 답례 편지에서 "아직도 고무신과 호롱불이 생리적으로 제겐 어울린다는 진부한 생각을 합니다. 전기불빛 아래에서 과연 동화가 씌어질 수 있을지 무거운 숙제가 되었습니다"[16]라고 썼다.

『교사의 벗』 5월호에 동화 「늦가을 소나무와 굴뚝새」를 발표했다.

『샘이 깊은 물』 5월호에 산문 「올봄의 농촌 통신」을 발표했다.

『안동문학』 제9집(9. 25)에 시 「빌뱅이 언덕」 「민들레꽃」 「느티나무 안집 강아지들」을 발표했다.

『생활성서』 11월호에 산문 「꾸밈없이 산 예수의 말」을 발표했다.

『고신』 11월호에 「30억의 잔치—빌뱅이 이야기」를 발표했다.

11월에 『오물덩이처럼 딩굴면서』(종로서적)를 펴냈다. 동화, 동시, 소설, 동극, 수상, 수기, 편지 들과 권정생의 문학과 삶, 독자편지들을 모아 엮었다. 5월에 발표한 「올봄의 농촌 통신」도 함께 수록되었다.

---

16) http://blog.daum.net/uareroot/446315 참조.

1987년 (50세)

11월 14일 이오덕 등과 함께 대구경북민족문학회 창립 고문이 되었다. 이 단체는 1999년 민족문학작가회의 대구지회로 이름이 바뀐다.

불교잡지 『해인』에 1987년 3월호부터 1989년 1월호까지 소년소설 「점득이네」를 연재했다. 『공존』이라는 팸플릿에 몇 번 연재하다가 『해인』으로 옮긴 것이다.

『우리 모두 손잡고 — 이 땅의 어린이문학 2』(지식산업사)에 시 「달팽이 1」 「달팽이 2」 「달팽이 3」 「고무신 1」 「고무신 2」 「고무신 3 — 재운이네 동무들에게」 「진달래꽃 꺾어 들고」 「우리 동무들」을 발표했다. 이 책에는 권정생이 1985년 5월 22일에 『지붕 없는 가게』를 읽고 이오덕에게 쓴 편지도 함께 실렸다.

『경향잡지』 1월호에 산문 「평화란 고루고루 사는 세상」을 발표했다.

『새가정』 5월호에 동화 「연이의 5월」을 발표했다.

김용락 시집 『푸른별』(창작사)에 발문을 썼다.

1988년 (51세)

『빛』 4월호에 산문 「그릇되게 가르치는 학부모들」을 발표했다.

『교사의 벗』 11월호에 동화 「오두막 할머니」를 발표했다. 이 동화는 산문집 『우리들의 하느님』(1996)과 동화집 『또야 너구리가 기운 바지를 입었어요』(2000)에 실렸다.

시집 『어머니 사시는 그 나라에는』(지식산업사)을 펴냈다.

단편동화집 『바닷가 아이들』(창비)을 펴냈다.

1989년 (52세)

1월 25일 안동 가톨릭농민회관에서 이오덕, 권오삼, 전우익, 이현주 등이 참석한 가운데 『어머니 사시는 그 나라에는』의 출판기념회를 했다.

『새가정』 7·8월호에 동화 「수박밭에 떨어지신 하나님」을 발표했다. 1991년 12월까지 2년 반 동안 27회를 연재한 이 동화는 1994년에 장편동화 『하느님이 우리 옆집에 살고 있네요』(산하)로 출판된다. 연재 당시에는 '하느님이 우리 옆집에 살고 있네요'라는 제목을 쓰지 않았고, 장편의 소제목이 그달의 동화제목이 되었다. 첫 장 「하느님이 세상으로 내려오다」는 연재되지 않았고 2장부터 연재되었다.

『종로서적』 3월호에 「우리 아이들은 어떤 책을 읽을까」를 발표했다.

『(향토문화의사랑방) 안동』(이하 『안동』) 가을호에 머리글 「안동 톳제비」를 썼다.

6월부터 민들레교회 주보 『민들레교회이야기』에 '권정생의 구전동요'를 연재했다. 1990년 10월 7일까지 총29회 연재되었다.(별첨 목록 참조 바람)

『날자, 깃을 펴지 못한 새들이여』(김정한 외, 사계절)에 「열여섯 살의 겨울」을 발표했다.

『감자씨와 볍씨의 통일 이야기』(교육출판기획실 엮음, 푸른나무)에 「서로가 쉽게 만나면 그게 통일이지」를 발표했다.

1990년 (53세)

장편소년소설 『몽실 언니』를 MBC에서 36부작 드라마로 만들었다. 1990년 9월 1일부터 1991년 1월 5일까지 방영되었다.

『밀알』 3월호에 산문 「고아소녀 명자의 10시간」을 발표했다. 이 글은 『죽을 먹어도』에 재수록되었다.

『종로서적』 3월호에 소년소설 「돌다리」를 발표했다. 이 작품은 한국어린이문학협의회에서 8월에 펴낸 『한국의 동화문학』(친구)에도 실렸다.

『교회와 세계』 7월호에 칼럼 「흑인 노예선과 하나님」, 9월호에 골프장 건설을 반대하는 권두칼럼 「옥이의 편지」, 12월호에 권두언 「내가 나 되기 위하여」를 썼다.

장편소년소설 『점득이네』(창비)를 펴냈다.

단편동화집 『할매하고 손잡고』(올바름)를 펴냈다. 첫 동화집 『강아지똥』에 실린 동화 11편에 새로운 동화 7편을 더해서 낸 것이다.

1991년 (54세)

『생활성서』 1월호에 산문 「평화를 만드는 사람들」을 발표했다.

『어머니』 5·6월호에 특별기고 「강물을 지키는 어머니」를 썼다.

『우리교육』 8월호에 산문 「팥빙수 한 그릇과 쌀 한 되」를 발표했다.

『문학』 11월호에 동화 「우리들의 고향」을 발표했다.

『생활성서』 11월호에 산문 「침묵하는 하느님 앞에서」를 발표했다.

『나의 길 나의 삶』(동아일보사출판부 엮음, 동아일보사)에 「유랑걸식 끝에 교회문간방 정착」을 발표했다. 『우리들의 하느님』(녹색평론사 1996)에는 「유랑걸식 끝에 교회문간방으로」로 실린다.

단편동화집 『짱구네 고추밭 소동』(웅진출판)을 펴냈다. 『벙어리 동찬이』(1985)에서 동화 7편을 빼고 다시 펴낸 것이다.

장편동화집 『팔푼돌이네 삼형제』(현암사)를 펴냈다.

'남북 어린이가 함께 읽는 전래동화' 씨리즈(사계절) 6~10권을 이현주와 함께 엮었다.

인간사에서 펴냈던 단편동화집 『하느님의 눈물』을 산하에서 다시 펴냈다.

1992년 (55세)

『우리교육』 1월호에 산문 「남북의 아이들아, 밤새 잘 잤니?」를 발표했다.

『한국논단』 6월호에 「구릿빛 총탄이 날아오던 날」을 발표했다.

『녹색평론』 3·4월호에 산문 「제 오줌이 대중합니다」를 발표했다.

『복음과 상황』 9월호에 「우리들의 하나님」을, 『녹색평론』 11·12월호에 산문 「우리들의 하느님」을 발표했다. 제목은 달라도 같은 글이다.

『똘배가 보고 온 달나라』 『사과나무밭 달님』 『바닷가 아이들』에서 가려 뽑아 권정생 선집 『무명저고리와 엄마(木綿のチョゴリとオンマ)』를 일본 소진샤(素人社)에서 펴냈다.

1993년 (56세)

『새가정』 2월호에 「버려지고 있는 작은 것들」이란 글을 발표했다.

『계몽문화』 5·6월호에 산문 「쓰레기를 만드는 사람들」을 발표했다.

『해인』 7월호에 산문 「아름다운 우리 당산나무」를 발표했다.

『녹색평론』 7·8월호에 산문 「녹색을 찾는 길」을 발표했다.

『시와 사회』 9월호에 산문 「시를 잃어버린 아이들」을 발표했다.

『새가정』 9월호에 산문 「가난한 예수처럼 사는 길」을 발표했다.

『우리 어린이문학』에 평론 「아동문학이 외면했던 고난 속의 동심」을 발표했다.

그림책 『훨훨 날아간다』(김용철 그림, 국민서관)와 『눈이 되고 발이 되고』(백명식 그림, 국민서관)를 펴냈다.

1994년 (57세)

『동양소식』 1월호에 동화 「아버지의 마음」을 발표했다.

『살림』 1월호에 산문 「십자가 대신 똥짐을」을 발표했다.

『살림』 3월호와 『녹색평론』 5·6월호에 산문 「세상은 죽기 아니면 살기인가」를 발표했다.

『생활성서』 8월호에 「엄마, 통일은 왜 해야 하나요?」를 발표했다.

『효선리 농부의 세상 사는 이야기』(김영원, 종로서적출판)에 「효선리 농부의 참된 농촌 이야기」를 썼다. 『우리들의 하느님』(1996)에는 "이 책이 많은 사람들에게 읽혀 아름다운 세상이 이루어지는 데 작은 보탬이라도 되었으면 싶은 간절한 마음이다"라는 맨 마지막 문장만 빼고 그대로 실렸다.

단편동화집 『무명저고리와 엄마』(다리)를 펴냈다.

장편동화 『하느님이 우리 옆집에 살고 있네요』(산하)를 펴냈다.

1995년 (58세)

장편동화 『하느님이 우리 옆집에 살고 있네요』로 새싹회(회장 윤석중) 제정 제22회 새싹문학상 수상자로 결정됐다. 권정생은 "우리 아동문학이 과연 어린이들을 위해 무엇을 했기에 이런 상을 주고받습니까. 아동문학만이라도 상을 없애야 합니다" 하고 수상을 거절했으나 문단 원로들이 안동까지 직접 가서 상을 주었다. 다음날 상금과 상패를 우편으로 되돌려 보냈다.

『새가정』 1월호에 산문 「하나님을 가두어버린 세상」을 발표했다.

『녹색평론』 5·6월호에 산문 「꽃을 꽃으로만 볼 수 있는 세상이」를 발표했다.

『역사비평』 여름호에 수상 「영원히 부끄러울 전쟁」을 발표했다.

『녹색평론』 11·12월호에 서평 「세상살이의 고통과 자유──전우익 『호박이 어디 공짜로 굴러옵디까』」를 발표했다.

이반 창작희곡집 『샛바람』(종로서적출판)에 해설 「많은 것을 생각나게 하는 연극」을 썼다.

1996년 (59세)

『한살림』 1·2월호에 산문 「쥐주둥이 쩧는 날」을 발표했다.

『(초등)우리교육』(이하 『우리교육』) 3월호에 산문 「아이들이 알몸으로 멱 감던 시절」을 발표했다.

『대구예술』 5월호에 칼럼 「새소리가 드리던 시골 오솔길의 아이들」을 발표했다.

『녹색평론』 11·12월호에 산문 「사라져가는 것들에 대한 슬픔마저도」를 발표했다.

산문집 『우리들의 하느님』(녹색평론사)을 펴냈다.

인물이야기 『내가 살던 고향은』(웅진출판)을 펴냈다.

그림책 『강아지똥』(정승각 그림, 길벗어린이)을 펴냈다.

1997년 (60세)

『시와 동화』 가을호(창간호)에 동화 「물렁감」 「강 건너 마을 이야기」를 발표했다.

대구 매일신문 1997년 4월 16일자에 특별기고 「죽을 먹어도 함께 살자」를 발표했다. 이 글은 『녹색 평론』 5·6월호에도 실렸다.

『사람의 문학』 가을호에 시 「인간성에 대한 반성문 1」 「인간성에 대한 반성문 2」 「정축년 어느 날 일기」를 발표했다.

그림책 『오소리네 집 꽃밭』(정승각 그림, 길벗어린이)을 펴냈다.

1998년 (61세)

『어린이문학』 1월호에 「내 동화를 읽는 아이들과 어른들께」를 발표했다.

『야곱의 우물』 1998년 2월호부터 1999년 4월호까지 「밥데기 죽데기」를 연재했다.

강문필 에쎄이 『하느님, 개구리를 주셔서 감사합니다』(늘푸른소나무)에 「아름다운 세상을 만드는 세상」을 썼다.

소설 『한티재 하늘 1, 2』(지식산업사)를 펴냈다.

단편동화집 『깜둥바가지 아줌마』(우리교육)를 펴냈다.

장편소년소설 『초가집이 있던 마을』(나까무라 오사무 옮김)을 12월 일본 테라인꾸(てらいんく)에서 펴냈다.

1999년 (62세)

『어린이문학』 1월호에 산문 「마음을 따뜻하게 하는 좋은 동화를」을 발표했다.

『작은이야기』 1월호에 산문 「경순이의 아름다운 한 그루 나무」를 발표했다.

『어린이문학』 연수회에서 가졌던 권정생 강연을 김회경이 정리한 글 「'사람'으로 사는 삶」이 『어린이문학』 2월호에 실렸다.

『시와 동화』 3월호에 유년동화 「또야 너구리가 기운 바지를 입었어요」를 발표했다.

『우리 말과 삶을 가꾸는 글쓰기』 4월호에 권정생과 이오덕이 전화통화한 것을 이오덕이 기록한 글 「이걸 어떡해요? '감자꽃'도 다 잃어버리게 되었으니……」가 실렸다. 5월호에 「무너미 다녀와서 쓴 글」, 9월호에 「따뜻한 세상을 기다리며」, 11월호에 「옛 어린이 노래 두 가지」를 발표했다.

『동화읽는어른』 7·8월호에 「생각을 깊게 하는 동화들」을 발표했다.

『샘』 겨울호에 산문 「지난여름은 참 더웠습니다」를 발표했다.

『시와 동화』 겨울호에 「목숨에 대한 사랑의 문학」을 발표했다.

단편동화집 『먹구렁이 기차』(우리교육)를 펴냈다.

장편동화 『밥데기 죽데기』(바오로딸)를 펴냈다.

2000년 (63세)

『우리 말과 삶을 가꾸는 글쓰기』 2월호에 「우리 옛 어린이들」, 4월호에 「걱정스런 교실 안」, 6월호에 「그저께 시내 장터에서」, 9월호에 「쪽저고리와 잇저고리」, 11월호에 「말을 만드는 사람들」을 발표했다.

『아름다운 사람』 7월호에 산문 「만주댁 할머니」를 발표했다.

『샘』 여름호에 「밤이면 빨갛게 높이 빛나는 십자가가 진정 교회의 빛인가」를 발표했다.

『녹색평론』 11·12월호에 시 「애국자가 없는 세상」을 발표했다.

『시와 동화』 겨울호에 동화 「갈따구 아기 메기들」을 발표했다.

『마음의 풍경』(이해인 외, 이레)에 산문 「그때 참새들은 모두 어디로 갔을까」를 발표했다.

단편동화집 『아기 소나무와 권정생.동화나라』(웅진닷컴)와 『또야 너구리가 기운 바지를 입었어요』(우리교육)를 펴냈다.

『몽실 언니』를 일본 테라인꾸에서 재일교포 동화작가인 변기자(卞記子)가 번역해서 펴냈다.

그림책 『강아지똥』(변기자 옮김, 헤이본샤平凡社)을 일본에서 펴냈다.

2001년 (64세)

움직이는 그림동화 「강아지똥」(정승각 원화)을 무대에서 공연하였다. '예술의 전당'과 극단 '모시는 사람들'이 주최했다.

『어린이문학』 1월호에 동시 「물총새」를 발표했다.

『샘』 봄호에 「교회와 예배」를 발표했다.

『녹색평론』 5·6월호에 산문 「분단 50년의 양심」을 발표했다.

『녹색평론』 11·12월호에 산문 「제발 그만 죽이십시오」를 발표했다.

『우리 말과 삶을 가꾸는 글쓰기』 2월호에 「나리꽃」, 4월호에 「헬렌켈러」, 6월호에 「김경희 선생님께」, 9월호에 「밥데기네 할머니」, 10월호에 「미국에도 눈물이 있었는가」, 11월호에 「오니와 도깨비」를 발표했다.

『작은이야기』 4월호에 산문 「새야 새야」, 5월호에 「자유로운 꼴찌가 되기 위하여」, 6월호에 「민들레 꽃씨라 불러주세요」, 7월호에 「더 이상 낮아질 수 없는 사람들」, 8월호에 「아낌없이 주는 나무」를 발표했다.

동화집 『비나리 달이네 집』(낮은산)을 펴냈다.

그림책 『황소 아저씨』(정승각 그림, 길벗어린이)와 『아기 너구리네 봄맞이』(송진헌 그림, 길벗어린이)를 펴냈다.

그림책 『오소리네 집 꽃밭』(변기자 옮김, 헤이본샤)을 일본에서 펴냈다.

2002년 (65세)

일본에서 「강아지똥」을 한일 양국어로 낭송하여 CD로 만들었다. CD 제목은 '피아노와 낭독을 위한 강아지똥'으로 일본어 번역은 변기자가 했다. 녹음은 성우 김세원(金世媛)과 일본의 인기배우이자 가수인 사이또 유끼(齋藤由貴)가 맡았다. 배경음악으로 삽입된 피아노곡은 일본인 작곡가 테라시마 리꾸야(寺嶋陸也)가 작곡하고 재일교포 피아니스트 박구령(朴久玲)이 연주했다.

『민들레교회이야기』 제510호(3. 3)에 시 「임오년의 기도」를 발표했다.

『우리 말과 삶을 가꾸는 글쓰기』 2월호에 「잎싹이의 눈물」, 4월호에 「걱정스런 글쓰기회」, 6월호에 「용들의 전쟁」, 9월호에 「왜 나는 웃는가」, 11월호에 「평화를 지키는 일」을 발표했다.

『어린이문학』 5월호에 산문 「함께 살아갈 어린이문학」, 8월호에 산문 「우리 삶과 함께하는 동화」, 12월호에 서평 「소중한 그림책 한 권」을 발표했다.

장편동화 『슬픈 나막신』(우리교육)을 펴냈다. 이 책은 1975년에 펴낸 『꽃님과 아기양들』의 제목을 바꾸고, 등장인물의 이름을 처음의 일본이름으로 고쳐 펴낸 것이다.

『권정생 이야기 1, 2』(한걸음)를 펴냈다. 『오물덩이처럼 딩굴면서』를 다시 펴낸 것이다.

창비아동문고 200번 기념 '오늘의 동화 선집 1'(『또야 너구리의 심부름』, 창비)에 동화 「또야 너구리의 심부름」 「밤 다섯 개」를 수록했다.

2003년 (66세)

11월 5일 권정생과 이오덕이 주고받은 편지글 모음집 『살구꽃 봉오리를 보니 눈물이 납니다』(한길사)가 출판되었으나 저작권 문제로 책은 나온 지 며칠 만에 판매 중지되었다.

「강아지똥」이 클레이 애니메이션(점토를 이용한 만화영화)으로 나왔다. (주)아이타스카 스튜디오에서 만들었고 감독·각본은 권오성이 했다. 제작비 10억 원을 들여 만든 30분짜리 작품이다. 영화에 사용된 피아니스트 이루마의 OST 음반은 따로 발매되었다. 토오꾜오 국제애니메이션 페스티벌 파일럿부문에서 'Doggy Poo'라는 영어이름으로 출품하여 최우수작품상을 받았다.

일직 골프장 건설을 반대하며 「안동 시민 여러분께」란 글을 썼다. 이 글은 8월 1일에 안동가톨릭농민회 강성중의 홈페이지(http://www.seokmins.pe.kr)에서 확인할 수 있다.

『우리 말과 삶을 가꾸는 글쓰기』 2월호에 「자연은 여전히 아름답다」, 4월호에 「우리는 결국 비겁해지고 말았다」, 6월호에 「검정소 누렁소」, 7월호에 「최교진 선생님께」를 발표했다.

『우리교육』 4월호에 산문 「초록색 벙어리저금통의 추억에서」를 발표했다.

『어린이문학』 4월호와 『풍경소리』 5월호에 「이창동 문화부장관님이 동화 같은 세상을 만들어줄까?」를 발표했다.

『녹색평론』 5·6월호에 산문 「백성들의 평화」를 발표했다.

『창비어린이』 가을호에 동시 「알리」 「바그다드」 「하느님」을 발표했다.

『어린이문학』 9월호에 「생전에 이오덕 선생님을 생각하며」를 발표했다.

1993년에 나왔던 그림책 『훨훨 날아간다』가 『훨훨 간다』(국민서관)로 새로 나왔다.

김용철이 그림을 새로 그렸고 권정생은 그림에 맞춰 글을 다듬었다.

그림책 『또야와 세발자전거』(뱅상 그림, 효리원)를 펴냈다.

『몽실 언니』가 대만에서 출간되었다.

문화관광부의 '우수도서 번역출판 지원사업'에 『또야 너구리가 기운 바지를 입었어요』(우리교육)가 선정되어 프랑스어로 번역 출간되었다.

그림책 『황소 아저씨』가 일본에서 번역 출간되었다.

2004년 (67세)

4월 22일 3천여 명의 사상자가 발생한 북한 용천역 폭발사고 때 '북녘 용천에 새 희망을' 범국민 캠페인에 성금 10만원을 냈다. (한겨레신문 4월 30일자)

극단 '모시는 사람들'이 12월 4일부터 31일까지 장편소년소설 『몽실 언니』를 연극으로 공연했다. 권정생은 『몽실 언니』의 진짜 재미가 뭔지 생각해달라며 작품을 맡겼다. 원고료는 한 푼도 받지 않았다. 원고료를 주고 싶으면 권정생 이름으로 하지 말고 극단 이름으로 북한어린이돕기에 성금을 내달라고 했다.

『녹색평론』 1·2월호에 「새야 새야」를 발표했다.

한겨레신문 3월 4일자에 칼럼 「신음하는 국민에게 꿈을」을 발표했다.

『녹색평론』 7·8월호에 「골프장 건설 반대 깃발이 내려지던 날」을 발표했다.

『작은 책』 8월호에 「승용차를 버려야 파병도 안할 수 있다」를 발표했다.

『우리 말과 삶을 가꾸는 글쓰기』 9월호에 「이오덕 선생님 1주기를 맞아 들려주고 싶은 옛날이야기 하나」를 썼다.

『개구리랑 같이 학교로 갔다』(밀양 상동초등학교 어린이 시 모음, 보리)의 서문 「자연이 키운 아이들의 시」를 썼다.

2005년 (68세)

5월 10일 유언장을 미리 썼다. 최완택 민들레교회 목사, 정호경 신부, 박연철 변호사에게 인세 관리를 부탁했다. "내가 쓴 모든 책은 주로 어린이들이 사서 읽는 것이니 여기서 나오는 인세는 어린이에게 돌려주는 것이 마땅"하다고 했다.

8월 5일 서울 레이디스싱어즈와 우쯔노미야 레이디싱어즈의 조인트 콘서트에 축사를 보냈다. 권정생은 축사에서, 1944년 여름 공습이 없는 달밤에 토오꾜오 시부야 하따

가야 혼마찌 3쬬오메 빈터에서 「첫째별 봤다(一番星みつけた)」를 부르며 놀던 이야기를 쓰면서 "이번 여름에 일본과 한국의 음악인들이 작은 음악회를 함께 가진다니 60년 전 달밤에 일본아이 조선아이 함께 어울려 놀던 생각이 떠올랐"다며 "비록 1회 만으로 끝나는 연주회지만 이 소박한 음악이 세상의 빛이 되어 평화로 이어지기를" 빈다고 했다.[17]

'일제 징용 조선인 마을 우토로 살리기' 캠페인에 10만원을 냈다. (한겨레신문 8월 24일자)

『동화읽는어른』 5월호에 축하글 「어린이도서연구회 25주년에」를 썼다.

『녹색평론』 7·8월호에 「아홉 살 해방의 기억들」을 발표했다.

『시와 동화』 가을호에 동화 「엄마하고 수진이의 일곱 살」을 발표했다.

『민들레교회이야기』 제592호(11. 20)에 '명시 3편'(「한 인간과 하늘이 동시에 울부짖었다」 「기도」 「가을 하늘」)을 발표했다.

어린이잡지 『개똥이네 놀이터』 12월호(창간호)부터 2007년 2월호까지 모두 15회 동안 동화 「랑랑별 때때롱」을 연재했다.

『콩알 하나에 무엇이 들었을까』(이현주 외, 봄나무)에 서문 「고마운 목숨들 이야기」를 썼다.

이오덕 시집 『무너미 마을 느티나무 아래서』(한길사)에 서문 「이오덕 할아버지의 노래」를 썼다.

『어린이병원에서 만난 작은 천사들』(미야모토 마사후미 글, 황소연 옮김, 한울림어린이)에 추천의 글 「주위를 한번 둘러보세요」를 썼다.

1월에 『밥데기 죽데기』가 일본에서 『귀신의 똥(おばけのウンチ)』이란 제목으로 출간되었다.

그림책 『아기너구리네 봄맞이』와 장편동화 『슬픈 나막신』이 일본에서 번역되었다.

글모음 『죽을 먹어도』(아리랑나라)를 펴냈다.

2006년 (69세)

5월, 현장미술가 최병수에게 『목수, 화가에게 말걸다』(김진송·최병수, 현실문화연구)를 받고 답장 편지 「병수는 광대다」를 써 보냈다. 최병수가 그 편지를 출간될 책에 넣

---

17) http://blog.empas.com/utaupark/18121127 참조.

어도 되겠냐고 하자 "보탬이 된다면 편지가 아니라 다른 것도 얼마든지 해줘야지" 했는데 2007년 6월에 출간된 『병수는 광대다—얼음 같은 세상, 마음을 녹이는 현장예술가 최병수』(박기범 외, 현실문화연구)를 못 보고 세상을 떠났다. 영결식 때 걸렸던 권정생 얼굴이 최병수 작품이다.

『문학동네』 가을호에 「토종 씨앗의 자리」를 썼다. 동화작가 김진경이 『문학동네』 여름호에 기고한 '권두에쎄이'에서 "콩씨를 심었더니 싹이 나지 않았다"고 쓴 대목과 관련하여 다른 의견을 써서 보낸 것이다. 씨앗장수들의 기술에 꼼짝없이 얽매여 살 수밖에 없는 농민들 처지를 들춰내면서 식량을 얻기 위한 농사가 돈을 얻기 위한 상품을 생산하는 일로 전락하고만 현실을 아프게 꼬집었다.

그림책 『길 아저씨 손 아저씨』(김용철 그림, 국민서관)를 펴냈다.

2007년 (70세)

2007년 3월 31일 오후 6시 10분에 정호경 신부에게 마지막으로 글을 썼다.

"제 예금통장 다 정리되면 나머지는 북측 굶주리는 아이들에게 보내주세요. 제발 그만 싸우고, 그만 미워하고 따뜻하게 통일이 되어 함께 살도록 해주십시오. 중동, 아프리카, 그리고 티벳 아이들은 앞으로 어떻게 하지요. 기도 많이 해주세요. 안녕히 계십시오."

5월 17일 오후 2시 17분 대구 가톨릭대학병원에서 사망했다.

그림책 『곰이와 오푼돌이 아저씨』(이담 그림, 보리)가 출간되었다.

『몽실 언니』가 스페인어로 번역되어 멕시코에서 출간되었다.

2008년

『권정생 이야기 2—밭 한 뙈기』(아리랑나라)가 출간되었다. 이 책에는 권정생의 시, 동화, 동극, 산문 들이 실렸다.

구전동요 그림책 『꼬부랑 할머니』(강우근 그림, 한울림어린이)가 출간되었다.

동화 『랑랑별 때때롱』(정승희 그림, 보리)이 출간되었다.

참고자료

권정생 『우리들의 하느님』, 녹색평론사 1996.

권정생·김회경 정리 「'사람'으로 사는 삶」, 『어린이문학』 1999년 2월호.

권정생·편집부 「똥처럼, 개똥처럼 사는 삶」, 『어린이문학』 2000년 1월호.

김용락 「빌뱅이언덕 밑 오두막에 살면서」, 『녹색평론』 2007년 7·8월호.

심명숙 「권정생이 걸어온 길」, 『창비어린이』 2005년 겨울호.

원종찬 「인터뷰: 저것도 거름이 돼가지고 꽃을 피우는데」, 『창비어린이』 2005년 겨울호.

이계삼 「이 땅 '마지막 한 사람'이었던 분」, 『녹색평론』 2007년 7·8월호.

이오덕·권정생 『살구꽃 봉오리를 보니 눈물이 납니다』, 한길사 2003.

이철지 엮음 『오물덩이처럼 딩굴면서』, 종로서적 1986.

정현상 「전우익·권정생 20년 교유기」, 『신동아』 1997년 12월호.

(사)어린이도서연구회 역사편찬위원회 엮음, (사)어린이도서연구회 25주년 자료집 『권정생』, 2005.

한국글쓰기교육연구회 『우리 말과 삶을 가꾸는 글쓰기』 2007년 8월호.

별첨: 『민들레교회이야기』에 실린 권정생의 구전동요

1. 「감자 새끼」, 『민들레교회이야기』 제199호(1989. 6. 18).
   — 일제와 6·25에 이어지면서 만들어진 노래.
2. 「온달 같은 우리 엄마」, 『민들레교회이야기』 제200호(1989. 7. 2).
   — 일제와 해방, 6·25를 지나면서 많은 어린이들이 부르며 울던 노래.
3. 「안귀미 진통사」, 『민들레교회이야기』 제201호(1989. 7. 16).
   — 구한말 의병운동 때 어린이들이 부르던 노래.
4. 「두견새야」 「둘이 손목 잡고」 「대룡아 대룡아」, 『민들레교회이야기』 제202호 (1989. 7. 30).
   — 불쌍하게 죽은 단종을 애도하는 민중들의 노래.
5. 「청개구리」, 『민들레교회이야기』 제203호(1989. 8. 13).
   — 임신중독증이었는지 퉁퉁 부어오른 몸을 가지고 병원에도 한 번 가보지 못한 채 돌아가신 굴참나무집 아주머니가 생전에 들려준 노래.

6. 「각시노래」「누가 먹었나?」, 『민들레교회이야기』 제204호(1989. 8. 27).

　　──누룽지 잃어버리고 아기가 찾아다니며 물어보는 노래.

7. 「소꿉놀이」 2편, 『민들레교회이야기』 제205호(1989. 9. 10).

8. 「둥게 둥게 노래」, 『민들레교회이야기』 제207호(1989. 10. 8).

　　── '금자동아, 은자동아' 하는 아들 노래는 흔한데, 이런 딸 노래가 있어 물었더니
　　　누이실댁 할머니가 이 노래는 에밀레종의 주인공 봉덕이네 어머니가 봉덕이
　　　를 안고 어르던 노래라고 함.

9. 「생아 생아 노래」, 『민들레교회이야기』 제208호(1989. 10. 22).

　　──사촌 언니네 갔다가 밥 한 끼 먹지 못하고 돌아와서 부른 노래.

10. 「세상 달강」, 『민들레교회이야기』 제209호(1989. 11. 19).

11. 「고모네 집에 갔더니」, 『민들레교회이야기』 제211호(1990. 1. 7).

12. 「저 건네 영감」, 『민들레교회이야기』 제212호(1990. 1. 21).

13. 「어려운 말」, 『민들레교회이야기』 제213호(1990. 2. 4).

14. 「수수께끼」「꽹매 서방」「방귀」, 『민들레교회이야기』 제214호(1990. 2. 18).

15. 「길로 가다가」「가갸 풀이」「방아깨비」, 『민들레교회이야기』 제215호(1990. 3. 4).

16. 「아버지」「어머니」「부모」「동무」, 『민들레교회이야기』 제216호(1990. 3. 18).

17. 「곰보 처자」「우리 식구」「갈가지」「자라야 자라야」, 『민들레교회이야기』 제217
　　호(1990. 4. 1).

18. 「저고리」「꼬꼬댕이」, 『민들레교회이야기』 제218호(1990. 4. 15).

19. 「생가락지」, 『민들레교회이야기』 제219호(1990. 4. 29).

　　──억울하게 죽은 장화홍련이 부른 노래.

20. 「꼴 베는 총각」, 『민들레교회이야기』 제220호(1990. 5. 13).

21. 「좀 좋구야」「방아찧기」「껌둥 암소」, 『민들레교회이야기』 제221호(1990. 5. 27).

22. 「둘개방 노래」「방아찧기」, 『민들레교회이야기』 제222호(1990. 6. 10).

　　──안동지방과 의성지방의 경계선 가까운 마을에서 삼을 삼으면서 부르던 노래.

23. 「베틀노래」, 『민들레교회이야기』 제223호(1990. 6. 24).

24. 「홰 처자 노래」「등 노래」「옥랑 처자 노래」, 『민들레교회이야기』 제224호(1990.
　　7. 8).

25. 「옥냄이 노래」, 『민들레교회이야기』 제225호(1990. 7. 22).

26. 「시누 올케 노래」, 『민들레교회이야기』 제226호(1990. 8. 26).

27. 「다리 세기 1」「다리 세기 2」「다리 세기 3」, 『민들레교회이야기』 제227호(1990. 9. 9).

28. 「눈굴떼기」「보리밥」「잠꾸러기」「꼬바랭이」, 『민들레교회이야기』 제228호 (1990. 9. 23).

29. 「시집 갈 때 친정 갈 때」, 『민들레교회이야기』 제229호(1990. 10. 7).

▌ 정리 **이 기 영** ● (사)어린이도서연구회에서 활동하였고, 지금은 똘배어린이문학회에서 활동한다.

권정생 관련 글 목록

1. 학위논문

백영현 「권정생 동화 연구」, 동아대학교 교육대학원, 1991.

오길주 「권정생 동화 연구」, 가톨릭대학교 대학원, 1997.

노연경 「권정생 소년소설 연구」, 계명대학교 교육대학원, 2000.

이계삼 「권정생 문학 연구」, 고려대학교 교육대학원, 2000.

성갑영 「권정생 동화의 교육적 가치 연구」, 대구교육대학교, 2003.

이옥금 「권정생 문학 연구」, 건양대학교 교육대학원, 2003.

황경숙 「권정생 동화 연구」, 부산대학교 교육대학원, 2003.

전명옥 「많이 읽혀지는 아동소설 분석 ─『몽실 언니』와 『마당을 나온 암탉』을 중심
　　　으로」, 진주대학교, 2004.

박미옥 「권정생 동화의 리얼리즘 구현 양상과 문학교육적 의의」, 공주교육대학교
　　　교육대학원, 2005.

박수경 「권정생 동화에 나타난 생태학적 상상력 연구」, 금오공과대학교 교육대학
　　　원, 2005.

* 목록은 발표연도순으로 배열하였다.

정지훈 「권정생 문학의 현실인식 연구」, 한국교원대학교 교육대학원, 2005.

조경아 「권정생 동화의 페미니즘적 읽기」, 경인교육대학교 교육대학원, 2005.

최희구 「권정생 소년소설 연구―전쟁수용 작품 『몽실 언니』『점득이네』『초가집 이 있던 마을』을 중심으로」, 명지대학교 대학원, 2005.

이주현 「권정생의 리얼리즘 동화와 판타지 동화 연구」, 대전대학교 대학원, 2006.

정설아 「권정생 문학 연구―중·단편동화를 중심으로」, 중앙대학교 대학원, 2006.

이건화 「동화 「강아지똥」 개작 양상 연구」, 한국교원대학교, 2007.

장영애 「권정생 동시 연구」, 경인교육대학교 교육대학원, 2007.

2. 연구논문

백문희 「권정생 동화 연구―주제와 등장인물을 중심으로」, 춘천교육대학교 국어 교육학회 『국어교육연구』 제12집(1997. 1).

노제운 「동화 속의 숨은 그림찾기―정채봉의 「오세암」과 권정생의 「강아지똥」 분 석, 고려대학교 안암어문학회 『어문논집』(1998. 8).

정혜선 「동화는 미래학, 그 서사성의 역혁명―유영소, 이현주, 권정생, 고수산나, 목계선, 조태봉, 이지현」, 『아동문학평론』 제28집(2003년 봄호).

황경숙 「권정생 동화의 주제 연구」, 한국어문교육학회 『어문학교육』 제28집(2004. 5).

박찬옥·신혜선 「유아 그림책 『강아지똥』에 나타난 주인공의 자아형성 과정 분 석」, 열린유아교육학회 『열린유아교육연구』, 2005.

엄혜숙 「권정생의 문학과 사상―기독교 아나키즘과 관련하여」, 『인하어문연구』 7 호(2006. 2).

임성규 「권정생 아동문학의 흐름과 연구 방향」, 『한국아동문학학회 발표자료집』 (2007. 9).

3. 작가 · 작품론

이오덕 「학대받는 생명에 대한 사랑」, 『강아지똥』, 세종문화사 1974.

이오덕 「독을 풀어주는 문학―합동작품집 '황소 아저씨'에 대하여」, 『어린이를 지 키는 문학』, 백산서당 1984.

이오덕 「소박한 삶과 따스한 인정―권정생 동화 「달맞이산 너머로 날아간 고등어」

에 대하여」, 『어린이를 지키는 문학』, 백산서당 1984.

이오덕 「인간과 생쥐의 대화로 엮은 철학」, 『삶 문학 교육』, 종로서적 1987.

최지훈 「겨레의 한」, 『한국현대아동문학론』, 아동문예사 1991.

최지훈 「비통한 역사의 서정적 증언」, 『한국현대아동문학론』, 아동문예사 1991.

화요독서지도연구모임 「동화작가 권정생의 작품세계」, 『동화읽는어른』 1994년
　　6월호.

이재복 「시궁창도 귀한 영혼이 숨 쉬는 삶의 귀퉁이」, 『우리 동화 바로 읽기』, 한길
　　사 1995.

원종찬 「낮은 곳에 자리한 고귀한 삶의 철학」, 『아동문학의 이해와 감상』(겨레아동문
　　학연구회 자료집), 1996.

신헌재 「권정생의 한과 낙원지향적 의식」, 이재철 엮음 『한국현대아동문학작가작
　　품론』, 집문당 1997.

최윤정 「똥 이야기 그림책 세 권」, 『책 밖의 어른 책 속의 아이』, 문학과지성사 1997.

김용락 「영혼의 울림과 내면의 불빛」, 『지역, 현실, 인간, 그리고 문학』, 문예미학사
　　1999.

엄혜숙 「그림책 꼼꼼하게 들여다보기 『강아지똥』」, 『꿀밤나무』 2호(1999년 6월호).

권오삼 「농촌의 고단한 삶들이 지닌 '서러움'과 간절한 '염원'을 담은 '사랑'의 시 ─
　　권정생 시집 『어머니 사시는 그 나라에는』」, 『어린이문학』 2000년 11월호.

원종찬 「속죄양 권정생 ─ 「강아지똥」과 『몽실 언니』」, 『어린이문학』 2000년 11~
　　12월호; 『동화와 어린이』, 창비 2004.

이재복 「우화 공간과 판타지 공간 ─ 권정생의 「황소 아저씨」」, 『판타지 동화 세계』,
　　사계절 2001.

이재복 「참회와 용서의 문학 ─ 권정생의 『밥데기 죽데기』」, 『판타지 동화 세계』, 사
　　계절 2001.

선안나 「몽실 언니의 페미니즘적 분석」, 『한국문예비평연구』 제8집(2001); 『천의 얼
　　굴을 가진 아동문학』, 청동거울 2007.

이계삼 「진리에 다가가는 영혼 ─ 권정생의 문학세계」, 『녹색평론』 2001년 1·2월호.

이계삼 「진리에 가까운 정신 ─ 권정생의 세계」, 『동화읽는어른』 2001년 5월호.

엄혜숙 「삶의 진실을 보는 또다른 눈 ─ 『오소리네 집 꽃밭』」, 웹진 오픈키드, 2001

년 7월호; 『나의 즐거운 그림책 읽기』, 창비 2005.

김상욱 「낮은 곳에서의 흐느낌 —권정생론」, 『우리교육』 2001년 8월호.

이오덕 「강아지가 보는 사람 사회 —『비나리 달이네 집』」, 『어린이책 이야기』, 한길
사 2002.

김서정 「우리들의 서글픈 자화상 —권정생 『몽실 언니』」, 『어린이문학 만세』, 푸른
책들 2003.

이기영 「자연과 인간과 하느님을 함께 섬기며」, 홈페이지 오른발왼발, 2004.

오세란 「권정생 동화에 나타난 생태관」, 『동화읽는어른』 2005년 9월호.

김상욱 「권정생 동시의 세 가지 양상 —권정생 동시론」, 『창비어린이』 2005년 겨울
호; 『어린이문학의 재발견』, 창비 2006.

김현숙 「또야는 친구들을 기다린다」, 『창비어린이』 2005년 겨울호.

김은하 「생존자로서 여성과 모성」, 『창비어린이』 2005년 겨울호.

스나다 히로시 「권정생 작품의 매력을 살핀다」, 『창비어린이』 2005년 겨울호.

조은숙 「권정생, 새로 시작되는 질문」, 『창비어린이』 2006년 봄호.

조은숙 「권정생의 '똥' 이야기」, 『어린이와 문학』 2007년 7월호.

김상욱 「평화, 권정생, 『초가집이 있던 마을』」, 『어린이와 문학』 2007년 7월호.

강민경 「삶의 역설적 성찰과 희망에의 기도 —권정생 『몽실 언니』」, 『본질과 현상』
2007년 가을호.

4. 서평·촌평

위기철 「어른문학에서도 보기 드문 걸작」, 『창작과비평』 부정기간행물 1호(1985).

주중식 「통일의 밑바탕을 다지는 문학」, 이오덕 외 『겨레와 어린이』, 풀빛 1986; 『오
물덩이처럼 딩굴면서』, 종로서적 1986.

주중식 「오물덩이처럼 딩굴면서를 읽고」, 『어린이와 책』 제8집(1987).

이남호 「권정생의 「강아지똥」」, 『삼도』 1987년 3월호.

김병규 「다시 읽고 싶은 책 —권정생의 『몽실 언니』」, 『한국인』 1991년 11월호.

김중철 「민족의 슬픈 이야기와 통일의 염원 —『점득이네』를 읽고」, 『동화읽는어
른』 1993년 9월호.

이주영 「하느님이 우리 옆집에 살고 있네요」, 『동화읽는어른』 1994년 5월호.

오숙자 「하느님이 우리 옆집에 살고 있네요」, 『동화읽는어른』 1996년 9월호.

김용락 「영혼의 울림과 내면의 불빛—권정생 산문집 『우리들의 하느님』」, 『대구예술』 1997년 2월호.

김순현 「강아지똥을 사랑한 권정생 선생님—『우리들의 하느님』을 읽고」, 『살림』 1997년 3월호.

임길택 「다시 하늘로 땅으로—권정생 『우리들의 하느님』」, 『녹색평론』 1997년 3·4월호.

피재현 「우리들의 하느님—권정생 선생님께 드리는 글」, 『안동』 1997년 3·4월호.

최은숙 「내 몫의 아름다움을 세상에 보태기 위해—권정생 『우리들의 하느님』」, 『처음처럼』 1997년 5·6월호.

한국글쓰기연구회, 권정생 회갑 기념 특집: 강승숙 「가진 것 없어도 부끄러워하는 사람」; 노미화 「생쥐들하고 좋은 친구로 지내는 권정생 아저씨를 생각하며」; 박숙경 「모자라기에 나누고 돌봐주는 삶」; 심명숙 「슬픈 겨레에 바치는 노래」; 이상석 「말, 글, 삶이 한결같으신 선생님」; 이성인 「권정생 문학에 나타난 6·25전쟁과 어린이」; 이송희 「귀한 영혼이 숨 쉬는 낮은 사람들 이야기」; 이승희 「내 꿈은 용구 삼촌」; 주중식 「내 마음속에 살아 있는 글」; 최창의 「삶 속에서 배우고 실천하는 권정생 선생님 동화」; 홍경남 「소와 자신이 하나가 되어 쓴 시」, 『우리 말과 삶을 가꾸는 글쓰기』 1997년 9월호.

윤구병 「문둥이와 걸버생이의 사랑」, 『출판저널』 1999년 1월호.

박남정 「험한 세월, 아름다운 삶—『한티재 하늘』」, 『녹색평론』 1999년 1·2월호.

임재해 「민중사 곳곳에 솟아 있는 한티재 하늘의 높이와 폭」, 『안동』 1999년 3·4월호.

권기숙 「『초가집이 있던 마을』을 읽고」, 『동화읽는어른』 1999년 6월호.

한국글쓰기연구회, 『한티재 하늘』에서 무엇을 배울 것인가: 강삼영 「『한티재 하늘』」; 강승숙 「사람을 저버리지 않는 사람들」; 구자행 「『한티재 하늘』을 읽고」; 김경애 「권정생 선생님께」; 김경해 「『한티재 하늘』을 읽고」; 김광건 「달옥이와 달수의 슬픈 뒷모습」; 김명희 「『한티재 하늘』을 읽고」; 김삼태 「나루지기와 정원이네의 만남과 헤어짐」; 김상기 「『한티재 하늘』을 소개한 신문 기사를 읽고」; 김세미 「기다림과 한」; 김신철 「『한티재 하늘』에 담긴 고난의 역사—고난의 역사 배경」; 김연희 「『한티재 하늘』을 읽고」; 김옥선 「내 고향이 바로 한티재 하늘이라네」; 나명희 「이 세상의 뜻은 어디에 있는 것일까?」; 노미화 「『한티재 하늘』에 담긴 행복과 불행—아직도 끝나지 않은 불행, 그리고 행복」; 박숙경 「내가 한밤중에 라면을 끓여 먹었던 까닭」; 서정오 「『한티재 하늘』에 담긴 우리말—금싸라기 같은 우리말 창고」; 신미옥 「한티재 하늘 아래 피어나서 사라져간 들꽃들」; 신유리 「『한티재 하늘』을 읽고」; 신정숙 「마음을 움직이는 이야기」; 심명숙 「내 고향, 그리고 한티재 하늘」; 심윤정 「질경이 씨앗이 되어 살아가겠습니다」; 엄은진 「『한티재 하늘』에 담긴 끈끈한 정」; 엄진숙 「분들네」; 원종찬 「착한이가 쓴 소설」; 윤구병 「문둥이와 걸버생이의 사랑」; 이기주 「우리네 백성들의 삶과 마음」; 이데레사 「『한티재 하늘』을 읽고」; 이상석 「『한티재 하늘』에 담긴 사랑—가지지 않아야 사랑할 수 있다」; 이송희 「달옥이 엄마, 우리 어머니」; 이오덕 「『한티재 하늘』에서 무엇을 배울 것인가—우리 마음 찾아 가지기」; 이은숙 「백성들이 먹소 사는 끼니」; 이은영 「수동댁」; 이혜숙 「『한티재 하늘』에서 느끼는 힘」; 이혜영 「『한티재 하늘』에 담긴 행복과 불행—행복만을 따로 찾으려고 하지 않는다」; 정경숙 「마음을 엮는 피리 소리」; 정광임 「『한티재 하늘』을 읽고」; 정낙묵 「장걸버생이 동준의 가없는 사랑」; 정은주 「『한티재 하늘』을 읽고」; 조용명 「한티재 하늘의 아이들과 오늘의 아이들」; 탁동철 「『한티재 하늘』에 담긴 자연—삶의 터전인 자연」; 홍경남 「집착의 두 얼굴」; 홍은영 「할머니와 어머니, 그리고 나」; 황금성 「이름없이 정직하고 가난하게」; 황시백 「밥상」; 「『한티재 하늘』에 대해 신문, 잡지에 실린 자료」, 『우리 말과 삶을 가꾸는 글쓰기』 1999년 8월호.

이향숙 「아이들 마음이 담긴 동화—『밥데기 죽데기』」, 『동화읽는어른』 2000년 3월호.

김미자 「엄마가 날 낳아준 것, 고마워, 언니가 참 좋거든—『몽실 언니』」, 『동화읽는어른』 2000년 6월호.

성숙경 「권정생 선생님 같기만 한 몽실 언니」, 『동화읽는어른』 2000년 6월호.

이미숙 「몽실 언니와 함께 사랑의 마음을」, 『동화읽는어른』 2000년 6월호.

홍경남 「사람의 아름다움을 꿈꾸는 「나사렛 아이」」, 『우리 말과 삶을 가꾸는 글쓰기』 2000년 10월호.

오진원「세상이 슬프니 이야기도 슬프다—『점득이네』」, 홈페이지 오른발왼발, 2001.

최지원「『한티재 하늘』을 읽고」, 『작은 책』 2001년 2월호.

권영희「가슴속 배나무 씨 꺼냅니다—『깜둥바가지 아줌마』」, 『동화읽는어른』 2001년 2월호.

유내영「삶의 일부인 '똥' 이야기」, 『동화읽는어른』 2001년 3월호.

조두리「나는 강아지똥보다 무엇이 더 나은 존재인가」, 『동화읽는어른』 2001년 3월호.

최진욱「될성부른 나무가 아닌 조금은 노란 떡잎에게」, 『동화읽는어른』 2001년 3월호.

이희정「어린 아이가 좋아하는 동물 주인공—『또야 너구리가 기운 바지를 입었어요』」, 『동화읽는어른』 2001년 4월호.

한상수「권정생의 「강아지똥」과 「황소 아저씨」」, 『새가정』 2001년 4월호.

어린이문학연구분과, 우리가 뽑은 권정생 단편동화 10편: 곽현주「우리 옆에 살고 있는 해룡이—「해룡이」를 읽고」; 구현진「산 너머엔 누가 살지?—「다람쥐 동산」을 읽고」; 권영희「싸리울 밖 해룡아!—「해룡이」를 읽고」; 권정민「우리 아이가 살아갈 세상—「하느님의 눈물」을 읽고」; 김미자「가슴에 심은 소망, 별—「강아지똥」을 읽고」; 김영미「바람, 꽃밭, 나—「오소리네 집 꽃밭」을 읽고」; 김정애「동네 한 바퀴—「오소리네 집 꽃밭」을 읽고」; 심명숙「나도 '빼딱빼딱' 걸으며—「빼떼기」를 읽고」; 윤경희「두고 온 반쪽에 대한 그리움—「달맞이산 너머로 날아간 고등어」를 읽고」; 이기영「마음으로 읽은 동화—「똬리골댁 할머니」를 읽고」; 이희정「엄마가 겪은 민족의 역사—「무명 저고리와 엄마」를 읽고」; 임옥현「더불어 사는 삶—「황소 아저씨」를 읽고」; 홍수정「역사의 그림자에 갇혀 버린 우리의 이웃들—「무명 저고리와 엄마」를 읽고」, 『동화읽는어른』 2001년 9~10월호.

정수경「나는 나—『비나리 달이네 집』」, 『동화읽는어른』 2002년 2월호.

안정례「종지기 아저씨의 서글픈 세상 풍자—『도토리 예배당 종지기 아저씨』」, 『동화읽는어른』 2002년 5월호.

김주영 「너무 소박해서 아름다운 '우리들의 하나님'」, 한겨레신문 2002년 8월 9일자.

이동화 「고민을 안겨준 「사과나무밭 달님」」, 『동화읽는어른』 2003년 1월호.

서하진 「굴뚝새와 친구 되기—「늦가을 소나무와 굴뚝새」」, 『서평문화』 2003년 봄호.

박숙경 「「무명저고리와 엄마」—아름답고도 슬픈 겨레의 서사시」, 국민일보 2003년 5월 30일자.

서정오 「옛이야기 다시 쓰기, 열려 있는 가능성—권정생 『훨훨 간다』, 김회경 『챙이 영감 며느리』」, 『창비어린이』 2003년 가을호.

이기영 「「강아지똥」 다시 읽기」, 『동화읽는어른』 2004년 5월호.

노미화 「『몽실 언니』를 통해 겪어본 전쟁의 아픔」, 『창비어린이』 2004년 가을호.

이지호 「「비나리 달이네 집」 다시 읽기」, 『동화의 힘 비평의 힘』, 주니어김영사 2004.

이봉렬 「철거민 예수, 매 맞는 예수님」, 『고래가 그랬어』 2005년 5월호.

이영미 「욕심 없는 삶—권정생 이야기」, 『동화읽는어른』 2005년 7월호.

김미자 「이야기 속에 또 이야기 한 자락」, 『공동육아와 공동체교육』 2006년 봄호.

김용란 「몽실의 딸들—권정생의 『몽실 언니』」, 『어린이와 문학』 2006년 9월호.

김제곤 「『몽실 언니』 코드」, 『글과 그림』 2007년 6월호.

고수연 「권정생 선생님을 닮은 책—『우리들의 하느님』」, 『동화읽는어른』 2007년 7월호.

김명희 「기차가 삼팔선을 가른 날, 님은 떠나고—『밥데기 죽데기』」, 『동화읽는어른』 2007년 7월호.

조용명 「『한티재 하늘』을 읽으면서 1」, 『글과 그림』 2007년 7월호.

김귀영 「울며 울며 읽은 이야기」, 『동화읽는어른』 2007년 8월호.

김위정 「마흔의 길목에서 만난 사람들」, 『동화읽는어른』 2007년 8월호.

박종호 「사람으로 키우고, 사람으로 살아야 한다」, 『우리 말과 삶을 가꾸는 글쓰기』 2007년 8월호.

서정오 「사람이 만든 절망, 사람 속에서 찾는 희망」, 『우리 말과 삶을 가꾸는 글쓰기』 2007년 8월호.

이주영 「권정생 동시로 읽어보는 권정생」, 『우리 말과 삶을 가꾸는 글쓰기』 2007년 8월호.

조용명 「『한티재 하늘』을 읽으면서 2」, 『글과 그림』 2007년 8월호.

김미자 「권정생 선생님의 소망, 길 아저씨 손 아저씨—『길 아저씨 손 아저씨』를 읽고」, 『공동육아와 공동체교육』 2007년 가을호.

김연희 「착하게 오래 살고 싶습니다」, 『동화읽는어른』 2007년 10월호.

은종복 「남과 북이 평화롭게 하나되는 일에 나서야」, 『동화읽는어른』 2007년 10월호.

조월례 「제각기 다른 빛깔이라서 아름다운 세상?」, 『어린이문학』 2007 겨울호.

박숙경 「전쟁을 모르는 이들에게」, 『서평문화』 2007년 겨울호.

5. 시

신경림 「종소리—안동의 동화작가 권정생 씨에게」, 『길』, 창비 1990.

고은 「권정생의 종소리」, 『내일의 노래』, 창비 1992.

고은 「권정생」, 『만인보 15』, 창비 1997.

이태수 「권정생, 또는 조탑리 외딴 오두막집」, 『안동시편』, 문학과지성사 1997.

임길택 「작은 사람, 권정생」, 『우리 말과 삶을 가꾸는 글쓰기』 1997년 10월호.

이선관 「아동문학가 권정생 선생」, 『녹색평론』 1998년 11·12월호.

정광영 「권정생 記」, 『흰 열꽃』, 북랜드 2003.

안상학 「권정생 선생님 세뱃돈」, 『진보평론』 2004년 봄호.

이오덕 「권정생 선생님 1」, 『무너미마을 느티나무 아래서』, 한길사 2005.

이오덕 「권정생 선생님 2」, 『무너미마을 느티나무 아래서』, 한길사 2005.

김규동 「권정생의 꽃—시인의 죽음을 애도함」, 『녹색평론』 2008년 3·4월호

최완택 「종지기의 승천」, 『민들레교회이야기』 637호(2008. 2. 10).

6. 산문·에쎄이

이오덕 「대추나무를 붙들고 운 동화작가」, 『새생명』 1977년 1월호; 『오물덩이처럼 딩굴면서』, 종로서적 1986.

이현주 「권정생이라는 사람과 강아지똥」, 『뿌리 깊은 나무』 1978년 12월호.

이현주 「동화작가 권정생과 강아지똥」, 『한 송이 이름 없는 들꽃으로』, 종로서적 1984; 『오물덩이처럼 딩굴면서』, 종로서적 1986.

이수언 「흙담집 너머로 꽃피는 참사랑의 꿈」, 『동아약보』 1986년 3월호; 『오물덩이

처럼 딩굴면서』, 종로서적 1986.

이시헌 「가난, 병고 속의 순수 동화작가」, 동아일보 1986; 『오물덩이처럼 딩굴면
　　서』, 종로서적 1986.

권오삼 「사는 것이 아닌 견디어내는 삶」, 『어린이와 책』 제7집(1987).

권오삼 「고통받는 모든 생명에 대한 애정 어린 눈길」, 『재미있는 동화읽기 어떻게
　　지도할까』, 돌베개 1991.

이가을 「가난한 사람의 이야기」, 크리스챤신문 1991년 5월 11일자.

안상학 「아동문학가 권정생」, 『안동』 1992년 3·4월호.

손수호 「아, 권정생」, 『책을 만나러 가는 길』, 열화당 1996.

김재은 「권정생 선생님을 만나고 온 날 쓰는 편지」, 『교대춘추』 1997년 여름호.

이한용 「맑은 마음밭 가꾸며 동화처럼 사는 천사 권정생」, 『향토와 문화』 10호(1998. 6).

김용락 「사과밭의 박애주의자」, 『지역, 현실, 인간, 그리고 문학』, 문예미학사 1999.

노영옥 「권정생 소설 『한티재 하늘』―세상에는 웃는 사람보다 우는 사람이 더 많
　　다」, 『안동』 1999년 3·4월호.

백창우 「너무 많이 슬프지 않았으면」, 『우리교육』 1999년 9월호.

변기자 「『몽실 언니』의 번역을 끝내고」, 『어린이문학』 2000년 3월호.

심명숙 「작은 행복」, 『동화읽는어른』 2000년 6월호.

변기자 「전화로만 뵙는 분」, 『어린이문학』 2000년 11월호.

최완택 「부고 인생」, 『아름다운 순간』, 당그래 2001.

키도 노리꼬, 박종진 옮김 「"아이고~"가 유행어가 되었습니다―한국그림책씨
　　리즈 제2탄 『오소리네 집 꽃밭』 발간」, 『어린이문학』 2001년 8월호.

김이구 「일본에서 온 '몽실 언니'」, 『대산문화』 7호(2002. 11).

변기자 「첫 모국 방문에서 찾은 세 가지 뿌리」, 창비웹매거진(2002. 11).

김규항 「텔레비전」, 『씨네 21』 413호(2003. 8. 6).

백창우 「아주 조그만 것들의 소중함을 노래하는 사람, 권정생」, 『노래야, 너도 잠을
　　깨렴』, 보리 2003.

최교진 「권정생 선생님의 걱정」, 『우리 말과 삶을 가꾸는 글쓰기』 2003년 6월호.

백창우 「슬픈 삶에 눈길 주는 희망노래」, 한겨레신문 2004년 2월 8일자.

박미영 「문인들 중 가장 겸허한 인물」, 영남일보 2005년 5월 5일자.

엄주엽 「'똥'이 '꽃'으로—갈망의 삶을 가르치다」, 문화일보 2007년 5월 21일자.

백창우 「백창우의 노래 엽서: 꽃밭(권정생)」, 『창비어린이』 2007년 여름호.

김송이 「늑대 할머니와 빌뱅이 아저씨」, 『우리 말과 삶을 가꾸는 글쓰기』 2007년 8월호.

정혜영 「내가 읽은 동시—고추따고(권정생)」, 『동화읽는어른』 2007년 9월호.

7. 대담·인터뷰

권오삼·권정생·이오덕·이현주 「좌담: 아동문학의 나아갈 길」, 『새가정』 1986년 9월호; 『오물덩이처럼 딩굴면서』, 종로서적 1986.

편집부 「작가와의 만남: 『몽실 언니』의 작가, 권정생」, 『종로서적』 51호(1991. 6).

김회경 「'사람'으로 사는 삶」, 『어린이문학』 1999년 2월호.

이오덕 「전화통화: 이걸 어떻게 하지요? '감자꽃'도 다 잃어버리게 됐으니」, 『우리 말과 삶을 가꾸는 글쓰기』 1999년 4월호.

권정생·이오덕 「특집 대담: 권정생·이오덕 선생님과 함께」, 『우리 말과 삶을 가꾸는 글쓰기』 1999년 5월호.

편집부 「권정생 동화 『초가집이 있던 마을』을 번역 출간한 나까무라 오사무(仲村 修)」, 『어린이문학』 1999년 6월호.

편집부 「반가운 만남: 똥처럼, 개똥처럼 사는 삶—권정생」, 『어린이문학』 2000년 1월호.

김용락 「인물대담: '자다가 벌떡 일어나는 책'—권정생」, 『대구사회비평』 2002년 1·2월호.

원종찬 「인터뷰: 저것도 거름이 돼가지고 꽃을 피우는데」, 『창비어린이』 2005년 겨울호.

8. 탐방기·기행

이문재 「깜빡이는 목숨 붙들고 동화 쓰는 '종지기 아저씨'—동화작가 권정생」, 『레이디경향』 1987년 2월호.

홍선근 「명작의 무대 문학기행(54): 권정생의 『몽실 언니』 '노루실마을'」, 한국일보 1987년 8월 23일자; 김훈 외 『문학기행』 한국일보사 1987.

임재해 「권정생의 삶과 시의 세계를 드러내준 출판기념회」, 『안동』 1988년 봄호.

도경재 「이달에 만난 한국인: '강아지똥'이 되고픈 동화작가, 권정생」, 『한국인』 7권 5호(1988년 5월호).

편집부 「만나봅시다: 권정생—토담집에 함께 사는 동화작가와 '뺑덕이'」, 『두산』 1990년 10월호.

편집부 「인간기행: 『몽실 언니』의 작가 권정생 집사」, 『신앙세계』 1990년 11월호.

이문재 「분단 겨레의 초상 '몽실 언니'의 권정생」, 『시사저널』 59호(1990. 12. 13).

편집부 「『몽실 언니』의 작가 권정생 선생님을 만나고」, 『동화읽는어른』 1992년 10월호.

조영옥 「우리교육이 찾은 사람: 빌배산자락의 영원한 소년, 동화작가 권정생」, 『우리교육』 1993년 5월호.

편집부 「우리 시대 동화는 어떻게 써야 할까—동화작가 권정생 님을 찾아서」, 『동화읽는어른』 1995년 3월호.

김용락 「지역동향이 만난 사람: 권정생」, 『(대구·경북) 지역동향』 1997년 5월호.

김윤덕 「육신은 '육십' …… 마음은 '동심'—동화작가 권정생」, 경향신문 1997년 11월 21일자.

정현상 「전우익·권정생 20년 교유기—오성과 한음, 관중과 포숙이 안부러우니 더」, 『신동아』 1997년 12월호.

정현상 「10평짜리 작은 흙집에서 혼자 투병 생활하는 『몽실 언니』 작가 권정생」, 『여성동아』 1997년 12월호.

정재숙 「정재숙 기자의 인물탐험: 동화작가 권정생—슬퍼서 아름다운 '나사로'」, 『한겨레21』 203호(1998. 4. 16).

김용락 「창작 산실을 찾아서(17): 단편동화의 산실, 조탑동 『몽실 언니』의 배경」, 『대구예술』 1998년 5월호.

김용락 「인물탐구: 우리나라에서 가장 근대화가 덜된 사람—동화작가 권정생」, 『우리교육』 1998년 5월호.

이광우 「『몽실 언니』」, 『지도를 들고 가는 길은 새로운 길로 들어서지 못한다』, 지성사 1998.

권오삼 「5년 만에 보는 정생이 형」, 『어린이문학』 1999년 1월호.

안상학 「권정생 소설 『한티재 하늘』의 현장 삼밭골」, 『안동』 1999년 3·4월호.

유현선 「이 시대의 정신을 만난다: 아동문학가 권정생 —— 책갈피에 피는 민들레꽃」, 『작은이야기』 1999년 10월호.

편집부 「인간기행: 병마와 싸우며 '동화'처럼 사는 사람 —— 『몽실 언니』의 작가 권정생 씨」, 『신앙세계』 1999년 11월호.

김훈·박래부 「문학기행(28): 권정생 소년소설 『몽실 언니』」, 한국일보 2000년 5월 22일자.

이철지 「따라 살고 싶은 사람 100인: ⑪ 권정생 —— 동화 작가 권정생」, 『작은책』, 보리, 2001년 2월.

박기범 「권정생 선생님 만나고 온 자랑」, 『굴렁쇠』 137호(2001. 6. 19).

김용락 「탐방기: 권정생 —— 수렁 속에 핀 한 송이 연꽃」, 『시작』 2003년 가을호.

조장래 「그의 아픔에 풀들이 울고 있었다 —— 아동문학가 권정생 선생의 흙집을 찾아보니」, 경향신문 2004년 4월 30일자.

최종규 「동화 몇 편 썼다고 대단하게 보면 안돼요」, 오마이뉴스 2005년 7월 1일자.

정병진 「좀 힘들더라도 가난하게 살아야 합니다」, 오마이뉴스 2005년 8월 5일자.

김용락 「인물탐방: 모르고 살았다는 게 후회돼」, 대구경북시민신문 2005년 8월 9일자.

공혜조 「작가를 찾아서: 참됨의 가치를 깨우쳐 주는 작가」, 『열린어린이』 2005년 10월호.

조운찬 「'인간국보' 안동 권정생 선생을 찾아」, 경향신문 2005년 11월 26일자.

조연현 「교회나 절이 없다고 세상이 더 나빠질까」, 한겨레신문 2006년 11월 2일자.

조월례·정병규 「(권)정생이는 천사 같은 사람이었지」, 『고래가 숨쉬는 도서관』 2007년 가을호.

김영현 「가난한 종지기 작가 —— 쪽방 생쥐와 먹거리 나누는 종지기」, 푸르매칼럼 2005년 3월 16일자.

9. 추모글

강정규 「이제, 당신이 안길 차례입니다」, 소년한국일보 2007년 5월 17일자.

박건 「「강아지똥」을 쓴 작가 권정생 선생 잠들다」, 오마이뉴스 2007년 5월 18일자.

이영만 「강아지똥」, 경향신문 2007년 5월 18일자.

최종규 「선생님, 이렇게 돌아가시면 어떡해요!」 오마이뉴스 2007년 5월 18일자.

김용락 「권정생 선생님, 어머니 사시는 그 나라에서 편히 쉬십시오」, 『아동문학가
　　　고 권정생 선생 민족문학인장 영결식 자료집』, 2007년 5월 20일.

윤동재 「그곳에서도 동화 쓰시면 꼭 보여주십시오」, 『아동문학가 고 권정생 선생 민
　　　족문학인장 영결식 자료집』, 2007년 5월 20일.

조영옥 「조시: 선생님 가시는 그 나라에는」, 『아동문학가 고 권정생 선생 민족문학
　　　인장 영결식 자료집』, 2007년 5월 20일.

박건 「선생님 살던 집을 꾸미지 마세요」, 오마이뉴스 2007년 5월 22일자.

손수호 「권정생 선생과 나눈 수박」, 국민일보 2007년 5월 22일자.

안상학 「권정생 선생님, 거기 가셨나요?」, 경향신문 2007년 5월 22일자.

금이정 「우리들의 하느님」, 매일신문 2007년 5월 24일자.

서정오 「권정생 선생님을 보내며」, 매일신문 2007년 5월 24일자.

이대근 「권정생, 그의 반역은 끝났는가」, 경향신문 2007년 5월 27일자.

정재숙 「슬프고 고운 무소유의 삶 권정생」, 중앙선데이 2007년 5월 27일자.

권수현 「어느 '급진적' 동화작가의 죽음」, 한겨레신문 2007년 5월 28일자.

곽병찬 「찔레꽃 향기로 남은 인연」, 한겨레신문 2007년 5월 29일자.

도종환 「권정생 선생의 다섯 평 흙집」, 경향신문 2007년 5월 31일자.

권오삼 「시: 형, 이제 편히 쉬시오」, 『어린이와 문학』 2007년 6월호.

서정오 「권정생 선생님을 생각함」, 『우리교육』 2007년 6월호.

이주영 「선생님, 또 고맙습니다」, 『우리 말과 삶을 가꾸는 글쓰기』 2007년 6월호.

이하석 「권정생과 부재(不在)의 풍경—군청색 고무신 한 켤레 달랑 남겨두고……
　　　없다」, 영남일보 2007년 6월 1일자.

정현상 「동화나라로 훌쩍 간 무소유 성자」, 『주간동아』 588호(2007. 6. 5).

어린이도서연구회 전남지부 회원들 「권정생 선생님께 보내는 편지」, 『동화읽는어
　　　른』 2007년 7월호.

이호석 「권정생 선생님을 한 번도 못 뵌 사람이 쓴 글」, 『동화읽는어른』 2007년 7월호.

최병수 「시: 권정생 할아버지」, 『동화읽는어른』 2007년 7월호.

황정임 「아, 선생님! 권정생 선생님」, 『동화읽는어른』 2007년 7월호.

고대영 「권정생 선생님을 보내며」, 『어린이와 문학』 2007년 7월호.

도종환 「제일 작은 집」, 『어린이와 문학』 2007년 7월호.

변기자 「권정생 선생님께」, 『어린이와 문학』 2007년 7월호.

송언 「아, 권정생 선생님」, 『어린이와 문학』 2007년 7월호.

스나다 히로시, 「권정생 선생님」, 박종진 옮김, 『어린이와 문학』 2007년 7월호.

이가을 「잔치」, 『어린이와 문학』 2007년 7월호.

장주식 「동화: 강아지똥 할아버지」, 『어린이와 문학』 2007년 7월호.

조성자 「권정생 선생님과 나」, 『어린이와 문학』 2007년 7월호.

강삼영 「시: 권정생 선생님께」, 『우리 말과 삶을 가꾸는 글쓰기』 2007년 7월호.

남우희 「권정생 선생님하고 나눈 이야기들」, 『우리 말과 삶을 가꾸는 글쓰기』 2007
년 7월호.

서정오 「권정생 선생님을 보내며」, 『우리 말과 삶을 가꾸는 글쓰기』 2007년 7월호.

윤태규 「죽은 어매가 와도 반갑지 않아요」, 『우리 말과 삶을 가꾸는 글쓰기』 2007년
7월호.

이명욱 「못생긴 자두 몇 알과 마른 미역 한 줄기」, 『우리 말과 삶을 가꾸는 글쓰기』
2007년 7월호.

주중식 「용감한 영혼 권정생」, 『우리 말과 삶을 가꾸는 글쓰기』 2007년 7월호.

김경애 「울다가 웃다가」, 『우리 말과 삶을 가꾸는 글쓰기』 2007년 8월호.

김종만 「정생이 삼촌」, 『우리 말과 삶을 가꾸는 글쓰기』 2007년 8월호.

김진문 「권정생 선생님에 대한 몇 가지 기억들」, 『우리 말과 삶을 가꾸는 글쓰기』
2007년 8월호.

이기주 「해마다 아이들과 함께한 '강아지똥'과 '몽실 언니'」, 『우리 말과 삶을 가꾸는
글쓰기』 2007년 8월호.

이영근 「권정생 할아버지다」, 『우리 말과 삶을 가꾸는 글쓰기』 2007년 8월호.

이용철 「당집, 그리고 권정생 선생님」, 『공동선』 2007년 7·8월호.

김용락 「빌뱅이 언덕 밑 오두막에 살면서」, 『녹색평론』 2007년 7·8월호.

이계삼 「이 땅 '마지막 한 사람'이었던 분」, 『녹색평론』 2007년 7·8월호.

김은경 「깃털처럼 가벼이」, 『동화읽는어른』 2007년 9월호.

김형애 「권정생 선생님과 나의 책읽기」, 『동화읽는어른』 2007년 9월호.

임성규 「권정생 선생님의 삶과 문학을 기리며」, 『동화읽는어른』 2007년 9월호.

이수용 「우리말을 잘 살려 쓰신 권정생 선생님」, 『동화읽는어른』 2007년 10월호.

정기화 「배운 대로 행동한다」, 『동화읽는어른』 2007년 10월호.
이반 「정생이 형의 아름다운 순간」, 『시와 동화』 2007년 가을호.
박기범 「그 봄날들」, 『창비어린이』 2007년 가을호.
염무웅 「권정생 선생님 영전에」, 『창비어린이』 2007년 가을호.

10. 기타

손문상 「세상 낮은 곳 이야기 — 권정생 선생」, 『얼굴』, 우리교육 2005.
심명숙 「권정생이 걸어온 길」, 『창비어린이』 2005년 겨울호.
이기영 「권정생 책 이야기」, 『창비어린이』 2007년 가을호.

▌ **정리 이기영** ● (사)어린이도서연구회에서 활동하였고, 지금은 똘배어린이문학회에서 활동한다.